落樱
之 前尘如梦

可儿 著

北方联合出版传媒（集团）股份有限公司
春风文艺出版社
·沈 阳·

图书在版编目（CIP）数据

落樱之前尘如梦 / 可儿著. —沈阳：春风文艺出版社，2019.3（2022.2重印）
ISBN 978-7-5313-5576-2

Ⅰ.①落… Ⅱ.①可… Ⅲ.①长篇小说—中国—当代
Ⅳ.①I247.5

中国版本图书馆CIP数据核字（2019）第012329号

北方联合出版传媒（集团）股份有限公司
春风文艺出版社出版发行
http://www.chunfengwenyi.com
沈阳市和平区十一纬路25号　邮编：110003
永清县晔盛亚胶印有限公司印刷

责任编辑：刘　丹		助理编辑：徐艺菲	
责任校对：于文慧		印制统筹：刘　成	
幅面尺寸：160mm × 230mm		字　　数：450千字	
印　　张：25.5			
版　　次：2019年3月第1版		印　　次：2022年2月第2次	
书　　号：ISBN 978-7-5313-5576-2			
定　　价：68.00元			

序　言

前尘如梦，恩怨难绝。

恩怨牵绊几经回转，成为作者在《落樱之前尘如梦》中集中展现的部分。面对仇恨，是矢志复仇还是放下怨恨，这对每一个人都是难以选择的境况，而无论选择哪一边似乎都有充足的理由。本书中的人物，心中充满无法消逝的仇恨，却又在仇恨中尽显宽容与忍耐。

在作者早先创作的《落樱Ⅰ》和《落樱Ⅱ》两书中，友情作为重要的线索贯穿全书。如今来到《落樱之前尘如梦》，对于友情的展现仍是浓墨重彩。对于安冷耀，友情是照射在冬日的光芒，使人温暖；是一泓出现在沙漠中的清泉，拯救绝望中的人；是飘荡在夜中的歌，使孤苦无依的生命得到慰藉。而越冥渴望的友情应超越身份的束缚，跨过地位的鸿沟，用真情相待，以真心相对。二人的友谊几经磨难，多遇试炼，濒临破碎，而对友情的渴望却始终存在于心。他们互相仰慕、互相敬佩，但立场上却又互为敌人、互相战斗、互相残杀。失亲之痛使他们恨不得下一秒使对方灰飞烟灭，而心中的情愫又使他们在关键之时选择放下杀心，即使此生不再为友。纠结、痛苦、悲伤、愤恨……情感交织于恩怨之中，他们的友情无法挣断。

还有人世间最难割舍的血脉亲情，在书中也被作者展现得淋漓尽致。放不下杀父杀母之仇而彼此为敌的安冷耀和越冥；为使姐姐重生而一心想变为王者，甚至不择手段的君诺尘；相爱相重的幻影、幻冰兄妹；盼望弟弟迷途知返而失去生命的君诺依……面对血浓于水的亲情，他们似乎都不再理智，变得相互猜忌直至痛下杀心；为了无法割舍的亲人，他们选择奉献己身。就如越冥，若作为魔界的领袖，儿女私情会成为他最大的牵绊，他恰恰被亲情束缚。可这正能体现出作者寄托在魔界生灵身上的人性的光辉，作者并未刻意神化书中的主人公们，而是给予他们众生皆会具有的情感。与友为敌如何，失去生命又如何？若失掉亲人，夫复何求！

感情，是我们生命中重要的一部分。而若你为之付出情感的人背叛了你，你又会如何？我们都非完人，经常会徘徊于善恶之间，人心的罪恶成为人与人之间情感的阻隔。人们在过分追求名与利的同时，其实失去的远比得到的要多。人真正应该倾尽一生维护的应是自己的情感，若情感消失殆尽，那么所得的一切也会烟消云散。作者能够写出感人至深的《落樱之前尘如梦》，多因其本人心中对情感的珍重。只有真正懂得并珍惜友情、亲情的人才有能力书写出富有深情的故事。

这次的故事，一定能够扣动你的心弦。请阅读下去。

（序言作者为本书作者中学时代的同窗好友）

目录 | CONTENTS

开篇　因·果

　　自古以来，六界之争始终没有真正停止过。人界厌恶了这样的战乱，自愿封印法术，退出争战。

　　六界之中，以神魔两界最为强大。神界拥有最为尊贵的身份，代表的是世间的光明与正义。反之，魔界则是来自黑暗中的一族，在世人眼中，他们大多冷漠残忍，令人畏惧。

　　魔界的天气似乎不论何时都是一片阴暗，但今日的天却隐约透着几分神秘诡谲。

　　不远处，一座金碧辉煌的大殿里传出一声怒吼："安天阔呢？把安天阔带过来见我！"

　　紧接着，一个魔兵胆怯地走出殿堂，慌慌张张向远处跑去。他并不明白一向喜怒不形于色的魔王越轩今日为什么会发这么大的脾气，何况安天阔平日里又是越轩的知己心腹，但凡魔界的人都知道越轩对此人的信任。

　　他不敢多想，魔王的事何时能轮到他这小小的侍从多问呢？

　　他步伐匆匆，终于来到一幢华丽的房子前，小心翼翼地敲了敲门。

　　"什么事？"一个清冷的声音传来。

　　"殿下，魔王让您即刻去见他。"

　　话音未落，房门已打开。一个挺拔的身影出现在门口，他便是安天阔。除了魔王，他也是魔界中拥有尊贵血统的人。

　　"好！我知道了，你先回去吧。"他沉静地说。

　　"是。"魔兵恭敬地说完便向回走去。

安天阔望着那个魔兵远去的身影，嘴角泛起一丝冷笑，"终于发怒了，要找我算账了吗？"

"爸爸，发生了什么？"一个两岁左右的小男孩来到门口。

安天阔低下头望着他，嘴边的冷笑变成了慈爱的笑容。他蹲下身子，抱起小男孩，说："爸爸要去见魔王，你先在这里等我回来，好吗？"

小男孩想了想，不情愿地点了点头，说："好吧，但你要快些回来，我还想听刚才那个没讲完的故事呢。"

安天阔笑着点头，眼里闪过一丝无奈。"好，我一定快去快回。"他说完，便冲男孩挥挥手，向远方走去。

天空下，他回头看着那个离他越来越远的孩子，心中的不舍与忧伤渐渐加深。

他不知道，是否还有机会再回到这里……

大殿内。

这里的空气似乎都在不觉间凝固了。殿堂中央的座位上，正坐着一个面色严峻的男人，他身上所散发的怒气不言而喻。这一切，都不会让安天阔有任何畏惧。他嘴角带着若有若无的笑容，一步步走近那人。

"魔王，不知您找我来干什么？"

越轩的薄唇紧紧抿在一起，他没有说一个字，只是抬起手。这一刹那，一道白光闪现，紧接着便击在了安天阔的身上。

几缕鲜血涌在安天阔的唇边，他抬起头望着越轩，依旧不改脸色。

"你终于知道了。"安天阔笑着说，"看来我精心策划的一切都白费了。"

"你承认了？神界前些日子所发生的一切都是因为你，对不对？你为什么这么做，难道你不知这样会给魔界带来多大的危害吗？"越轩冰冷地看着他。

安天阔抹了抹嘴角，回答："这就是我的本意。原本我是想趁此机会令你与灵王两败俱伤，但没想到最终不过一纸协议便解决了这件事。如此看来，是我失策了。"

越轩气愤地指着安天阔，问："你这么做是铁定了心认为我不敢杀你吗？"

安天阔摇了摇头，"怎么会？魔王是六界中出了名的心狠手辣，我怎么会认为您不敢杀我呢？我千算万算，也没料到那个我最为得力的部下林云叶会是你的心腹。越轩，你实在是个有手段的人。"

越轩看着他，眼里出现了几分莫名的情绪。那之中有愤怒，有不忍……他想起曾经的那些日子，他们二人曾是并肩作战的伙伴，一次次在战场上携手击退敌人，而如今……

"安天阔，你应该知道自己的下场。"越轩冷冷地说。

"当然。"安天阔依然镇定自若，"我愿赌服输。越轩，这么多年过去了，原来我始终不是你的对手。"

"我们十几年来的情谊，难道在你眼里只是一场比试吗？"越轩忍不住问。他其实明白，以安天阔的性格，自然不甘屈居人下，他也曾无数次想过这个问题。对于会威胁到他的人，他一向不留情面，但只是对安天阔，他不能狠下心来。

安天阔轻笑一声，回答："越轩，你知道我的答案，你从一开始就已经知道了这个问题的答案。"

越轩凝视着他，久久无语。是的，越轩一开始就明白了。从第一天见到安天阔，把他从恶鬼手下救出时，越轩看着这人虽已浑身是伤痕，但眼神中却依旧闪着倔强的光芒，那一刻越轩便明白，这个人绝非常人。那时的安天阔，还不会丝毫的法术，可就是那样的他，竟也令人不敢忽视。

后来，越轩把安天阔带回了魔界，那时的越轩年少轻狂，一身傲气，他救下安天阔，也只是想看看这样一个倔强的人，究竟可以刚强到一个怎样的地步。所以，越轩虽把安天阔带回魔界，治好了他满身的伤，却从不对他多加关心。

越轩是魔王，自然比任何人都明白魔界究竟是一个怎样的地方。弱肉强食，胜者为王，这便是魔界的代名词。安天阔不懂丝毫武功，在这里当然难以安稳度日，少不了会受人欺凌。越轩也正想看看当那人面对这些情况时，是否依然不改本色。

随着时间的推移，安天阔不但没有被魔界中的残忍无情打败，反倒凭着自己的本事在这里有了一席之地。这样的结果，实在令越轩大吃一惊。

令越轩印象最深的，是看到有一次安天阔被几个魔兵欺负。那几个魔兵一次又一次将魔光向安天阔单薄的身子打去。安天阔不是习武之人，自然难以承受，不禁倒在了地上，但他并不服输，一次又一次顽强地站立起来。他黑色的眼眸里那股倔强不肯服输的光芒始终不曾黯淡下去。

终于，在一旁冷眼旁观的越轩出手赶走了魔兵，救下了安天阔。

也就是从那一天起，越轩对安天阔说："做我的手下，我会让你不再受欺凌。"

"我从不屈居人下。"安天阔仰起头看着越轩的双眼说着。

越轩微微一笑，问："那么，你又甘愿继续过这种生活吗？比起这种日子，成为我的手下不是好得多？而且我也可以教给你法术，让你成为这里的强者。"

安天阔一愣，沉默了一阵后，点了点头，说："好，我答应你。"

从那之后，安天阔便成了越轩身边为他效力的人，魔界里的人见他时常跟在越轩身边，久而久之，也再不敢对他不敬。

越轩发现安天阔绝非常人，什么事情都处理得井井有条，不会有丝毫不妥之处。当然令他更为惊讶的一点，便是安天阔在法术上的变化。短短的时间里，他便可以熟练地运用所掌握的法术，甚至有许多高难度的法术，他学起来都不费吹灰之力。

直到有一天，越轩看见他无意之间施展了一个"魔之烟"时，他才确定，除他之外安天阔是魔界第二个拥有着尊贵血统的人。只有拥有最为纯正的魔之血统，才能使出这样强大的法术。

后来，安天阔一点点在魔界崭露头角，逐渐有了一定的地位后，越轩的妻子也就是魔界中的魔后音千落对越轩说，这个人一定不能留，否则将来会招来不必要的祸患。

聪明的越轩怎么不明白音千落的意思。自古以来，一山不容二虎。他也早已明白安天阔那人心中的不甘，可他偏偏不相信安天阔会对他的王位有威胁，安天阔再强大，他自信也绝非自己的对手。

"千落，不必担心，他还算不上一个隐患。"越轩毫不在意地说着。

"但是……"音千落还想说些什么。

"千落，难道你不相信我的能力，认为我没有办法保护你和儿子越冥的安全吗？"

"不，越轩，我绝非这个意思。"音千落急忙解释，"我是怕他会给魔界带来一些不必要的麻烦。"

越轩冷冷一笑，说："你放心，凭他一人的能力怕还差得远。我留他到现在，也不过是想看看他究竟能坚持到一个怎样的地步。"其实，他说这番话的时候，心里对安天阔也有了几分赞赏。在魔界，他阅人无数，却从未见过像安天阔这样倔强不肯低头的人。

音千落动了动唇，欲言又止。她知道自己此刻即使说再多也没有用了。她只能心里暗暗祈祷，愿自己的担心都是多此一举。

然而事实证明，音千落是对的。

此时此刻，越轩看着安天阔，笑着说："千落一开始就告诉过我，你会成为一个隐患，但那时的我并不相信。如今看来是我低估了你的能力。"

安天阔用冰冷不屈的目光注视着越轩，说："越轩，你永远都是那么骄傲，唯我独尊，自然会低估许多人的能力。当然，我不得不承认，你确实有几分手段。我直到最后一刻，还是没有斗过你。但是，我告诉你，我不甘心。如果时光倒退，我依旧会选择这一条路。"

"安天阔，你为什么一定非要做到这个地步！这几年来我可曾亏待过你？"

"你当然不曾。甚至，我不会忘记年少的时候，是你救了我的命。"安天阔话锋一转，"可是，越轩，你救我，给我的这一切都不过是在试探我的能力，想看我究竟会走到哪一步。而你，始终都像一个看戏的人一样看我！"

越轩一怔，沉默了。他不得不承认，最初他救安天阔，只是因为对当日那个倔强不屈的少年充满了好奇。可是，后来呢？

这么多年，安天阔一直服侍在他的左右，两人也算是一起经历了不少事。令他印象最深的，是仙界大举进攻魔界的时候。那场战役仙界已默默酝酿了许久，所以魔界在面对这场措手不及的战争的时候，一开始便落了下风。

那一次，他和安天阔被仙界的士兵团团包围，几乎到了插翅难飞的地步。越轩也曾征战多年，没有哪一次的战斗像那次那样令他没有把握。可是，他知道不到最后一刻他不会放弃。

于是，战火之中，越轩和安天阔二人对视一眼，目光中都有着一股不肯低头的神色。

而那次，是越轩和安天阔第一次联手作战。尽管这是第一次，二人却配合得天衣无缝。越轩本就是魔界之王，法术的强大自然不言而喻。安天阔也绝非常人，他身上有源源不断的能量涌出，击退了不少敌人。

一边的魔兵见状，士气大增，一时之间，局面迅速逆转。

后来，魔界成功击退了仙界，取得了胜利。

那次，是越轩第一次用了一种不同的眼光去看他。

再往后，越轩有时兴致高，甚至会找安天阔去比试一番法术。时间一天天流逝，二人的交谈也变得多了。

越轩曾问过安天阔："如果有一天，你可以实现一个心愿，那么你最想要什么？"

安天阔没有犹豫，马上回答："我想变成六界中最强大的人，强大到没有人会再轻视我。"

越轩悄然一笑，淡声说："安天阔，如果有一天，你为了达到自己的目的而危害到魔界，我一定会杀了你。"

当时的安天阔也只是微微一笑，目视前方，没有回答。

如今，他果然走到了这一步。

"安天阔，你可还记得我当日说过的话？"越轩问。

"自然。"安天阔淡淡答道。

越轩没有再说话，他只是挥了挥手，几个魔兵便进来抓住安天阔的双臂。安天阔没有挣扎，因为他明白，大局已定。

越轩看着安天阔一步一步走出大门，淡出他的视线。他没有告诉那个人，虽然他最初是带着试探玩味的眼光救了他，可是后来他却是真的想与他成为朋友。

卷一　尚年少

"越冥，你怎么又在贪玩？今天所学的法术都已经完全掌握了吗？"

越冥马上收起了自己刚刚玩的石子，假装镇定地说："我，我刚刚练完，只不过是小小地休息一下而已。"

越冥看面前的人有些不相信的样子，连忙拉过一边的男孩说："不信，你问魔影，他可以替我做证。"

"那好，魔影，我来问你，越冥刚刚究竟有没有好好练习法术？"

叫作魔影的少年看着眼前一脸威严的女人，回答："魔后，他刚刚在……"他一时之间有些犹豫。魔影已看见越冥向自己投来求救的眼神，但他在魔后音千落面前却又不能说谎。

音千落见到魔影一副吞吞吐吐的样子，瞬间便明白了一切。她美丽的眼眸中满含着怒气，原本严肃的神情变得更加令人畏惧。

"越冥，你怎么总是这样贪玩？你难道不知自己已经是魔王了，不能再像其他孩子一样顽皮任性了吗？"音千落冷声问。

面对这样严厉的责备，越冥似乎并未放在心上。相反，他的目光不知落在何处，嘴里还小声说："每次就知道说这么几句话，我都听腻了。"

"你在说什么呢？"音千落问。

越冥马上回过神来，回答："没，没什么。"

"你……"音千落心里虽然充满怒火，但话到嘴边，却终究化为一声无奈的叹息。对于儿子，她对他的调皮贪玩实在没有丝毫办法。其实，她也不忍心越冥这么早就走上这条王者之路。可是，越轩死去，把所有的一切都压在她的肩膀上,她也只得让越冥这么小便继承他父亲的王位。

她想了想,将目光转向魔影:"魔影,我让你跟在越冥身边,不是让你这么放纵他玩乐,你要监督他做好该做的事,明白吗?"

"是。"魔影微微低下头回答。

音千落看了越冥一眼,随后便转身离开了。

"真不知道她是不是我的妈妈,每次见面就只会说我。"越冥注视着那个远去威严的背影,不满地嘀咕着。

魔影看着越冥这个模样,忍俊不禁。

魔界的夜晚是带着一种深蓝色的黑,这种黑色笼罩着整片天空。深蓝色的天空不时掠过几丝浅蓝色的光束,将这里映照得有几分虚幻奇妙。

自古以来,魔界中有一个最重要的地方,它的重要可与神界的珍宝六灵之珠相提并论,那便是魔塔。夜晚的魔塔显得更加神秘,远远望去,一种畏惧之感油然而生。魔塔本身就具有强大的魔力,它镇守着许多无恶不作的凶灵。

然而就是这样一个令人畏惧的地方,夜深人静之时仍有一个五六岁的男孩在扫着地。男孩面目清秀,棱角分明的脸庞即使在昏暗的光线下也可以看得一清二楚。他白皙的脸上没有一丝表情,只是默默干着手中的活。

忽然之间,一束幽蓝色的光芒向男孩袭来。男孩表面不动声色,嘴角却微微弯起一个弧度。他的指尖一弹,一个黄色的光球飞出挡下了蓝色的光芒。

"没意思,又被你发现了。"一个略带些失落的声音传来。

男孩淡淡一笑,头也不抬地说:"这次这个法术靠近我身旁的时候我才感觉到,已经比之前有很大进步了。"

"嗯,说得也是。"刚刚那个失落的声音忽然又恢复了生机。

紧接着,那个声音的主人带着些许不满,问:"这么晚了,你怎么又在做这些事?"

男孩暂时放下手中的工作,抬起头,看着身前与他同岁的黑发男孩说:"这没什么,我一会儿就干完了。"

"又是我妈妈让你做的,对不对?"

男孩无所谓地笑了笑,回答:"没有关系,魔后让我做这些,也是为我好，这样说不定还有助于我练功呢。"

"安冷耀，你怎么总帮她说话？你又不是魔界的侍从，这些本不该你做的。不行，我要去找她说一说这件事。"黑发男孩说着便要转身。

"越冥！"安冷耀急忙拦住他，"已经很晚了，魔后大概早就休息了。我不想你总为我的事和魔后发生争执。"

他是一个孤儿，幸好后来被一个男人收养。四岁的时候，年幼的他第一次走上战场，也因此在战火中结识了越冥。也就是在那次战争中，越冥的父亲也就是魔界的魔王越轩死去了，他这才得知越冥的身份。越冥虽是继承了魔王的位子，却是没有一点王者的架子，反而与自己成为好朋友，破例将他带回魔宫，让他有了一个可以住的地方。他从心里感谢越冥，也愿意为这份珍贵的友情忍受一切。

越冥想了想，点点头："好吧！我不去找她。唉，我真不明白她为什么总是这么为难你，是不是和你家有仇啊？"

安冷耀轻轻一笑，反问："这怎么可能呢？"

"我只是不明白为什么像你这么好的人，还会引起我母亲的不满。"越冥说。

安冷耀一边继续手下的动作，一边回答："越冥，不要怪魔后，你们已经为我做得够多了，我感激你们还来不及呢。"

越冥有些气愤地说："喂，你怎么又这么说？我们难道不是朋友吗？"他最不愿听到的，就是安冷耀一遍遍对他道谢。

"好了，好了，我不这么说就是了。"安冷耀急忙说道，"不过，我看你今晚的心情似乎不大好，让我猜猜看，是不是你今天练功的时候偷懒又被魔后发现了？"

越冥调皮地一笑，拍了拍手说："真是厉害，又被你说中了。"

他说着，有些郁闷地坐在地上，轻叹一声，继续说："我妈妈每次一见到我就只会斥责我，我感觉她从来就没有把我当作她的儿子看待，反倒是手中急用的一件工具。只要我不顺着她的意思，她就会生气。"话至此处，越冥也有了些许的失落和忧伤，他虽平日里总是一副顽皮不受拘束的样子，但是在他尚年幼的心里也暗暗渴望着一份温暖的母爱。

他的父亲去世得早，所以在他的脑海中，他对父亲的印象少之又少。

唯一记得清楚的只是爸爸威严的样子。

安冷耀微微一怔，听着越冥口中带有抱怨的话语，他却有着几丝羡慕之情。他从小便孤苦伶仃，世上唯一的亲人也被仇人杀害。其实，他时常想着，如果他有亲人，哪怕只是听着他们的斥责，自己也会甘之如饴。

"魔后对你严厉，也是为了你好。"安冷耀安慰越冥。

越冥皱了皱眉头，看着眼前一直在扫地的安冷耀，说："安冷耀，若我有一天可以真正掌控魔界的大权，我一定会给你应当拥有的权力地位。"他说这番话的时候，从他俊秀的脸上再看不到一丝顽劣的神情。

安冷耀抬头注视着他，微微一笑，说："与其你在那里愣着，倒不如来帮帮我的忙呢！"

越冥笑着拍了拍自己的头，回答："看我，刚刚只顾着生气，竟未曾帮你。"说着，他拿起一边的扫帚，与安冷耀一同清扫地面。

那时的安冷耀，或许永远也不会想到，终有一天他会成为越冥最大的敌人；而越冥也不会想到，眼前这个他最想在自己母亲面前保护的人，有一天会成为他不得不杀的人。

此时提起，还言之过早，毕竟他们都尚年少。

天才蒙蒙亮，幽暗的魔界依旧处在一片静谧之中。

安冷耀费力地提着一大桶水，摇摇晃晃地向不远处的大殿走去。昨晚魔后命他今天清晨提一大桶水到魔宫。

安冷耀毕竟只是一个孩童，提着一桶足有他一半重的水，走起路来不知有多费劲。他不能使用法术，因为魔界里早有规定，在魔后的魔宫周围，若无特殊指令，不可随意使用法术。

他终于走到殿堂的门口，刚要放下手中的水桶，一个身影飞快地从他身边闪过，撞了一下他的身子，这桶他费尽千辛万苦才提来的水洒在了地上，瞬间便流光了。

"哎呀，真是不好意思。"一个根本没有丝毫歉意的声音传来。

安冷耀没有多说什么，只是默默地将桶扶起，想要回去重新提一桶水来。

当他转身的时候，那个声音的主人拦住了他的去路："怎么，我和你说话难道你听不到吗？"

安冷耀低垂着目光，没有看眼前的人，只是低声说："林楚莫，我想我们之间没有什么好说的。魔后还在休息，我不想与你吵。"

林楚莫的身子依旧没有移开，话语中带有几分轻蔑："是不想，还是不敢？"

安冷耀仍未多言，只是他的双手紧紧握着手中的水桶，仿佛在克制着什么。林楚莫自然也注意到了这一点。他一直不明白，为什么像安冷耀这样一个无家可归、逆来顺受、淡漠冰冷的人，竟可以与魔界的王者越冥成为好朋友，而他自己，论身份地位，不知比眼前这个人强出多少。

林楚莫，确实在魔界有着不寻常的地位，这主要来源于他的父亲——林云叶。林云叶生前便与魔界上一任王者越轩四处征战，一生经历了不少战役，所以在当时，越轩对这个一直追随他的人信任有加。后来，在魔界与仙界的那次大战中，林云叶不幸逝世，只留下了年幼的儿子林楚莫和体弱多病的妻子柳梦柔。在得知自己的丈夫逝世的消息后，柳梦柔悲痛欲绝，没过多久便也去世了。

音千落顾念着林云叶生前为魔界所做的种种，也可怜林楚莫小小年纪就失去了父母，于是将他带回魔宫，给他最好的东西，希望可以弥补一些他失去父母的痛苦。比起安冷耀，他的确是好太多了，但也因此养成了飞扬跋扈的性格。

"安冷耀，我告诉你，我最看不惯你这副逆来顺受的样子。难道，你就是凭借这副样子来博得魔王的同情吗？"林楚莫笑看着脸色变得苍白的安冷耀，心里更为得意。"你若是有自知之明，便不该留在这里，继续骗取魔王的信任。"

"我没有骗取过任何人的信任！"安冷耀冰冷的声音响起。

林楚莫冷哼一声，说："若你没有使用手段，魔王怎会一次又一次帮你，甚至为了你与魔后一次次发生争执？这一切的一切都是因你而起，对吧？而这些便是你的计划，你想看着他们争斗，然后自己坐收渔翁之利。"

"我没有！"安冷耀不由得抬高了声音。他虽然平日里不多言，却也容不得自己如此被质疑。他从来没有过这样的想法。越冥以手足之情待自己，自己又怎会反过来害他？

"我不信！安冷耀，你生来便无父无母，是个不祥的人。像你这样的人倒不如尽快离开魔界，免得日后连累了我们。"

林楚莫看着安冷耀气得有些发颤的身子，眼里闪着胜利的光芒。

安冷耀抬起头，注视着林楚莫。林楚莫竟然被这凌厉的目光吓得一惊。这一瞬间，他竟以为眼前的这个男孩，不再是平日里那个任人欺凌、默默忍受一切的人，反而像一个王者。

"你们二人还要在这里吵多久？"

林楚莫听到了魔后的声音，急忙收敛了那副耀武扬威的样子，变得惊慌。

"魔后，打扰了你休息真是太抱歉了。"林楚莫小心翼翼地说着，生怕触动了音千落的怒火。

音千落站在台阶上，问林楚莫："楚莫，你们二人刚刚发生了什么事？"

林楚莫扫了安冷耀一眼，生怕那人开口抢了自己的话，急忙解释："是这样的，刚刚安冷耀提着水过来，我不过是想要与他闲聊几句，他便不知怎的生气了。"

音千落将目光投向安冷耀，看着他紧握着桶的手，问："安冷耀，刚刚林楚莫说的可是事实？"

安冷耀垂下目光，浓密的睫毛遮住了他眼底的思绪。他不知自己还能说些什么。这些年来，他不知面对过多少次这样的事情，这些事往往都是无中生有，每一次都是他受到谴责。音千落的立场从来都是针对他的，无论怎么解释，到最后都是一样的结果。与其这样，倒不如什么都不说。

"魔后，他不解释就是默认了。"林楚莫不忘在一旁煽风点火。

音千落皱了皱眉，看着洒了水还未干的地，问："让你提过来的水都洒了？"

"对不起，我会再去重新提一桶水过来。"安冷耀说着，不卑不亢。

音千落轻叹一声："算了，你走吧。"她毕竟也是一个女子，若不是顶着魔界之后的名号，她其实也只是一个普通的人。如果不是因为安冷耀的父亲，她也不会如此防范这个孩子，也许她也会去爱这个向来能自己承担所有、忍受一切的男孩。但只因……如果，在当初越轩可以斩草除根，不留后患，想必如今的自己也不会如此。

安冷耀沉默着拎着木桶，转身离开了这里。

"魔后，你就这样放过他了？"林楚莫急着说。

"刚刚错又不只在他一人身上，若不是你与他发生争执，也不会惊动我。我不放过他，你的意思是要我责罚你们两个吗？"音千落笑着问。

林楚莫急忙摆了摆手，说："魔后大人有大量，不与我们这等人计较，真是气量非凡啊！"

音千落笑着摸了摸他的头，"你这小鬼头，转变得倒是快。不过，从今以后你的脾气也要收敛些，好不好？"

林楚莫不情愿地点点头，"好吧。只是魔后，我不明白，你明明也不喜欢安冷耀，刚刚却为何那么轻易便放过了他？"

音千落想了想，问："你说一个人会不会在同一个地方跌倒多次？"

林楚莫摇摇头，看着音千落，"当然不会，您的意思是……"

音千落微微一笑，回答："对，就是这样。同一个把戏你玩了这么多次，就算安冷耀不腻，我们也已厌倦了。刚刚我告诉你要收敛自己的脾气，也是想告诉你，以后不要再用这种方法了。若是长久如此，难免外人会说我们只会欺凌弱小。"

"嗯，魔后，我明白了。"林楚莫唇边泛起丝丝冷笑。

越冥平生最不明白两件事：一是自己的母亲音千落为何总是对安冷耀百般挑剔；二便是她为何不可以像其他母亲那样对自己呵护有加，而是一味地责备，逼迫他练功。

"越冥，若是今天你练不好这些，便不许休息！"音千落声色俱厉。

"什么？"越冥惊呼。

音千落走到他面前，说："这都多少天了，你的法术丝毫没有进展，每天就只是想着玩。如此下去，你将怎么做一个合格的王者？"

"我的法术明明已经比许多人强了。"越冥不满地小声嘟囔着。

音千落皱了皱眉，显然已将这一番话落入耳中，"越冥，你身为魔界之王，所有的责任都落在你的肩上。你的法术不仅是厉害便够了，要成为最厉害的，无人能敌，懂吗？"

"知道啦！"越冥不情愿地回答，"每天就会说我，不知道我究竟是不是你的亲生儿子。"从他懂事起，他的母亲便只会在耳朵边一遍又一遍重复着这些不知已经说了多少遍的话。

"你在说什么？你知道你父亲去世得早，给我们母子留下了魔界的千年基业，我辛辛苦苦把你带向这条王者之路，你怎么能这么说！"音千落不禁大怒。

"我说什么了？"越冥赌气地踢了一脚地上的石子，"你除了说这些话，还能说什么？别人的妈妈都会花很多时间陪伴自己的孩子，可是你每次一见到我，从来都不过问我日常的生活，只会把我当成一件统治魔界的工具。"

"越冥！"

"难道我说错了？不仅如此，你也总是看不惯我身边的朋友。安冷耀与我情同手足，但你却总是找他的麻烦！"

"你……"音千落气得不知如何开口。

越冥看了她一眼，转身跑开了。他的心里满是慌张，这是他第一次如此大胆地与自己的母亲争吵。

他也不知跑了多远，直到确认自己已经离开魔界的范围后才停下脚步。说真的，越冥也不愿与自己的母亲总是一副针锋相对的样子，可是，他控制不住自己。

越冥看着眼前一望无际的草原，不禁有点后悔自己的举动。他如今这么做，只怕是会更加激怒音千落。

"唉，我这回肯定是完了。"越冥忍不住自言自语。

正当他烦恼之际，头顶上忽然传来了悦耳的鸟鸣声。他抬起头，只见蔚蓝的天上，有一只浑身是五彩羽毛的小鸟，它的周身似乎还散发着淡淡的光芒。

"喂，拜托你到别处叫去。"越冥现在心里本就烦躁。

那只小鸟仿佛并未听懂越冥的话，反而离他越来越近，在他的身边飞来飞去，像是在捉弄他。

越冥平日在魔界里，虽总是一副玩闹嬉笑的样子，但他毕竟是魔王，所以任何人都不敢违逆他的意思，可如今他竟被一只鸟捉弄！

"哼，我让你知道我的厉害！"越冥双手合拢，轻声默念着什么。然后，一个水蓝色的旋涡浮现在他眼前。他虽平日里总是在练功上偷工减料，但在私下也花了不少时间练习法术，而且时常与安冷耀在一起共同练习法术，二人相互帮助，反而事半功倍。再说，他本就是魔王越轩之子，体内与生俱来的纯正的魔之血更令他能量大增。

那只鸟也绝非好对付的。它身形轻巧，行动敏捷，几次避开了旋涡，这更加激发了越冥的好胜之心。

他指尖在空中点了几下，瞬间出现了三四个与刚刚一样大小的旋涡，它们飞快移动，将那只鸟儿紧紧围在了中央。

小鸟在中间拍了几下翅膀，但无论如何都逃不开这层层围困。

"怎么样，这下你可服气了？"越冥笑着问。

小鸟似乎有灵性一般，它紧紧盯着越冥，冲他大叫了一番，一副宁死不屈的样子。

"哼，你……你都已经这样了，还不认输，那你便不要怪我不义了！"越冥一边说着，一边手中再度发力，凝聚成了一个能量球。

正当他将手中的能量球发出之时，一把长剑挡在了那小鸟的面前。紧接着，一股淡黄的光芒闪过，环绕在小鸟身旁的旋涡也都一并消失了。

越冥心里一惊，想不到有人可以这样轻而易举地破了他的法术。

"是谁干的好事？"越冥气冲冲地问。

"我不过是有点看不惯你欺负生灵，想要制止你一下而已。"一个冷漠的声音传来。

越冥顺着声音的方向看去，这才发现原来不远处有一个男孩站在那里，刚才捉弄自己的鸟，正安安稳稳地落在那人的肩头。

"嘿，到底是谁在欺负谁啊？"越冥向男孩走去，"我刚刚心里烦闷不已，就是这只鸟在我耳朵边叫个不停，我赶它，它也不走。没办法，我只好动武喽。"

男孩打量着眼前的人，仿佛察觉了什么。他轻轻地皱了一下眉，问："你是魔界的人？"

越冥没有否认，"那又如何？难道这个地方规定了魔界的人不能来，只有神界的人才能来吗？"

男孩身影微颤，眼里闪过一丝戒备，"你知道我是谁？"

越冥的目光落向男孩肩头的那只鸟，回答："我不知道。不过与你一样，通过你身上所透露出的气息才分辨出的。"

男孩听后，这才稍稍放下了心。他随即解释："这里是神界的边界，所以四周会有不少神鸟四处环视监督，以防有可疑的人侵入。只怕是这神鸟刚刚嗅出了你的气息，这才对你有所戒备，还请不要见怪。"

越冥爽朗地一笑，说："既然这样，那我便原谅它了。不过，你的法术真的很好，那么轻易就破解了我布下的阵。"

男孩摇摇头，说："怎么会是轻易？你的法术并不弱，我也是费了点力气才破解的。"

"彼此彼此。我们今天也算是不打不相识了，你叫什么名字？"越冥问。

男孩一怔，随即回答："我，我叫临夜。"

"临夜？我记住了。"越冥转了转眼球，"我是安冷耀。"他想了想，还是选择隐瞒下自己的身份。安冷耀，不好意思，我只能先借用一下你的名字了。

"你以后最好还是不要到这里。今天你走运，遇到的是我。若是你遇到神界的士兵就惨了，他们一定会把你当作可疑的人抓起来。"男孩对越冥说。

"我又没有做危害神界的事，他们凭什么抓我？"越冥并不服气。

"若是其他人，或许他们还会相信。若是魔界的……"临夜话锋一转，"在这里根本没有信誉可言！"他的父亲从小就告诫他，魔界是神界的天敌。即便已经立下了条约，规定互不侵犯，但是，对待魔界，也一样不能放松警惕。

越冥听见这番话，不禁有了几分怒气，"你有什么资格这么说？"

临夜冷冷注视着越冥，"魔界的人天性残忍冷酷，这样的人怎能与神界相提并论？"

越冥听了他的话，不怒反笑，"哼，要按照你这么说，神界的人应该比魔界厉害许多才对。可是，我在魔界里早有耳闻，神界的灵王早就失去了所有能力，只能一辈子躺在床上。这样的人，我可真看不出比魔界尊贵几分！"

"你……"临夜竟气得一时之间不知如何反驳。

他闭上眼，深吸了一口气，再次睁开双眸时，眼里满是寒光，"那又如何？至少，灵王还活着。但是，魔界之王越轩早就死了！现在魔界的王者，表面上是越轩之子——越冥，但实权还不是落在了越轩的妻子音千落的手中？如此，你们的那个现任王者越冥又好到哪里去了呢？"

越冥本就对眼前这个男孩诋毁魔界不满，此刻听到他又如此轻视自己，心中更是愤怒不已。

"我告诉你临夜，我们的魔王越冥是非常非常厉害的一个人，他比你强千倍万倍。你和他相比，连一根手指都比不上！"越冥大声说道。

临夜冷哼一声，回答："我根本不屑与魔王相提并论！"

"你这人真是……"越冥叹了一口气，"算了算了，看在你刚刚帮助过我摆脱了那只可恶的鸟的分儿上，我就不与你计较了。"他知道如若真与眼前的人发生争执，仅凭临夜刚刚的身手，自己就不会占到什么便宜，不如息事宁人。

天边的夜色一点点暗了下去。橙红色的晚霞布满整个天空，夕阳下，一切事物仿佛都披上了一层金黄色的外衣。

越冥见时候不早了，若他再不回到魔界，母亲一定不会饶过自己。

"行了，我先不与你吵架了，我要回家了。无论如何，还是感谢你帮了我。至于神魔两界究竟谁比较好的问题，我们不如等到下次再讨论。"越冥说着，转了个身，瞬间消失了。

斜阳里，临夜望着远方，忽然觉得当年父亲和他说的话是太夸张了。或许，魔界的人也没有那么冷漠残忍。至少，在刚刚那个叫安冷耀的男孩身上，他感受不到一丝邪恶的气息……

当越冥匆匆赶回魔界的时候，天已经完全黑了。

他刚刚潜入魔界的大门，便看到音千落正立在不远处。越冥虽是一副天不怕地不怕的性格，但对于母亲，他一直都存有几分畏惧。他看着母亲一步步向自己走来，心知母亲一定是生了大气要来罚他。

越冥低着头，双手紧紧握在一起，心想这次他是真的完了。

令他惊讶的是，音千落非但没有责罚自己，反而紧紧把他拥入了怀中。

"你这孩子跑到哪里去了？你要急死我吗？怎么这么晚才回来？"音千落的话音中带着几丝颤抖，她是真的害怕儿子会遇到危险。平日里她从不准越冥轻易离开魔界，走到哪里都要人保护他。这一回，他一气之下一个人离开魔界，令音千落担心了好久。

越冥在脑海里设想了几千种母亲生气的局面，却从未想过会是这样的场景。他有些想不通平日里对自己一向声色俱厉的母亲会如此牵挂他。

一时之间，越冥有些感动，又有些为自己的所作所为而内疚。

"妈妈，对不起，让你担心了。"越冥将头埋在音千落的怀中闷声说。

音千落放开越冥，弯下身看着他，"知道错了就好。你是魔王，怎可轻易离开这里？若是有个三长两短岂不是太对不起你的父亲了吗？"

越冥自知有错，沉默着低下头，没有说话。

音千落看着他，眼里闪出一丝疼惜。面对着心爱的孩子，纵使有许多责备，也终于在这一刻消失在母爱中。

"越冥，从今以后，你不许再这么任性了，听到没有？"音千落问。

越冥抬起头看着母亲，缓缓点了点头。

自他有记忆以来，这是第一次，他感受到自己的母亲那份看似严厉的爱。隐约之间，他似乎也懂了几分她的良苦用心。

安冷耀见到越冥的时候已经是第二天的早晨了。

"你昨天到哪里去了？你知不知道魔后为了找你差点动用了整个魔界的魔兵？"安冷耀看着越冥，目光中透着几分关切，"你怎么样，没受伤吧？"

越冥哈哈一笑，拍了拍安冷耀的肩膀，说："你们一个个怎么都这么小题大做！我能有什么事啊？我可是魔界之王，谁敢伤我？"

安冷耀无奈地摇了摇头，回答："说真的，我实在看不出你有一分王者的样子。"

越冥假装生气地说："好啊，安冷耀，原来你这么看不起我，不怕我降罪于你吗？"

安冷耀笑看着他，回答："在魔界，任何人都可能伤害我。越冥，只有你不会。既是如此，我又有何惧呢？"是的，越冥给予他的友情是自己在这恃强凌弱的魔界所倚靠的唯一温暖。他相信越冥，相信这个人永远不会伤害他。

"看来你已经把我看得很透彻了嘛!"越冥点点头,话锋一转,"其实我发现外界并没有我妈妈说的那么可怕,反而还挺有趣的呢!"

他说着,将昨天遇到的事情都告诉了安冷耀。

安冷耀听后,好笑地看着他,"你随便说一个名字不就好了,为什么拿我的名字来冒充?"

越冥拍了拍自己的头,说:"你也不能怪我啊,当时我哪里来得及好好编一个名字出来,所以随口就用了你的名字啊!"

安冷耀想了想,问:"你说昨天你遇到的,是神界的人?"

"对。虽然我从一生下来,就知道神魔两界是天敌,可是,我觉得他们并不是那么不明道理的人。就像我昨天遇到的那个人,他还帮助了我呢。"越冥回答。他其实一直都不懂,为何神与魔不可以成为朋友而非要站在彼此对立的方向。是因为各自的利益吗?

安冷耀思索了一下,说:"按照你的说法,那个叫临夜的人应该没有什么恶意。可是越冥,神魔两界已经对立了这么久,即使现在双方都立下互不侵犯的约定,那也只是表面上的平静,对待神界的人,无论如何也不能大意的,更不能轻信他们。"他自小就经历了许多世故人情,自是与生来便身份高贵的越冥不同。他年纪虽与越冥相仿,却成熟许多,也谨慎许多。

越冥叹了一口气,说:"好吧,我就知道你会这么说。其实,你说的我都明白。因此,我当时也并没有暴露自己的身份。只是,我不明白,为什么世间会平白无故出现这么多的恩怨对立,如果彼此之间再无怨恨,都可以相互扶持,成为朋友,又有什么不好呢?"

"如果如你所愿,大概六界会变得很美好。"安冷耀抬起头望向天空,"可是,越冥你可知并非一切恩怨都可以化解,有些仇恨是无论如何都不能忘却与放下的。"

越冥微微一怔,随即脸上出现了几分担忧的神情,"你……又想起了你父亲的事?"

安冷耀低下头,轻声说:"我从来没有忘记过。杀父之仇不共戴天,这种仇恨要我如何能忘?我早已立下誓言,今生今世,无论如何,都要为死去的父亲报仇,否则我誓不为人。"

越冥发现，当安冷耀说出这番话的时候，那眼中的坚定是他从未见到过的。不知为何，他有一瞬间觉得，这样的安冷耀令他感觉到了些许陌生。

"也许有些恩怨的确是无法改变的，但是我却相信，有许多情谊纵然走过千万年也依旧不会变。安冷耀，你我二人的友情是永生永世都不会变的，是不是？"当越冥说出这番话的时候，脸上亦是现出从未有过的坚定。

安冷耀愣住了，随即点着头回答："是的，不论经历什么，我们之间的友情也绝不会有丝毫变更！"

湛蓝的天空下，两个男孩相视而笑。当时的他们，笑得好开心，仿佛世间所有的怨与恨都能融化在这笑声之中……

神界是六界中景色最美的地方。或许是因为这里常年被神灵之气所环绕，所以这个地方四季温暖如春，景色也宜人。

碧绿的草地之中，躺着一个男孩，他虽然看上去才六七岁的样子，但未脱稚气的脸庞上已显现出几分不属于这个年龄的冷静与成熟。他的双眸是纯粹的黑色，显得有些许冷漠，俊秀的面容上没有一丝情绪的起伏。

"灵王。"一个与他一般大小的男孩走到他身旁。

"不是说过嘛，你我之间，直呼姓名便可。"清朗的声音中仍是不带有一丝感情。

"是。"男孩恭敬地说，"灵夜，异度空间的女巫奥雪刚刚来的信，说是恶魔幽冥已经除去，让我们不必再为此担忧。"

"那便好。"叫作灵夜的男孩沉声说。自从父亲在几年前的战役之中失去了所有能力之后，神界的一切担子都落在了他的肩上。妈妈生下他后就离开了神界，而如今，他即便年纪尚小，却也早已在心中暗许誓言，要牢牢守护住神界，不能令父亲失望。

"凌光，你先退下，我想一个人静一静。"灵夜说。

凌光听后，低低说了声"是"，便离开了。

这个地方，是灵夜在神界中最喜欢的地方，不仅因为这里的风景宜人，而且这里是最安静的。在他心烦意乱或是安闲的时候，他都愿意躺在这片广阔的草地上，望着头顶的蓝天，感受着自然给予他的安宁祥和。

只可惜，这样的安宁并没有持续多久，就被远处传来的野兽咆哮声打断了。

灵夜微微皱了皱眉，站起身，想看看究竟发生了什么，扰乱了他难得的安宁。

西方出现了一头面目恐怖的异兽，它的头顶长有两个长长的角，一双血红的眼睛令它看上去更加骇人。它的身形巨大，周身都好似被一层光束包裹着。令灵夜担心的并非是这样一个怪物的出现，而是它身边的一男一女两个孩童。

男孩拼命将女孩护在怀中，想保护她不受这个怪物的伤害。他从地下捡起了几块石头，向怪物砸去。石头准是准，可并没有触到怪物的身子，就被怪物身上的光弹开了。

"凌光，"灵夜冲那个闻声而来的男孩匆忙吩咐，"你去保护那两个人，我去降伏那个灵兽。"

说完，他便腾空而起，顺手发出一道光芒向那怪物射去。

那怪物并未注意到突然出现的灵夜，措手不及被打了一下。它愤怒地大叫一声，将注意力转移到灵夜身上。

待灵夜看清了怪物整个模样之后，确定了它的来历。它是神界独有的神兽，外表虽然丑陋，却有着一身独特的法力。

"神兽，你怎可轻易伤人？"灵夜冷冷发问。

那怪物像听懂了他的问话，连叫了几声。

此时，凌光已将那二人带到了不远处的大树下。

灵夜上前抚摸了神兽几下，像在安抚它。随后，他望着离他不远处的两个孩子问："你们从何而来？"

"我们刚刚从不远处的树林里来到这儿的，只是不知这头神兽为什么从树林里追我们到现在。"男孩回答。

"想必是你们穿越树林的时候，惊扰了它的休息。"灵夜拍了拍神兽低下的头。神兽平日里并不随意伤人，只是如若有人打扰了它的休息，它就会发怒。

灵夜看着神兽，说："他们二人并非有意惊扰你，你不要再计较了，好不好？"虽然他面对着一头不知比自己大多少倍的怪物，却丝毫没有畏惧，反而像安抚宠物般抚摸着它的毛发。

神兽抬起眼，看了看站在不远处的两个孩童，又看了一眼灵夜，鼻翼之间发出一声闷响，转身跑进了一旁的树丛之中。

灵夜见神兽消失得无影无踪后，走到那二人面前，问："你们是谁？"

男孩微微一笑，回答："我叫幻影，这个女孩是我妹妹幻冰。我们兄妹二人路过此处，没想到惹怒了神兽，在此多谢你出手相救。"

灵夜仔细打量着面前清秀雅俊的男孩，他一头深褐色的头发下，是一双又大又亮的眼睛。那双眼睛中仿佛不掺杂一丝情绪，对世间一切都毫不在乎。他身旁的小女孩却是一脸的笑意，令人惊讶的是，她的头发竟是宝蓝色的。这样的发色，在她的身上不仅没有一丝神秘，反而为她增添了不少美丽。只是在刚才的争斗中，她的脚踝似乎被树枝划破了，流着血。

幻影似乎也早已注意到了这一点，他急忙弯下身子，问："幻冰，让哥哥看看你的伤。"

"哥哥，我没事，你不用担心。"幻冰说着，尝试移了一下脚，却是疼得连冷汗都冒了出来，但她依旧倔强地不叫一声疼。

"你们可是神界的人吗？"灵夜问。

幻影点点头，回答："是的。只是多年以来无依无靠，四处漂泊。"

灵夜想了想，开口："既然你们无处可去，不如与我回神界吧。"

"这……"幻影一愣，他毕竟与眼前的男孩刚刚相识，怎么可以轻易接受他的邀请。

在一旁的凌光也不禁上前说："怎么可以轻易带外人回去？"

灵夜看了一眼凌光，轻声说："这二人身上气息平稳，想必不会是什么可疑的人。"

"可是……"

"不必多言。"灵夜打断了他的话。

见此情景，凌光自然也不好再说什么。灵夜年纪虽小，但他早已养成一副冷漠威严的样子。在神界，没有谁敢不听他的指令。

灵夜见幻影犹豫不决的样子，说："你放心，我不过是想治好幻冰的伤而已，你也不想你妹妹的伤口一直疼着吧？"

幻影听后，迟疑片刻，最终还是点了点头。

"麻烦你了。你帮了我们这么多忙，我还不知你叫什么名字。"幻影说。

"灵夜。"

幻影一怔，他早就知道这个男孩身份不凡，但他却想不到眼前这个与他年纪相仿的人，竟是神界之王。

"多谢灵王。"幻影低下头说。

灵夜没有多讲什么，只是轻声说："走吧。"

幻冰的伤口令她行走不便，灵夜衣袖一挥，一股淡金色的光芒将这些人团团包围，在光芒散尽之后，几个人已经来到了神殿之中。

幻影和幻冰从未到过这么华丽的地方。整个建筑都透着宫廷之气，但又与现代的气息巧妙结合在一起，四周有几根金色的柱子，更增加了华贵堂皇之气。

"凌光。"灵夜叫了一声，"你安排一个房间给这二人住。"

"是。"凌光回答，随后他又对两兄妹说，"你们随我来。"

幻影看了灵夜一眼，拉着幻冰的手跟在凌光的身后，向不远处一条直巷走去。灵夜站在原地，看着这二人的背影，心里不知在想些什么。

"灵夜！"忽然传来一个女孩的声音。

灵夜转过头，看见一个气质不凡的少女正向他走来。那个女孩相貌清秀，虽算不上绝世无双，但她身上所散发出的气息却令人忍不住想接近。

"你怎么能轻易带人来到神界?"女孩的话中带有几分责备。她是欣文雅，是神界中不可多得的人才。她比灵夜只大两岁，却是成熟许多。在当年神魔两界发生战斗之时，她与自己的朋友言亚心奋勇斩杀了邪魔，但言亚心却不幸身亡。朋友的死并未令文雅从此陷入悲伤，反而使她更加勤奋地学习法术，誓要保卫神界，消灭魔界一族。

"神祭，你放心，那二人不会法术，想必不会对我们造成什么威胁。"灵夜回答。

"神祭"是文雅的称号，由于她的法术高强加之心思缜密，令她小小年纪便在神界有了一定地位，一般的士兵都要尊称她为"神祭"。

文雅皱了皱眉，说："灵夜，你以为不会法术的人就不会对我们形成威胁吗? 说不定，这正是魔界的手段。派这两个不懂法术的人掩人耳目，实则暗暗潜伏在此。"

"他们身上没有魔界的气息。"灵夜说，"这两人受了伤，差点送命于神兽之口，我怎可见死不救？"

"但是……"文雅最终还是一声轻叹，"好吧，随你。"灵夜虽然在许多人眼中，已有了一副王者的气势，喜怒不形于色，但说到底，他仍是一个半大孩子。在许多事情上，她不得不比他多考虑一些。文雅深知灵夜也有自己的想法，他有自己的固执之处，而这是她无论如何也无法改变的。如果亚心还在，她们二人便可一起管理神界，互帮互助，只可惜……文雅想起了亚心之死，一时之间不免内心充满了悲伤。

对于安冷耀来讲，最重要的事便是练功。他明白，只有自己足够强大，才能为父亲报仇。在魔界，十岁以下的孩子都要接受指定的训练，而越冥是魔王的继承人，更是从小就要接受严格的训练。安冷耀则与他人不同，他无依无靠，既没有尊贵的身份，又没有显赫的家世，平日里又为魔后所不容，因此，他自然没有资格接受专业的法术训练。

然而，他从未放弃过。既然不能依靠他人的指导，那便凭自己的努力获得成功。或许是因为安冷耀的勤奋努力，他年纪尚小，却已经掌握了不少法术，比其他的同龄人都强大许多。而且，越冥与他时常在一起比法力，无形中也令他自己的修为增进不少。

安冷耀练功的地方就在魔塔周围，这个地方平日里总是一片宁静，没有人来打扰，是平心静气的好地方。

安冷耀慢慢聚集着指尖的真气，他的双手间出现了一个水蓝色的光球，但那光球颜色却是时明时暗。

这个法术安冷耀已经不知练过多少次了，但他每一次练习都感觉体内有什么东西在阻挡自己聚集力量，所以形成的能量球才会时明时暗，力量不稳。

"哟，这不是安冷耀吗？这么早就在练功啊！"一个声音传来。

安冷耀收了指尖的能量，看着不远处的男孩大摇大摆地向自己走来，脸色在不觉间冷了几分。

男孩一脸笑意地看着安冷耀，说："看你倒是练得挺刻苦的，但就不知效果如何呀。有一句话好像叫作'朽木不可雕也'。只怕有的人不管怎么努力，到最后都会一事无成呢。"

安冷耀没有答话，他脸上甚至没有什么多余的表情，仿佛已经听惯这番话。

男孩好像想到了什么，问："今天怎么不见魔王与你一起练法术啊！你们平日里不都是一起练习的吗？"

"他有事！所以没来。"安冷耀冷冷地回答。

"哦，原来如此！我还以为是他终于发觉你是一个不祥之人，决定离开你了呢！"

"林楚莫，你到底要说什么？"安冷耀的话语间已染上了几丝怒意。

林楚莫笑着摆摆手，回答："没什么，只是我想找你来切磋一下武艺而已。"他曾听到别人说安冷耀的法力不低，在同龄人中是佼佼者，可他偏偏不信，不相信这么一个在魔界地位低下的人会拥有多么强大的法力。

"我不会与你争斗。"安冷耀回答。他自然知道林楚莫的本意不是单纯的比试。

"怎么，你看不起我？"林楚莫问，"我告诉你安冷耀，在这里若不是有魔王护着你，我早不知道把你灭了多少次了。今天我来找你比试，算是看得起你，哪里还容得你推三阻四！"

安冷耀紧抿双唇，但面对林楚莫挑衅的话语，他依旧隐忍着，一言不发。他不想与林楚莫发生口角争执，把事情闹大，如果被越冥知道了，大概又会去为自己说理。魔后若是知晓，怕是又要责备越冥。

"你以为不说话就完了吗？"林楚莫有点得寸进尺，"今天，我非要逼你与我动手。"

他说着，随手发出一道光鞭，向安冷耀甩去。安冷耀见状，急忙一个闪身，那道光鞭擦着他的身畔划过。

"林楚莫，这么闹下去对你我二人都没有好处，你赶快住手吧。"安冷耀劝道。

林楚莫并未将他的话放在心上，而是在空中变出了成千上万把闪着寒光的飞刀向安冷耀发去。

安冷耀望着这数千刀刃，他明白，这个男孩的每一招式都暗藏杀意，他要置自己于死地。对这凌厉的攻击，安冷耀没有丝毫的慌张。他自幼便练了许多法术，也记下许多阵法的破解方法。他知道，在这成千上万把飞刀中，只有一把是真的，其他皆是虚幻。

安冷耀沉下心来，他的周身渐渐被纯白之气所环绕。那白气的光芒逐渐向那些飞刀逼去，转眼之间白光吞没了无数飞刀，只有一把被白光所环绕的飞刀没有消失。

林楚莫见此情景，不禁大吃一惊。父母双亡后，他的法术就是魔后亲自教导的，加上他天资不错，练得一身不错的功夫。这个法术在练的时候，魔后便告诉他，与人争斗仅凭这一招便可获胜，除非碰到本领高强的人。如今，看着安冷耀轻而易举破了他的阵法，林楚莫内心除了吃惊外还有了几分惶恐。"难道，一直以来是我小瞧了安冷耀吗？"

安冷耀望着半空中的飞刀，眼眸一挑，那把飞刀便回到了林楚莫手中。

"这是你的武器，你收好。"安冷耀轻声说。其实，在刚刚那一刻，他明明可以毁了这把飞刀，让林楚莫失去兵刃，但他却没有这么做。

林楚莫紧紧握住手中的飞刀，并未因刚刚安冷耀的手下留情而心生感激，反而平添了几分怒气。他竟然输给了一个在魔界中地位最低下的人。

"哼，安冷耀，我确实小看了你。但我告诉你，刚才那招是我大意了，我们再来！"林楚莫不甘示弱。

就在他又要动手的时候，一个声音传来："哟，林楚莫，明明是你技不如人，还不肯认输。我看得可是清清楚楚，耀已经让了你好几招了。若不是他手下留情，你以为你还能完好无损地站在这里吗？"

话音未落，越冥的身影瞬间出现在二人面前。

"魔王，我……"林楚莫虽在心底轻视安冷耀，平日里也总是一副飞扬跋扈的样子，但越冥，这个魔界的王者，他却是万万不敢得罪的。

越冥注视着林楚莫，眼眸间透出了几分寒意，"你平日里恃强凌弱，欺软怕硬，仗着我母亲对你的宠爱一次又一次找安冷耀的麻烦。这种种我都看在眼里。你若看不上安冷耀这个对手，不如与我比试一番。"此时此刻的越冥，忽然一点也不像平日里那个玩乐嬉笑的男孩。

"魔王，我，我怎么会是您的对手？"林楚莫的声音变得有些惊慌。

"你连耀这样一个法术高强的人都如此轻视，与我动动手又有什么呢？"越冥冷声说，"你以为自己凭借我母亲教的法术，便可放眼魔界不将任何一个人放在眼里了吗？"

林楚莫见越冥满脸怒气，心里不觉充满了恐惧，急忙道歉："魔王，我，我知道错了，我今后再不会这样了。"

安冷耀看到他已有悔意，也不愿越冥为此大动干戈，就拍了拍越冥的肩，轻声说："冥，算了吧。"

越冥转头看着安冷耀，说："耀，他平日里做过不少欺负你的事，怎么如今你反倒是为他说情？"他一直都知道安冷耀在魔界中所受的欺压。平日里，他虽一副对任何事都满不在乎的样子，却是将一切都看在眼里。

"我相信这一次他会明白错了，我们便也得饶人处且饶人吧。他毕竟是魔后所宠爱的人，你若动了他，传到她的耳朵里自是不好的。"安冷耀劝道。

越冥想了想，说："林楚莫，今日看在安冷耀的面子上，我不与你计较，但若有下次……后果你明白的。"

"是，是。"林楚莫连连低头答应。他见越冥终于不再追究，急忙离开了这个地方，生怕越冥反悔。

越冥等林楚莫离开后，急忙问安冷耀："你没事吧？刚刚有没有受伤？"

安冷耀笑着摇摇头，回答："我没事。"

越冥叹了一口气说："你明明法术不低，打败他轻而易举，但刚刚却只由他出招不反击，反倒被他占了便宜。"

"我看他可没有占得什么便宜，我们的魔王大人，不是为我出了气吗？"安冷耀的话语之中满含笑意。

越冥弯了弯唇，回答："那倒是，不过，若你不拦着我，我便可以再多为你出几口气呢！"

"不必了，越冥，你为我做得够多了。"安冷耀淡声回答。

"你怎么又说这样的话，我们之间既然是朋友，便不分彼此，本就该互相帮助。"越冥有些不悦地说着。

"好了好了，算我又说错话了。"安冷耀急忙改口，"明明刚才还是一副威风凛凛的样子，怎么到了我面前又没了一分王者的样子？"

越冥哈哈一笑，"瞧你说的，若不是林楚莫太过分了，我又何须如此呢？我可是咱们魔界中最温和的人呢！"

安冷耀看着眼前眉宇含笑的男孩，说："越冥，你是什么样的人，我自然是清楚的。"

越冥一怔，但随即笑着回答："是啊，我忘了身边还有一个对我十分了解的人。那么请问，在你眼中我是什么样的人呢？是不是特别威风，是六界中最厉害的人啊？"

"嗯，要我说……"安冷耀手托下巴，一副沉思的样子。

"快说，快说！"越冥催道。

"你呀，就是一个不好好练习法术、贪玩的人！"安冷耀的话语中带着几分调侃。

越冥假装嗔怒，说："好啊，你这么看低我，那我就让你知道我的厉害。"说着，他双手握成拳，笑着向安冷耀挥去。

安冷耀一个闪身，指间也凝聚起能量，"好啊，我们已经有一段日子没有比试了，让我看看你进步了多少。上次比试内力我可是赢了。"

"哼，那是我让你的。再说了，若论轻功，你还不是我的对手呢！"越冥不甘示弱。

天空之下，两道身影交战在一起，他们移动的速度快得像一黄一蓝两道光芒，其余的一切都被淹没在飞快的攻击中。二人虽然交手激烈，互不相让，但那些进攻之中并未有杀机……

从幻影有记忆的时候起，他过的似乎一直都是漂泊的生活。他不知道自己的父母是谁，世界上唯一的亲人就只有他的妹妹幻冰。或许是因为从小无父母疼爱，又过着寄人篱下的日子，所以那时候只有七岁的他早早认清了这个世界的复杂、人性的善恶。他虽然外表看起来清秀雅俊，但他自己明白，他的心从来都是冰冷淡漠的，只有在面对妹妹的时候，他才会显现出些许温柔宠溺。

"哥哥，灵夜哥哥真是个大好人。他不仅让我们住在这里，还每天让人送过来这么多好吃的点心。"幻冰一边说着，一边咬下了一大口蛋挞。

幻影笑着拿起丝巾，小心地为她擦去唇边的碎屑，说："慢点吃，难道你想脚伤刚好又把肚子吃坏吗？"

"我才不会呢。我只是觉得这里的点心太好吃了，我从来没有见过这么多美食。"幻冰说着，停顿了一下，"哥哥，灵夜哥哥和我们之前见过的那些人都不一样。他没有因为我们是孤儿、无依无靠，便嫌弃我们。所以说，他是好人，对不对？"幻冰仰起稚嫩的脸颊问幻影。

幻影愣了愣，轻声回答："或许吧。"

是的，经过这几天的相处，他不得不承认，那个男孩，和他所见过的其他人都不一样。那个人清冷孤傲，难以接近，却细心为他们二人安排好了每一件事。这里的每一个侍从，对待他们两个外来客，都照顾得很周全。他明白，这些都是灵夜的指示。只是，因为他自小就尝尽世间冷暖，他不相信这世上会有不需偿还的付出。灵夜为他做了很多，他是感激的，但是，这么大的人情又让他如何偿还？

"幻冰，你很喜欢这里？"幻影问。

幻冰不假思索地点头，说："对呀，这里有吃不完的美食，有美丽的景色，还有人陪我玩，我喜欢这里。"幻冰到底是一个五岁的孩子，从小又在哥哥的庇护下，纵然自幼孤苦，但也不曾失去孩子的天性。

"你……愿意一直待在这里吗？"幻影小心翼翼地问。

"当然。"幻冰点点头。在她发现幻影的脸上有了些许为难的时候，她轻声说："哥哥，你怎么了，你不喜欢这里吗？"

"不，我只是……"幻影不知怎么说才会让幻冰明白。

幻冰虽然年纪尚小，但也能看出哥哥与自己不同，并非像她一样这么喜欢这个地方。她想了想，说："哥哥，虽然我喜欢这里，但是如果你不愿留在这里，我就和你一起走。"

幻影听了她的话，不禁有几分惊讶，"可你这么喜欢这个地方，怎么会愿意离开呢？"

幻冰摇摇头，回答："相比之下，我还是喜欢哥哥多一点。我要永远和哥哥待在一起，哥哥去哪儿，我就跟到哪儿。"

幻影不由得一笑，心里是满满的感动。

既是下定了决心，幻影也不再犹豫，决定向灵夜辞行。他与灵夜本就是萍水相逢，也觉得不好再在这里多逗留，欠他太多的人情。

他收拾好东西，拉着幻冰去找灵夜，经门口士兵提醒才得知灵夜正在与神祭商量要事，短时间内不许有人打扰。

"那烦请你帮我转告灵王，这段日子多谢他的关照。我妹妹脚伤已好，不便在这里再打扰下去。欠他的恩情我会铭记在心。"幻影说。

士兵点点头，回答："好的，我会转告的。"

"多谢。"说着，幻影拉着幻冰转身离开了这个他们住了多日的地方。

"哥哥，我们接下来要去哪里？"幻冰一蹦一跳地走着。

幻影抬起头，望着头顶的蓝天，思索了一下，说："我们往东走。我前些日子看了一些游记，上面说东边有一个村子，那里景色优美，民风淳朴，我们可以去那里看看。"

"好，哥哥说去哪里，我们就去哪里。"幻冰笑着说。

幻影勾了勾唇角，握紧了妹妹的手。这一刻，他忽然觉得只要身边还有妹妹，那么即便四处漂泊，心里也是温暖的。至少他们还有彼此。

二人走了半日的路程，终于来到了幻影所说的村子。此时已经是傍晚了，整个天空都被笼罩在橙红色的光芒之中，天空中的云朵被霞光映照得通红。

两人在村中走了许久，一个人都没有碰到。虽说天色已晚，但并未入夜。这里却看不到一个路人，各家各户的门都紧紧地锁着。

幻影带着幻冰来到一户人家门口，犹豫了一下，最终还是敲响了房门。

开门的是一个六十多岁的老人，他皮肤黝黑，骨瘦如柴，想来生活条件也并不富裕，但人看上去却是慈眉善目。

"这里的路上怎么一个人都没有，请问发生了什么？"幻影问。

老人有些惊恐地回答："你们不是村里的人吧？你不知道，前些日子这里来了一条妖龙，法力强大，常来村里抓人去吃。村里的年轻人都逃到别处去了，只剩我们这些老弱病残。那龙异常凶猛，我们怎么敢轻易出来呢？"

幻影望了望越来越暗的天空，心想着赶夜路可能会更危险。不如先在此处住上一夜，明天一早再离开这里到安全的地方去。

"爷爷，我与妹妹路过这里，不知可不可以在您这里住上一晚？"幻影礼貌地问。

老人见他们只是两个半大孩子，就让他们二人住下了。老人家中并不富裕，所以安排给幻影和幻冰的住处也很简陋，但对于时常风餐露宿的他们而言，有一个可以遮风挡雨的地方住，便再好不过了。

大概是因为这里有妖物作怪，村里的夜晚尤其安静。此时正值盛夏，草丛里竟都听不到虫子的叫声。

幻冰望着窗外一望无际的夜色，有些胆怯地向幻影怀里缩了缩。

"幻冰，别怕，有哥哥在。"幻影安抚地拍了拍她的后背，但他自己也只是一个孩子，心里也有隐隐的恐惧。可是，为了保护自己的妹妹，他不愿意在幻冰面前露出一丝一毫的畏惧。

夜变得更深了，窗外是铺天盖地的黑色，连这里的天空都没有透出丝毫的星光与月光。

幻冰在幻影的怀抱中沉睡去。半日奔波，也令幻影疲惫不堪。他轻轻地把幻冰放到床上，自己依偎在床边也睡了过去。

不知睡了多久，幻影被一阵轻微的响声吵醒，他向来睡眠极轻。他仔细侧耳倾听，那声音刚开始很小，后来一点点变大。

幻影轻轻下床，打开窗户，只见不远处似乎有什么东西在向此处靠近。远远地他看见两个像灯笼一样发亮的东西。

"幻冰，醒醒。"幻影慌忙叫醒了熟睡的妹妹。

幻冰迷迷糊糊睁开眼，问："哥哥，怎么了？"

幻影正要说什么，不远处传来了尖叫声，其中还夹杂着哭声。

这时，老人匆匆推门而入，将二人拉到大门口，说："你们快跑，那个妖龙来了。"

"爷爷，我们走了，您怎么办？"幻影担忧地问。

老人摆摆手，说："你们不要管我了，我身体本就不好，走不了多远的，到时恐怕还会连累你们。"这是一位极善良的老人，他孤独一人，本来就年岁大了，一辈子膝下无儿无女，自己死了倒没什么，可他不能让这两个尚且年幼的孩子也死在此处。

说话之间，不远处忽然出现了一条巨龙。那妖龙周身散发着冷暗的光芒，双眼在黑夜中闪闪发亮，浑身上下都是黑褐色的鳞片。

幻影被这条忽然间出现的巨龙吓得一惊，心跳都加快了许多。身旁比他还小两岁的幻冰更是吓得哭了起来。

"你们快走！"老人大喊着。

那条巨龙飞快地向这里蹿来，转眼之间已到了房门口。老人挡在两个孩子面前，被巨龙一口吞入了嘴中，鲜血顺着巨龙的大嘴流了下来。

幻影从未见过如此场面，只觉得胃里泛起一阵阵恶心。他再顾不得讲话，拉起幻冰的手向远方跑去。尽管他用尽了全部的力气去逃生，身后妖龙的咆哮声还是越来越近。

"哥哥，它追得好快。"慌乱中，幻冰回头望了一眼。

幻影紧紧握住幻冰的手，大声说："幻冰，不要回头看，我们要再快点跑才能躲过它的追击。"

他只觉得这是生平第一次跑得这么快，而这来源于求生的本能。四周的树木与房子正在飞快地向后倒退，耳边只有风划过耳畔的声音。

跑着跑着，他们来到一个湖泊旁。黑夜之中的湖水泛着阴冷的光，幻影皱紧了眉头，心里一阵慌乱，他们已经无路可走了。

"哥哥，它来了。"幻冰紧紧抓住了幻影的双手，声音中带着几分颤抖。

幻影微微弯下身子，在她的耳边说："一会儿我引开这条龙，你就向我们来时的路跑出去，离开这里，听到了吗？"

"可是哥哥怎么办？"她明白这么做会让幻影陷入危险。

幻影注视着幻冰，说："你不要管哥哥，我会没事的。"

"可是……"

"幻冰！"幻影厉声叫道，"你一向是最听哥哥话的，我要你这么做，听我的便是，至于其他的不要多说了。"

幻冰看着幻影，眼泪再一次流了下来。只是这一次，她并非因为恐惧，只是怕自己的哥哥会有危险。

妖龙越来越近，幻影看到幻冰红红的眼睛，用力握了握她的手说："幻冰，哥哥答应你，我一定会没事的。你快走，好不好？"

幻冰终于还是点了点头。

妖龙一点点靠近，双眸中闪着足以摧毁一切的寒光。

幻影捡起地上的一块石头，狠狠向这庞然大物砸去。妖龙一怒，仰天长啸，急速向他冲来。幻影乘机将幻冰推到了来时的路上，这里是唯一可以离开的地方。

"哥哥！"幻冰大叫着，她看见那条龙用锋利的爪子划伤了幻影的肩膀。

幻影一边躲闪着它的攻击，一边说："幻冰，快走，不要管哥哥！"

幻冰呆呆地面对着这样的场面，心中依然有着难以掩饰的恐惧。可是，她又怎能这么离开，让哥哥一人陷入困境？

"快走！"幻影大喊着。

幻冰咬了咬牙，转身向来时的路跑去。她不能让哥哥为自己担忧，所以她选择离开。可是，她不会一个人就这么逃走，她要到村里找人救哥哥。

当她来到村落里时，四周一片狼藉，村民已死伤大半，剩下的人什么也顾不得，忙着四处逃命。

"我的哥哥被那条龙伤了，请你去救救他好吗？"幻冰拉住了一个看起来还有几分体力的男人说。那男人一脸慌乱，推开了她的手，向远方跑去。

幻冰不肯放弃，拉住了一个又一个人，她想总有一个好心人会愿意同她去救哥哥，但他们都只顾着自己逃命，没有一个随她去救人。

天边，已隐隐泛起几丝光亮。不久以后，黑夜就会消失在晨光之中。这个令人心惊胆战的夜晚终于过去了。然而，幻冰却感到从未有过的孤寂无助，所有的恐惧惊慌瞬间涌上了她幼小的心头，只是她的目光依旧充满固执，不肯放弃。大不了，她就一个人去救哥哥！

忽然间，她的眼睛一亮，像是在黑暗中抓住了一丝光明。一个身着淡黄色衣服的男孩正率领着十几个神界士兵匆匆赶来。

"凌光哥哥！"幻冰急忙向他跑去。

凌光一愣，有些惊讶地说："幻冰，你怎么在这里？这个地方很危险，快走。"他接到灵夜的命令来这里除去一条在此为非作歹的妖龙，却不想会碰到幻冰。

"凌光哥哥，你快去湖边救我哥哥吧，他为了救我被那条龙伤了。"幻冰焦急地说。

凌光心里一惊，暗叫不妙，幻影毕竟不会法术，怎么是那条龙的对手？

"你们留下一部分在此保护受伤的村民，其余的人与我一同去湖边。"凌光冷静地指挥着身边的士兵。他不敢再耽误，匆忙向湖边赶去。

当大家跟着幻冰来到湖边的时候，幻影正与妖龙纠缠在一起，浑身是血。

"哥哥！"幻冰大叫着想要冲过去。

凌光急忙伸手拦下她，说："幻冰，那里很危险，你不要过去。放心，我会救出你哥哥，你就在这里等我，好吗？"

幻冰点点头，"嗯，那你们一定要救出他。"

凌光不再多言，只是给了她一个坚定的眼神，他对身后的士兵们摆了摆手，士兵们与他冲了过去，顿时将妖龙团团围住。

妖龙见自己被困在中央，也顾不得幻影了，它用前爪将幻影扔出了十几米远。幻影的身子落在湖边，一大口鲜血喷了出来。他只感觉剧痛难忍，眼前一黑，顿时晕了过去。

"哥哥！"幻冰急忙跑了过去，查看他的情况。

这时，巨龙一阵咆哮，它的声音似乎可以直冲云霄。与此同时，它的周身散发出一股巨大的真气，不少神兵都难以抵挡。

凌光暗暗皱了皱眉头，这条龙功力果然不可小觑。如果只凭法术怕是难以制服这么一个庞然大物。

"大家别慌，用法阵困住它！"凌光的声音依然冷静。

神兵们平日里训练有素，很快平静下来，不约而同将各自的武器抛向空中，紧接着那些武器在空中渐渐化为一个巨大的光网，将妖龙困在其中。

凌光腾空而起，在半空中默念着咒语，他的指尖发出淡金色的光芒，用这光芒缓缓形成了一个光剑。

与此同时，妖龙也在不断地撞击这个光网，它每撞一下，光网便剧烈震动一下。环绕在周围的士兵将自己的力量输入法阵中，不敢有丝毫懈怠。

凌光把这虚幻的光剑瞄准龙的头部，用力一推，光剑以飞快的速度向妖龙飞去。几乎是同一时刻，那柄剑刺穿了它的头部。

只听"砰"的一声巨响，妖龙倒在地上再无半点生机。凌光这才松了一口气，从空中缓缓落在了地上，周围的士兵也都收了阵法。

"凌光哥哥，你真厉害！"幻冰忍不住说，稚嫩的脸颊上满是佩服之色。

凌光微微一笑，急忙摸摸幻影的脉搏，说："幻影现在的身体非常虚弱，他急需休养，否则性命难保。"

"凌光哥哥，你要救救他，我不想让哥哥死。"幻冰急着说。

凌光想了想，回答："如今只有回到神界他才有可能得救，你们与我一同回去吧。"

幻冰毫不犹豫地点点头，说："好，我们快走！"

于是，众人不敢再耽搁，匆匆向神界赶去。

天色初亮，魔界便已陷入繁忙之中。音千落站在高高的台阶上，指挥着侍从搬运今晚宴会要用的东西。

今天是越冥六岁生日。他的生日是魔界最重视的节日，这一天魔界子民都会同庆。越冥在这一天，也会收到许多来自魔界贵族的礼物，可他并不开心。在他心中，生日就是属于自己的节日，为何人人皆知，普天同庆？这一天，他只想与自己的家人和朋友一起度过。

"越冥，今天是你的生日，一会儿我命人好好为你收拾一下。"音千落对坐在一旁打着哈欠的男孩说着。

越冥不满地揉了揉眼睛，回答："知道了。每次生日都一个样，我都不想过了。"

音千落有点不解地说："不想过？天底下有几个人可以像你一样这么热闹地庆祝自己的生日？每次一到你的生日，任谁都是把最好的东西送给你。你收到的礼物，在魔界都是数一数二的珍宝。这样的生日，你还不愿过吗？"

越冥撇了撇嘴，"那只是你的想法而已。我曾听叶长老告诉我，在人界，若有人过生日，都是亲朋好友围在一起给那人过生日。人虽不多，却很温馨。"

"那不过是人类的方式，我们是魔，不知比他们强大多少倍。你的生日自然要普天同庆。"音千落看着越冥仍是不快的神色，想了想，继续说："罢了，既然今日是你的生辰，不如我满足你一个心愿。"

"真的？"越冥的双眸一亮，猛地抬头问。

音千落微微一笑，点点头："但是，不能太过分。"

"我想让耀参加今晚的晚宴，与我一同过生日。"越冥说。因为安冷耀在魔界没有什么身份地位，每次一到这个日子，在晚上所有在魔界举足轻重的人来参加晚宴的时候，他是不被允许出现的。

音千落闻言，脸色微沉，说："不行。"

"凭什么？明明是你刚刚说满足我一个心愿的！"越冥大声说。

"安冷耀不过是一个孤儿，身份来历不明，以前听了你的话，我已允许他与你一同住在这里，这是我最大的让步。如今，你竟还要他参加这么重要的晚宴，怎么可能？"音千落的语气毋庸置疑。

"但……"越冥还想再辩解什么。

"越冥，今天是你的生日，我不想与你在这样的日子里因为一个安冷耀而再发生分歧。此事到此为止，我不想再讨论下去。"音千落冷声说。

越冥平日里再无法无天，面对自己的母亲，他也不敢真正与她对立。他只好咽下嘴边的话，气得跺跺脚离开了。

音千落看着越冥怒气冲冲的背影，不由得轻叹一声。

你这个孩子，怎会明白，如今我所做的一切都是为了替你扫除身边的障碍。若是当年的越轩可以狠下心来，斩草除根，我又何必如此。

音千落眺望远方，脑海里想起那个隐忍不发的孩子。若是有一天，安冷耀知晓一切，他还会是这个样子吗？

夜晚的魔界总是显得阴气沉沉，令人畏惧。唯独今晚，天刚刚暗下来，魔界已是灯火辉煌，似乎只有在这个时候，漫长的黑夜才不会令人畏惧。

夜空之上，无数的烟火争相绽放，把整个天空映照得五光十色。

越冥坐在高高的台阶之上，旁边坐着音千落。下面，是上百个在魔界中赫赫有名的达官贵族。那些人争相举杯向越冥庆生，表面一副真诚，但越冥明白，若不是他的身份，这些人才不会如此待他。这些人的祝贺之中，又有几个是真心呢？

"魔王，今日是您的生日，我也准备了一份小礼物。"林楚莫身着华丽的黑色礼服，衣服上几颗黑色的宝石在焰火的照耀下也闪着忽明忽暗的光泽。

越冥平日里本就看不惯林楚莫仗着自己的身份嚣张的样子，所以在他说这番话的时候，他并没有什么反应。

一旁的音千落见状，急忙说："小莫真是有心。你和越冥年纪相仿，还是朋友，还送什么礼物啊！"她因为林楚莫父母的关系，一直以来对他疼爱有加。而且，她平时教他法术时，也发现他资质不错，若是多加训练，或许将来可以顶替他父亲的位子。相比于安冷耀，她倒是希望越冥多与这样的人在一起。

"我什么时候有过他这样的朋友？"越冥忽然开口。

随着这一句话，气氛忽然变得有些尴尬。林楚莫的笑容僵在嘴角，他明白越冥心里不快，却也不曾想到，他会说得这么直白。

音千落瞪了越冥一眼，马上笑着说："越冥在和你开玩笑呢。好了，快把你的礼物拿出来看看吧。"

林楚莫急忙捧出一个小巧的礼盒，从里面拿出一个闪闪发光的玻璃瓶，瓶里装着几株仙草，那些光芒就是来源于这些仙草。

"这些仙草是我前些日子去雾灵山采来的。"林楚莫说出这番话的时候，听到了身边不少人发出惊讶的声音，他的心里不禁满是得意。雾灵山常年被烟雾环绕，而且山上还有可怕的猛兽，若非法力高强的人，根本不可能采到那里的仙草。

音千落赞叹道："没想到小莫你这么厉害，竟可以从那种地方取到仙草。"

林楚莫听到音千落的赞赏后，心里更是骄傲无比，但表面依旧是一副谦虚的样子，"这真没什么。这些仙草可以益寿延年，多加服用对身体很有好处，希望魔王收下。"

越冥看着林楚莫在自己母亲面前，装成那副乖巧谦虚的样子，心中对他的厌恶又多了几分。

"益寿延年？我才六岁，你就给我送这种东西，是暗示我命不久矣吗？"越冥问。

"我……我绝不是这个意思。"林楚莫慌忙解释。

"越冥！"音千落低声呵斥。

底下的人们从一开始就明白只怕这位魔界的王者与这个受魔后喜欢的林楚莫并不对路。他们看着这两个孩子唇枪舌剑的争斗，倒也觉得有趣。

因为音千落的原因，越冥收敛了几分，只是看着林楚莫的目光一直都是冰冷无比。

"小莫，你不要介意，越冥是说着玩的。"音千落解释道。

"我明白的。"林楚莫笑着回答，但双手却早在不觉间紧握成拳。

越冥实在无法再待下去，在这里，每一个人都是口不对心，一副虚伪的样子。他只想赶快离开这里。

于是，他起身，不顾音千落对他的呼唤离开这里。

越冥刚一走出晚宴的地方就看到了安冷耀。

"冥，你怎么出来了？我听到里面传出笑声，一定很快乐吧？"安冷耀笑着问。

"若是真有意思，我会离开吗？"越冥摆了摆手，"魔界里的事，你还不了解吗？每年这个时候，大家说是给我庆生，送我礼物，都不过是借机套套关系而已。"

安冷耀仰起头，望着天边五颜六色的烟火，轻声说："其实，我觉得不论是怎样的生日，只要有人惦念着便是最好的了。"安冷耀心里一直很羡慕越冥，他与自己不同，从小就有亲人的关爱，时刻有人记挂着他。

"耀……"越冥小声道。

安冷耀看着他，眉眼间有一股难以掩饰的忧伤，"越冥，相比于我，你真的是好多了。我是一个孤儿，不知亲生父母是谁，也不知自己究竟是何年何月出生的。有时候，我觉得自己是个多余的人。"

越冥看着安冷耀，脸上在不觉间也有了几分忧伤。他一直都明白安冷耀的孤独。所以，他想用他们之间的友情去弥补，给自幼受尽孤苦的安冷耀带去几丝温暖。

沉默了一阵之后，越冥忽然想到了什么，说："谁说你没有生日？我们既是情同手足，那么从今以后，我的生日便是你的生日。"

"越冥，我……"安冷耀的心里因为这一番话而有了几分感动。

"从今以后，我们便是兄弟了。"越冥郑重地拍了拍他的肩，"耀，我知道你从小无依无靠。可是，从现在起，你不再是一个人了，如果你愿意，就让我们成为亲人，成为手足。"

安冷耀一向是个坚强的人，他父亲也就是养父安天阔在世的时候，常常告诫他男孩子要勇敢坚强，不能轻易落泪。可是，今日，他听了越冥的话，不禁湿了眼眶。

"冥，谢谢你。"安冷耀说着，悄悄从口袋里拿出一枚闪着淡金色光芒的金币，放到越冥的手上，"这是我为你准备的礼物。越冥，生日快乐！"

他的话语中满是真诚，不同于刚刚宴会上那些虚伪客套的语气。

越冥看着手心里的金币，赞道："好漂亮的金币，我很喜欢这份礼物。"

安冷耀弯了弯唇，说："这枚金币中还融入了我些许的灵力，放在身上时间久了也有助于你提高修为。"

越冥一听，有些担忧地问："那你为此耗费灵力，没有对身体造成什么伤害吧？"

"越冥，你这么说太小看我的能力了，"安冷耀假装嗔怒，"难道在你眼里，我那么脆弱吗？"

越冥哈哈一笑，"我哪敢小看你呀？我不过是关心你一下，好吧，怪我多嘴了。"

美丽的烟火之下，安冷耀看着眼前眉眼含笑的男孩，这个原本应是高高在上的魔界之王，却是在自己面前放下了身段，二人平起平坐，以心相交。他忽然觉得，这原本灰暗的人生并非如此糟糕，至少，在他的世界里还有友情相随。

越冥小心翼翼将金币放到口袋里，说："安冷耀，你放心，你送我的礼物我一定会好好收着的。这可是我这几年收到的最好礼物了。"

"你这么说，我可是愧不敢当。你哪年的生日不都是收到各种奇珍异宝，我这份礼物又怎算得上是最好的呢？"安冷耀说。

"耀，我这么说是因为我从不在乎礼物的好坏，我心里希望它们之中藏着的是对我真心的祝愿而非其他。"越冥轻声说，"即使我身处高位，衣食无忧，却也希望得到以心相交的朋友。"

很多人都以为他是一个幸运的人，生来便是魔王越轩的儿子，注定了以后尊贵不凡的身份。越冥却明白，他并非所有人眼中那样幸福无忧的样子。

"冥，我明白。"安冷耀回答，"我虽在这里身份卑微，但我安冷耀今日发誓，今生今世，我对你越冥绝对以手足之情相待。"越冥给了他所需的温暖，那么他也不会辜负这份情谊。

越冥也坚定地点头说："好，从今以后，我们患难与共，彼此之间真诚相对。这满天的烟火与世间的一切都做我们的见证者。"

就在这一刻，无数的烟火再一次在空中齐放。光芒之下，两个男孩相视一笑，决心将这誓言永远珍藏于心。

然而，世间哪有那么多不变的友情呢？所有的承诺都不能成为永恒的保障。当时年幼的越冥怎么也不会想到，多年以后，这枚他小心珍藏的金币会被安冷耀用来作为神界之王灵夜质疑越冥杀人的最好证据，成为这份友情消逝的最终证明。

当然，这一切都是后话了。

幻影不知自己睡了多久，这么多年以来，这是他睡得最沉的一觉。恍惚之间，他隐隐觉得，若是这一世就这么过去，那倒是再好不过了。但是，他的面前浮现出一张可爱清纯、稚气未脱的脸庞。他明白，自己不能就这么永远沉在梦境中，他还有个妹妹，有个令他放心不下的人。

他拼命想摆脱眼前这无边的黑暗，终于，他睁开了双眼，大片的亮光刺得他眼睛生疼，过了一会儿，他才终于看清眼前的一切。

"哥哥，你终于醒了！"幻冰清脆好听的声音在他的耳边响起。

幻影这才发现原来幻冰一直坐在床边，他用手支撑着身体慢慢坐起来，靠在床头，问："我睡了多久？"

"一天一夜。哥哥，你都不知道，我有多害怕你会丢下我不再醒来了。"幻冰说这番话的时候，脸上满是害怕和担忧。对于她来讲，哥哥是她小小世界中唯一的存在，若是失去了，她就什么都没了。

"幻冰，哥哥让你担心了。"幻影安抚地拍了拍她的肩膀，"对了，你怎么样，有没有受伤？"

"我没事。"幻冰回答，"多亏了凌光哥哥及时消灭了那条可怕的妖龙我们才得救。你当时伤得很重，流了很多血，他就把我们带到了神界，给你养伤。"

"原来如此。"幻影点点头，"这次真的是多谢他了。"

"这次除了他，你可还要谢一个人呢。其实说到底，你的伤是灵夜哥哥治的。当时，这里的神医都说你伤得太重，元气大损，若不及时补回精元，就会有生命危险。灵夜哥哥知道后，就将自己的灵气给了你大半。所以我说，他真的是个大好人！"幻冰笑着说。

幻影听后微微一愣，他想不到这一回，又是灵夜救了他。他离开这里，本就因不想欠他太多的人情，而如今看来，自己欠他的怕是再还不清了。

往后的日子里，幻影便静静在这个景色秀丽、灵气充沛的地方养伤。半个多月过去，他的伤也好了大半，幻冰天性爱玩闹，她的模样本就可爱乖巧，再加上与谁都是一副自来熟的样子，短短几日，就赢得了许多人的喜爱，连一开始对她心存戒备的欣文雅，也不禁对这个天真可爱的小女孩另眼相看。

幻影见妹妹如此讨人喜爱，自是开心。他看着妹妹这几日无忧无虑的笑脸，忽然觉得这才应该是幻冰原本的生活。她这么小，本就该受尽宠爱，无忧无虑，而不是与他连日里四处漂泊，无衣无食。

午饭过后，幻影漫步在花园中，这里四季如春，所以时时刻刻都能够见到百花齐放的美景。午后的神界笼罩在一片宁静之中，蓝天上的太阳，静静照耀着这片美丽的土地。远方，偶尔传来几声鸟叫。除此之外，再无多余的声音。

幻影本就喜静，走在这片花园里，闻着花香，看着美景，也不禁有了几分惬意之感。

他走着走着，忽然见到园林的深处伫立着一个背影，是灵夜。

灵夜听到了身后的脚步声，转过身子，看着不远处的幻影问："你的伤好了？"

幻影点点头，"我听幻冰告诉我，这次多亏了灵王相救，我才保住了性命。这份恩情我会铭记在心。"他自从醒来后，一直想找灵夜道谢，但灵夜似乎公务繁忙，自己也不好去打扰他。

"举手之劳而已。"灵夜淡声回答，"如今你的身体也已经复原了，接下来可有什么打算？"

幻影想了想，开口说："灵王，我正想告诉你，我与幻冰给您添了太多麻烦，我的身体既已康复，想近几日便离开。"

"你们既已无家可归，离开这里，不过是继续流浪。这里并非人间，四处都被灵气所环绕，难免你们离开后不会再碰到成了精的妖物。你和幻冰在外漂泊了这么多年，终归不是一个长久之计。不如留在此处。"灵夜对他说。

"这……"幻影有些迟疑。他当然也愿有一个安身的地方，可是，他真的不想再麻烦灵夜了。

灵夜自小便善于察言观色，他年纪虽轻，但心思缜密，自然明白幻影的为难之处。

"我的身边正好缺一个得力的助手，如果你愿意，不如留下来帮我的忙。"灵夜说，"以此作为你留在这里的交换条件。"

幻影自是明白灵夜的用意。一瞬间，他想起幻冰那张稚嫩单纯的脸庞，不禁点了点头，"好，我留下。"

灵夜看着他，微微一笑，"那么，作为帮我办事的人，就要有一定的能力。当然，这最重要的，便是自保的能力。所以，从明天起，你跟着我学法术吧。"

幻影心中一动。原来，灵夜早就为他想好了一切。上次遇见妖龙的时候，他只恨自己不懂法术，没有足够的能力保护自己的妹妹。"若是你的妹妹也愿意学，可以让她一起来。"灵夜又补充了一句。

幻影动了动唇，却又像是不知道说些什么好。最终，他只是轻轻说了声"谢谢"。

"魔后，最近降魔塔常有异样的声音传出，我派人严加看守，发现里面的能量不是很高。"魔影站在殿堂中央，严肃地汇报着情况。

音千落听后，心里不禁大惊，一股不祥之感油然而生。

"只怕是越轩所结的封印随着岁月的流逝能量也变弱了。我们现在必须想办法控制住塔里的恶怪，以防它们逃脱而危及整个魔界。"音千落说。

魔影听后，脸色变得更加凝重，"魔后，当年魔王越轩也是费了好大的力量，集聚了多名魔界的长老，才勉强完成了这个封印。只怕，以我们现在的能力难以制住这些魔怪。"

"这……"音千落一时之间也不知该如何是好。

"况且那塔里的魔物，有不少是上古的凶兽，它们的法力绝不可小觑。"魔影继续说。

音千落的神情越来越严肃，她明白当年越轩是耗费了多大的精力才下了这个封印。若不是依靠那些长老的帮助，只怕凭他一人也实难结下此印了。如今，那些长老有不少已仙逝，是不可能再依靠他们了。

音千落思索了一阵，看着魔影，"你的话有理。若是论法力，我们确实难以取胜。不过，若是我们借助一些珍宝的力量，也许还有机会。"

"魔后，您的主意倒是不错，但我们应该到何处去找蕴含着这么多能量的宝物呢？我曾听闻神界有两件宝物闻名六界，一是六灵之珠，但它们都不知散落在何方。二是灵草，但是我想以神魔两界的关系，他们定是不会借给我们。"魔影分析道。

"我本就不想指望他们。神魔两界本就纠缠不休，若是求助于他们，不就是向那群自以为清高的神灵低头？"事到如今，音千落的话语里依旧满含傲气。

"那魔后，依您看，我们现在该怎么办？"魔影问。

音千落想了想，说："你去帮我把叶长老叫来，我与他商讨一番，再做决定。"

魔影点点头，正要向外走，忽然见一个头发花白的老人拄着一根长长的手杖匆匆走来。他看上去似乎已有百岁，但步伐依然轻快，眼睛依然炯炯有神。

"叶长老。"魔影见到他，恭敬地唤了一声。

叶谦微微向他点了点头，说："我要与魔后商量要事，你先退下，不要让人来打扰我们。"

"是。"魔影听后，便离开了。

音千落看到叶谦，一向自傲的她，在面对着这位年过百岁的老人之时，眼里也不禁满是恭敬之色。若讲起魔界，任谁都不敢忽略了这位叶谦长老。他在魔界之中年纪最长，曾辅佐了两代魔王。他在年轻的时候，可以以一敌百。即使现在已不再轻易作战，但他的力量仍旧任谁都不敢小觑。

"叶长老，我正要派魔影去请您，没想到您就来了。"音千落见到叶谦，眼里似是看到了几分希望，"这次的事情，想必您已听说。不知可有什么对策？"

叶谦长叹一声，说："我也是刚刚得知这个消息。没想到越轩的封印这么快就要失去力量了。这降魔法，本就融合了多种力量，才封住了这些怪物。魔物一旦冲破封印，只怕不仅仅是魔界，整个六界都会陷在危难之中。我自是明白事态的严重性，但眼下一时还没有什么好的对策。"

音千落只觉得自己从来没有这样不知所措过。越轩在与鬼界战斗中去世的时候，她没有掉一滴泪，这并非代表她不伤心，而是她明白流泪并不是解决问题的办法。后来，她一手将儿子越冥带到了王位之上。虽然越冥名义上是这里的王者，但他毕竟年纪尚小，许多事情都还是靠她一手操办。她不过是一个女子，却将这里治理得井井有条，令魔界一直维持着它的风光地位。而现在，她却不确定自己还能否保住魔界了。

"叶长老，当初越轩布下法阵的时候，您是清楚整个过程的。您可知这封印之中蕴含了多少种能量？"音千落问。

"当年六界动荡不已，这阵法是魔界进攻神界时所设下的，所以阴差阳错之间，还吸收了一些来自神界的力量。若想重修封印，神界的力量也不可缺。"叶谦回答。

音千落美丽的眼眸之中，透出一丝冰冷，"无论如何，我魔界都不可能去求助神界的人。"

"魔后不要急，或许还有别的办法。其实，我以前就觉得，仅凭封印之力，实在不是长久之计。这次若我们可以用更大的力量镇住那些恶灵，便再无后顾之忧了。"叶谦说道。

音千落点点头，脸色缓和了几分，"叶长老与我的想法不谋而合。刚刚我便在想，若能借助宝物的能量再好不过。"

叶谦微微一笑，回答："魔后少安毋躁，我这便回去翻阅古书，看看有没有什么法宝可以助我们一臂之力。"

"好！"音千落向他走了几步说，"我在魔界最信任的只有您了，此事便交付与您。"

叶谦微微摆了摆手，脸上并未因此流露出一丝骄傲的神色，"魔后这样说，我受宠若惊。不论如何，我都会尽我最大的努力去守护魔界，请魔后放心。"

音千落对他微微一笑，并未多言。有这么一句话，便足够了。

叶谦也并未多留，离开了大殿，匆匆向自己的住处赶去。他要去翻阅古书，寻找解决的办法。

在他回去的路上，魔界依旧是以往的样子，仿佛没有什么改变。叶谦在路过魔塔的时候，脚步微微一顿，望着眼前高耸入云的建筑，不禁叹息。本以为这是魔界中最令人敬畏并引以为傲的宝地，如今却会给魔界带来大难。

叶谦又走了一会儿，忽然见不远处的林子里似有能量光芒在闪现。他悄悄往前走了几步，才发现是越冥和安冷耀在比试。

"耀，上次你赢了我，这次我要讨回来！"越冥一边说着，一边腾空而起，手中一道黄色的光芒直向安冷耀飞去。

安冷耀转身一躲，笑了笑，说："我怕你没这个本事呢。"说着，他双手合拢在一起，紧接着一个水蓝色的能量球浮现在他的指尖。仅从外观来看，球体周身被能量环绕，但那只是表面的能量，内在却还缺乏力量。他练习了好久才终于将这个球体成形，虽未真正练到火候，但也有了不小的杀伤力。

越冥手中光芒闪过，一把长剑瞬间被他握在手里。他看着迎面而来的攻击，手中的剑气四散而开，又渐渐合在一起，形成了一片片纯白色的光罩。

瞬间，水蓝色的能量和纯白色的光芒纠缠在一起，哪股力量也不甘示弱。

一旁默默观战的叶谦不禁大吃一惊。他没有想过，这两个孩子小小年纪，便已拥有了这么强大的法术。越冥身为越轩之子，身上拥有最为纯正的血统，自然天生便蕴含不少能量，但仅仅是一个六岁的孩子，便可以将自己的武器与法术运用得如此得心应手，着实令他惊讶。想起平日里，魔后总对他说越冥调皮贪玩，此刻想起却觉得有趣。若是眼前这个男孩，当真只是一个爱玩的孩子，怕也不会拥有这样的功力。

至于安冷耀……他曾在越轩身边，当然也知晓那段尘封多年的往事。当年安天阔背叛魔界，越轩不得已处决了他，却终归心里还念着往日的情义，保全了安天阔的养子——安冷耀的性命。这些年来，音千落的担忧顾虑，他完全明白。眼前这个男孩看似逆来顺受，他的招数却招招凌厉，令常人难以招架。小小年纪，却已然拥有深厚的内力。能把内力练到这个程度，只怕有些已成年的魔族都没有这深厚的内蕴。这样的人，大概也只有越冥这样天赋异禀的人才能与他切磋武艺。

蓝白色的光芒越来越耀眼，四周的叶子仿佛都受到了这两股力量的惊扰，纷纷飘上天空。安冷耀和越冥的脸上都在不觉间冒出了细密的汗珠。

蓝色的光芒在不断胀大，白色的光束也不甘示弱，想将它包裹在内。安冷耀和越冥都能感觉出对方的力量，一刻也不敢松懈。

两股能量在不断滋生，终于到了临界的那一点，随着一声爆炸，一股强大的气流袭来，越冥禁不住向后略退了一步，安冷耀则退了两步，仅凭这一点，胜负已见分晓。

"冥，这回你赢了。"安冷耀说着，微微一笑。

"总算扳回一局。不过，刚刚也可以说是旗鼓相当，我并没有占你多大的便宜。"越冥说。

"无论如何，你略胜一筹就是了。"安冷耀轻声说。

"你们二人力量本就不分上下，从某种意义来讲，这场比试也可算是平局。运用能量球，本就消耗内力不是吗？"一个威严的声音传来。

"是叶长老。"越冥略带惊讶地看着出现在他们面前的老人。

叶谦向两个男孩走来，笑着对越冥说："你的法力进步之快着实令我一惊。如果你的妈妈知道了一定会很开心的。"

"才不会呢。"越冥撇了撇嘴，"她永远觉得我不好，恨不能时时刻刻都督促我练功。"

叶谦在平日里总是一副令人畏惧、高高在上的样子，但实际上他一直很疼爱越冥这个孩子。他摸了摸越冥的头，回答："魔后也是望子成龙，希望你更好，你要理解她。"

"好吧，我尽量。"越冥不情愿地回答。

叶谦见到越冥这个样子，无奈地笑了笑，转头将目光落在安冷耀的身上。这个男孩年纪虽小，却是面容清秀，隐约之间已有了立体的五官，想必长大之后，也是一位俊美的少年。他平日里处理魔界大小事务，很少见到安冷耀，如今见到他，倒对他生出一种与众不同的感觉。越冥从小贵为魔界之王，身上是与生俱来的傲气，令人不得不去注意他。安冷耀则全然不同，他安静内敛，几乎不会引起人们的注意，但只要你见到他，便会被这个安静的男孩所吸引。

"叶长老。"安冷耀恭敬地叫了一声。

"嗯。"叶谦看着他，"你的内力深厚绵密，是如何练成的？"

"我只是每天早上，在最清静的时刻一个人练功，感受体内气息的流动。时日久了，内力才一点点增加。"安冷耀回答。

叶谦注视着眼前的男孩，心里对他越来越喜爱。他知道安冷耀并不同于其他同龄的孩子，接受过专业的法术训练，他只是一个人平心静气地练习，竟也能悟得出法术之间的奥妙。叶谦一辈子自视清高，爱恨分明，遇见他欣赏的人，无论这个人身世地位如何，他都不在乎。面对安冷耀，他实在不忍因为他父亲的缘故而掩盖安冷耀的天赋。

"如果……从今以后，让你跟着我学习法术，你愿意吗？"叶谦低声问。他有信心，凭借他的教导，不会让安冷耀走上安天阔的老路。

安冷耀听到这话，不禁一怔。在魔界没有什么人愿与他多接触，更何况是这样一位德高望重的长辈。

越冥听后，心里也吃了一惊。因为他曾听自己的母亲说过，叶长老并不轻易教授他人法术。现在他竟愿教安冷耀，越冥吃惊过后，更多的是开心，如果从今以后，耀有叶长老时常在身边指导法术，在魔界便不会再有什么人欺负他了。

"耀，你答应吧，机会难得。"越冥说着，假装嫉妒地抱怨，"叶长老把这么好的一个机会给你了，他还没有对我说过这样的话呢！"

叶谦不禁笑着揉了揉越冥乌黑的发丝，说："你这孩子，你本就有魔后的亲自指导，再说，难道我不曾教过你东西吗？我是看安冷耀资质不错，但却无人发现他，这才决定让他跟着我。"

"我不过说笑而已！"越冥转头看着安冷耀，"我怎么会嫉妒朋友。耀，这可是一个大好时机，你快答应了吧！"

"嗯。"安冷耀终究还是点点头。他确实想让自己变得强大，强大到可以为自己的父亲找出凶手，为他报仇。

"好。"叶谦握紧了手杖，沉声说，"从现在起，我便是你在法术训练上的老师。如果你吃得了苦，你会成为魔界中的强者。不过，你真的可以忍受这过程中的痛苦吗？"

"我可以。"安冷耀不假思索地回答着。他吃的苦、受到的痛苦还少吗？这么多年，他凭借着这副幼小的身躯，都一一忍了下来。

叶谦面对着眼前隐忍的男孩，说："安冷耀，你记住，吃得苦中苦，方为人上人。"他自是明白这么一个身份卑微的孩子，在魔界会是怎样的地位。他阅人无数，看得出这个孩子的坚韧。他坚信，自己能把这个男孩引上正路，将来成为魔界的栋梁。

这，便是叶谦，他押上了自己的信心和决心，在安冷耀身上下了一个赌注。

今晚的魔界，似乎比任何时候都要黑暗。由于魔塔一事，一入夜治安便严格起来，大家都待在各自的屋子中，不敢随意出行。只有魔兵在魔塔周围来回巡视着。

浓浓的夜色中，有一个身材矮小、清瘦的魔兵在魔塔四周巡视着。魔塔一事还未宣扬出去，魔后怕引起大家的恐慌，只说最近塔中能量有变，塔里的魔物有点不安分，但它们被封印压制着，绝不会造成什么危害，让大家不必太过忧心，只是最近注意安全就好。其实，他们值班看守的魔兵是明白一切的，他的心里终究是充满恐慌的。

他小心翼翼地在魔塔周围的草丛中巡视着，生怕有什么可疑的生物出现。

"没有关系，熬过今晚，明日就轮到别人来这里看守了。"他在心里这么想着，仿佛可以减少几丝畏惧。

忽然之间，不远处的石头后传来一阵轻微的声响，像是什么东西不小心剐到了草而发出的"沙沙"声。

"谁?"他警觉地喊出声。

他紧紧盯着那块大石头，却久久没有再传出什么声音。难道，是他听错了?

犹豫了一下，他还是轻轻向那块石头走去。他放心不下，想亲自去那里一探究竟。如果遇到了什么危险，他可以大呼救命，附近的魔兵听见都会马上赶来的。想到此处，他的心安定了一些，也不似之前那么畏惧了。

他慢慢向那块大石头走去，不敢发出一点声响。

黑夜之中，他来到石头面前，正要向后面看，忽然间一个巨大的黑色身影从石头后闪出。魔兵张大了嘴，眼睛瞪得圆圆的，仿佛看见了什么令人恐惧的东西。他还来不及发出一点声响，瞬间便被一张血盆大口吞没了。

夜色之中，隐约可以看见一双血红色的眼睛，在暗处透着几分光亮。那个黑影略微一顿，转而消失在了无边的黑暗之中……

第二天一早，一个士兵在魔塔周围的石头旁，发现了一大摊血迹，这件事顿时在魔界引起巨大的恐慌。前些日子，魔后音千落一直对魔塔的异变不多说什么，只希望它马上便可恢复正常，如今看来，此事另有隐情。

越冥走过大殿的时候，所有人都是一脸凝重。音千落坐在椅子上，亦是满面愁容。

"怪事，究竟发生了什么？"他一早便听见不少议论声。

音千落看见越冥后，脸色缓和了几分，见他没有受到什么伤害，这才安下心来。她轻轻挥了挥手，四周的魔兵悄然退下。殿堂之中，只有母子二人。

"越冥，最近不要到魔塔周围，明白吗？"音千落叮嘱道。

"你前些日子不是说并无大碍吗，但事情看来并非这么简单，到底发生了什么？"越冥想弄清事情的真相。他不愿见到自己的母亲着急，而他还什么都不知晓。

"别问这么多，记住我的话就好。"音千落并未多言。越冥为魔王，但他毕竟是个小孩，音千落不愿让他知道太多。

"妈妈，你平日里不总教导我要做一个好王者吗，但如今魔界发生了事情，你瞒着我是什么道理？我也想帮忙一起分担。"越冥稚嫩的脸上浮现出几分倔强。

音千落愣了愣，看着越冥这个模样，倒让她想起了越轩。越冥的话，其实也有理，如果她平日里只是教育他如何做，却不让他真正经历一些事，怕是永远也成为不了一个合格的领袖。

"好，我告诉你。"音千落说，"魔塔发生异变，你父亲的封印能量越来越薄弱，再这样下去里面的魔物就会不受约束逃出来，危害六界。"

越冥一惊，他曾听叶谦讲过魔塔的事，自是明白它于魔界的重要性。

"那么，今早在魔塔周围发生的血迹……"越冥想到了什么不好的事。

"没错，很有可能是已经有魔物从里面逃出来伤了人。"音千落面色愈见沉重。

"我们，难道没有什么办法可以渡过这个难关吗？"越冥问。

音千落摇了摇头，开口说："暂时还没有，我正在让叶长老去查找方案。我告诉你这些，也是为了让你明白事情的严重性。为了防止魔界受到更大的伤害，我决定下达紧急通知，让魔界的人暂时迁移到安全地方。到时候，你也跟着一起离开，听到没？"

"那你呢？"越冥问。

"我身为魔后，自是要留下来面对危机。"音千落没有一丝惧色。

越冥想了想，说："那我也不走。"

"越冥！"音千落音调提高了几分。

"我是魔族的王者，也应该留下来，不该逃避！"越冥坚定地说。

音千落倒没想到他这样坚定。她看着自己的孩子，这个年仅六岁的男孩。第一次，她从他身上看到的不再是贪玩，而是一个王者的风范。只是，她怎么忍心让他陷入危险中？虽然她时常训斥他，对他严厉，但她比任何人都希望自己的儿子可以平安快乐。

"可是，越冥，这会让你身陷危险之中的。"音千落说。

"我不怕。"越冥依旧没有一丝退缩之意，"你平日里总说我贪玩，担不起大任，可是妈妈，这回我想面对这一切，你却为何又在犹豫？"

音千落深思片刻，终于还是点了点头，"平常我总在教训你，但这一回你却令我无言以对。好，我同意你留下来，但不许乱做主张，要听我和叶长老的话。"

"当然，我可一向是最听话的呢。"越冥露出了调皮的神情。

"你这孩子，要能令我真正放心就好了。"音千落笑着说。

越冥忽然想到了什么，神色变得严肃了许多，"妈妈，你可不可以再答应我一件事？"

"你先说说看。"音千落回答。

"我……我不想让耀也陷入危机之中。我希望母亲到时候也安排他和大家一起离开这里，到达安全的地方。"越冥说。

音千落的脸色瞬间变得难看了许多，"越冥，我有没有告诉过你不要总管他的事情？他自幼就是一个人，他的父母都不在意他，你总担心他干什么?"

"妈妈,你怎么又这样?每次只要一说起他,你总会生气。他是我的朋友,与我情同手足,我怎么可以不为他多想一些?"越冥辩解道。他也不想每次都为此与自己的母亲发生不快,但是,他不能容忍她这么指责安冷耀。

"你也知道我总会因为他生气,那你为什么不能离他远一点,不去管他的事?"音千落问。

"我……我做不到。我和他已是朋友,这不可能再改变了。除非,你有什么可以说服我的理由。妈妈,告诉我,您为什么不能容忍他,给我一个理由。"越冥仰头直视着音千落美丽的眼眸,仿佛在寻觅真相。

"我……"音千落竟被越冥纯净的眼神弄得心神一慌。几乎在一瞬间,她有一种想把所有事情告诉他的冲动,但终究还是忍住了。那件事,应该是一个不为人知的秘密,一旦泄露,不知会引起多少风波。

"越冥,你只需明白,我这是为你好。"音千落回答。

"既然为我好,又为何不能给我一个离开他的理由?如果没有理由,妈妈也就没有权利剥夺、破坏我的友情,不是吗?"越冥反问。

音千落实在找不出什么话再说服他。况且眼下,还有许多大事要办,她没有什么精力再去注意这件事。她看着越冥,无奈轻叹一声:"好,我就答应你帮他一次。只此一次,下不为例。"

"太好了,你真是世上最好的妈妈了!"越冥第一次说服了她。他激动得用幼小的身体给了音千落一个大大的拥抱。

音千落摸了摸越冥的头,不禁轻笑。任何一个母亲,无论平日里如何严厉,在这充满亲情温暖的时候,对待孩子,也都只剩下宠溺了吧!

安冷耀一觉醒来的时候,魔界已是一片慌乱。他不知道发生了什么,只是走在路上不断地可以听到三三两两窃窃私语的声音。

似乎与魔塔有关。

他时常在魔塔周围练功,但前几天,那里已被魔兵看守,说是塔里能量有变,暂时不能靠近。如今看来,事情怕是没有想象中那么简单。

"耀!"一个清脆的声音传来。

安冷耀转头,看见越冥正向他走来。

"冥，我正想去找你呢，发生了什么？"安冷耀问。他知道越冥身为魔王，自是了解得比旁人多。

越冥看了看，周围人来人往，便把安冷耀拉到了不远处的草丛中，告诉他所有的事情。

"这是真的？"安冷耀不禁皱眉，"如此看来，魔界这回凶多吉少。魔后可有什么应对之策？"

"我妈妈还没有什么方法。"越冥略微一顿，注视着眼前这个朋友，"耀，你也明白此事带来的危险。魔后说过了，到时你可以和其他人先离开这里一阵子，等危险过去了再回来。"

安冷耀一愣，过了一会儿，他生气地问："那么你呢？"

"我……身为魔界之王，自是要留下来面对困难。"

"既是你都选择留下，那么我也不会走。"

"耀！"越冥有些着急，"你与我不同，不必如此。"他怎能让自己的朋友也涉险？

"有什么不同？"安冷耀反问，"不同的是你为一界之王而我是这里最为不值一提的人吗？所以，你就要我走？"

"安冷耀，你明知我不是这个意思。我是为你好，留下来，是要面对危险的！"越冥解释。

"那又如何？越冥，难道你认为我安冷耀是一个贪生怕死的人？你可以留下，为什么我不能留下？"

"不行，我不允许你这么做。"越冥的语气毋庸置疑。他从小就明白魔塔的重要性，每个魔界的人都知道，如果有一天魔塔出了事，于这里会是场怎样的浩劫。

"你这是在命令我？"安冷耀问。

"是。"越冥回答，"在魔界，无论是谁都不能违背我的命令，你不能留下。"他说这番话时，周身仿佛都有一种令人不敢忽视的气息。他只有六岁，但那种与生俱来的王者之风，会在不觉间散发出来。

越冥看着眼前倔强的安冷耀，其实他心里知道一切，明白他不愿离去的原因，但是，他不能因此把他留下。

安冷耀沉思了一下，随即抬起头，低声说："可越冥，你的命令我不会服从。因为你说过，我们是朋友，是手足。所以，在我眼里，朋友兄弟间是平等的。但如果今天，你是以魔界之王的身份来命令我……好，我便听你的。所以，请告诉我，你究竟是以什么身份来对我施令？"

"我……"越冥一时之间不知如何回答。

安冷耀轻叹一声，"冥，你不是说过，我们是患难与共的朋友吗？难道朋友间只能同甘，不能共苦？如今，魔界有难，你既选择面对而非逃避，那我也自是要留下来帮你，我不会一个人离开。"他永远记得是越冥给了他栖身之地，给了他友情。他受人排挤时，这个男孩也总是帮助他。甚至，因为自己的缘故，越冥常常与魔后发生争执……这些，他都默默记在心里。

越冥的心一动，不觉充满了感动。

良久，他嘴唇轻颤，低声说："耀，对不起。我并非不愿让你留下，只是……"

"我明白。"安冷耀微微一笑，"但是，我一定留下来帮你。难道，你还担心我没有与你联手的实力？放心，我可不会拖你的后腿。"

越冥终于也露出了往日明亮的笑容。是的，朋友间本就该并肩面对一切。

"好，我们一起面对这个的难关。"

幻影从来没有想过，有一天，他的身体里边也可以焕发出这么强大的力量。没想到灵夜不仅法术高强，也是个好教练。短短几天，他已经可以掌握一些简单的法术了。不仅如此，由于灵夜的法术过于凌厉，不适合幻冰那样的女孩练习，他特意让幻冰跟着"神祭"欣文雅去学习适合她的法术。

"你的进步很快，休息一下吧。"灵夜把一盏冰凉的水放到幻影手中。

幻影点点头，坐到一旁的石头上，仰头喝了一大口水。冰凉略甜的味道，扫去了不少疲惫。

灵夜也坐在了他的身边，他看着幻影满脸的汗水，笑了笑，说："像你这么勤奋刻苦的人，即使在我的手下中也很少见。"他在神界阅人无数，却从未见过幻影这样的人，他没有显赫的家世也没有令人畏惧的法力，但他却坚强隐忍，默默努力着。

幻影握着手中的方盏，看着灵夜，"既然有一个可以变强大的机会摆在我面前，那我就要抓住它，不让它溜走。灵王，我很感谢你给了我这样一个机会。"从小到大，他一直以为他可以把妹妹保护得很好，但当他遇见那条妖龙的时候，他才明白，如果自己没有足够的能力，那么在危险真正来临的时候，他根本无法保护幻冰的安全。

灵夜摇了摇头，说："机会本就掌握在自己的手中，如果不珍惜，不努力，那么到最后都是一无所成。幻影，你的勤奋令我很欣赏。我想，如果你这么坚持下去，到最后一定会有所成就。"

"对我而言，只要我有足够的力量去保护幻冰，令她不受到伤害，这便好了。"幻影回答。

灵夜倒对他如此简单的愿望有些惊讶，"难道，你不想通过高强的法力来得到其他的东西吗？"

幻影明白灵夜话语中的意思，他摇了摇头，轻声说："无论是权力或是身份，这些我并不放在眼中。我唯一的心愿，是幻冰健康快乐地生活着。除此之外，我别无所求。"

灵夜听到这样的回答，不禁沉默。灵夜看着眼前与自己一般年纪的男孩，这个人没有至高的权力、尊贵的身份，甚至没有一个真正的家，但自己却有些羡慕他，至少他有选择的权利，他可以选择远离那些权力的束缚，他可以选择保护想要保护的人。

良久，灵夜起身对幻影说："过几天，我要去异度空间看看情况。在我离开的几天之中，你就按照我教你的口诀心法练习，切记，不要急，要静下心才能有所成。"

"好，我明白了。"幻影回答。

魔界的天本就阴沉沉的，这几天，天空更是变得一天比一天阴暗。

音千落坐在椅子上，面色之中的忧愁不言而喻。

忽然间，不远处高大厚重的大门发出细微的声响，一个威严的老人慢慢地走了过来。

"叶长老。"音千落急忙起身，"怎么样，找到什么办法了吗？"

叶谦点点头，回答："这几天，我翻遍了魔界的古籍。发现如今若是想要彻底消除魔塔带来的隐患，只有塑造一件宝物'魔石'。"

音千落心中一惊，问："那不是上古早已失传的宝物吗？我们怎样才能找到？"

"不是找，是制造。"叶谦说，"魔石的确是远古时代魔界一度所拥有的宝物。后来，据说是在与四大凶兽争斗之时，不慎遗失。如今，我们自然无处可寻。但是，我查阅书籍，发现只要凑齐所需的东西，便可铸造魔石。当然，我们造出的自是难以与上古的魔石相比，但这之中的力量也足以镇住魔塔。"

音千落的心中终于有了一丝希望，她连忙问："铸造魔石的方法是什么？"

"需要神界的灵芝。"

"神界的灵芝？"

叶谦正色说："是的，六界中以神魔两界最为强大，除了神界，再没有其他地方可以给予我们这样强大的力量。铸造魔石，只依靠魔界的力量远远不够。"

音千落不禁面露难色。神魔两界自古以来，水火不容。那些人自然不会将灵芝给他们，那么便只能以武力强行夺取，这免不了又是一场大战。

叶谦看了看音千落，便已知道了几分她的想法。若论洞窥人心的本领，怕是没人可以胜过他。

"魔后，我明白你的顾虑。神界的人不会帮我们，但我们也不可再与他们为了灵芝的事大动干戈。如今魔塔不稳，从塔里逃出伤人的凶兽还没有抓到，我们已是自身不保。"

"那依您的意思是……"

"只需派几个能手潜入神界，将灵芝找到。如今情况紧急，也实在顾不得这样的手段是否光明磊落。若是结果是好的，过程怎样又何须在意？"叶谦说。

"那叶长老心中可有合适的人选？潜入神界绝非易事，若能力不够，只怕会白白送命。"音千落说。

叶谦微微一笑，说："魔后可相信我看人的眼光？我这里倒有一个人选。"

音千落心中一动，急忙问："叶长老的眼光我当然相信，只是不知您推荐的人是谁？"

"这个人相信魔后再熟悉不过了。他是你的儿子——越冥。"

音千落看着面前的老人，心中满是惊讶。越冥毕竟只是一个孩子，无论如何，他的能力也比不上一个成年人。

"魔后，我明白你的顾虑。但是，经过我这几年的观察，我能看得出他绝非常人。潜入神界固然是一件危险的事，不单需要足够的能力，我们还需不引人注目。我想神界的人怎样也不会想到我们派的人并非那些威风凛凛的大将，而是个小孩子。"叶谦解释。他做事一向出人意料，不走寻常路。这一回，他也相信自己选中的人不会错。

"叶长老，小儿越冥能得您高看，实在令我欢喜。但是，我还有些担忧。越冥年纪尚小，经验不足，万一他发生了什么意外，不仅是他，整个魔界可能都会陷入危机。"音千落说。她不仅仅挂念越冥，更担心魔界。

叶谦转了转眼球，开口道："无论做什么事情，都不可能万无一失，但我们可以选择相对有把握的方法。魔后不必担心，我想如果再有一个人可以与越冥结伴而行，就会安全得多。"

"那个人是谁？"

"安冷耀。"

音千落听到这个名字的时候，不禁心中一颤。她有些诧异地注视着面前这位德高望重的老人，不明白他怎么会看中那个男孩。

叶谦笑了笑，问："魔后很惊讶？"

音千落轻轻点了点头，回答："叶长老，你推荐这个孩子，确实让我不解。那些前尘往事虽鲜为人知，但您是完全知晓的。不瞒您说，越轩当年于心不忍而留下这个孩子，一直是我心头的一个隐患。"

"这些我自是明白的。"叶谦说，"只是前几天，我无意看见越冥与安冷耀二人比试法力，我对这两个孩子的功力之深很是惊讶。越冥自小身上就流淌着尊贵的血液，与生俱来的能力令他超出了许多同龄人。安冷耀这个孩子，无人指导法术，也并非拥有尊贵的身份，只是靠一个人默默地练习，竟也有着不凡的功力，实在令我刮目相看。"

音千落听着这番话，心里的不安逐渐强烈。平日里，她见安冷耀默默无闻，不善表达，根本想不到这个男孩竟在不觉间练成了这么强的法术。这样一来，他的存在不就更威胁到越冥的将来吗？

"当然了，我也明白魔后的顾忌。如今，我已决心栽培安冷耀，不会让他重走他父亲的旧路。我看他与越冥情同手足，若是可以将他引上正路，将来辅佐越冥，不也是很好的吗？我叶谦自认有这个能力与信心，魔后可愿信我？"叶谦问。

音千落虽对叶谦这位老人满是敬意，也信任他的手段与能力，但对于这件事，她仍有几分疑虑。她相信过往的那些旧事不会流传出去，安冷耀也不会知道他的身世。但是，凡事都有万一，她不想冒险。

"叶长老，我不是不愿信您。只是，我觉得我们在这件事上没有必要冒险。因为越轩的缘故，我终究也没有将那个人的儿子置于死地，越冥也总是护着他，但这并不代表我可以接受他。"音千落语气中透着几丝清冷。

叶谦低下头想了想，开口问："若是我可以证明安冷耀他并不是那种贪图权力的人，他待越冥的友情也绝非虚假，那么魔后可愿意对此放下心？"

"如何证明？"

"这次的神界之行便可证明。魔后，我向你保证，他们二人一定会平安归来，并且会带回我们想要的东西。"

"好，若是事情真如您所言，那么我便放心地将安冷耀交给你，不再阻拦。"音千落说。

叶谦闻言，不禁露出一个充满自信的笑容。他会证明，所有的一切都将按照他所期待的方向发展。

就在这个时候，外面传来阵阵咆哮，这之中还夹杂着不少惊慌的吵嚷声。音千落和叶谦相视一眼，不约而同地向外走去。

他们二人来到殿外，看见一个巨大无比的猛兽正在四处行凶。它的身上满是凸起的黑色倒刺，双眼散发着绿光，周身都笼罩在一层暗黑色的光芒之中。

叶谦眯起双眼，仔细打量着眼前的猛兽，转头对音千落说："这是从魔塔里逃出的凶兽。如果我猜得不错，它便是远古的魔魇。如此看来，昨晚那死去的人大概也是被它所杀。"

音千落看着眼前的猛兽魔魇张着血盆大口，毫不费力地便伤了一个又一个想靠近制服它的人，无数的魔兵涌上前去，却都只是白白送了性命。

"妈妈！"

音千落听到越冥的声音，她看到越冥和安冷耀正向她这里匆匆赶来。她上前几步，按住越冥的双肩，叮咛道："越冥，这里很危险，你要小心。"

"嗯，我知道。"越冥点点头。

音千落看着眼前的魔魇，努力想着有什么办法可以制服它。她明白，被关在魔塔里的猛兽都是强大无比，会危害魔界，是天下最为邪恶的东西。她并不确定，是否可以制服它。

她看着一批又一批的魔兵倒地不起，双手在不觉间紧握成拳。

她再顾不得什么，无论如何，自己都不能眼睁睁看着手下的人丢了性命、受了伤而无动于衷。

音千落腾空而起，双手间散发出一股紫色的幽光向魔魇射去。

此时的魔魇正在与一群魔兵争斗着，根本不曾注意音千落。当它被击中的时候，不由得怒吼一声，不再去理会身边那些弱小的士兵而是向不远处的音千落望去。

音千落冷冷地注视着它，美丽的眼眸中依旧平静，没有一丝畏惧。她手中光芒闪现，出现一个银白色的手杖。手杖周身散发着纯白的光芒，上面刻有繁复美丽的花纹，杖身的顶部雕刻着一条龙的图案。自古以来，龙代表着无上的权力，象征着王室。

音千落将手杖举过头顶，刹那之间，源源不断的力量从中发出，一齐涌向魔魇。那些法力凝聚成为一根根坚韧无比的银丝，想将魔魇困在其中。

周围观战的人大多感受到了音千落的法力之深。

然而，魔魇毕竟是上古凶兽，法力之强几乎无人可挡。音千落法力再深，也终究难以凭借一人之力将它困住。

魔魇一声怒吼，从身体中爆发出一股蓝黑色的光芒。顷刻间，那些成千上万的银丝被吞噬在这股光芒中，不复存在。音千落也向后退了几步，被它强大的力量伤了几分元气。

"妈妈！"越冥看到自己的母亲陷入危险，心里充满了担忧，"我要去帮忙！"

"越冥!"安冷耀拉住他,"你不要急,魔后法力高深,不会有事的。再说,这个怪物法力这样高强,你难以与它对抗,到时反而会给魔后添乱。"

越冥听了安冷耀的话,这才平静了许多。对,若是自己帮不上忙,就不要过去添乱。但是,难道只能看着母亲孤军奋战,而什么也不做吗?

"叶长老,您快去帮帮我妈妈吧!"越冥跑到叶谦身边,想寻求这位老人的帮助。

叶谦的两只眼睛从未离开过魔魇,他轻声对越冥说:"安静,我在观察它的弱点,找寻制服它的机会。"

越冥听他这么说,这才勉强让自己平静下来,看着这场争斗。

叶谦仔细观察着面前的庞然大物,他明白,六界之中,无论是谁,拥有多么强大的法力,也终究有自己的弱点。他忽然之间像是察觉到了什么,双手之间聚集起一股真气,腾空而起,一掌打在了魔魇的脊梁上。

魔魇只顾着与音千落周旋,一时之间没有躲过这一击,它像被什么东西束缚了身体一般,暂时停止了进攻,虽然这只是极短的时间,但对于战斗中的人而言,哪怕只有几秒钟的停顿,也可以成为一个反败为胜的好时机。

音千落与叶谦相视一眼,不约而同地搭起一个浅绿色的结界,将魔魇暂时制住。

围观之人终于松了一口气,脸上不觉露出胜利的笑容。

音千落与叶谦刚刚从空中落到地上,越冥便急着走来,问:"妈妈,你怎么样?"

音千落笑着对他摇摇头,转而对一边的魔兵说:"我们不可大意,这凶兽只是暂时被我们制服了。大家要注意时刻看守这里,不许有丝毫疏忽,明白吗?"

"是。"所有魔兵应声而答。

音千落看了看叶谦,想起他刚才的话,于是对安冷耀和越冥说:"你们二人跟我来,我和叶长老有一件重要的事要交给你们去办。"

两个男孩听见这番话,不免有些好奇,跟着音千落和叶谦一同走入大殿。

音千落令守在殿堂里的人全部退下,她看着越冥,用前所未有的严肃语气对他说："越冥，如果有一件关系到魔界安危的事交给你去办，你可以凭借自己的能力将它完成吗？"

"可以。"清脆又充满信心的声音响起，"为了魔界，我会尽我最大的努力。"此时的越冥，忽然一点也不像平日里那个顽皮淘气的男孩了。

音千落点点头，又看着安冷耀——这个她一直以来都有所顾忌的男孩——说："安冷耀，越冥之前请求过我，让我想办法令你躲避这次动乱，我答应了他。但现在，我不得不收回之前的承诺。"

"魔后，不论您是否收回成命，我都不会离去。只要越冥留下，我便要与他共进退。我虽在这里身份卑微，但您若是有需要我的地方，我自然是拼尽全力，义不容辞。"安冷耀坚定地说。

这是音千落第一次听到眼前的男孩一口气说了这么长的话。在她的印象里，他总是一副沉默寡言、逆来顺受的样子。因为他父亲的缘故，她对他充满戒备，但这一次，听到他这样的话语，心中也不觉一软。

叶谦哈哈一笑，说："魔后，他们两个小孩都这么有自信，我们这些长辈还有什么可担心的呢？这次的事情，可以放心地交给他们了。"

音千落看着越冥无畏无惧的脸庞，也不禁平静了许多。虽然她一直对他严格要求，但说到底，她终究还是疼他爱他的。在危难来临之时，她不忍让自己心爱的儿子去冒险，但是，自己也不可能护他一生，越冥迟早要肩负起一切。这次的事，倒不如当作一次对他的历练。

她抬起头，对叶谦说："您说得对，我相信他们能够凯旋。叶长老，事不宜迟，快将灵芝所在位置告诉他们吧。"

叶谦点点头，脸色忽然变得严肃。他的手指在空中轻轻一划，一卷地图出现在越冥和安冷耀面前。两个男孩相视一眼，缓缓打开面前泛着黄色的纸张。

"你们二人要记住我所说的路线，不可出现丝毫差错。灵芝生长在神界所管辖的一个地域，那个地方叫'异度空间'。那里自古以来便是奇幻的地方，里面有不少奇花异草。神界的女巫奥雪和法力高深的守护神都生活在那里。"叶谦微微一顿，继续说："最重要的，异度空间被一座山所保护，那山上灵气充沛，神界的人到那里，都不可随意使用法术，于魔界而言更是危险万分。如果贸然上山，我们身上与生俱来的魔之气会与灵气相冲，甚至会有性命之忧。"

"那我们怎么才能到异度空间?"越冥急忙问。

叶谦摆摆手,说:"不必担心,我在地图上做了标记。你们只需按照我的路线,便可避开那座山。只是这条路要经过'神异之境',那里面难免会有困境,你们二人要小心。"

"您放心,我们一定会成功而归,解救魔界的。"越冥合上地图坚定地说。

"此去危难重重,而在这个特殊时期,我们也不便派更多人手协助你们,你们二人一定不可大意。"叶谦目光一转,凝视着那个沉默的男孩,"安冷耀,你年纪虽轻,却天分过人。若此次你成功而归,我便正式传授你法术。"

安冷耀心中一动,他明白,这是叶谦愿意接受自己而给他的承诺。

"长老您放心,我不会辜负您的期望。"安冷耀回答。他的语气虽然听起来似乎并没有什么多余的情感,却可以令人感受到那之中掩藏着的坚定。

"我自是信你的。我叶谦看中的人怎会令人失望呢?"叶谦话语中也不禁透着自傲之感。

此事不容耽搁,音千落命二人第二天一早便出发。由于此次出行不便引人注目,叶谦并没有让他们带着帮手。他告诫这二人要一直用法术维持联系,若遇到危难,可以用传音之术求助于他。

越冥与安冷耀踏出大殿门口,那一刻他们就已经知道,这一次要经历一场从未有过的冒险。越冥看着安冷耀,只觉得这个男孩明明并不属于这里,但如今,却要与他一起经历一场冒险,担负起拯救魔界的责任。

"耀……"越冥开口想说些什么。

"越冥。"安冷耀转过身看着他,"如果你真的把我当作朋友的话,就什么也不要多说。能与你联手共进退,我很开心。"

越冥微微一愣,随即笑着回答:"我明白了。"

是的,真正的朋友本就应在患难之时共进退,还说什么连不连累呢?

二人不禁相视而笑。原本阴暗沉闷的魔界,在这一刹那似乎有了几分生气……

　　若是问林楚莫他最讨厌的人，他一定会说是安冷耀。安冷耀和越冥出行的事虽是不宜宣扬，但他还是听到了一点闲言碎语。这一回，面对叶谦选择安冷耀与越冥一同前去寻灵芝，他心里并没有什么不满。林楚莫明白此番前去的危险性，他倒庆幸自己没有被选中。

　　或许，"狭路相逢"一词对于安冷耀和林楚莫来讲，是再适合不过了。晚饭过后，正悠闲漫步的林楚莫恰巧碰见匆匆赶回住处的安冷耀。

　　安冷耀在经过他身旁的时候并没有多言，只想赶快离开此处，不想再生事端。而另一个男孩却并不想就此罢休，他手一挥拦住了安冷耀。

　　"我在魔界好歹也有一定身份地位，你看见我怎么连个好都不问？"不论何时见到安冷耀，他的话中都少不了挑衅的语气。

　　"我们之间还有什么好说的吗？"安冷耀冷声说，"让开。"

　　林楚莫笑了笑，假装想起了什么，说："哦，我听殿堂周围的士兵说你明日便要与魔王去找寻灵芝了呢。没想到你竟能得到叶长老赏识，担此大任，真是佩服啊！"

　　安冷耀早已听惯了他的酸话，低着头并没有回应。

　　"我听说此去路途凶险。唉，你自小便是无父无母，没有任何亲人，你这样的天煞孤星不知会不会把噩运带给魔王啊？他待你情同手足，你可别在这一路上把噩运传给他，反倒害了他。"林楚莫似乎存心想戳到安冷耀的痛处，他倒想看看面前这个总是隐忍不发的人究竟能忍到何种地步。

　　"林楚莫！"安冷耀带着怒意唤了他一声。外人怎样说自己，他都不介意，可若有谁对他的朋友出言不逊，他断不能继续沉默。

　　林楚莫冷哼一声："怎么，我才说了几句你就忍不了？平日里你的忍耐力好像没有这么差吧？莫非是我说了魔王会被你连累的缘故吗？安冷耀，你不要再装着一副与越冥多好的样子。你以为，你仗着他的友情、他的身份，你就也能拥有至高无上的地位了吗？你记住，像你这样的人，只会一辈子都在我的脚下！"他的话语尖锐刻薄，就如同一把把利刃。

　　安冷耀依旧没有过多的表情。除了与越冥相处之外，他对待其他人，似乎都是那种隐忍淡漠的神情。无论多么难听的话，也仿佛不会触碰到他的心底。

　　天色渐渐黯淡下来，安冷耀抬起头，注视着林楚莫，"你的话说完了吗?"

他的目光平静得没有一丝波澜,似乎先前的那些话语并非指他。不知何故,当安冷耀用这样的眼神注视着林楚莫时,林楚莫的心竟然一惊,但那仅是一刹那。

"你若说完了,就请让我离开。"

"你……"林楚莫不由得恼怒,"安冷耀,为什么你永远都是这副逆来顺受的样子?现在越冥又不在,你不必装成这副样子博取同情。你若看我不顺眼,我们便以实力比个高低,这一次,我不会输给你。"

"我不想与你动手。"安冷耀淡声回答,"不要再挡我的路。"他说着,绕过林楚莫向前走去。

林楚莫转过头看着他远去的背影,冷笑一声,手中变出一把飞刀,以飞快的手法向他掷去。那把刀快得没有人可以看清它的影子,似乎仅是一瞬之间,它就要插进安冷耀的后背了。

但,也几乎在同一时刻,安冷耀两指向头后一夹,那把飞刀就被牢牢夹在了他的指间。那一刻,林楚莫简直不敢相信自己的眼睛:怎么可能!那个男孩甚至没有回头,就接下了他的攻击。

安冷耀手中握着那把飞刀,在昏暗的天空下慢慢转身。林楚莫心里一慌,担心那人是要还他一击,不觉做好了防卫的动作。

出乎他意料的是,安冷耀似乎并不想与他交手。

当的一声,安冷耀将手中的飞刀扔在了地上,刀身在幽暗的月光下发着几丝冷冷的寒光。

"林楚莫,如今魔界处在危难中,我不愿与你交手。"安冷耀说,"我知道你看我不顺眼,认为我出身低微,是个不祥之人,这些我都不介意。但是,请你以后不要再说我的朋友。越冥待我如同兄弟,我自然拼尽全力也要保护他,不让他受到伤害。"他的话语字字有力,带着不容置疑的决心与勇气。是的,他绝对不会做出对不起越冥的事情。

安冷耀没有再去看林楚莫一眼。他说完这番话后就离开了这里。

林楚莫动了动嘴,却不知可以再说些什么来反驳安冷耀。曾经有过一个时刻,他忽然有点羡慕安冷耀与越冥之间的友情,但这点感觉转瞬即逝。

第二天一早，天才刚刚亮，越冥与安冷耀便告别了音千落和叶谦，按照地图上的指引向目的地走去。

越冥只感觉头顶上的那片天空渐渐不再像之前那样阴暗，太阳也渐现出了身影，洒下它的光芒。他看着不远处遍地盛开的鲜花，知道他们已经离开了魔界，进入了神界。

"虽然不愿承认，但神界的景色的确美丽。"越冥说道。这里的天空湛蓝明澈得像一块透明的水晶石，云朵在阳光的照射下也散发着金光。

"我听说六界中以神界的风景最为秀丽，如今看来，果真不假。"安冷耀说。他这是第一次踏上神界的这片土地，不禁被这里的景色所吸引。

越冥仿佛想到了什么，笑着开口："若是神魔两界可以友好相处，没事的时候还可以来这里串串门，看看这里优美的景色。"

"你的想法固然美好，但只怕很难实现。"安冷耀回答，"有些人大概是天生的对手，本就无法共存。神魔两界自古就互为天敌，这一点岂能轻易更改呢？"

"我倒觉得一切皆有可能。"越冥微微一笑。

忽然间，安冷耀的目光被一个闪闪发亮的东西所吸引，他走近几步，发现在浓密的草丛有一个山洞，而那光芒就是从这里发出的。

"越冥，你看。"安冷耀指着山洞。

越冥拿出地图并看了一眼面前的洞穴，有点兴奋地说："就是我们需要穿过的山洞，只要过了这里，就离异度空间不远了。"

安冷耀又向前走了几步，仔细打量着这个洞穴，发现里面虽然光线昏暗，却也并非什么都看不清。

"我们一定要小心，只怕这条路不是这么好走的。"安冷耀有些担心地说。

"嗯，放心吧。"越冥安抚般拍了拍安冷耀的肩膀。

二人不再多言，小心翼翼地进了洞口。他们走到里面发现，这个穴口看起来很窄小，里面其实很大。这样反而对他们不利，一旦发生危险，由于空间很大，敌人方便从各个角度进攻。

山洞里寂静一片，除了两个人的脚步声之外再听不到其他声音。两个男孩尽量把脚步放轻，连大气都不敢出。

突然间，一个黑影从他们身边闪过。那个身影移动的速度极快，他们根本看不清他的身形。

越冥、安冷耀二人相视一眼，不约而同凝聚起内力。

"嗖嗖嗖"几声轻微的细响，几把锐利的光刀向他们飞来。即使在这样昏暗的环境之中，二人依旧凭着敏捷的动作避开了攻击。真正法术高强的人，不会因所处的环境恶劣或是光线幽暗而误了身手。在暗处学会闻风辨物，学会夜视，是魔界的孩子从小必不可少的一项练习。

这个洞穴里的人似乎并不想放过他们，紧接着无数把闪着冷冽光芒的刀刃又向他二人飞来。越冥和安冷耀已搭起结界，暂时挡下了攻击。

此时，一个人影正站在不远处注视着两个人。从身形上判断出他就是刚才那个人。他手轻轻一挥，转眼之间，铺天盖地的金色光芒从他的脚下向洞穴四周延伸出去，这个小洞立刻亮如白昼。

"你们是谁？"问话的人一身黑衣，连自己的面容都被遮在黑纱之下。但听他低沉有磁性的声音，应该是一个年轻的男子。

越冥和安冷耀见这个男子似乎没有再动手的意思，便收了结界。

"对不起，我们无意冒犯，只是希望你能让我们过去。"越冥说。

男子一声冷笑，说："魔界的人真是愈发大胆，竟敢派出这样两个小孩子混入神界。你们二人难道不怕一去不返吗？"

"我们来这并不想做什么不利神界的事情，只是来寻灵芝。"越冥解释道。他希望能消除这个人对他们的戒备。

"灵芝？既然要找灵芝，那么必是要到异度空间，而一般人是不会知道这条路的。你们大概对这里地形还有几分了解。魔界没胆量单单派两个小孩子来，看来你们二人身份并不一般，你们究竟是谁？"黑衣人语气凌厉。

"我们……"越冥怔了怔，他有些犹豫是否该如实说出自己的身份。

在一旁沉默多时的安冷耀见此情况，说："我们的身份不值一提，不过是魔界中的普通人。"他见此人神秘莫测，而且在刚才的交手中功力也不低。纵使自己与越冥的法术在同龄人中再杰出，他们也只是个半大孩子，能力终究有限。若是再战，他们二人根本不可能胜过他。况且，神魔本就对立，这人又对他们有所怀疑，他自己的身份暴露了倒是没什么，但越冥的身份实在特殊，最好还是不要轻易透露。

黑衣人看着安冷耀，忽然冷哼一声："你年纪虽小，心思却缜密，但你以为什么都不说，我就一无所知了吗？"

他说着，又将目光转向越冥，"六界之中越轩的名声如雷贯耳，想必他的儿子也不可小觑。你如今为了魔界的安危而来到神界寻找灵芝，足见你的勇气。只是不知你们二人是否可以成功完成任务呢？"

越冥、安冷耀听见这一番话，同时露出惊讶的表情。他们明明什么也没有说，但面前这个人又是怎么知道的？

"因为我会读心，这六界中的任何一人都躲不掉我的读心术。所以，在你们心中所有隐藏的事情，我都知道。"黑衣人说。

越冥似乎想到了什么，急忙问："你就是'神之幻隐'吗？"他曾听母亲音千落说过，神界中有两种人所拥有的潜力最为奇幻莫测：一种是"血祭"，这种人的鲜血拥有无穷的能量；还有一种就是"神之幻隐"，这类人拥有与生俱来的洞察人心的本领。

黑衣人微微一笑，"知道得倒不少。那么，你们认为，今天遇上了我，还有可能通过这里吗？"

"我知道你法力高强，凭我自己的本事根本不是你的对手。但是，为了魔界，我不会退缩。除非你杀了我，否则，我说什么也不会放弃。"越冥毫无惧色。

"我也不会放弃。"安冷耀眼里闪着倔强的光芒，他要和越冥共同进退。

黑衣人微微一愣，他从没看见过这样的孩子，即使身处困境也不言放弃，没有畏惧。或许因为他自幼便善于读心，所以无论是人或是神魔的本性，他都看得无比透彻。无论有着怎样的权力地位，到头来，他们的本性都是贪生怕死。只是，这两个孩子却令他有了不一样的体会。

他想了想，说："凭我的法力，杀你们的确易如反掌。只是，若非万不得已，我也不愿动杀意。既然你们知道我的身份，想必也知道我除了读心术之外还拥有的一种法术吧。"

"是营造幻境。"安冷耀淡声说。

黑衣人点点头，"对，但其实却也不完全如此。它们虽是虚幻的画面，但往往都是人心底最真实不愿或害怕面对的场景。这些场景，都是曾发生过的，或是在未来会发生的。如果你们两个人可以成功破解我所布下的幻境，我就让你们走，怎样？"

"好，到时你可不要食言。"越冥答道。

"我不食言，但能否通过，就要看你们的本事了。"黑衣人说着，周身散发出淡淡的白光。接着，那些白光环绕在两个男孩四周，瞬间将他们包围。

安冷耀感觉自己像是躺在棉花上，浑身软绵绵的。他眼前的白光越来越刺眼，他忍不住闭上了眼睛。不久之后，他感觉光芒已散，于是缓缓睁开了眼睛。

此刻的他，正处在一座华丽的房子外面。这座房子风格颇有远古建筑的味道，乳白色的墙上泛着淡淡白光，房子被一个美丽的花园所包围。

这个地方，他再熟悉不过了。他四岁之前的所有记忆都发生在这间房屋之中。那时，他有爱自己的父亲，虽然他明白那并非他的亲生父亲，但那个人所给予他的爱是那样真挚。

不要以为小孩子的记忆是短暂的，在安天阔离世后的无数个月夜中，安冷耀无数次梦到昔日的场景。梦里的自己是那样快乐幸福，享尽父亲的宠溺。人最怕的，不是没有得到过亲人的呵护关心，而是当你还沉醉于这份温暖之中时，忽然失去了，转眼变成了寄人篱下、尝尽世间冷暖的人。每每午夜梦回，安冷耀都再难入睡，常常一个人坐在窗边，在月光下望着外面的茫茫夜色，直到天明。

这些，他没有告诉过任何人，包括越冥。有些痛苦，即使说了，也不会有丝毫改变。

他看着这些似曾相识的景物，眼眶里一阵泛酸。他眨了眨眼睛，最终还是没有落下一滴眼泪。

忽然间，房门被推开，只见一个挺拔高大的男人抱着一个小男孩走了出来。安冷耀一惊，急忙闪身想找一个地方躲起来，但他这时才发现自己的身体是透明的，别人根本不可能看到自己，他这才放下心来。

男人抱着小男孩坐到了花园里的秋千上，将男孩从怀中放到了座位上。

"爸爸，我想要学习法术。"小男孩用清脆的童音说。

男人微微一怔，随即笑着看着男孩问："为什么？小耀难道不怕辛苦吗？学习法术可是一件很辛苦的事呢。"

男孩摇了摇头，倔强地说："不，我不怕。我常听照顾我的侍从说爸爸的法术很厉害，在魔界没有什么人可以胜过你，我也想成为这样的人。"

男人摸了摸小男孩的头，说："有这种上进心当然好，但是你现在才三岁，等你再大一点我亲自教你，好不好？"

"不要。"小男孩忽然生气地躲开了父亲放在自己头上的手，"爸爸不是总说，魔与人的年龄划分不同，人类三岁的时候还很弱小无力，但魔界的人三岁已经算是可以有担当的男孩了。如今爸爸这么说，是在质疑我的能力吗？"

男人听着这番话，忍俊不禁。他想了想，对儿子说："好，我答应你便是。这样好不好，爸爸这几天要处理一些事，等再过十天，十天之后我亲自教你法术，好吗？"

男孩这才满意地笑了笑，抱紧了父亲的胳膊，开心地说："爸爸对我最好了。"

男人也不禁浅浅一笑，将男孩抱在怀中，这幸福温馨的画面仿佛定格于此，千年万年都不会改变。

安冷耀凝视着眼前的景色，良久，才觉察到脸上冰冷一片。他摸了摸自己湿润的脸颊，心里满是忧伤。他望着画面中的小男孩，那人就是三岁时的自己，旁边那个男人就是他的养父安天阔。

安冷耀想，当年的那个自己在得到父亲的承诺之后根本不会想到，那份约定根本不会兑现，因为十天之后，父亲与他便天人永隔。

突然之间，画面一转，安冷耀置身于一座牢房中，他的耳边充斥着哭泣的声音。

"爸爸，你为什么会被关在这里，我要救你出来。"小小的安冷耀站在牢房门外，哭着说。

安天阔站在牢房中，身形之中隐约透着些许疲惫憔悴，那双眼睛依旧闪烁着孤傲不肯妥协的光芒，可当他看向门外那个小男孩时，所有的光芒都化成了父亲的柔情。

"小耀，爸爸做一件事情失败了，才被关到了这里。"安天阔将手从铁栏的空隙处伸出擦了擦小男孩的泪水，"小耀，对不起，原谅爸爸不能教你法术了。"他说着，眼睛也变得湿润了。

"为什么不能教了？爸爸还是可以再出来的，对不对？"小男孩问，他不相信自己会再也见不到父亲，"失败的事情有机会可以再去做一次。爸爸不是告诉过我，只要坚持下去，总是会成功的。"

"小耀，你不懂，并非所有的事情都有退路，有机会重来。"安天阔轻声说着。此时此刻，他的眼里心里都只有这个孩子，他不放心他，舍不得离开他。

小男孩听了父亲的话，有些似懂非懂，但他顾不得其他，急忙问："爸爸，你还是可以从这个恐怖的地方出来的，是不是？"

男人听了这句话，身体微微有些颤抖，他抱住自己的孩子，努力克制着情感。过了一会儿，他才把手移开，说："对，我马上就会出来的。我不在的这几天，你要学会照顾自己，从今以后，你要学会自己一个人面对所有事，不依靠平日里照看你的人，也不依靠爸爸，好吗？"

"不，我要爸爸照顾。"小男孩的心里忽然有一种莫名的恐惧，爸爸为什么要这样叮嘱他？爸爸不是还会回来的吗？

"小耀，人生在世，本就没有人可以在你身边一辈子。人活着，终究是要靠自己的。"安天阔说着，话语之间却已微微夹杂着颤抖。

"不，爸爸会在我身边一辈子的，你以前说过，会在我身边一辈子的！"安冷耀哭喊着。

"安冷耀，你要听我的话，学着自己面对一切，明白吗？否则，你不听我的，我会生气，会不再理你。"安天阔摆出一副严肃的样子。

小男孩这才停止哭喊，他一边自己匆忙擦着眼泪，一边说："好，我听你的。你不要生我的气，不要不理我。"

"对，这才是那个听话的小耀。"安天阔透过缝隙，拍了拍儿子的头，心中的悲痛却是无以复加，"我怎么会生你的气，会不理你呢？"

忽然，一阵杂乱的脚步声传来，五六个魔兵出现在安天阔的牢房外。

"安大人，时间到了，您的儿子我们要带走了。"领头的魔兵说。

安天阔闭上双眼，抿紧了干涩的嘴唇，终于还是到了这一刻。

"你们带走吧。另外，替我谢谢越轩。"他睁开眼说，他感谢那个男人还是给了自己一个再见儿子一面的机会。

魔兵微微点了点头，用眼神示意一下，身后的几个人便拉着小男孩的手向外走，但小男孩并不愿离开这里。

"小耀，回去等我，好吗？"安天阔柔声问。

"不！"男孩使劲摇着头，"我要在这里等你出来。"

"可是，这个地方不安全，你待在这里我不放心，不如回家等我。"安天阔看小男孩依旧有点不情愿的样子，说，"难道你忘了答应我的话？你不是说要听我的话吗？"

小男孩终于还是微微点了点头，用红红的眼睛看着安天阔，"爸爸，我会听你的话。我在家等你回来，不会再让你为我担心，我等着你回来教我法术。"

"这才乖。"安天阔轻轻一笑。

身边的魔兵有些讶异地看着这一切，他们不相信那个平日里孤傲、令人畏惧的安天阔还会有这样柔软的一面。他们都听闻安天阔收养了一个孩子，并把这个孩子捧在手心里疼着，如今一看果然不假。

安天阔见男孩安静下来，便用眼神示意几个魔兵，几个魔兵便将男孩带出了牢房。路上，男孩都在不住地回头望着安天阔，而安天阔也一直面带笑意看着他。仿佛，这真的是一场短暂的分离，马上，他们就又能相见了。

安天阔就那么一直凝视着前方，直到再也看不见小男孩的身影，他终于还是忍不住泪流满面。他这一生自命不凡，心中日夜所念的不过是那高高在上的权力地位。当初他收养孩子，只是想培养一个得力的养子，以供自己任意差遣，但终究付出了真情，将那个孩子当成了自己真正的儿子。每当他望着那双干净纯真的眼睛，便再想不起阴谋诡计，只想呵护他平安成长，给他最好的东西。

这一刻，他终于发觉，原来，当一切都走到尽头的时候，那些所谓的权力地位皆是过眼云烟，他脑海中浮现的只是那张纯真无邪的脸庞……

安冷耀望着面前那人泣不成声的样子，只觉心中的悲痛无法言喻，但脸上却是干干的，再流不出一滴泪，他觉得自己仿佛是悲伤到了极致，连眼泪都流不出了。他知道，那个小小的男孩再也等不到自己的父亲了，今生今世，这是他们最后一次相见。

直到此刻，他都还清楚地记着当年自己在那所房子里等了十天，但十天过后，迎接他的不是父亲那高大挺拔的身影，而是一群魔兵，那群人放火烧了整幢房子，他哭着去制止，但最终还是被狠狠扔了出来。那些人并没有伤害他，却让他年仅三岁便流离失所。

恍惚之间，安冷耀发觉所有的景象都消失不见了，他只感觉自己像是被困在了迷雾之中，看不到过去和未来，只是停留在原地。

罢了，就这样吧，他在心里告诉自己。不要再去面对旁人的冷眼相待，不要再这样艰难地活着，固执地寻觅安天阔死去的真相，想要复仇。与其要面对各种难关，不如就永远留在这里，不去理会外界的一切。

安冷耀慢慢闭上了双眼，他真的累了。

他的四周被白茫茫的雾气所包裹，而他闭着双眼在那之中徜徉，心中再没有了往日厚重的过往与心事，原来，当一个人没有了一切念想之后是如此轻松。

但，真的如此吗？安冷耀睫毛一颤，他猛地睁开了双眼。不，他在这世上并非无所留恋，他还有朋友。他知道，即便全世界都看不起他，那个男孩也会将自己视为知己。他的脑海里逐渐浮现出越冥的模样，在那满天烟火之下，越冥告诉他，只要他愿意，他们便是朋友亲人。

人生在世，即使有苦楚，但也有值得珍惜的情谊。为了朋友给予他的帮助与温暖，他都不能轻易放弃自己的整个人生。

"不，我不要留在这里！"安冷耀大声喊了出来，心里是从未有过的坚定。

几乎在同一时刻，围在他四周的白雾像是碎掉的玻璃，飞快地散开了。他眨了眨眼，才发觉，他又回到了山洞里。

"你很厉害，小小年纪，竟然心中也有抹不掉的东西。"黑衣人站在离他不远的地方说道。

安冷耀回过神来，并未在意那个人的话，而是急忙蹲下身子，打探着一旁靠石壁坐着的越冥的情况。只见越冥正闭着眼，眉头紧锁着，像是看到了什么痛苦的画面。

"越冥，越冥！"安冷耀尝试着拍拍他的肩膀，想将他唤醒。

"别叫了。"黑衣人打断他，"我布置的幻境只要陷进去，除非靠他自己走出来，所有人都帮不了他。"

安冷耀心中一慌，他急忙问："如果，如果他走不出来，会怎么样?"

黑衣人冷笑一声，双手抱在胸前，"走不出来，当然只好一直被困在里面。你以为人人都像你一样有运气能走出来吗?"

安冷耀听了黑衣人的话，更加担心越冥走不出来。他知道越冥这么久都没有醒过来，十有八九是遇到了类似于自己刚刚遇到的情况，被什么迷住了。他一定要想办法救自己的朋友。

安冷耀努力想办法。若是按照黑衣人的意思，就是说走入幻境里面的人已经失去了感知外界的能力，所以任凭自己怎么呼唤越冥，都不可能令他醒来。

安冷耀忽然看见越冥衣服口袋里微微发着光芒的金币，他把那枚金币拿出来放到手心，心中一动，明白了什么。既然越冥感应不到外界的一切，那么他可以想办法在幻境里提示他走出来。这枚金币越冥一直放在身上，所以幻境里的越冥身上一定有这枚金币。如果他将自己的真气输到这枚金币上，那么这枚金币的能量定会大增，可以让越冥感受到它的力量同时也助他走出幻境。

既然想出了办法，他不敢再耽搁时间，急忙坐在地上，凝神将自己的真气注入金币中。

"你疯了?"黑衣人有些诧异不解，"真气可是习武之人护体的本源，你这么做，难道不怕对自己造成伤害吗?"他倒是从未见过这样一个人，不仅自己破了他布下的幻境，还要不惜一切救同伴。

"我不怕。"安冷耀低声回答，继续将自己的真气释放。能支撑着他走出来的，本就是越冥的友情。这份友情，不仅让他破解了困境，还一直陪着他走过那些原本孤寂的岁月。

黑衣人没有再多说什么，只是当他看着安冷耀因耗费大量真气而愈见苍白的脸庞之后，他的心一颤，不禁想起多年以前，似乎也曾有过这样一个人，在危难来临之时，不惜牺牲了自己来保护他。

"好了，你不要再费力了。"黑衣人拦住了安冷耀，"我撤去幻境就是了。"

说着，他伸出右手，手心间飞出点点蓝光，那蓝光飞到越冥周围后，又飞快消失不见了。随着光芒的消失，越冥终于睁开了双眼。

"越冥，你没事吧?"安冷耀小心地扶着越冥起身。

越冥原本迷茫的眼神一点点聚集起来，他这才看清面前的安冷耀。

"安冷耀，你没变就好。"越冥轻声说。

"嗯？"安冷耀有些没有明白那句话的含意，"什么变不变的？"

"没什么。"越冥摇了摇头。他不想告诉安冷耀刚才自己看到的画面，他不相信未来的他们会是那样。

越冥见安冷耀仍是面带疑惑的样子，急忙转移了话题，对一边的黑衣人说："喂，谢谢你了。若你不帮我，恐怕我真的要永远住在里面了。"

"不必谢我。我只是看你的好朋友实在为你耗费了太多的能量，有点于心不忍而已。"黑衣人仍是用冷淡的语调回复。

越冥这才注意到安冷耀面色惨白，很是虚弱的样子。

"耀，你……"越冥感动得不知说什么好，怪不得他在幻境里感到了一股力量，他原来以为是黑衣人帮他，没想到那股真气是安冷耀的。

"我没事。"安冷耀毫不在乎地笑了笑，"你没事就好。"他虽这样说着，却感觉自己的头阵阵发晕，身子微微一晃，差点跌倒。

"耀！"越冥忙扶住了他。

"让他坐下来，调整一下气息，否则容易入魔。"黑衣人说着，让安冷耀坐在地上，向他的胸口处输入了几分真气。安冷耀凝神将这真气打通到几个穴位，顿觉舒服了许多。

"谢谢！"安冷耀不知黑衣人为什么刚开始一副对他们充满敌意的样子，而后不仅帮助越冥破了幻境，又为自己疗伤，但他还是道了一句谢。

"不要谢我，想要完全恢复至少还要五天时间。他现在不宜四处奔走，应好好静养。"黑衣人说。

越冥一听，心里充满了歉意，"都是我害了你。"

安冷耀摇摇头，"不，是我自愿的，与你无关。我现在担心的并不是自己的身体，而是寻找灵芝之事。我们不宜再耽搁了，要尽快上路。"

"我差点忘了这事，但你现在耗费了这么多能量，怎么可能再上路呢？"越冥担忧地问。

"不，我可以撑住。"安冷耀说着就要起身。

"你不要命了吗？"黑衣人拦住他，"你年纪尚小，在流失了这么多的真气后更应注意调理身体，否则后果不堪设想。"

"对，安冷耀，我不能再让你去冒险。"越冥急着说。

黑衣人转过头，看向越冥，"如果你愿意信我，就让你的朋友留在这里休息，我会照顾他。等你从异度空间拿完灵芝再回来与他会合。"

越冥不得不承认这是一个不错的办法。刚才的种种迹象都证明这个黑衣人武功不差，但是，此人真的值得他们相信吗？

"相不相信我是你们自己的事，如果你想让你的朋友好好活着，把他留在这里是最聪明的办法。我要是有心害你们，你们一百条命给我都不够。"黑衣人读出越冥所想。

越冥因心事被看穿，有点不好意思地笑了笑，说："好吧，你说得有理，就这么办。"

"越冥……"安冷耀仍有点不放心。

"耀，你相信我的能力吗？你相信我可以顺利从异度空间拿回灵芝吗？"越冥认真地问他。

安冷耀点点头，"我并非不信你，但我怕万一……"

"没有万一，我会完成任务。你带着病上路，才是真的让我有所顾忌。"越冥说。他是不会让自己的朋友在重伤的情况下还和自己去冒险。

安冷耀轻叹一声，说："好吧，你要小心。"他明白如果再多言，才是真的表现出了对越冥的不信任。越冥也有自己的骄傲，有自己的底线。

"我会的。"越冥随后又对黑衣人说，"谢谢你愿意放我们一马，还帮了我们这么多。"看来，神界的人也并非都是魔界的敌人。

黑衣人没有理会他的道谢，而是指着前方说："你一直向前走，过不了多久就可以到达异度空间了。不过，我要告诉你，那里的人也并不是好对付的，若你惹了什么麻烦，可不要怪我没提醒过你。"

"我知道了。但我觉得你就已经是很厉害的角色了，你这么厉害的人到最后都愿意帮我们，我已经有勇气去面对一切了！"越冥玩笑般说着。

黑衣人难得地露出一丝微笑，"我佩服你的勇气，愿你还有命回来。"

越冥不再多言，他冲身后的安冷耀坚定地点了点头，随后踏上又一场未知的旅程。但他明白，他为了魔界，为了保护自己的朋友，一定要凯旋！

越冥到达异度空间的时候，已经是傍晚了。黑衣人说得没有错，从洞里出去后便能到达异度空间。他打开地图，仔细看了看所在的位置，离灵芝还有一段距离。

越冥刚刚合上地图，忽然看到不远处有一个黑发少年走来。他急忙闪身躲到了身旁的灌木丛中，那里面的草生长得很茂密，刚好可以遮住他的身体。

只可惜，越冥忽略了一件事：他可以掩藏自己的身形，却盖不住身上的气息。但凡法术高强的人，对气息都十分敏感。

黑发少年走过灌木丛时，身形一僵，他转过身，像觉察到了什么。

"出来。"少年冷冷开口。

越冥心知自己已经被发现了，他努力使自己平静下来，缓缓起身。

"嘿，你好。我，我可不是什么坏人！"越冥急忙解释。他觉得自己此次出行实在运气不佳，好不容易从山洞里出来，刚一到异度空间就被发现了。

"你是魔界的人？"少年皱了皱眉头。

越冥点点头，又急忙补充："我，我是无意到这里来的，根本不是什么心怀不轨的人。"在不了解对方身份之前，他不能贸然告诉别人来此的目的。

少年冷哼一声，说："小弟弟，我劝你不要随便拿一个借口来敷衍我。异度空间离魔界有多远不说，单论这里的灵山，魔界的人若不通过神异之境那个洞穴根本无法到这儿来，若非有人指点，你怎能完好无损站在这里？"

"我，我……"越冥一向伶牙俐齿，但这回，他确实不知如何辩解下去。

"哼，魔界的人真是厉害啊，敢派这么一个小孩子前来打探消息。"少年的眼神忽然变得凌厉，"说，你来这里有什么目的？"

"我只是，只是……"越冥的眼珠四下转动，不知在想些什么。

"只是什么？"少年有些不耐烦。

"只是……"越冥微微一停顿，指向少年身后，"那是什么？"

少年本能地回头看了一眼，发现自己被骗，回过头来时，越冥已经借着轻功跑出了很远。可恶，他竟被一个小孩子骗了。不过，追上他也并不是难事。

越冥一刻不敢停地跑着，他知道这个方法并不是上策，但他一时之间也实在想不到什么好主意。俗话说"三十六计，走为上计"，顾不了这么多了，只好走一步算一步。

他知道那个少年一直追在他身后，虽然自己已经逐渐感觉到疲惫，但身后的那个人一直保持着原有的速度。

这回恐怕真的完了。正这么想着，越冥来不及看清前方的路，一下子撞到了一个人的身上。

"哎哟。"越冥摔倒在地，一边起身一边抱怨，"我拜托你注意看路，没注意人家在逃命吗？"

"是你自己撞过来的，同我有什么关系？"一个声音淡淡传来。

越冥看了看眼前的人，有些惊讶地叫出声："临夜？"

临夜也认出了面前的人："安冷耀？"

越冥微微一愣，有些没有反应过来是叫自己，他这才想起这是他上次情急之下用了安冷耀的名字来做掩护。

说话间，那个少年已经追到了越冥面前，越冥见状，急忙摆摆手，说："你先不要这么冲动好不好，我来这里真的不是对神界有什么不好的想法。"

少年正要开口接他的话，注意到旁边多出了一个人，他在一瞬间有些惊讶地叫道："灵……"

临夜用目光示意了他一下，少年随即明白了他的意思闭上了嘴。

"零时，这是怎么回事，你为什么要追他？"临夜问，他总要先弄清状况。

黑发少年语气变得恭敬了许多，"我刚刚在巡视时发现了他，我一发现他，他就要逃跑，我这才追来。"

"安冷耀，你来这里做什么？"临夜问。

"我……"越冥顿了顿，还在想着要不要再编一个借口的时候，他听到临夜冰冷的话语，"说实话。"

越冥叹了一口气，看来这临夜并非好骗的人。只不过，这个人曾经帮过他，想来也不是什么坏人，否则早就联合那个叫"零时"的人把自己抓住了。算了，无论现在怎么看，都是他落了下风，不如把实话说了，或许能得到帮助。

于是，越冥把事情的前因后果全部告诉了临夜。

临夜听后点点头，说："你能走出那个山洞已经算是不易了。看你也并不像什么坏家伙，我暂且信你一次。跟我来，我带你去寻灵芝。"

"太好了，谢谢你!"越冥开心地说，"看来神界的人也不是我所想的那么惹人厌，会落井下石的。"

临夜瞥了他一眼，"你把我们神界的人想成什么样子了? 若是你们魔界可以安分守己，我们也不会动兵，更不会在你们遇到困难时反而加害于你们。"

"好了，好了，算我曾经对你们有误解。"越冥急忙澄清误会。看来，他还是比较好运的，在神界遇上临夜这么一个还不赖的人。

"灵……"零时忍不住想开口说些什么，魔界的人怎么可以这么轻易便信了?

"零时，相信我，我自有分寸。"临夜打断他。

零时见他这样坚决，也不好再说些什么，他不明白，一向冷静谨慎的临夜，为什么今天会公然帮助一个来自魔界的人。

越冥见此，拍了拍临夜的肩膀，说:"你放心，我越……安冷耀一向恩怨分明，这回你帮我的忙，等下回你若有难我也会帮助你的。"

临夜拿走越冥搭在他肩上的手，淡声说:"回报倒不必，你们魔界的人离我们越远越好。"

"你……"越冥没想到这个人这么不识好歹，他说这番话是出于好意，却碰了一鼻子灰。

临夜看了零时一眼，低声说:"你回去吧，这里交给我。"

"是。"零时低下头答了一句，随后便离开了。

越冥看着那个刚刚还与自己争斗的男孩离去的背影，转过头看着临夜说:"没想到，他还很听你的嘛。"

临夜没有多言，只是转身说了一句:"走，我带你去找灵芝。"

越冥微微一笑，凝视这个虽然冷淡了些，心却很好的陌生人。他忽然觉得，如果……如果临夜不是神界的人，而是来自魔界，那么他们说不定会成为朋友。

不过，若是遇上值得相交的人，身份地位如何又有什么关系呢?

安冷耀休息了一段时间之后，已经感觉好了很多，至少不会再有那种眩晕无力的感觉了。这也多亏那个黑衣人的帮助。

"怎么样了？"他正想着，黑衣人走了过来，坐到了他身旁。

"谢谢你，已经好多了，恢复得很快。"安冷耀感激地对他笑了笑。

黑衣人微微摇了摇头，将手里的杯子放在安冷耀的手上，"这是洞穴之中的甘露，这里灵气环绕，露水中也蕴含了许多能量，喝了可以补充体力，对你有好处。"

"嗯，谢谢。"安冷耀来这里这么久了，确实感到口干舌燥，他也不再推辞，接过杯子后就喝了起来。这里的露水清凉甘甜，刺激了他的味蕾。他喝了几大口才停下来。

喝完之后，安冷耀捧着手里的水杯，看着一旁的黑衣人。他不明白，实在不明白，这个人真是来自神界，为什么三番两次地救了自己，也救了越冥。神与魔，难道不是天生的敌人吗？明明有很多次，黑衣人可以对他们下杀手，却一次又一次地救起了他们，还指引了越冥寻灵芝的方向。

"我救你，自是有我的道理。"黑衣人忽然开口。

"你……"安冷耀被他突如其来的声音吓了一跳，这才想起，这个人有读心的能力，自己的想法当然瞒不过他。

"我布下的幻境，没有几个人可以逃出，即便是那些法力高强的人也很难破解。因为在这幻境之中，迷惑的是一个人的'心'，这并不是法力可以抵挡的。"黑衣人说着，转头注视着安冷耀，"我只是好奇是什么让你能从我的幻境里走出的。"

安冷耀将手中的杯子放到旁边的石头上，低下头想了想，然后回答："是越冥。"

黑衣人一笑，"没想到你的那个朋友对你来说如此重要。只是，他难道厉害到能帮你走出幻境？"

安冷耀摇了摇头，对他说："不，是我与他之间的友情时刻温暖着我。你既然善读人心，想必也已通过幻境的场景了解了我的身世。我本是孤儿，幸被人收养，但可惜养父也去世了。我在魔界本是最卑微的存在，但越冥虽身为魔王，却对我以兄弟相称，处处维护我，让我不得不感动。我在幻境里时，本想放弃一切，永远停留在那里，但我想到了越冥，想起这份友情，这让我不得不振作起来，去面对一切。"

黑衣人一怔，安冷耀说得不错，自己已了解了他的一切。安冷耀不知，他既善读人心，那么便更能透过人心，看到许多不被了解的真相。他早在布下幻境的时候，就已经明白为什么安冷耀的养父会死，为什么安冷耀在魔界地位低下……甚至，越冥看到的幻境他都一清二楚。

他不想把这一切都告诉安冷耀和越冥。也许未来的某些结局早已注定，因为那本是多年前种下的"因"。现在暂且留给他们二人一段美好的友情吧。

"安冷耀，你既然这么看重这份友情，那么，你会不顾一切地维护它吗？"黑衣人问。

"会。"安冷耀没有一丝犹豫地说出了答案。他当然会珍惜这份唯一属于他、给他温暖与希望的友谊。

"你回答得不假思索，难道没有想过有一天，你的想法会变吗？"黑衣人问。

"怎么会变？"安冷耀反问，"你都已经读过我的心，自然明白我的想法。"他实在不懂黑衣人为什么会这么问他。

黑衣人看着他对友情坚定的神情，不禁回想起了当年的自己，如何固执地相信真挚的友谊可以是永恒的情谊，但到最后，所有的一切都随着那个人的离去而结束了。其实，在好多时候，他也想为自己营造一个幻境，然后就沉醉在那片虚幻里，不再出来。

若是能重来一次，他定会像现在的安冷耀，用尽一切办法维护友情，保护朋友。只可惜，当年的他，并未明白友情于他的重要。

可笑，实在可笑，他拥有读心的能力，可以读懂六界一切生灵的心意，却唯独在当年没有读懂自己的心思，没有读懂什么于他才是最重要的。

安冷耀看着黑衣人略带忧伤的神情和迷茫痛苦的眼神，一时之间不知发生了什么。他轻声问："你怎么了，想到了什么吗？"

黑衣人回过神来，恢复了往日的冷淡，"没什么，时候不早了，你又身体不好，早些休息吧。"他说着，站起身子要离开这里。

往事如烟，何必再提？

"等一下。"安冷耀开口叫住他。

"还有什么事？"黑衣人回过头看着安冷耀。

"我能否知道你的名字？"安冷耀问。他知道这个黑衣人终日一身黑衣，还用黑纱遮住了面容，定是不愿让别人认出自己。黑衣人帮了他这么多忙，他很想知道他的名字。

黑衣人愣了愣，似乎已经有很多年没有人问过他的名字了。自从他守在这个洞穴里，年复一年，日复一日，纵是时间不肯停下步伐，但时日久了，竟也感觉不到它的匆匆离去。他有时觉得自己仿佛困在了时间的夹缝中，孤身一人，只拥有无尽的空虚，甚至要忘了自己是谁。

今天，这个小小男孩的一句问话，竟让他感受到了久违的熟悉。许多年前，那个人也曾一遍遍问自己叫什么名字。

良久，当安冷耀以为自己不会收到答案的时候，他听到了一个低沉的声音。

"凉城。"

临夜和越冥一路西行去寻找灵芝。临夜见天色已晚，打算找一个地方先住下来，但越冥想起魔界的情况不敢再耽搁时间，想尽快上路。

"我知道你现在很焦急。"临夜说，"这里我虽熟悉，但一到黑夜也会潜藏着我无法预料的危机。天黑对我们行动不利，而且你已经累了，不如休息一晚再做打算。"

越冥想了想，觉得他的话也有道理，于是点下头。

临夜本想带他去预言女王奥雪的住处去借宿一晚，但转念一想，越冥身份特殊，毕竟是魔界的人，不宜让太多人知道，就在树林里点起一堆篝火，将就了一晚。

第二天天刚蒙蒙亮，晨雾还未散开，两个男孩再次踏上征程。

越冥见临夜一直都沉默着，不由得想打破这种寂静，也想问他一些问题以解心里的疑惑。

"喂，临夜，昨天我们遇到的那个叫零时的人为什么这么听你的？你说一句话，他就不再多言什么了。"越冥微微侧头对临夜说。

临夜步伐稍慢了一些，问："你问这做什么？与你寻灵芝这件事有关吗？"

"你不要误会，我只是觉得你并非常人，上次你帮了我，我就已觉得你身手不凡。这回在异度空间，你又仅凭几句话安抚了那个追我的人，更让我觉得你在神界有着不一般的地位。"越冥解释说。

"我……不过是灵王手下的人，并非有多么大的权力。"临夜低声回答。

越冥见他话中略有迟疑，心里明白恐怕这个人并不想暴露自己的身份。不过，这也没什么，他自己不也是选择了隐瞒身份吗？

"哦，"越冥笑了笑，"如此看来，灵王身边的人也不可小觑呢！"

临夜淡淡地一笑，没有再多说什么。

之后，两个人一路无言。又过了不久，他们来到一大片空地之上，这里遍地是金黄色的植物。这些植物像是树木的枝干一样，千奇百怪，周身环绕着金色的光芒。

越冥的胸口闷闷的。事实上，刚才在路上他便有这种感觉，但到了这里，这种感觉更加强烈了。

"唔……"越冥捂住胸口，痛得发出了声音。

临夜从怀中拿出了一个淡紫色的珠子，放在越冥手上，"刚忘记提醒你了，这里由于生长灵芝，灵气四溢。你是魔界的人，难免会有不适。这颗引灵珠你收好，它可以帮你抵御灵气。"

"多谢！"越冥接过了引灵珠放在身上，果然好了许多。

临夜走近这片长满灵芝的地方，张开双臂，体内发出无数浅紫色的光丝。那些光丝四散而开，逐渐覆盖在这片灵芝的上方。

越冥从未见过这样的力量，但他明白临夜这么做一定与取得灵芝有关。那些浅紫色的光丝四处摇曳了一会儿，最后逐渐集中在一株灵芝上。

临夜见状，双手向上一抬，那株灵芝就浮在了空中，飞到了临夜手上。

"给你。"临夜将灵芝交给了越冥。

越冥接过灵芝，小心收在了身上。他看着临夜，不知该说些什么来感谢这个帮了他如此大忙的人。更何况，这个人还是来自神界。

"举手之劳，不必言谢。"临夜仿佛看到了他的想法，随后他又解释了一下自己刚才的举动，"这里的灵芝各有各的生长期限，若是随意摘取，不到它的生长期限，取出后就会枯萎，毫无用处。我刚才的做法是找生长期已满的那一株灵芝。"

"原来是这样。"越冥恍然大悟。

"我知道你还有要办的事。昨晚听你说，你的朋友还在洞穴里等你，你从这里往东走就可以走到那个洞穴。"临夜说，"我刚才给你的引灵珠可以让你们不必走那么多弯路，你们可以直接翻过这里的山，这只珠子会为你们抵住一些灵气，这样用不了多久便可回到魔界。"

越冥点了点头，回答："临夜，大恩不言谢。我今日欠你的人情，日后一定奉还。"他越冥从不会让人白白帮了自己的忙，他在心里暗暗承诺，若有朝一日，临夜需要自己帮忙的时候，他也会赴汤蹈火、在所不辞。

临夜弯了弯唇，轻声说："你快走吧，不要再耽搁了。"

其实，他明白，于情于理，他都不该帮助这个男孩。神魔两界恩怨纠葛，他是再清楚不过了，但从他第一次见到这个男孩开始，从男孩的身上，他看到了与平日里父亲口中描绘的不一样的魔界之人。他相信这个人与自己听到的那些冷酷凶残的魔不一样。他相信这个人不会有不好的动机。

多年以后，当临夜再次想起今日今时的场景之时，他不禁想，若是一切重来，他定不会帮助这个人。天下乌鸦一般黑，魔就是魔，永远是冷漠无情。只可惜，当年年少的自己还没有认清这一点，以为这个男孩是与那些人不一样的。

越冥不敢耽误，告别了临夜之后匆匆上了路。

幸好有临夜的指引，所以他没有费多少时间就回到山洞里。安冷耀见他平安归来，又惊又喜，想不到他在短短一日就成功拿到了灵芝。

"冥，你有没有受伤？"安冷耀问。

"我好得很。幸有能人相助，这一路总算是有惊无险。"越冥笑着说，"对了，你怎么样？"

"虽然还没有完全恢复，但总算不会再造成行动不便什么的。所以，我们可以放心上路了。"安冷耀说，"对了，你刚刚说是什么能人帮了你？"

越冥故做一副神秘姿态，对安冷耀说："你一定想不到，是上次我与你提到的帮我驱逐了神鸟的那个来自神界的人。"

"是他？"安冷耀也是一愣。他想不到一个神界的人，竟会向越冥伸出援助之手。

"好了，等我回去的路上再与你细说。现在，我们要赶快回魔界把灵芝交给叶长老和我妈妈。"越冥也明白他们出来了这么久，音千落和叶谦一定很担心。

正在这时，黑衣人从洞穴深处走了出来。

"没想到，你成功拿回了灵芝，果真有几分英勇。"黑衣人说。他知道异度空间有不少法术强大的人，若是看到一个魔界的人混入，岂能放过？但不想，这个男孩竟然平安而归。

安冷耀微微一笑，上前一步，"凉大哥，谢谢你对我们二人的帮助。打扰了这么久，我们也不再久留，要赶快回到魔界了。"

"对，谢谢你。"越冥急忙道谢。这一路上，虽几次遇到困境，但庆幸的是都有人愿意帮助他们，毕竟六界之中还是好人多。

黑衣人只是浅笑摇头，没有说什么。其实，反倒是他想谢谢这两个小孩。是这二人用他们之间的友情打动了他，让他回忆起了多年之前那段混杂了悲欢离合的岁月。这么久以来，他独自一人住在洞穴中，现在尘封的心终于体会到久违的感动。

他想，在以后的日子里，他不会静待时光流逝而无动于衷。尽管昔日伴在他身畔的朋友不在了，但他还有回忆。回忆，永远是最长久的东西。在漫漫的时光中，他可以品味着它，不是吗？

安冷耀看着眼前沉静的男子，即使这个人的面容被遮掩了起来，只露出双眸，但不知为何，他依旧可以透过那双看似平静的眼睛看出那之中埋藏着的情感。他想，这个人一定也有着不为人知的前尘往事，所以在孤寂的时候，才会露出那样的目光——忧伤而宁静。仿佛是经历了太多岁月的洗礼，连曾经的生死离别也可以被平静地回忆。

安冷耀明白，也许凉城的这些往事就如同自己在幻境中所见的那些不愿被人提及的记忆一样。因此，他自然也不会开口去问他。

在最后离别的时候，黑衣人依旧是平日里那副冷漠的样子，没有多说一句话，转身消失在洞穴中。

越冥和安冷耀也没有在这里多停留，就匆忙向魔界赶去。

回去的路比来时好走了太多。越冥因怀里的引灵珠，不必再走弯路。二人翻过了山，没过多久就回到了魔界。

音千落一看见越冥，就紧紧把他拥在了怀中。她对越冥的担忧牵挂，不言而喻。

"妈妈。"越冥轻轻叫着。他第一次发现，原来母亲的怀抱是这样温暖。

叶谦站在一旁赞赏地看着安冷耀和越冥，笑着开口："我就知道没有选错人。"

既然安冷耀与越冥二人已成功带回灵芝，一切危难就能得到解决。叶谦和音千落这几日早将一切都打点好，也集结了一些在魔界修为深厚者的力量，只等着灵芝。如今，灵芝出现，他们马上布好阵法，将灵芝放在阵法中央。那株小小的灵芝立即发出橙色的金光，霎时间，它的光芒覆盖了整个魔塔而后又逐渐渗透至魔塔中。

而后，只见数种力量交织在一起，形成了一块小小的散发着紫色光芒的石头，那块石头逐渐飘到塔顶，便再不动了。

叶谦望着眼前的一切，终于松了一口气，"魔石已成，魔魇也已成功封回塔中，魔界的危难终于解决了。"

随着他这一句话，魔界天空这几日布满的乌云都四散而开。天空逐渐恢复了它原有的光彩，这片土地也同重生一般。

越冥环顾四周，这才发觉恢复了往日安宁的魔界是这样美丽。

年少的他，第一次在心底暗暗起誓：今生今世，倾尽全力也要守住魔界原有的美丽，不会允许任何人打破这份美丽，无论是谁都不行！

神界。

湛蓝的天空如同一块透明的晶石，几朵纯白的云朵悠悠地在天际飘荡。阳光之下，是一大片碧绿的草原。一个小小的女孩正奔跑在这片茂密的草原中，追逐着几只翩翩起舞的蝴蝶。一个男孩正跟在她身后，时不时叮咛她注意安全。

"哥哥，我真是越来越喜欢这里了。"幻冰一边嬉戏一边回头对幻影说。

幻影看着她说出这番话时明媚的笑容，也不禁浅浅一笑。还有什么比让自己的妹妹开心更重要的呢？他们兄妹二人以前一直四处漂泊，受了不少苦，但庆幸的是，他们终究找到了可以栖身的地方。而这一切都要感谢灵夜。

灵夜虽平日里并不多言，但幻影知道，这个看似有些冷淡的少年时刻在默默关心着他们。自从他们兄妹二人住在这里之后，几乎每一件事——从日常的衣食住行到习武学习这些事，灵夜都为他们想得周周到到，这让幻影从心里感激他。

正当幻影想着这些事的时候，天边忽然有一道蓝光飞来。那蓝光落到不远处，转眼间化成了一个人。

"灵王！"幻影冲不远处叫道。灵夜前几日去了异度空间察看近况，几天未归，如今终于回来了。

"幻影。"灵夜看清了前面的人之后，也笑着叫了一声。

幻影对前面还在玩耍的幻冰喊了一声："幻冰，你看谁回来了？"

幻冰转过身子，看见灵夜，开心地跑来，"灵夜哥哥，你怎么去了这么久？"

灵夜一向喜欢这个天真可爱的小女孩，她来神界的这段日子里，他早把她当成了自己的妹妹。他笑着摸了摸她的头，问："我离开的这几日里，有与文雅姐姐好好练习法术吗？"

"有。"幻冰用力点了点头，生怕灵夜不相信，"文雅姐姐说我学得很好呢！"

"是吗？"灵夜说，"幻冰真厉害。好了，你去继续玩吧。不过，要小心，不要跑太远，知道吗？"

"嗯。"幻冰听话地点了点头，笑着跑开了。

灵夜见幻冰离开之后，又将目光放在了幻影身上。他与幻影对视一眼，忽然间飞快地伸出一只手打向幻影。幻影敏捷地躲开了，一个轻跳落在了不远处。

灵夜随即在指间凝聚成一个水蓝色的火焰一般的光球向幻影射去。

幻影不慌不忙，双手放在胸前然后向两边划去，一个黄色的旋涡出现在他的面前，那个蓝色的光球瞬间消失在旋涡之中。

灵夜收了法力，向幻影走去，"我想试试你的武功，本想让你措手不及，但你还是全都接下了。不错，看来我离去的这几日你进步得很快。"

幻影摇了摇头，"我知道是灵王让着我，你刚刚才用了不到三成的功力。若是用尽了全力，我怕是无力反击。"

"我从小就练习法术，而你不过刚刚学习，这怎能相提并论呢？你的潜力已经很大了，假以时日，一定可以取得成功。"灵夜对他说着，言语之间带着些许的称赞之意。

"与其说我进步了，倒不如说是灵王教得好。"幻影淡淡地一笑。

"你忘了我说的吗？无论做什么事，自身的努力都是最重要的。"灵夜说。他一向看重倾尽全力做事的人，而幻影恰恰便是自己所欣赏的人。

幻影将目光转向茫茫的草原，眼神变得深邃了许多，"努力固然重要，但得到这样一个机会才是最重要的。曾经我带着幻冰四处奔波流浪，有一次碰到一个懂得法术的人，我央求他传授我几招用来防身。谁知那个人却嘲讽地说，像我与幻冰这样无依无靠整天流浪的人，能够活下去就已经很不容易了，竟然还妄想着学法术。说完这番话，他便大摇大摆地离开了。那个时候，我就在想，或许人与人本来就是不一样的。有的人生下来就地位尊贵，有着一切好机遇。而我和幻冰，就是另一种人，生下来仿佛比别人低一等，没有栖身之地，流离失所。"他从来没有把自己的心事说给别人听，甚至在自己妹妹面前，他也从不多言。今天面对灵夜，他竟自然而然地把这么多年以来压在心里的话语吐露出来。

灵夜看着幻影，轻声说："那么，你觉得像我这样的人便一定是幸福快乐的吗？"他知道，在神界有无数人羡慕他的地位，羡慕他小小年纪就已经是统治神界的王者了。只有他一人明白，这样的生活并不是他想拥有的。

幻影沉默了半晌，缓缓回答："或许吧，至少，灵王的生活比我和幻冰要好许多不是吗？"

灵夜笑了笑，只是他的笑容之中呈现出无限的悲伤与无奈，"是的，我没有过那种流离的生活。正如你所说的，我一生下来，就是注定要继承我父亲的王者之位，拥有养尊处优的生活，但你以为，我这样的人就没有烦恼了吗？高贵的地位，自然让我得到了很多别人没有的机会，可得到的东西越多，就越要承受世人没有的压力，努力不被这些东西压垮。"

幻影没有多言，只是静静地听着。远方时不时传来幻冰清脆的笑声，这里的气氛却如此沉寂。

"我刚生下来妈妈就离世了。父亲望子成龙，从小就让我练习各种法术，教我为人处世的道理。从我有记忆开始，我每天面对的都是各种枯燥的训练，面对各种人的心思。我几乎从未有玩闹的时光，神界同龄的孩子大多畏惧我高高在上的身份，不敢与我相处。我倒羡慕你有一个妹妹，她一直伴你左右。我的父亲告诉我，高处不胜寒，即使有愿意陪同你的人，也不可以对那个人真心实意，走在王者的路上，最怕被情谊迷住双眼而出差错。"灵夜的声音很是平淡，仿佛他只是述说着一件与自己无关的小事。

幻影听了这番话后，久久没有开口。他第一次体会到，原来即使是世人眼中高高在上的人，也有着自己的难处与无奈。原来灵夜也要独自一人承载许多，而且，他承载着的，不只是个人的利益，而是整个神界的安危。灵夜明明只是一个与他一般大的男孩，但他的肩膀却已经扛起了这样重的担子。

"我明白了，每一个人，不论是什么样的身份，都有自己的幸与不幸。从今以后，我不会再怪人与人地位的不同。"幻影说，"只是，灵王，就如你所说的，既然走在这条路上要小心谨慎，为什么当初你在遇见我和幻冰的时候不仅救了我们，还让我们住在这里？难道，你不担心我与幻冰是坏人吗？"

灵夜轻笑一声，"其实，刚刚那番话我还没有说完。我的父亲虽告诫我不能轻易信任别人，但我一直相信世间毕竟还是真情多，正义的人永远是主导的一方。我第一眼见到你和幻冰，就相信你们不是恶人。既然如此，我还有什么理由不救你们，不让你们有一个可以安身的地方？"是的，即使他也曾见过那些钩心斗角的人，但年幼的他依然相信世间也有着美好。

幻影心中一动，不觉满是感动。其实，他与灵夜倒也有相似之处。他们由于不同的原因，过早地认识了世界中的美丑善恶。不同之处在于，他自己在遇见那些恶人，尝过无依无靠的滋味之后，已经不愿相信世间的真情了。这么久以来，他除了幻冰，与任何人都保持着距离。

灵夜却与自己截然不同。他虽年少为王，身份高贵并未让他成为一个永远居高临下的人。即使身处权位之上，他也依旧保持着善良的心，所以在一开始遇到幻影与幻冰时，才会不计后果地去救他们。

一个人，最珍贵的地方，并不是他因不谙世事而保留下来的善良，而是，在历经世故人情后，依然相信美好的真情，不愿泯灭天良。幻影想，灵夜一定就是这种人。

"灵王。"幻影注视着灵夜，"我幻影曾看尽世间丑态，自以为人与人之间所谓的情谊都是虚无，但今天听了你的这番话，我也不禁动容。我和幻冰此生可以遇见像灵王这样一个良善之人，实在是我们的福气。你为我们所做的一切，我都看在眼里，记在心里。"他的这番话说得诚恳真挚，绝无一丝虚伪客套。

灵夜不由得一笑，回答："何须如此？"

他顿了顿，像在想些什么，转而继续说："幻影，从今以后，你便直呼我的名字吧。"

幻影微微一愣，随即笑着点了点头。

此时的天空依旧深远美丽，阳光依旧温暖柔和。幻冰依然一个人奔跑在这片广阔的草原上，她的笑声如银铃般清脆，回荡在这片土地上，久久不会散去……

魔界。

直到音千落解决了这些日子以来威胁魔界的所有隐患，确保所有子民都已处在往日的安宁中，她才真正放下心来，也终于有了可以和自己的孩子越冥单独说话的机会。

自越冥离开这段日子，她几乎夜不能眠，时刻担心着他的安危。虽然越冥离开她不过几天，但她却感觉像过了半个世纪之久。

"越冥，我还没有仔细问你是怎么拿到灵芝的，这一路上碰到了什么困难吗？"音千落问。

越冥将这一路上发生的所有事情都告诉了她，尤其是安冷耀牺牲了真气来救自己的时刻，他想用事实告诉自己的母亲，安冷耀待他是真心实意的。然而，越冥讲到进入异度空间的时候，他抹去了遇到临夜的经过，只是说运气好，刚进到那里没多久就找到灵芝了。他不告诉母亲临夜的事，并不是刻意想瞒她，只是，他明白母亲对神界人的忌惮和疑虑。他不想在讲了这事之后，平添她的担忧。

"原来如此。"音千落点了点头，"看来那个幻境果然不简单，我早年就对此略有耳闻，竟没想到它如此厉害。"她不禁有些后怕，若是越冥永远被困在其中，后果将不堪设想。

"是呀，不过我看那个神秘的黑衣人对我们倒是不错，他不仅放过了我们，还为我指明了去异度空间的路。"越冥勾了勾唇说道。

"这个来自神界的人竟然帮了你们，的确令我有些惊讶。"音千落点了点头，看向越冥，"但不论如何，神界的人还是少接触为妙。谁知他这次帮你，下次会不会害你呢？"

"哎呀，妈妈，我们既已平安归来，就不要再去讨论有关寻灵芝的事了。"越冥转了转眼珠，想转移话题，"妈妈，你之前总要我离耀远些，你说他身份低微，说他另有图谋。但这一回，他救了我。我想，若是没有他为我耗费了那么多真气，根本不可能引得那个黑衣人动容，帮我从幻境里走出。所以，从今以后，你就不要为难他了，好吗？"

音千落闻言一笑，摸了摸他的头，说："我什么时候为难过他，你见我打过他、骂过他？"

"妈妈，你自然没有这么做过。你说的这些不过是表面形式。我说的，是在暗处。"越冥说，"他来魔宫的这几年里，一直都做着仿佛用人才做的事情。这里的人，任谁都可以欺侮他。我知道林楚莫为什么一直这样针对他，想必这之中也有妈妈的默许吧。"他的这番话虽讲起来平平淡淡，实则道尽了一切真相。

音千落一怔，她有些为越冥可以洞穿一切的能力而惊讶。他不过是个小孩子，竟也看透这么多。她教他法术，传他功夫，想让他成为一个合格的领袖，但说到底，她也不愿他过早地了解人情世故。她忽然觉得，自己虽身为母亲，却一点也不了解自己的孩子。她见他平日里都是一副贪玩调皮的样子，可不曾想到越冥早已在不觉间明白了这么多。

"我倒小看了你察言观色的本事了。"音千落看着他，轻叹一声，"我这么做，也都是为了你。你现在年纪毕竟小，有许多事不明白，我总要为你铺好未来的路不是吗？"

越冥听了这话，一时之间有些不解。

"我知道安冷耀与你交好，但是，我是担心有一天他会是你最大的障碍。"音千落说。

"妈妈，我不明白，你为什么一提到耀就是这样的态度。你对他，是不是有什么误解，如果有，你可以告诉我呀。"越冥努力化解母亲对自己朋友的怀疑。

"我……"音千落一时语塞，她实在不知该如何对越冥解释。

除非，她将那些不为人知的前尘往事和盘托出，那么一切自会真相大白。那时的越冥或许会了解她今天的良苦用心，以及她对安冷耀的疑虑。只是，她不能这么做。若是她揭开了真相，魔界一定会流言四起，动荡不安，而且越冥也定会伤心吧。

越冥见音千落半天没有说话，以为她被自己说动了。于是，他趁热打铁上前抱住了她的胳膊，带着些撒娇的语气："妈妈，你就试着认可他一次，好不好？"

音千落犹豫片刻，终于点了点头，"好吧，我看在你这样恳求我，也看在他这次救你的面子上，我答应从今以后不再为难他。让他以后不必再做提水那样的杂活，专心和叶长老去练习法术。"

"太好了！"越冥兴奋得给了母亲一个大大的拥抱，"我知道，妈妈是最好的人。"

音千落无奈地看着自己的儿子，实在对他没有办法。

"但是，有一点我还是要和你说明，你的身份，安冷耀的身份都摆在那里，你们二人的差别也在那里呢。你这个魔王也不要整天和他混在一起，这样像什么样子。"音千落叮咛他。

"是，是，是。"越冥回答，尽管语气里满是漫不经心。

音千落看着越冥对安冷耀袒护的样子，也不禁想起叶谦对安冷耀赞赏的模样。一个对前尘过往毫不知情，一个对以往一清二楚，但他们还是这样相信这个男孩。

她随后又想起了当初与叶谦承诺过的事，若是这回安冷耀可成功而归，那么她便愿意接受这个孩子一次。罢了，就让她心软一次，就让她看在叶谦的脸面上相信一次这个男孩不会走上他父亲的老路。

这时的音千落并不知道她的选择是对是错，但日后，时间总会慢慢证明一切，到那个时候，谁是谁非，一目了然……

卷二　风云初起

　　世间万物都逃不过生老病死，所有的一切都必将有结束的那一刻，只有时间是永恒的。不知不觉，花开花落，纵然是七年的光阴，也不过是转瞬之间。

　　七年的岁月，足以让一个人从稚嫩走向成熟，让一个人成长。

　　转眼间，越冥十三岁的生日来临了，魔界从上到下，举国欢庆，都在庆祝这个重要的日子。从清晨就要开始准备晚上的宴会。

　　十三岁的越冥，成熟了许多，眼眸之中再不复儿时的青涩。漆黑的双眸，英挺的鼻子，薄薄的唇瓣，令他看起来越发俊美。他的双眼似乎无时无刻不满含笑意，但转瞬间却又让人觉得疏离。

　　"唉，一大早就这么努力地在练功，这份勤劳可真是把我这个魔王比下去了呢。"越冥笑着走向正在魔塔旁练功的少年。

　　少年听到越冥的话后，收了指间的法力，不禁微微一笑，"今天可是你的生日，你不忙着安排晚上的宴会，倒有时间来这里。"

　　"这些事情年年不都一个样子吗？无非是晚上大家要在一起，客套问候几句，再借机套套关系，巩固自己的权位。不用我安排，他们也知道怎么做。"越冥笑着回答，"不过，这不仅是我的生日，你也同样是寿星不是吗？平日里你已经为练法术付出了不少汗水，今日不如休息一下吧。"

　　六岁那年，越冥在夜空之下，对安冷耀许诺，从今以后，他们便是兄弟，并给了他与自己相同的生日。那之后的每个生日，安冷耀也都与他一同过。

这几年里，越冥看着安冷耀一直在努力让自己变得强大，夜以继日地苦练法术。他明白，安冷耀所做的一切都是为了有朝一日可以给自己的父亲报仇。只可惜，对于安天阔的过往根本无人知晓，更别提他的死因了。越冥想为他分担，却也不知能帮到他什么。他见安冷耀独自承担一切，不觉心里有点难受。

"叶长老昨日教了我'分身术'，我一直做得不大好，所以想多练习一下。"安冷耀擦了擦脸上的汗水。随着他慢慢长大，他的性子也比从前冷淡了许多。即使魔后音千落早在多年前就宣布让他可以在魔界专心练习法术，不必再做其他事情，但他明白，在这里，自己依旧是一个卑微的存在。自从他跟随叶谦学习法术之后，有人见了安冷耀，虽还是在心底里瞧不上他，也想不透叶谦为何要选择这样一个没有尊贵身份地位的孩子传授法术，但碍于叶谦在魔界德高望重的地位，也终不敢多说什么。

越冥撇了撇嘴，假装生气地说："叶长老也太无情了，平日里他对你要求那么严格，你都过生日了，他也不看在这个情面上放你几天假，反而还教你这么复杂的法术，这不存心折腾你吗？"

安冷耀掩唇轻笑，"这话你可别让叶长老听见了。不过，他这么做也是为我好。"他仿佛只有在越冥面前，才能褪去平日里冷淡沉默的外衣，变得有几分狡黠。

"来不及了，我已经听到了。"一个低沉带着威严的声音传来，"越冥，你自己不学好，还要带着小耀和你同流合污啊！"

越冥和安冷耀转头一看，只见一个白发苍苍的老人正向二人走来。他的语气虽还是像平日那样严肃，但仔细一看，眉宇之间已带笑意。

"呀，叶长老，你也怪不得我说这些嘛！"越冥走过去扶着叶谦的右肩，"我只是看耀平日里很辛苦，所以今日想让他小小地休息一下。往年他过生日从未好好休整一下，所以今天我想向您求个小情，让他放一天假好不好？"

安冷耀见叶谦走到他面前，急忙说："叶长老，冥他一番好意为我求情，您不要责怪。没关系的，我不用休息，我可以继续练功。"

叶谦注视着眼前的少年，七年前，自己允诺他，若他可带着灵芝平安而归，就亲自传授他法术，这七年来，安冷耀从没让叶谦失望过。无论是在怎样的条件下，无论是多么难的法术训练，这个少年都可以一声不吭地坚持下去。再加上他天赋异禀，这几年以来，法术也在不断增长，已经是魔界中少有的高手。别说同龄人，甚至是许多成年人，也不是他的对手。

"谁说我要怪他了？"叶谦一笑，"越冥说的也有几分道理。这些年，你每天都在练习，一刻都没放松过。今天，就给你放个小假吧。"

越冥比安冷耀还要开心，他不禁欢呼："太好了，叶长老您真是好人啊！"

安冷耀虽然开心自己可以放松一下，但还是心里存有忧虑，他觉得在自己没有成为真正强大的人之前，一刻也不该停歇。

叶谦教了安冷耀这么多年，对这个少年的心思个性了如指掌。于是，他开口说："小耀，努力固然是好事，但也要有分寸，该放松的时候就略微休息一下，这样对你有好处。"

"嗯，我明白了。"安冷耀一向听从叶谦的话。

"好了，既是叶长老都这么说了，你这个寿星也就不要再用功了。"越冥说。

叶谦见状，笑着说："那你们先聊，我还有事要去找魔后。"

于是，他告别了两个少年，向音千落的大殿走去。大殿上音千落正在指挥着侍从布置房间以庆贺越冥的生日。

音千落看见叶谦，向他打了个招呼。她见叶谦用眼神示意了一下，随即明白了他的意思，吩咐周围的人退下，四周变得一片寂静。

"叶长老，有什么事吗？"音千落问。

叶谦点点头，"我今早接到诺尘的消息，他要回来了。"

音千落脸色一变，问："当初安天阔之事令他意志消沉，决心离开这片土地，怎么如今突然又要回来？"

叶谦不禁一声叹息，"他再怎么坚决，魔界究竟是他生长的地方。故乡永远是一个人一辈子的牵挂，他离开快十年了，离时所有的情绪也都被时光磨平了，如今想要回到这里，也自然是情理之中。"

音千落闻言，一阵沉默。她对那个人，一直有点捉摸不透。当初安天阔一事，也是因为叶谦为那人担保，她才没有连那个人一并除去，而且，那人又已决心离开魔界，她才放他一马。如今，他又要回来了。

"魔后，这么多年都过去了，对于诺尘，你还是放心不下？"叶谦问。

音千落皱了皱眉，回答："叶长老，我自然明白您对君诺尘的器重。除了这些年您一直教导的安冷耀，您对君诺尘也是从小栽培。君诺尘这孩子自小性情温和，而且法术高强，你看中的人不会有错，但一想到当初他与安天阔有关，我就觉得不安。"

"魔后，诺尘当日与安天阔成为朋友，只是出于善意。他也没有想过安天阔原来有那么大的野心，事后他也是因为难过当初没有及早发现劝说安天阔走回正道，所以消沉了好久，决意离开这里。"叶谦解释。

音千落一向信任叶谦，也尊重他。当然，她相信叶谦的眼光不会错，他不会看错人。叶谦一直最关心君诺尘，她不是不知。她见他如此护着君诺尘，也只好暂时放下心里的疑虑。

"叶长老，你都这么说了，我相信诺尘便是了。"她笑了笑回答。

"那我就多谢魔后的谅解了。"叶谦忽然有些感慨，"不知不觉，这么多年都过去了。诺尘决心要走的那一天，我还清楚地记着。那个时候，越冥不过三岁，如今他都已经是个少年了。"

音千落也有同感。今天，是越冥十三岁的生日，她还记得越冥还是个婴儿被抱在怀里的模样，而如今，一切都变了。其实，近几年，她清楚地感觉到自己变老了。虽然凭借着修为与法力，她可以永远保持年轻的容颜，可以拥有永久的寿命，但一个人的心，是最为本真的东西，它不会受其他事物影响。她看着自己的孩子一点点长大，从他的身上，见证了自己岁月的流逝。

"是啊，这么多年，多亏了您对越冥的照顾，他才一切变好。"音千落感激地说。

"魔后这么说可言重了。"叶谦摆了摆手，"越冥平日里看着玩世不恭，但我知晓他的努力，否则他绝不会有今天的作为。如今，他虽才十三岁，但举手投足间已经隐隐有了王者之风。"他所言并不假，这么些年，越冥的努力甚至不输安冷耀。

"唉，我希望他有他父亲越轩的手段，却不希望他有越轩的情感。"音千落低声说。

"重视朋友并不错，当年会发生那样的事，也并不全怪越轩。安天阔因为身边没人教导才走上了不归路，但安冷耀不同，他这么多年一直跟着我，我会告诉他是非之分。"叶谦说，"况且这孩子的确用功，刻苦程度甚至不亚于诺尘，若是将他好好培养，也未尝不是魔界的福气。"

音千落一怔，七年以来，安冷耀的表现她不是没看在眼里。论性格，他虽寡言少语，却沉稳老到。论修为，他更是少有人及。比越冥身边的林楚莫，不知要好多少。她阅人无数，不是不知林楚莫平日里的性情嚣张，唯我独尊，但林楚莫身份高贵，他家里又有不少父母留下的精兵强将与财力，若是利用好了林楚莫，他家的一切也自然能为她所用。

安冷耀，她每每看他，都像是在看一个遗留下来的隐患。她总会不自觉透过他想起过往种种，即使有叶谦在，也实在不能令她完全心安。

她只怕，总有一天，这个安冷耀会是越冥最大的敌人……

每次生日晚宴，都是魔界最为欢庆热闹的时候，越冥却一直不喜欢。

"我祝魔王事事顺利，魔界越来越强盛。"一个身着华丽服饰的男人从桌旁起身，手里端着一杯蓝色的酒水。

"谢谢。"越冥礼貌地举起酒杯微抿一口。

与此同时，越来越多的祝愿从四面八方传来：

"祝魔王身体健康！"

"祝魔王有朝一日一统天下，把其他几界的人都收在手下。"

"祝魔王成为六界中最厉害的人！"

…………

越冥听着这些虚伪的祝愿，面上一副不动声色的样子，心里却在暗暗冷笑。这些人平日里没有机会多接近他，自己的生日宴会可真是一个让他们奉承的好机会。

在大家的欢声笑语中，越冥注意到安冷耀正默默坐在一个小角落里。众人无论真心或假意参加宴会，面上都是开心不已，只有安冷耀一直沉默着，眉眼之间略带忧愁。越冥忍不住暗叹一声，七年前，他说服了母亲让安冷耀与他一同过生日，参加宴会，但安冷耀一直不肯与他一同出现在晚宴上。那人的心思，越冥自然是明白的，安冷耀是怕招来他人非议，这么一个小人物也能有资格与魔王一同过生日。安冷耀一到生日时，对于晚上的餐宴总是左推右拒，说自己还要练功，但今日叶谦准了他休息，终于还是被越冥拉过来了。

"好了，大家的祝帖我都收到了。"越冥笑着放下酒杯，"各位的祝愿这么多，我一人实在享用不完，大家难道不知还有一个人也是今日的生辰吗？"

众人听了这话，皆是一愣。坐在越冥身边的音千落脸色微变，转头看了越冥一眼。

过了一会儿，人群里不知从哪里传来一个不屑的声音："能让有的人与魔王一同参加宴会，已算便宜他了。本就是一个孤儿，给他个生日算是看得上他了。难道这样的人，也配得上接受我们这些贵族的祝福？"

"就是。"大家应声而答。

角落里的安冷耀默不作声，低着头，只是他握着瓷碗的手泛着白色。

越冥轻笑一声，说："说这话的人果然有几分胆量啊！敢问是哪位贵客，出来让我见一面。"他的话语中隐约掺杂着几丝笑意，却任谁听了都是心中一颤。

众人瞬间又安静下来，但谁也没有动一下。

"敢说不敢认吗？"越冥修长的手指伸进茶杯里蘸了几滴茶水，"这可不符合我们魔界光明磊落的作风啊！"

话音刚落，几点金光飞快地掠过众人，打在了一个人的身上。那个人"啊"的一声尖叫，跌跌撞撞从人群里走了出来。他双手痛苦地捂住脸庞，透过他的指缝隐约可见几丝血迹。

大家一阵惊呼，他们惊讶于越冥出手的速度快得令人来不及看清。更让他们震惊的是伤人的东西，并非利刃，竟只是几滴水珠。

"魔，魔王，我不是有意的。"那个人颤颤巍巍地说，头也不敢抬一下。

安冷耀没有想到越冥会为此出手，他心中一惊，急忙起身穿过长长的过道，来到越冥身边。

"冥，何必呢？"安冷耀对他说。

越冥微微一笑，看着那个受了惊吓的人，"是呀，你若早早承认，何必受这皮肉之苦！"他不是不知魔界的人对待安冷耀的态度，今日，他正好借着这个机会警示一下众人。

那个人一直在道歉："对不起，是我失言。对不起，对不起……"

"好了，我原谅你一次。"越冥打断他，接着又对在场的宾客说，"安冷耀与我情同手足，大家想必在平日里也是知道的。那么，什么该做，什么不该做，各位自己清楚。不该说的，不该做的，都不要让我撞见。我呀，也不想总弄得这么不开心，扫了大家的兴致，是不是?"

"是，是。"大家纷纷回答，谁也不敢反驳。

越冥笑着点点头，"嗯，明白就好。今日晚宴大家送了我这么多礼物，我想都记在心里，但祝愿这么多，我实在不能一一答谢，希望在明年的今天，能收到的祝愿分一些给耀。"他的意思并没有明说，却再清楚不过。

"好了，料想诸位今日都累了，都回去休息吧。"越冥随后看了一眼身后的魔影，"魔影，你去拿点药膏。"他说着，扫了一眼用手捂着脸的那个人。

"是。"魔影回答。

越冥又看了一眼安冷耀，然后穿过人群来到外面，安冷耀一直紧随在他的身后。

此时的魔界早已是深夜，夜空之上，缀满了星星，高高悬挂的圆月将一切都洒上了银色的光芒。天空中，时不时有流星划过，令人不禁对它深深着迷。

越冥走了一段路，来到一块安静的空地上，转过头看着身后的安冷耀，"我知道你要说什么。"他笑了笑，露出几分狡黠。

安冷耀皱了皱眉，一言不发。

"平日里，那帮人都看你不顺眼。我今日只不过小小警示一番，惩一儆百。说起来，你倒应该感谢我才是呢!"越冥轻笑着说。

"你都知道。"安冷耀并非疑问，而是肯定地说。被越冥伤了的那个人曾私下找过他好几次麻烦，有一次硬逼着自己动手，安冷耀并不愿意，反而被那个人打伤了。这些，他都没有告诉越冥。越冥平日里处理魔界的事务，练习法术，已经很忙了，不必再为这点事费心。今晚越冥出手伤了那人，并不像他的作风。那人不过是一句话，即便再不好听，也着实不用受这么大苦。安冷耀唯一的想法，就是越冥知道那个人平日里的所作所为。

"你当我是笨蛋吗?"越冥反问，"他找过你那么多次麻烦，你真当我不知?"

安冷耀不住地叹息，说："我都可以忍。今天是你的生日，你实在不必为了我而扰了他人的兴致。我想，魔后又会不开心的。"越冥已经给了他太多，他不敢再奢求什么。这么久以来，支撑他的，除了父亲的仇，就是越冥的这份友情。为此，他可以忍受一切。

"她开心与否我也顾不得了。再说这些年，她已经很少管我的事了。"

越冥毫不在意，接着说："不过，别以为我不知，刚刚那人是林楚莫的手下。这个林楚莫仗着我妈妈的宠信，手下收了不少跟班，不过用的都是见不得人的手段，逼迫别人听从他。这一次惩处了那人，也算杀鸡给猴看，让林楚莫以后收敛点。"

像林楚莫这种人，他在魔界见得太多了，仗着自己有点身份地位，便四处耀武扬威。这类人，想必以后也成不了大器。对于林楚莫，他早就想给其一个教训，但碍于自己母亲对那人的宠信，再加上其父母以往在魔界的地位，越冥也不好明着来。

"林楚莫在平日里有些自傲，但他也并非邪恶之人，你也不用在他身上花太多心思。"安冷耀说。

越冥拍了拍脑门，深吸了一大口气，"唉，到底还是耀更宽容啊。林楚莫这种人当然不足为惧，但我只怕他被人利用或是鬼迷心窍走上歪路，若到那时将会是大麻烦。"

安冷耀闻言一怔，不禁沉默。

此时的夜空依然美丽迷人，但下一秒它是否会乌云密布？世事无常，人心更是难测。

水蓝色的光芒不断在一双白皙的手上浮动着，仔细看去，它的主人是一个十岁左右的女孩子。女孩的身体有点单薄，水蓝色的头发在阳光下一闪一闪的，她的脸上露出的笑容是那样美而纯粹。

"嗯，这七年以来，你的法术已经很不错了。"说话的是另一个同样气质不凡的少女，"幻冰，以你现在的法力一般人已经对你造不成什么威胁了。"

"真的?"幻冰有点不敢置信。七年的岁月让她早已从一个幼小的孩童长成了一个漂亮的女孩子。

"我还会骗你吗？"

幻冰笑了笑，转念一想，开口说："还不都是文雅姐姐教得好。否则，我怎么会有这一天？"她一直很感谢文雅细心教导了自己这么多年。

欣文雅拿出一块方巾，细心地为幻冰擦了擦额头上的汗水，柔柔一笑："我一直把你当成妹妹，这些都算不得什么，重要的是你自己的努力。"自从教这个女孩法术开始，她就被幻冰简单纯真的个性所吸引，她打心里喜欢这个可爱的女孩。她最好的朋友言亚心在战斗中离世后，她很少再对其他人付出关心，幻冰除外。

"我们今天还练吗？"幻冰抬头问文雅。

文雅看着幻冰那双亮晶晶的眼眸，想了想，回答："先练到这里吧，你的心思我还不了解吗？又想到哪里去玩？"幻冰一向是个爱玩的女孩子。

"文雅姐姐太好了，不像我哥哥只会督促我练习法术。"幻冰眨了眨那双纯真美丽的眼睛，"我前一阵子与凌光哥哥聊天时，他告诉我神界的边界有一处地方，一到夜晚四周会浮现幽蓝的点点光芒，特美丽，我想去那里看看。"

文雅听后，明白了幻冰所指的地方，不由得皱了皱眉，"凌光倒是什么都告诉你。那个地方确实很美丽，但那儿可不是随便就可以去的。"

"为什么？"幻冰急着问。她一向喜欢四处游玩，一刻都闲不住。

文雅看着幻冰急得脸颊都有了些许的红色，心下犹豫要不要告诉她真相。神界有许多地方都鲜为人知，是秘密。幻冰与幻影近几年来法术都有了很大的提升，在神界之中少有敌手。幻冰年纪虽小，却冰雪聪明，以善待人。文雅打心底里疼爱她，连灵夜都将她视为自己的妹妹那样对待。至于幻影，他为人处世更是有条不紊，沉着冷静，懂得尺度。七年以来也渐渐接手了神界的一些事，与灵夜肝胆相照。按理来说，彼此之间这样推心置腹，自然不能再有什么秘密说不出口，但文雅深深明白，有些事，越少人知道越好。再说，瞒着幻冰，也是为了她好。于是，她当下决定还是什么都不说为好。

幻冰见文雅半天没有回答，拉了拉她的手，请求道："文雅姐姐，你就告诉我吧，好不好？"

文雅叹了一口气，俯下身子顺手拍了拍幻冰的肩头，"幻冰，我不愿告诉你也是为你好，那个地方并不安全，不去也罢。等改天我找到什么有趣的地方一定带你去玩行不行？"

"可是……"幻冰不愿放弃。这大概是所有女孩子的特性——充满好奇。一件事，往往别人越不愿让她们去做，她们便越会好奇地想去尝试。

"幻冰，你一定要听我的话，这一次姐姐不答应也是为了你的安全，你就再听我一次，好不好？"文雅柔声安抚她。

幻冰见文雅这么说，只好不情愿地点了点头。她的心里依旧想着那个神秘的地方，既然文雅不愿告诉她，那她如果凭借自己的能力一个人去呢？但是，这样不好吧，幻冰心中稍有迟疑。她想起那天凌光在告诉她那里有多美时，脸上陶醉的样子，心下一动，只觉得自己再顾不了那么多了。

不管了，她就偷偷去看这么一次，不会有什么大碍的。

那时的幻冰并不知正是因为她自认为不会发生什么后果的一次行动，是所有变故的开端。如果当时的幻冰会提前预知这一任性的举动会为日后种下灾难的种子，她一定不会去做。

只可惜，这时的她，对以后的一切并不知晓……

幻冰一向是个敢说敢做的人，她既已决心寻觅那个神秘的地方，当即就决定今晚开始行动。她想起凌光曾告诉她这个地方在草原的最东边，只要自己往那个方向走，就一定会发现。

这几年以来，灵夜将神界管理得很好，这里治安森严，尤其是在夜晚，总少不了有巡视的人。幻冰并不担忧这些，因为她平日里与灵夜友情深厚，大家也都看在眼里，灵夜身边的人，有谁敢管呢？所以，即使她在夜晚出行，也并不会受到阻拦。而且听说哥哥今晚也与灵夜哥哥有事情商量，自然他们也顾不上她了。想到这里，她忍不住笑了笑，这么说来，今夜实在是一个展开"秘密行动"的好机会呀。

一入夜，幻冰就悄悄出了自己的房间，巧妙地避开了许多守卫，虽然知道不会有人阻拦，但她并不想让太多人知道自己的行踪。

她轻手轻脚地走在一条少有人来往的小路上，身后的殿堂离她越来远，幻冰心里不禁有了种既紧张又兴奋的感觉。

"幻冰小姐?"一个带着些许惊讶的声音传来。

幻冰一惊，发现迎面走来一个侍卫，这个人她倒是见过几次。

"我……"幻冰心里一惊，不知该怎么说。

那个侍卫皱了皱眉，问："小姐怎么这么晚还在这里?"

"我……"幻冰思索片刻，"啊，是文雅姐姐说要教我一个法术，她就在前面不远处等我。"她说着，随手向一个地方指了指。

"哦，原来是这样。"侍卫一听欣文雅的名字，不敢再有什么疑虑，急忙退下了。

幻冰望着那人越来越远的身影，这才松了一口气。好险，差点就露馅了。她拍了拍自己的胸口，待紧张的心情平复了几分后，又急忙起程。

黑夜里，时间似乎总过得很慢。幻冰向着东边的方位一直走，不知走了多久，才看见了点点光亮。几乎是那一刻，她就觉得那个地方是她要找的。

幻冰眼睛一亮，匆忙向那里飞去。

她直到站到那里，才不禁赞叹：这世间竟有如此美丽的地方！这里的天空泛着优雅的暗紫色光芒，她仔细一看，这些光芒竟是一闪一闪的，如同萤火虫一样弥漫在四周。这里的草丛之中，掩藏着点点浅蓝色的光亮。

"哇，太美了!"幻冰不禁轻叹。

她抬起头向远处望去，忽然发现了一个奇怪的地方，四周的天空都被紫光覆盖，但仔细看去，似乎远处的夜空要相对暗淡一些，而且那夜空中时不时还浮现着其他光亮。

这是怎么回事？幻冰有些好奇，站在同一片土地上，但看到的仿佛是两个世界。

她犹豫了片刻，想往前走几步去看个清楚。她刚迈出一步，那浮现的无数紫光便聚集在她身旁，形成了一个屏障，挡住了她。她用手轻轻推了推，才感知是一个类似于结界的东西。这东西的出现，仿佛是为了将她看到的另一个世界与神界隔开，不让她过去。

为什么？为什么这个地方会有这个东西？幻冰有点想不明白，而且这里分明这样美丽，为什么文雅却告诉她不要来这里?

难道……

幻冰忽然想起文雅曾讲过的"分界之地"。这里是神界的边缘，她所看到的与这里不一样的天空是魔界的地方。怪不得，这里会有结界，因为神魔两界早就在多年前立下约定互不干扰，这样有一个结界，也是为了保护彼此的领土。

她想，不如赶快回去，不要再在这里耽搁了。可是……她也很想去魔界看看，一直听闻魔界的强大可与神界匹敌，她也想去见识一下。平日里，幻影和灵夜将自己保护得太好，从不让她随意走动。而如今，可是一个好机会摆在面前。

幻冰这几年性格再不像儿时那样遇到什么会胆怯，反倒变得越发勇敢。所以，即使面对前方那个未知的魔界，她也无一丝畏惧。

"但是，我该怎么破了这个结界呢？"幻冰想起文雅在教她布结界的时候，曾告诉她"血是万物本源，许多结界都以它作为开启之匙"。

想到此处，幻冰举起左手，右手一道光刃闪过，一道血痕出现在她的左手心，她抬起手，贴上面前的屏障。果不其然，那个屏障逐渐裂开一条缝隙，她暗暗一喜，沿着空隙之处钻了过去。

102

幻冰生平第一次这样胆大，一个人进入魔界的领土，她向前走了几步，想仔细打量观察一会儿这里与神界有什么不同。就在这时，一阵零乱的脚步声传来，她急忙闪身躲在一棵大树后。

不大一会儿，四个少年出现在幻冰视线之中，走在最前面的少年看上去倒还算面容端正，但隐约中透着几分阴狠，他那双褐色的瞳眸之中更含着几分狂傲张扬。他身后的几个人都毕恭毕敬地跟着。

"念初，你这回不仅让自己受了惩戒，也令我失去颜面。我林楚莫怎么会有你这样的一个手下？"自称林楚莫的少年语气中的不满一表无遗。

"我……"一个看上去显得怯懦的男孩走上前去，站到林楚莫身边，"对不起，我本想让安冷耀出一个丑，却不料弄巧成拙。"

林楚莫看着他畏首畏尾的样子，心里也是有火发不出。这些年来，他渐渐长大，凭借显赫的家世，也有了不少手下。只可惜，他的手下没有一个有真本领，昨天魔王越冥生日宴上，念初让他丢了颜面。

"少主，这事也不能完全怪念初，要怪就只能怪安冷耀，他倒有手段让魔王在众目睽睽之下为他撑腰。"另一个男孩说，他叫雨天。

这几年来，林楚莫功夫与日俱增，这让亲自教导他的魔后音千落欣喜不已。音千落念他父母双亡，父母在时为魔界付出过不少，如今他法术也不低，将他封为"林家少主"。这样看来，他也算拥有不错的地位，但大家都明白，音千落虽贵为魔后，总有一天，魔界所有的权力都要落在越冥手中。因此，只得音千落的赏识还不够，也要得到越冥的青睐才完美。

越冥表面看起来时刻带着笑，平易近人，但接近过他的人都明白他绝非面上那样简单。尤其是这几年，他的性格越发难测，想得到他的赏识实在不易。然而，这样一个高高在上的王者，却与一个来历不明、没有地位身份的人情同手足，这一直是林楚莫难以接受的地方。

"安冷耀。"林楚莫咬牙切齿地叫着这个名字。那个人明明什么都没有，却能让魔界之王自小待他如兄弟，甚至连魔后也不再针对他了。而他林楚莫呢？虽然拥有身份地位，却处处有意无意地受到越冥压制，不就是因为自己一直看不惯安冷耀吗？

雨天见林楚莫如此生气，想了想，说："少主也不用这样气愤。我们这几年与安冷耀争锋，一直处于下风。安冷耀那个人虽每次都一副沉默以对的样子，却还是我们吃了亏。归根到底，都是因为魔王护着他。所以……"

"所以！我们应该用另一种方法。"林楚莫接道，"几年以来，都是明着与他斗，本以为他已不行了，可如今看来，他好得很。"

他在夜空下幽幽一笑，其中满是狠厉："日后有他好看的。"

幻冰躲在树后，目睹了这一切。她虽不清楚他们话中的全部含义，但也隐隐明白这些人绝非善良之辈。她一时之间感到了几丝寒意，心里暗暗期待这些人快些离开，她也想尽快赶回神界了。

好在林楚莫这几人也并不想在这里久留。幻冰看他们终于要离开了，心里松了一口气。她发觉自己站得太久，脚有点麻木了。于是，她微微移动了一下，却不想恰好碰到了一根枯树枝。枯枝发出"吱呀"的声音，在安静的黑夜里尤为刺耳。

"有声音。"林楚莫迅速朝一个方向看去。

他身边的那几个人也立刻看向发出声音的位置。幻冰躲在树后，不敢再动一下，她只是在心里暗暗祈祷不要被发现。

103

卷二 风云初起

"念初，你去看看。"林楚莫对身边的男孩示意。

念初点点头，一步一步朝一棵大树走去。他每走一步，幻冰就感觉自己的心颤动了一次。她尽力让自己冷静下来，右手凝聚起一个白色的光球。她在默数着念初的步子，到他来到树前，马上就会发现她时，她很快地射出那个光球。

白色的光球转瞬间在黑夜里炸开，刹那之间，光芒亮如白昼。众人一时被那光芒弄得睁不开眼睛，幻冰趁这时飞快地向来时的路跑去。

林楚莫挥了挥手，驱散了光芒，并急忙大喊："快，把偷听的人抓回来。"他本以为这个地方向来清静，不会有人闯入，却未曾想到并非如此。他们刚刚说的话本属机密，怎可让人听了去？

他的话音刚落，其他人不敢怠慢，急忙跑了过去。幻冰年龄尚小，体力弱，不是这些人的对手，还没跑几步便被人抓住带到了林楚莫面前。

林楚莫看到幻冰的第一眼不禁大吃一惊，他怎么也不会想到竟然会有神界的人在这里。虽然这里属于神魔两界分界之处，但结界的设立阻挡了两界的一切交集，这个女孩怎么会在这里？

"有趣，真是有趣。"林楚莫的笑容令人不寒而栗，"你一个小女孩，还是来自神界，竟有胆子在这里偷听我们讲话。莫非这是神界之王的新手段？"

"我，我刚才什么都没听到，你们误会了。"幻冰努力为自己辩解。她知道仅凭自己一个人，不可能是这么多人的对手。

林楚莫冷笑一声，"你觉得我会信你的话吗？你来这里的目的是什么？是谁派你来的？"

"我，我是不小心误闯到这里，绝不是有什么目的。"幻冰慌忙解释，她平日里胆子再大，这时也有点怕了，"你们刚才的对话我是听到了，但我根本不清楚你们谈论的是什么。"

"这种搪塞的话我听得多了，你若不说实话……"林楚莫用眼神示意了一下，雨天便抽出了一把刀对着幻冰。

幻冰这下是真的吓住了，她瘫倒在地，面色发白，"我说的都是实话，真的。"

可是她的辩解并没扭转局面，周围的人依旧用冰冷的目光凝视着她。

幻冰觉得这一回自己肯定难逃一劫，心里懊悔万分，真不该如此冒失闯入魔界。正当她准备面对接下来的一切时，不远处忽然传来她最熟悉的声音："放开她。"

幻冰听到这个声音像是抓住了一根救命稻草，急忙抬眼望去，"哥！"

幻影看着她，心里暗暗庆幸赶来得还算及时。他手中一道紫光闪现，指向幻冰的长刀随即掉落在草地上，发出一声闷响。随之赶来的文雅见幻冰毫发未伤，也松了一口气。

林楚莫见又多了两个神界的人，冷笑一声，"今天是什么日子，神界的人都往这里跑。这回，可不是魔界不守约定，而是你们神界擅闯结界。"

文雅自知理亏，也不想把此事闹大。这些年来，神魔两界僵持不下，不能再添事端了。于是，她带着些许歉意说："此次是我们的错，误让幻冰闯入了魔界，但我们绝非刻意。"

林楚莫打量了一下面前的少女，气质不凡，举手投足之间透着温婉宁静。他心下了然，大概知晓了她的身份。

他轻笑一下，说："既然神祭都出面了，我们也不该再为此事而紧咬不放。只是刚刚我们几人的谈话被这个小女孩听了去，这又该怎样弥补呢？"他不可能仅听欣文雅的一番道歉便真信了他们。

幻影微皱眉头，问幻冰："你听了他们的谈话？"

"我，我不是故意的。"幻冰摆摆手，急着说明情况。

"这不是故不故意的问题，你既已听到了，谁知会不会把我们的交谈传出去？"林楚莫身边的一个男孩说。

"我都听不清你们在说些什么，又怎么会传出去？"幻冰说。

"谁信你？"那个男孩说。

"那你们要我们怎么做才满意？"幻影问，他不想再与他们纠缠下去，只想快点做一个了结。

林楚莫想了想，说："唯一不会泄密的是死去的人，你们把这个女孩留下，赶快撤回神界，我就不再追究这件事。"

"不行。"幻影飞快地回答。他不可能让幻冰一个人置身在危险中，他会保护她。

"哼，那既然如此，就不要怪我们动手了。"林楚莫说着亮出了手中的飞刀，"我知道你们二人法力不低，但我们人多，你们二人还能敌我们这么多人吗？"

"无论如何，我都不会放弃幻冰。"幻影说着双手间也出现了两个金刚环。这些年来，他在灵夜的教导下法力大进，他坚信自己有足够的力量保护妹妹，而不是像七年前那样面对恶兽无能为力。

文雅见状知道会是一场战斗，白光闪现之后，一支长笛出现在右手。

林楚莫没有再犹豫，将双手中的飞刀用力挥了出去。两把飞刀像长了眼睛一样向幻影与文雅袭去。二人敏捷地闪身，飞刀砍到了他们身后的树上，大树立刻被拦腰斩断。

与此同时，林楚莫身边的人也都一同亮出了武器向他们打去。混乱之中，幻影冲到幻冰旁边，把她拉到一个角落里，生怕她被伤到。

"哥，我要去帮你们。"此时的幻冰已经从刚才的慌乱中恢复过来，她深知这件事是自己的过错，不能眼睁睁看着自己的哥哥和文雅陷在战斗中。

幻影飞快地扫了一眼文雅那边的情况，纵然文雅武功高强，她一人抵这四人也实属艰难。

"幻冰，你听好，我现在要去帮文雅，你在这里不要动。"他说完，没等幻冰回答，已经闪身加入战斗中。

一边的幻冰看着战局心里焦虑万分，她想去帮忙，但听哥哥刚才的话又怕她贸然加入会给他们添乱，只好先在这里观战。

文雅身为神祭，法力自然不低，她一人对四人耗费气力但也让对方占不了多大便宜。现在再加上幻影，他们二人联手配合得天衣无缝。魔界这些人中，除了林楚莫，其余的人渐渐有些支持不住，要败下阵来。

林楚莫见自己这边落了下风，心里又急又气。他怎能让这两个神界的人占了便宜。

其实，他并不了解文雅和幻影心中所想，他们也同样担忧。这里本属魔界，若是这场争斗打得时间长了，恐怕会惊动这里的魔兵。到时，再传到魔王那里去就不好了。

"再打下去你们也不会占什么便宜，不如我们休战。"文雅劝说道。

林楚莫并不是一个轻易认输的人，听了文雅的话，反而刺激了他想胜的心理。这时，他的余光无意扫到了一边观战的幻冰。他冷冷扯了一下嘴角，手里出了一个虚招，假意要向文雅发起攻击，实际反手向幻冰发出了一道黑色的光团。

"幻冰！"文雅明白了林楚莫的真正意图。

幻冰完全没有想到会有这么突如其来的攻击，她一时间愣在了原地，忘了闪躲。几乎是同一时刻，幻影腾空而起，向幻冰冲去。他来到树下，一掌推开了幻冰，自己却重重地承受了那一击。

"哥哥！"幻冰急忙跑过去查看幻影的情况。

文雅见状，只想赶快结束这场争斗。她将笛子放在唇边，一支优美的曲子缓缓流出。她本不想吹笛，怕招来更多魔界的人，但现在也顾不得许多。

曲调之中蕴含的力量一涌而出，多人都受不了这股能量而后退了几步。这笛声中似乎有蛊惑人心的能力，令林楚莫等人痛苦地捂上了双耳。

文雅趁着对方注意力涣散的时候，急忙对幻冰说："快，扶好你哥，我们快走！"不能再耽搁下去了，否则马上就会引来魔兵。

幻冰一听，急忙扶着幻影，三人乘着浓浓的夜色飞快赶回了神界。

"少主，我们要不要去追？"雨天问林楚莫。

林楚莫悠然地摆了摆手，"不必。"

哼，那三个人以为逃走就平安无事了吗？刚刚他的那一击，可不是普通的攻击。到时，他要笑着看那几个神界的人回来求他。

幻冰、幻影和文雅终于返回了神界。三人刚松了一口气，文雅没有说什么，急忙于掌心之间发出紫光，将刚刚被幻冰打开的结界合上了。

"哥，你怎么样了？"幻冰急着问。

幻影脸色苍白，冷汗布满了脸庞，但他仍是强撑着回答："我没事，你不要担心。"

文雅见他如此，忙将手指搭上了他的脉搏，"你伤得很重，元气大伤。恐怕刚才那一击力道不小。"

"哥哥，对不起，我不该不听文雅姐姐的话而擅自闯入魔界。"幻冰说着泪水忍不住流了下来。

文雅无奈地叹了一口气，"早知你的性子如此。今晚幻影和灵夜说完事后本想去找你，到了你房间才发现你已然不见了。当时他们都急坏了，我猜想你大概是来这里了，果真如此。"

幻影看着自己的妹妹泪流满面，心下一阵难受，顾不得伤痛，安抚道："幻冰，不用担心我，我休息一下就会好。只是下一次，不可以再这么任性了，明白吗？"

"嗯。"幻冰点点头。

正在这时，远处传来急促的脚步声。三人定睛一看，才发现是灵夜带着凌光和几个士兵走来。

"怎么样？"灵夜一见三人就急忙问。

"幻影受了伤。"文雅说着，将幻影扶到灵夜面前。

灵夜看他脸色惨白，冷汗直流，心里对他的伤势明白了几分。灵夜将手贴在他的胸膛，一股真气输入，缓解了幻影些许的疼痛。

"好些了。"幻影低声说。

灵夜这才放心了几分。他的目光忽然一冷，开口说："今天晚上应该是谁当班看守这里的结界？"

沉默一阵之后，两个士兵走了出来，"是我们。"他二人平日里见此处总是无人往来，久而久之对这里的看守就变得有点懈怠。没想到今日竟让人溜了过去，还与魔界的人发生了争执。

"这里是结界，多么重要的地方，你们二人竟这样不放在心上，随便就让人过去了。魔界的人一向狂傲，今日被他们找到了一个反咬神界的机会不说，还令幻影受了重伤。日后若因此起了什么风波，对神界都是不利的。"灵夜语气凌厉，"你们知道这其中的利害吗？"

"是我们的错，望灵王饶我们二人一次。"那两个士兵慌忙回答，他们实在没有想到自己一个松懈会惹来这么大的乱子。

灵夜想了想，说："念这回他们总算平安归来，我便留你们二人一命。但看守结界失职，此事不可不罚。即日起，散去修为，撤除职位。"

"凌光，"灵夜叫了一声旁边的少年，"这件事交给你去办。"

"是。"凌光回答。

幻冰目睹眼前的一切，却无能为力。她深知，此次的事情，她才是真正的凶手，是她害了哥哥，又害了那两个看守的士兵。

"灵夜哥哥……"即使知道灵夜做下的决定难以更改，她仍想尽力为那两个士兵说情。

"幻冰！"灵夜打断她，"不要再多言，我有我的决定。今日的事你也难辞其咎，看在你哥哥受伤的情面上，我暂且不追究。"

说着，灵夜又看了一眼凌光，"你现在把幻影带回住处安置好，再把仙医请来。魔界的人诡计多端，不可大意。"

"我明白。"凌光说着，小心扶起幻影向回走。幻冰低着头，紧随在他们身后。

文雅看着三人远去的身影，又回过头对灵夜说："你也不必太过忧心，此次虽然与魔界发生了争执，但这毕竟只能算'口角之争'，他们如果聪明，不会因此纠缠不休的。"

"我知道，我担心的并不是这一件事。"灵夜顿了顿。

文雅想了想，脸色一变，"你在担心幻影的伤？我刚刚为他把脉，除了脉搏虚弱之外，似乎并无大碍。你难道看出了什么异样？"

灵夜摇摇头，淡声说："只愿我想多了。"

叶谦一向喜欢夜晚，不为其他，只是因为夜色之中，世间一切都退去了白昼里的喧嚣，变得沉寂了许多。他站在白色的露天阳台上，望着天边的圆月，若有所思。

夜色之中，一个修长的身影缓缓走来，站在了叶谦身边。

叶谦没有转头，只是轻声说了一句"你回来了"，语气波澜不惊。

"是的。"那个人回答。

叶谦这才转过头，看了一眼身边的人。他似乎还是十年前的样子，眉清目秀，清俊雅致。只是站在那里，便流露出一种温和的沉默。

生活在魔界的人都知道，叶谦长老平生最疼爱最看重的一个人便是他亲手带大的君诺尘。当然，君诺尘也并没有辜负叶谦对他的期望，他精通上百种法术，拥有一身好功夫，再加上平易近人的个性，地位自然是举足轻重，大家都尊称他为"殿下"。

如今，在外漂泊了近十年的他，终于还是决心回到自己原本的土地。

"还记得多年前，你决心要走，向我道别之时，也是这样的一个夜晚。"叶谦不觉有些感慨，原来已经过了这么长时间。

君诺尘微微抿了抿嘴，柔声说："我离开这么多年，日夜让长老牵挂，实在是我的过错。"

"在外这么久，法术可有撂下？"叶谦问。

君诺尘摇了摇头，"怎么会？我即便身处异地，也不曾忘记长老对我的教诲。"他在外差不多十年，几千个日夜里，他没有一刻放下过练习法术。纵然，他的功夫已算是六界中难有敌手，但他依旧从不懈怠。他已走过长长的岁月，但面容依然停留在十八九岁年少英俊的模样。时光，没有夺走他的一丝年华。只有功力足够深厚的人才有能力与时间抗衡。

叶谦欣慰地笑了笑，"想来也是。你自小便坚韧刻苦，不曾让我失望。"

他说着，像是想到了什么，脸色一变，"如今，你想通了吗？"他还记得当年，君诺尘与安天阔交好，后来安天阔因反叛而被处死，君诺尘几夜没有合眼，只是一个人坐在窗前，任谁劝也不肯休息。再后来，他便决定离开魔界，想去别的地方散散心。

叶谦始终记得告别那晚，他告诉君诺尘："戒律难违，安天阔的下场是他自食恶果，你不必自责。"

"不，长老。"君诺尘摇头，"您曾告诉我，人生在世，成为能者固然重要，但懂得用自己的力量去救赎他人，才是真正的可贵之处。我没能做到这点。我与天阔虽是朋友，却还是没将他引入正道。"

叶谦轻叹一声，"我虽曾告诉过你这点，但也并非人人都可以被救赎，都能迷途知返，即便是佛也难做到众生皆度。"

君诺尘听着叶谦的话，没有再多言，只是目光之中怅惘依旧。

"算了，你执意要走，我难留你。你还年轻，志在四方，多出去走走，也是无妨。只是希望你不要忘了本心，忘了归途。"叶谦沉声说。

"我明白。魔界是我长大的地方，叶长老您对我有养育之恩，这些，我都不敢忘。我向您承诺，等我平静下来，就一定会回来。"当时的君诺尘这样承诺。

眨眼之间，这个俊朗沉稳的男子终于归来。这一走，竟是几千个日夜。

"你已将过往放下了吗？"叶谦问。

君诺尘点了点头，回答："是的。这几年我四处游走，见了世间不少的离合聚散。世事无常，况且早有许多已注定了的事难以更改。"他在说这些话的时候再没有了当年的忧伤，但却带了些许沧桑。

叶谦看着他，笑了笑说："很多事情也并非完全走到了绝地。这几年，我看中了一个孩子，日夜带在身边教授他法术。"

君诺尘惊讶地弯了弯唇，说："很少有人能够入长老的法眼，想必那人一定天赋异禀，不知这个孩子是谁?"

"他叫安冷耀。"

"安冷耀?"君诺尘重复了一遍，眼里满是诧异，"是那个人的孩子？怎么会？当年不是……"他曾与安天阔交好，自然知道他有一个养子名为安冷耀。安天阔虽心狠手辣，把这个收养的孩子却是捧在手心里疼着。当年，越轩下令斩杀安天阔还命人封了他的家，君诺尘一直以为那个孩子也一并被牵连其中，难逃一死。

叶谦叹了一口气，望着面前的夜空，悠悠地说："当年到了最后，越轩终究还是不忍心将一个幼童也牵连其中，他保住了安天阔的后代。只是这事被越轩压了下来，当时知道的人不多，现在就只有我与魔后对过往知晓。"

君诺尘沉默了。良久，问："长老，那个孩子，他怎么样?"

叶谦转身看着他，回答："小耀倒有几分你的样子，学习法术非常认真刻苦。他本就异于常人，而今虽年仅十三四岁，但已是魔界少有的高手了。我知你对安天阔始终带着内疚，认为当年没有能力拉他一把。如今，我栽培了他的孩子，也算是为你减去些愧疚吧。"

"长老，"君诺尘的眼里满是感动，"谢谢您为我做的一切。"说着，他深深对叶谦鞠了一躬。他一走就是近十年，当初他毅然决然离开这里，叶谦并没有责备他，反而为他把事做得面面俱到。

"何须如此?"叶谦扶起他，"无论安冷耀的身份如何，单凭他的努力刻苦，我也决不会亏待他。这孩子因为在外人眼中身份不明，在这里难免受欺凌，但他却坚强隐忍，从不抱怨。只有经得起诋毁的人，才有可能走向高处，这也是我看中他的原因。"

"还是长老您有远见，相信安冷耀是不会让您失望的。真的希望安天阔的悲剧不要在这里延续下来。"君诺尘轻声说。

"不会的。"叶谦坚定地说。

正在此时，一个魔兵面色慌乱、步伐匆匆地赶了过来。

"长老，刚刚在神魔两界的交会之处，林楚莫少主与神界的人发生了争执。"魔兵一边努力让自己的气息平静下来，一边说着。

"什么？"叶谦一惊，"那里有结界阻挡，两界的人怎么会相遇并发生冲突？"

"听说是一个神界女孩误入魔界，打扰了少主的谈话，所以才发生了争执。"

叶谦皱了皱眉头，这几年来，难得两界的人相安无事。多年前的战争所带来的动乱不安还历历在目，难道安稳的日子又要没有了吗？

君诺尘见叶谦眉头紧锁，当下便柔声安抚："长老，您先不要急，先问清情况。"

他随后问魔兵："可有人员伤亡？"

"听人说少主出手伤了神界的人，但似乎并未伤及性命。"

君诺尘点了点头，对叶谦说："想来这场争斗并未牵扯到性命，不过是一场小小的风波，长老不必太过忧心。我在外听闻神界现在掌事的是一位少年王者灵夜，他并非好事之人，应该不会为了此事大做文章，那样他自己也不会得到什么益处。"

叶谦见此事并没他想得那般严重，也放下心来，但这种事还是少发生为妙。

"结界可有被重新封好？"叶谦问。

"已经封好了。"魔兵回答。

"那里是魔界的重要之地，平日里要多派人看守，这种事不可再发生第二次。还有林楚莫那群人难道不知魔界的规矩？那里怎能随意进入！"叶谦面色沉下几分，话语里夹杂着几丝怒气。他早知林楚莫那唯我独尊的性子，仗着音千落的宠信，什么都不放在眼里。好在此事闹得不大，否则若真问起罪来，林楚莫自然难逃一劫。

魔兵见叶谦已然发怒，不敢再多说什么。

君诺尘见叶谦动怒，柔声劝道："现在没有酿成大祸。发生这样的事，也确实难料。您不必生气，想必想闯祸的人，也已经知道错了。"

"他若能知错，便好了。"叶谦冷声说，"这几年你不在魔界，有许多你不知的人和事。越轩在与鬼王慕容复的战斗中去世，越冥正式继位后，有不少新人上位。林家势力庞大，林云叶战功显赫，他去世之后，魔后念他是一代忠臣，也可怜他的儿子林楚莫，便把林楚莫带在身边，还封了'少主'。可惜这人武功虽不差，性情却是张扬狂傲。"

　　"这样的人想来成不了大器，"君诺尘说着，脸色一变，"但若走上歪路，也免不了带来一场灾祸。"他也算是阅人无数，什么样的人会做怎样的事，他再清楚不过了。

　　"这正是我最担心的。"叶谦悠悠一声叹息。

　　近些年来，随着越冥渐渐长大，也算正式管理起了魔界的事。音千落也不再过多地去处理事务。她毕竟不能像越冥小时候那样帮他，他总要凭借自己的能力去收服子民。越冥也确实不负众望，这几年来，他将魔界的大小事务都处理得很好。叶谦把一切看在眼里，也渐渐觉得越轩骨子里的王者之风，确是传承到了眼前这个少年身上。而且，越冥并不似越轩那样心狠手辣，他多数情况下不会动怒、惩罚他人，他用自己的办法也可以让手下听从他。

　　随着林楚莫慢慢长大，有了一定的地位后，叶谦发现这人竟成了一个隐患。在如今的魔界，只有林楚莫的身世背景还够强大。林家本就是贵族门派，林云叶在世时，就拥有兵权，他手下的人都忠心不贰。他去世之后，兵权自然落到了林楚莫手中，但他平日里只计较眼前的利益，根本没有将心思集中在如何为魔界出力上，而且论城府，他虽个性狂傲，但到底藏不住心事，并非懂得沉稳进退之人。叶谦担忧，终有一天，林楚莫会不甘于现在的位子，想爬得更高。那时，他又会如何？

　　君诺尘的一句话，让他的心再平静不下来了。

　　幻冰从来没有想过，自己的任性会惹出这样大的祸事。如果她能提前预知，自己的哥哥会因救自己而失明，她一定不会潜入魔界。

　　今早幻影刚一睁眼，便发觉自己什么都看不见了。他并没有表现出多么激动的情绪，只是静静坐在床上一言不发，脸上毫无表情，连幻冰小声叫他，他也没有答一句话。

灵夜得知此事后，找来神界最厉害的神医为幻影看病。

神医检查完幻影的身体之后，面色有些凝重地说："灵王，我能否与您单独说一下？"

灵夜点点头刚要回答，幻影便开口说："有什么当着我的面说出来，这是我自己的眼睛，我要知道真相。"

神医有些为难地看着灵夜，她见灵夜微微冲她点了点头，才开口说："幻影大人是因中了'魔灭'才会双目失明。"

灵夜一惊，看来他想得不错，幻影的伤并不是一般的伤。他昨晚就感受到了幻影身上的魔的气息，一般神界的人不会带有这么重的魔气，除非是受到了魔界人的极强攻击才会如此。"魔灭"是魔界的禁术，因为这种法术一旦练成，伤了人就没有解药救治，对人的危害极大。

"好在幻影大人的功力深厚，而且估计那个魔界的人也并未把这法术练到极致，所以幻影大人才保住了一命。"神医一顿，"但，关于这伤，我也无能为力。恐怕眼睛很难复明了。"

幻影早料到会有这样的结果，他对自己的身体状况再清楚不过了，但当他听到神医如此明确地说了出来，不免还是心中一颤。

灵夜听着这样的话，忽然忆起当年在神魔交战之时，魔界用计派出魔帝并利用邪魔拖住了神界的守护神欣文雅和言亚心，最后又向神宫和神殿大举进攻，他的父亲用尽全力保住了神界，却经脉俱断，虽性命无忧，可失去了行走的能力，只能躺在床上。

那时，年幼的他看着虚弱的父亲躺在床上，也是听到神医面色凝重地说"伤势再难复原"。当年小小的他，在那一刻，就已经明白自己的亲人在承受着巨大的苦痛，而自己却无能为力是什么样的感受了。如今他不愿再让这样的情况重演，他要想办法救幻影。

"难道没有什么办法了吗？"灵夜低声问。

一边的幻冰用红红的眼睛望着神医，急着说："对，一定还有办法救我的哥哥，他不会从此失去光明的。"

神医面露为难之色，沉默了一会儿，像是忽然想到了什么："或许还有一个办法，但这办法是否可行，我也不确定。"

"但说无妨。"灵夜回答。

"神界自古以来就有一个神秘的家族，他们天生有看透所有法术的本领。幻影大人中了魔界的攻击，双目失明，我并不能找到解毒的办法，但如果找他们那些人来或许还有转机。"神医解释。

"你是说神司一族?"灵夜问。

神医点了点头。

灵夜曾听过这个神奇的族落。历代的神界之王都把他们封为"神司"，在神界拥有很高的地位。因为百年以前的神魔之争，不少神界的人都因战乱失了性命。他后来听父亲说神司这一族也被牵连其中，他们虽有看透法术弱点的本领，却并非法力非凡。当时这一族人全部死去，只余下一个女孩，但那个女孩的母亲临死前为了保住女儿的性命，封了她的法术记忆把她送去人间避乱。这件事神界少有人知，几乎成了一个秘密。

后来，历代的神界之王也都派人去人间找寻那个女孩，可惜隐去法力的神界之人与人类一般无二，根本感知不到她的灵力，无从下手。这件事也只好暂且搁置一旁。

如今，灵夜明白，若要治好幻影，就非找到这个人不可。

"我明白了。"灵夜对神医说，"你先下去吧。这几日要密切注意幻影的身体，有什么问题及时报告给我。"

"是。"神医说着，便退出了屋子。

房间只余下灵夜、幻影、幻冰三个人。幻影从开始到现在就一直沉默着，由于看不到，他的眼神一直涣散着，整个人看上去无精打采。幻冰担忧地又叫了他几声，但幻影始终没有回复。

幻冰自知一切事都因她而起，她心里害怕哥哥一辈子活在黑暗里，也担心灵夜会责怪她。

"灵夜哥哥，我……"幻冰的声音带着几分哭腔。

"什么都别说了，先照顾好你哥，其他一切交给我，我一定会让他好起来。"灵夜斩钉截铁地说。

其实，他明白在偌大的人界寻觅一个与一般人无二的人会有多么困难，但无论有多么大的困难，他都不会放弃……

魔界历来重视两个日子，一是生辰，二是祭日。不知不觉，这已是越轩离去的第九年。魔界一向以"九"为大，认为"九"是一个轮回的代表。所以，今年的祭日自然不同于往年。

"再过几日就是你父亲的祭日了，这一次恰逢九年。"音千落坐在大殿之上，对一边的越冥说。她的话语中不免有些感慨。时光就这么匆匆而过，犹记当初越轩刚刚去世时的悲痛，到如今，早已可以淡然面对这一切。

"我已派人准备布置祭祀的地方了。"越冥说。

音千落点点头，叮咛道："今年的祭日魔界上下均会参与，不能出半点差错。"魔界的人一向最为敬重已故之人，更何况越轩还曾为领袖。自古以来，祭礼在魔界的条文中就有严格规定。

"母亲不必担忧，父亲的祭日我定会认真对待。"越冥回答。

音千落点了点头，这几年看着越冥的成长，她也放心了不少。她相信越冥的能力，以往的几年祭日，越冥都做得没有瑕疵。她想，如果越轩在天有灵，看到自己的儿子这般模样，大概也会心安吧。

随后音千落又叮嘱他几句，便让他离开了。越冥走出大殿，心里微微有些沉重，以往每到父亲的祭日，他心里关于父亲死去的悲伤就会被重新唤醒。

他想，大概妈妈也与自己一样，只是她从不表现出来。从小到大，他就在音千落的教育下长大，她教越冥最为深刻的东西便是隐藏，隐藏自己的喜怒哀乐，隐藏自己的情绪。平日里，妈妈总是一副眉眼含笑的样子，但越冥明白，这不过是她选择一种方式来隐藏。

"冥。"一个声音传来。

越冥转过头，笑道："难得你今日没有一直练功，倒有闲心来找我。"

安冷耀走上前去，说："这几日练得有些乏了，再多练下去也无法提升什么，所以想休息一下。不过，听你的话倒有些讽刺我的意思。"

"哎呀，我怎么敢啊！"越冥说着，拍了拍安冷耀的肩膀，"你这几日大概功力又有所提升了，咱们去比试一下。"几年来，他们一直未改二人之间切磋武艺的习惯。

"不了，我本是来休息的，可不是给你借我疲惫之时击败我的机会的。"安冷耀笑着回答。

"瞧你说的，难道我是那种卑鄙的人吗？"越冥揉了揉自己的发丝，"不过，我最近也有事要忙，你就算想找我比试也没什么机会了。”

安冷耀这才记起，魔王越轩的祭日要来了。

“这回适逢九年，魔界所有人都要来祭拜，你一个人忙得过来吗？”安冷耀微微皱眉。

“这些年来，魔界的所有事务，不都是我一个人处理，有什么忙不过来的。”越冥回答，“只是，每到此时，心里总归是有些难过的。”

安冷耀怔了怔，他怎会不理解越冥的感觉？他比任何人都明白，思念着已故之人是一种什么样的感受。他想，越冥终究是比他幸运的，因为越轩一直有无数人的记挂。可他的父亲，却是尸骨无存，无人忆起。在许多个日夜里，只有他一个人默默念着。

“不必难过，魔王在天上看到你现在的模样，一定会开心。”安冷耀安抚着。

越冥一声轻叹，对他说：“其实，我都明白。相比之下，你比我更加思念自己的父亲。这么多年以来，你从不多言什么，但你的心事我都明白。”他与安冷耀在一起时，两人从不过多地去谈身世。越冥知道，即便是像安冷耀这样隐忍不发的人，也终归是有脆弱的地方。

“我已经习惯了。”安冷耀回答，“冥，你知道吗，如果一直不停地去想一件事，到最后所有蕴藏在其中的情感都会成为一种习惯。”他习惯了思念，习惯了孤苦的滋味，所以这一切令他心中再涌不起波澜。

越冥沉默了一阵，随后注视着面前的少年，“耀，我知道一直以来，你都想为自己的父亲报仇，这也早已成为了执念。但是，当年的事情究竟是怎样的，我们谁也不清楚。如果，倾尽一生都查不到真相，你又会如何？”

“我不知道。”安冷耀淡声说，“但我可以确定的是，不到最后一刻，我决不会放弃。”他实在是一个执着的人，不论是怎样的一条路，一旦他走上了，便不会放弃。

越冥被安冷耀的执着所打动，他想了想，说：“以前，我没有足够的力量去帮助你追查十多年前的往事，但如今，我坐拥魔界，自然有这个能力。我会帮你。”他与安冷耀情同手足，本就该一起分担。

安冷耀看着越冥，没有再多说什么。他知道，以他们二人之间的情谊本就无须过多的道谢。他明白，自己心里的所念所感，面前这个人都是知晓的。

越冥像是忽然想到什么，微微一笑，说："差点忘了一件事，这次的祭日策划你可不要想置身事外。我一个人再怎么有办法也终归需要帮手。"

"魔王都这么说了，我还敢抗令吗？"安冷耀也不禁一笑。

"我呢，可是一向不愿勉强他人做什么的。"越冥黑眸一转，"我不过是想，冲咱们俩的这份交情，你大概也不好意思不来帮我吧？"

"嗯……那可未必。"安冷耀回道，脸上露出几分调皮的笑容。似乎只有在这个时候，他才像是一个正值无忧的少年。

从这一天起，两个少年一步步接近着那些不为人知的前尘往事。此时的他们只想着查清一切，却并未想过，他们是否可以承受这真相。

自从正式开始筹划祭日那天的安排，越冥几乎再无清闲的时光。不仅是他，连带在身边的魔影和安冷耀皆是分身乏术。越冥深知此事重大，手下负责此事的人都是他的心腹。他把采集用品的事交给了魔影，把布置的事情交给了安冷耀。这种事，他只有找最信得过的人办才放心。

魔影整日里东奔西跑，四处采办，不敢有丝毫懈怠。安冷耀本就做事尽心尽力，对此事更是一丝不苟。

祭祀的地方定在了魔界一处古殿内。相传，这个地方上古时代便已存在，是最具有灵气的地方。历代魔王的资料在此都有记载，也是魔界的要地。

安冷耀终日在这里安置祭祀用的东西，大多情况下，他并非指挥着魔兵动手，而是亲力亲为。这么久以来，他本也是一个人照顾自己，并没有什么侍从，而且自己打理一切也令他更为放心。越冥信任他，才把此事交与他，他自然要用尽全力。

这天，他照例在殿内做布置，门外传来一阵脚步与交谈声。他停下手里的工作向外走去，发现是音千落和一群人走来。

大家见魔后到来，不约而同都停止了正在做的事，向音千落恭敬问好。

音千落向四周看了看，打扫得倒还算干净。她的目光瞥了瞥安冷耀，不由得有些诧异。祭祀一事虽在魔界要全面参与，但到底是属于皇家贵族的日子，所以每次安排把关的人选也是地位非凡的人，依越冥的个性，又绝不会让安冷耀做手下，所以……

想到此处，音千落开口问："负责管理这里的人是谁？"

"是我。"安冷耀向前走几步轻声说。

"祭祀本属王室分内的事，你一个外人有什么权利在这里干预？"音千落问。这倒真是可笑，安冷耀大概不会知道，他费尽心力要祭奠的是自己的杀父仇人吧？

"魔后，我……"安冷耀一时语塞，他当然明白音千落的意思。他一直以为，他只是不愿让越冥一个人那么辛苦，帮他分担一下，这并没什么大不了的。

音千落冷哼一声，又对周围的魔兵说："你们这么多人听他一人调配？难道不懂谁才有权利这么做吗？"她话语间的嘲讽之意再明显不过，把安冷耀的地位低下事实明摆了出来。

下面的魔兵不敢说话，只是低着头。这几年以来，他们都知道魔王最好的朋友便是安冷耀，所以即便他身份卑微也再少有人敢轻视他。而且，连魔界的长老都亲自传他法术，更让众人难以轻看。

"魔后，这并不关他们的事。"安冷耀并不愿意因自己而令他人牵入其中。他明白，音千落是厌恶自己的，虽然这七年以来，看在越冥的面子上，她并未怎么刁难自己，但他明白，她并不喜欢自己。其实，安冷耀一直都不大明白音千落讨厌他的原因，是因为他不过是一个无依无靠、寄人篱下的人，没有身份地位吗？

"你有什么资格为他们说话？"音千落冷声问。她承认，无论过多久，她也无法忘记安天阔的所作所为，当年他差点害死越轩，毁掉魔界。如今，他的儿子竟堂而皇之地出现在祭奠越轩的地方，难道要让越轩的在天之灵也得不到安息吗？

安冷耀身体一僵，不禁沉默。确实，他没有权利，没有资格。

正当陷入僵局之时，一个温和的声音忽然传来："魔后因何动怒？我看这四周布置得干净整洁，也未失王室尊严，倒是该谢他。"

安冷耀没想过会有什么人为自己说话，在魔界除了越冥和叶谦，没有人愿意维护他。他缓缓抬头向声源看去，只见一个一身白衣的年轻男子走上前来。他面容清俊温和，举手投足之间都有一股天生的儒雅高贵的气质。

"身份地位不过身外之物，何必为此计较，若是这少年有能力反倒该重用。"男子继续说。他的声音温润柔和，让人一听便有种暖意。

音千落一愣，没想到君诺尘愿意为安冷耀说话，不过这也在情理之中。她虽因过往而对君诺尘心有芥蒂，但他为人平易近人，做事滴水不漏，又得叶谦宠信，她也自然不能驳了叶谦的面子。

于是，她想了想问君诺尘："那依你的意思……"

"当然让他继续帮忙。我见他满脸汗水，身上也有不少灰尘，想来也是真心真意想做好事情。对于这样的人，我们有什么理由不用他呢？"君诺尘笑着说。

音千落最终还是点头答应了此事。既是君诺尘把话说到了这个份儿上，她也不能让旁人觉得自己斤斤计较，为难一个少年。

于是，她又简单叮咛了几句，就带着一群魔兵走了。

音千落去后，安冷耀见君诺尘还未离开，他走到君诺尘面前，诚心说："诺尘殿下，谢谢你刚才愿意帮我讲话。"

君诺尘有些讶异，"你知道我？"

安冷耀点了点头，说："叶长老曾与我提过。"

"我倒差点忘了，我们可有个共同的师父。其实，在你幼年时我们也曾有过一面之缘。不过你那时年纪尚小，也记不得了。"君诺尘轻抿嘴唇，"我也是一回来便在长老的口中听到了你的名字。他告诉我，你天资聪颖而且勤奋刻苦，今日一见你，果真不假。"

"在殿下面前，我实在不敢自夸。"安冷耀笑着说，言语之间尽是沉稳自谦之意。

"不要叫我殿下，名号对我而言实在不是那么重要。"君诺尘说，"我一见你就有种亲切的感觉，觉得你像是我的弟弟。所以，如果你愿意，就叫我哥哥吧。"

安冷耀一怔，他倒从没想过，除了越冥和叶谦之外，还有人愿意与自己亲近。随即他点了点头，一股暖流涌上心间，"好，诺尘哥。"

君诺尘这才浅浅一笑，说："你心里是不是也有疑惑，不明白为什么你我不过是初见，便以朋友之礼相待？"

安冷耀点了点头，回想当初他与越冥也是因在战火中的偶然相遇才认识的。

"那是因为……"君诺尘想开口解释，却又实在不知从何讲起，"总之，是因为你的父亲。"

"父亲?"安冷耀不禁低呼。从小至今，他无数次想追查有关于自己父亲的事，却无从下手。他找不到相关的人和事，有关自己父亲的印记像被人故意抹去一般，甚至每当他向叶谦问起心中的不解，叶谦也不予多答，只是告诉他"往事如风，早已隐了痕迹"。

君诺尘看了看四周正在忙碌的人，低声对安冷耀说："我想带你去一个地方。"

安冷耀心知此事必定是关于父亲的，于是他连忙应了君诺尘。他想，这是一个了解一切的机会，不能放弃。

君诺尘似乎有心一试安冷耀的轻功，一路之上，他身形移动如飞，快得令人看不清。安冷耀倒也能与他一直保持着不远不近的距离。

终于，二人来到一片树林的深处，君诺尘这才停下了步伐，安冷耀随之停下。

"你的轻功很不错。"君诺尘赞许地说。他虽早知这个少年功夫不差，但安冷耀的表现还是超出了他的预料。

安冷耀微微一笑，未曾多言。他心里明白，纵然刚刚他们的身形已可用快如飞来形容，但君诺尘到底还是保留了真正的实力，否则自己根本追不上他。

君诺尘带着安冷耀又向林子深处走了一小段，一块墓碑出现在二人面前。那块墓碑看上去已有了年头，有些地方已带了些污痕，碑体表面却是光滑一片，也没有任何字迹表明墓的主人是谁。

君诺尘缓缓叹了一口气，轻抚着这块墓碑，说："这块碑还是我当初为他而立的。你父亲一生自傲不凡，所经历的一切就像传奇，任我用什么样的话语，也难描绘出他的万分之一。所以，我想，这墓碑不如无字反倒最好。"

安冷耀有些颤抖地伸出右手，抚摸着冰冷的石碑，"我的父亲究竟因为什么而死?"

"这……"君诺尘一时不知该如何答复。按照叶谦的意思，现在还不是向安冷耀揭示一切的时候，那些前尘往事不如不提。何况，君诺尘也觉得，与其让安冷耀变为一个身怀仇恨之人，不如让他什么也不知。

"诺尘哥，你既然带我来到这里，就不要再有所隐瞒了。"安冷耀轻声说，"我记得幼年时，父亲被关入狱，随之我们的家也被人在一夜间烧毁。我想，我的爸爸是被人陷害的，对不对？"

面对安冷耀的直言相问，君诺尘想了想，开口说："他……的确是被一个人所杀，但……"

"我就知道。"安冷耀紧紧将双手握成拳，"这么多年以来，我一直都知道，我的爸爸是无辜的，他是被人所害，我要为他报仇！"他越说越激动，一时之间有点控制不住自己的情绪。

"小耀，你冷静一点。"君诺尘拍了拍他的右肩。

"诺尘哥，你告诉我，那个人是谁？"安冷耀问，语气中有说不出的恨意。

"我……不知道。"君诺尘回答。他不能说出口，当年的事情本就复杂，牵连了不少人。何况，确实是安天阔背叛了魔界才被斩杀，越轩并没有冤枉他。安冷耀知晓一切后，他若能理解，皆大欢喜，可若不能，他一定会陷入仇恨之中。何况，君诺尘知道安冷耀与越冥又是从小玩到大的朋友，若真相被揭穿，那二人的友情又该何去何从？

"怎么会不知？我想依你对我爸爸的了解程度，你们一定曾经是朋友，你怎么会不知有关他的一切？"安冷耀急切地问，他想要弄清这么久以来自己苦苦追寻的真相。

"小耀，你不要急，听我慢慢告诉你。"君诺尘温声说。

君诺尘不禁忆起他最初与安天阔相识的时光。那时的安天阔虽为少年，在魔界已有一席之地，再加上他法力高强，为人不失领袖之风，周围有不少追随的人。后来，在魔界的一次比武大会上，安天阔击败了所有参赛选手，无人再敢上前挑战。

正当大家以为此次比武安天阔将得冠军之时，一个一身儒雅之气的少年走上台来说要与他一决高下。没错，那少年就是君诺尘。当时君诺尘已在叶谦的指导下练得法术精湛，少有敌手。只是，他为人低调内敛，在魔界少有人知道他的身世。

安天阔那时也是年轻气盛，初见时对面前的人不屑一顾，只当这少年与前面的手下败将一般无二。然而，经过几个回合的交手，他才发觉这个少年绝非常人。

安天阔平日里见惯了那些凌厉的招式，可从未见过君诺尘这样的招数。这人所发出的法力就如他本人一样温润，但细看之下，尽显杀意。于是他不敢大意，专心用尽全力对付面前的人。

"你赢了。"在几十回合之后，安天阔淡然地对他说。那时在下围观的人都不明白这二人似乎旗鼓相当，并未分出胜负，怎么就会突然认输。但只有他自己明白，在刚刚他出拳击向君诺尘的时候，那个人已在不觉间化去了他的力量，所以他那一拳虽然打在了君诺尘身上，但已无半分力量。

君诺尘笑着向前走了一步，说："也不尽然，若非你已几番连战，我也没有机会消去你的内力。"话语中没有半分胜利之傲，反倒尽是谦虚。

"败就是败，没有任何理由的。"安天阔说，"我在这里好久没有碰到你这样的高手，所以即使败了，我也心甘情愿。你叫什么名字？"

"君诺尘。"

"我记住你了。"安天阔说，"我叫安天阔，相信我们会相见，到时愿意与你再战一局。"说完，他便离开了。

没过多久，在魔王越轩的晚宴上，二人果然又相遇了。从那之后，他们便渐渐熟识，成为朋友。这份友情，保持了几十年。

听完这些个故事，安冷耀沉默了一阵，没有开口。

"我很抱歉，虽为他的朋友，但当他陷入险境时，我却未能及时察觉。所以，没有救得了他。"君诺尘说。这么多年，此事一直令他无法释怀。

"不，诺尘哥，这并不怪你。"安冷耀说，"感谢你告诉我关于我父亲的事，这么久以来，我想找寻有关他的痕迹，却无从下手，今日从你的口中，我终于有机会多了解他一点了。"

"你能这么想，我很欣慰。只是，当年到底是我没能帮他一把，否则可能一切都会另有转机。"君诺尘不禁叹息。

"要怪就该怪那个杀了我父亲、害我无家可归的人。"安冷耀冷声说，"今日，我在父亲的坟前发誓，今生今世一定要为他报仇雪恨。否则，誓不为人！"十年来，他尝尽了孤苦无依的滋味，也受尽了他人轻视的目光，他有时会想，如果爸爸还在，一切都会不同。但，他的父亲，那个世间唯一宠溺他的人，被人害死了。每每想起，他心中不免一阵恨意。

"小耀，我今天带你来，告诉你有关天阔的一切，并不是让你决心为他报仇，"君诺尘一顿，"相反，我想要你放下仇恨。"

"怎么可能？被害死的人是我的父亲，这令我如何放下？"安冷耀说。

"有些事你并不是完全明白。当年，他收养了你，把你当作自己的孩子，我亲眼看他给予你无限宠爱，心里常常被打动。我想，世间的父爱也不过如此。他当时位高权重，怕你被魔界有的人算计，将你保护得密不透风，甚至连我也没有真正见过你几面。他这是为什么？不就是想要你有一个好的生活吗？如果他在天有灵，知道你因他而整天活在伺机复仇中，他会开心吗？"君诺尘对他说。

安冷耀哑口无言，不知该说些什么。他不得不承认，君诺尘的几句话句句渗入他的心田。是的，他想，自己的父亲绝不愿看到他陷入仇恨中而不快活。可是，难道他真该因此放下一切吗？多年以来，如果不是为父亲报仇的事在心间无法消去，他相信自己早就撑不下去了。

如今，君诺尘让他放下，怎能放下？

良久，安冷耀缓缓说："诺尘哥，我知道，无论是你，还是父亲，都不希望看到我因报仇而不快乐。但，人生在世，总有些东西是放不下的。我生来没有亲人，是父亲收留我，将我看作他自己的孩子。对于我的身世，他从来没有隐瞒过我。早在我那么小的时候，他就告诉我，虽然我是孤儿，但只要有他在，我就是他最疼爱的儿子，而这份疼爱抵得上无数亲人的爱。所以，在我眼里，他比我的生身父亲还要亲。他被人杀害，站在父亲的角度，他自然不希望我为他报仇，因为这会令我不快乐。可是，站在一个儿子的角度，难道我眼睁睁看着自己的爸爸被害而无动于衷吗？那样，我恐怕连一个畜生都不如。从前，我对父亲的过往一无所知，所以无能为力。如今，我了解到了一些前尘往事，那么我便要真正朝着目标开始努力。"他的话语冰冷坚决，不容置疑。

君诺尘轻叹一声，听着这少年的一番话语，他也不禁有些感动。小小年纪，有这份孝心实在难得。这么多年以来，他难以想象这个年仅十三岁的孩子独自把这些过往背负了这么久。他忽然觉得，今天他带安冷耀来此实在不知是对是错。本想让安冷耀见一见他的父亲，结果虽然见到了，却彻底激起了他内心深处封存已久的决心。

君诺尘犹豫一阵，最终还是开口："小耀，你的这份孝心令我感动，我想，此刻的我也没有资格再去阻拦你什么，但你要记住我一句话，千万不要因为恨而迷失自我。"

"诺尘哥，我明白。"安冷耀回答，"我想你离开魔界这么久，也有许多话想对我父亲说吧，我不打扰你了，要回去继续准备几天后祭祀的事了。"他很快把自己的情绪掩藏好，重新归于平静。

"嗯，你先走吧。"君诺尘柔声说。

君诺尘看着少年单薄的背影，不禁默问："安天阔，你会怪我今日把他带到你的坟前，告诉他有关你的事吗？"

直到少年淡出了自己的视线，君诺尘才把目光收回。这片树林，四处都生长着茂盛的树木，把阳光层层遮住，只余树梢隐约可透出几分光。这么多年过去，这里没有丝毫改变，依然荒无人烟。当年安天阔死后，是他去求越轩给安天阔留下全尸，并将其葬在这个少有人来的隐蔽树林。

想当年，安天阔在魔界声名大噪，可当他的所作所为被揭穿之后，那些追随他的人不是难逃一死就是被流放出了魔界，和他有关的人和事都被抹去。如今，前尘已散去，世间又有几个会记得安天阔呢？

"天阔，今日我把你的儿子带来，告诉了他我们之间的事情，但请原谅我不能告诉他所有的一切。"君诺尘摸了摸面前的石碑。

"你觉得你今日告诉安冷耀的还不够多吗？"一个低沉的声音传来。

君诺尘回头一看，发现叶谦竟不知何时站在不远处。

"长老，您怎么会在此？"君诺尘有些诧异。

叶谦拄着手中的拐杖一步步走来，"我今日听几个魔兵说你在古殿为小耀说情，又和他一同离去，我猜想你定是带他来到这里，所以前来一看。"

君诺尘没有开口再说什么，他从叶谦的目光中，隐隐看见几丝愠怒。他明白，叶谦不愿安冷耀知道太多，至少现在不行。

"诺尘，你一向做事顾全大局，怎么这回却如此糊涂？有的事情，他多知道一分就多一分危险，我们不能冒这个险。"叶谦沉声说。

"长老，我知您今日定是要责备我，但是……"君诺尘一顿，"我也有不忍之处。今天我与小耀初次交谈，便能明白这么多年以来他的痛苦无奈。他对天阔的敬爱思念之情，天地可鉴。长老，站在魔界的立场上，我深知您的顾虑；但站在人性的角度，我们虽不能让他知晓当年的一切，至少也该告诉他些许有关他父亲的过往以解一个儿子多年的思念吧?"

叶谦不得不承认，君诺尘的话实在也有一番道理，但总有些事，是不能只凭感情去判断的。

君诺尘见叶谦若有所思，便继续说："其实，我也知您和我一样疼惜安冷耀这个少年。所以，您不顾魔后的反对也要把他收在身边，细心教导。我的做法虽与您不同，但目的都是一样的，都是出于对他的怜惜。今日，我告诉了他许多，我承认这有些激进，令他勾起了想为父亲报仇的念想，但这也正表明，他是个有情有义的人。如果我们教他正确面对这些，不也为一桩美事吗?"

叶谦沉思了半晌，最终叹了一口气，"你自幼能说会道，对于这件事，我本不肯退让，但你确实说服了我。好吧，我暂且不再责备你。你要记住分寸，有的事情不该告诉他便绝对不能讲。"

君诺尘淡淡一笑，温和回答："长老，您难道对我还不放心吗？我既然告诉了他，便有把握他不会因此重蹈天阔的旧路。我当年一时疏忽，令天阔陷入迷途，如今，对于他的儿子，我不会再有半分疏忽。"他的话语虽还是温和，却不失坚定。

叶谦看着这个他从小带到大的孩子，也笑了笑，"我信你，也信我不会看错小耀。当然，还有他和越冥的友情，这么久以来，我在魔界很少看到有这样真挚的友谊。越冥和安冷耀，表面上看身份地位悬殊，但他们却成了彼此的知己。我想，美好真诚的情谊可以化解一切恩怨。"

"是啊!"君诺尘像回忆起了什么，"当然，这份友情也正因他们二人对过往不曾知晓，才得以存在。恩恩怨怨本就难分，何必苦苦执着追寻？这是我多年以来漂泊在外才明白的。为了往昔而放弃眼下的情谊，实在不值得。"

叶谦没有回答，却赞许地点了点头。

是的，有些前尘，就让它随梦散去，成为永久的秘密。这样，也未尝不好……

　　自从幻影因被魔界人所伤而双目失明后，灵夜终日不能安心。这几天，他陆续派出不少人，甚至把心腹凌光也派去人界找寻神司，却始终没有消息。确实，都过去这么多年了，而且又是封印了法力的人，身上再无一丝神灵的气息，哪有那么好找的？

　　灵夜踏入幻影住处，发现他依旧如几天前那副淡漠的样子。自从幻影失明之后，他每日坐在床上，不愿开口说一句话。幻冰终日守在这里，照顾他，希望他能恢复以前的样子。

　　"灵夜哥哥，你来了。"幻冰从一边的椅子上起来，她打起精神。短短几日，她瘦了一大圈，人也憔悴不少，眼里布满血丝。

　　灵夜冲她微微点了点头，走向床上的幻影。幻影似乎并未注意到灵夜的到来，眼神涣散，不知看向何处。如若不是他还有呼吸，只怕他人当真会觉得这只是一个失却生命的人。

　　"哥哥他，还是这个样子。任凭我怎样说话，他也不会回答一句。这么多天了，他除了喝口水外什么也不吃，我真怕他会撑不住。"幻冰话至此处，不禁又带了几分哭腔。

　　灵夜坐到幻影旁边，说："幻影，这几天我派了不少人去人界寻找神司，我相信一定能找到她为你治疗眼睛。我向你承诺，我不会让你一辈子活在黑暗里。"

　　"灵夜哥哥，神司她能治好我哥哥的眼睛吗？"幻冰问。

　　"一定可以的。"灵夜沉声回答。

　　幻冰听到这样的答复，终于笑了笑，充满希望地对幻影说："哥哥，你听到了吗？只要神司回来，她就一定能找到办法破解你所中的法术。既然还有挽回的余地，我就不希望你再这样消沉下去。哥哥，我知道你是因为我才这样的，这几天，我无数次地责备自己。只要你重新振作起来，你怎么说我都可以，我只希望你不要再这样下去了。"她说着，泪流满面。这几天，她早已流过无数眼泪。这些泪水加在一起，仿佛比她从前所流的总和还要多。没有体会到身边最为亲近的人忍受的疼痛，这种绝望悲伤的感觉是无论如何都不会理解的。

灵夜看着幻冰哭泣的样子，心里也不禁有所触动，毕竟，他也为幻影担忧。只可惜，无论他们怎样努力，幻影依旧无法恢复半分生气。

"幻冰，"灵夜说，"我有几句话想与你哥哥说，你出去为他准备一点吃的，好吗？"

幻冰擦了擦眼泪，回答："好。"说完，她便离开了房间。

幻冰走后，房子里只剩下灵夜和幻影两个人，灵夜脸色微沉，注视着自己的朋友，"这么多天，你始终这样情绪低落，让幻冰时刻担心着你，这就是你要的吗？"

灵夜见幻影依旧不为所动，便继续说："你当初为了救你妹妹，为她挡下攻击，所以失明。你这样做，是想保护她不受伤害。如今，你这样子，要她日夜陪在你身边，照顾你，为你担心，可你却对她不闻不问，无法从悲痛中走出，这对于她而言，难道不是另一种伤害？你因双目失明，看不见她为你流了多少泪，可你还有感觉，难道你体会不出这些日子以来，她因你而难过，因你而悲伤？你听不出她言语间的无助与忧伤吗？"

幻影的身子一动，仿佛因这番话有所触动。

"当然，我也明白你看不见的痛苦，但这一切并非不可挽救，我们眼下不是在派人四处寻找神司吗？你应该振作起来，勇敢与病痛作战。难道你忘了我的父亲，他因战斗负伤而经脉俱断，终日躺在床上，甚至不能自理？但每当我去看他的时候，他眉宇间的风采依然不减当年。你与他相比，已是再好不过了。我的爸爸处在那样的境遇里尚能勇敢面对一切，你有什么理由做不到呢？"

灵夜说完这番话，停下来凝视着幻影。他相信，只要幻影还有一丝斗志，就不会再这样毫无反应。想当年，那个不懂丝毫武功的幻影都有勇气去与怪物战斗保护他的妹妹，而如今，他也同样有勇气去面对病魔。

沉默一阵之后，一个略带沙哑的声音响起："夜，我明白了，谢谢你！"是的，他确实不该再这样消沉下去，这样不仅伤害自己，还让那些关心他的人担忧。

"朋友之间，还谈什么谢！倘若真要谢谢我，便振作起来，不要再让我和幻冰为你担心。"灵夜笑着拍了拍幻影的肩。

幻影也终于露出一丝笑容，扫去了脸上多日以来的阴霾。他忽然发觉，眼睛虽然瞎了，但他的心依然明亮，可以清楚地感知到他人的关心。面对苦痛，他并不是一个人孤军奋战，而是与他的朋友亲人共同面对。这样，还有什么可怕的呢？

这时，门轻轻被推开，幻冰小心地端着一碗粥走进来。

"幻冰。"幻影轻声叫道。

"哥哥！"幻冰惊喜地回答，"你终于愿意开口对我说话了。"曾经有过一个时刻，她以为幻影一辈子都不会再理她了。

"幻冰，对不起。这几天是哥哥不好，让你担心了。"幻影凭借感觉触摸到幻冰的手掌。

"不，是我不对，都是我太任性了，才会如此。"幻冰说着，把手里的碗递给他，"哥哥你这么多天都没吃饭，快喝些粥吧。"

幻影不愿再让幻冰为自己担忧，于是他笑着接过碗，一口一口地喝着。

灵夜见幻影终于变回了他原先的样子，不禁微微一笑。

忽然间，房门再次被推开，欣文雅匆匆地走了进来，"灵夜，我四处找你，可算见到你了。"她的脸上挂着汗珠，想必是为了寻他走了不少地方。

"怎么样？"灵夜急忙问。

"神司的事情有消息了，凌光说，他已在人间找到了那个人。"文雅说。

幻冰听后心里暗喜，看来这回哥哥有救了，但灵夜见文雅脸上并未露出欣喜的表情，反而面色严肃，想必事情进展得并不顺利。

"出了什么事情？那个女孩是不是不愿意配合？"灵夜眉头微皱。

文雅脸上露出几分为难之色，她上前几步在灵夜耳边低语了几句。灵夜听后，面色越发冷漠。

"我也并非亲眼所见，是凌光派人告诉我的。"文雅说，"看来，这件事不仅牵连到神界，竟与人间扯上了关系。如果不谨慎处理，惊扰了人类就不好办了。"

"我倒不曾想过在找寻神司的同时竟还会在人间发现心怀不轨的人。"灵夜冷声说，"可弄清了那个人的身份？"

文雅摇摇头，"听凌光说那个人法术高强，来去无踪，几番争斗下来，竟连神司也无法打败他。对了，据说那个人善用水来进攻，难以破解。"

灵夜心中一动，低声说："莫非是水城里的人？"

"怎么可能？"文雅不敢相信，"从上古之争后，他们已有万年不曾现世，那样神秘的一族怎么会在人间作乱？"她早年曾在神界的秘卷里看过"水城一族"，听闻他们从远古的六界之争后，厌恶了争斗，退出纷争，从此不问世事。他们一族世代住在水城之中，据说那水城异常华美，平日里隐藏在结界中，只有在月圆之夜才可看到。

幻影虽看不见，但从灵夜和欣文雅的对话中，也大概明白了事情的经过。

"灵夜，这次的事很棘手吗？"幻影转过头问。

"你不用为此担心，我会解决一切。"灵夜说着站了起来，"文雅，我现在就要去人间，你留下来照顾神界。"

文雅犹豫了一下，开口说："你身份尊贵，不便去，不如我去吧。这几年，我的法术也在不断增强，我相信还是有几分胜算的。"她深知此次事情的危险，而且从凌光的语气来看，那个神司性情冷漠，是敌是友还未可知，再加上水城的人，她实在不愿意灵夜去冒险。

灵夜淡淡地一笑，"难道我办事你还不放心？这次事情特殊，不仅牵扯到神司，还有水城一族，需要有一个能够压住场面的人去。"

文雅听了后，也觉得有道理，只好说："那好吧，你一切小心。"

幻冰在一旁急着说："灵夜哥哥，你一定要小心，我们等你回来。"

"嗯，你们放心。"灵夜说，"事不宜迟，我现在就出发了。"他说着，周身已散发出白色的光芒，将他层层围在其中。等光芒散开后，他已消失得无影无踪。

你一定要平安而归，幻影在心里暗暗说着。

这是灵夜第二次来到人界，小时候，年仅三岁的他曾和父亲灵王来此。那时，他们隐去了身形，在人间的大街小巷游走。

"灵夜，你喜欢这里吗？"那时灵王笑着问他。

"不喜欢。"灵夜毫不犹豫地摇摇头，"这里太吵了，车水马龙，人来人往，景色也不如神界优美。还有，这些人类不懂丝毫法术，只能依靠笨重的火车行走，不能像我们一样自由地运用法术。"他一口气说了许多不好的理由。

灵王慈祥地看着儿子，说："灵夜，你虽这么说却不知在万年前，他们是六界中最为强大的存在。"

"怎么会？他们比我们还厉害吗？"灵夜不敢相信。

"那时的人类，确实比我们还要强大。"灵王悠悠说，"只是后来，他们不愿再陷入六界之争，甘愿封印法力，从此不再过问这些纷争。"

"原来是这样。"灵夜点点头，但依旧心有不解，"可是，为什么要用封印法力的方式来退出战斗？他们只需不理会这些争斗就好，不一定非要封住自己的力量。"再说，这样强的能量放弃多可惜，他在心里暗暗补充。

灵王叹了一口气，注视着灵夜，"小夜，你年纪尚小，有许多事情不能完全明白。"

灵王说着，微微一顿，看向天边，"有的事，不是只要不想就能决定。强大的力量，往往是与权力地位相伴。即便那时的人类不愿再陷争斗，但他们的力量注定会引起其他几界的顾忌。只要他们身上的力量存在一日，就永远不会有真正的安宁！"所以，即便现在的人间不复最初的强大，可每当灵王忆起前尘往事，依然会因这些人类有勇气放弃力量选择和平而心生敬意。

"爸爸，我明白了。"灵夜忽然变得严肃了许多，"不论地位权力强大与否，和平与安静才是最重要的。我将来也会努力守住神界安宁的生活，不会令它轻易被破坏。"

灵王听了这话，不禁赞许地一笑，"这才是我的儿子，你明白这个道理就好。你要记住，人生在世，求不得、放不下的东西有太多。若能不用法术，平淡安宁地过一生，也是一种幸福。"

灵夜点点头，却不能完全明白父亲话中的含义。

灵王见他似懂非懂，摸了摸他的头，"总有一天，你会明白我的意思。"

如今，十余载的时光一闪而过，当年那个稚嫩的孩童已是一位威风凛凛的少年王者。灵夜再次忆起父亲的那番话，不由得一声叹息。父亲的话，没有错，但是，当时的灵王忘记了一点，他忽略了灵夜未来注定要走向王者之路，而这条路上随之而来的权力与纷争也注定是他逃不掉的东西。有人终其一生追求名利，所以不得安宁。有人却天生要与权位相伴，并非是他追求这样的人生，而是除此之外，他别无选择。

所以，平淡、安宁，他自知无法得到。

灵夜隐约听到不远处传来打斗的声音，根据刚刚文雅告诉他的方位，是这里没有错。于是，他马上收起了自己的情绪，恢复了平日里淡漠的神情。

此时的人界正是雨天，天空都被乌黑的云朵布满，看不到一丝光亮。无数雨珠从空中落下，打湿了地面，不断发出"滴答"的声音。

灵夜快速向前方走去，由于天黑的原因，街上看不到一个行人，但他依旧不敢大意。他挥了挥手，一个结界将他包围在其中，即使有路人也看不到这里面的一切。

只见凌光手中亮出了刀刃，正在与一个火红色头发的女孩争斗。那女孩一身红衣，即使在这样阴沉的天气里也异常耀眼。她面容妖娆美丽，唇红齿白，额头中间还有一个红蓝相间的印记，年龄不过十六七岁。她的手中正不断喷出一道道水柱，凌光不断抵挡，但还是被她的攻击逼得步步后退。

不远处，还有一个同样漂亮的女孩。她原本飘逸的黑色长发被雨水打湿贴在脸上，她在地上正襟危坐，似乎没有留意这场斗争，而是正在注视着她身边的一个少女。那个少女从气息上看大概是一个人类。只见她正痛苦地闭着双眼，胸前有一道深深的伤口正不断流出血来。那鲜血混着雨水流到地上，竟把周围的土地都染红了。

灵夜心知情况不妙，他大概了解了这里的情况，当务之急是先救人。人类的身体不如神灵，他们的体格里没有真气护体。灵夜飞快地来到受伤的少女旁，用手指点了几下她的穴道。

"你是谁？"那个黑发女孩对突然出现的少年带着几分警觉。

"你若想要你的朋友活着，就按照我说的去做。"灵夜无暇解释自己的身份，"让她平躺在地上，尽量别牵扯到她的伤口。"

黑发女孩见灵夜似乎并没有恶意，又见自己的朋友处在危难中，慌忙按灵夜的话去做。

灵夜凝聚了些许真气传入那个人类少女体内。因为人类的身体比较脆弱，又从未接触过灵力，灵夜担心自己的真气贸然输入反而会加重她的伤势。于是，他尽量让真气四散而开，变得柔和，缓缓注入她的体内。

在真气的帮助下，她的伤口终于止住了血，只是她的气息依然虚弱。

一边的黑发女孩目睹这一切，不禁开口问："你也拥有法力，也是神界的人？"

灵夜点点头，对她说："她现在暂时没有大碍，你在这里照顾好她，我去帮凌光。"

黑发女孩点了点头，灵夜看了她们一眼，随即也加入争斗。凌光见灵夜出现，有些惊讶，随即心里一喜，心知有他的帮忙，胜算会大许多。

灵夜双手交叉，一个水蓝色的结界闪现在他的身前，挡下了那个红衣女孩的所有攻击。

红衣女孩心里一惊，感到这个刚刚加入的少年能力不容忽视，但她不会轻易认输，反而更加凌厉地向灵夜发出攻击。

灵夜没有丝毫慌乱，她所有的攻击都被他面前的屏障轻松接下。

"你倒是有几分厉害，"红衣女孩冷声说，"但是，别以为这样就能打败我。"

"水城一族生性淡泊名利，不喜争斗，难道传闻有假？"灵夜撤去法力，"你不担心你的所作所为会让你的家族蒙羞？"几番交手下来，他更加确定了这女子的身份。

红衣女孩一听，不由得停下攻击，"你竟知晓我的身世？看你的身手，多半也来自神界。我们一族已避世无数年，今日重出六界，难道不行吗？"

"你们若愿意，自是可以。只是，你难道忘了神界的规矩？自古以来，神界便禁止本界的人与人间发生联系，更别说你如今想要为祸人间！"灵王冷声说。

"我们一族隐忍万年，许多法术都已退化，不复当年的威力。我听古卷上说只要饮下九十九个人类的鲜血，便可重现消失的能力。我这样做，无非是要重振水城一族的威力，难道有错？"红衣女孩忽然嘲讽地一笑，"我总算见到退隐的后果，我的外公曾告诉我上古的人类是最为强大的存在，可如今呢？仅仅为了这些所谓的安宁而封去了法术，倒真如鱼肉一般任人宰割。我杀他们的时候，他们毫无反抗的能力。"

"你这样做，已犯了神界的戒律，难逃一死！"灵夜怒吼。

"死？我倒真不信你能杀了我！"红衣女孩又笑了笑。她自幼便倔强不肯低头，如果一个人心中没有傲气，又怎能成事呢？

"那我们便手下见分晓。"灵夜说着，将早已凝聚好的法力向红衣女孩射去。

女孩双手在周身画了一圈，无数冰蓝色的水从她身旁涌出，挡在她的身前。灵夜所发出的法术似乎并不惧她的防御，瞬间穿透了她周身的水墙击中了她的胸口。

"啊！"红衣女孩痛呼一声，一连后退好几步。她不敢相信地望着离她不远处的少年。这个人究竟是谁，年纪轻轻竟有一身的法力？

凌光见她身负重伤，想上前趁机制服，灵夜却对他摇头示意。灵夜并不担心这个人有机会逃跑，因为他们之间的实力差距已一目了然。

"你不是一般神界会法术的人，你究竟是谁？"红衣女孩捂着胸口问。

"我叫灵夜。"他并没有打算刻意隐瞒自己的身份。

"你竟然就是神界之王！"红衣女孩吃惊不已，"年纪轻轻，法术竟这样高强。"她虽自命清高，但也不禁对眼前这个少年有了几分佩服。

"你既已知晓我的身份，也该明白再打下去，对你并没好处。"灵夜说，"你也算是名门出身，我并不愿为难你，希望你可以与我回到神界。"

红衣女孩哈哈一笑，"到底不过是一个年纪尚小的孩子，你的想法未免太天真了。你以为我见你有些本事，就会退让吗？如若我这么轻易放弃，当初也不会费力来到人界了。"

她说着，腾空而起，双手再次展开，无数闪着亮光的水滴向灵夜袭来。灵夜自然明白，这些水滴并非看上去那么简单，每一滴水都如同一把刀，打在身上便会皮开肉绽。

灵夜身形虽然灵敏，避开了不少水珠，但由于数量太多，他还是不可避免地被划伤了。他知道这样下去不是办法，他的体力也会逐渐消耗，而保持不住原来的敏捷会受更多的伤。

"灵夜。"凌光也不断地躲避开水珠，同时他又为灵夜担忧着。

灵夜灵机一动，他怎么一开始竟没有想到，水火不容。只要用火，便可以制住她的攻击。当然，普通的火是不行的，必须用三昧真火。

于是，他掌心相对，嘴里念着咒语，忽然间无数晶亮的火球从他体内发出。那些火球发着暖暖的橙红色光芒，在阴暗的雨天中，异常好看。那些火球与红衣女孩的水珠碰撞在一起，那些水珠瞬间被蒸发掉了。

红衣女孩大惊失色，看着越来越多的火球渐渐向她涌来，一时之间无法脱身。她的家族世代使用水系法术，也因此惧怕火一类的东西。

"现在，你愿不愿随我回神界？"灵夜冷声问。

"愿意，我愿意停战，我认输了。"红衣女孩有些慌乱，"快把火焰收回去，我愿回去接受神界的惩罚。"

灵夜见她确实被惊吓不小，又已经认输，这才挥了挥手，所有的火球瞬间没了踪影。

红衣女孩慌乱犹存，她已知这个人确实不好对付，自己不是他的对手。

灵夜没有再多看她一眼，轻声对凌光说："你负责看好她，事情已解决，我们不便在人间久留。"

凌光点点头，正要回答之际，刚刚还情绪未定的女孩忽然身形一动，飞快地将不远处那个受伤的人类少女抓在手中。

"童以然，你……"一直在照顾自己朋友的黑发女孩没有料到会有这么一手，一时间没有防备，灵夜也收了手。

"离茉雪，我劝你不要妄动。"童以然右手已经慢慢移动到昏迷的少女的脖颈处，"还有灵夜、凌光，你们最好别再有什么动作。我刚刚虽已耗费了不少力气，不是你们的对手，但杀一个人类的本事还是有的。"

或许是童以然的手指太过用力掐在少女咽喉处，少女渐渐因为疼痛恢复了几分意识。

"茉……茉雪……"少女缓缓睁开了双眼，微弱地叫着。

"张爱琪！"离茉雪对那个女孩唤着。她努力想救朋友，但看着危在旦夕的女孩，她什么办法都想不出来。

灵夜双手紧握成拳，心里暗暗责怪自己终归是大意了，才被童以然钻了空子。

"你们，还想要她受伤吗？"童以然冷声问。

张爱琪微咳了几下，断断续续说："童以然，你……你别想用我威胁他们。有本事，你就杀了我！"时至此刻，她没有一丝惧意，只是不愿他人受到连累。

"爱琪,我怎么可能不顾你的性命?"离茉雪大声说,"你不要说傻话了。"她说着,眼中流下了泪水。这个人类女孩,是她在这个本不属于自己的人界交到的最重要的朋友,她怎么会让她死呢?

"茉雪,我只是不想你因我而受到连累。放心,我不怕死。你当初不愿承认我们的友谊时,曾用你神界的身份与法术恐吓过我,企图令我畏惧你的与众不同而离开。但你知道吗,那时我就告诉你,我胆子大得很,什么都不怕!"张爱琪用沙哑的声音说着。

"爱琪,我……"离茉雪捂住自己的嘴,泪如雨下。

灵夜皱了皱眉头,无论如何,神界的战争不能牵扯上无辜的人类。他用冷漠的目光注视着童以然,"开出你的条件,只要你不杀这个人类女孩,我就想办法满足你。"

童以然一声大笑,刹那间天边一道闪电划过,她的神情看起来愈发疯狂恐怖。

"到底是灵王知我意。我的要求很简单,让我安全地离开这里,我便放了她。"她语话一顿,补充道,"还有,今后,我再在人间做什么,你们都不许阻拦我。"

"难道你还不肯放弃吞食人血,要继续杀戮下去吗?"灵夜问。

"对,所以,你不能再来阻拦我。用你的血起誓,答应我的条件,否则……"她邪笑着看了一眼手中的女孩。

以血为誓,是神界中最为庄重的一种承诺。一旦以血为介,立下誓言,如背叛,人神共愤。这样的承诺,灵夜又怎么可能说服自己立下呢?即使为了救人,他也不可能让自己立下这样的誓言。

"我怎么可能答应你这样的条件?"灵夜冷冷道,"我若这样做,将正义置于什么地位?岂不是害了人间的一切生灵?"

"那么,你是要放弃这个人类吗?"童以然说着,手指收紧了许多,张爱琪刚缓过来的脸色因气息不畅又变为紫色,但她纯净的目光里没有丝毫畏惧。

离茉雪在一旁虽想救张爱琪,但也明白,童以然的条件太不可理喻,怎能答应?但她也实在不能接受亲眼看着自己的朋友就这样送命。

"爱琪,对不起,我一开始就告诉过你,我总有一天会给你带来灾祸。"离茉雪喃喃地说。

灵夜紧紧抿着双唇，他做不到答应童以然的条件，却也不想因此害了一个人类。难道，没有其他的办法了吗？

正当一切陷入僵局时，一道水蓝色的光芒从空中落下，打在童以然身上。她痛苦地大叫一声，跌在地上，张爱琪也随即从她的手下逃出。

"咳……"张爱琪脚步一软，剧烈地咳着，幸亏离茉雪赶快上前扶住了她。一边的灵夜也急忙赶来，为她输了些真气。

这时，一个修长的身影出现在众人面前，灵夜一愣，他明白此人功夫深厚，竟有能力闯入他布下的结界，并且帮他们击退了童以然。

童以然本来因被人袭击愤怒不已，却在看到那个人面容之时，语气一下软了下来。

"哥……"她惊叫道，心里有些慌乱。从小到大，每个人都宠着她，但唯独这个人对她异常严厉。

那个人用锐利冷峻的目光瞪了她一眼，随即走到灵夜身边，恭敬地说："我是童以然的兄长童以威。我知她在人界犯了大忌，急忙赶过来处理，愿灵王网开一面。"

灵夜见面前的人面容清秀却不失威严，料想这人在水城中也拥有一定的地位。他虽出手制服了童以然，却又同时在替自己的妹妹求情。但是，她犯的错，岂是一句求情可以原谅的？

灵夜思索片刻，开口说："你大概已经了解了她这几日在人间所做的事情。那么，你自然清楚，她的行为会受到神界怎样的处罚。"他的口吻冰冷，丝毫没有回旋余地。

童以威目光一紧，他是明白的，以妹妹的罪行，只有一死。他虽对她平日里要求严格，可他比任何人都关心她，他不能让她死。

"灵王，我……"童以威还想说什么。

"这里不是久留的地方，你若还有话与我说，就一同先回神界。"灵夜打断他。

童以威懂得灵夜的意思，点了点头。

灵夜看了一眼离茉雪，向她走去，"你……"

他刚说一个字，离茉雪便马上接道："我要先留在这里。"她虽明白自己是神界的人，但在人间待了这么久，又有了割舍不断的友谊，自然不愿离开。

灵夜虽知幻影的伤情需要离茉雪在最短时间内找到治疗方法，但眼下也不能太过干预催她回神界。可是，那个人类女孩的伤势并不是人界普通医生所能医治的。

"凌光，你回神界后，马上派一个神医来这里为这个人类治疗。"灵夜看了一眼张爱琪。

凌光急忙应了一声。

"谢谢你！"张爱琪虚弱地说。她虽与灵夜并不相识，但她知道，是灵夜帮了她。

灵夜没有多言，只是对张爱琪微微点头，算是回应。他处理完这一切后，双手微张，一阵寒光发出，众人立刻从离茉雪和张爱琪的面前消失。

当光芒散开之时，灵夜等人已经回到神宫。

童以然由于与灵夜交手，元气大伤，再加上刚才被自己的兄长一击，现在什么法术都发挥不出，再无反抗之力。此刻，她正靠在一边的栏杆上喘着气。

灵夜瞥了一眼童以然，随即把目光转向她的哥哥，"我知你护妹心切，但是，去人间为祸，单凭这一点就已触犯了神界的禁忌。更何况，她已经害死了不少人类，要我怎么宽恕她？"

"灵王，我知她罪无可恕。只是，她自幼便是我们家族中最受疼爱的孩子，如果她……"童以威话至此处，不由得有些哽咽。

童以然在一旁见平日里威风凛凛的兄长如今为了她以这么一副低声下气的样子向灵夜求情，心里一阵难过。

"哥，我一人做事一人当，你不要向他求情！"童以然倔强地说。

"一人做事一人当？"童以威反问，"你哪次做事情不是全家人为你担着？你自小便不肯服输，为达目的不择手段，我告诫过你多少次，再这样下去总有一天会受到处罚。如今，你残害生灵，落到这样的下场，我怎么可能置身事外？还有我们的父母，疼爱你的祖父，你知道他们有多为你担心吗？你说，你做了这样的事，我们能放手不管吗？"

"我……"童以然不知该如何回复，哥哥说得对，她做出这样的事，已经无法让他们放手不管了。

灵夜见此情景，心中一动。无论怎样残酷的人，心里边总有一处是有情意、能认知一切的。

他忽然间心里很乱，按理来说，他是该按照神界历来的规矩，以残杀人类的罪名判处童以然死刑，但他见这对兄妹感情之深，微微有了不忍之心，虽然他不愿承认这一点。

但是，不忍是一回事，法则又是另一回事。世间的对错，不是一个不忍便可轻而易举地翻过页，不再给予一个公正的答案。善恶有报，是亘古不变的规则。

"童以威，我见你也是一族之长，应该明白我的决定。"灵夜说，"你的情感我很理解，但是，她犯了死罪，这并不是几句求情可以化解的。"

童以威不禁沉默。尽管他很想再为自己的妹妹求情，但是灵夜的话语已经彻底碾碎了他的一切幻想。他本来就是一个理性的人，在水城理政多年，也见过许多因犯下过错而向他求情的人。那时的他，也没有因此有丝毫动容，在法则面前，只有对错，没有感情。

如今，轮到他自己不得不抛弃理智，站在感性的角度，为他的妹妹求情。身份转换，但面对的结果也应是一样的。

"好，我明白了。"童以威说着把目光转向同样正在看着自己的童以然，"我如今只希望在有限的日子里让我再与她多待一会儿。"

他不是一个不讲情理、为感情所困扰的人。如果对方已然给出明确的答案，那么他便不会再多浪费口舌。

"好，我再给你一天的时间。"灵夜回答。

早晨的魔界总是被一股淡淡的雾气包裹着，空气中带着些许湿漉。阳光透过层层薄雾将点点金光洒向地面，犹如无数颗小小的金豆。

此时，大殿前门庭若市。今日是前一任魔王越轩的祭日，任何人都不敢误了这九年一轮的大日子。古殿周围站满了士兵，戒备森严。

从昨晚开始，这里就已不许任何人入内，生怕弄坏了布置的一切，直至今早开始祭祀，这里的大门才正式打开。

人群之中，音千落站在队伍的最前面，越冥紧随身旁。而后，依次是叶谦、君诺尘、林楚莫、魔影与一些王室贵族。剩下的一些寻常百姓，只是站在大殿之外，以表敬意。

殿内被打扫得一尘不染，最里面有一张很大的桌子，桌子正中央绿光萦绕着一张黑白色的男子的画像，那是越轩生前所保留下来的唯一画像。只见那上面的男子气质不凡，嘴角微弯，眼里闪着威严的光芒。画像的旁边摆了一些供品，但这些所谓的供品不是人间那些鲜果糕点，而是带着灵气的奇珍异宝。魔界人自古以来骁勇善战，所以即使死后也希望自己变得强大，因此通过这些带着灵气的宝物穿越阴阳两界将其中蕴含的力量传递过去。

桌子的四周摆了一圈火烛，将整个古殿照得一片明亮。音千落一步步向里面走着，烛光映得她的脸忽明忽暗，她虽依旧是平日里那副平淡的表情，但仔细看她的眼角，分明闪现着泪光。

一个再强大的女人，提及自己所珍视的人也终究是脆弱的。庆幸的是，这么多年以来，她守住了这片土地，也将越冥一点点拉扯长大。如今，越冥已有了担当，她想，越轩的在天之灵也终于可以安心了吧！

越冥跟在音千落身后，他脸上再无往日的嬉笑。关于父亲的记忆，他所能记住的实在太少了。在他仅存的印象里，越轩很少对他露出笑脸，只是要求他成为一个合格的领袖，甚至在与鬼王的交战中，他身负重伤，直至临终前也并未对自己说过什么感性的话，只是告诉自己，要承担起保卫魔界的责任。

这里的所有人，虽然不都是诚心祭拜越轩的，但在这种场合下，每个人的脸上都是一片肃穆，除了殿堂里的脚步声，再无其他声响。

在离殿内最深处的桌子三四米处，音千落停下脚步，她身后的队伍也随之停下。

她凝视着桌子正中央的画像，画中的男人面容俊美。她的耳边，依稀还回响着他对自己的低声细语，而今生今世，他们已是天人永隔。

"越轩，我没有辜负你的期望，在你走后的这些年里，魔界依旧风光无限。转眼间，我们的孩子已经是一名少年，我也觉得自己老了许多。日后的一切，我交给这些小辈去处理吧，我相信越冥的能力。愿你的在天之灵，可以保佑他一生平安。"

音千落希望她在心里所说的这一切，越轩可以在另一个世界听到。

她缓缓举起左手，一道金光划过她细嫩的手心，一个小口出现在掌心中。她向前走去，来到桌边，将伤口处渗出的血珠滴在越轩画像旁的绿光处。绿光一时光芒大增，过了一会儿才又恢复原来的样子。

在魔界，这样的举动是最能体现出生者对已故之人敬意的方式。

音千落看着黯淡下去的光芒，轻轻叹了一口气，然后向回走去。就在这时，她的脚底一滑，竟然摔倒在地。

"妈妈！"越冥急忙上前，要扶起音千落。

"魔后！"其余的人没有料到会发生这样的情况，缓过神后都过来要扶起音千落。也许是因地面有些湿滑，再加上人多的缘故，慌忙中不知是谁无意碰掉了桌边的几支火烛，那火烛落在地上，瞬间成了一片火海。

"着火了！"

"快离开这里！"

突如其来的火灾令谁也没有想到，大家都失去了镇定，只顾自己赶快离开这里。

越冥在混乱中终于扶好了音千落，他见她没有大碍，还没有来得及松一口气，便被眼前的火焰困住了去路。

古殿里一时间充满了恐惧的叫喊声与匆匆的脚步声。越冥想不到会有这样的事情发生，他能分辨出这并不是普通的火焰，而是三昧真火。这火不可能是从这古殿里来的，况且，这殿内的材质都经过防火处理，怎么还会发生这样的情况？

他来不及多想，护着音千落左闪右避，总算出了殿门。

"妈妈，你怎么样？"越冥关切地问。

"我没什么事。"音千落心有余悸，怎么会发生这样的事？

越冥见殿里已是滚滚浓烟，但仍有不少人未能逃出。他们大多功力不够，无法在火海中准确避开火苗。他身为王者，自然不能袖手旁观。他不顾音千落在自己身后的叫喊，一头又扎入火海。

"大家别慌！"越冥大声说。他随即双手发力，一股紫光从他双手间涌现，那光芒所到之处，火焰瞬间四散而开，一条出路显现，不少人乘机逃了出来。

这时，闻讯赶来的魔兵也急忙在古殿四周布阵，这才得以灭了这场火。

火虽然灭了，但终究晚了一步，还是有一些人因这场劫难而失了性命。越冥在殿内看见四周散落的尸体，心里一阵悲痛，怎么会在父亲的祭堂里出现这种事？

这一场火灾，疑点重重，难道有人故意从中作梗？

越冥慢慢从古殿里走出，音千落看到他完好无损，心里总算恢复了平静。

一边的安冷耀因为身份原因，一直站在殿外。他没有料想到会发生这样的事。这殿里的每一个地方，他都细细观察过，所用物品都经过处理，应该不会引起火灾才是。

"所有负责布置祭堂的人都站出来。"越冥冷声说。他的话语令原本骚乱的人群安静下来。

他的话音刚落，已有十几个人从人群中走出来。他刚刚在殿里的角落发现了油渍的痕迹，怪不得会着起大火，原来是有人在地上泼了油，这也难怪自己的母亲会摔倒。这一切，果然都是有人预谋的。

越冥的目光掠过面前的每一个人，他们大多慌乱不已，不知发生了什么。只有一张脸最为平静，是安冷耀。越冥看他的时候，他也微抬起头看了越冥一眼。他的眼光之中依然波澜不惊。

越冥当然知道这一切并非安冷耀所为，虽然他现在还没有什么证据，但他们近十年的友情可以抵消他一切疑虑，他信任安冷耀。但眼下，他并不能将这一切表现出来，这样的举动未免会遭他人质疑。

"把他们先送入地牢。"越冥轻声对魔兵吩咐。

他看着安冷耀被魔兵押解出去的身影，心里默默地对他说："对不起，耀，在事情没有弄清之前只好委屈你一段日子。我明白，我心中所想，你都懂。所以，你不会怪我，对吗？"

在人群之中，谁都没有注意到林楚莫的神态。他脸色惨白，像怕被人发现了什么秘密一般。他看了看四周，悄悄退出人群，向远处匆匆走去。

林楚莫几乎是一路飞奔回到家，没等坐定，他便急忙唤来自己的手下念初。念初也是一副慌乱的样子，身体在止不住地发抖。

"怎么会这样？我不是告诉你只要泼一点油，顶多燃一点火苗，让安冷耀出一出丑就好？怎么你到头来洒了那么多油，这下好了，虽然安冷耀如我所愿被关了起来，但你这样把事情闹大，回头出了差错，我也应付不来呀！"林楚莫气急败坏地对念初说。

"我……我记得我并没有泼那么多油，我当时可能太紧张……"念初吞吞吐吐地说。

林楚莫双手掩面，"你紧张什么，这下好了，出了这么大的事。我那桶魔油可是宝物，只要洒一点便可燃起三昧真火，你洒了这么多……"

念初本就胆小怕事，他眼下更是慌乱起来，"少主，我现在该怎么办？如果，事情查到我这里，我肯定难逃一死。"

"那也是你自己的失误，怨得了谁？"林楚莫冷声说。

"少主，我说你这回一定要帮帮我！"念初上前拉住了林楚莫的衣袖。

林楚莫见他一副害怕的样子，脑中一个念头闪过，他反倒比刚才镇定了几分，既然事情已经到了这个地步，不如将错就错，若能借此机会彻底除了安冷耀，也是一件好事。

他想到这里，拍了拍念初的肩膀问："如果我能救你，你愿意按照我说的去做吗？"

"愿意！"念初斩钉截铁地说。

"好，我会帮你。"林楚莫说着，褐色的眼眸里闪过一丝寒光。

君诺尘从早上忙到下午总算把伤员和死者都处理妥当。他几乎一直在忙着救人，没有喘一口气的机会，现在终于可以松一口气了。

"长老，您也在这里忙了许久，不如先回去休息吧，古殿这里的事就由我来协助越冥。"君诺尘对叶谦说。

叶谦看了看不远处仍在古殿查探情况的越冥，想了想，说："好，我先回去了。这里的事交给你，我放心。"

君诺尘笑着点了点头，送走了叶谦。对于今早的事，他心里虽有疑虑，但也明白几分。这真是魔界人惯用的伎俩，是有人要借此机会铲除异己。这个人，大概便是安冷耀。其实，君诺尘早就想过会有这样的情况出现。安冷耀不过是一个孤儿，没有身世背景，却深得越冥信任，甚至把祭祀这样重要的事都交给他来做，难免有人心生嫉妒。

他叹了一口气，望了望头顶有些阴沉的天空，也去了古殿。经过一场火灾的洗礼，这里的一切都变得残破不堪，四周满是黑色的粉末，空气中隐隐有种烧焦的味道在蔓延。

君诺尘看见不远处的越冥正面对着一张桌子，桌子正中央是一张已烧去了一半的画像。越冥将那张画像捧在手里，看了许久。

"越冥。"君诺尘走上去轻轻叫了他一声。

越冥这才回过神，看清来人之后，笑了笑，"诺尘哥。"

君诺尘看得出越冥笑容中的勉强，他知道，这场大火烧毁了越轩仅存的画像。今天是越轩的祭日，越冥本应在自己父亲的祭堂里诉说对他的思念，而如今却变成了这样的局面。

"是我的疏忽，才造成了这样的结果。"越冥凝视着手里的画像，低声说。或许自己真的不是一个合格的领袖，这是自己接手魔界后，第一次这样正式地祭奠自己的父亲，本想抚慰父亲的在天之灵，如今，怕是让父亲失望了。

君诺尘看着越冥，这个年仅十三岁的少年。平日里，见惯了他眉眼含笑、难以捉摸的样子，竟忘了他也不过是一个孩子，即便坐拥江山，君临天下，也不过是一个男孩，他终究也有着自己的脆弱与无助。君诺尘忽然觉得，眼前的少年才是最为真实的越冥。

"越冥，这并非你的错，只是一个意外，我们谁都没有料到。"君诺尘柔声安慰他。

越冥不由得闭上双眼，仿佛想要获得些许宁静。过了一会儿，他才重新睁开眼睛。

他看着手里仅剩一半的画像，冷声说："这是爸爸生前唯一的画像，如今也已经损毁了。"

"但关于他的记忆是永远不会消散的，他永远在你的心里，又岂是一张画像所能左右的？"君诺尘说，"我相信魔王他不会责怪你，他所希望的，是你在困境中也能不退缩。"

"诺尘哥，你说得对，我已经没有时间再为私事而悲伤了。"越冥说着，将那半张画像小心收藏在衣服的口袋里，"我现在要做的，是查清这一切，我一定要找出真凶！"他说着，言语间透出冰冷之意。

君诺尘微微一笑，他心里明白，越冥虽也会有情绪波荡之时，但那只是短短一瞬之间，他马上又会恢复往日的模样。这里身处高位的人都必须拥有一种东西——懂得收敛自己的情绪。

"对了，我刚刚在这里倒发现了可疑的痕迹。"越冥说着，把君诺尘带到一扇窗边。

"你看，这面墙上有一个明显的脚印，我猜想，这个人一定是悄悄翻了窗过来，在地上泼油。"他说着，指了指墙壁上的一个脚印。

一个人静下来的时候，有许多事都很容易想起。今早的大火大概是魔油所致。魔油也是魔界珍贵的宝物，这种油无色无味，洒在地上难以发觉。

"但现在，我们只凭一个脚印，并不能看出这个人的身份。"君诺尘皱了皱眉。

"的确如此，我们掌握的证据太少了。这个人想必有些本事，这里都是重兵把守，他竟能神不知鬼不觉地进来。"越冥双手紧握成拳，"但无论他有多大本事，我都要抓住他。"那个人，不仅毁了他父亲的祭堂，还害死了那么多生命。

君诺尘双臂抱在胸前，若有所思，"我倒觉得这里既然有侍卫把守，他要从窗而入，也不可能有多么容易。或许，这个人就是从门口堂堂正正走进来也说不定。又或许，这窗旁的脚印，不过是他的障眼法。"

越冥被君诺尘的一番话触动，"有道理。如果他身份尊贵，来这里一看也未尝不可。他大可以独自来此，做些什么手脚。而且……这魔油是珍品，也并非寻常人所能拥有的。"这样一来，与这件事有关联的人就减少了许多。

君诺尘想了想，又开口说："这个人无论是谁，做这件事的目的想来也并不是针对你或者魔后这些尊贵的人。你们法力高强，他即便做下这样的手脚也难害你们，自讨苦吃而已。但若是……"

"但若是借此机会对付一个没有什么身份背景的人便不同了。"越冥接道，"诺尘哥，在一开始发生这件事的时候，我就已经猜到这人的心思了。所以，这令我更加生气。"他一向聪颖，怎么会不明白？这一切都是冲着安冷耀而来。安冷耀本来就是此次活动的负责人，如果出了什么意外，他自然是难辞其咎。即使自己有心护着他，也不得不先将他收押再做打算。

那么，在魔界，一直针对耀的人，又是谁呢？

想到这里，越冥叫来了一个一直把守古殿的魔兵。

"我问你，昨天可有什么人来过这里？"越冥问。

魔兵想了想，恭敬地回答："昨天只有林楚莫少主来过，他带了些吃的分给我们。"

越冥听到这里，双眉微敛。果然，他猜得不错。这些日子以来，林楚莫安分了不少，他本以为这个人已懂了进退，如今看来，一切都是假象。

君诺尘倒并不急着在心中下结论，他问："那时少主可曾进屋里来？"

"没有，他昨天来时已经天黑了，说不便再入内，所以与我们寒暄了几句就走了。"魔兵回答。

"你所说的一切都是真的？没有半点虚假？"越冥厉声道。林楚莫没有入屋，这怎么可能？

"魔王，我绝没有骗您。"魔兵急忙低下头回答。

越冥向后退了一步，难道，他的想法不对？林楚莫平日里针对安冷耀，但他一向是在明里与他作对，若说这种阴暗的手段，倒未曾见过。或许，他也不该理所当然地认为这事与林楚莫有关。但是，那又怎么解释这一切呢？而且，谁又知道这个士兵到底有没有隐瞒呢？

君诺尘见这个魔兵一脸慌乱的样子，拍了拍他的肩，"不必紧张，魔王不过是问你一些事情而已。好了，这里没有你的事了，你去忙吧。"在事情没有弄清之前，也不能冤枉了他。

魔兵点了点头，匆匆离去。

越冥看着魔兵离去的身影，忽然间好像想到了什么，他的眼眸一亮。

人间的傍晚，少了几分白日里的浮华忙碌，多了几分安宁寂静。天空中的云朵散发着橙黄色的暖光，它们的周身被金色的光晕包围着，太阳慢慢沉下去，又是一天的结束。

经过昨天一战，虽然张爱琪受了重伤，但经过灵夜派来的神医一番医治，已经恢复了不少。她不得不在心里赞叹法力的奇妙，但它的神奇是自己这种普通的人类一辈子也不可能拥有的。

"爱琪，你伤口才好了一些，不要走太久，当心再度裂开。"离茉雪小心地扶着身旁的好友，不敢有丝毫大意。

"茉雪，你也不用太担心我。你看这么好的晚上，我出来散散步还对我有好处呢！"张爱琪笑着对离茉雪说。她因为受伤的缘故，脸色仍有些苍白，但她的笑容依然那样温暖纯净，宛如世间最美的风景。

"幸好这几日你的家人不在，你受这么重的伤，我都不知怎么向他们解释，他们肯定会非常为你担心。"离茉雪说着，不免心里一阵自责。毕竟，确实是因为她的出现，爱琪才陷入险境。

"茉雪，你为什么总把事情往自己的身上揽？"张爱琪不满地撇了撇嘴，"这一切都是我自愿的。我们既然是朋友，对于你的事，我也没有置身事外的道理啊！"

她话语一顿，有点不好意思地吐了吐舌头，"当然，好像反而是我给你们添了不少麻烦，现在还要你照顾受伤的我。"有时候，她倒也希望自己有法力，不为其他，只为在危险来临时，能去协助茉雪，并肩作战。

"不，爱琪，是你保护了我。如果不是你在之前用身躯帮我挡下童以然的攻击，现在受伤的人应该是我。"离茉雪对她说，"谢谢你！"

张爱琪微微一愣，她第一次被人这么郑重地道谢，倒还有点不好意思。

"这也没什么啦，你也救过我很多次呀！"张爱琪大度地摆了摆手，"只可惜，我只是一个普通的人类，没有你们神界人那么强大的法力，所以，我不能在战斗中真正帮到你什么。"她说到这里，心情又有点低落。

"谁说的？"离茉雪脚步停下来，她仔细注视着张爱琪。

夕阳余晖里，张爱琪那张清纯干净的脸庞被盖上一层金黄色的光纱，她也看着离茉雪。

"在我心里，你有没有法力、是什么样的身份一点都不重要，我不在乎。爱琪，你所给予我的东西，是任何人都给予不了的。你身上的单纯和与生俱来的善良，是那些有着强大力量的人所没有的。如果有可能，我倒宁愿你在人间永远这样快乐地生活下去。神界那种权力相争的地方，实在不适合你。"离茉雪语重心长地说着。她虽然一直在人界，但她从凌光和灵夜的身上，隐约能看到那个地方的样子。她实在不忍爱琪身上的纯真被那种地方玷污。

这是张爱琪第一次听见离茉雪这样说自己。还记得她们刚相识的时候，那个女孩没少对她冷嘲热讽。张爱琪看着离茉雪美丽的眼眸，不禁想起，初遇之时，这里分明满是冷淡与怀疑。她还记得，那时的茉雪有多么清冷多疑。究竟是从什么时候开始，曾经那个孤傲的少女愿意融化坚冰，与她以心相交了呢？

"我知道我不属于那里，但是，茉雪，你究竟属不属于那里呢？"沉默一阵之后，张爱琪终于问出了这些天来一直埋在她心里的话语。

"我……"离茉雪一时语塞，她虽从小流落人间，但她身上与生俱来的力量与漫长的生命，都令她与凡间的人有差别。

"其实，你也知道，无论你怎么否认，你终究不属于这里。"张爱琪低声说，"所以，你说神界并不适合我，我想，人间也终不是你可以久居的地方，不如离开这里吧。"这几天，她想了很多。神界中凌光、灵夜等人的出现，让她意识到，人和神灵是有差别的。曾经，离茉雪说，她已走过了百年的岁月，正常人数十年的寿命，于她而言不过弹指之间，而她在这漫漫岁月中历尽冷暖。人世间的悲欢离合，对那个女孩而言，难以激起她心底的波澜。

张爱琪想，这是她们之间最大的差别。时间对她而言不过区区数十载，但对离茉雪来说却是无穷无尽的。这样的差别，死亡终会把她们分开。爱琪难以想象，百年之后，人间物是人非、沧海桑田，只有一个女孩容貌依旧，孤独地漂泊在此，难觅故人的踪迹。她不愿看见那样仍然孤寂的离茉雪。如果这个女孩回到神界，那里有许多同她一样的人，她们可以永远相伴，这样有多好！

离茉雪并未理解张爱琪的心思，她只当这是爱琪想赶走自己的意思。于是，她的眼神瞬间变得冷淡了，"你要我走？"

张爱琪垂下目光，双手紧紧握在一起。良久，她轻声说："是。"

尽管，她在心里多么希望离茉雪可以留下来，她好不容易交到了一个经历过生死考验的朋友，自然是不愿分开，可是，她不能这么自私。

离茉雪用冰冷的目光注视着张爱琪，她想，自己倒真是天真。在人间这么久，不是早对这里所谓的友谊看得一清二楚了吗？所有的情谊，不过是建立在利益之上。曾经，张爱琪只对她的身份来历好奇，所以才接近她。现在，那个人了解一切真相后，便害怕再被卷入什么危险中，所以要赶她走。

"我以为，你和我之前见过的那些虚伪的人不一样，但现在，我明白了，你和他们根本没有差别。"离茉雪冷冷地说，"你这时还是害怕了，是不是？虽然你嘴里总说着不怕，但你还是怕被我牵连，所以才要我走！"

"茉雪，不是，我……我……"张爱琪努力想为自己辩解，她怎么会是那种虚伪的人呢？

"我看尽了人世间形形色色的人，看尽悲欢离合，本不愿再有什么情感作为牵绊。你的出现，确实让我相信了真情的存在，但如今，你竟也与那些俗世凡人一般无二。我发现，你的演技未免太好了。"离茉雪尖锐的话语像刀子一样锋利，她完全不知道自己在说什么、做什么，只想用最凌厉的话语掩盖内心的情绪。

"茉雪，你怎么能这么说我？"张爱琪大声地问。她们一起经历了那么多，难道她还不相信自己的为人吗？

"难道我说错了？那你为什么要让我走？"离茉雪问。

"我……"张爱琪一时语塞，如果，她把心里的话说出来，那么茉雪还有可能安心地离开吗？她得让茉雪无牵无挂地离开，不再挂怀人间的一切。

离茉雪把张爱琪的犹豫当成对自己刚刚所说的话语的默认，她认为，张爱琪承认自己是怕被她连累，离茉雪的心一下子沉了下去。

她见爱琪一再沉默，便不再抱有任何希望。她闭上双眼，而后又睁开，"你不用再多言，我已经明白了问题的答案。我在人间身份特殊，连累你绝非我的本意，我走就是了。"

她说着，指间聚起一缕金光，在橙色的霞光里消失得无影无踪，只有一支纯白色的笛子放在地上。

张爱琪呆呆地看着面前空荡的街道，心里问自己："张爱琪，这就是你想要的结果吗？"她缓缓地拾起躺在地上的长笛，这是她送给茉雪的礼物。她还记得那个女孩收到礼物时面带喜色，却又别扭地不肯表露的样子。那人曾承诺，会一生一世珍惜这份代表友情的礼物。

而如今，她就这样轻而易举地违背了承诺，把这份礼物弃如敝屣。

夕阳里，张爱琪不禁落下眼泪。

她的心里忽然充满了悔恨，为什么要口不对心地赶走茉雪？一直以来，自己最希望的，不就是她永远留在人间，可以相伴走过一生吗？

她抬起头望着天空，霞光烧红了天边的云彩，空中不时划过几只归鸟，她猛地想起，也在这样的天空下，茉雪曾对她说："我喜欢望着天空，因为只有在这个时候，我才能忘掉世间的一切。可每当此时，我却又不禁想，天地这样广阔，每个人甚至是晚归的鸟都有属于自己的去处，然而我的归宿又在哪里呢？"

张爱琪记得，那是茉雪第一次吐露心声。当然，那也是第一次，她发现了茉雪眼底用冰冷掩盖着的孤独。的确，一个人走过了百年岁月，却依然不知自己的归途在何方，那将是一种怎样的感觉！

当然，张爱琪也记得那时的自己告诉过她，从今以后，不会再让她孤单，她会用自己的友情，驱散茉雪这百年的孤寂。

然而，此时此刻，她却亲口赶走了茉雪。爱琪不禁想，会不会是她做错了。关于回神界的事，她还没有听过茉雪的想法，就自作主张地帮她决定。或许，茉雪不想回去呢，或者，她愿意留在人间……

想到这里，爱琪忽然向远处跑去，她要去找回离茉雪，她要向她解释清楚自己的本意。

斜阳里，只见一个女孩飞快地奔跑在街道上，手里紧紧握着一根笛子。她的影子被拉得很长很长……

越冥把负责布置古殿的士兵全部盘查了一遍，得到的答案是统一的，除了安冷耀以外，任何人都没有在昨晚进入古殿，安冷耀是最后一个离开的。

事到如今，还没有过哪一件事让他到现在都摸不到头绪。除了墙上的油渍和魔油，实在没有任何线索可以表露出有关泼油人的信息。原来，他一直怀疑林楚莫，但现在每个士兵都斩钉截铁地对他说那个人并未进入古殿，而且这似乎也并非虚假。

越冥摸了摸太阳穴，透过窗户发现天已暗了下去，他决定去地牢里走一趟。

魔界的牢房是最为戒备森严的地方，一般的贵族子弟均不能随意出入，除非持有特殊的令牌。当然，越冥身为王者，可以自由地出入这里。

门口把守的魔兵见越冥来此，向他恭敬地问了声好，随即把门打开，让他进去。

监牢里终日不见阳光，潮湿的空气里夹杂着树叶腐烂的味道，如果不是为了探望安冷耀，越冥也不愿在此久留。

快到关押安冷耀的牢房门口时，两个士兵正好从他身边经过，二人似乎并未注意到越冥，其中一个人拿着一个饭盒，里面有一些剩菜。那个人似乎有些不满地对同伴说："每天还要为那个安冷耀送饭送菜的，真是麻烦。"

另一个人接过话头："是啊，那人倒真算沉得住气，林少主审问这次失火的事情时，他竟一句也不答。咱们的魔王越冥虽然有几分手段，但看人的眼光实在差了点，一直与那个身份低下的安冷耀相交，还把这么重要的祭祀之事交与他，这下好了……"

"是呀，要我说……"

二人交谈的声音渐渐远去，越冥站在原地，望着那两个魔兵消失的地方，眼里有一股冰冷的寒光闪过，但仅仅是一瞬间，他便恢复了往日的样子。

越冥转过一个弯后，终于来到了一间牢房前。为了防止关在这里的嫌疑人有串供的机会，在大多数情况下，这里都是一人一间牢房，而且距离相隔也比较远。

在昏暗的光线下，他隐约看见有一个衣服破损的少年缩在墙角。

不远处的狱卒看见越冥到来，一时之间有些惊讶，他急忙走来，"魔王，您怎么来了？"

"把门打开。"越冥看着前方的牢门。

狱卒不敢再多言，急忙用钥匙打开牢门。

"我有些事要与安冷耀单独说，你去外面守着，等我叫你再过来。"越冥吩咐。

"是。"狱卒说着，悄然退出。

越冥急忙走入牢房，安冷耀见到他想站起身，却无奈身体太过虚弱，根本用不上力气。

"耀！"越冥急忙将他扶到一边的木椅上，借着昏暗的光线，他这才看到安冷耀那张苍白的脸颊和痛苦的神情。

"冥，你来了。"安冷耀笑了笑，他努力令自己看上去精神点，不愿让越冥为自己担心。

"怎么会这样？"越冥见此情况，已经明白安冷耀定是受过刑罚。

"我，我没有事，你不用担心。"安冷耀轻声说着，随即是一阵剧烈的咳嗽。

越冥眉头微皱，将手掌贴在安冷耀的背上，输入一股真气，这样可缓解些痛苦。随后，他又将手指搭在安冷耀的手腕上。

"竟有人对你动了魔刑。"越冥收回手，语气不觉变得冰冷，"没有我的允许，谁敢用这样的刑罚？"

魔刑是所有的刑罚中最为残酷的一种，轻易不动用这种刑罚，除非是十恶不赦之人。这种刑罚是一点点抽去人体内的真气，但凡习武之人，时日久了，那些真气早已与骨髓融为一体，试想把你早已融入体内的东西一点点剥离体外，会是多么的痛苦。

"冥，我没事。"安冷耀觉察出越冥的怒气。

"是谁？"越冥并未理会安冷耀的话语，他想知道是谁伤了自己的朋友。

"越冥，我……"安冷耀并不想因为自己的缘故又令越冥对旁人大动干戈，他自己受苦没有关系。

"告诉我，是谁？"越冥又重复了一遍，语气更为冷冽，隐隐透出几丝属于王者的气息。

安冷耀极少见到这样的越冥，这样的少年，再不是他平日里情同手足、眉眼含笑的男孩，而是一个真正的魔界之王，他的心中一颤，轻声回答："是林楚莫。"

"是他？哼，我早该想到。"越冥冷声说。他还没有亲自来审查此事，那个人已是按捺不住了。但是……越冥转念一想，这个地方并不能随意出入，更何况，他在这里动用了刑罚，是谁给了他这么大的权力？

想到此处，越冥心里已经有了数，但他仍不动声色，"他为什么对你施以魔刑？"

安冷耀苦笑一声，"惩罚烧了魔王越轩祭堂的纵火之人，不是天经地义的事吗？"他并不明白为什么当林楚莫来审问此事的时候，那些本与他共同布置古殿的人都义正词严地说自己是行凶的人，而且语气没有一丝犹豫，不容置疑。当然，虽然他不知其中具体的缘由，但他可以确定一件事，有人从中作梗。这一切的一切，都是在针对自己。

安冷耀的话虽然并没有说明一切，但越冥早已有了分寸。他抿了抿唇，把双手搭在安冷耀的肩头，"耀，这次的事是我的疏忽，让你受了苦楚。我本以为他烧了我父亲的祭堂，让我不得不将你关押，那人已算是达到了目的，但万万没有想到，他竟还有后招——买通了这些与你共事的人。"

越冥说着，不觉轻叹一声，"我到底还是大意了。"

"冥，你无须自责，这并不是你的错。"安冷耀低声说，他怎么不懂越冥的心。他一直明白，如果这个世上到最后只有一个人愿把他当作朋友，那个人一定就是越冥。

"你在受刑之时，难道没有为自己申辩，然后就这样承受了吗？"越冥问。

安冷耀轻笑一声，"欲加之罪，何患无辞？林楚莫怎么会听我的解释？"

他像是想到了什么，再次笑着开口说："但是越冥，我没有认罪，任凭他们怎样折磨我也不会认罪。我要告诉众人，你越冥没有错信人，这次的事并不是你用错人的缘故。"他知道发生这样的事一定会有不少人在越冥背后嚼舌根，会把过错归结于越冥识人不明。

"耀，我……"越冥想起自己刚刚一路走来碰到两个士兵说的那番话，他本是心有怒气，但现在已烟消云散。他没有再多说什么，因为他明白，自己心中所想，那个人都明白。

"耀，我现在还不能让你出去，但是我向你保证，我会以最快的速度解决这件事，让你平安出去。"越冥知道这里并不是可以久留的地方，来得久了，肯定会引起他人的注意。

"我信你，"安冷耀说，"你先走吧，这里实在不适合久留。"

"嗯。"越冥点点头。

随后，他又唤来狱卒："你好好照顾安冷耀，但凡他再出一点问题，唯你是问。还有，以后无论是谁再来到这里，都要向我汇报。"

"是。"狱卒急忙回答。

接着，越冥不再久留，匆匆向外走去，他要去找音千落。他想，林楚莫即使想趁着安冷耀入狱这会儿落井下石加害于他，也没有那么大的权力可以轻易进来。肯定是有人给了他这样的资格，而有这样的权力的人，只有自己的母亲了。

越冥其实心里最为清楚，音千落始终没有接受安冷耀。林楚莫平日里对安冷耀做过的事，她不可能不知道，却并未阻止，因为那个人耍的这些手段，正好合她的心意。

可这回发生的事并不是平日里那些无中生有的小事，如果处理不当，安冷耀被扣上纵火的罪名，极有可能为此丢了性命。若是平常，他不愿与母亲多计较，但这回，他不想再沉默下去。

正当越冥离开了地牢，准备向音千落的住处走去时，他忽然注意到不远的拐角处有一个人站在那里悄悄观察他。

越冥的嘴角勾起了一个不易察觉的弧度，他改变了自己的路线，向一条狭窄的小道走去。那条路四周有不少高大的岩石，曲曲折折。果不其然，那个人也一路尾随在身后，始终小心地与他保持一段距离。

越冥的身法灵活，他在小路间穿梭自如，到一个十字路口时，他身形一闪，没了踪影。

这时，急急赶来的男孩见自己一直跟着的人忽然消失了，不由得左顾右盼，想发现些什么找出那个人的踪迹。

"敢跟踪我的人，这十多年来倒是头一次见，你倒是勇气可嘉。但可惜，你跟踪的手段实在不怎么高明呢！"越冥悠然地从一旁的石头后走出。

"魔王，我……"男孩一惊，不知该如何为自己辩解。

越冥微微一笑，反倒拍了拍男孩的肩头，"我还什么没说呢，何必这么紧张？"

"魔王，我不是故意的，只是……"男孩吞吞吐吐地说着，他只担心越冥会因此大发雷霆。

"念初，你即使不愿多言，凭着你的身份，我也能够了解个大概。你是他的人，你跟着我是他的指示，不是吗？"越冥看着念初略见惨白的脸，"但是，我就是想不通，他这时让你跟着我的目的是什么？"

"我，我不能说。"念初咬了咬牙回答。他虽平日里有些胆小，但是明白自己万不能将幕后的指使人林楚莫供出。

"我这个人一向最好说话了，既然你不愿说，我也不勉强你。"越冥含笑说着，"那么，让我猜一猜，他让你在这个时候跟着我，大概是为了了解此次关于殿堂失火之事的进展情况吧？但是，这件事本与你们无关，他又何须这样急着了解详情？我可看不出你那个少主还是个忧国忧民的人呢！"

"林少主说，他，他也想为您分担些烦恼。他，他知道魔后因地上的油而摔了一跤，特地让我来问问您关于魔后的情况，看他能不能帮上什么忙。"念初情急之下为林楚莫找了一个说辞。

"哦，原来如此，难得他有这份心了。"越冥忽然眉头一皱，"但我实在想不明白，你们是怎样知道我母亲是因地上的油而滑倒的，这话，我可从来没说过。"为了不引起更多人的惊恐，他一直没有将失火之事的真正原因公之于众，但念初又是如何知道地上有油的呢？

"我，我……"念初万万想不到自己一句话中的漏洞竟引起了魔王的怀疑。

越冥没有料到原以为毫无头绪的事情会因念初的话语而重新有了方向。他之前经过一番推测，已经准备把林楚莫排除在事件之外，但如今，看着面前少年慌张的神情，他决定另做打算。

"念初，"越冥收起了笑容，脸沉了下来，"事到如今，你还不愿说出实话吗？你那个少主有什么样的心思我再明白不过了，你还有什么值得隐瞒的？"

念初一向胆小，如今见越冥看穿了一切，他心知已经没有隐瞒的必要了。他眼下只有求越冥网开一面，饶他死罪。

"那古殿里的油，是林楚莫少主让我洒的……"念初慌张解释道，"但是，我本来并没有想洒那么多的，结果可能是一不小心洒多了，才引起这场大火……我真的不是故意的……"

"原来如此！但古殿守卫森严，单凭你一人怎么进去的？"越冥问。

"少主他在傍晚殿里没人的时候拿了许多吃的分发给周围的侍卫，把他们聚在了一起，我是那个时候趁四面无人看守，翻窗进去的。"念初小声说。

越冥这才明白了一切，他早知道林楚莫没有那么好心，他去给人送吃送喝的，原来是这个目的。他这一计策倒是算计得真好，差点连他都瞒了过去。

念初见越冥若有所思的样子，哀求道："魔王，看在我把实情说出来的分儿上，能不能网开一面，宽恕我的过错？我本来只是想洒一点油引起一点火苗，造成小小的动乱，让安冷耀因布置不周而出一个丑，没想却变成了这样。"

"你说的倒是极为轻巧，魔界的规矩还用我教你吗？你知道这场火灾害了多少人，我怎能就这么宽恕你？"越冥反问。

"请您就饶过我这一回，好不好？我不想死，真的不想……"念初苦苦哀求。

越冥见他恐惧绝望的神情，心下一软，不禁叹了一口气。眼前这个少年本是不该牵连在这样的事情当中，只因林楚莫的命令，他不得不做出这样的事。其实，说到底，念初也是一个受害者。

越冥想了片刻，对念初说："你答应我一件事，我就免你死罪。"

"我答应，答应！"念初像找到了一根救命稻草一样连忙点头。

"明天一早，我要你把林楚莫带到魔殿里，与他当面对质，在众人面前，把这件事的前因后果都说明白，你能做到吗？"越冥问。若要为安冷耀洗脱罪名，这实在是一个好机会，而且，正好当着母亲的面让她认清林楚莫的真面目。

念初沉思片刻，最终，他点头回答："好！"

此时的天空已是一片黯淡，昏暗的光线下，越冥浅浅地一笑。

不远处的石头后，一个黑影飞快掠过，消失在一片黑暗之中……

"你说什么？"林楚莫大声质问，"他们都谈了些什么？"

雨天低下声回答："少主，我只是远远看到魔王和念初一前一后走进了石林，很久之后，二人一起走了出来。至于他们谈了什么，我也不知道。我不敢跟进去，怕被发现。"

林楚莫狠狠地拍了一下面前的桌子，"这个念初，成事不足，败事有余。我几次交给他的事都给我办砸了，我只担心他会把这件事和盘托出。"眼看着就要达成计划扳倒安冷耀，如今恐怕情况有变。

"少主，那我们现在怎么办？"雨天问。

林楚莫也没有料到事情发生得这么突然，他的心里也满是慌乱，一时之间拿不定主意。于是，他摆了摆手，"你先出去吧，我要一个人想一想。"

"是。"雨天说着便转身走出屋子。

林楚莫烦躁不已，他想即便是念初没有透露出什么真相，但越冥凭借过人的本事，十有八九也能察觉出。念初参与了这件事，对于过程一清二楚。越冥如果想打探消息，以这个人为线索是再好不过的了。

"早知如此，我当初就不该用他。"林楚莫厉声说。

"但你现在已经没有反悔的余地了。"一个低沉的声音传来。

林楚莫一惊，他抬起头，见一个一身黑衣的人站在窗台旁，他一旁的窗子正开着，想必是从那里进来的。那个人的脸上戴着一个银色的面具，遮住了大部分面容。从他修长的身形来看，大概也是一个英挺的男子。

"你是谁？"林楚莫问。

男子缓缓地走向林楚莫，说："这你不用管，你只需明白我不是你的敌人，相反，或许我还可以帮到你，这便足够了。"

"我凭什么相信你？"林楚莫冷哼一声，"谁知道你是不是为了达成自己的目的？"

男子未被掩住的嘴角微微弯起一个弧度，不紧不慢地说："你说的没错，我无凭无据，的确不能让你信服。但是，事到如今，你还有别的选择吗？念初走漏了风声，越冥已占了先机。现在就凭你一人，再加上一群撑不住场面的手下……想必，不用我再多加解释了吧！"

林楚莫一怔，他不得不承认，仅凭他一人，的确没有办法力挽狂澜。

男子见林楚莫有所动容，借机继续说："再说，这么多年以来，你的重心始终只放在那个安冷耀身上。区区一个低贱之人，实在不值得你如此费心。现在因他而把自己陷入困境之中，并非一笔划算的交易。"

"但我气不过，为什么他在这里没有身份背景，一副逆来顺受的样子，竟也能取得魔王的信任与友情，而我手握父亲传下的兵权，又有显赫的家世，越冥却从没把我当作朋友看待。"林楚莫愤愤不平地说道。

男子轻笑一声，说："说到底，你无非是想拥有更多的荣耀，既然如此，你为什么不干脆自立门户，自己拥有至高无上的权位呢？"

林楚莫一惊，这才反应过来，这人的意思是要他称王。

"你，你说什么？我从来没有过这种非分之想！你不要胡言乱语！"林楚莫慌忙解释。

"是不想还是不敢？"男子反问，"而且这怎么算是非分之想？越冥年少为王，虽然拥有一些手段，但我倒觉得，他比不上你。你如果登上王位，说不定会造福魔界，这也不是一件坏事。"

林楚莫听着这番话，心里一动。没有人在权力的诱惑面前能不改本色，何况他本就是一个骄傲、自命不凡的人，男子提出的想法实在诱人。

"我知你年少父母便过世了，他们生前就是这里位高权重之人，如今他们在九泉之下也会希望你有所成就，把林家发扬光大，不是吗？"男子继续说。

沉默一阵后，林楚莫抬起头直视着男子，"好，从此刻起，我们便是朋友。若你助我解决眼前的麻烦，又能令我成为王者，日后我不会少了你的好处。"他不想再去顾忌什么，他曾经畏惧音千落、越冥的权势，如今，他自己也要站在这样的一个高度，不再怕任何人。

男子赞许地鼓了鼓掌，笑着说："不愧是我看重的人。我保证，只要你听我的，我会让你得到你想要的东西。"

"好，我都听你的。"林楚莫含笑说，"那我们接下来……"

"别急，我已有了对策。"男子缓缓地说。

他在魔界见过太多林楚莫这样的人，对这种人，只要稍加引诱，他们自然会为己所用。如今，一切都在他的掌控之中……

第二天，魔界天际初亮，天边泛起点点白光，四周一片宁静。一个慌乱的声音瞬间打破了这份静谧："魔王，刚刚有人来报，念初死了。"

"什么？"越冥刚刚起床，便听到了这个噩耗，"怎么会这样？"

眼前的魔兵从口袋里拿出一封信递给越冥，"这是从念初房间里取出来的。"

越冥接过这封信，打开仔细读起来。他越读越愤怒。这封信里，念初简单交代了这件事情的前因后果，说一切都是自己的主意，与旁人毫无关系。但是，越冥想起那人昨日的话语，是什么让念初的说法有了这么大的变化？更何况，这些日子他自己的推断都指向林楚莫，怎么一夜之间，念初的说法有了这么大的变化？

在信里，念初又交代得很清楚，他是因自己所犯下的过错而自尽，与他人并无关系，这实在太奇怪了。

"魔王……"魔兵小心翼翼地叫了一声若有所思的越冥。

越冥回过神来，对魔兵说："带我去念初的房间。"他决定去事发的地方搜寻一些信息，或许会有助于解答他的疑惑。

魔兵带着越冥一直来到念初的房间，因为事发突然，所以并没有人去破坏现场。念初躺在床上，身体已经僵硬了。

越冥看了看四周，这间屋子里被打扫得一尘不染，整洁干净，也看不出什么打斗的痕迹。看来，念初在死之前并没有与人交过手。

他走近念初，那个昨日与他交谈的少年，此刻正安静地躺在床上，面容平和，仿佛只是睡着了，只是，他再也不会睁开眼了。

越冥又扫了一眼手中的信，问："这上面的字确确实实是念初的？"

"我们早在之前便确认过，是他的没有错。"一边的魔兵回答。

越冥疑惑极了，从现场来看，这里面没有打斗的痕迹，而且念初还亲笔写下了这封遗书，似乎证明并没有人对他下杀手。

更何况，念初在信里边把事情的经过交代得明明白白，这一切的罪行，他一个人全部担下。虽然越冥心里对此有疑虑，可凭借着念初的这封信，也可以把这次失火之事做一个了结。

但……越冥心里一动，越是这样，他越心存疑虑。为什么这一切都顺理成章地进行着？念初身亡，留下遗书，现场又找不到什么否认他自尽的证据，这一切似乎真的可以随着念初的死而有了结果。可这一连串的经过，倒像是有什么人要引诱自己快些了结此案，不要再追查下去。

假如他的猜想是对的，那么这个人杀了念初就是为了灭口，想必念初所知道的事情对其有碍。那么遗书一事又该如何解释？或许是那人逼迫念初写的，逼迫念初在信里承认罪行。这样一来，即使有人怀疑，念初已死，也没了对证。

越冥想到这里，不免一身冷汗。如果情况真如他所想的那样，那么这个幕后的人又是谁？……林楚莫，最大的可能就是他。念初昨日坦白了一切，这个男孩一死，最大的获益者就是林楚莫。

但纵观多年，他自认对林楚莫也有了解。那人平日里骄傲自负、欺凌弱小，实则并非什么心有城府的人。莫非是自己低估了他的实力？

越冥想到这里，沉声对一旁的魔兵说："此事先不要声张，告诉这附近的人把嘴闭上，明白吗？"他要仔细地调查一下这件事。

"是。"魔兵回答。

"还有……"越冥一顿，"把念初葬了吧，顺便把他的家人也安置好。"虽然那个男孩帮着林楚莫做了不少有违正义的事情，但越冥心里明白，那个少年也不过是想在这样的世界里寻求一个庇护。说到底，念初做这些事的时候，也不是心甘情愿的吧！

越冥不禁一声叹息，谁曾料想昨日里还与他交谈的少年，此时却早已离开了人世。在整件事里，这个人不过是他人手中一枚可以随意舍弃的棋子。

神界。

童以然终究还是逃不过刑罚，所有的人都要为自己的所作所为付出应有的代价。童以威从头到尾都没有一丝情绪的外露，但当他亲眼看到妹妹被处罚的那一刻，脸上还是不禁有所动容。

他没有怪灵夜，没有怪任何人。他身为一族之长，自然明白万物的生存法则。他只是怪自己，从小到大，他无数次管教自己的妹妹，却还是让她触犯了法则。

"灵王，这次的事情的确是我们一族的过错，我保证同样的事情不会再有第二次。"在分别的时候，童以威语气淡然而又认真地说出这番话，完全不像一个失去妹妹的哥哥。

灵夜没有多说什么，只是拍了拍童以威的肩膀。随后，他看着童以威远去的身影，一时之间有些感触。他想起自己小时候看见父亲因战斗而失去了行走的能力后，心里难过却又不能掉一滴泪，因为他明白，他是神界的继承人，注定要成为一个心思不形于色的人。如果一个人总是带着主观的情绪，又该如何用最清醒最客观的态度去治理神界？

像他和童以威这样的人，永远都不能凭自己的喜怒哀乐做事。

"灵夜，神司来了。"凌光不知何时来到了灵夜身边。

灵夜眉头微皱，低声问："她怎么来了？现在人在哪里？"

"她似乎有异常紧急的事找你，不肯多言，现在在神殿等着。"凌光回答。

灵夜略有疲惫地揉了揉眉头，但愿不要又出什么新事情才好。他看了凌光一眼，点点头："我现在便赶过去。"

当他看到离茉雪时，她正静静站在窗边，望着外面透明清澈的蓝天。阳光将细碎的光芒洒在地上，透出金黄色的暖意。然而，她美丽的眼眸中仿佛是一片空洞，看不到眼前的美景。

她直到见到了灵夜，眼里才恢复了几分生机。她飞快地走到他面前，用沙哑的声音哀求道："请你救救爱琪，请立即派这里的神医去救她！"她一向孤傲，几乎从未用如此低声下气的语调去恳求过谁，可现在为了爱琪，再也顾不得什么。

"你先别急，告诉我发生了什么，否则我也不知该采取什么样的方法。"灵夜并不知发生了什么。既然童以然已除，那么现在的人间应该是一派祥和，张爱琪还会遇到什么危险呢？

离茉雪深吸了一口气，努力想令自己平静下来，但她始终通红的眼眶却怎样也掩饰不住心底对朋友的担忧牵挂。她想，这一切，都是自己的过错。

"爱琪为了阻拦我踏入人神两界的通道，不顾一切也跟着我跨了过去。她不过是一个普通的人类，怎么能抵挡得了通道里的力量。她被里面的能量击伤，任我怎样为她输入真气也无济于事。"离茉雪说着，眼里的泪水顺着白皙的脸庞流了下来。

灵夜脸色大变，他自然知道人类贸然进入通道会遇到怎样的危险。他也不再多问整件事的缘由，转头对身后的凌光说："马上派最好的神医去人间为张爱琪疗伤。"

"是。"凌光知道事情紧急，不敢多耽误时间，急忙向外走去。

灵夜见离茉雪一直站在他面前，没有要和凌光一起赶回人间的意思，便问："你还有什么事要和我说？"

离茉雪微微点点头，"我今天来还想告诉你我的决定——我要永远留在人间。"这些日子以来，她想了许多，关于自己在人间的去留，她始终没有一个明确的答案。虽然，她舍不得放弃与爱琪结下的友情，但她深深明白，她终究还是不属于人类，不属于那个世界。她即使不愿承认，但也必须接受一个事实——她的归属是神界。

那天，听着爱琪要自己离开的话语时，她一气之下，下定决心要走，不承想，到最后一刻，那个明明上一秒还要赶她走的少女，下一秒就不顾一切闯入通道来阻拦自己。

"茉雪，我承认我的自私，我收回之前的话，你不要走，好不好？即使，即使神界有人间看不到的风光，有和你一样厉害的人，你也……留在这里，好吗？"

离茉雪还记得张爱琪说这番话时的样子，那时，她才明白，原来那个单纯的女孩只是不忍自己一直生活在这个本与自己格格不入的世界，可她却误会了爱琪的意思。

那一瞬间，她的心是前所未有的明朗。有一个声音，一直不停地对她说："留下来吧，留下来吧……"她发觉这么多年以来，她所寻找的归途，从来不是与她身份相符的神界，而是一份真正属于她的情谊，一份最为纯粹的友情，一个为她着想的朋友。为了那份友情，她甘愿舍弃原本属于自己的地方。这世间，唯有用情谊造就的地方，才是她永久的归途。

灵夜沉默了一会儿，问："你确定吗？"

离茉雪轻轻一笑，"我这漫长的生命里，从未有一刻比现在更为坚定我的想法。我知道，你千方百计派凌光找我，是为了帮你的朋友治病。我们此刻为朋友牵挂的心都是一样的，所以我现在就去给你的朋友看病，然后我就回人间，再也不会回来了。"

灵夜注视着她，没有再多说。他知道，对于现在的离茉雪来讲，任凭他再说什么，也不会动摇她的想法了。

离茉雪已走过了百年岁月，时间是最能予人深思沉重的。一年又一年，花开花落，所有的一切都在变更，唯有她依然年轻，行走于世间，看尽浮沉。自以为，自己的心已在过往的时光里遗失了所有情绪，变得沉寂无声，但是，张爱琪的出现让她又一次拥有了感情。

她的心从来没有这样急躁忧虑过，在处理完她在神界的事情之后，她飞快地赶回人间。

然而，当她来到张爱琪面前时，一切情况都没有好转。神医在用尽各种方法之后，摇了摇头对她说："她不过是一个人类，没有灵力护体，之前她的身体没有完全康复，这次的损伤又对她造成了极大伤害，我也无能为力了。"

离茉雪在听到这番话后，脸色煞白，她用力握紧了自己的手，"不可能，一定还有办法，你要救她！"她不会让自己最好的朋友离去，绝对不会。

神医轻叹一声，"如果今天躺在这里的是神界的人，我一定有办法。但是，她是人类，她的生命本就脆弱，我没有办法。"

"不会的，你一定还有办法！"离茉雪忽然上前一步抓住神医的衣领，"我要你救她，无论运用什么样的方法，都要救治她！"爱琪明明正值青春年华，她还有很长的路要走，怎么会现在就死呢？

"离茉雪，你冷静一点。"一边的凌光上前一步阻止了她的动作，"看你现在都成了什么样子！你不是一向最冷静吗？"

离茉雪松开了拽着衣领的手，向后退了一步，惨笑道："自从遇到她后，我就不再是曾经那个淡漠如冰的自己了。爱琪说，她要把我曾流逝的美好都找回来，我在这个人世间本没有亲人朋友，没有人教我体会恒久的美丽，但是她要教我品味友情的美，教我笑，教我用一颗充满真情的心忍受世界……我本对这些不屑一顾，但却不得不承认，我确实因为她而有所改变。如今，我亲眼看到我最珍惜的朋友命垂一线，你要我怎么冷静？"这是她第一次在他人面前将自己的情绪不加掩饰地表露出来。

凌光虽然从未有过这样的经历，但听着她的话语也不禁有所触动。

现在，又有什么办法来挽回这个人类女孩的生命呢？

神医想了想，走到离茉雪面前，"你真的下定决心救你的朋友吗？"

"是，无论付出怎样的代价。"离茉雪坚定地回答。

神医深吸一口气，点点头，说："好，我有一个办法，虽然不一定能成功，但总归是有希望的，你愿意一试吗？"

"愿意。"离茉雪没有一丝犹豫。

"但是，这需要你付出极大的代价——你要放弃你们神司一族可以查探一切法术弱点的能力。"

离茉雪轻笑一声，"我愿意。"她本就不在乎这些身外之物。很多时候，她都在想，如果自己不是神界的人，而只是一个普通的人类，那么她与爱琪也不会经历这么多的险境了。

如果可以，她真的愿意自己只是一个普通人。

"神医，我们开始救她吧。"

时光总是一分一秒地流淌着，有时候，可以清晰地感觉到它的步伐。有时候，百年也仿佛只是在一瞬。

转眼间，距离念初死去已过了十日之久。越冥虽然心里不愿放弃对真相的追查，但他确实明白，再这样下去，他将依然一无所获。他一向认为"若要人不知，除非己莫为"。每件事都一定遗留着蛛丝马迹，可供找出真相。这一回，他不得不承认，如果他的猜想是正确的，念初的确被人所杀，那么这个人的作案手法相当高明，因为在现场，他根本发现不了一丝一毫的可疑之处。

难道，他想错了？

越冥明白，关于失火一事应该尽快了结，不该再拖下去。他的心里虽尚存疑虑，但这毕竟只是疑虑，如果没有足够的证据证明，那么他的想法并没有任何意义。

最终，他不得不以念初的遗书为证，以念初纵火了结此事。

"越冥，你确定此事真的是念初所为？"音千落问。

"除了他留下的遗书以外，我没有找到其他有说服力的证据来证明另有其人做了这件事。"越冥回答，"不过，无论是谁，我都可以确定一点，安冷耀和此事绝对没有关系。所以，今天我来这里，除了向您汇报一下这件事的处理结果，我还要告诉您，我现在就要让耀获释，他本就是被牵连入狱的。"

音千落听后，冷哼一声，"我早知你的心思，那个安冷耀倒总会让你护着他，谁知这次的事到底和他有没有关联。"

"现在事情已经明了，本就与他无关，他没有再在牢里受苦的理由，但是谁要是非要给他扣上罪名，我也无话可说。"越冥想起前些日子音千落暗派林楚莫对安冷耀动刑的事情，也不由得有了几分怒气。

"你这是用什么态度跟我说话？"音千落冷声问，"我不过是怕此事另有真相。再说，安冷耀即便与此没有关联，但就凭他是祭祀布置的负责人，他所管的地方失了火，也有管理不周的责任吧？于情于理，他都有过错。"

"是吗？"越冥轻轻一笑，"那么买通和他共事的人，把责任推到他一人头上，而且还对他用了魔刑，也是您惩治他的手段吧？这么看来，你也已经惩罚过他了，我想魔刑所带来的痛苦足以抵消他管理不周的罪了，是不是？"

音千落一愣，她实在没有想到越冥已经知道了这一切。

越冥脸色低沉了几分，"妈妈，这么多年以来，我都知你不喜欢耀，所以您对他百般刁难，从心里轻视他。但是，我竟不知，您想置他于死地！魔刑是这里最为严酷的刑罚，甚至会让人丧命。这本是用来惩治十恶不赦之人的，但您却把它用在安冷耀身上，您的心，未免太狠了！"

音千落从没想过越冥会这样指责她，明明她所做的一切都是为了他。因为安冷耀的身世，她不得不对他有所防备，为了让任何人都无法威胁到自己儿子的位子，她才想出此下策，借这场大火除去安冷耀，难道她还有错吗？

明明把所有的关爱都给了自己的儿子，但今天的越冥反而说她心狠！

"越冥，你还把我当作你的母亲吗？我所做的一切都是为了你！安冷耀不过是一个身份卑微之人，你竟为了这样一个人与我争执！"音千落愤怒地质问。

"他身份低下又如何，没有权位又怎么样？只要是我越冥认定的兄弟，我绝不会在意那些虚名。安冷耀与我一起长大，我早已把他当作我的手足。您说什么所做的这一切都是为了我，难道您所说的为我好，就是要除去我视为知己的朋友？您是我的母亲，但您可曾在我失落的时候安慰过我，支持过我？从小到大，您除了逼迫我练习法术，成为一个王者之外，还教过我什么？"一时之间越冥胸腔里蓄满怒火，他不想再有任何掩饰，只想一吐为快。

"越冥，你住嘴！"音千落拍案而起。这么多年以来，她们母子二人因为安冷耀吵过无数次，但从未有过一次，情况变得这样糟。

"您不让我说，是因为您怕我揭穿您对耀所做的事吗？说什么为我好，

为我好，我看您不过是想为自己的心狠手辣找一个荒唐的借口！"越冥只觉得现在的他已不再是自己，他似乎没有意识到自己的口不择言，只想找到一切尖锐的语言去刺伤自己的母亲。

音千落在盛怒下，双唇紧紧抿在一起，连她美丽的容颜都因沾染上愤怒而更加令人生畏。她没有再多言，只是一步一步向越冥走去。

"啪"的一声脆响过后，越冥的头被打得偏到了一旁。

"越冥，这么多年以来，我真的是白养你了。"音千落说出这话时，眼里的泪水再也止不住地流了下来，"世界上的所有人都不可能值得你永远信任，但唯有你的父母，只有你的父母！你今天为了安冷耀这样与我说话，如果有一天，你知道，你知道……"几乎在某一时刻，她就要让那个隐藏多年的秘密脱口而出。这么多年以来，那些前尘往事她隐瞒得太久了，她累了，不想再这样不被理解地瞒下去，所以，她想把一切告诉越冥。

但是，话到嘴边，她又把那些呼之欲出的秘密生生咽了回去。那些前尘早已如梦般散去，何必重提，徒增越冥的烦恼。这个孩子，还是不知道的好。

越冥像是因母亲的一个巴掌而清醒了过来，他手捂着脸，抬眼便看见自己母亲红红的眼睛。那一刻，他才意识到自己说了多么过分的话。他不是有意的，真的不是，只因一时愤怒口不择言，才说出了那刺伤人心的话语。

"妈妈……"越冥张口叫道，"我……"

音千落没有说话，只是用带着泪水的眼眸凝视着他，目光里有不解、有责备、有愤怒、有失望……但更多的是悲伤，是一个爱自己孩子的母亲被儿子深深责备的忧伤。这么多年以来，她都没有流过泪，唯有今天，她再忍不住心里的痛。

良久，她看着越冥，不禁哑然失笑，"我总算知道了这么多年以来，我在你心中是怎样的了。你大了，如今的我，再也管不了你了。从现在起，你爱做什么就做什么，我不再对你指手画脚！"

她说完，不再多看越冥，穿过一边的长廊向自己的房间走去。

忽然间，外面雷声大作，无数雨滴从空中落下，像是永远也擦不干的泪水。

越冥站在原地，一动不动。

良久，他的身体忽然止不住地颤抖……

他哭了。

安冷耀不知道越冥发生了什么事，他从牢里被放出来，走到门口时，远远看见越冥一个人站在雨里，天边的闪电将他的脸庞映得忽明忽暗，雨水浸湿了他的衣服。

"魔王您怎么在淋雨？"守卫的士兵见状急忙拿起一把伞想给越冥。

"我来。"安冷耀接过伞，不顾自己尚且虚弱的身体向越冥走去。

当走到越冥身边的时候，他发现他满身都是雨水，水珠顺着他清瘦的脸庞向下滴着，但越冥却浑然不觉。

"冥，你怎么了？"安冷耀急忙把越冥罩在伞下。

"我没事。"越冥轻声回答，但他的声音听起来是那样无力。

安冷耀与越冥相交多年，越冥的性子他最为清楚。这个少年，平日里一副玩世不恭的样子，但这不过是他掩盖自己内心的手段。安冷耀很少见越冥像今天这样失魂落魄的样子，只在越轩离去不久的日子里，有一天夜里，他们二人聊起父亲，越冥说到动情之时，不禁脸色黯然，满是悲伤。

安冷耀知道，越冥一定遭遇了什么，不过既然越冥现在不愿多言，那么他也不再勉强，只是站在一边，撑着手中的伞。

不知过了多久，越冥的脑海里不断涌现出妈妈那张带着泪水的脸，还有她的眼睛。他想，这一回他是真的错了。即使他想让她不再为难安冷耀，也不该口无遮拦地说了那么多伤人的话语。这么多年以来，他一直以为自己已经长大了，有能力肩负起责任，可现在看来，自己今夜的所作所为，实在像一个任性不懂事的孩子。

这场雨像是没有尽头，无数水珠从漆黑的天空落下，打在地上不断发出"滴答"的声音。

"喀。"由于身体原因，安冷耀轻咳了一声，他撑着伞的手一抖。

"安冷耀，你先回去吧，我已吩咐魔影，让他为你治伤。"越冥说，"让我一个人待一会儿。"

"发生了什么？你这个样子让我怎么安心回去？"安冷耀说。

越冥看了一眼身边的好友，随后，他从伞下走出，任大雨淋湿他的身体。

"我今天和我母亲大吵了一架，我……说了许多刺痛她的话。我想，这件事，是我错了。我父亲去世得早，这么多年来，是她含辛茹苦地把我拉扯长大，而我……"越冥一顿，再难以说下去。

安冷耀曾见过越冥与音千落争吵的情景，因为自己的缘故，越冥与音千落言语不合。每次过后，风波很快便会平息，毕竟是母子，而且越冥能说会道，总有办法消去音千落的怒气。

但这一回，似乎和之前的状况都不大一样。

"是因为我。"安冷耀淡声说，这不是疑问而是确定的语气。他有时想，为什么上天会安排他与越冥成为朋友。这么多年以来，他没有任何东西可以回馈给越冥，但那个男孩却一次又一次为他出头，甚至不惜与自己的母亲发生争执。

"不是，是，是因为别的。"越冥下意识地否认，他不愿让安冷耀知晓一切，徒增内疚。

安冷耀轻笑一声，"你还想瞒我？"

越冥转头注视着他，没有答话。

雨依旧下着，仿佛是苍天怎样也拭不去的眼泪。雨滴打在伞面上，发出细微的声音。安冷耀也看着越冥，似乎忽然做出某种决定，他把伞交到越冥手中，转身向远处走去。

"安冷耀！"越冥瞬间便反应过来，他怎么会不明白安冷耀的用意，他大声叫着对方的名字想阻止他。

安冷耀似乎没有听到越冥急切呼喊他的声音。他现在，心里只有一个念头：去找音千落。他明白，今时今日的一切都因自己而起。他不能眼睁睁看着母子二人因他发生争执，却还袖手旁观。他想，自己不过是一个寄人篱下的孤儿，怎么值得越冥一味地付出。

越冥见安冷耀并没有回头之意，便再顾不得什么，甩开手中的伞向前跑去。他不能让安冷耀去找音千落。今天，因为自己的口不择言让母亲很生气了，她本就对安冷耀心存芥蒂。如今，若让她见到安冷耀，她不免会把怒火牵连到他身上，不能把他也牵扯进来。

"安冷耀，你站住。"越冥终于拉住了对方。

"放手！"安冷耀低声说。

越冥仿佛没有听到他的话语，仍是死死抓着他的肩，一刻也不放松。

"我不能让你因我的缘故与你的母亲一再发生争执。这一回，我要去见她，向她道歉。她如何处置我，我都愿意接受。"

"这件事与你无关，是我的问题！耀，你听我说，你不能去……"越冥急忙解释，想要说服安冷耀。

"什么叫与我无关？难道你每一次与魔后的争吵不是因我而起？越冥，我们已经认识快十年了。几千个日夜里，我无数次目睹你与魔后的争执，你知道我的心里有多么愧疚吗？我怕有一天，你会与她发生不可调和的矛盾……如果，是因为我们的友情，让你一次次为我出头，这不是我想要的，我不愿让你们母子像现在这个样子。越冥，我希望你幸福。无论如何，你的母亲还在，疼爱你的人还在，所以，你得好好珍惜与她相处的日子。如果，如果你我二人的友谊成了你们之间无法逾越的障碍，我宁愿放弃这份情谊！"安冷耀说道。

越冥一愣，像是被这番话触动，久久无言。

良久，他缓缓开口："耀，谢谢你如此为我着想。是我的错。本来你不说，我也决定要去找妈妈道歉，是我对不起她。无论为了什么，我也不该与自己的母亲发生争执……但是，你不必去，这件事责任在我，是我的过错，与你无关。"

雨水顺着安冷耀的下巴不断滑落，他的身子已然被大雨淋透，却仿若不知。

"你现在去也不会有什么用，说不定她还会因此怒火中烧，让现在的局面变得更糟。"越冥说。他好不容易才把安冷耀从牢里释放出来，更何况他还受了重伤，在这个节骨眼上，不能再出现变故了。

听了越冥的话，安冷耀自嘲般一笑，"是啊，你说得对，即便我现在去，也帮不到你什么，不过是自取其辱。"回想起这些年，他虽有越冥的友情、叶谦的教导，但更多的时候，他所见所闻都是他人在背后对自己的指指点点。而他的朋友越冥却是那样优秀，身份那样显赫，这些是他怎样也比不上的。

"耀，我不是轻视你的意思，我是为你好。"越冥意识到自己刚才的话语似乎触到了安冷耀心底的痛处。

"我知道你是为我好，这么多年，你不一直都是为我好吗？"安冷耀看着自己的好友，"可是越冥，你有没有想过，你是魔王，是这里最为耀眼的存在，你的一举一动都成为所有人关注的焦点。自从我们在战场相识，你就把我视为知己，至于我的身份，你毫不在乎。这一点，我感谢你。但是，你因我不惜惩治他人，与魔后闹翻，这样的付出让我无力回报。友情本就应是相互的，可我们身份地位的差距实在太大了，让我无法承受这一切。"

的确如此，在许多日夜里，每当他想起这段友情，都有一种沉重的感觉。越冥帮了他这么多，而自己却没有办法用同等的方式回馈给对方。甚至越冥今天与魔后的争吵，他都无力去化解。

越冥一怔，他从不知原来安冷耀的心里，竟是这样想的。

"耀，你当我越冥是什么？无论发生什么，都是我自己做出的选择，我从来没有想要你回报我什么，这所有的所有，都是我自愿的。"越冥回答。

"可是，我也有我的底线。即使是朋友，我也希望我们可以用同等的身份去沟通。"安冷耀说。说到底，他也有他的尊严，他不希望在这份友情面前，在越冥面前，一直是一个乞讨者的形象。

"安冷耀，你说这话是什么意思？难道在你面前，我不是以朋友的身份，而是王者吗？难道，我没有告诉过你，我所希望的友情，也是建立在平等之上的吗？"越冥质问。

"是，你是说过，但是，这不过是表面而已。越冥，你扪心自问，自从我们相识，在你眼里，我究竟是一个怎样的形象？是真正可以与你并肩，还是一个需要你时刻给予援助的孤儿，一个在这里受尽冷眼的人？"安冷耀大声问。

其实，当他说这番话的时候，心里是清楚的，自己这样做，不免有些恩将仇报。越冥待他如何，他比任何人都有数，但也正因如此，他才更想脱离这种帮助。他自私地希望，自己不再是一个索取者。

越冥张了张嘴，却终是没有说出话。他不得不承认，安冷耀说得对，一直以来，他都在以高姿态去帮他。这么久以来，越冥从未想过这样的问题，而如今，安冷耀将这番话说出来，让他不由得对两人的友情产生了困惑。难道，自己始终不曾了解过安冷耀心底对他们二人之间地位差距的看法吗？或许是因为自己天生就拥有至高的权位，所以他从来没有思考过这样的问题。他不在乎，但不代表其他人也不在乎。

"耀，我……我从来没有想过我们之间的差距，我以为只要友情还在，那么这些问题根本不足为患。我知你是这样想的。或许是我之前没有考虑到你的感受，但我从头到尾都是把你视为兄弟的。"越冥解释。

安冷耀忽地一笑，闭上双眼，片刻之后，又睁开说："越冥，你永远也不可能明白我的感受，因为你没有经历过我这样的日子。"

"我不明白又有什么关系？安冷耀，若你把我当朋友，我们之间的差距又算得了什么？"越冥一时之间有些恼火，他不懂这份延续了近十年的友情怎么还会因身份的差别出现隔阂。

"于你而言，这些当然不足挂齿，但是对于我呢？"安冷耀问，"你知道魔界的人都在背后怎样说我吗？他们说我是不祥之人，说我为了巴结你不择手段，甚至是因为你的缘故，叶长老才愿授我法术。你知道，我听后是什么样的感觉吗？"

"你在乎这些流言做什么？他们都不过是在嚼舌根，与我们何干？再说，安冷耀，我每次想为此惩戒一些人的时候，你不都是拦着我，让我息事宁人。我本以为，你的心是宽广的，但没想到你也在乎这些虚无的名声！"越冥大声说。他觉得今天站在他面前的少年，似乎不再是往日他所认识的那个隐忍坚强的朋友安冷耀了，这个人变得陌生了。

忽然间，天上一道闪电划过，白光照亮了雨中的一切。

"耀，我们朋友多年，我真不知你心里是这样想的。或许，我真的从未了解过你。"越冥觉得自己真是累了。他之前本就与自己的母亲发生了争执，而如今，他们二人之间也难免争吵。

他没有再去看安冷耀，或是他现在已经不想去想这些事了。

"魔影还在你的住处待着，治伤要紧。"越冥留下这一句话后，转身向回走去。

安冷耀站在原地，他的双手握成拳头，指甲狠狠掐着自己的手心，丝丝疼痛顺着手掌蔓延开来。

这一刻，他才如梦初醒。他想，自己一定是疯了，竟会为了所谓的自尊心对越冥说出那样的话。他明明不该是这个样子的，刚刚的他，就像一个忘恩负义的小人，用冠冕堂皇的理由，把越冥对他的好，变成伤人心的利刺，质疑起这段情谊。难道，他忘了是谁给了他安身之地，让他在失去亲情后得到友情的伴随？而今，越冥更是因他与音千落发生争执。自己不但没有帮助到他，反而因为一时自尊心强烈而指责他！

大雨里，透过雨雾，安冷耀望着越冥的背影，想张开嘴叫住他，却发不出任何声音……

第二天，这场大雨终于停了。清晨的空气混合着泥土花草的清香，微风拂过还带着几丝雨水的湿润之感。翠绿的草叶上，不断有雨珠落下，拍打在地上，发出清脆的声音。

叶谦无心欣赏这雨后的美景，他正向魔殿赶去。

他见到音千落的时候，她正坐在殿堂高高的椅子上，神色略带疲倦，眼角微微泛红。

"魔后，我听说了昨晚的事，越冥他……"叶谦正想说些什么调解这母子二人的矛盾。

"不要再提那个不孝子，从今以后，我就当没有这个儿子。我辛苦养育他十几年，但在他心里，我大概还不如那个安冷耀！"音千落冷声开口打断了叶谦的话。

"越冥也是一时情急，实属无心之过。再者，我听守卫告诉我，他昨晚看见越冥在雨里站了许久，大概那个孩子心里也知错了吧。"叶谦说。

音千落听到此处，心里不由得有些担心越冥会不会因此而受寒，但她转念一想，不禁沉下脸来，"与我无关。昨天我已告诉他，从今往后，他的所作所为我都不会再去插手了。他不是选择了他那个所谓的好兄弟安冷耀吗，我权当没有这个儿子。"

叶谦轻叹一声，"魔后，依我看此事并没有这么严重。越冥前些日子一直在查纵火一事，为的便是还小耀一个清白。如今呢，确实也没有什么证据表明与小耀有关，越冥这才来找你请求释放小耀。单凭这件事情，越冥没有什么错。"

"他没有错？那么一切倒都是我的错了？叶长老，我的心思旁人不明白，难道您也不清楚？我所做的一切难道不是为了越冥？但他呢，倒为了一个外人对付我。"音千落一向冷峻的面容上浮现出几分悲伤。

"没有人比我更明白你的心情。但是，魔后，这么多年以来，你因安冷耀的身世而对他一直抱有成见，这样做会不会也有点片面？前尘种种，已是如梦，这些本就与这个少年无关。而且，这么久以来，他与越冥感情如何，我们不是也都看在眼里？我们为什么不能抛开成见接受他呢？"叶谦也想借着此次机会说服音千落，让她打开心结。

音千落的心情渐渐平复下来，她无奈地叹了一口气，"我也不愿为难一个孩子。但是，如果有一天，安冷耀知道了真相又该如何？他父亲的死，的确缘于越轩，但我们都知，那是安天阔自食其果，怨不了他人。这些道理，如果安冷耀明白那便皆大欢喜。如若不然，我实在无法预料他会做出什么事。再加上这么久以来，你日夜栽培他，这人年纪虽小却已是这里数一数二的高手。换个说法，如果有一天，他动了什么不好的念头，很可能会影响越冥的王者权位。"

叶谦垂下眼睑，思索片刻，回答："他有时也会问我，想知道有关他父亲的事，但我也确实不愿多言。前一阵子，诺尘带他去了安天阔的坟地，告诉了一些他父亲的事。那时，我本是并不同意这种做法。后来，我又转念一想，父亲被人所杀，身为儿子想为此报仇，这实在是一个再正常不过的想法，这也证明他确实是一个有孝心、有情义的孩子。所以我想，与其这样苦苦瞒他，为何不等时机成熟，将整件事的前因后果说给他？既然，他有一颗有情义的心，那么我赌他知道这一切后也会以最公正的做法去看待安天阔的死。"

从他真正注意到安冷耀起，那个坚强的少年一直触动着他。叶谦从心里喜欢这个孩子，为此，他愿意赌上安冷耀的良知来等所有谜底真正揭开的那一天。

音千落看着叶谦，眼睛闪着诧异和迷惑的光芒，"我实在想不通一个叛徒之子，怎么会让你们对他如此高看，我不相信安冷耀会在知晓一切后不生二心。从他第一次和越冥在战场上相遇开始，我就对他一直放心不下。为此，我对这个孩子处处留心，心有忌惮，但你和越冥却又如此维护他。"

叶谦沉默了半晌，问："魔后可还记得越冥六岁那年，他与安冷耀一起去神界寻灵芝的事情吗?"

音千落点头,她甚至没有忘记那时越冥告诉她,如果不是安冷耀,自己很有可能已身处险境。当时,她听后,心里对安冷耀也有几分感激,毕竟是他救了她的儿子。为此,那时她答应越冥不再去为难安冷耀,可是因为过往之事,她心里对那个孩子的顾虑哪是一天可以消除的?

"当时安冷耀也是个孩子,但他却凭着自己的勇气救了越冥。一个人固然可以在平日里逢场作戏,但是在生死面前,所有的举动都是反映本质的。一路看下来,我相信小耀的为人,他是真心对待越冥,没有半分虚假。"叶谦说,"我今日来这里,并不是想为越冥或是安冷耀辩护,我只是想把我对此事的所见所想告诉你。这世间唯有情谊强求不得,越冥与安冷耀的友情之深,令人动容。更何况,越冥身份特殊,位高权重,身边有一个好友相伴,也未尝不是一件好事。"

叶谦的语气决然,触动了音千落的心弦。她第一次开始正视自己的内心,莫非是她做错了?她不该因过往之事而对安冷耀有成见。

"身份地位不过是身外之物,安冷耀也难以选择自己的身份,但是这又如何?过往种种,本就与他无关,更何况往日如烟不可追,为什么一定要因过去不美好的事而影响未来的路?安冷耀是安天阔的养子又如何?这并不妨碍他与越冥的友情。而且,我想,当年越轩到底对安天阔网开一面,留下他的后代,他在心里也是对过往情谊有所保留。如果他在天有灵,看到这两个孩子的友情,也一定会心安吧?"叶谦轻声说道。

这一瞬间,音千落不得不承认,她被叶谦说服了。多年以来,其实她心里也明白这一切只是因为无法彻底打开心结。如今,叶谦把这一切不加掩饰地说出来,她心里明了了。的确,安冷耀自始至终没有做错过什么,是她一直在为难他。虽说安天阔害得魔界发生动荡,想从越轩手里夺得大权,但他的儿子,却在越冥成为王者的路上一路相助,说起来,这也是一种奇妙的因果轮回吧?

罢了,冤冤相报何时了,那些前尘往事不要再提。

"如果……如果今后安冷耀真的能像你们夸赞的那样,一直保持着本性,我……便不再纠缠那前尘过往。"音千落缓声说。

叶谦自信地笑了笑,"我相信他绝不会辜负魔后对他的信任。"安冷耀是他手把手教导大的孩子，他一定不会看错自己所选中的人。

这一刻，似乎过往的一切怨与恨都真的如雾般退去。那些秘密也似乎真的将永久封印在岁月的长河之中。然而，谁都没有注意到，在大殿的门口，有一个人已窃听了许久。他的样子由最初听到秘密的震惊，逐渐变成一丝诡笑。

在魔界的另一端，这个原本美丽安宁的神界似乎也变得不再平静。

"幻影，你先不要急，我们去她房间里找找看。"欣文雅一边安慰一般拍了拍幻影的肩膀，一边又匆匆扶着失明的他向幻冰房里走去。

自从离茉雪给幻影看了眼睛后，幻冰再没露出过笑容。因为，她从离茉雪的口中已然明白，哥哥的眼睛凭借那个女孩的力量是无法治好的。一连几天，任何安慰都无法令她振作。今早，她更是消失得无影无踪。

欣文雅与幻影来到幻冰房前，顾不得敲门，一推而入，屋子里仍然是干净整洁，没有一个人。

"幻冰！"幻影叫着，心里满是不安。

文雅的眼睛一亮，发现床头有一封蓝色的信件，她打开信纸，"幻影，这是幻冰的字迹。"

由于幻影眼睛看不见，文雅决定把这封信念给他听："哥哥，当你看到这封信的时候，我已经离开了神界。在你失明之后的很多个夜晚，我都在一遍遍责怪自己，我责怪自己当时一时动心想要一探魔界，才惹来这样的祸患。还记得小时候，你带着我四处流浪，那时，我们的日子不像现在这样安全，你总是护着我宠着我，把所能得到的最好的东西给我。然而，我却从未尽到一个妹妹的责任，我从未真正为你做过什么，反而从小到大，总是你一次又一次护着我，到最后，你甚至因我而失去了视力。虽然你对我说没关系，即使一辈子看不见也没有关系，但是，哥哥，我怎么会容忍我最爱的哥哥一辈子生活在黑暗里，再看不见这世间的美丽？我不能如此自私。哥，你不要为我的离去而担心，我只是想真正帮你做些什么。我发誓，今生走遍天涯海角，也要为你寻得治好眼睛的良药，到那个时候，我一定回来，让你看到我，让你重见光明……"

"幻冰！"幻影听完妹妹的信后，不禁痛苦地叫了起来。他怎么可能放心幻冰一个人去寻找那个不知是否存在，也不知在何处的解药？虽然，失去视力曾令他悲痛万分，但这些日子以来，他逐渐想通，即使永远失去光明又如何，只要他的朋友亲人依然相伴身旁，纵使看不到又如何？

他为幻冰纵是付出生命也是甘之如饴，唯一忍受不了的，便是妹妹受到伤害！可如今，她的不辞而别，实在令他忧心忡忡，他担心她会遇到危险。

这时，灵夜也匆忙赶来。

"幻冰找到了吗？"灵夜气喘吁吁地问。

文雅没有答话，只是把手里的信交给灵夜。灵夜略有疑惑地接了过来，看完之后，脸色大变。

"我马上派人去找她。"他合上信纸，冷静地说。

"但六界这么大，我们都不知上哪里去寻她……"幻影像想起了什么，"对了，我的眼睛是被魔界的人伤的，她会不会……去魔界了？"

文雅点点头，"有可能，幻冰在你受伤后还曾对我说她真想去魔界把打伤你的人抓过来，让那人治好你。而且，上次茉雪不也说你所中的法术，她看不出破解之法，或许只有找到伤你的人才可能有办法。"

"那我们还等在这里做什么？"幻影顺着灵夜说话的方向抓住好友的肩膀，"夜，你会帮我找到她的，对不对？你现在马上就派一队神兵去魔界找她！对了，无论如何，我也要跟着一起去！"

说着，幻影便要向门外走，但碍于失明，他跟跟跄跄走了几步便要滑倒，幸亏灵夜及时扶住他。

"幻影，你冷静一点。"文雅劝道。这么多年的相处，她明白，幻影只有在自己妹妹的事情上，才会变得不像平日里那么沉稳。

"我怎么冷静？现在每多耽误一秒，幻冰就可能遇到危险。她这几年从未一个人离开这里，不懂人情世故，若碰到了什么状况……"幻影不敢再想下去。

"幻冰这几年法术精进，若非遇到高手，一般人根本近不得她身，你不必太过忧心。"灵夜安慰道，"我和你一样担心她。但是，幻影你要清楚一件事，虽然我们现在推测她去魔界的可能性较大，但你难道忘了魔界是什么地方？神魔两界水火不容，虽然自我父亲掌权之后，两界不再兵戎相见，可说到底双方也就是勉强做到井水不犯河水而已。我们不能大张旗鼓带人去那里，若是让那里的人借题发挥，徒生事端对我们不利。"

文雅见状也劝道："对，魔界里的人都不是好对付的，我们应该见机行事。事到如今，不能一波未平，一波又起。"

"够了，你们说了这么多，无非是不愿救幻冰！你们只在乎神界的利益，根本不在乎他人的生死！"幻影积存已久的情绪再也忍不住爆发了出来。

"幻影，你怎么能这么说？我们每个人都很关心幻冰，只是……"文雅费力解释。

"只是你们更注重自己的利益！我没有你们那么伟大，你们生来是身居高位的人，我不过是一个平凡的人，甚至没有自己的家，所以，我把幻冰视为我最珍惜的人。在我刚刚失去光明的那几天，我曾有过自杀的念头，想以此逃避这令人绝望的黑暗，但我想到她……我的妹妹，她是支持我走过痛苦深渊的唯一的力量！没了她，我不在乎任何的东西！"幻影大声说。

他说这番话的时候，眼里流下了泪水。若没有珍视之人，大概永远也不会明白他此刻的心情。

半晌，灵夜看着他，冷声问："说完了？"

"让我告诉你，今天，无论是谁，哪怕是我的父亲身陷魔界，我也不会贸然发兵寻他。因为，我身为王者，我要肩负起保卫神界的责任，在神界的利益与个人的安危面前，我只会选择前者！我们从小相识，你跟着我这么久，大概也明白我的原则与这里的规矩。关于魔界，我很早之前就曾告诉过你他们的手段性格。如果今天，我大张旗鼓地带人去那里找幻冰，他们大可以说我心怀不轨借着找人的幌子来打探魔界，再生两界争执。那时候，危险的就不只是你妹妹一个人，而是神界所有的子民，你明白吗？"灵夜问。

幻影似乎在刹那间被灵夜的话说醒了，他渐渐平静下来。灵夜说得不错，自己在神界待了这么些年也非常清楚这些。

灵夜见幻影脸色有所平缓，声音也不再像刚才那样冷冽："当然，我也一定会派人悄悄潜入魔界探听她的消息。幻冰叫了我这么多年'灵夜哥哥'，我自然也以兄妹之情对她。幻影，我和你一样在乎她。只是，我在自己的位置上，不得不考虑更多，你明白吗？"

幻影不禁沉默，良久，他开口说："夜，我明白。刚刚……是我太冲动了。"他怎会不了解灵夜，他们相交多年，对这个人，他再清楚不过了。灵夜这么久以来对幻冰的关照，他也都记在心里，他早该相信，灵夜一定会用尽办法找到她的。

文雅见幻影的急躁冲动已渐平复，也不由得笑了笑，说："对！我们总会找到幻冰的。我想，当务之急是要探查清楚幻冰到底在不在魔界。魔界戒备森严，我们不能大张旗鼓，要派人悄悄进入探查。"

"我正有此意。"灵夜答道。

"让我去吧。潜入魔界找人不是一件简单的事，一定要派信得过的人去，万一发生什么，不至于泄露秘密。"文雅想要把事情揽下。

灵夜摆了摆手，"神祭，我知你法术高强，我们多年相处，我相信你的为人。但是，以你的身份，这种事不需亲自动手，我心里有一个更为合适的人选。"

"是谁？"幻影和文雅一起问道。

"凌光。"

"他……"文雅转念一想，"他从小跟着你，再加上这些年修为大进，倒也有些实力，但……"她的心里仍有疑虑。

"我知道你的担心，可凌光是什么样的人，我心里最清楚。从我开始管理神界，他就一直帮我理事，忠心不贰，我信得过他。"灵夜很少对他人有这么高的评价，只是对凌光，从小一块长大的伙伴，灵夜从心里信任他。

"好吧。"见灵夜对凌光这样信任有加，文雅也只好答应。

但是，谁又曾想到，人心，是这世上最为复杂的东西。所谓的友情与信任，都不过是包裹在外的一层外衣，它们随时都有可能消失不见。

这一刻，所有的恩怨纠葛一一拉开序幕。

风云，初起……

卷三　恩怨难分

越冥在犹豫了许久之后，终于还是进入大殿去找音千落承认错误。这几天，他一个人想了许多。似乎从有记忆以来，和母亲大多都是在争执中度过的。为了维护自己的朋友，他口不择言伤了她，如今想来，悔恨万分。

或许是因为从小便拥有高贵的身份，他没有向任何人低过头，所以这回，明知是自己的错，他还是有些不好意思去找自己的妈妈。后来，他转念一想，他伤害的是自己在这世间唯一的亲人，他必须珍惜这份亲情，怎么可以因为所谓的面子而让母子间的隔阂越生越大呢？

他见到音千落的时候，她正坐在椅子上看一本厚厚的书。听到脚步声，音千落抬眼一看，见是越冥，面色一冷，不去理会他，重新低头看手中的书。

"妈妈……"越冥哑声叫道。

然而，音千落依旧没有理会他。她知道越冥会来，她想看看这个儿子向她道歉的诚意究竟有几分。

越冥想大概自己的母亲还在气头上，他的心里一时间竟有些慌乱，怕她不会再原谅自己。

他努力让自己的心平静下来，抬头对站在一边的士兵说："你先下去，我有些话想与魔后说。"

士兵微微点头，悄然退出。

越冥向前走几步来到音千落面前，蹲下身子，仰头看着她，"妈妈，对不起，请你原谅我的不好，我不该说那些的。"

音千落合上书，冷笑一声："亏你还知道来找我，你不是为了安冷耀都可以不要我这个母亲了吗？"

"怎么会？我知道在这世上，妈妈是待我最好的人，谁都无法代替。"越冥讨好地说。

"哼。"音千落冷哼一声，没有答话，但她的目光也不再像刚刚那样冷峻。到底是母子，天底下有哪个母亲可以真正冷眼对她的孩子呢？

越冥偷偷看了一眼音千落的神情，心里已明白母亲不再生他的气了。他马上趁热打铁，站起身来为音千落捶了捶肩膀，"我知道这几天我没少惹您生气，我保证以后再也不会发生这样的情况了。"

"你的话，我能信吗？"音千落问。

"我保证。"说着，越冥竖起手指做出起誓的动作。

音千落被他正经的表情逗得一笑，她拍了拍他的手，"这世间，我唯有对你最纵容了。这一次，是我们二人都有做得不对的地方。"

"不，是我不好。"越冥低声说。他知道，她都是为了他好。

音千落无奈地摇了摇头，"算了，这么多年来，你都护着安冷耀。如今，叶谦和君诺尘也都为他说话，我虽看不出他的好，但还是争不过你们这些人。看在他还算对你不错的分儿上，从今往后，我不再排斥他。"她做事一向谨慎，不留后患，但这一日，她想不如给那个少年一次机会。

越冥诧异得睁大了眼睛，"妈妈，你不是在说笑吧？"

"你希望我是在说笑？那好，你就当是个玩笑好了。"

"不是，我只是想不到你会接受安冷耀，我以为……"越冥实在想不到今天他来这里会听到这样的话。他以为她永远也不会接受他的朋友。

音千落叹了一口气，"人老了，总是会变得心软。如今，便随了你的心吧。"折腾这么多年，她也累了。当初越轩既决定留下安天阔的子嗣，也不希望她一味为难那个孩子吧？

自从那晚与越冥争吵过后，她忽然发觉自己老了许多，而她的儿子也有了他的想法，她渐渐没有足够的精力去管他了。这样也好，她总不能保护他一生，未来的路总要一个人走。他做的选择，她也无法干涉了。

"我很开心，我啊就知道妈妈是最疼我的。"越冥笑着说，"而且你怎么会老？我们魔只要有足够修为，时光流逝对我们又会造成什么影响？我的妈妈永远都是年轻漂亮的样子。"

音千落也不禁一笑，摸了摸自己脸，"你以为容颜是证明一个人年轻的东西吗？它不过是一层外衣。纵使我们可以千万年朱颜不改，但是心是最为本真的，所有的岁月到头来，都在那里刻下了印记。"

越冥虽然早早便通晓人情世故，但他毕竟年少，并不懂得音千落这番话的内在，他的心里正在为音千落接受安冷耀的事而开心，可他又猛然想到那天安冷耀站在雨里对他所说的话，他的心一沉，脸色也随之黯淡。

自从与越冥发生争执之后，安冷耀连续几日都没有睡好。他想，人终究本性里还是带恶的吧。从他遇到越冥之后，他一直告诉自己要对现在所有的一切感恩。这么多年以来，他也确实做到了这一点。他怕因为自己卑微的身份给他的朋友越冥带来不好的影响，所以每当越冥要为他出头时，他都笑着拦下说没有关系。越冥已为自己做得够多了，不能总去麻烦他。

同时，他也明白，即使他想否认，也不得不承认，多年以来，他的心里始终有一个小小的角落，那里装着对越冥的嫉妒与对自己眼下生活的不满。他羡慕越冥有一个爱他的母亲，有尊贵无忧的生活，无论走到哪里都被一群人前呼后拥。

安冷耀从来没有告诉过越冥，每当他和越冥并肩而立的时候，他都有一种小小的自卑。他明明在这里，是一个低到尘埃里的人，而他身边的朋友，不仅非同常人，更是一个少年王者，那是别人一生也无法达到的位置。

在那个雨天，他确实是因最近发生接二连三的事情而有了情绪波动。他的本意是想挽回越冥与音千落因自己而产生的矛盾，没想到一时情急，竟然引起了自己心底小心抑制的负面情绪。

现在，安冷耀想起自己当天的样子，都从心底厌恶自己。那天的他，真像是一个忘恩负义的小人。更可笑的是他竟借着越冥帮助他的一切反过来指责对方。多年以来，他表面说不要这样，可到头来，不还是享受着这份友情带给他的好处吗？他又有什么资格装出一副道貌岸然的样子？

大概那天，他真的是伤到了越冥，所以这几日以来，那个少年始终没有再来找他。

去找越冥道歉吧，安冷耀听到有一个声音对自己说。朋友之间发生摩擦不是常有的事吗？化解之后，两个人的友情依旧和从前一样的。

当他回过神来的时候，发觉自己已经站在了越冥的房前。他轻轻推开门的时候，发现里面空无一人。他想了想，决定还是在这里等越冥回来。

平日里，他倒从未仔细打量过这个房间，因为这里也是越冥处理魔界大小事务的地方。他虽与越冥情同手足，但牵涉到魔界的事，即使越冥对此没有多言，他也明白自己不该知道太多。

他的目光忽然被一边的书籍吸引，架子上摆着许多书。他平常在闲暇之余，也愿静下心来钻研一些古籍。

他轻轻走过去，用指尖轻轻抚摸一排排书的背脊，忽然在一本书上停下。他小心翼翼地把那本书抽出，捧在手里。他看得出来，这本书已有些年头了，书脊之处已有些泛黄，橘色的封面上写着四个烫金的大字——魔界史录。他想，这大概是记录历代魔界王平时所发生的事情的。这本书很厚，大约有七八百页的样子。

忽然间，房门"吱"的一声被推开，一个修长的身影走了进来。

"冥。"安冷耀放下手中的书，有些局促地看着走进来的人。

"你怎么来了？"越冥的声音有些低沉。一想起那天发生的事情，他的心里终究有些不快。

"我……"安冷耀有点艰涩地开口，他一向不善言辞，不知该说些什么才能缓和气氛。他们两人相交多年，若说没有过一点摩擦也不大可能，但是闹成这样还是第一次。

越冥见安冷耀不知所措的样子，心里的怒气消了大半。其实，这几日，他也仔细想过安冷耀的话，那些话倒也不全无道理。他生来衣食无忧，又因他的身份，更无人敢轻视他。安冷耀与他完全相反，虽然他不在乎朋友的身份，但这无非是因自己不必受这些条件的影响，他已拥有了最好的，而安冷耀却与之相反。说到底，无论人魔鬼神，心里都有自卑，怕因自己不如他人而会受到轻视。这么久以来，他一直过着最好的生活，站在最高处，可他却忘了关心自己的朋友，会不会因他的无上权位而显得那个人更加一无所有。

越冥想到这里，轻声说："耀，我只想告诉你，我越冥的朋友，不是任何人都可以做的。之所以我和你以心相交，是因为我永远记得当年那个在战场上救过我的男孩，他勇敢不服输。我生在王族，但我从来没有自命不凡，我以为众生平等，所谓权力不过是虚无。或许在以前，我的确没有考虑过你的感受，但那是因为我真的不在乎身份的差别。如果我在乎，那么魔界有那么多出身大家族的人，甚至是林楚莫，我可以和他们成为朋友，但我没有。我眼中的友谊，无关名利，不染世俗，你懂吗？"

安冷耀心里一动，只觉得心里有点愧疚。相比于越冥，他觉得自己真的有点斤斤计较，忘恩负义。

"越冥，我……"安冷耀不知该说些什么才能表示他的感受。

越冥了然一笑，"我明白。"

所谓朋友，不过是心与心的距离，还未多言，便已知晓对方的所思所想。

两个人相视一笑，所有误会都不复存在。

"对了，其实今天你不来，我也想去找你一趟。"越冥笑着说，"你的身体恢复得怎么样了？"

"好多了，还需养些日子。"安冷耀回答。上次魔影帮了他不少，为他输了不少真气，只是魔刑早已伤及内脏，如要真正康复还需要一段时间。

"嗯，其实现在这样也看不出什么了。"越冥微微一笑，"耀，你还记得我曾向你承诺过什么吗？"

"什么？"安冷耀一时之间有些反应不过来。

"如果有一天，我有了足够的能力，我一定给你应有的身份地位。"越冥认真地说。

安冷耀一怔，忽想起在很多年以前，那个人真的这么告诉过自己。那时的自己，只是一笑，并未在意，因为他明白，越冥已把世间最美好的友情给了他，这足够了。

"耀，你在魔界受了不少苦，但从现在起，这一切都过去了。因为……我的母亲她不会再针对你了。虽然，直到现在，我和你可能都不大明白这么久以来，她顾忌你的原因是什么，但无论是什么，都已经过去了，不再重要了。"越冥说，"我要授予你'魔圣'的封号。"

安冷耀听了这番话不禁大吃一惊，他不敢相信魔后竟然认可了他。他以为自从上回越冥与她发脾气，她大概更加厌恶自己，但没想到……

"越冥，你说的是真的?"他不确定地又问了一次。他从来没有求过音千落什么，而是把她当作一个长辈一样尊敬着，所以他也总是希望自己可以得到她的承认。

"你看我像是在开玩笑吗?"越冥笑着问。

"不，不，我只是……有点不大相信。"安冷耀低声说。

想了想，他又注视着越冥，"冥，你带给我这个消息我很开心……但是，我不能接受'魔圣'的封号，依我现在的能力，实在担不起这个称号。"他自小在魔界，不会不明白这个封号的意义。"圣"为"上"，意为"人之上"，他不过是一介孤儿，怎么担得起这样的封号?

"我早就猜到了你会么说。可是，这是你应得的。你明白这里的规定，封号是授予有能力的人而不是有身份的人。我们从小就切磋武功，你的能力难道我不清楚?这次在牢里，你虽受到魔刑却也没有因此屈服，足以证明你的为人。这点，可是其他人无法比拟的。"越冥解释。

"可是……"安冷耀仍心有疑虑。

"唉，你难道不相信我的眼光吗?"越冥假装郁闷地问。

"不是，我只是觉得你应该考虑清楚，这样太草率了。"安冷耀建议。

"草率?若是真草率，我倒该把这个封号给林楚莫呢。耀，我明白你的心情，但是你一切都不用担心，这本就是你应得的。如果你再不接受，可就是不给我这个魔王面子了。"越冥浅浅一笑，脸上的真诚让人再难拒绝。

安冷耀看着他，只好点点头。

所有的一切，都在这一刻走上了正轨……

有时候，世间的事情真的难以预料，越是想隐瞒的事反而越易走漏风声。林楚莫那日无意间路过殿堂，正巧在门口听到了叶谦与音千落的谈话。他这才明白音千落多年以来忌惮安冷耀的真正原因是他的身世。安冷耀的父亲，竟是被越冥的父亲越轩所杀!

他的心里因知道了不为人知的秘密而有点兴奋，平日里安冷耀和越冥情同手足，林楚莫倒真想看看倘若安冷耀知晓一切会是怎样，他还会像以往那样逆来顺受、波澜不惊吗?

他明白，自己虽掌握这样大的秘密，可自己没有真凭实据，如若无法证明它的真实性，轻易说出反而会引火烧身。

他犹豫半晌，还是决定去见那个不久前帮助自己摆脱纵火之事的神秘男子。那个男子曾允诺会帮他夺得魔王之位，并给了他一块晶石，说是需要帮忙时，把晶石拿出，轻抚它三下，他就会出现。

林楚莫从口袋里拿出它，按照那个人的指示抚了三下，晶石散发出淡淡白光，片刻，那个男子果真出现在他面前。

男子依旧如以往的装束，他的脸似乎要和银色的面具融合在一起。

"你唤我来有什么事？"男子低声问。

林楚莫小心翼翼地看了下四周，确定所处的房间内没有任何人，他贴近那个人的耳朵说："我得知了一件大事，是关于安冷耀的。"

男子冷哼一声，"那个人，会有什么大事？"他的语气透出不满。

"那日我无意间听到魔后和叶长老的对话，得知原来安冷耀的父亲安天阔竟是被越轩所杀。这件事，魔界里的人都不知晓，像是被压了下来。"

男子一愣，却并不显得诧异，像是早知道了这事一样。

林楚莫并未在意他的样子，只是自顾自地说："我倒想，这是一个破坏安冷耀和越冥关系的好由头。安冷耀平日里就知道巴结越冥，借着一副隐忍不发的样子竟也捞得不少好处。听说，越冥不知用了什么法子让魔后也不再对安冷耀计较什么，而且还要封他为魔圣呢。"

他说着，又有点愤恨，"我倒真是不明白了，论身份我不知要比他出色多少，他倒能得到越冥、叶谦的赏识，连那个前不久回来的君诺尘也都帮衬着他。他现在倒更得意了，还有了魔圣的封号！但是，他若知道了真相，不知还能风光几时。"

男子沉默半晌，开口道："你说得对，这个秘密对我们是有利的，关键在于要怎么利用它。"

他说着，看了一眼林楚莫，"如若你贸然告诉安冷耀，他不会相信，凭他和越冥的交情，他不可能信你的话，大概会认为你挑拨离间，但……"

"但怎么样？你快说说怎么做。"林楚莫催促道。

黑衣人轻笑一声，看着面前的男孩，"你急什么，凡事最忌急功近利，否则必将酿成大祸。你不是想要王位吗？那便不能急于这一时片刻。实话告诉你，这个秘密我早就知晓。"

"什么？"林楚莫一惊，这样被音千落多年隐藏的前尘过往，这个人又是如何知道的？他究竟是何人？

"我之所以没有把这件事抖出，是觉得时机不够成熟，但现在……"男子顿了顿，"你不是说越冥要授予他魔圣的封号吗？这个封号在魔界的地位绝不亚于你，甚至可以与君诺尘的位子相比。这个安冷耀上次没有扳倒他，倒是被他捡到了一个大便宜。不过无妨，这正是我想要的时机。"

"时机？"林楚莫不解，他发觉自己并不明白那人心里的打算。

"以前安冷耀在魔界不过是一个地位低下的人，他即便知道真相，凭他的力量也做不了什么，但现在，他被封为魔圣，拥有实权，与越冥的距离在拉近。一旦他知道真相，凭他的地位，不是可以在魔界掀起腥风血雨？若他们自相争斗，难道不是对你最有利？你凭此机会可以一揽大权，到那个时候，魔界不就是你的了？"男子低声说。

林楚莫因男子缜密的心思而暗自惊异，却也隐隐存在不安，这样一个强大的人，真的甘心愿意帮自己？

"我，我明白了。那我现在该怎么办？"林楚莫问。

男子摇摇头，"依现在来看，什么都不用做。我有一种预感，魔界就要变天了，咱们不如隔岸观火，静候一场好戏。"

他在心里冷笑一声，越轩，你以为仅除掉安天阔就不会有人再威胁王权了吗？你的心到底是不够狠辣，留下了安冷耀。现在你的儿子，正在走你的老路呢！

夜晚的风夹杂着几丝寒意，轻轻拂过树梢，留下一阵"沙沙"的声响。现在的人间已是深秋，深黄的叶子随风飘到地上，在月光的照耀下泛起一抹橙黄的光晕。

张爱琪独自坐在小院里屋门前的椅子上，她仰头望着头顶那片璀璨的星空，感觉自己好像陷入了一片美丽的星海之中。

直到现在，她都记得自己那一日醒来，离茉雪抱住她喜极而泣的样子。那是她第一次看到本是冷若冰霜的女孩哭泣的样子。她没有想过为了拦住茉雪，她以凡人之躯闯入通道会有多么危险，当时她只一心想把她的朋友留下来。虽然，她最后的确如愿以偿，可事情的发展出乎她的意料。茉雪为了救自己，竟甘愿牺牲自己身上的法力。

她知道，那是茉雪家族人身上世代独有的能量。为了救她，那个女孩毫不犹豫地放弃了它。每每想起，虽然离茉雪总淡声说着毫不在意，但张爱琪始终觉得愧对于她。

"爱琪。"一个清冷的声音传来。

张爱琪回过头，笑了笑，"茉雪，你怎么出来了？"

离茉雪关心地坐到爱琪身边，"你身体刚恢复了一点，怎么就出来吹冷风？"

"你也不要成天都这么担心我，我的身体没有那么虚弱好不好？"张爱琪说着，又抬头望向星空，"你看今晚的星星多好看。"

离茉雪抬眼一望，满不在乎地笑了笑，"这有什么，你若喜欢，凭我的法术营造这样的境地给你看轻而易举。"虽然她因帮张爱琪失去了家族世代相继的力量，但她并没有失掉了所有法力。

"不要！"张爱琪撇了撇嘴，"你都为帮我消耗那么多力量了，我不能再要你耗费法力。"

离茉雪看着爱琪，把手搭在她的肩上，"你不要再这么说了。我早说过，我们是朋友，难道朋友间不该彼此付出吗？救你是我心甘情愿的，并无后悔。"

"但是，你本可以在神界享受更好的生活，你是神司一族，那里的人都很尊敬你，可如今，你不仅要在人界小心隐瞒你的法力不让他人看出异样，还将你们应该世代相传的法力因我而放弃了，我……"张爱琪话语哽在了喉咙里。自从她知晓茉雪因救自己而付出的代价后，她的心情很久都没有平复。她觉得自己从一开始就像一个拖油瓶。每当遇到什么困难，她总是要依靠自己的朋友，什么忙都帮不上。

离茉雪在心里叹了一口气，她就知道，自己的作为在爱琪心里始终是一个坎。

"爱琪，难道你忘了，你曾告诉过我，朋友就是在对方身处困境时，伸出援助之手的那个人吗？你为了阻拦我，奋不顾身跳入连接人神两界的通道，受了伤，我难道会无动于衷，任你丢了性命？而且，你的这番举动，不也是为了我们之间的友情，才这样不顾一切。"

离茉雪每每忆起当日之景，心里都不觉满是恐惧，她不敢相信，她们

卷三　恩怨难分

二人竟险些天人永隔。同时，她的心里边满是惊叹。她不曾想到，一个弱小的人类女孩，是什么力量让她可以那样勇敢，甚至不顾性命地跃入通道去挽留自己。如今，她明白，这一切都缘于友情。

"可，可你跟我们这些人类不一样，你来自神界，天生就比我们强大许多，不该承受这样的损失，太不值得了。"张爱琪摇着头说。

离茉雪注视着面前的女孩，漂亮的面容上没有一丝表情。

良久，她淡淡开口："张爱琪，你到底还是介意我的身份。"

"不是，我只是……"张爱琪急忙否认，想要解释。

"如果我不是神界的人，你还会这样介意这些吗？如果今天，只是一个普通的人类救了你，你难道还会有这么大的内疚感吗？"离茉雪大声问。

"我……"张爱琪一时语塞。如果，如果今天救她的只是一个普通人，她也许确实不会这么在意。

离茉雪见张爱琪犹豫的样子，心下一冷，"我当初就告诉过你，我与你们人类不一样，如果你因我的身份而有所顾忌，不如趁早放弃我们的友情，我本身也不需要朋友。"

张爱琪愣了愣，她觉得每当自己想努力走近这个孤寂的女孩时，总会被其冷漠的话语刺伤。爱琪想大概也是因为自己嘴笨的缘故，有时候她真的是为茉雪着想，却总因语言不当引起二人的不快。经历了这么多，她也逐渐明白，茉雪这些看似冰冷的话语，都不过是对自己内心深处寂寞的掩盖。一个拥有百年岁月的人，身在红尘，却自始至终以一个旁观者的身份看尽年华，无人问津，这是何等的孤独。

"茉雪，我知道，你说的是假的。"张爱琪忽然笑着对面前的少女说，"你比任何人都渴望友情。"

她的笑容逐渐黯淡，"我之所以觉得你不同，不是因为敬畏你的身份，我只是不忍心看着原本那样强大的你，因为我而舍弃引以为傲的法术。我觉得，你应该有更好的生活，我希望你幸福快乐。"

离茉雪看着爱琪那张因受伤而有点苍白的面容，忍不住轻叹一声，心里的怒气逐渐散去。"张爱琪，为什么你永远这么想？你觉得我失去一部分法术自然不会快乐了吗？这只是你自己的想法。恰恰相反，我很开心，我庆幸凭我的能力还可以救你。你是我近百年岁月以来结交到的第一个朋友，我不希望你有事。在我心中，法术与身份都只是虚名。如果有可能，我宁愿舍弃这一切，做一个普通人。"

张爱琪听到这番话，强忍感动。

"茉雪，我明白了，谢谢你！我向你保证，虽然我张爱琪只是一个人类，但今生今世，我不会再让你孤单，我会用最真诚的友情去回馈你。"张爱琪郑重地说着。

离茉雪微微一笑，弹了一下爱琪的脑门，"你早就给了我友情，不是吗？这份感情早从我们相遇便开始伴随着我。"

张爱琪也不禁握住了茉雪的手，这一刻，她真感觉到她们的友情会一直延续下去。

忽然之间，离茉雪像是察觉了什么，身子微微一僵，但仍是不动声色地对张爱琪说："风大了，你的身体刚好一些，小心又着凉。而且时候也不早了，你先去睡吧。"

张爱琪也确实觉得有些倦了，她起身点点头，"好，你也早点休息。"

离茉雪浅浅一笑，看着张爱琪走入房内后，她的脸色瞬间变得冷淡了几分。

"我倒不知这么晚了，灵王来到人间有何贵干。"离茉雪对不远处的一个花坛说。

这时，一个身影从后面走出。虽然在漆黑的夜色里看不清那人的面容，但从那修长直挺的身躯可以看出是一个少年。

少年缓缓走向她，"我今日来此，只想问你一个问题：你真的决定留在这里了？"

离茉雪耸了耸肩，回答："难道当日灵王没有听明白我的话？早在我当初去神界找你，救幻影那次，我不是已经告诉你我的答案了？"

灵夜立在她面前，沉声说："当日情况紧急，张爱琪几乎性命不保，我们没有时间多言。如今，她已经没有大碍，我想再听一次你的答案。"

离茉雪皱了皱眉，坚定地说："不管你问我多少遍，我的回答都只有一个——我要留下。"她在很早之前就已经下定决心。她一个人在人间流浪了这么久，早就不属于神界了。

月光冷冷地洒在灵夜的身上，他的周身都散发着纯白的光芒。他看着

189

她，没有答话。

良久，他开口道："但是，你本为神界一族，你的身体天生流着神界的血，你生来便与这些凡人不一样，神界才是你的归宿。"

离茉雪仰头注视着他，忽然冷冷地一笑，"我想，我大概明白你来这里的目的了。我现在已经失去了看透法术的本领，就算我回到神界，也没有办法再帮到你什么，你不必再花心思了。况且，灵王，恕我直言，你天生高贵，自然不愿与人类为伍，而我一个人在人间漂泊多年，早已习惯了这里。更何况，我现在又有了一份友情，这份情谊虽然平凡但却是我唯一的温暖，为此，我愿意舍弃一切而留下。"

"你以为我是为了我自己的利益才想让你回到神界？"灵夜反问。

离茉雪没有回答，但在她冰冷的目光里，答案已不言而喻。

灵夜摇摇头，"我不会强迫别人改变意愿，如果你决心留下，我无权干涉。但是，我希望你明白一件事：无论你怎么想与神界脱离干系，你都终归是那里的一员。你别忘了，在这里，你可以小心隐藏你的法术、你的身份……但是……有一件事是你怎样也改变不了的，神的寿命是无穷的，你拥有数不清的岁月，而这些人类的生命不断轮回，经历生老病死，你将永远是现在的样子。"

离茉雪不禁一愣，其实这些日子以来，她从来没有仔细想过这个问题，这些年里，她总是想今年的爱琪也不过才十五岁，他们还有很长的时间可以一起度过。如今，灵夜用清晰的话语残酷地描述出了她与爱琪的差距，不是身份，不是法术，而是她们彼此之间所生存的时光竟是如此天差地别。

换句话说，几十年后，当爱琪已是迟暮之年，自己却依然朱颜不改。她会一点点看着朋友成长、老去，直至死亡，但她却永远只是旁观者，无法参与到这场时光变迁的岁月中。

如果，百年以后，爱琪死去，那么她又该如何在这寂寂的岁月里走下去？

她不敢想象。

灵夜见她脸色黯淡，虽心有不忍，却不得不继续说："我知道你以前一个人在这里度过了百年，那时候，你从没有想过这些问题，是因为你没有与人类接触，没有情谊的牵绊。那时，人世的生老病死，在你眼里，不过是如同一场场戏剧。但如今，你和张爱琪结下深厚友情，你扪心自问，你愿意眼睁睁看着她一点点走向生命尽头，而自己依然风华正茂吗？"

他想，他的确很残忍，他告诉了离茉雪这些事实，令她陷入困境，他还想让她明白，有的事情不是只要愿意就可以。神和人，本就是不同世界，无法真正共处。

"难道没有办法改变这一切？"离茉雪低声问自己。

忽然，她似乎想到了什么，问灵夜："我曾听凌光告诉我，神界的'神灵'言亚心，她不也是向往着人类生活，后来她在大战中死去，忽然转变成了一名人类少女，她身上的神界独有的特征也被封印，那么我是不是也可以封印我身上的神之力，变成一名普通的人类？"

她在问这番话时，眼里满是希望。

"不行，你们不一样，言亚心是因为要转世，经历轮回通道才可以封印法术。"灵夜轻声说。

"那么，我们是注定不可以相互陪伴了？如果要我眼睁睁看着她一点点老去，直到死亡，我无法接受。我不敢想象，当她离世，我又会是什么样。自从和她成为朋友，我已经没有办法再忍受孤寂了。"离茉雪说着，声音中夹杂着几分颤抖。

灵夜轻叹一声，"人与神本就不同。你们的友情，说到底也不过是镜花水月，最终一场空。与其在最后面对天人永隔的痛楚，倒不如现在就脱离出来。"

离茉雪感觉自己的心从来没有这么乱过，她不知自己到底该怎样。她想起那张纯真的笑脸，想起那个当初明明害怕自己的冷漠，在得知她身份明明有些畏惧却终究还是小心翼翼接近自己的女孩子，她实在不忍放弃这段她寻觅上百年才得到的友情。

但是……

离茉雪想，爱琪那样美丽善良，应该有一个真正可以与她携手并肩的朋友，一个真正可以与她在时光里共同成长变化的知音，而不是始终与她隔着岁月河岸的自己。

离茉雪抬起头，望向头顶那片群星闪耀的夜空，"我想要爱琪开心，但我明白，如果有一天，她也真正意识到了我们之间的差距，一定会因此悲伤。说到底，她也是一个要强倔强的女孩子，她不会愿意我看着她一天天老去，不复当年。她应该有一个与她一样的朋友，彼此在这岁月里相互扶持。而那个人，不是我。"

灵夜没有多说，他也不禁因这段友情而有所动容。

离茉雪沉默了一会儿，最终开口："再让我陪她一段日子，她的身体还没有完全康复。现在走，我不放心，等她真正复原后，我会离开这里，回到神界。"

"还有，我想要你答应我一件事，"离茉雪轻声说，"给我'忘忧'。"

灵夜眼睛一紧，"忘忧"是神界的一种药水，它无色无味，喝下就会失去部分记忆。难道，她真想……

"没错。"离茉雪对着灵夜有些惊讶的眼神，忽然一笑，"让她忘了我吧。我们这段友情的记忆也不会再因为分离而让她徒增伤感。如果，她忘了，我不会再有悲伤。"

这些忧伤的记忆就让她一个人来承受吧。她不怕伤心，即使日后回到神界，想起这段友情会痛苦难过，她也不愿遗忘，因为这是她日后漫长的生命里，唯一可以慰藉自己的东西了。

她望着天空的明月，眼角的泪水终究还是悄然滑落。

这一刻，她终于明白，原来当友情强烈到无法言诉的地步，她想要的竟不是永不分离，而是，两两相忘……

同一片天空下，面对同样的星月，有人欢喜有人忧，有人辗转难眠，有人酣然入睡。

对于君诺尘来讲，今天是一个特殊的日子。十年前，他的朋友安天阔去世了。在安天阔离去的每一年里，君诺尘总要在这个日子对月独酌。

君诺尘一口饮尽了杯中的酒水，不禁一声叹息。十年，原来那个人竟然已经离开十年了。三千多个日夜竟然这样悄然消逝。遥想十年前，那时的安天阔自命不凡、神采飞扬，而如今，有关他一切的人与物都已一一消失。那个雄心勃勃的男子终究已不存于世，那些过往也化为了前尘往事。

君诺尘常常想，其实天地之间没有什么是可以永存的。无论当初曾多么震撼过天地的人，到最后也不过是化为一杯黄土，散落在忘忧河畔，随着时光的轮回渐渐掩去那个人曾经的痕迹，从此再无人问起。

他直到现在，都还记得少年的安天阔有多么骄傲，那个人从不曾认输，即使出身贫寒也从不自怨自艾，而是默默努力着，苦修法术。那时在魔界，无人不知安天阔，那个男人只需往那里一站，周身发出的冷冽气息便使得无人敢忽视他。那时的安天阔是何等风光，但如今……

"天阔，这么多年以来，我一直觉得愧对你。当年，我没能及时帮助你。你一生不曾认输，对谁都不曾低头，我一度认为你没有感情。但是，直到小耀出现……"君诺尘低声说。

朦胧的月光下，一身白衣的君诺尘坐在院子里的石桌旁，一口口饮着酒，清俊的脸庞上渐渐染上了几分醉意。想他走过了数不清的岁月，见证了太多太多人与事物的消逝。漫长的岁月让他不得不以最为沉稳内敛的目光去看世间一切，所谓的醉梦人生也不过只是一时之快。醉过之后，终究还是要在这流年中，随着时间往前走着。

"诺尘哥。"安冷耀今夜难以入眠，独自出来走走，不料遇到了君诺尘。

君诺尘闻声微怔，他转过头看清来人之后，温和一笑，说："怎么这么晚了还不睡？"

"还不是很困，出来走走。诺尘哥，我打扰到你了吗？"安冷耀问。

"怎么会？"君诺尘摇摇头，"既然睡不着就同我坐一会儿吧。"他说着，让安冷耀坐在他身旁的另一把椅子上。

安冷耀见君诺尘已沾染上几分醉意，轻声一笑，"我们诺尘哥平日里总是温文尔雅、办事冷静，原以为这样的人定不会喜欢醉酒的感觉。"

"你说得不错，我的确不喜欢，因为烈酒会让我变得不如以往清醒，"君诺尘又倒了一杯酒，"但是，有时候，我依然想大醉一场。有些事，大概只有醉了，才能够忘记。"

他说着，目光里浮现出莫名的哀伤。

"诺尘哥……"

君诺尘忽然一笑，"你年纪还小，不会明白这种感受。你还不会饮酒，不如陪我喝一杯茶吧！"他从桌子另一边又拿出一个杯子，倒了一杯茶递给安冷耀。

安冷耀看着眼前这个温润如玉的男子，不知何故，忽然觉得这个人虽然平日里总是含着笑，待人宽厚，但内心深处却是孤独的。

"诺尘哥，你的家人在哪儿呢？"安冷耀问。

君诺尘愣了愣，看着眼前的酒杯，似乎想到了什么，清秀的面容上透出丝丝苦笑。

"我早就没有家人了。"他轻声说着，仰头又饮下一杯酒。

"对，对不起，我……"安冷耀责怪自己触碰到了君诺尘心底不愿提起的事情。

"无妨。"君诺尘浅浅一笑，随即一声轻叹，"有些事情，无论当初有多么牵动你的心，时日已久，也只能眼睁睁看着时间的河流一点点抹去与之相关的情意。"

家人，多么亲切温暖的词语，然而现在于他已是无比陌生。他知道，他这一生都不会再有家人了。

"我刚一出生，父母便不幸染疾去世了，是大我十岁的姐姐一直照顾我。我们家境穷困，那些所谓的亲戚朋友也无人愿意帮我们，全凭我的姐姐。她为了让我不饿肚子，东奔西跑寻找可以吃的东西，拿回家后还常常骗我她已吃过饭了，要我一个人吃……后来，有一天夜里，我高烧不退，姐姐冒着大雪出门求医，许久都没有回来，我担心她，便不顾严寒出去寻她……结果……"君诺尘声音一顿，努力想掩饰心里的忧伤。

"我看到她浑身是血躺在雪地里，早已没有了生气，她身旁有一个男人手持一把刀子狠狠扎着她的身体……我那时年仅四岁，还不懂法术！只能拼命去护姐姐，但那个男人就是不肯放手……"君诺尘在说这些话的时候，似乎眼前又看到了当年的画面，脸上满是痛苦。

安冷耀不敢想象，这个平日里在魔界受人尊敬的男子，在儿时竟有这般惨痛的经历。

"后来，出现了一个老人，他见到这个情况后出手制服了那个男人。我这才知道，那个男人是魔界里有名望的贵族，他那日与人发生口角，在回去的路上，我姐姐不小心撞到了他，他心里怒气未散，竟迁怒到我姐姐身上。听闻他平日里因自己高贵的身份最看不起出身低微的人，他甚至从不把那些普通的百姓当作人来看，而是把他们当作任人宰割的牛羊一般，他常常对底下的人发脾气，甚至害过人命。魔界的人因他高贵的身份都不敢把他怎么样。我的姐姐，就是在他手下，断送了性命……"

"诺尘哥，"安冷耀轻声叫道，"那，那后来呢？这样一个人，难道不该受到惩罚吗？"

"他的确受到了制裁，"君诺尘说，"那个老人就是叶长老，他在我最无助时出现，不仅惩治了那个恶人，也帮我把姐姐安葬了。他见我可怜，便让我跟在他身边，教我法术。若不是他，不知道当时尚且年幼的我会做出什么事来。我发自内心地感谢他，我想，在这个世上，他就是我没有血缘关系的亲人。"从一个一无所有的孤儿，到现在魔界里人人都要对他尊敬有加，这一切都是叶谦给他的。

"诺尘哥，我真不知你有这样的过往。你在魔界的地位如此之高，我一直以为……"安冷耀有点不知该怎么说。

"你以为我一定家世显赫是吗？恰恰相反，我的出身是那样贫寒，任谁都可以欺凌。有时候，我心里常常在想，如果那时的我足够强大，有能力保护姐姐，或许这一切也不会发生。姐姐一生都像是为我而生，她为我受累，我却没能帮助她什么，还害得她失了性命。"君诺尘低声说。

"不，诺尘哥，那时的你不过才四岁，本来就不可能有什么力量。况且，你姐姐的去世只是一个意外，怎么能怪你？"安冷耀安慰道。

君诺尘看着面前的少年，轻轻一笑，"你知道吗，小耀，我第一眼见你就有一种亲切的感觉，不仅仅因你是天阔的儿子，更因为我们都曾失去亲人，有过痛彻心扉的体会。我们没有因此被打倒，依旧站了起来。这世道从不会怜悯弱者。如果要更好地守护身边的人，对得起为你付出过的人，就必须强大。"

安冷耀点点头，"诺尘哥，你说得对，我也希望自己有一天可以像你一样厉害，我不希望我的父亲对我失望。"

君诺尘悄然一笑，说："你现在已是魔圣，已经是佼佼者了，这里的人再无人敢轻视你，相信天阔也不会对你失望。"

自从前几日越冥正式授予安冷耀魔圣封号后，魔界里的人马上对安冷耀毕恭毕敬，再不敢对他不屑一顾。安冷耀心里明白，他想要的并不是这些虚号，他不在乎权位，他只希望可以凭自己的力量为父亲报仇。至于其他，从不是他的追求。

"但我最希望的，只有一件事。"安冷耀望着天边的圆月喃喃自语。

君诺尘自然明白这个少年心中所想，他犹豫片刻，最终还是开口道："小耀，我不想瞒你，其实今天是你父亲的祭日。"

安冷耀猛地一怔，许久没有答话。

良久，他才轻声低语："原来，是今天。身为他的儿子，我却对他的过往一点都不知道，连他死去的日期都不知道。"

"诺尘哥，你能不能告诉我有关我父亲的事？只要你知道的，可不可以都告诉我？我很小的时候，曾问过他在魔界究竟是什么样的身份，但他都不愿多言，他只说等我长大，他自然会说，但我再也等不到他亲口告诉我的那一天了。"安冷耀说。

君诺尘微微一怔，凡是有关安天阔的事，他都要在安冷耀面前反复斟酌后才能说出。安冷耀本就聪明，他怕自己三言两语就会让小心隐藏的往事暴露。

看着眼前少年落寞孤独的样子，君诺尘不禁觉得这是一个思念已故父亲的孩子，他没有权利知道事情的真相，难道连想了解自己父亲的愿望也无法满足他吗？

况且，君诺尘知道，当年有关安天阔的一切事情在魔界一些记事档案里都被销去。《魔界史录》自古以来就要求完整记录魔界之事，那里有过安天阔的痕迹，但也只是无名的记载，旁人绝对难以察觉。

于是，在这个夜晚，在安天阔逝去的第十个年头，君诺尘面对着那个人的儿子，终于把安冷耀早该知晓的一切都告诉了他。

那时，君诺尘想，只要不告诉安冷耀那个不能提及的秘密，那么其余的一切告诉他也无妨。君诺尘做事一向滴水不漏，顾全大局，唯独这次，他真的做错了……

前些日子，安冷耀向越冥借了那本他在越冥书房看到的《魔界史录》。如今，他被封魔圣，地位今非昔比，他想自己也应该尽可能地多去了解一些关于魔界的事，这样在日后也可以帮到越冥。

"唉，耀，我真的从未见过你这样刻苦的人。"越冥笑着走向正坐在椅子上看书的安冷耀。

安冷耀放下手中的书，微微一笑，"冥，你来得正好，我正有些问题想问。"

"我?"越冥一挑眉，"想不到你也会有不懂的东西啊！好吧，我洗耳恭听。"他说着，坐到安冷耀对面。

安冷耀手边的书翻到某一页，递给越冥，"我发觉《魔界史录》里记载的都是古往今来一些在魔界身份举足轻重的人，对不对?"

"那是当然，这本书记录的正是魔界的史实。你也知晓，在这六界里，魔界与神界历史最为悠久，这之中发生过许多奇人异事，因为数量庞大，不可能一一记录，所以魔界对此有删减。这本史录里记载的都是在这里有身份地位的人。"越冥解释。

"但……"安冷耀指着书上的一段话，"'魔王越轩在位期间，曾出叛贼，故杀之。'你的父亲在位那么多年，诛杀不轨之人，这实属常事。历代魔界都有过叛徒，而且由于我们魔界人寿命较长，当代魔王统治时间都较长，所以在这之中诛杀的叛徒也不在少数。按你的意思，这部书只记录在魔界地位举足轻重的人，为什么这里会提到这个'叛贼'?"

越冥一愣，他之前看过这部书不下百遍，因为每个王者都要对自己统治的地位了如指掌，但他确实没有想过安冷耀所说的这件事。按理来讲，叛贼实在算不得举足轻重的人物，没有资格记入史册，而魔界一向做事精准，历代史实的记录人都是经过严格训练的，以防在记录历史时出现误记或者记入不必要的信息。

那么，只有一种可能……

"我想，记录的这个'叛贼'绝不是描述的这么简单，他不会仅仅是这个身份。或许，他之前是一个有身份背景的人。"越冥缓缓地说。

安冷耀点点头，"但是，这又说不通，我这几天翻看此书，发现这里面记录的人物都比较详尽地描述了他们的一生，并没有提到什么有人叛变。莫非是记录人一时大意导致笔误?"

"不可能，历代史录记完，都要经过上面的审查，要确保历史的准确，以免发生错误。要审查好几次才能过关。"越冥说，"我听妈妈说过，她当年就是负责检阅我父亲这一代史录的人，等我到时间问问她这个问题再告诉你吧。不过，这都是上一代的事了，知不知道这个事情的真相跟我们没有什么关系。"越冥说着懒洋洋地打了一个哈欠，并未在意安冷耀的疑问。

安冷耀没有多言，只是拿着书的手有些微微发抖。他忽然想起君诺尘昨夜对他所说的有关他父亲的事："天阔他实在是一个很骄傲的人，我一生阅人无数，从未见过他那样的人，那么目空一切；但他又确实有骄傲的资本。你可能不知道，当时越冥的父亲越轩很重用他，所以他当时在这里的地位是'一人之下，万人之上'……"

如果，自己的父亲真像君诺尘所说的那样，拥有无上地位，那么为何这本书在记录历代杰出人物时却没有一处提到父亲？

他的目光忽然看到书中的那处"故杀之"三个字上，心里忽然一惊，被自己瞬间的一个想法吓了一跳，但他又马上否定了自己所想。

安冷耀抬起头，看着越冥那张俊美的脸，第一次有一种莫名的感觉：他们，很快就不会是现在这个样子了……

在之后的几日里，安冷耀每日都往魔界的藏书阁去，越冥问他时，他只笑着说去找一些指导法术的古典，但真正的目的只有他一人知晓。他四处搜寻越轩那代所留下的书典，他想找出关于那个时代的信息。直觉告诉他，如果可以了解更多那时的历史或许就可以得出他苦苦追寻的答案。

他终究没有把心底的这个想法告诉越冥。不知为何，这一次，他不想让任何人插手这件事，他想凭着自己的努力寻出有关他父亲的一切前尘往事。

连续几日的不懈查找，他依然一无所获。他几乎翻遍了魔界的文集，但是没有一本提到安天阔这个人或是与之相关的信息。

他的脑子很乱，为父报仇，这是自己从小到大唯一的目标。这么多年以来，他从未停止过对父亲当年死亡真相的追寻；而现在，他终于觉得自己离真相近了，却是毫无所获。难道是他心太急，哪里想错了？

他相信君诺尘没有骗他，告诉他关于安天阔的消息均是实情，但是如果这样，为什么他的父亲没有在任何一本文献中留下痕迹？像是……被人刻意抹去了痕迹一般。

他疲惫地揉了揉有些发涨的头部，来到一处山崖前，这里四周种满了樱花，一阵微风吹过夹杂着甜美的气息，让他整个人都轻松不少，这样四处走走散散心也好，至少可以让这几日的疲倦消退一些。

他慢慢走向山崖的边缘，他知道只要再向前一步便是万丈深渊，但他并不害怕，反而轻轻闭上双眼，想体会四周这种静谧安宁的气氛。

"喂，你就算再怎么想不开也不能放弃自己的生命啊！"忽然一个清灵的声音传来。

安冷耀觉得自己还未回过神来，便被一个人拽着后退了好几步。想拉他远离悬崖边缘的人似乎是太过心急，脚底一滑，跌倒在地，她这一摔整个人由于惯性滑向了悬崖。

"啊，救命！"那个人没有料到会发生这种情况，一时慌乱不已。

安冷耀一惊，迅速拉住那个人的手，这才救了她一命，把她拉了回来。

"谢谢，如果不是你，我刚才就活不了了。"那个人笑着从地上站起来，掸了掸身上的土。

安冷耀这才注意到这个人的容貌，她是一个眉清目秀的女孩，一头美丽的冰蓝色头发，笑起来给人一种温暖美好的感觉。

"对了，虽说你刚刚救了我，但你也不能对自己的生命不屑一顾啊！如果不是我把你拉回来，可能你现在已经不在这个世上了。"女孩皱了皱眉头，"生命只有一次，怎么可以这么轻视？"

安冷耀看着面前的少女，冷冷地说："你要救我？刚刚差点掉下山崖，轻视自己生命的人是你吧？"

"我……那也只是一个意外，但你刚刚明明就站在悬崖边上，难道不是想要跳下去一了百了？"少女问。

安冷耀轻笑一声，"你的想象力倒是丰富。"

"什么？难道你不是那个意思，是我误会了吗？"少女这才明白过来似乎是自己会错意了。

安冷耀没有回答她的话，只是盯着她，眼里有些许寒光闪过。

少女被他盯得有些发怵，她不禁问："你，你看着我做什么？好了，就算我刚刚多管闲事了，还差点把自己的命搭进去。"

"你不是魔界的人。"安冷耀忽然说。

"我……我……"少女一慌，但又极力想保持平静。

安冷耀正想再说些什么，但他忽然看到不远处有几个魔兵正向这里走来。他来不及多言什么，只是对一边的少女说："有人来了，你如果不想引起不必要的麻烦就快走。"

少女点了点头，她知道自己不能暴露身份，于是急忙向一边的灌木丛中走去。她走了几步，忽然又笑着回过头对安冷耀说："你今天帮了我忙，是我的恩人了，谢谢你。"

说完，她纵身一跳，跃入树丛里再看不到踪影。

安冷耀站在原地，有些困惑，不知自己为什么会帮助这么一个异界的人。他只是觉得，这个女孩并不是什么可疑的人，帮一把也未尝不可。

然而，他不知道的是，在未来，由于他今天的一次相助，会引起怎样的风波……

自从幻冰离家出走，到现在已有一个月之久，灵夜四处派人打听依然一无所获。幻影从最开始的心急熬到现在也平静了下来，但他这个样子反而更让众人担忧。这段日子，他呆呆一个人站在窗边，一待就是一整天，心里不知在想些什么。

其实，这种感觉灵夜深有体会。他还记得当年他发现父亲因四处征战而失去行走的能力，从此只能终生与床相伴时，他也很绝望。

无论何时，无论多么强大的人，一提起珍视的亲人，那都永远是心里的要害之处。

前几天，离茉雪也回到神界，她的目光平静，从她那张美丽的容颜上看不出任何悲伤，就像不久前那个在人间的夜晚，向灵夜索要"忘忧"，因想要忘掉一段友情而忍不住流泪的不是她。

离茉雪失去神司一族独有看透法术弱点的本领，但她本身的法力仍让人不敢小觑。况且，她骨子里来自那个家族的血统是怎样也改变不了的。于是，灵夜仍正式在所有人面前封了她神司的封号。那个时候，离茉雪望着众人，一向少言的她忽然开口："以后诸位就叫我的名号神司吧，至于离茉雪这个名字，它代表的是人世间的记忆，并不属于这里。我在人间度过了百年，如今回到神界，那些过往于我已如前尘一般虚无，无须再提。所以，'离茉雪'这个名字也让它在那些前尘往事中，随风飘走吧。"

那时，灵夜看着这个淡淡的女孩，即便她说这番话时一派风轻云淡，可他分明看到了她眼角的泪光。他不知道离茉雪是以一种怎样的方式告别人间、告别那份友情的，但他明白，纵使那些过往再令她难过，她也愿意守护住它们，不愿被人打扰。

前尘如梦，但在很多时候，前尘并不如梦，因为梦境是虚幻的，而那些过往，只要发生过，就是事实……

午后，魔界处在一片静谧之中，天空泛着暖橙色的光芒，阳光也不再是正午时那样刺眼，而是渐渐平和下来，暖暖洒在大地上。

林楚莫匆匆走在一条荒芜的小路上，他时不时向四周小心翼翼地查看着，生怕被人注意到。走了一会儿，他看到不远处有一个洞穴，这才松了一口气，走了进去。

洞里的光线并不暗，他看见有一个一身黑衣的男子站在正中央，似乎已经来了一会儿。

"我交给你的事办得怎么样？"那个黑衣人问。

"我已派人去盯着他了，为了怕他发觉，我时常调换人手，防止暴露。"林楚莫说，"但是，他这几日也没干什么特别的，只是常往藏书阁跑，像是急着在找什么似的，但有人问起他，他只说是找些文集，没什么特别的。"

林楚莫想了想，说："我觉得盯着他没什么太大意义，反而浪费人力。我看他到目前为止似乎什么都没察觉。"

黑衣人冷冷一笑说："你是没有必要再盯着他了，因为我所算的时机已经成熟。"

"嗯？什么？"林楚莫有些困惑。

"安冷耀骗的就是你们这种头脑简单的人，你以为他真的毫无察觉吗？他现在也许还有些糊涂，但对于一些事已有了眉目，只差最终的答案了。"黑衣人的话语里满是喜悦。

"眉目？没人告诉过他，他怎么有眉目的？你不是说当年安天阔那些事都被音千落、叶谦他们压下来了，文献也没有记载，他如何得知的？"林楚莫问。

黑衣人轻笑一声："的确如此，除了历代的《魔界史录》，整个藏书阁的文献都没有关于那个人的记录。可有一个人帮了我的大忙，如果不是他自以为透露给安冷耀的信息不伤大雅，我们也不会这么顺利达成目的。"

"你说的帮我们忙的人是谁？"

"君诺尘。"

"什么？"林楚莫一声惊叹，心有不解。

黑衣人已有了几分不耐烦，"你不要问这么多了，现在是我们最好的机会，我已有了一个方法，只要你按我的方法做，就离你登上王位的日子不远了。"

黑衣人说完又对林楚莫耳语一番。

半晌，林楚莫才点点头，随即有些疑惑，"我觉得你对魔界相当了解，你究竟是什么人？"

黑衣人一怔，然后注视着林楚莫，"你想打探我的身份对吗？"他的脸上戴着面具，让人无从知晓他的神态，不过林楚莫从他的话语里就已经听出自己刚刚的话惹他不快了。

"我……我只是一问，你，你别介意。"林楚莫慌忙摆手。不知从什么时候起，他有点怕面前这个神秘莫测的男子。

黑衣人见林楚莫慌乱的神情，像是笑了一下，"你怕我？"

他说着，手放在面具上，"不必紧张，算起来，我们认识也有一段时间了。我相信你的为人，更何况，我想你应该明白我的脾气手段了，所以我还相信你不会陷我于不义。我把面具摘下来便是了。"

那个面具缓缓地从黑衣人的脸上脱落，林楚莫的神情在看到那个人容颜之后，眼睛瞬间瞪得圆圆的，他不敢相信，原来这个人，竟是……

魔界的天空在夜晚总是显得无比神秘。无数颗星星挂在暗色的夜空上，不时泛着阵阵深蓝色的光芒。

越冥一向喜欢这种宁静幽秘的感觉。白天，他要应付各种人与事，得不到片刻放松。只有天黑了以后，他才能有些许空闲的时间。

"冥，我找了你半天，原来你一个人在天台赏夜景。"一个少年缓缓走来。

越冥没有回头，只是一笑，"怎么，有什么事？"

"我只是想告诉你，关于魔界四周的结界……"

"我不是说，按照你的意思来了吗？你就按着你的意思来办吧，我信你。"越冥回答。

少年微微一愣，随即浅浅地一笑，他走到越冥身边，"冥，你当真这么信任我？"

越冥转头看了他一眼，说："我们相交多年，我自然是信得过你的。你今日怎么这么问？这可不像是安冷耀平日里的风格啊！"

"我……"安冷耀一时有些语塞，于是他顿了顿，"没什么，只是……有时候我常会觉得自己欠了你许多。"

越冥微微弯了弯唇，拍了拍自己的脑门，"唉，真是伤脑筋，我真不知该用什么方法才能改变你这种想法。你亏欠过我什么？这几年，你也帮我不少忙不是吗？在魔界，除了你与魔影，我信不过任何人。所以有些事，只有交与你们去办，我才安心。"

安冷耀没有答话，只是抬头望着夜空。自从他因《魔界史录》的只言片语而联想到父亲，他的思绪便开始混乱起来。他有时觉得，这些线索出现是他莫名的猜想，并不是要印证什么，可是，这几天，他又忍不住想了许多。

他回想起藏书阁那些文献，想起君诺尘那夜告诉他的话，想起每当自己问起有关父亲的事时，君诺尘、叶谦似乎总是一副欲言又止的样子。把这所有的事连在一起，他发觉有关父亲的事似乎真的被刻意掩盖了起来。

如果，《魔界史录》那句"曾遇叛贼，故杀之"如他所想的那般，那么，他的杀父仇人不就是……

安冷耀想到这里，打了一个寒战。他转头看着身旁那个眉眼含笑的少年，这个给予了他无数恩惠的男孩，他不会忘记，在许多寂寞孤冷的日子里，都是他们二人之间的友情支撑着自己走下去。

如果没有越冥，他不知如今的自己身处何方，或者是否还安然无恙地活着。如果没有越冥的引导，他不会有资格受到叶谦的教导，不会有如今的地位。他不是一个不知感恩的人，越冥对他的帮助他无以为报。他实在不敢相信，如果有一天，越冥从朋友变为仇人会是什么样子……

"耀，你在想什么呢，这么出神？"越冥见安冷耀一副若有所思的样子问道。

"我……"安冷耀神色有些恍惚，仿佛想要极力隐藏自己内心的想法，"我刚刚只是想时间过得真快，我们已相识这么多年了。"

确实，转眼间，他们都已从稚嫩的孩童变为今天俊朗的少年。

"你还记得我们初遇时的情景吗？"安冷耀问。

"怎么会忘？"越冥一笑，"那可是我不堪回首的往事。我记得那时是我第一次随着父亲上战场，心里特别慌乱，紧张得连法术都使不出，那个时候，恰巧你帮了我……"

"然后，我对你说咱们来一场比赛，看谁消灭的敌人多，激发了你的斗志，与我比起赛来。"安冷耀接道，"如果要让现在的魔兵知道，眼前他们效忠的，威风凛凛的魔王在多年以前是这个样子，不知会有什么感受。"

"啊，耀，我相信以我们的关系，你不会忍心在众人面前揭我的底吧？"越冥揉了揉自己黑色的发丝，眼眸里满是笑意。

"嗯……我考虑一下。"安冷耀佯装犹豫。

"你这是在威胁我吗？"越冥问，"不过，说起那日，要不是你的出现激发我斗志，我也不知现在的自己会怎样。有时候想想，也许世间的一切相遇都是一种缘分吧。"

"是啊，冥冥中自有天意，总有些东西是无法解释清楚的。"安冷耀也不禁感慨。

他回想起这么多年，他和越冥都在不断成长变化着，但幸运的是，他们两人的友情从未改变。那些世俗的钩心斗角、权力名位，都没有玷污这份友情。

他曾经想，他与越冥是身份差距这么大的两个人，怎么可能会成为肝胆相照的朋友，但事实证明友谊可以冲破一切阻碍。他因自小便无依无靠，所以一直把这份友谊视为他内心深处最珍贵的东西，视作他唯一拥有的。越冥大概也无法真正明白他们二人之间的情谊在安冷耀心中是一种怎样重要的存在，想当年，他们二人在神界幻境里遇险，正是这份友谊，伴随安冷耀走出困境。

思及二人的过往，安冷耀心中一动，忽然开口道："冥，你还记得我们当初为取灵芝，在幻境遇险的事吗？"

"记得，怎么问起这个？"越冥有些迷惑。

"当时我问你，你看到的幻境是什么，你一直没有告诉我。你那日看到的东西究竟是什么？"安冷耀问。

"我……"越冥脸色一僵，但那只是一瞬间，他又恢复了往日轻松的口吻，"好几年前的事了，我怎么还会记得那么清楚，我忘了。"

然而，越冥脸色微变的神态到底还是没能瞒过安冷耀。安冷耀明白，越冥并不想告诉自己实话，于是，他也没有再多问。他可以确定一件事，越冥的那个幻境里一定隐藏着什么秘密，而且越冥并不想让他知晓。

如果没有那一天来临，安冷耀想他大概一辈子都会是现在这个样子，他会把越冥当作一生一世的朋友，会用尽全力去守护这段友情。他会努力寻觅父亲过往的痕迹，不论是否会真正了解事情的含义。

多年以后，当他已知道了所有的秘密，真正成为权倾魔界的魔圣后，在一个个夜深人静的夜晚，他常会忆起这一天，颠覆了自己从小到大所信仰的世界的这一天。那时的他，即使已对越冥恨之入骨，却还是忍不住想，如果那一天没有来临，他一辈子不知道真相又如何？至少，他依旧可以做着原本的自己，处事沉稳，不注重名利，虽然执着寻觅着他一辈子都有可能不会得到的真相，但是拥有最为宁静的生活、最为纯粹的友谊。

那天的魔界，如每一个平静的日子，天朗气清，洁白的云朵悠然飘荡在碧蓝的天空上，一切都笼罩在一片安宁祥和之中。

安冷耀查阅史料多日，依旧毫无收获，他渐渐觉得自己心里原本的猜想实在荒谬可笑。单凭《魔界史录》上的那些话与君诺尘所说的话，他怎么就这么单纯地便联想到父亲，他甚至在心里对越冥有过顾忌猜疑。他无凭无据，又有什么资格质疑越冥？从小到大，越冥对他如何，他再清楚不过，他若因那些难以查证的猜想而早早放下这段友情，真的是太不值得了。

所以，安冷耀决定暂时放下这件事，日后有了新的线索，有了确切的方向再说。

这段日子，他为了父亲的事，四处查阅资料，也在不觉间与越冥疏远了不少，他觉得自己有些荒唐。在这六界，若是连越冥这个人都信不过，还要有猜疑的话，他又能信谁呢？

有些事，只要一想通，心情就会变得轻松不少。他记起他们二人似乎有些日子没有比试法术了，眼见今天阳光明媚，倒是个比试的好日子。

他想到这里，不禁微微一笑，想去找越冥切磋一番。

当他路过魔界藏书阁的时候，五六个魔兵正搬着一个大木箱，里面放满了书籍。木箱被塞得很满，几个人一起抬都有点吃力，箱子顶部放着的是一个卷轴，由于里面书籍太多，在搬运时这个卷轴掉了下来。

"哎哟，真是的。"一个魔兵看到掉下去的东西抱怨，"这个藏书阁的书也真多，按魔后的意思清理一些不必要的书本，不知得整理到什么时候。"

"行了，别抱怨了，我们先把箱子放下，把掉落的卷轴捡回来。依我看，大家先休息一下吧。"另一个魔兵说。

几人一致赞同，把箱子放了下来，正当其中一个魔兵要弯腰去捡那个卷轴时，一个人已经先行一步把东西捡了起来。

"魔圣。"那个魔兵看清来人后叫了一声。

"给，这是你们掉的东西。"安冷耀正想把东西递给他们，但他动作忽然一顿，看见这个卷轴似乎是因为刚刚掉到地上的缘故而有点破损，"这里好像有些弄破了，没有关系吧?"

"没事，这些东西本就是要拿出去销毁的，都是有些年头不用的文献了。"那个魔兵解释。

"原来如此。"安冷耀说着，要把手中的东西还给魔兵。

然而，正在这时，他无意间瞥见手里卷轴的几行字，不禁一惊。他拿着卷轴的手有点发抖，向后退了一步，他不敢相信自己的眼睛。安冷耀狠狠握紧了拳头，指甲死死嵌进他的掌心，感到一种前所未有的尖锐疼痛。

只是一瞬间，他的头脑就一片空白，他觉得自己的世界都变得寂静无声了。四周的一切景物四散而去，眼里只有卷轴上那用黑色写的话：公元220年，安天阔拥兵自重，使计激起了神魔两界争端，欲自立为王，被魔王越轩处决，越轩念其养子尚且年幼，不忍杀之，特赦其子安冷耀一命……

"魔圣，您怎么了?"魔兵见安冷耀神色有异，不禁有些担心。

安冷耀回过神，努力使自己保持若无其事的样子，"这个东西……是从哪儿来的，为什么我之前没有在藏书阁见过?"

"魔圣您有所不知，这里的文献并不是所有的都可供查阅，有的是专门由魔后掌管的，只不过她前几日说有些史录因年头久远，不太重要了，才让我们拿去销毁。"魔兵恭敬地解释。

安冷耀也没有再问下去，他知道藏书阁是重地，里面也有一些信息事关魔界兴衰，因此负责这里打扫和守卫的魔兵都不认字，这样魔后才能放心地任由他们出入这间屋子。

他的神情有些恍惚了，其实，若在此时，他仔细看一下魔兵的表情，便会发现他们几个也是神态略有不自然，再加上刚刚那个卷轴从纸张来看，像是新的，根本看不出已有些年头，这一切的发生未免有些蹊跷。

只可惜，这个时候的安冷耀不再像平日里那样心思细腻。的确如此，只要一遇到与安天阔有关的事，他都会失了分寸，更何况，他不敢相信，也无法相信，伴他走过几千个日夜、被自己称作一生一世好兄弟的越冥会是他的杀父仇人之子。

他没有再去理会那群魔兵，而是一路跌跌撞撞回到自己的房间。

安冷耀"啪"的一声关上了房门，禁不住跌在地上。

"不，一定是哪里出错了，怎么会这样？"他喃喃自语。尽管前些日子，他在心里已隐隐约约猜想越冥与此有关，但当真相被揭露的那一刻，他第一反应竟不是对越冥恨之入骨，怨恨自己竟与仇人的儿子做了多年朋友，而是在脑子里极力寻找能为越冥撇清关系的借口。

他痛苦地掩住自己的脸颊，他真的不愿相信这是事情的真相，他们二人的友情明明是那样美好。

"不，我不相信这是真的。"安冷耀痛苦地叫着。

从儿时的初遇，到他们成为朋友，越冥给他栖身之地，再到那个少年一次次护着自己，甚至不惜与音千落对峙……那一幕幕之中，无不是那个含笑的少年，用友情在温暖他原本孤寂冰冷的心。

他从来没有告诉过越冥，这份友情于他有多么重要。在他灰暗的人生里，在失去家庭亲人之后，他所能拥有的温暖光景只有这份友谊。

他曾经凭借着对友情的信念，闯出了神界的那个幻境……

幻境？安冷耀一愣，瞬间想到了那个黑衣人——凉城。他还记得自己与越冥当年尚且年幼，如若那人要杀他们简直易如反掌，可那人终究还是放了他们一马，并且为越冥指明了灵芝的所在……

他忽然想起，多年前自己与凉城在洞穴里的那番对话：

"安冷耀，你既然这么看重这份友情，那么，你会不顾一切地维护它吗？"

"会。"

"你回答得不假思索，难道不曾想过有一天，你的想法会变吗？"

…………

当年并不明白为什么凉城会问他那样的问题，而如今他恍然大悟。那个男子只怕在那时，便已透过幻境知晓了一切吧？

这一刻，他决定再去那个洞穴找一次凉城，他要凉城告诉他全部真相。他这么多年都沉浸在为父报仇、寻觅真相的深渊里，这一回，他要清清楚楚地了解一切，也想要知道，越冥究竟是不是他的仇人之子。

安冷耀没有再耽搁，即刻起程，他没有告诉任何人，而且选择一条荒凉的小路出了魔界。

这几年来，他在叶谦的指导下，功力早已大胜从前，再加上他心急如焚，想要尽快到达目的地，这段原本不短的路途，竟不到两个钟头便走完了。

眼前的洞穴仿佛依旧是当年那个样子，时光没有在这里留下任何痕迹，可物是人非，终究难以寻旧。

他不愿再多想，而是快步进了洞穴。

刚走没有多远，四周便逐渐亮起来，一个黑色的身影站在不远处，正看着他，像是早已知道他要来这里一样。

安冷耀快步走了过去，"凉大哥，原谅我打扰了你。我是安冷耀，你还记得我吗？"

凉城依然是一身黑衣，让人看不清他被黑纱掩盖的容颜，"好久不见。"他轻轻回了一句，语气依旧冰冷淡漠。

"凉大哥，我今天来，是想问你……"安冷耀不由得握紧了双手，他发现，当真相呼之欲出的时候，自己反倒不忍问出口。他有过一瞬间，不禁想，如果揭开谜底，会影响他与越冥的友情，他反而甘愿自己一辈子被蒙在鼓里。他立刻便否定了这个想法，如果他真这么想，那么太对不起死去的父亲了。

凉城看着眼前的人，忍不住一声轻叹："你终究，还是知道了。"

"原来，这一切都是真的，越冥他，他……"安冷耀的话语一时哽在喉咙里，"他真的是我仇人的儿子……杀我父亲的人，就是越轩……"他原本还抱有幻想，以为事情或许还有回旋余地，也许另有隐情。如今，凉城的一句话，浇灭了他所有的希望。

"凉大哥，告诉我这之中的所有事情，好不好？"他恳求道，他不想自己再如一个傻子一般一无所知。苦苦追寻仇人十几年，却始终不知仇人之子就在身边，而且是他最好的朋友。

"我……"凉城有些犹豫，他心里自然明白安冷耀对了解事实的渴望，但他也知道，一旦这个少年明白了一切，那么就真的再无回转的机会了。

"凉大哥，你不要再瞒我了。我的人生到目前为止，已被人瞒了十几年，让我清醒一次吧。"安冷耀轻声说着。

凉城注视着安冷耀，他发觉，这件事确实无法再隐瞒下去了，现在这个孩子已经知道了这么多。自己即便不告诉他这个故事的前因后果，也终究无法挽回局面。

凉城终于还是抬起双手，一个用七星的星光组成的画卷在二人面前缓缓展开，一些人与物浮现在这之上。那些不为人知的前尘往事，在这一刻，随着这个幻境的出现，一一在安冷耀面前重现……

十年前。

那是一个雪雨交加的夜晚，通过狭窄的窗户，外面的闪电忽明忽暗的光亮透过来，照射在这个昏暗的牢房里。安天阔知道，这是他生命里的最后一夜。明日一早，他便要赴刑场。

他不禁一笑，即便此时的他已是落魄不堪，但浑身上下依旧透着一种傲气。仿佛，他天生就该是一个骄傲的王者，而并非阶下囚。

他直到此刻，心里都没有一丝悔意，若是重来，他依然会选择这样一条路。他的人生观念，向来只有一个：即便身后落个惨败，也不要一开始就是一个知足安命的人。

他听着外面雨滴落地的声音，不禁回想起自己的一生。他忍不住苦思，似乎他一辈子都在权位名利的旋涡里拼搏，没有什么是真正值得他开心的事。只是，只有一件事例外，那便是他收养的孩子——安冷耀。明明一开始，他只是想把他培养成自己的得力助手，还有什么人会比自己从小养到大的更让他放心呢？但到后来，他每每看着那个孩童纯洁的笑容竟有些不忍。那样一个唤自己"爸爸"，全心信赖自己的孩子，怎么能忍心将他培养成一个冷酷无情的手下呢？

安天阔生来薄情，世间的情谊从来走进不了他的心，甚至越轩多年以来，不断提拔他，与他谈心交好，他也不过视为逢场作戏。这尘世间，哪有那么多纯粹的感情，大家都不过是在为自己的利益，各取所需。

唯独面对这样一个天真无邪的孩子，他竟真上了心。他真的在不觉间把他视为自己的儿子，给他一切最好的，不肯让他吃苦。安天阔把安冷耀在手心里捧着，纵使他自己身陷权位相争的旋涡里，他依然不忍玷污这个孩童。为此，他不愿告诉安冷耀自己的真实身份，不愿让他过早了解这些名利与权位，甚至不愿过早教他法术，人一旦有了能力之后，总是会身不由己卷入纷争。

安天阔明明是那么一个利欲熏心的人，却养出了一个最天真可爱的儿子。

他这一生，因为追求自己的利益负过许多人，唯一没有亏欠的人，大概就是他的儿子安冷耀了。幸好前几日在牢房里，他还是见了儿子最后一面，那么自己便是没有遗憾了，只是不知安冷耀日后会不会被牵连。

想到这里，他忽然听到外面一阵脚步声响起，紧接着牢门被打开，一位气质非凡的俊朗男人站在门口，他身材高大英挺，举手投足间有一种天生的贵族之气。

"越轩，如今你已是稳居高位，又来看我这个将死之人做什么？"安天阔对那个男子说。

越轩缓缓走到他的面前："我们好歹相识一场不是吗？我这个人可不像你那么没有良心。"

安天阔冷哼一声，"越轩，你在我面前还有什么可掩饰的，你来见我，不过是想来看我的笑话。如今你赢了，你自然开心。但是，我要告诉你，如果没有人为你通风报信，你不见得是我的对手。"

他承认自己确实棋差一着，千算万算，还是没有想到自己的心腹林云叶竟是越轩的眼线。

越轩一笑，开口道："天阔，我不得不承认，你是我所碰到过的最强大的一个对手。确实如你所说，如果没有他，我不见得有把握胜你。不过想来，这也是我当年埋下的祸根，若我那年没有救你，让你成为我的手下，大概也不会发生这么多的风波。"

"那又怨得了谁？越轩，从我们相识的第一天起，我就告诉过你，我不甘屈居人下，可你不信凭我一个身份低微的人，在这里会闯出一番名堂，你永远那么胸有成竹，认为这六界中没有任何人可以威胁到你。但是越轩，你不得不承认，我确实让你感到了危机。"安天阔说。

越轩没有否认，因为安天阔所说的一切都是对的。他在当初，怎么也不相信，那样一个一无所有的人会有什么大作为。

"你说得对，你是我今生最大的对手。"越轩说，"但难道我们相识这么多年，除了彼此之间名利相争就没有什么其他的东西吗？"

安天阔像听到什么天大的笑话一样大笑起来，"越轩，我们之间除了彼此算计还能有什么？你少时对我有救命之恩，我多年在你手下做事，也算为你处理了不少政务，算是还清了吧？还是……你认为我们之间会有友情的存在？"

越轩看着面前的男子，没有答话。这一刻，他不知道为什么会问些那样的问题，或许，他也在期待着这个与他相争多年的人可以给自己一个想要的答案。

"越轩，你不会告诉我，你其实在心里已把我当朋友了吧？"安天阔见那人默然不语，不禁反问，"这可实在不像你堂堂一界魔王会干的事情。事情到了今天的地步，我们之间的纷争有目共睹。是你把我囚在此处，夺走了我这么多年的心血，又在这里假心假意地与我提什么友情！"

越轩沉默片刻之后，说："对，你说得对，我们之间除了钩心斗角，还会有什么？还能有什么？"他分不清自己此刻究竟是什么样的心情。与一个人朝夕相处十几年，他们即使彼此相互提防，却也是在一次次试探中，成为最了解对方的人，或许比世间的知己都要了解彼此。

安天阔听了越轩的话，不知为何，微微一怔竟也不知该说些什么。

窗外的大雨依旧没有停歇，电闪雷鸣似乎充斥了整个世界。

良久，越轩轻启双唇："这是我们今生所见的最后一面，若有来生，但愿我们不要再相遇。那样，或许对谁都好。"他说着，向门外走去。

"越轩，我想请求你看在我们相识一场的分儿上，答应我一个要求。"安天阔终于还是忍不住放下一切自尊与骄傲，对那个打败他的人恳求。

越轩脚步一顿，没有答话。

"请饶我儿子一命。"

越轩没有回头看安天阔，只是对着前方，说："你忘了，我说过，我没有你那么狠心。"

他说着，走出了牢门，门立刻被关闭起来。

安天阔靠在墙上，只觉得他走过的一生都像是一场笑话。从少时与越轩的初遇，到他在魔界里周旋在名位之间，再到如今……

虽然，他永远不会真正认输，但他明白，他这一路走来，到底什么都没有剩下……

安冷耀目不转睛地看完了整个故事，他不知在何时早已泪流满面。他犹记儿时，父亲明明是那样强大的存在，最终却落得如此下场，都是越轩，是越轩害得他家破人亡，害他失去了唯一的亲人。自己竟与那人的儿子做了十年的朋友！

他无心去揣摩当年的越轩是否也曾经把安天阔视为朋友，他只是看到了一个事实：杀他父亲的人，就是越轩！

"我会报仇，我会报仇！"他大声喊着，甚至让整个洞穴都因他的声音而震动起来。

凉城见安冷耀如此模样，到底还是心有不忍。想他一生孤傲，很少欣赏过什么人，可多年前，见到年仅五岁的安冷耀凭着自己的信念冲出幻境，并不顾一切救自己的朋友越冥，他便不禁被震撼。

"我那时没有告诉你这件事，就是不想你变成这个样子。"凉城轻声说。

"但凉大哥，你能想象，当有一天你知道你最要好的朋友是你的杀父仇人之子，你心里会有什么样的感受吗？这些年来，我为寻真相，不知想过多少办法……但到头来，却发现仇人一直都在身边……越冥，我一直把他视为我唯一信任的人。他虽为魔王，却与我心心相交，见我身世飘零，不知自己的生辰，便把他的生日也作为我的生辰……我感激他，也觉得对于他对我的情谊，此生无以为报。但是，原来这一切都是假的！"安冷耀说着，眼泪又流下来。

他想，即使凉城善读心，也无法体会自己心底深处的那种绝望，这就好比，一直以来倾尽全力珍惜的东西，到最后却恍然发觉，一切的悲剧都与它相关。

不过，他也终于明白，为什么音千落对自己百般顾忌，与越冥几次发生口角。是啊，他的父亲被冠上叛贼之名，音千落怎么会允许自己的儿子与他这个叛贼之子交好？

想到此处，安冷耀心中的百般情意瞬间化为了浓厚的恨意。想他这么多年以来，在魔界受尽冷眼，任何一个人都可以轻视他，即便是他今日被封魔圣，他明白，依然有人对他的出身嗤之以鼻。面对这些，他都默默忍受，不愿多言，因为他曾那样执着地认为，今生拥有一份真挚的友情足矣，他为此愿忍受所有的冷言冷语。如今看来，自己多年以来的逆来顺受，实在可笑！

什么友情，什么朋友，到头来，都不过是一场闹剧！或许，或许越冥早已知道一切，只是一直装作不知情的样子，假意与他成为朋友，其实是在看自己的笑话……

"你那个朋友越冥和你一样，都是不知情的。"凉城读到了安冷耀内心的想法，"我知道现在劝你什么也是枉然。我只想告诉你，越冥他对过往毫不知情，他待你一直都是诚心诚意的。"

安冷耀没有说话，只是沉默着。

"况且，那些前尘往事已过多年，恩恩怨怨不必再延续。安冷耀，你的父亲当年的确是设计引发了神魔两界的交战，那次大战，两界都损失惨重，神界的守护者言亚心，更是在与邪魔交手中丢了性命。你的父亲，引起了两界的一场浩劫，所以，越轩一怒之下，不得不下令处决他……"凉城解释。

"我不相信我的父亲是叛贼！"安冷耀忽然打断凉城的话，"他只是想要强大一点，他只是……"在潜意识里，他大概也明白安天阔在某种意义上是错的，但是，在亲情面前，一切的错对都毫无意义，他的心里只想维护自己的父亲。

"安冷耀，你这是在自欺欺人吗？"凉城冷冷地问，"善恶有报，安天阔害得神魔两界不得安宁，本就当诛。你虽是他的儿子，也不能是非不分。"

"是非不分？世间哪有绝对的错与对？今天，我站在我自己的立场上，难道要我笑着说我父亲是果真当诛的？我既是他的儿子，便不可能对这一切视而不见！想来我竟糊涂了这么多年，与一个杀父仇人的儿子做了十年的朋友，真是可笑至极！"安冷耀大声说着，双眼都因情绪激动变得通红，"但现在，我明白过来，便要不惜一切为父亲报仇！"

"你想做什么？越轩已经死了，你要从越冥身上讨过来吗？安冷耀，你扪心自问，越冥从你们相识那一天起，可曾亏欠你什么？恰恰相反，他帮了你那么多。为了上一代早已掩埋在过往中的恩怨，你便要放弃眼下的友情？"凉城问。

其实，他想不到，今天的自己竟会这样劝诫一个魔界的少年。这么久以来，他早已不问世事，因为他善读人心，对于世间的恩怨都看得太过透彻。久而久之，有了一种疲惫之感，不愿理会外界的纷争。

现在，他居然也会这样劝一个人。或许，他也不愿看见那样一份原来不掺世俗的友情支离破碎。

"我……"安冷耀一时语塞，他的脑海里不断上演着父亲的死和与越冥相交时的画面。事情到了今天这个地步，他到底也是有些茫然，不知究竟在恩与怨之间如何选择。

想来，这世间的恩怨纠纷本就不在少数，但要真正面对这些爱恨之际，有时候还是难以分清它们的界限……

安冷耀不记得自己究竟是怎样回到魔界的。自从知道真相的那一刻起，他的心里一会儿充满了对越冥的恨意，恨他的父亲越轩杀死了自己的父亲；一会儿，又不禁想起他与越冥相处时的情景。

安冷耀毕竟不是一个心狠的人，虽然他十分想为父亲报仇，可他也明白越冥对自己的好。越轩已故去，按理来说，他真正的仇人早已不在人世，可一想到越冥是越轩之子，他又不知不觉地把那些恨转移到越冥身上。

魔界的天空早已被金黄的晚霞布满，天边微微泛起深蓝色，预示着黑夜即将来临。这一天于他而言，像是一个世纪那样漫长，因为在这一天里，他发觉自己多年以来所信奉珍惜的东西都被一一颠覆了。

他一个人伫立在一片树林里，仰头望着天空，努力使自己的思绪变得清晰一些。

"好巧，我们又见面了。"一个女孩银铃般清澈的声音传来。

安冷耀循声一看，原来是几天前在悬崖边上遇到的蓝发女孩。

"你怎么还在这里?"安冷耀问。他上一次就从这个女孩身上的气息辨认出她是神界的人。他以为，她只是一时大意误入魔界，应该很快就会离开，但没想到今天又在魔界遇到她。

"我……"少女眨了眨眼，像在寻找一个恰当的理由。

安冷耀见她似有难言之隐，倒也不愿过多追问，打探别人的事本就不是他愿意做的，但还是对她说："我知道你是神界的人。上次在山崖边，有魔兵过来，我掩护你离开是因为看你孤身一人，应该不是什么心怀不轨之人。可我今天看到你的样子像是始终都躲在这里，不愿离开，我不得不怀疑你的动机。"

少女急忙摆手以示清白，"我真的不是想做什么危害魔界的事……我只是……哦，对，是因为我从出生就一直被哥哥禁止去别的地方，我每天都待在家里，有点厌了，想看看外面的世界是什么样的，所以我趁他们不注意偷跑出来了。"

少女说完，见面前这个人只是注视着她，没有说话，那目光仿佛可以看透一切，她不由得有点心虚。

"无论你说的真假，我只想告诉你，神魔两界关系如何，我想你应该清楚。如果你在这里的行踪被其他人发现，我不敢保证会发生什么，你好自为之。"安冷耀本就心里烦乱，也不想与一个女孩在这里多言，于是说完这些话，他转身便要离开。

少女见他要走，急忙挡在他面前，"对了，你上次帮我，我还没有好好谢谢你。而且，我还不知道你的名字。"她生性单纯，虽然她之前在神界也听说过魔界里的人有多么险恶，可对于这个帮助了她的少年，她的心里只有感激。

"我们素不相识，我为什么要告诉你?"安冷耀冷声问。

"我们这不就认识了吗? 就是一个名字而已，那么小气做什么? 难道你没有吗?"少女笑嘻嘻地问道。

"你就当我没有吧。"安冷耀实在不想与一个陌生的人过多纠缠。

少女眼珠一转，忽然想到了什么，"没有也没关系，我给你起一个……不过，该叫你什么呢？"她说着，居然真的仔细思索起来。

"你人看上去这么冷……不如，叫'正古漠'怎么样？"幻冰打了个响指问。

安冷耀不愿多言，平日里在魔界，他早已见惯那些沉稳内敛的人，今日见这个神界少女一脸率直灵朗，心里有点厌烦她的"自来熟"。

少女仿佛没有看见安冷耀脸上的冰冷，继续说："我叫幻……我叫冰荧，你以后叫我冰荧就好。"

安冷耀不想再去理会她，推开了她伸过来要握手的手，从她身边走了过去。

那时候，他还不曾想过，很久之后，"冰荧"与"正古漠"，这两个名字对他会有怎样的影响……

少女见他冷冰冰推开自己走进了树林，心里有些沮丧，明明自己是一番好意想交个朋友，反而受到这样的拒绝。她在魔界东躲西藏这么久，都没有一个人可以和她说话。时日一久，她就觉得有点孤单，但为了自己想要的东西，她不能放弃。

她深深吸了一大口气，想要振作起精神。

这时，她听见一边的树丛里一阵轻微的细响，紧接着有一个人影出现在她面前。她心里一惊，担心是魔界的人，若被他人发现，自己的身份就会引起一场风波，弄不好还要波及神界，她不能再惹麻烦了！

少女见那个人已一步步向自己走来，她不禁暗自在手掌中凝结灵气，心想如若不行只好与对方交手。

"幻冰！"那个人忽然叫道。

少女一愣，与那个人接近后也不禁惊讶地说："凌光哥，你怎么在这里？"

凌光上前一步，把手搭在她的双肩上，"幻冰，你一个人来这里知道有多么危险吗？灵夜和你哥哥包括欣文雅都找你找得快发疯了！"

幻冰目光一黯，低下头小声道歉："对不起，让你们担心了。"

"先别说这么多了，总算找到你了。魔界实在不是个安全的地方，我们赶快离开这里，你哥哥急着要见你呢！"凌光说着便要拉着她离开。

"不行，我现在不能走。"幻冰用力甩开凌光拉着她的手，"我要给哥哥寻找治疗眼睛的药方。"

"你怎么找？你别忘了，这里是魔界，而你是神界的人，你来这里久了别人察觉怎么办？幻影的眼睛灵夜会想办法治疗，我们大家都会尽力帮他。现在，我们最担心的反倒是你，你留信出走，你哥哥都要急疯了，整日担心你的安全。"凌光试着劝她。

幻冰一阵沉默，从她决心出来为幻影寻找治愈眼睛的药方开始，便料到会有今天这个局面，会让所有人为她担忧，但她还是这么做了。也许，她这么做很自私，让众人全都陷入牵挂自己的困境里，但她实在无法看着幻影处在一片黑暗里。她早已发誓，今生今世，踏遍天涯海角都要寻得治好哥哥眼睛的方法！

"凌光哥哥，对不起。但是，我真的不想见哥哥陷在失明的痛苦里，我要帮他，所以，我现在不能和你回去。"幻冰轻声说。

"幻冰，你的心情我也能理解，但你一人在魔界太危险了，不如我们一同回神界，大家一起找出治疗幻影的办法。"凌光对幻冰说。

幻冰摇摇头，"如果真的有办法，灵夜哥哥就治好他了，更何况连神司离茉雪都找不出治疗的方法。凌光哥哥，实话告诉你，我今天这么坚决不与你回去，是因为我前几日趁魔界的藏书阁被打扫清理，人多杂乱时借机跑进去一次，我在那里找到了治疗的方法。这个方法，只有在魔界才可能实行，所以，我要留在这里一段时间。"

凌光一怔，忙问："什么方法？"

幻冰小心地向四周看了看，确信无人之后，才小声在凌光耳边说出："魔王鲜血炼成的丹药，这是唯一的方法。"

凌光瞬间瞪大了眼睛，"你如何才能接近魔王，取得他的血？这个解法根本不可能实行。"

"为了哥哥，无论什么方法，我都甘愿一试。"幻冰坚定地说。

"你不要再傻了！你要的可是魔王越冥的鲜血，先不说你有没有机会接近他，就算你有这个机会，你要怎么做？你告诉他实情？你认为以神魔两界的关系，他会救你哥哥吗？你若不说，强行与他争斗取他的血，你觉得我们会是他的对手吗？如若你为此发生什么意外，你让你的哥哥在余下的人生里怎么过？"凌光低声对她说。

"但我也不能永远躲在他的背后！"幻冰忍不住大声说，"从小到大，我一直是在他的羽翼之下。以前，他为保护我而受伤说没关系，为让我吃饱而挨饿说没关系，为我而伤了眼睛还说没关系……但对我而言，他再在我面前怎样逞强说无事，都掩不住他失去光明的那种悲伤！我总归要长大，不能让他一辈子护着我。更何况，他本就是为我才中了魔界人的法术！这一次，我要弥补我犯下的过错，倾尽所有也要让他重见光明。否则，连我自己都看不起我自己！"

凌光看着她，深知再无法劝得了她，但他还是忍不住说："依我看我们不如先回神界，把这一切都告诉灵夜，看看他的意思……"

"不要。"幻冰马上制止，"凌光哥哥，这正是我想告诉你的，不要告诉他。我知道他与我不同，我只需考虑我的哥哥，而他要考虑整个神界，我不想让他为难。你不要把我的行踪告诉任何一个人，哥哥他们若是问起，你就说还在找我，千万不要让他们知道我的踪迹，否则他们一定会想方设法让我回去。"

"可是……"凌光仍然充满担忧。

"凌光哥哥，你放心，这几年，我也跟着文雅姐姐学了不少法术，也许无法和你们这些高手比，但万一发生什么，自保也是不成问题的。我向你保证，我会努力让自己安全。"幻冰承诺。

"但你一个人……不如我与你一同留下，也好有个照应。"凌光提议。

"不必，这种事本就隐秘，我一个人也好全身而退，你不用担心我。"幻冰说。而且，她也不想再把凌光牵扯到这样危险的事里。

"但越冥可不是容易对付的，你要接近他就已经很困难了，何况要取他的血。"

"接近他确实难，但我想，总会有办法，天无绝人之路。"幻冰一笑，"好了，你就不要为我担心了，既然我选择来这里，就一定有所准备了。天色不早了，你先回去吧。"

凌光知道自己再难以改变她的想法，只得说："好，那我先走了。如果有机会，我会来看你的情况。你这里，如果遇到什么困难，随时联系我。"

"嗯。"幻冰笑着点头。

她站在夕阳里，对凌光挥手道别，霞光为她披上了一层金色的外衣，美丽得像一个不染尘俗的仙子，转眼便会消失得无影无踪。

那时的凌光，若是能预知幻冰的结局，不知是否会后悔当时的决定……

自从安冷耀知道真相后，他觉得过去的短短几天，像漫长的几个世纪。他的心一直在杀父之仇与越冥这么多年以来待他的恩情之间辗转着。

他也发觉，当天他在藏书阁看到的那个卷轴也过于巧合，记得当时那几个魔兵说这些东西都是存有年头不再重要，要去销毁的，可是那卷轴纸质明明是崭新的，甚至还可以闻出墨香来，怎么也不像年头已久。更何况，他之前在藏书阁为寻真相已仔细找了几遍有关他父亲的资料，都没有发现，怎么那天就那么恰好被他撞见了呢？

他虽知这一切事情蹊跷，却也不屑在这上多花心思，因为通过凉城，那些过往已被证实，越轩杀他父亲的真相已经明了，至于他是如何恰巧看到卷轴了解到真相的过程已不再重要。

在他的心在恩怨之间摇摆，还未确定下来之前，他不想与越冥有过多接触。现在见到越冥，心只会更乱。所以，连续这几天，越冥找他比试法术的时候，他都派人谎称身体不适拒绝了。

在近一段时间里，越冥也无心过多找安冷耀，因为音千落的寿辰快到了。每年这个时候，越冥总是亲手操办，不借他人之手，所以一时之间，他也顾不得其他。

安冷耀坐在自己房间的椅子上，拿起桌前的茶杯轻抿了一口，然后缓缓吐了一口气。他真的不知道，现在的自己该以什么样的姿态去对待越冥。

"小耀。"一个温和好听的声音传来。

"诺尘哥。"安冷耀笑了笑，看着那个一身白衣的俊美男子从房门外走进来坐到他面前。

"我听长老说这几日你练功时常分心，状态不是很好。他有些担心你，让我过来看看。"君诺尘拍了拍安冷耀的肩膀，"怎么，有什么困难需要我帮忙吗？"

安冷耀脸色微微一沉，他知道关于他父亲的事目前还不便告诉他人。而且，根据以往的情况，他想君诺尘和叶谦都是知情的，却并不愿让自己知道，以此看来，他现在更不能让他们知晓自己知道了一切。

"没什么，诺尘哥，可能是最近有些累了，休息几日就会好了。"安冷耀回答，他说这番话时，脸色正常，并无什么异样。

君诺尘温声说："既然累了，就好好休养一阵吧。你先前在牢里待了一阵，身体本就未完全复原，凡事都要注意劳逸结合。"

安冷耀看着面前男子那样温柔亲切的神情，心里一动，不禁想这些人明明待自己这样好，君诺尘把自己视为亲友照顾关心着，叶谦传他法术，但他们为什么都要瞒着他有关父亲的事？

"诺尘哥，我……"安冷耀一时之间竟有一种想要问清一切的冲动。

"嗯？怎么了？"君诺尘浅浅一笑，问。

"我……"安冷耀一时语塞，不行，他怎么能这样轻易地便去寻问。

"对我你还有什么说不出的吗？"君诺尘轻声说。

"不是，只是……诺尘哥，世间有那么多的爱恨纠葛，恩恩怨怨，我们，该如何区分？"安冷耀问。这些日子以来，他反复在想这个问题。

君诺尘一时有些愣住了，因为他想不到安冷耀为什么会问出这个问题。

"小耀，发生什么事了吗？"君诺尘带着点试探的语气。

"不是，只是有时候总在想无论我们多么强大，也总是难以做到真正的逍遥自在，总是会有意无意地陷入一些恩怨纠葛之中。"安冷耀忽然间有些感慨。

君诺尘轻叹一声，说："因为无论是多么强的存在，无论是平凡的人类或神魔，说到底，也都有着自己的七情六欲，嗔恨贪念，而这些的源头，大多是来自人与人之间的利益纷争，有纷争就会有恩怨纠葛。这些，都是逃不掉的。"他走过了数不清的岁月，对于六界中的恩怨相争，早已看得太多太多。

"这么说来，只要踏入红尘，无论是谁，都难逃这些爱恨纠纷，是吗？"安冷耀低声说，他像在询问却又像喃喃自语。

"也不尽然。"君诺尘一笑，"世间也有许多东西，要比这些纷争重要得多。总会有人，为了守护这些东西，愿意去化解心中的恨或是怨。"

是吗？安冷耀在心中问自己，如果选择与越冥的友谊，他便必须放下那些前尘往事，如果选择自己的父亲，那就要不惜一切，甚至与越冥决裂去为父报仇。可是，这二人一直都是他最为珍视的，舍弃谁都不是他的本意。

君诺尘见安冷耀一副若有所思的样子，继续道："其实最重要的，是遵从自己的内心，有些选择，没有绝对的答案。至于恩与怨也没有绝对的界限，要区分它们，唯有听从自己心底的声音。"

安冷耀不禁茫然，这么多日子以来，他想了那么多，唯独忘了聆听自己心里的声音。他不禁问自己，他真的甘愿舍弃这份陪伴了自己多年的友情吗？

与越冥相交的画面浮现在眼前，何况越轩已死，那些前尘往事早已如风而去，他真的要为了那些过往舍弃现在他交了近十年的朋友吗？

世间的一切都在不断变更着，唯有时间，不论发生什么，它永远以一副最为平静淡然的姿态静静流淌着。转眼之间，音千落的生辰如期而至。

这一天的魔界万分热闹，即便音千落一再对越冥强调她的寿辰不必太过张扬，但越冥仍是精心准备，从清早开始，魔界到处张灯结彩。

这是音千落的百岁生日，其实对于魔界的人来讲，这样的年龄实在算不得什么。他们天生身怀魔力，再加上自身不断修行，他们几乎拥有数不清的岁月。对于他们而言，年轻的容颜、无尽的寿命，一直是引以为傲的资本。

越冥心知自己的母亲过寿不喜太多人庆贺，所以在晚宴的时候，他只安排了一些与母亲素来交好的人参加，当然，叶谦、君诺尘、安冷耀，也都受邀赴宴。

安冷耀的地位今非昔比，再不会被放到不起眼的角落受人冷眼，他现在既被封魔圣，又深得越冥的信赖，无人再敢对他冷眼相看。纵是在座的人心里对他有些不服，但碍于他的身份，也自是不敢多言。

"今天是我的生辰，晚宴请的都是平日里的友人，大家也不必太过拘束，就当是普通的家宴就好。"音千落笑着端起酒杯，"在此，我先干为敬。"说着，她一饮而尽。

今夜的她身着一身淡紫色的长裙，显得雍容华贵，平日里的威严削减了不少，在这样的夜晚显得越发美丽动人。

众人见她这样说，也都慌忙端起酒杯回敬。

越冥坐在音千落右侧，他看着自己的母亲，笑着起身端着杯子敬她："妈妈，我愿您年华永存，风采依旧。以前，我顶撞过您，在这里向您赔不是。您对我的牵挂与期望我都明白，我不会辜负您的。"

音千落怔了怔，随即抿嘴一笑，"越冥，你长大了。"她说着，眼里闪出欣喜的泪光，没有什么语言可以比得过自己孩子的祝福更让一个母亲欣喜。

这时，君诺尘也从众人中走到音千落桌前，他一手拿着酒杯，一手还拿着一个白色的盒子，"今日是您的生日，我祝愿您'福如东海，寿比南山'。想来魔后大概什么也不缺，但我还是选了一份礼物以示敬意。"

他说着，把手里的盒子放在音千落面前，"这是我这些年在外寻到的千年灵丹，生长在极寒之地，八千年才可成形，服用之后有提升修为、增加法力之效，甚至可在危难之时保住一命。"

音千落打开盒子，里面顿时金光闪现，她有些惊讶，想不到君诺尘会送她这样万年一遇的极佳补品。

"这么好的东西给我，你不会后悔吗？"音千落问道，带着些许玩笑的语气。

"怎么会？"君诺尘温声说，"魔后喜欢就好。"

音千落收下盒子，敬了君诺尘一杯酒。这些年来，碍于君诺尘与安天阔交好，一直对他放心不下。他自从回到魔界，也帮着打理不少事，他生性淡雅温和，名利从不放在心上，再加上叶谦对这人的一再肯定，她也渐渐觉得曾经的自己或许过于敏感。如今，她都已承认了安冷耀的存在，并默许越冥封号，过往之事也不必总记挂于心。

此时，安冷耀在众人的目光里缓缓走上前来。

"魔后，今日是您的生日，我没有诺尘殿下那样精美的贺礼，只有一个小小的表演献给您，希望可以博您与在座诸位一笑。"安冷耀说。

接着，他十指相对，顿时无数七彩斑斓的光芒从他周身涌出向殿内的四面八方飞去。那光束汇在半空中，形成一个光球，那光球汇聚到一定程度忽地炸开，刹那间，光点在空中像是烟火一样绽放。妙的是，它们所落之处都被染上了美丽的色彩。

最后，那些光芒又重新集在一起，拼成了一行字"羡世间自有仙丹妙数，满鬓朱颜添春秋"后，渐渐变暗，直至透明。

场面一片寂静，越冥最先缓过神，带头鼓掌，紧接着如潮水般的掌声与称赞声向安冷耀涌来。

"谢谢大家。"安冷耀弯下腰鞠了一躬。

"这还是我第一次看到这样的表演。用法力比试我看了太多，但你这样巧妙地用自身的法术编成这样一个美妙的节目我还是第一次见。"音千落话中颇有称赞之意。

"魔后喜欢便是最好的。"安冷耀不卑不亢地说。

"我今天才算明白为什么我身边总有人为你说话，你的确是个有才能的人。"音千落看着他说。这是十几年以来，她第一次正眼看安冷耀，也确实在不觉间对他有了好感。

越冥在一旁见自己的母亲总算可以平心静气地同安冷耀交谈，心里也暗自开心，说道："所以妈妈，你这回总该相信我交的朋友不会差吧？"

音千落对越冥笑了笑，那笑容里终于没有了往日谈及安冷耀的不快。

"对了，耀，前些日子你说身体不大舒服，现在怎么样，恢复过来了吗？"越冥关切地问。

"已无大碍，"安冷耀回答，"我想马上又可以与魔王比试法术了。"他说这番话时，心里再没有了那些恩怨纠纷，至少在这一刻，在想了那么久爱恨后，他只想选择现在的友情。

越冥弯了弯唇，正想再说些什么，忽然大殿的门一开，一股异风涌入，卷落了室内的火烛，周围瞬间一片漆黑。

场面不禁有些失控，大家谁也想不到会发生这样的情况。

黑暗中一切都模糊不清，音千落只觉得右臂一痛，竟然一时没有注意，被人划了一刀。幸好她多年磨炼，即使在黑暗中也可以处变不惊，保持最为清醒的状态。她发觉身边有生人，一个闪身，又躲过了那人的一刀。

"妈妈！"越冥觉察出一边的音千落有危险，想要过去帮忙，但在这时，一大股刺鼻的气息涌入他的鼻腔。他心里暗叫不好，但终是吸入了一些，顿时感到四肢无力。他知道，这种烟但凡吸入一点，便要等半天才能恢复体力。

越冥听见其他人也都是发出虚弱无力的声音，心想大家大概都中招了。

音千落也吸入了一点烟雾，觉得四肢乏力，心想那个人若借现在的机会取了她的性命，她根本没有反抗的余地。那个人对着她连刺了几刀，她努力闪躲，但还是受伤了，好在伤口并不是要害之处，只是流了许多血。

223

卷三 恩怨难分

越冥听见母亲痛呼的声音，心知不妙，他强撑着身体，暗自发力，尽力在掌心凝成一个光球，凭着自己的听觉，找到了那个人的位置，狠狠地向他击去。

"啊！"一声痛呼，那个人似乎被击倒在地。

越冥赶忙又挥了一下手，殿里重新充满了光亮。

他一个箭步冲上前去抓起倒在地上的人的衣服，那个人脸上被一个纱巾围着，越冥扯下纱巾，想辨认对方的身份。

"魔王请饶我一命，我……我是受人指使的！"那个人见面目已暴露，不禁哀求道。

"怎么会是你？"越冥在看清那人的容貌后也是一惊。这人名叫琪悠，是安冷耀身边的侍从。

"我……"琪悠的眼神有点躲闪，他看了一眼不远处的安冷耀，忽然喊道，"魔圣，我遵从你的命令办事，现在出了状况，你要为我说情啊！"

音千落一惊，按着自己的刀伤，走上前质问："你说这话什么意思？"

"魔后，这一切，都是魔圣指使我干的。他要我在晚宴行刺您，想引起魔界动乱，趁机夺得权位！"琪悠说。

安冷耀怎么也想不到事情会变成这样，他没有干过这件事情，但为什么他手底下的这个人会堂而皇之地陷害他？

"我什么时候给你过这样的指示？你在说谎！"安冷耀矢口否认。

众人见此情景，一时间有些动荡，人群中有不少人在窃窃私语。

"安静！"越冥冷冷地开口，他见场面平静下来，又对琪悠说，"口说无凭，你有什么证据说是魔圣指使你的？"

"我……没有。"琪悠说，"但是魔王，我不过一个侍从，有什么胆子敢在这里诬陷魔圣？如果没有他的传令，我怎么也不敢做出这样的事啊！"

这时，音千落忍不住深吸了一口冷气，没想到这伤口还划得很深，大概伤到血管了。

越冥见状急忙扶着母亲，向她的伤口处输了点自己的内力帮助缓解疼痛并止血。

音千落缓过神，冷声叫道："来人，把刚刚行刺这个人与安冷耀都抓起来。"

她话音刚落，几名士卒便冲了进来，抓住了安冷耀与琪悠。

"他说的都是假的，我没有下达过这样的命令。"安冷耀试图挣脱士兵对自己的控制，饶是他平日里再沉默寡言，此刻也不得不为自己辩解。

越冥皱了皱眉，对音千落说："母亲，在事实查清之前，我们不能冤枉了耀。"他想起上次念初的纵火之事，让安冷耀在牢里受了不少苦，如今他不能重蹈覆辙。

"越冥，你还在为他辩护？"音千落冷声说，"他要伤的人，可是你的母亲。"

"但我们现在没有证据证明是安冷耀所为，琪悠不过是个士卒，他的话可信度有几分，我们还要查证一番。"越冥说道。其实，即使没有证据，他也相信安冷耀的为人，这是朋友间最起码的信任。

正在此时，安冷耀忽然猛地挣脱了抓住他的士卒的束缚，他抬手一掌打在了士卒的胸口处，那个人当场一口鲜血喷出，坐在了地上。

安冷耀脸上显现出了淡淡的杀气，那杀气像文身一样，逐渐在他的身上蔓延，若隐若现，他觉得自己的体内像有什么不受控制的力量一样，他想要摧毁一切。

"啊！"安冷耀大叫着张开双臂，与此同时，他的周身焕发出了一大股乳白光束，那些光束所到之地都是一片狼藉。

"快抓住他。"音千落大声说。

这时，一个白色的身影以飞快的速度接近安冷耀，在他的腋下三寸处点了一下，他瞬间像失了力气般瘫倒在地，失去了知觉。

"他入魔了。"君诺尘在制服了安冷耀后转身对音千落解释，"好在入魔尚且不深，而且及时制止住了，不会有性命之忧。"

魔界的人最忌惮入魔，一旦入魔便会激起他们嗜杀的本能，而且会有性命之忧。

越冥有点不解，无缘无故，安冷耀怎么会入魔？难道……

"先把他们二人关押起来。"音千落说道，"无论如何，眼下这二人都是危险分子，不能大意。"

"等一下。"越冥制止住正要动手的魔兵，转头对着母亲，"依我看，此事蹊跷，不能只凭表面而下决定。魔圣入魔之由有待审察，而且入魔之后不宜沾染风寒，不如先让他在自己的住处待着，等我们弄清这一切再做定夺。"

"但是……"音千落有些迟疑，她对安冷耀始终放心不下。

"魔后，越冥的话有理，毕竟我们没弄清真相前，也不好冤枉了他人。"叶谦也在一边说。

音千落正要再说些什么，她突然觉得一阵眩晕，险些跌倒在地，多亏越冥眼疾手快上前扶住了她。越冥见她脸色惨白，心里有种不好的预感。若只是受了刀伤，那么他刚刚已输了真气平复，应该不会再有大碍，但妈妈这一切都不似表面那样简单……

越冥来不及多想，急忙唤手下把音千落送回住处，并让魔医赶过去医治自己的母亲。

"诺尘哥，我要去照顾母亲，麻烦你帮我去看看耀的情况。"越冥走上前对君诺尘说。

"嗯，你放心，我会照顾好小耀。"君诺尘沉声答道，随即他又有些担忧，"你刚刚也吸入了那些迷烟，也要注意身体。"

"我的身子并无大碍，不必担心。"越冥笑了笑。

紧接着，他不敢再耽误，随着母亲一同回到她的住处。

过了一会儿，魔医也匆匆赶来。医生在为音千落诊断之后，脸上有些凝重。床上的音千落已陷入昏迷，冷汗不断地从她美丽的脸颊上滚落。

越冥在一旁不禁为母亲担忧，他在心里暗暗祈祷，愿她平安无事，但在看见那个魔医凝重的神色后，心下一沉，似乎明白了什么。

"魔王，魔后她……"魔医一时之间有些难以开口。

"你但说无妨，我要知道真相。"越冥沉声说。

"魔后中了'百灵散'！"

"什么？你确定吗？"越冥有点难以置信。他虽知母亲这个样子大概是中了毒，想必是琪悠在刺伤她的刀子上动了手脚才会如此，但在他意料之外的，是这"百灵散"为神界的东西，怎么会落入魔界琪悠手中？

"我不敢欺瞒魔王，这'百灵散'是神界的秘药，但凡人沾染上半分便会有性命之忧……"魔医的声音也在不觉间有些颤抖。

越冥走上前去，看了一眼昏迷中的音千落，他的双手紧握成拳，"眼下有什么办法可解这种毒？无论付出多大的代价，我都要保魔后的性命。"

"这……现在只有一个办法，就是取得解药。'百灵散'是神界王室独有的，它的解药也自然只有灵王灵夜那里有。"魔兵解释道。

"不管怎么样，我都要救母亲。至于解药，我无论如何也要拿回来。"越冥说。

"魔王您的意思是要去神界？这太危险了，魔后既中了此种毒，说不定这是那个灵夜的主意，他说不定正等着您上钩……您现在贸然过去，实在危险。"魔医想要阻拦，"如果一定要去，不如另派人。"

"既然是向灵王求药，魔界的其他人怕是身份都不够。而且，此事事关我母亲性命，别人去我不放心。"越冥说。从音千落被刺伤到安冷耀入魔，这一切发生得都太过蹊跷。他心里明白，安冷耀自然是被冤枉的，大概琪悠也是受人指使嫁祸于安冷耀，但是，"百灵散"又是从什么地方而来？

不可能是神界之王灵夜的意思，虽然越冥直到现在都还未对那位少年王者有过多的认识了解，但神魔两界这几年来一直相安无事，再加上外人对灵夜的议论评价，他想那个人应该不是好事之人，不会有不轨之心。而且，"百灵散"实在是太过特殊的药物，它的出现，令人联想到它的来源是灵夜，因为只有他才会有这种药物，灵夜不会这么笨，如此明显地泄露身份信息，把矛头指向自己。所以，这并不是灵夜的意思。那么，又会是谁呢，这个幕后主使，究竟会是谁呢？

越冥揉了揉自己的太阳穴，他现在也没有工夫去细细分析整件事的前因后果。眼下最重要的，是要取得解药救自己的母亲。

"以魔后现在的状况，还有几天的时间？"越冥问。

"三天，三天之内，必须拿回解药。"魔医说。

越冥点点头，三天，足够了。

"魔后中毒之事，除了你我二人知道外，不能走漏风声。对外便称魔后刀伤之故，需静养几日，旁人不要来打扰。我的意思，我想你应该明白。"越冥低声说。在此事查清之前，魔界所有人都不可信，若让他人知晓音千落现在的状况，越冥担心又会让不轨之人心生反叛之意。人心难测，不得不防。

"是。"魔医急忙答道。

越冥叹了一口气，他看着昏迷中的母亲，心里憎恨自己的无能。他到底还是让她陷入了危险。但是，妈妈，你放心，我不顾一切也要为你取得解药，越冥在心里暗暗对自己说。

然而，此时的魔界并不安稳，音千落在晚宴上意外受伤，魔圣安冷耀入魔……这些令众人不免有些担忧。越冥担心若此刻自己离去，无人主持大局，会陡增事端。眼下，不能一波未平一波又起。

"魔王，诺尘殿下在门外说有事告诉您。"一个魔兵从门外进来低声说。

"好，我现在就去见他。"越冥心想君诺尘此刻前来，大概是要告诉他有关安冷耀的事。现在，他平日里最为重视的两个人都负伤在床。

他刚一出房门，便看见君诺尘站在夜空下，满天的繁星映照着他俊秀的脸庞，煞是好看。

"诺尘哥，安冷耀状况如何？"越冥急忙问。

君诺尘微微一笑，"你放心，我来就是要告诉你他没有大碍，休养几日就会复原。"

越冥点了点头，"那便好。"他的心总算放下一些，现在唯一要担心的，便是自己的妈妈音千落。

君诺尘脸色忽然沉重了几分，他向前走了几步，靠近越冥低声问："魔后状况怎么样？刚才我见她脸色苍白，会不会有什么大碍？"

越冥轻叹一声，他知君诺尘心思细腻，想要瞒过他，着实不易。不过，他相信君诺尘的为人，他们之间不必刻意隐瞒什么。

"诺尘哥，实话告诉你，我妈妈中了'百灵散'，现在危在旦夕，我要去找神界之王灵夜取得解药。"越冥说。

君诺尘一怔，像是想不到事情有这么严重，他想了想，开口："你要亲自去？会不会太冒险？而且我们现在有许多真相还未查清，用'百灵散'伤魔后若是神界的主意，万一是他们的圈套……"

"我现在没有时间考虑这么多，但我想，此事与神界无关。他们一向不做亏本生意，对魔后下毒，证据还这样明确地指向他们，他们不会这么傻。"越冥说，"诺尘哥，我的母亲还在昏迷中，现在你对我说什么都没有用，我要救她。放心，我自有分寸。"

君诺尘看着面前的少年，心下明白自己再说什么都没有用。

"不过，诺尘哥，现在在魔界，我能信任的人只有你与叶长老了。我想让你帮我一个忙。"越冥说着，从衣服里拿出一个黑的令牌，那个牌子的中间画着一顶王冠与宝剑，是身份与权力的象征。

"我去神界需要一段时间，我担心魔界现在动荡不安，魔后不在位，无人主持大局。诺尘哥，我不在的这段日子里，麻烦你帮我照看一下魔界。"越冥说着把手中的牌子交到君诺尘手上，"还有安冷耀，也麻烦你帮我照顾他。"

君诺尘有些诧异，他知道越冥交与他的这个令牌，拥有号召魔界一切生灵的权力，见它如见魔王本人。他想不到越冥会如此信任他，把这样大的权力交与自己。

"越冥，你……"君诺尘想说些什么。

"诺尘哥，你不必多言。我若是信不过你，不会把这个牌子给你。我只是觉得，自那次我父亲祭典的纵火之事到这次母亲生辰，魔界里总有一股不同寻常的气息。我担心这其中的幕后主使是同一个人，可我现在抓不到他，不得不小心提防他。诺尘哥，你帮我照看好魔界。"越冥嘱咐。

"嗯，越冥，你放心。"君诺尘听后，握紧了手中的牌子，郑重地向越冥做出回答。

满天星光之下，这个男子，依旧像平日里那样风度翩翩，但那温和的目光里，仿佛又多了什么不一样的东西……

神界的清晨是静谧安宁的。地上的花草沾着晨露，树梢间不时有几只鸟飞过，发出悦耳的鸣叫声。早上的日光也最为柔和，它静静地、温柔地映照着一切。

灵夜一个人站在晨光之中，他深吸了一口气，微凉的空气令他心情顿时舒畅了不少，他的确有太多的事情堆积在心里，需要释放。

从幻冰出走到现在已有十几天了，凌光四处寻她，却一点消息也没有。灵夜想，幻冰或许根本不愿让他们找到她，又或许……她发生了什么危险……灵夜摇了摇头，他不愿往最坏的方面想。幻冰消失后，幻影一直郁郁寡欢，兄妹二人自小相依为命，如今妹妹不见了，做哥哥的自是忧心。他与这二人相识这么多年，幻冰在幻影心目中的地位，外人不会比自己更为了解。

忽然间，灵夜在空气里感觉到了不同寻常的气息，他眉头微皱，向左看去，有一个黑发少年正向自己走来。那个少年，是魔界的人！他在心里暗暗戒备起来，但不知何故，他觉得对方身上的气息令他倍感熟悉。

那个人慢慢走近灵夜，在正对他不远处停下，微微一笑，"临夜，多年未见，不知你是否还记得我？"

临夜？灵夜一愣，记忆忽然如潮水般向他涌来：

"我们今天也算是不打不相识，你叫什么名字？"

"临夜？我记住了。"

…………

"临夜，大恩不言谢。我今日欠你的人情，日后一定奉还。"

怪不得这个人身上的气息让他如此熟悉，原来这个人就是当年闯入神界险些伤了神鸟，后来又到异度空间寻找灵芝的男孩。

"是你……"灵夜低声叫道。

"啊，太好了，你还记得我。"黑发少年眉毛一弯，抿嘴一笑。

灵夜看着眼前的少年，儿时的稚气已不复存在。毕竟过了这么多年，大家都长大成熟了不少。那个人依然是眉眼含笑，平易近人的模样。

"你来这里做什么？"灵夜问，言语间多了几分戒备。

"你放心，我现在势单力薄，就算是想做什么也难以一敌众。我来是想见你们的灵王。"黑发少年解释，"若非无可奈何，我不会来神界找你们帮忙。不过话说回来，这回魔界发生的事怎么也与你们有点关系。"

灵夜注视着面前的人，想确定他讲的话有几分真实。这么多年的历练告诉他，什么人都不可信，魔界的人更是如此。想起幻影眼睛失明是因魔界，他不由得对魔界的厌恶又多了几分。

黑发少年见灵夜带有警戒防卫的目光，心下立刻猜到了对方的心思。倒也难怪，神魔两界生来就互为天敌，明争暗斗这么久，对方防备也在情理之中。

他弯了弯唇，将右手抬至胸前，眼光一闪，他的手里出现了一把长剑。那把剑的剑柄镌刻着龙的花纹，中央嵌着一颗黑色的宝石。

灵夜在看了他的剑之后，眼睛一紧，随即又看向那个少年，眼里多了些许惊讶。

"现在信我了吗?"少年收起长剑,含笑问道。

"你就是越冥?"灵夜说着,不由得想起他们初见之时,对方以"安冷耀"名字自居,原来是有意隐瞒身份。

越冥点点头,"那把剑上的水晶石是王者身份的象征,我已经向你禀明了我真实身份,现在,你可以相信我了吗?"

灵夜想了想,问:"发生了什么事需要来神界?"

越冥没有隐瞒,而是开门见山,"我的母亲中了'百灵散',这种药来历我不必多说,你比我更清楚。我现在需要解药。"

"百灵散?"灵夜不禁微微一惊,这种药明明是神界特有的,怎么会在魔界出现,而且还被人用去毒害了那里的魔后音千落。

灵夜沉思片刻,抬起头问道:"既是神界的东西,你难道不担心是我们设计害了你母亲?"

越冥一笑,摇摇头,"我想不会,神界的人若要动手,大概有一百个比这更高明的方法,何须做得如此明显?对不对,灵夜?"

"你认出我了?"灵夜勾了勾唇。

"我早该想到你是灵王。临夜,灵夜,这么相像的两个名字,在神界可以这样来去自如,从异度空间到这里,无人敢违你的命令,我早该看出你的身份。"越冥回答。

灵夜没有再多言,刚才的对话,也让他了解了这个少年王者的为人。越冥孤身一人来此,没有带多余的人,已经表明他的诚心,而且,他若说谎,对他并没有什么好处。

"我带你去拿解药。"灵夜说着,一道光芒闪现之后,他人已在半空中。

越冥浅浅地一笑,随后也施展法力腾空而起。

紧接着,两道光芒交织在一起向远方飞去。

安冷耀一直觉得自己好像陷在一片黑暗里,任凭他怎样寻找光亮,也无济于事。他的心里有些慌乱,不知如何才能走出这困境。忽然间,他的前方出现了幽蓝色的光芒,那些光芒汇集在一起,渐渐形成一个身影。

"爸爸!"安冷耀叫了出来,紧接着,他的心里是一种无法言表的喜悦之感,他不曾想过,今生今世他还可以再见到父亲。

"小耀。"安天阔柔声叫着，他的眉眼间尽是宠爱。

安冷耀凝神看着那个男人，那个人依旧是他记忆里的样子，纵使时光流转，岁月仍没有在他的脸上留下痕迹，那人仿佛一直停留在多年以前的光阴里。

安冷耀不禁红了眼眶，他禁不住有些颤抖，他不敢相信，自己日夜思念的人就站在他的面前。

"小耀，这么多年以来，你一个人过得好吗?"安天阔轻声问。

"您放心，我一切都好。"安冷耀的话语里隐隐夹杂着哽咽，"爸爸，我很想念您。这么久以来，我一直苦练法术，不想让您失望。"无论多么大的人，在自己的父母面前，终究是一个需要呵护的孩子。

"我知道，你永远不会让我失望。更何况，我知道你一直以来的心愿和眼下的矛盾。"安天阔说着，眼里有了一丝不一样的惊讶闪过。

"父亲，您，都知道……"安冷耀一愣，原来安天阔知道他所想的一切，知道自己这么多日子以来，因为了解了那些真相的痛苦。

安天阔轻轻地点了点头，说:"小耀，我知道你的选择。在朋友与父亲面前，你终于还是要维护你的友情，对吗?"

"不，我只是……"安冷耀摇摇头，"越冥他待我如同兄弟，我实在狠不下心憎恨他。更何况，是越轩杀了您，而不是越冥，我……我不想把这一切归到他身上。"

安天阔仰头一笑，复又看向安冷耀，"越轩的儿子又会好到哪儿? 小耀，你真是太过天真了。你今日念在你们二人的情谊上，不忍对他下手，但若是有朝一日，他对你动了杀念呢?"

"不，他不会。"安冷耀坚定地说，"我相信他。"经历了那么多的思想斗争后，到了这一刻，他发觉自己终究还是在友情和仇恨面前选择了前者。

安天阔看着他，"那么，你决定了是吗? 你明知他的父亲曾杀害我，到头来，你还是要与一个仇人之子成为朋友，对吗?"安天阔说这番话时，眼眸里一片沉寂，但仔细一看却流露出丝丝哀伤。

"我……"安冷耀注视着面前的男人，他忽然什么也说不出口。他明白，只要"是"字一说出口，他就真的选择了友情，站在越冥身旁。数十年以来，父亲是他心中唯一的动力，因为想要为父报仇，他苦练法术，因为父亲，即使他受尽冷眼，也要坚定地走下去……因为越冥，他渐渐生出了抛弃一切不再追究的念头，但实际上，他明明应该是站在父亲身旁，为父亲报仇的人。

这一刻，他的心又重新乱了起来。

"小耀，我知道你的选择了。"安天阔自嘲般一笑，"想当年，我在魔界叱咤风云，本差一步便可揽夺大权，却败在了越轩手中。那时，我不肯向他低头。你现在……我认输，我承认他越轩手段高。你在知晓了我的事后，依然选择与他儿子的友情……"

"不，我……"安冷耀想说点什么。

"罢了，不必再多言。前生，无论有多少恩怨交织着，终归只是过往，本就无须挂怀。小耀，你既已决定，我便不再多言，你保重，我要走了……"说着，安天阔的身子渐渐变得黯淡，消失在一片黑暗中。

安冷耀站在原地，见到父亲在自己面前一点点失去身影，一时之间，所有的烦恼化为对他的不舍。安冷耀唯一想的，便是想尽一切办法也要留住父亲。他不由得在心中问自己，为什么刚刚他要犹豫，要选择守护那份友情？他寄人篱下多年，总遭冷眼，不就是为了给父亲报仇吗？而如今，只凭着与越冥的友情，他便开始踌躇，企图推翻自己从小到大心里的执念，为此，他甘愿舍弃父亲，而选仇人之子！

他忽然觉得，自己就像这个世上最傻的人，在父亲与仇人之子面前，他竟想选择后者。

"不，爸爸，你不要走！我错了，我不该因越冥而放弃报仇，是我错了……"安冷耀在原地大声喊着，但迎接他的只是一片寂静与黑暗。

忽然间，他面前出现一丝亮光，那束光芒越来越大，令他觉得刺眼，不禁闭上双眼。再睁开眼睛时，他只觉得身体万分疼痛。

"你醒了。"一个好听的声音传来，安冷耀抬头看去，原来是君诺尘，他这才回过神来，发觉刚刚经历的一切都是一场梦。

"我，我怎么了？"安冷耀缓缓问，他对之前的事有些模糊，只依稀记得在音千落的晚宴上琪悠闯入刺伤她，并且把责任推到他身上，然后……发生了什么？

"你不记得了吗？"君诺尘轻声问。

安冷耀摇摇头，"我只记得琪悠伤了魔后，说是我指使他的，其余便记不得了。"他说话间，只感觉又有一股剧痛袭来，他胸口一闷，一口鲜血吐到地上。

君诺尘见状，急忙扶起他，把一股真气传入他体内。

安冷耀这才平复许多，他轻抚着自己的胸口，有点不敢置信地低声说："我被下了'魔咒'，是不是？"魔咒，是魔界里最为严厉的处罚，一旦被人在体内下入此等咒语，很长一段时间都要忍受剧烈的疼痛，令人生不如死。因此，对于此种法术，魔界有规，只有历代魔王才有权力予人这种惩处。

君诺尘垂下目光，说："小耀，你不能怪他。你在晚宴时入了魔，重伤了音千落，而且琪悠已对越冥全盘托出事情的真相，他说这一切的事情，都是你一手操纵的，你要杀了魔后，夺得大权。因此，越冥他，自然……"

安冷耀依稀记起了当时他在宴会上不受控制的景象，他真的在那时重伤了音千落吗？但是，他不是存心的，更没有指派琪悠去做这一切……

"不会，越冥他不会这么对我。"安冷耀猛然摇摇头，这 切，都是有人刻意所为想要陷害他，就像那次在越轩祭祀时发生的一样，越冥不会这样简单地便信了他人的谎言，更不会对自己下魔咒，他相信越冥，相信他们彼此间的友情。

君诺尘看着安冷耀，眼里似存不忍，犹豫半晌，终于还是从怀里掏出一个牌子，递到安冷耀眼前，"小耀，我不想瞒你，但这确实是他的命令，他不愿见你，所以把这个牌子交与我，让我告诉你他的意思……"

"不，他不会这样！"安冷耀忽然失声大喊，即便这些日子以来，他的心在父亲的仇与越冥的友情之间不断徘徊，但他明白，在潜意识里，他一直相信越冥，他相信越冥是这世间永远不会伤害他的人。有很多次，他真的差点便说出自己不要报仇，因为越冥，因为这份友情，他觉得自己什么都可以不要。

他们二人从小相识，一起经历过那么多，一路走来，他以为他们之间的默契早已达成。他在心里早已为越冥找了无数开脱的借口，但当看到牌子那一刻，他才发觉自己是最为可笑的人。越冥把代表权力与身份的东西都交到了君诺尘手中，想要告诉自己魔王的决定，还有什么不相信的呢？

安冷耀想，他这么多年走来，究竟都收获了些什么？因为身份不明，他受尽冷眼；因为想维护越冥，所以他甘愿忍受一切冷眼诋毁；因为那份友情，他竟想放下过往的仇恨……如今想来，他忍受的这些苦痛一直都是因为越冥，他认为，越冥是与别人不一样的。可是，原来在真正的困境来临之际，那个人也终究会选择失信于自己……

君诺尘见安冷耀如此模样，有些担忧，"小耀，你先不要急。关于魔后的事，我相信你是被冤枉的，我派人取过来你的杯子，那里被人下了药，才会让你入魔。关于琪悠，想必他也被人收买了。你不要担心，越冥他只是因为太过忧心自己的母亲，一时间失去理智，等过一阵子他平静下来，自然就会发现你是被冤枉的……"

安冷耀看着君诺尘，不禁黯然一笑，"我只是想不通，为什么你都愿意相信我，他却不信我……所谓友情，所谓兄弟，不过一场虚无……"

"小耀，越冥他这个样子，毕竟情有可原，他的母亲危在旦夕，他难免有些情绪激动。在亲人安危面前，大家都一样的。"君诺尘劝道。

"亲人？"安冷耀冷笑一声，为了音千落，越冥便可以如此对他，那么他自己还在矛盾什么呢？越轩杀了他的父亲，如此算来，越冥难道不也亏欠着自己？想起刚刚的梦境，他只感觉自己的心瞬间被仇恨占满，他再无一丝后悔之意，没有一丝矛盾。他只怨自己这些日子以来，为什么要因为越冥而犹豫不决，那个人，还不值得他如此对待。

越冥，我倒真要感谢你用这种方法让我在仇恨与友情间做出了选择。从今以后，那个曾经逆来顺受的安冷耀再也不会出现在你面前了，你要记住，是你亲手杀的他……

一边的君诺尘看着面前的少年，也不禁一笑，他笑得还是那样温和，但却令人再起不了亲近之意……

灵夜一路带着越冥回到神殿，在外看守的士兵见到越冥后不禁有些诧异，神界已有好多年没有过魔界的人来此了。

"你去灵药阁拿一丸'百灵散'的解药，快去快回。"灵夜对一个士兵说道。

"是。"士兵恭敬答道，随即走入殿堂。

越冥微微一笑，对灵夜说："灵王几次帮我，这份恩情我铭记于心，日后一定回报。"

灵夜注视着越冥，他一向不愿与魔界的人有过多交往，可面前这个人却不知怎的，让他觉得与众不同，不似记忆里那些可怖的面孔。他转念一想，又思及幻冰与幻影，幻影的眼睛，幻冰的安危，或许要解决这两件事也的确需要魔界帮忙。

"我的确有一事，想要你帮忙。"灵夜淡声说，"但此事说来话长，我知你眼下心急如焚，想要去救人，我不耽搁你的时间。等他日相见，我再把事情说与你听。"

"好。"越冥点头，"等我处理完魔界的事，定会来找你。"

"灵王，这是解药。"先前的那个士兵从房里走出，把一个白色的药丸交给灵夜。

灵夜接过药，递给越冥，"服下此药后休息几日就会好，不必太过忧心。"

"多谢。"越冥将药丸小心揣在身上，他的心里终于松了一口气，他的母亲不会死，他会让她好起来。

越冥正要离开之际，正巧欣文雅和离茉雪迎面走来。离茉雪来神界已有一段日子，逐渐开始管理起这里的一些琐事，欣文雅见她初入神界，也愿意留她在身边协助自己做一些事。

二人正在低声交谈着什么，忽然欣文雅眼睛一抬，瞥见越冥，便脸色微变。

"你是魔界的人？"欣文雅冷声说道。她一向厌恶魔界，正因为多年前的那场战斗，才让她痛失自己最好的朋友。

"正是。"越冥仿佛没有听出对方话语中的冷意，仍是不紧不慢地说着。他见眼前的女孩气质不凡，眉眼间隐藏着几分贵气，心知这个人在神界应是地位不低。

灵夜见状，走过去对欣文雅与离茉雪说："神祭、神司，他是魔王越冥，今日来这里事出有因，现在一切都解决了。"

文雅看着越冥，眼里的冰冷逐渐扩大，"我们先前早有约定，神魔两界互不侵犯，你今天来这里想必又在打什么如意算盘吧？"她平日里人如其名，温文尔雅，但面对魔界的人，她实在无法和颜悦色。

越冥一笑，"这可真是冤枉我了。早闻神祭聪慧过人，待人温和，怎么今日初见，倒是对我冷言相对，未免有失分寸吧。"他一脸笑意，丝毫不见愤怒。

"你……"文雅一时语塞，"你们魔界的人有什么资格指责我？"

一边离茉雪见状，轻拉了一下文雅的衣袖，想要安抚她。

"好了，越冥，你先走吧，我们后会有期。"灵夜心知若越冥再待下去，恐怕会引起一场战争，更何况越冥的母亲朝不保夕，本就不容耽搁。

"嗯，告辞。"越冥说着，转身化为一道蓝光冲上天，转眼消失在天际。

文雅见他离去后，急忙对灵夜说："你怎么这样随便把他带入神界，难道你忘了幻影的眼睛是怎么伤的了吗？魔界的人，不能轻信。"

"神祭，你放心，若非有十足的把握，我不会让他到此。"灵夜沉声说，"我还有事要办，先走一步。"说完，他便转身走远了。

文雅站在原地，一时之间仍有些恼怒灵夜的轻信他人。

"文雅，灵夜自有分寸，你不必担心。况且，我见他一人前来，若非真心实意，灵夜绝不会让他踏入这里半分。"离茉雪在一边说。

"神司，不是我不相信灵夜，而是，我实在相信不了魔界的人。"文雅忆起过往之事，不禁痛苦地闭上双眼，"我永远无法忘记，当年，他们是如何攻打神界，如何对付我们。我本与一个女孩姐妹情深，他们却害得她失去性命……你能理解那种感受吗？"她说着，忍不住流下眼泪。

在她的好友言亚心离开的这些日子，她一直不敢轻易提起那个人，因为每当忆起，她的心便会像被几千把刀同时割着那样痛。亚心的死，永远是文雅心中无法痊愈的一个伤口，它不好不坏地留在那里，任凭时光流过也医不好。

离茉雪凝视着文雅，一向清冷美丽的脸上也不禁动容，她怎么会不理解文雅心中的痛楚？她知道，在以后漫长的岁月里，她永远会带着这份痛苦，永远会记着人间有那样一个女孩，纯洁得如同一张白纸，曾那样真情实意地待她……她寻了上百年，才找到一份纯真的友情，即便最后她们已是天南地北，难以相见，即使，那个女孩已经忘了她，她也要在余下的漫长岁月里，永远把这段记忆藏于心底，纵使忆起只会令自己痛苦，她亦是甘之如饴。

忽然之间，不知从哪里飞来几片淡粉色的樱花，文雅看着它们，缓缓伸出手，一片花瓣悄然落入她的手心。她把那枚樱花瓣轻轻放在鼻下，一股熟悉淡雅的香气穿透层层时光涌入她的心间。

"亚心素爱樱花，很久以前，这里到处栽满了樱花树……"文雅轻声说，她仿佛看到了许多年以前，这里落英缤纷，香气扑鼻时的画面，"她离去的这些日子里，我也有很久没有再看到樱花，真的，有太久了……"在言亚心刚刚离去的那段日子里，她每每看到樱花，都难以忍受心中的悲伤，后来，她一声令下，神界从此以后再无樱花。"这么多年以来，我虽从表面上看对亚心的事已经看开放下，但我心里明白，我从未放下。而且……我……也不想放下了。"文雅说。思念一个人久了，到最后真的会变成一种习惯。

"但是，如果你的朋友知道你一直沉溺在悲伤里走不出来，她看见你这个样子，是不会快乐的。"离茉雪说，"为什么不能放下呢？"

文雅轻轻一笑，看向茉雪，"这世间的情谊，哪能说放就放。茉雪，你能放下吗？"

离茉雪一愣，再答不出话。

"或许现在，我不该再提及你的名字。早在当日你被正式封为神司时，那些过往都已无须再提。而你，也不愿他人再唤起这个你在人间的名字。但是，那些记忆，不像一个名字那样简单，不是吗？"文雅问。

离茉雪缓缓叹了一口气，说："你讲得对，我放不下过往。我当日给了爱琪忘忧，让她忘记我，生生世世都忘记这段会令她忧伤的记忆，但我自己却忘不掉，也不想忘掉。虽然她忘了我，但我也想让她在另一个世界开心。爱琪曾对我说，希望我可以试着相信别人，关心别人，不再把自己包裹在冰冷的外壳下，那样的我，才是她最爱看到的模样。现在，我也在努力这样做着，我希望有一天，我会变成她口中的样子，这样，她也会安心。"她本是最为冰冷的人，但因为一个人类女孩，她竟然真的愿意不再封闭自己。

对于离茉雪的事，文雅略有耳闻，但当她听见对方亲口提起此事时，她才发觉在茉雪心底，那份友情对她来说有多么珍贵，即使那个人已经失去了记忆，即使友情已经破裂，眼前的这个看似冰冷的少女，依旧甘愿守着旧时的余情，在漫长岁月里履行过去的承诺。

"茉雪，我想我们面对友情终究还是不同的。在亚心离世时，为了我能够认出来世的她，为了我们能够重逢，为了她能记得我，我对她下了封印。这样，即使她进入了轮回，她在神界的记忆与法术也不会消失。只要我们还能相见，我们还是会认得彼此。我不想，也不愿她忘了我。"文雅低声说。她知道这样做很自私，因为所谓前世，对她已是过往，自然该随风而去，而且转世的亚心，也不会再是曾经的她，不该再把她卷入前尘的记忆里，但她终究还是不愿放下这段友情。

"我不愿爱琪一直沉溺在过往里。前几天，我曾去人间看过她，我见她与一名人类女孩原梦瑶成了好友，这样是再好不过了。有些事，只有忘了，才能有新的开始。我不后悔她忘记我。"离茉雪说，"但是，文雅，你也不用多想，我们每个人都有自己对友情的看法。世间有许多事，都没有对与错的界限，只是因人而异。"

文雅抬起头，望向头顶悠悠的蓝天，轻声说："无论人或神，总归有自己的执念。我只愿我们今生有缘重逢，为此，我愿付出一切……"

那时，文雅还不曾想过，在未来，她真的与自己的朋友重逢，寻回了旧时的情谊。到最后，她也真如自己所说的一般，为了那个人，付出了一切……

安冷耀看着天边一点点黯淡的霞光，心里一声轻叹，这几日，他回想起这些年所走过的路，觉得像一个笑话。到头来，他所信仰的一切都是虚无。曾以为是生死之交的兄弟，却不相信他，将他软禁在此并且下了魔咒。

这几天，除了君诺尘时不时来探视他，再无人来此。

越冥，你当真不信我，甚至来见我一面也不愿意吗？

"哟，这不是大名鼎鼎的魔圣吗？几日不见，你怎么变成这个样子？你和魔王不是以兄弟相称，他怎会让你沦落至此？"一个带着些许傲气的声音从门口传来。

安冷耀眼眸微转，看见一个少年正悠闲地向他走来，他心里不禁冷笑，如今他这个样子，倒也真是顺了林楚莫的心。

林楚莫早就听见士兵谈论，知安冷耀今不如昔，不再受越冥信赖，今日一见，果然如此。他的心里不由得有点得意，觉得自己总算报了多年来的仇恨，他与这个对手明争暗斗这么久，每次都是他输，但现在，他总算可以看见安冷耀落败的样子。

"哎呀，这有的人天生就不是什么高贵的人，却还妄想可以出人头地，打着朋友的名号获取他人信任。现在看来，还不是竹篮打水一场空？"林楚莫走到安冷耀面前，笑着说道。

安冷耀冷冷瞥了他一眼，将头转向窗外，他一向不愿与这种人多言。

林楚莫早已习惯了安冷耀这个样子，他也并不在意，在床边坐了下来，"不过，我不得不承认，你也有一手迷惑人心的好本事。你有本事博得他人的称赞，让你身边的人叶谦、君诺尘，甚至是魔后也开始渐渐接受你……但那又如何？没了越冥，你在这里根本什么都不是！"他越说越气愤，他回想起自己的家世，父亲是魔界有名的大将，曾随越轩四处征战，自己身世显赫，却不如安冷耀可以博得叶谦赏识，亲自指点他。

林楚莫见自己说了这么多，但那个人依旧是一副淡然的模样，心里一动，他想看看这人勃然大怒的样子。这么多年来，无论他对安冷耀说多么难听的话，那个少年永远只是一脸淡漠。

不过，罢了，林楚莫一笑，他知道日后有那个人动怒的时候。如果有朝一日，安冷耀明白了所有的一切，只怕不仅仅是动怒那么简单了吧？

林楚莫想到这里，叹了一口气，"好吧，我知道无论我说什么你都不会在意。我来，其实也是有正事，魔后要见你。"

"见我？"安冷耀有些不解，听君诺尘说音千落重伤在身，性命垂危，这样紧急的情况，她怎么还有力气见自己？而且外界都说是自己蓄意伤害音千落，她应该是不想见他的吧？

安冷耀最终并没有多问什么，他想，音千落既在这个时候选择见他，定有她的道理。他跟着林楚莫来到音千落的大殿外，林楚莫看了安冷耀一眼，嘴角隐约带着几分诡异的微笑。

"魔后只说要单独见你，我先走了。"林楚莫说。

安冷耀没有回答，只是看着林楚莫，似乎想从他的眼中看出什么。

林楚莫自是明白安冷耀的意思，"你放心，虽说我们是天敌，但我怎么也不敢随便拿魔后的话来诓你，这样对我有什么好处？"他说着，微微一笑，转身离开这里。

安冷耀看着他远去的背影，也不再迟疑，走入殿堂。

很多年后，安冷耀每每想起这一刻，都不禁轻叹一声，就是从这一刻起，他踏上了那条不能回头的路，迎面而来的纷纷扰扰都注定他与越冥再回不到曾经那年少轻狂的时光中去了。

这时的他，还全然没有意识到这一点，他缓缓向里面走去，隐约看见一个女人背对着他坐在一个沙发上。

"魔后。"安冷耀叫道。

那人半天都没有回应，他想了想，又上前走了几步，来到音千落面前，他用手轻轻拍了拍音千落的双肩。

不料，他这么一拍，音千落立即从沙发上滚落下来跌在地上。

"魔后！"安冷耀不知发生了什么，他明明没有用什么力气，怎么会这个样子？

倒在地上的音千落面色发黄，四肢已然僵硬，安冷耀一惊，将手指伸到她的鼻翼处，果然已经没有了气息。

怎么会这样？安冷耀难以置信，君诺尘这几日对他说音千落有性命之忧，但在魔医的治疗下，情况已好了许多，怎么如今一见，竟已没了气息？虽然之前他已在心底暗暗决定与越冥一家不共戴天，但在这样的情况下，他第一反应是想救音千落一命。

安冷耀想了想，决定先去叫人过来帮忙，但当他正想唤人来帮忙时，他见音千落右肩处隐隐发着淡蓝色白光，他一怔，随即将手放在音千落的右肩上，微微用力，那抹蓝光便从她的肩里飞出，在他手上幻化成一柄刀刃，那刀刃上还沾着血迹。

他不觉一愣，看来音千落并非因自身重伤送命，而是被人杀害的。他不敢相信这个在魔界叱咤风云多年，失去丈夫，一手把自己的儿子培育成一代王者的女人就这么死去。在他眼中，纵使音千落厌恶他，因为自己的身份一味阻挠他与越冥的友情，可她也是值得人敬佩的。

究竟是什么人杀了她？即便音千落有伤在身，难以自保，但她住处周围在明处暗处保护她的高手不在少数，若有人想杀她也是难如登天。现在竟有人可以在这里来去自如杀了音千落。在他刚刚拔出那把刀时，他发觉那刀插得很深，但凡魔界习武之人，都有真气护体，旁人难以通过。抵御真气，把刀插得如此之深，想必那人功力不可小觑。

安冷耀注视着手中的刀，希望能从中发现什么线索。

正在这时，门外匆匆跑进一个人，他手里拿着一枚药丸，大声说："妈妈，我已取到'百灵散'的解药了。"

安冷耀不知怎的，心里一慌，他起身看着迎面而来的少年，开口："越冥，魔后她……"

越冥嘴角的笑意还未来得及收敛，他的双眼在看到躺在地上的母亲后忽地睁大，手里的药丸"啪"的一声掉在了地上，那药丸滚了几圈后停在一个角落里。

越冥忽然觉得自己的脑子一片空白，什么也想不出，像陷入无底深渊之中。他在原地愣了几秒钟，然后猛地回过神来，一步上前扶起了地上的音千落。

"妈妈！"他大叫着抱住音千落早已冷掉的身体，脸颊一片冰冷，他的脑海里只有一个念头：母亲死了。

怎么会这样？明明在临走之时，她还只是昏迷。魔医也向他说明，只要他可按时取回解药，他的母亲就可以平安无事。如今，他带着解药而归，所见到的，却是这样的场景。他不敢相信，不敢相信这一切是真的。死亡来得太过于突然，令他无法承受这份痛楚。

"啊！"越冥痛苦地仰头大叫一声，那声音中无法掩饰的悲痛，便是在九天之外，也可听得一清二楚。

殿外的士兵见里面有异样，也急忙冲进来，只是大家也没有料到是这样的景象：音千落倒在越冥怀里，她的右肩处依稀可见一个血色的伤口。

"怎么会这样？"越冥喃喃自语，似乎已失了神志。他在魔界年少称王，在外人眼里一直是眉眼含笑、波澜不惊的少年，但现在这个神情忧伤的他，不只是其他的士兵，纵然是与他多年朋友的安冷耀也是第一次所见。

"魔王，魔后她……"一边的士兵不敢说出口，"她怎么会？"

越冥听见旁人的声音，这才稍稍回过神，但他的心里仍被母亲的死充斥得满满的。

"越冥，我……"安冷耀终究也不忍看见越冥这个样子，他想告诉越冥刚刚他所看到的事情。

越冥转过头看了一眼安冷耀，瞬间便注意到安冷耀手中的刀以及那上面刺眼的鲜红色，他的目光瞬间被一片冰冷所覆盖，"你手上的刀是怎么回事？"

四周的魔兵也都注意到了这一点，这些人平日里本就看安冷耀不顺，眼下更是七嘴八舌地议论起来：

"是啊，他手里怎么还拿着一把带血的刀？"

"依我看，魔后的死与他有关！"

"这不用看，事实明摆着啊！知人知面不知心啊！这安冷耀平日里看着沉默寡言，逆来顺受，没想到竟……"

一时之间流言四起。

安冷耀将手紧握成拳，他没有解释，只是看着越冥。他人的话他从来不在乎，但他只想知道，事到如今越冥愿不愿信他。安冷耀努力想从越冥眼中寻找出曾经对自己坚定信任的目光，他甚至在想，如果这一回，越冥信他是清白的，他愿就此放下一切恩怨前尘，今生今世永远把这个人视为唯一的朋友，再也不执着于其他。

那个人看他的只是一片冷漠的目光。

"安冷耀，是不是你做的？"越冥冷声问。

众人因越冥的话语，瞬间安静下来，将目光都转向安冷耀。

只见安冷耀后退一步，手中的刀从他掌间滚落，掉到地上发出一阵刺耳的声响。他忽地一笑，有些艰涩地开口问："越冥，你怀疑我？"

越冥一愣，但他顾着母亲的死已无力再去想任何东西，他现在只想查出真相。于是，他重新凝视着面前的人，"你只需回答我的问题。"

安冷耀大笑一声，眼里似有泪光闪过。他不敢相信，也不愿相信，这便是他交了多年的朋友，这就是他经历过困境考验的兄弟。原来，到了这真正的关头，那个人也会如此质疑他。他暗怪自己心太软，明明他早知越冥是他杀父仇人的儿子却还心存幻想，舍不得这段友情；明明下定决心选择报仇，却还是不忍伤害越冥；明明是越冥给他下了魔咒，他却还是百般顾念着二人的情谊。

现在，越冥的一个目光，一句冰冷的质问，让他真正看清了一切。

越冥见安冷耀久久不回答，以为对方已默认，他痛苦地闭上眼睛，复又睁开，"安冷耀，你为什么这么做？"

"我无话可说，越冥，你若认为这一切是我做的，那这就是事实，魔后已死，你还问这么多，她也不会活过来。"安冷耀冷声说。

越冥盯着安冷耀，他忽然身形一动，快得令人看不清，待众人反应过来时，他已移到安冷耀身旁。他手中一道银光闪过，一柄长剑出现在他掌中。这一回，他没有犹豫，随即把剑尖指向安冷耀的胸膛。

安冷耀看着越冥，一动不动，他一直以来都不曾想过，他们二人会走到今天这一步。这个以为永远不会对自己拔刀相向的少年，如今就拿着一把长剑指着他。

"越冥，你我二人从小比试法力、轻功、武功，但从未有一次亮出过彼此的兵器，因为你说过，刀剑无眼，无论什么原因，都不能对自己的朋友拔剑。"安冷耀轻声说，看了一眼离他只有几寸的剑，"可如今，你忘了你的承诺了吗？"

"我没忘。"越冥冷冷地回答，"但你杀了我的母亲，便是已不再把我视为朋友，事到如今，还有什么好说的？我再问你一次，你为什么要杀魔后？"

安冷耀见越冥始终是淡漠如冰的样子，心里一沉，也再顾不得其他，觉得这么久以来，他苦苦隐藏的怨恨全部爆发了出来。既然越冥不信他，他又何苦极力维护这段友情？

"为什么？越冥，难道这其中的缘由你还不清楚吗？"安冷耀反问，"我在魔界这么多年，无论我再怎么努力提升自己的能力，她可曾高看过我一眼？不仅如此，她几次为难我，林楚莫仗着她的宠信也一次次与我针锋相对。你说，我该不该杀她？"

越冥听了这些，深吸了一口气，他举剑的手微微一晃，"便是如此，你也没有权力杀了她！你今天夺了她的性命，我不会放过你。"他只觉得眼下发生的一切，皆是一场噩梦，这个他生死与共的朋友竟然杀了他的母亲。

他心下一沉，不愿再多考虑什么，手中长剑一挥，剑尖便刺进安冷耀的胸口。

安冷耀心头一痛，不禁后退了一步，他抬眼看向越冥。这一刻，他的眼神里再无一丝波澜，沉静得如同一潭死水。他知道，从今往后，他与越冥之间再无一丝回旋余地。越冥这一剑，不仅刺痛了他，也彻底斩断了他们之间的一切情谊。

"你……"越冥举剑的手抖了抖，他顿了顿，放下手中的剑。他原以为安冷耀会躲，他的内心终究对这个人念有旧情，只用了七分力气，他知道，以安冷耀的功力，完全可以躲开，但那个人却还是站在原处，不声不响地接下这一剑。

越冥见安冷耀捂住伤口，脸上一副悠然的样子，他脸色缓和了几分，还要开口说什么，这时，人群中又是一阵骚动，原来是叶谦闻风而来，他身后还跟着魔影。

叶谦刚一入殿堂，便看见音千落倒在地上，一旁的越冥与安冷耀二人僵持着。安冷耀面色略显苍白，他的右手按着胸膛，越冥手里的长剑沾着几丝血迹。无须再多言什么，叶谦对此局面已有几分明了。

"越冥，今日之事还有待查证，你不要因为自己的情绪而妄下判定。"叶谦说。

越冥转头看了一眼叶谦，而后又再次注视着安冷耀，"我最后问你一次，我的母亲是怎么死的？"

安冷耀依旧满脸漠然，事到如今，他没有一丝惧意，"越冥，还用我告诉你吗？真正的答案，你心里难道不是早就有了？又何必假惺惺问我？若你信我，便不会有刚才那一剑！不过，这样也好，你刺了我一剑，算是为你母亲报仇了，你现在安心了吧？"

越冥听见安冷耀以这般挑衅的口吻与自己交谈，心中一怒，他自幼为王，身边的人对他毕恭毕敬，哪有人敢用这样的语气与他对话？

"杀母之仇，岂是这一剑可以解决的？安冷耀，你既杀了我母亲，此仇血债，我誓要讨回。"越冥冷声说道。

安冷耀一怔，随即哈哈大笑，"越冥，若是如你所言，那么你欠我的东西，又该怎么讨要呢？"

"什么意思？"越冥愣了愣，不知对方所说何意。

安冷耀松开了一直捂着伤口的手，任由鲜血浸湿他的衣衫，他向前走了几步，"越冥，事到如今，你是真的一无所知吗？"

越冥凝视着安冷耀，没有答话，心里的忧虑却越来越深。

人群之中，叶谦仿佛想起了什么，他瞬间瞪大了眼珠，看着安冷耀，难道，他竟已知晓了一切？

"越冥，你难道不知，我这么多年来苦苦寻找的杀父仇人，便是你的父亲吗?"安冷耀说着,唇边泛起冷冽的笑意,"说到底,你才是欠我的那个人吧?"

"安冷耀!"叶谦忽然大叫一声,极力要打断安冷耀的话语。

"什么,你说什么?"越冥厉声问安冷耀,"我的父亲怎么会是你的仇人?"

安冷耀弯弯唇,扫了一眼不远处的叶谦,继续说:"我的父亲安天阔本来在魔界里威名远扬,但后来被你的父亲越轩下令斩首。一夜之间,与他相关的人与事也一并消失了,从此以后,世间再无安天阔,却多了一个叫安冷耀的孤儿⋯⋯我这么说,你明白了?"

越冥一时之间愣在了原地,他摇了摇头,"我不信,这一切都是假的,是你编出来的!"他实在不敢相信,也不愿相信,一个与他相处了十年的人,竟与自己的父亲有着血海深仇。

安冷耀目光微转,穿过殿堂里的层层人影,射向叶谦,"叶长老,魔王不相信我的话,那么,你的话他会不会信呢?"

叶谦站在原地,闭上了双眼,终于,他与音千落想要永久隐瞒的真相再也藏不住了。

这么多年都过去了,旧人也早已不在,但往事终不能如烟,一切又将被重提⋯⋯

"叶长老,你告诉我,这一切不是真的,对不对?"越冥对叶谦大喊着,想要极力确定事情的真相。

"越冥⋯⋯"叶谦满含沧桑与无奈的声音传来。

这一刻,越冥觉得自己的世界一片寂静,他像是陷在一片无际的黑暗里,前方看不见未来与光亮,回首过去的日程,那曾经欢笑度过的年少时光也瞬间化为乌有。

他听见了一个足以摧毁他一切希望的答案:"安冷耀说的都是真的,的确是越轩杀死了安天阔。"

"当"的一声脆响,越冥手中的剑掉落在地上。他只觉得心里有一种说不清的情绪弥漫在胸膛。他看着安冷耀,一时之间觉得面前这个神情冷漠的少年无比陌生。

"为什么,为什么会是这样?"越冥喃喃自语。

音千落冰冷的尸体还躺在离他不远的地方,他的内心有一种悲痛至极的感觉。看着音千落的面容，他忽然想起在不久之前，音千落与他因安冷耀争执的情景："世界上的所有人都不可能是你永远值得信任的，唯有你的父母，只有你的父母！你今天为了安冷耀就这样与我说话，如果有一天你知道，你知道……"

或许那个时候，母亲便已想告知他一切真相。其实，在很早以前，她就对今天的真相有所暗示。越冥到今才恍然大悟，怪不得音千落宁愿宠信一个狂妄张扬的林楚莫，也不愿对安冷耀有一个正眼，怪不得每当他们母子二人提起安冷耀的时候，她总会勃然大怒。

越冥回想起自己这一路上的所作所为，只觉对母亲满是愧疚，有很多次，他都在心底偷偷怨恨过她，不明白她为什么总与他持不同意见。现在想来，自己一直在辜负她的用意。

如果自己可以早一点明白，他一定不会再像那个夜晚与这世间最为疼爱自己的人冷眼相对。

但，安冷耀呢？

越冥抬眼注视着面前这个与他多年相交的男孩，如果早知道这一切真相，他们还会并肩走过这么长的路吗？

"耀，我……原来你早就知道了一切，为什么不早些告诉我，偏偏选在这个时候。"越冥低声说，为什么偏偏选在这天，所有的不幸悲伤的事都发生在了一处。

"因为我不想再瞒下去了，这样太痛苦了。"安冷耀说，"越冥，在知道真相的时候我与你心情一样，或许，我比你更难受，因为我实在不敢相信，我竟然与一个仇人的儿子做了十年的朋友……这些日子以来，我无时无刻不在仇恨和你我的友情间徘徊，你也许不相信，有很多次，我几乎已经要说服自己放下那些前尘恩怨，为了我们的友谊，我可以不在乎过往……"

他说着，眼圈微红，"但越冥，我现在只觉得自己是这个世上最为愚蠢的人，竟然一次次选择相信我们的友情！"想起越冥对他下了魔咒，令他每日都要忍受剧痛之事再到如今，这个人对自己拔剑相向，心里不由得更是被恨意所充斥。

"你把令牌给了诺尘哥，不愿见我，认为是我蓄意杀害音千落，对我下了魔咒……这些，我都不愿怨恨你。我在心里拼命想着，也许你只是因为牵挂母亲，一时情急，你日后总会想明白一切……但如今……"安冷耀没有再说下去。

越冥听得满心疑惑，在他听到魔咒之事时，更是震惊不已，"我从来没有做过这样的事，我怎么会对你下魔咒？"

安冷耀早已不想再去听越冥解释什么，对于这份友情，他实在是觉得倦了。友谊，本是世间最宝贵的情意，是寒夜里最温暖的光亮，可一路走来，在恩怨交织中，他渐渐发觉，原本以为可以点燃黑暗的光亮，终有一天会变成灼伤自己的火焰。

"越冥，我什么都不想听了。你不是认为我杀了你的母亲吗？你现在可以捡起地上的剑，再杀我一次。反正，我魔咒缠身，根本不是你的对手，无力反抗。"安冷耀说。

越冥一时之间心里烦乱，没想到今天一下子发生了这么多事，他看着安冷耀，动了动嘴，却又不知还能说些什么。

叶谦站在一边，也满是疑惑。看来这几天，发生了许多他不知道的事情。

"越冥，魔后一事真相如何还有待查证。"叶谦说着，随即又看向安冷耀，"小耀，现在有很多事我们都没有完全弄清，切勿心急。你与越冥相处多年，这份情谊难能可贵，至于那些过往之事，我本是想找一个机会告诉你的，关于你的父亲，他确实是因为心怀不轨才被处决，你要明白……"

"够了！"安冷耀冷声打断，他看着面前这位在无数个日子里一直耐心教导他的长者，"你们杀了我的父亲，这已是事实，还要我明白什么？如今想来，我才是最为可笑的那一个人。你们明明知道一切，却还对我隐瞒，像看戏的人一样每天见我在这里与一个杀父仇人的儿子称兄道弟，心里一定在为此暗暗发笑吧？"

因为自小无父无母，本就该四处流浪，但因为越冥予他住处，所以他在心里牢记着这份恩情。即使在魔界受到再多欺凌，他也甘愿默默忍受，永远把自己放在一个最不起眼的角落里，不敢奢求得到什么，只因与越冥的友情，凭着这份情谊，他愿忍受一切。现在，他回想着过去的那些画面，竟是觉得无比讽刺。

安冷耀，你终究是太傻了，才被这么多人玩弄在股掌间。

安冷耀仰头深深吸入一口气，他看着越冥，手里暗暗发力，刚刚从越冥手中掉落的长剑，缓缓浮到半空。越冥盯着面前悬浮的长剑，不为所动。

安冷耀仿佛已在心中下了什么决定一般，他闭上双眼，刹那间右手有蓝光闪现，光芒散去后，他睁开了眼，手里已然握着一把宝剑。

"越冥，这些年来，我们交手数次，但从未真正分出过伯仲。今天，让我们再比试一次，握着剑真正地较量一次。"安冷耀缓缓说。

越冥向来处变不惊，但此时此刻，他望着面前的少年，竟有些不知所措。他不想他二人走到这个地步，可在这么多的恩怨纠葛面前，他也无力去改变这一切。

安冷耀看出了越冥的犹豫，"冥，你还在犹豫什么？你以为事情到了今天这个地步，在这一切都水落石出之后，我们之间还可能会有回旋余地吗？你便是杀了我，也不会有人说什么，我一个叛徒之子，本就死不足惜。"

越冥对视着安冷耀的双眼，看清了那目光里的决绝。他二人数年来，彼此间早已有了默契，只要一个眼神，对方便可心领神会。他知道，这一战免不了了。

越冥伸出手，将面前的长剑重新握在手中。

安冷耀见越冥剑尖指着斜下方，便知那人不想与他先动手，他心下了然，身形一动，率先向越冥刺去。

越冥一个闪身，剑从他身边掠过。安冷耀收回招式，一缕蓝光从他指尖飞出。越冥心知安冷耀的意思是要拼个你死我活，他抬手的瞬间，一面银色的光屏出现在他身前，挡下了那道蓝光。

安冷耀冷冷一笑，腾空而起，与此同时，他把剑往头顶一抛，那利剑瞬间化为数十把剑，泛着冰冷的银光。他双手向前一点，那些剑便飞快地向越冥飞去。

越冥不慌不忙，纵身跳到半空中，他注视着安冷耀，手中的长剑挡在他胸前，幻化成一个白色的旋涡，暂时抵着冲他飞来的剑刃。

"冥，你还在犹豫。"安冷耀见越冥一开始就只守不攻，现在更是只抵挡着他的阵法并不破解，便明白越冥的用意。

"耀，我只想弄清一切，我们之间不该如此。"越冥仍试图挽回局面。

安冷耀轻蔑一笑："现在说这些又有什么意义？你之前刺我那一剑的时候，可有想过现在的这些话？再说了，你的母亲不是还躺在地上？你这么快就忘了我们之间存在的不仅是杀父还有杀母之仇吗？音千落在九泉之下见你现在这个样子，大概会恼你敌我不分吧！不过……让这个女人生气急躁的画面，正是我愿意看见的。"

"安冷耀！"越冥愤怒于安冷耀对音千落的不敬之言。他瞬间醒悟过来，是的，他现在究竟在做什么？面对一个杀了他母亲的人，他怎么竟会手软？

越冥飞快地在手间结了一个法印，向安冷耀发去，此刻的他再无一丝隐忍。

安冷耀只感觉一股巨大力量向自己涌来，他本就魔咒在身，抵去了大半修为，再加上刚刚被越冥刺了一剑，更是虚弱，怎么可能受得了这个法印？他只觉得喉咙一甜，紧接着一大股腥咸的液体涌入口腔。他强忍着没有吐出，努力压下身体的不适，依然极力凝聚内力抵御着对方的攻击。

越冥的功力本就不是一般人可以抵挡的，再因安冷耀伤病在身，力气微微一泄，瞬间便被越冥巨大的能量反噬，从空中跌落在地上，一大口鲜血喷出，再也动弹不得。

安冷耀倒在地上，看着那个少年王者手握长剑一步步向他走来，他的嘴边竟泛起一丝笑容。他想，自己这一生大多在迷茫中度过，错与杀父仇人之子结成朋友，错因这份友情而几次选择放下为父报仇的夙愿，但在这最后一刻，他也总算是为父亲做了些什么，虽是失败了。

他见越冥一步步向自己走来，每走一步，他的心反而沉静一分。他始终无法否认，虽然二人错识一场，但这十年的点滴相交，也终究在他心里烙下了永远的印记，他的心里终究是念着那人待他的恩情，若是能死在越冥手中，也未尝不是一种解脱。

越冥终于站到他面前，安冷耀看着那柄缓缓举起的长剑，微笑着闭上了眼睛。

那一刻，他想所谓世事难测当是如此。这世间，有那么多的恩恩怨怨，对对错错，当局者自然被牵连其中，但为什么本应是旁观者的他们，也不得不把爱与恨划分得如此清楚？

他们终究是按照早已注定的轨迹，走到这一步。

卷四　露从今夜白

　　是夜，魔界的天空犹如一块深蓝色的透明宝石，澄澈美丽。一轮金色的圆月悬挂在天边，安静地散发着纯白色的光芒。地面上不时有阵阵微风拂过树梢，发出细微的"沙沙"声。

　　君诺尘坐在院里，望着那轮明月，月光轻柔地洒在他的脸上，将他俊秀的容颜一览无余地暴露在夜空之下。

　　忽然间，他的身形一动，低下头，紧接着，一道幽蓝的光芒出现在他面前。光芒散去之后，是一个少年站在原地，从那人衣着来看，应该是魔界的守门士兵。

　　君诺尘看着面前的人，温和地一笑，"你这个样子，我竟都有些认不出了。"

　　对面那个人浅浅一笑，随即用右手轻轻划过脸庞，一瞬之间那人褪去了原本的衣着与容貌，变成了一个身体修长、英挺的少年。

　　"墨轩，这些年，辛苦你了。"君诺尘轻轻拍了拍对方的肩膀，"我回来有一段时间了，但一直没有机会与你见一面。"的确如此，当年一别，如今已过十年。

　　那个名为墨轩的少年摇摇头，说："为大哥办事我心甘情愿，怎会辛苦?"他说这番话的时候，脸上满是真诚与对君诺尘的尊敬。他不会忘记在十多年前，是君诺尘救下了他，并视他为兄弟。

　　君诺尘看着他，又指了指身边的空位，示意他坐下，"魔界的事想必你已知晓，我自不用再多言什么。你在魔界时日已久，可有人对你另眼相待？"

墨轩笑了笑，说："我在这里不过是一个小小的守门士卒，谁会注意到我呢？"

君诺尘没有再多问什么，只是用赞许的眼光看着他。的确，若要长期潜藏在一个地方，身份自然不必引人注目。身处无人问津的位置，反而对侦察此地情况有利。

墨轩仿佛想到了什么，道："我今日听几个士兵说魔后忽然离世，而且这件事似与魔圣有关，为此，魔王与魔圣大动干戈……在二人交手之时，魔圣身处险境，却被一阵金光救走了……"

"你想问什么？"君诺尘弯了弯唇，透露出些许温和之意。

"他……被您救走了，是不是？"墨轩问，这番话里带着疑问，可心里却已有了几分把握。

君诺尘不置可否，但凭借墨轩对他多年的了解，已然明白了答案。

墨轩的神色一时之间有些波动，他皱了皱眉，"不行，安冷耀这步棋走得太险了。他与魔王越冥相交多年，即便眼下二人水火不容，但也没有万分把握可以让他为我们所用。大哥，您要慎重考虑。"

"还考虑什么？我君诺尘看中的人绝不会有错。"君诺尘淡声说，"这次我回来，本就是因他。夏墨轩，你跟在我身边十多年了，还不相信我看人的眼光吗？"

"我……"夏墨轩一时语塞，"并非如此。我只是觉得安冷耀与越冥有朋友之谊，便不宜为我们所用，所谓情谊，是争斗中最忌讳的东西。"

君诺尘悠悠一笑，他轻启唇瓣："墨轩，你难道不知那些深情厚谊，在某种情况下会转变成浓烈的仇恨吗？比起没有情感，平静面对一切的人和心怀仇恨的人，你不觉得后者更可以成为有力的武器吗？对于他，若没有十足把握，我何须救他？他若没有利用价值，我下一秒便可让他从这个世上消失。"他说到此处的时候，眉毛间依然温润如旧，仿佛他天生就是一个性情柔和的少年，但谈笑风生之间，所流露的内在冷意，已令人不寒而栗。

"我明白大哥的意思了，恕我刚才的多心。"夏墨轩点点头，他是该想到君诺尘是一个做事滴水不漏的人，这样的人怎会容许给自己留下隐患。

君诺尘用修长的手指轻轻敲了敲桌面，望向天边的圆月，"多年前，我败过一次，高估了安天阔也小看了越轩的能力。这一回……"他没有再说下去，但语气里的狠绝已然让人明白了一切。他想起多年以前，本想借着安天阔的手铲除越轩，争得王位，所以假意与安天阔相交，一点一点把对方拉入陷阱，眼看一切将要成功，却不想越轩手下的林云叶一直潜伏在安天阔身边，在紧要关头将所有心血都化为了灰烬。

安天阔不久之后便被处死，越轩下令彻查与安天阔叛乱一事相关的线索，君诺尘虽自知一直以来，他伪装得不错，再加上有叶谦这样一个人物在身边为师，自然无人会怀疑到他；但是他心里仍有忌惮，安天阔的失败本就已在他的计划之外，若一切顺利，越轩早被拉下王位，所以在这个节骨眼上，他也不敢大意，于是借着散心的理由在外游走十年，想等待一个好的时机重归。

这一刻，终于来临了。

夏墨轩从怀里拿出一个白色的信封，交到君诺尘手中，"这份关于魔界兵力的部署，我多次核实，绝不会有遗漏。"

"我当然信你。"君诺尘轻抿嘴唇，将信封放在衣服口袋里，"我们的人，你都联络好了吗？"

"嗯。一切都已准备妥当，只等您的命令。"夏墨轩回答。

君诺尘看着他，轻轻摇了摇头，"早些做好准备是对的。不过，这盘棋我走得并不急，眼下，我还想再等几天，到时再动手也不迟。"

"大哥的意思是……"夏墨轩明白了什么。

"越冥为人聪慧，再加之我有意留下些许暗示，他要不了多久自会明白一切，前来质问我。那时，好戏才算正式开始。"君诺尘说道，不觉流露出自信的神情。

"那安冷耀……"

"他更不必担心，现在，我要他做什么，他就要做什么，一切都在我的掌握之中。"君诺尘说道，又想到了什么，"我手上的这些筹码大概可以押上五日左右，这几天，我要你在魔界的这个身份彻底消失。"

"是。"夏墨轩恭敬回答。他在魔界不过是一个门卫，这样的人本就存在于卑微的角落里，无人注意，即便死去也无人会在乎。这时，简单的身份反而是全身而退最好的途径。

君诺尘不再多言，他的唇畔带着浅浅的笑意，月光将他整个人罩在一层薄纱之中。他看上去依然俊秀温和，但从这一刻起，他再不是平日里那个温润如玉的男子了……

这是音千落死去的第四日，越冥将她葬在越轩的坟旁。天空下着细雨，魔界的天空被包裹在一片黯淡的灰色里，越冥静静地站在坟前，不时有轻风拂过，将雨水吹在他的脸颊上。无数雨滴从他白皙的面容上滑落，像是永远也擦不净的泪水。

叶谦站在不远处，他轻轻挥手示意一边的士兵退下。他望着越冥，心里轻叹一声，造化弄人。

良久，越冥走上前，用右手抚摸着音千落的墓碑，上面只刻了几个字：此地长眠者，声名水上书。

人生有那么多种境遇，有人天生位居高位，有人从未停止过努力，有人终日醉生梦死……但有朝一日，真正告别这个世界的时候，才会发觉，所谓的金钱名利到头来皆是一场空。所有的功过不过是在这世间留下的点滴痕迹，而这些也终会随着岁月的流逝而黯淡，名利就像写在水中的字，都是虚无。

越冥想，即便如此，在活着的人的心中总会留下已故人的痕迹。想他年少为王，这一路上多亏自己母亲的悉心栽培，才能走到今天。他回忆起这么多年，他与她竟大多在争论中度过。因为不愿辜负朋友，所以他对她冷言冷语，可到头来，他忘记了，他不负天地，却负了母亲。

"妈妈，对不起。"越冥低声说着，泪水顺着脸颊打到身前的碑上。十多年来，他对母亲的歉意，终是都落在了这简单的几个字中。若他能早明白音千落苦苦隐瞒的真相，也许便不会如此。

亲情，永远是一个人心里最为柔软的地方。越冥注视着音千落的坟墓，儿时的记忆忽然涌入脑海。他犹记自己儿时的调皮，不服管教。音千落每次因他犯错想要责备他时，总被他的几句顽皮话打消念头，转而带着无奈的笑看着他。

那时，他总是埋怨母亲严厉，却忘记探寻那层严厉下所包含的是什么。

是爱。

越冥突然膝盖一沉，跪在了地上。他冲着音千落的坟墓，郑重地磕了三个头。他这一生，欠妈妈的实在是太多了，对她的误解与伤害也太多了。他与她，竟在生死之间从未给彼此留下过什么，但无须言语，越冥也已知晓一切了。

"妈妈，我今日向您发誓，我一定会为您报仇。"越冥郑重地承诺，随即又想到什么，"当然，我也不会辜负您。魔界是我此生最大的责任，我会走到底，永不言退。"

随后，他慢慢起身，双手握成拳，垂在两侧，眼眸闪着从未有过的坚定目光。这一刻，他真的成长了许多。的确，当能为你遮风挡雨的人离去之后，成长，是必须的。

当越冥重新抬起头时，他已不再是刚刚那个失去母亲悲伤不已的少年，而是一个威风凛凛的少年王者。

"叶长老，我拜托您的事有线索了吗？"越冥沉声问。

叶谦点点头，上前几步，与越冥并肩，"事出当日，有人看到是林楚莫引领安冷耀去魔后住处的，但他并未停留，只是将人带到那里便走了。至于其他事情，究竟发生了什么，我问了守门的士兵，大家都说不知。"

越冥听后，冷笑一声，"这已经足够了。"他现在想起那天的事情，不禁责怪自己的情绪用事。那日的事，令他丧失了原有的冷静，他忘记为人处世最重要的一条原则——别被表象所迷惑。当时，他情急之下，见到安冷耀手中的刀竟一时间迷了心智，认为音千落的死是那人所为。可现在，当他冷静下来之后，才发觉这一切并非看上去那么简单。

那日之后，越冥令魔影检查音千落的尸身，发现她右肩外有一个非常深的伤口，想必是被刀刃所伤。越冥与当日从安冷耀手中掉落的刀一对比，几乎可以断定那把刀是伤她的利器。奇怪的是，越冥发现音千落右肩处的伤口虽伤得很深，但血流得却不多，这种伤口让他想起了魔界最为出色的杀人之术。

其实，真正聪明且有一定功力的人，在杀人时往往不愿将死者弄得太难看，最好是令人发觉不了那人是如何被杀害的，这样留下的线索越少那人便越加安全。越冥见那刀刃异常小巧，不禁记起他曾在古卷上看到若有足够强大的内力，再配上细小的刀刃，令其深埋在对方体内，便可一击将人杀死，而且这种伤连伤口都难以令人发觉。因为极快的速度与深厚的内力会令刀刃深插在对方体内，在一定程度上保护了他的皮肤不被损坏，因此不会流血，难以察觉。

音千落的伤口大半符合越冥所推断的情况，如果安冷耀真的是杀死母亲的凶手，他的确有能力做到这一点，可他实在没有必要再把刀刃拔出，这样不仅浪费时间还会暴露伤口。

而且当时在与安冷耀对峙结束后，越冥令人马上将音千落安葬，那时妈妈的尸身异常僵硬。

一般情况下，尸僵会在死后一至三个小时内开始出现，四至十一个小时扩延到全身，十二至二十四个小时才会发展到顶峰。但若按照安冷耀杀人的时间推算，音千落不可能这么快便会发生全身尸僵的状况。那么，如此一来，只能说明一种情况，安冷耀不是凶手。在他来找音千落之前，她便已死了。

"我错怪他了。"越冥轻声说，声音里有难以掩饰的自责。他此刻想起当日之景，只觉得一身冷汗。若到那最后一刻，没有一阵光芒出现救走了安冷耀，他不敢想象眼下又会是什么样子。

毕竟那时，他真的动了杀意。

叶谦也忍不住一声叹息，"这一切都是我的责任，我终究是大意了。"想他一生骄傲，对任何人与事都有万全把握。对于安冷耀，他更是认为在他的教导下，那个孩子不会重走安天阔的错路。他也真的以为，所谓前尘，自当不必在意计较，但音千落最害怕的一切终于还是都发生了。

然而，令他更为痛心的便是君诺尘，那个本应是风度翩翩、温暖如春风的男子，那个他一手带到大的孩子，竟会做出这样的事。

"是我错看了那个人。"叶谦悠悠说道，语气里除了悲愤，更多的是无尽的失望。

"不，叶长老，这不怪您。"越冥说着，眼里有寒光闪过，"是他伪装得太好，我们都被他骗了，怎么能怪您？"

当日安冷耀有许多话，越冥都听不明白，如今静下心来，才明白了一切。原来，君诺尘凭借着自己交给他的令牌迷惑了安冷耀，把音千落受伤致死的责任加在了安冷耀身上，再加上身中魔咒，更让安冷耀坚定地认为是自己不信任他才做出如此举动。君诺尘的目的，就是要他们二人仇恨相对。

若是如此，那么音千落的死也是君诺尘算计中的一环，而且是最大的一环。至于林楚莫，也应是被君诺尘收买了，难怪他近日安分了不少，一改往日狂傲张扬的个性，想必要伺机而动。

如果是这样……越冥一惊，那么在音千落的晚宴上，那个琪悠，安冷耀的入魔，音千落因此受了重伤，这一切，会不会也是君诺尘的安排？还有再之前父亲祭典上失火一事，本已查出了眉目，但念初的死又让一切陷入僵局……这一连串的事，看似毫无关联，却一点点把他们在不觉间逼到了角落……

若是想的不错，那么君诺尘真是一个可怕的敌手，竟然能做这样一个局，带他们一点点深入。更重要的是，在这一次又一次的动荡之中，他又能将自己置于一个永远不会引起别人怀疑的位置。

然而，他这么做，只是为了权力吗？究竟是什么让他有了这样的念头？

"如今，你的令牌在他手上。眼下的情况实在对我们不利。"叶谦严肃地说。他从来没有想过，那个他从小看到大的男子有一天会走到这一步，难道这才是最真实的他吗？自己这么多年竟从未发觉！

越冥冷冷地弯了弯唇，"无妨，单凭一块牌子，他还没有资格顶替我的位子。只要我在这里一日，他便休想代替我。"

"但只怕他早有安排，我们现在的境遇实在不利。"叶谦说。

越冥沉思片刻，道："他不过仗着自己的伪装抢占了先机，但那又如何？先机并非最后的胜利，真正的较量现在才开始。不过，在这一切正式开始前我要先去找他，我同他之间还有一笔账要算。"

"君诺尘为人城府极深，你亲自前去恐有危险，不如让我去问个清楚。"叶谦道，"我毕竟看着他长大，对他还是有些了解。"

"不，叶长老。"越冥转身注视着面前的老人，"您不必担心我。我知道他法术高强，可我魔王的称号也不是白来的，对于他，我心里有数。他若想杀我，早就下手了，何须绕这样大的一圈，布下这么多的迷局。这一回，我要亲自去见他。"

越冥顿了顿，又低声说："还有安冷耀，如果我猜的不错，他应该在君诺尘那里。"

"越冥！"叶谦不禁失声叫道。最近发生的事实在太多了，音千落的死，君诺尘的二心，让他还没有机会对越冥详细说明当年的因果。不过，以这个少年的心思，即使他不多说，也已明白一切了吧。

越冥深吸了一口气，仰头望向头顶的蓝天，"我终究是没能信他，他现在大概也是对我恨之入骨。也难怪，算下来，还是我亏欠他的更多。"

前尘终不能如梦而散，当过往种种卷土重来，他不知那些恩恩怨怨会将他们推往何处，只是希望以往岁月的余温能引领他们走出这片无尽的黑暗……

清晨，几缕阳光顺着一扇窗户斜斜地射进一间古朴典雅的小木屋里。这间屋子并不算大，却显得十分整洁。屋子最里面有一张床，床上躺着一个少年。他面容清俊，棱角分明的脸上透着几分虚弱。他纤长的睫毛轻轻颤了颤，随后睁开双眼。

"你醒了。"一个声音传来。

少年听到这个声音微微一怔，随即用戒备的目光看着床边那个陌生的人。那人见他眼里的疑惑，不禁微微一笑，"你不必紧张，这里是诺尘殿下的住处，我叫夏墨轩，是他让我来照顾你的。你昏迷了五日，身体还很虚弱，先不要乱动。"

夏墨轩从一边的桌子上倒了一杯热茶递给他，"殿下把你救来的时候，你伤得很重，多亏他几日为你输送真气才保住你的生命。"

少年饮了一口茶水，原本干涩的喉咙得到一丝滋润，他轻声开口："谢谢。"

这时，房门发出细微的响声，一个白衣男子走过来。夏墨轩见他进来，叫了声"大哥"。

"小耀，你现在觉得怎么样，有没有哪里难受？"男子温声询问。

安冷耀摇了摇头，有些无力地笑了笑，"现在感觉好多了。诺尘哥，谢谢你救我！"他想起自己当日看着越冥对他举起剑，以为自己真的活不了了。后来一股金光出现，覆盖了他的全身，而后他便失去意识。

君诺尘点点头，又对夏墨轩说："他刚刚醒来，不便吃太过油腻的东西，你去为他准备些清淡的菜肴。"

"是。"夏墨轩答道，随即走出屋子。

安冷耀见夏墨轩出去后，将目光转向君诺尘，"诺尘哥，我听墨轩说你为救我耗费了不少功力，我非常感动。但是……你实在没有必要救我，我当日已做好了死去的准备。"

"小耀……"

"诺尘哥，对于我的身份，你也一直是清楚的。所以那么多次，你向我提及父亲，却欲言又止。你们都知道我的身份，却没有一个人愿意告诉我，直至我发现真相……我相交十年的朋友，是我仇人的儿子，我想恨他，却又几度狠不下心。到头来，我被下魔咒又被人诬陷，我愧对父亲也感觉无力再为他报仇……既然如此，我活在这个世上也没有什么意义了。"安冷耀说这番话时，只觉得自己好累。他本是最为执着坚韧的人，可现在，在经历了这么多后，他感觉自己再没有了曾经的信念。

君诺尘走向他，坐到床边，"每个人的人生大概都会有这样的一段经历，你或许会悲伤消沉，或许会希望破灭，失去一直以来所追寻的方向……但这只是暂时的。小耀，人生在世，本就不可能一帆风顺。我们谁都不免深陷黑暗，对生活失去希望，可是只要在心里找回信念，那么所有的困难都会迎刃而解。"

安冷耀身形微微一颤，依然沉默。

君诺尘见他如此，不禁轻叹，"我知你心中的苦痛，我的确也有责任。若能早些告诉你事情的真相，或许会好过令你在旋涡里越陷越深。"他说着，清朗的声音里夹杂着自责。

"不，我知道你们也是为我好，才选择隐瞒。"安冷耀忍不住说，"事到如今，我不怨任何人，只怪我自己。是我太傻，竟然相信所谓的友情，为此甘愿放下一切。我既有愧于平生心中的信念，也对不起我的父亲。"他想，如若不是自己一再信任越冥，相信当初那个说着会永远相信自己的男孩，也不会有今天的局面。这因果，都是他自己种下的。

君诺尘拍了拍安冷耀的肩膀，开口道："现在还有重来的机会，如果后悔了，便不要再走旧路。你只需记着，我永远站在你身边。"

"诺尘哥……"安冷耀喉咙一哽，他万万想不到，今时今日，在他失去一切，在自己最落魄的时候，依然有人愿意支持着他。

君诺尘温和地笑了笑，道："但我也希望你记着，有时候，多给别人一个机会，也许也是为自己找到一条出路。越冥与你多年好友，他眼下误解你，只因魔后去世，心情难以自制，你也不要怪他。毕竟，你们二人已经走了这么长的一段路。"

安冷耀淡然一笑，只是那笑容里包含了太多伤感。他都忘记了自己给过越冥多少次机会，从他知晓真相的那一天起，他本就该对那人恨之入骨，可他没有。后来，音千落晚宴上，他虽入魔伤了音千落，但他并非有意，只是越冥不信他，对他下了魔咒，也不愿见自己。那时，他虽对越冥有过怨，但仍是不忍狠下心。再接着，音千落被杀，在众人的流言中，他想，如果那个少年甘愿信他，他便真正抛开所有，不再过问前尘。可没有，越冥不愿信他，甚至对他起了杀意。如果不是君诺尘搭救，他早就死在那人的剑下。

一路走来，他恍然发觉，在这段友情里，他一直把自己放在很低的位置上，也一再包容着对方，甚至几度不去理会杀父之仇，可到头来，他等来的是身上的魔咒，是一把向他刺来的剑！

"不会再有下次了。"安冷耀忽然注视着君诺尘的眼睛说，"永远不会再有下次机会。"此时的他，再无一丝多余的情感，只是脸上多了几分冷漠。

"小耀，你……"君诺尘欲言又止。

"我给了他那么多次机会，但他却一次又一次把我推向悬崖。更何况，我们之间本就有着杀父之仇，我无法再去说服自己原谅他。"安冷耀冷声说。这一刻，他发觉体内的情感仿佛在一念间流失，曾经那个逆来顺受、隐忍不发的少年真的已不复存在，那个自己，早就随着那天的战斗，死在了越冥的剑下。

君诺尘像是无奈地摇摇头，说："一直以来都不想让你知晓过往的一切，因为与其怀着仇恨，倒不如永远做一个无牵无挂的普通人。可这世间，又确实有太多事是早已注定要面对的。一个人，也终不可能停留在原地，永远不变。罢了，就去做你觉得该做的事情吧。"

安冷耀突然撑着虚弱的身子下床，对君诺尘恭恭敬敬地鞠了一躬。

"你这是做什么？"

"诺尘哥，我这条命是你救回来的。从今以后，我只愿听你一人的命令，不敢违背。"安冷耀郑重地说。

君诺尘扶安冷耀躺回到床上，说："你我之间，何须如此？天阔本就与我交情不浅，你既是他的儿子，我便有义务对你好，不是吗？"

"不，这世上本就没什么应不应该，只有愿不愿意。"安冷耀说，"诺尘哥，从我们第一次认识，你就帮了我许多。如今，更是冒着风险把我救回。无论因为什么，我都要感谢你。今生今世，我只听从你一个人的命令。"安冷耀再次承诺道。他没有理由，不去对一个几次帮了他，甚至有过救命之恩的人交付自己的信任。

君诺尘仔细凝视着对方的双眼，似乎想确认这个少年的真诚究竟有几分。

半晌，君诺尘忽地一笑，"好，小耀，你跟着我，我会帮你完成你想达成的事，我不会亏待你。"

他想，安冷耀本身也是个聪明人，既然自己能在那天从越冥手下救人，大概也会明白自己有几分的实力。安冷耀虽谨慎，但如今看来，这枚棋子该算是暂时拿下了。

君诺尘从床边站起来，轻声对安冷耀说："眼下，你的身体最重要。你放心，我会尽快想办法解去你身上的魔咒。"

安冷耀点点头，但他心里却清楚魔咒的唯一解法便是以施咒者的鲜血为解。他和越冥闹到这个地步，那人不会予他解药。不过，他也并不畏惧这份痛苦。他早已把生死置之度外，还会怕什么呢？只是，他到底还是连累了君诺尘。他明白君诺尘平日的身份地位，再加之君诺尘可以从越冥手下救出自己，更是能力非凡。这样，自己岂不是会害得君诺尘与越冥对立？

"诺尘哥，我给你添了不少麻烦，我很抱歉。"安冷耀低声说着，不敢直视面前的人。

君诺尘轻抿嘴唇，柔声说："你不必自责，这是我自己的选择。小耀，我既与天阔是生死之交，怎会亏待他唯一的儿子？我从心里把你当作亲人看待，你若这么说，便是与我见外了。"

"不，我不是这个意思。"安冷耀否认。

"那一切都无须多言。小耀，不必担心，若无万分把握，我不会从越冥手下明目张胆地救你。我既这么做，就不惧他会来质问我。"君诺尘安抚道。

君诺尘见安冷耀仍有些担忧，也没有再说下去，只是拍了拍他的肩膀："现在什么都不要多想，好好休息几天。无论再发生什么，都交给我来处理。如果有什么需要可以告诉我或是墨轩。"

"嗯。"安冷耀没有再多言，只是将满心的感动压在心底。

然后君诺尘又叮嘱他多多休息，随后出了房门。

他来到屋外，见不远处夏墨轩正与什么人在交谈，眉眼之间带着些许不耐烦的神色。他向前走了几步，认出那人是林楚莫。君诺尘在心里暗暗轻叹，这几日事情太多，竟把这个人忘了。他见那人有些激动的神情，大概猜出了这少年此行的目的。也罢，他心里清楚，林楚莫迟早会这么做，只是时间问题。

想到这里，他心里已有了打算，来到这二人面前。

"墨轩。"君诺尘开口叫道。

夏墨轩看见君诺尘，恭敬地叫了声"大哥"，随即解释："林少主说有事找您，我见您刚刚在房内有事，便拦下他。他不肯离去，执意要见大哥一面。"

林楚莫瞥了夏墨轩一眼，不屑说道："我倒不知他手下还有你这么一个人。你是什么身份？我要见他一面，还要经过你的批准？"他之前与君诺尘来往之时，从未见过这个人。今日刚一见面，这人便拦下他，不肯让自己见君诺尘。他在魔界狂傲惯了，最受不得有人制约。

君诺尘笑了笑，轻声说："林少主何必恼怒，今日是我的人怠慢了你，不如我叫他向你道歉。"

接着他唤了一声夏墨轩的名字，夏墨轩当即会意，他微微低下身子，说了声"抱歉"。林楚莫冷哼一声，倒也不愿再与他纠缠。

"你今日来找我，大概有事相商，不如我们到前面的树林里去说。"君诺尘提议。

"好。"林楚莫说着便往前方走去。君诺尘紧随其后，与夏墨轩擦肩而过。

此时魔界在阳光的照耀下已很炎热，只是在踏入树林之时，四周翠绿茂盛的植被扫去了不少酷热之感，带来丝丝凉爽。树梢上，不时有几只鸟飞过，发出悦耳的鸣叫。

两人来到树林的正中心，这是树木最为茂密的地方。阳光隐隐透过浓密的枝叶映射过来，在草地上打下圆圆的光点。

林楚莫在确认四周绝对安全后，终于忍不住开口："你当初承诺我的事究竟什么时候可以兑现？"

"林少主指的是什么？"君诺尘双手抱在身前，一副风轻云淡的样子。

林楚莫一跺脚，向前走了几步，怒声说："你想过河拆桥？当日念初之死，还是你一手策划的，你当时不是允诺我，若我按你的意思行事，你便可助我夺得魔王之位？但如今……"他话语一顿，用因情绪激动而泛红的双眼盯着对面的男子。

君诺尘轻声一笑，说："林少主放心，我既已答应你，自然不会食言。只是现在，时机未到。"

"时机未到？"林楚莫冷声重复，"现在音千落已死，越冥、安冷耀反目，魔界人心未定，还有什么时机会比现在更好？君诺尘，你少用那些冠冕堂皇的理由搪塞我。"他一路下来，也帮着君诺尘做了不少事情，现在也该到那人予他所需的时候了。

面对咄咄追问，君诺尘并不恼怒，他依然面不改色，一如往常那样温和。他缓声说："楚莫到底还是沉不住气。既想安稳登上王位，那么之前的布置就要一丝不苟，要有万分把握。现在，只是成功的第一步，我们要慢慢来。音千落虽死，越冥与安冷耀也已反目，但这仍不是最好的时机。越冥心思细密，有些事瞒不了他太久，他马上便会明白过来，我们要将他彻底打倒才算成功。你不要忘了，除了他，还有叶谦这样一个棘手的高人存在，我们现在还不能大意。"

林楚莫被君诺尘这么一说，心中的怨气渐渐平复下来。他不得不承认，若论城府，他不及越冥更不及君诺尘。君诺尘这人表面看上去似乎一潭湖水，波澜不惊，但却让人猜不透深度，加之这人平日里对谁都是温文尔雅，可这层温和下却又透着几分疏离。

还记得那日，他亲眼见到那个一再与他合作的黑衣男子拿下面具后，

263

卷四　露从今夜白

露出的竟是君诺尘的面容后，自己心中的震惊。他实在不曾想过，那个叶谦最为倚重的人，魔界里受人尊敬的殿下，竟是几次助他的黑衣男子。君诺尘，究竟还有多少不为人知的秘密？

林楚莫一直都不愿承认，自己其实是有些怕他的。君诺尘这人，身怀绝技，却深藏不露，让人猜不透他的心思。这样一个强大的人，甘愿帮自己，很难不令人怀疑他的用心，但林楚莫不愿再想这么多，自己已在这条路上走了太久，无论最终目的地是怎样的，都不能再退了。

"那我们现在该做些什么？"林楚莫问。

君诺尘轻轻摇了摇头，"什么都不必做，等着越冥自己发现线索，主动找上门。"

"什么？"林楚莫不解，"这不是自寻死路？他要是弄清一切我还有的活吗？他……他不会现在已经发现什么了吧？"林楚莫说话间心里一颤，不觉冷汗直流。

君诺尘抿嘴一笑，"发现了什么是一定的，但这本就在我的掌握之中。你放心，若他真完全弄清了一切，你不会安然无恙地站在这里。有些时候，让对方知道一点线索并非等于全盘暴露。"

林楚莫虽心里还有些慌乱，但他见君诺尘胜券在握的样子，也稍微松了一口气。

"好，我听你的。"林楚莫说着，忽然又想到了什么，"对了，安冷耀是不是在你这里？"

君诺尘不置可否，并未多言，但林楚莫已然知道了答案。

"为什么要救他？让他死在越冥剑下不是更好？"林楚莫气愤地质问。

"有的人若是活着有价值，便不能让他白白死去。"君诺尘不紧不慢地说，"他绝非你眼中一个不值一提的存在。相反，他是我手中一枚很好的棋子，若是运用得当，能让这盘棋下得更为出色。"

"什么？"林楚莫越来越疑惑。

君诺尘不再解释下去，他挥了挥手，轻声说："你先回去，少安毋躁，我自有安排。"

林楚莫见那人脸上已流露出几分不耐烦的神色，他也不敢再说什么，只好点了点头。然而就在即将离去的时候，他终于还是忍不住开口问："你真的会帮我?"

君诺尘一怔,随即反问:"你说呢?"

"我……"林楚莫发觉自己的声音带着颤抖,他几乎已经明白了答案。

"现在,除了相信我,你也没有别的路可以走了,对吗?既是如此,问这个问题岂不是多此一举?"君诺尘缓声说,他的声音清朗湿润,却让林楚莫一惊。

就在那一刻,林楚莫已经无比清晰地意识到,未来的路无论好与坏,早就不是他能够掌握的了……

"魔王,您当真要一个人去见他?"魔影犹豫了许久之后,终于还是忍不住问出了口。

越冥没有回答,只是轻轻点了点头。

"但这太危险了。如今魔后故去,人心不定,君诺尘一手策划了这么久,等的就是这一刻。您贸然前去,难免会遭受他的算计。"魔影试图劝说。

越冥摇摇头,说:"这怎么算是贸然呢?难道现在你还不清楚我的计划?"

"虽说如此,只是……"魔影顿了顿,"即便我们备下人手,但距离那么远,赶过去也需要一段时间。这段时间内,难保君诺尘会不做出什么对我们不利的举动。"

"他武功高强,经叶长老一手教导,且不要说我,即使是长老也未必有把握胜他。若我们布下的人离得太近,他马上就会察觉,反倒更为不利。"越冥分析,"所以现在,我们只有智取。好在这些年来,魔界里有不少暗地里的兵力布置只有我最为清楚,而且这些人身手不差,可以助我们。到时候,你们等着我的信号行事便是了。"

"我明白了。"魔影低声道,面色仍有担忧。

越冥见他始终无法真正放下心,忽地一笑,"难道你不相信我吗?唉,真是沮丧啊,出战之前,我身边的人对我这么没有信心。"

"不,我不是这个意思。"魔影慌忙否认,他和越冥自小一起长大,越冥的实力他心知肚明,只是君诺尘为人狡诈,他担心越冥会遭到算计。

越冥见魔影慌忙解释的样子，只觉得有趣，然而他也清楚魔影顾虑。他在心里不禁暗暗叹息，现在的他，在失去母亲、与朋友反目之后，还能有一个真正担心他、值得信任的人实在太难得了。

想到此处，他收敛了笑容，面色凝重地拍了拍魔影的肩，"魔影，这么多年来，你一直跟随我左右，任劳任怨，辛苦你了。我一路走来，身边本簇拥着无数人，但现在能让我信任的只有你一个。"

"魔王言重了，我愧不敢当。"魔影低下头说。他觉得自己从未有什么过人的天赋，能真正担当起越冥的看重，只是他有一颗忠心，他绝不是见利忘义的小人，只要还活着，他会永远追随越冥。

越冥看着他，忽然想起很多年前，当自己还只是一个孩子，吵闹着不肯练习法术，因而被母亲责备时，总是魔影帮他解围。多年来，他一直以为所谓友情应当是与安冷耀的相交，但现在想来，魔影这么久以来对他的默默追随又何尝不是一种情义。在很多时候，他都忽视了这份看似不起眼的友谊。

"魔影，此次行动，若我遭遇困境，你不要顾念我，要尽快脱身。君诺尘法术精深，你不可能是他的对手，但无论如何，魔界不能落入他的手中。你要活着，替我管理魔界。"越冥低声说，脸上是淡淡的凝重。

"魔王……"魔影欲言又止。

"这是命令，你不能违背。"越冥加重了语气。

魔影不禁沉默，良久，他抬起头，直视着越冥的眼睛，"魔王，我答应您，但魔界永远都不属于我，我会等着您回来的那一天，把它归还于您。"他没有贪念，亦无野心。

越冥心中一动，他望着面前的少年，俊美的面容上，终于流露出许久不见的发自内心的笑容。

夜晚终于来临了。自古以来，提起黑夜，它似乎带给人们的是深陷在漫长黑暗里的无限恐惧，可对于战斗的人来说，黑夜里的进攻最不易察觉，因为黑暗本身便会隐藏许多东西。

今夜的天空一片阴沉，月亮与群星均被掩在浓厚的乌云中，整个世界都被渲染成墨色。

对于即将到来的一切，越冥没有丝毫恐惧。他在林中穿梭，四周一片寂静，只是偶尔响起他碰到地上枯叶而发出的"沙沙"声。林子里没有一丝光亮，黑得令人发慌，令人畏惧，但他始终面色平静。

终于，来到了林子的边缘，越冥看到一座淡雅别致的小木屋，里面散发出橙黄色的暖光，将屋子四周的土地都映照得一清二楚。木屋前有一个小小的院子，院子的桌旁坐着一位年轻的白衣男子。他面前放着两杯茶水，一杯放在他自己面前，另一杯则放在离他不远的空位子上，仿佛正在等着什么人。

越冥抿了抿唇，一点点走向那个人，而那人背对越冥坐着，仿若不曾察觉什么。直到越冥坐在了他身旁的空位上，那人才轻声开口："我等你很久了。"

越冥没有回答，而是先端起面前的茶杯，喝了一口茶水，才说："不久，这茶水还未凉透，这只是你的客套话吧？不过我倒真未曾想到，你为了迎接我，还细心地准备了茶水，还真是用心呢！"

白衣男子转过身，面对着越冥，他浅浅一笑，"我只是不愿兵戎相见，我们坐下来坦诚谈谈，不是更好吗？"他的言语温和，举手投足像一个谦谦君子。

越冥拍了拍脑门，说："唉，真是伤脑筋啊，我实在是想不出我们之间还有什么可谈的。"

白衣男子摆摆手，说："没有关系，你不愿同我说话，我倒有些话想要告诉你。"他说着，从怀里拿出一块小巧的牌子放到桌上。越冥黑眸一紧，手飞快地伸向那块牌子，但那人已经先一步拦住了他，将牌子护住。

"你到底要做什么？"越冥面色一沉。

"不要心急，我只是想和你做一笔交易。"白衣男子笑着说，"说起来，这令牌还是你主动交与我的，你把魔界重任托付给我，我也想一直帮你管理下去。你年纪轻轻，本该无忧无虑地生活，何必早早深陷在名利的旋涡里？所以不如我替你坐这位子，你就可以一身轻，这样不好吗？"

越冥听后，不怒反笑，他冷声说："这就是你所谓的交易吗？我想即使我不回答，你也应该知道我的答案。君诺尘，没想到你是这样的人，怪我今日才认清你的模样。"

君诺尘看着越冥，依然唇边沾染着笑意，仿佛那入耳的话语是他人对自己的表扬一般。

"你知道的，仅凭一块牌子，你还坐不上我的位子。"越冥冷淡地说。

君诺尘缓缓把令牌放在自己身前，修长的手指煞是好看。他启唇轻笑，"没有关系，我想要的东西无论如何也会得到。况且，仅凭这块牌子，已经能为我完成很多事情了。只是……"

他说着，忽然流露出惋惜的表情，"只可惜你不愿与我交易，我便只能用强硬的手段了。越冥，其实我是很欣赏你的，不想和你成为敌人。"

"哦？是吗？"越冥反问，"只是我从你的所作所为里丝毫看不出半分诚意。你杀我母亲，又将这一切嫁祸他人，我们之间还有什么回转的余地？"

"是，我不否认，音千落是我杀的。"君诺尘没有回避，淡声答道。

"你终于承认了。"越冥说，他原本以为在面对真相时，这人又会为自己找下许多掩饰的借口。

君诺尘点点头，说："既已达成目标，便无须隐瞒，更何况，你不是已经想明白了这一切？不错，从最开始念初的死到后来音千落生辰上的动乱、安冷耀的入魔皆是我一手策划。"

"你……"越冥见那人的字字句句都一一印证了自己之前的猜想，不觉心中满是愤怒。

"但是越冥，我觉得你弄错了一点。音千落的死，我从来都没有嫁祸到安冷耀的身上。那日，是你自己在看到一切后，心生怀疑，甚至不惜对他下杀手。这所有，都是你自己造成的，与我没有丝毫关联。"君诺尘淡淡地说道。

越冥身体一颤，没有回答。的确，是他错怪了那个人。

君诺尘见他如此，不由得轻抿嘴唇，轻声说："所以，这一切本就不是我造成的，不是吗？或者就如我刚刚所言，我不过是想帮你分担魔界的责任，让你轻松些。"

越冥面色一冷，右手拍了一下桌子，随后起身，大声说："君诺尘，不要在这里颠倒黑白。是，我承认，在整件事情中，我确实有行事不周的地方，但若不是你暗布迷局，哪里会生出这么多事端？况且杀母之仇，不共戴天。眼下你又意图谋反，想争夺王位，我怎么可能容你？"他曾经就是太轻信这个人。从君诺尘到魔界的那一天起，这里发生了不少事，他步步为营，谨慎提防过那么多的人，但从未对君诺尘有过半分戒备。想来，也是他的大意。在这个世上，本就没有真正值得信任的人。

君诺尘轻叹一声，缓缓起身，"看你说的，反倒我像一个恶人。我之前不是说过，如果你答应与我交易，那我们便可免去许多麻烦。越冥，你不再仔细想想吗？"他说这番话时，脸上满是真诚，实在是一个谦谦君子的模样。

越冥早已不愿与他再多言。白光闪现过后，越冥的手里已多出一把长剑。他握着手中的长剑，神情冷峻，注视着君诺尘，似乎已下定决心要与面前的人分出胜负。

君诺尘假装无奈地说："越冥，我一再退让，可你却不明事理。那么，也怪不得我了。"

说话间，淡紫色的光汇聚在他的指间，光芒散去后，他的手中出现了一把羽扇。这羽扇周身泛着柔和的白光，扇子的四周覆着洁白的羽毛，造型古朴典雅，如这扇子主人的外表一样温雅完美，但仔细一看，白光中暗藏能量。

越冥一剑向君诺尘刺去，他的出手又快又狠，没有任何留情之意。君诺尘面对对方来势汹汹的剑也并未乱了阵脚，他轻轻一挥手中的羽扇，那扇中之力竟抵下了越冥大半的力量。随即，君诺尘反手一挡，阻住了越冥的剑。

越冥有些惊讶，他虽知晓君诺尘武功不低，甚至在他之上，但却未曾想过这人的功力竟比他想象中更为精湛。凭借他出剑的速度，魔界少有人及，但君诺尘却轻而易举地化开了自己的攻势。

君诺尘腾空而起，对着越冥轻摇羽扇，刹那间，他的周身生出无数长长的羽毛，但若仔细观看，便可发觉这羽毛绝非寻常，它们的顶部隐约可见锋利的刀锋。

越冥皱了皱眉却也没有一丝慌乱，他将手中的剑扔向空中，白光乍现，那柄剑进而化为上百把长剑，在他的面前变成一个屏障抵挡着对手的进攻。

那些锐利的羽毛与刀剑交织在一起，双方互相抵御，一时间难辨胜负。

"嗯，果真有几分手段。看来，音千落教导有方啊！"君诺尘一边凝聚真气融在进攻中，一边说。

越冥掌间渐渐出现一个光球，他操纵着这颗能量球，使自己的法术瞬间增添了数倍的功力。

"君诺尘，你若怕了，就趁早投降。"越冥冷声说着。

"那就要看你有没有这个能力让我投降了。"君诺尘说着，抬起右手，一股淡紫色的光芒从他手心中源源不断地输送到由羽扇构成的阵法之中。

越冥顿时感觉抵挡变得吃力了许多，原来君诺尘到现在才算是真正发力，刚才想必只是在试探自己的法术。越冥眼见自己的剑刃正在因对手的魔力而慢慢后退，他心中一动，不行，如若凭借内力相对，他不是那人的对手。

不如……

越冥忽然心生一计，他猛地撤去自己的攻击，由于速度过快，君诺尘竟一时间没有反应过来，他本来暗发的内力由于对方的收手而导致外泄，好在他及时收回能量，才避免了受内伤。

这时，无数锐利的羽毛失去原有的阻挡而向越冥飞去。越冥一个侧弯身，那些锋利的刀刃顺着他的身体擦过，未曾留下任何伤口。他是在赌，赌自己的身形移动够快，可以避开君诺尘的攻击。随后，他没有给自己也未给对方任何喘息的机会，他反手发出一道蓝色的光芒向君诺尘射去。

君诺尘刚刚平复内力，按理来说，本没有机会再抵挡住向他飞驰而来的蓝光。确实，他也未曾抵挡，只是嘴角泛起一丝不易察觉的微笑。

就在这时，另一边不知从何处飞来的长剑挡在君诺尘的身前，那道冰蓝色的光打在那把刀刃上。

此时，一个身影修长的少年从屋里走出，他抬起右手，那把剑立刻回到他的手中。然后，他缓缓来到越冥面前，薄唇轻启："你出手的速度又快了。"

越冥看着他，沉默一阵，然后低声开口："耀，你……你的身体怎么样了？"

安冷耀忽然笑了笑，看着昔日的好友，"真是劳烦魔王的惦念，不过，你难道不该说我怎么还没有死吗？当日魔王的那一剑，我现在都还记得清清楚楚。"他的话里全是讥讽之意，再找不出一点情谊的存在。

越冥身子一顿，轻声说："对不起。"他生来骄傲，从未对任何人这样放下自己的身份道歉，但那一日，他险些取了安冷耀的性命，伤害了自己最好的朋友，他错了。

安冷耀紧紧握着手中的长剑，他注视着越冥，"冥，事到如今，你以为我们之间的事，仅凭一句道歉就能解决吗？你本是我在这世上最为信任的人，但现在……"他说着，话语里不觉因激动而带着几分颤抖。

"安冷耀，我……"越冥动了动唇，却没有说出一句话。那一天，他在看到母亲冷冰冰的尸体后，真的丧失了一切理智。纵使他在外人眼中再高高在上、智谋无双，但他也终究不是天神，他有自己的情感。这世间有谁可以做到在看到挚爱之人惨死之后，依旧淡然冷静面对？至少他不行，所以在情急之下，他误解了安冷耀，但这并非他的本心。

"够了，越冥，我不想再听你解释什么！"安冷耀厉声说，"我给你的机会难道还不算多吗？我曾经想过，只要你愿意相信我，那么你我之间的恩怨一笔勾销，我甚至想过，只要你愿意信我，我一切都可以不在乎，但你回报我的又是什么？"

"我……"越冥有些失神，不知如何应答。

安冷耀深吸了一口气，试图平复自己的心情，"也罢，事已至此，多说无益。"

他说着，将手中的长剑指向越冥，"托你的福，我身中魔咒。如今我自知不是你的对手，但你今日无论想取谁的性命，都要先过我这关。"他知道越冥此行目的，更知因魔咒之故，自己难以胜出，但他不怕，与越冥这笔账，迟早都是要算的。

越冥听得一愣，他想起当日音千落死时，他们二人对峙，安冷耀也曾说过自己身中魔咒之事，并且言语间认为这事是自己所为。他并未这么做过，这中间难道也有隐情？

"耀，你这话什么意思？"

"越冥，现在你再不承认又有什么意思？"安冷耀不屑地抿了抿嘴角，"当日在音千落的宴会上，我险些入魔，你却认为我是想借此机会取音千落的性命，于是对我下了魔咒，不是吗？"

"什么？我并没有这么做过。"越冥矢口否认，"当日你确实险些入魔，但由于及时制止并未造成什么动乱，虽然琪悠指控是你心怀不轨，但我并未相信。当时，我只想让你好好休养，怎么会对你下魔咒？"

安冷耀听着越冥的解释，心里却一个字也不相信，"越冥，敢做不敢当！没想到你是这样的人。"

越冥望着安冷耀冰冷的容颜，不禁苦笑。现在，无论他解释什么都无济于事了。

一边的君诺尘双手抱在胸前，看着这一幕幕，脸上仍是露着惯有的笑意。这世上还有什么比曾是肝胆相照的朋友却反目成仇更有趣的呢？

安冷耀的剑尖始终指着越冥，在灯光的映照下透着寒意。越冥的目光转向正对自己的剑锋，他突然用左手紧紧握住剑锋，安冷耀本能地收回了自己的剑，但剑尖还是割破了越冥的手掌。

"你……"安冷耀一时间并未明白越冥的用意，眼见越冥向他一步步走来，每走一步，左手便有几滴鲜红的血液滴落在地上。

越冥终于来到安冷耀身旁，他抓起安冷耀的左手，将自己的鲜血滴到安冷耀的掌心处，并问他："这回，你愿意相信我了吗？"如果安冷耀的魔咒的确是自己所下，那么当自己的鲜血滴到对方身上时，对方应该会有反应。

血的腥甜气息涌入安冷耀的鼻腔，安冷耀却没有感到什么异样！这是为什么？他愣住了。

不是越冥，不是他对自己下咒，那么……

安冷耀低头看着掌中的鲜血，他感觉自己清醒了几分。

安冷耀的目光忽然转向君诺尘，然而君诺尘却未见一丝异样，只是淡漠地看着他。

"是你。"安冷耀冷声说道。

"是我。"君诺尘平静地回答，语气里没有一丝波澜起伏。

"你……为什么？"安冷耀问，毕竟在不久之前，这个男子还是他最为信任感激的人。

"你说呢？即使我不说，你也该明白几分了，不是吗？"君诺尘反问道，"小耀，我们不过都是各取所需。我承认，我是利用了你，也让你遭遇困境，但是我也帮过你，不是吗？"

安冷耀站在原地，心中有千百种情感涌上心头。他说不出自己此时的心情究竟是怎样的，只是觉得一片冰冷。什么是"各取所需"？不，他从来没有这么想过！君诺尘甘愿帮他，对他视如己出，他在心里都感激铭记，日后一定会回报。他未曾想过那个人自始至终都在欺骗他！

他现在又能如何？父仇未报，他决不能颓废沮丧。

越冥这才明白一切，原来他与安冷耀之间的矛盾也皆因君诺尘。早在音千落的晚宴上，那人就已布好了一切，只等着他们走入陷阱！他竟然到此刻才清楚所有的真相。

"耀，他在利用你，你不能相信他！"越冥大声对安冷耀说。

安冷耀有些茫然，他只觉自己仿佛站在崖顶，四周皆是万丈深渊，进退维谷，不知所措。他抬眼向越冥看去，那个少年正担忧地望向自己，掌中的鲜血红得刺眼。

"冥……"安冷耀低低叫出声。

越冥面容沉静，他注视着安冷耀，即便二人之间早已有了误解仇恨，但他的目光依旧炽热温暖，一如他们曾经肝胆相照的岁月里那样平静。他希望与自己的朋友能重拾昔日友谊，除此之外别无所求。什么恩恩怨怨，什么阴谋误解……这些，到底不如友情来得珍贵美好。

安冷耀也不由得忆起他们二人朝夕相处的时光，那些日子，的确不忍舍弃。记忆里的那个玩世不恭的男孩对自己一直以诚相待。在无数个寂寞孤独的寒夜里，在失去亲人、寄人篱下的日子里，都是这份友情予他力量，而自己也曾在心里发誓，要倾尽所有守住这份情谊。

这个给了自己无数温暖的少年，却又为何是他苦苦追寻的仇人之子？

安冷耀的脸上满是痛苦，一边是父亲的血海深仇，一边是患难与共的朋友，他不知如何选择。

君诺尘自然看出了安冷耀的动摇，哈哈一笑，"安冷耀，我到底还是高看了你。原以为，你经历这么多日的思来想去，应该早已下定决心，却没想到，面对越冥，你还是没有定论。安天阔是那样一个骄傲自负的人，怎么会有你这么一个难堪大任的儿子？你身负杀父的血海深仇却不报，反而面对一个险些夺去你性命的'朋友'如此举棋不定。"

安冷耀身体微抖，面色发白，他咬着嘴唇，出血了却没有感觉。

"君诺尘，你少在这里胡言乱语，蛊惑人心！"越冥怒声说。

安冷耀的脑子一片空白，耳边只回荡着君诺尘的话语。他心中一震，忽然发觉自己的确懦弱。从小到大，他心中无不在想着为父亲报仇雪恨，但自从得知真相后，他却又因所谓的友情屡次退缩。身为男子，本应顶天立地，而今，他却连父亲的仇都甘愿忍下。这样的自己，的确难堪大任。

"安冷耀，我承认，我有自己的目的所以利用过你，但是，这又有什么关系？我从来没有想过阻碍你为安天阔复仇。相反，我说过，我还可以帮助你。到底该怎么样选择……我相信你明白，是不是？"君诺尘显得很诚恳。

这一刻，安冷耀的头脑是从未有过的清晰明了。那些情谊与友情都已在他的心里一一消散，在经历了这么多后，他也不可能再说服自己与越冥回到曾经毫无芥蒂的岁月里。至于君诺尘，其实早在他与越冥相见时，通过他们之间的对话，他就已经明白了许多事情。细细想来，从他与君诺尘的第一次见面起，那个人的嘴里总是或多或少地透露出安天阔的事情，就已经是引领自己一步步踏入恩怨之中。如今他之所以明白这一切，也的确因君诺尘这一路来的暗中牵引。许多他所遭受的困境，也是因那人的一手安排。如此算来，他似乎该对这个人恨之入骨，在越冥出手时，他也不该救这个人，可是确如君诺尘所言，他是唯一可以帮助自己报仇的人。

安冷耀不禁闭上双眼，心中已然下了一个决定。再次睁开眼睛时，他不再去看越冥，只是一步步站到了君诺尘的身边。他心里是恨着君诺尘的，但他又不得不承认，这人的确抓住了自己的要害。安天阔一事牵扯到魔界王室，他仅凭一人难以对付越冥手下的千军万马，必须有人协助。这个人，只能是君诺尘。

"安冷耀，这是你的决定？"越冥轻声问着，他心里是无尽的悲痛。

"越冥，事已至此，我无法再说服自己放下一切。曾经，我是想过放下，但你没有给我这个机会。当日你的那一剑，早已斩断了一切，曾经那个安冷耀已死在你的剑下。"安冷耀低声说，"从现在起，我们不再是朋友，只是敌人。"

当他说着这番话的时候，他仿佛觉得有什么东西正在从体内流失，是曾经的友情。这一瞬间，他终于可以真正地说服自己告别过去的一切，完成自己的心愿了，然而，他却不知这样的结果该悲还是该喜。

越冥面色苍白，身体微微颤抖，只希望眼前的这一切皆是梦。

安冷耀见越冥痛苦的神情，虽隐隐感同身受，但却努力压下这种情绪，他再也不可能做回原来的自己了。

"越冥，你若如此痛苦，不如交出手中大权来弥补杀父之仇。这样，或许我也可以放你一条生路。"安冷耀看似漫不经心地说着，他知道自己在试图激怒越冥。

越冥注视着对方，开口道："这是无论如何也不可能的。我知道你恨我，更恨我的父亲，但是，安天阔的事情事出有因，他背叛魔界，不得不杀。你若有分辨是非的能力，应当理解。"

"理解？"安冷耀反声问道，"你们一家杀了我的父亲，让我怎么理解？他不过是想走更好的路，坐上更高的位子，那又如何？"

"你终究是没能明白我的意思，你的心被仇恨所蒙蔽。"越冥摇了摇头，"耀，我不愿与你为敌，可是倘若你做出有违天理的事情，我也不得不同你对立。"他毕竟身份不同寻常，不可能只情义用事。魔界的安定永远是他第一考虑的事情。母亲已经死了，他不能让她的在天之灵失望。

"那我们之间还有什么可说的？"安冷耀重新举起手中的宝剑，这一回，他没有丝毫的犹豫，一剑向越冥刺去。越冥敏捷避开，冰冷的剑刃擦身而过。

安冷耀心知自己身中魔咒，再加之伤口未愈，这一战他不会占多大的便宜，但他并不畏惧。为了父亲，他拼尽全力也要一战，不会有丝毫退缩。

君诺尘并未急于出手相助安冷耀，反倒在一边隔岸观火。安冷耀重伤未愈，但出手速度并不慢，一时间与越冥胜负难分。君诺尘看得出来，越冥到底还是记挂着友情，几次在安冷耀进攻的空隙间，他明明有反击的机会，却一直只守不攻。

君诺尘眼里闪过一丝寒光，他轻摇羽扇，面上只是一副淡然的样子。

"越冥，你还不出手？"安冷耀一个闪身，用手中的剑指着对方。

"耀，收手吧，这是最后的机会。"越冥看着面前的少年。

安冷耀冷哼一声，"我的答案刚刚就已经告诉过你。"

说话之间，安冷耀右手很快就射出一道蓝光向越冥的胸口打去。他倒想看看越冥究竟能忍到几时。

越冥纵身一跃，想要避开攻击，但安冷耀这一攻击速度实在太快，那道蓝光狠狠打在越冥的左肩。虽然他刚刚左手被剑割伤，但因体内有魔族的血脉，这种体质利于伤口的愈合，所以他的血已在不觉间止住了。这次的一击，不仅伤了他的肩膀，也让他原先的伤口再度裂开。

这一刻，越冥看着昔日好友冰冷的面容才真正意识到，这个人是真的想取他的性命。

终于还是无法避免走到这一步。他缓缓将剑尖指向夜空，与此同时，一个白色的光球从剑身发出，飞向无尽的夜空，而后，忽然炸开，一时间亮如白昼。

这时，周围响起无数人的脚步声。不到片刻，成百上千的魔兵已来到越冥面前。

"君诺尘，你以为自己一直胜券在握？我早做下了准备。"越冥说，"凭着手里的一块令牌，以为自己就真的可以号令整个魔界了吗？"

君诺尘笑着拍了拍手，说道："没有想到这林子的四周竟然布了这么多的魔兵，我竟毫无察觉，想必你的布置确实巧妙，但是你难道没有听过魔高一尺，道高一丈吗？"

越冥心下一惊，莫非这人早已料到此景，另做了安排？

"你往四周看看，到底是你围了我，还是我的人困住了你？"君诺尘手摇羽扇说着。

越冥四下一看，这才发觉，原来不知在何时，丛林里早已满是魔弓手，这些人必定是君诺尘的，他们手持魔弓，正对着自己和魔兵。

"怎么会？"越冥纵是心思周全，也难以料想到君诺尘竟早已看透了自己的计策。魔界的兵力布置从来都只有他一人清楚，怎么这人竟也会知晓，提前做了防卫？

"越冥，饶是你思虑周全，也终是难胜于我。"君诺尘负手而立，夜色之中，隐隐有种令人不敢小觑的气势。

"不过呢，我这人一向不喜争斗。如果你予我所需，我马上便可以阻止即将到来的战斗，也免得你手下的士兵白白送死。"君诺尘低声说着，仿佛他真的是一个善解人意之人。

越冥双手紧握，低下头，这一战的结果如何，他心里自是清楚。这四周尽是弓箭手，那些人在武器上便已是占了先机，更何况君诺尘早有准备，现在开战，确如这人所言，让自己的人白白送死。

但是，纵然走到这一步，他依旧不会退缩。他从小在母亲的教导下成长，不敢说自己有什么过人之能，但决不会忍辱求生。他不放弃，也不能放弃，哪怕只有一分希望，也要与君诺尘一决高下。只是，可惜了这些忠心的魔兵……

想到此处，越冥转身面向士兵们，"今日这一战，事关魔界安危，却也十分凶险。为魔界，我不会也没有理由退缩。我身为魔王，没能守护好这片土地，将大家置身于危难之中，是我的过失。"他说着，向手下的魔兵深深鞠了一躬。

众人见此，原本碍于局势险恶还有些慌乱，但见他们的王者依旧毫无畏惧，也不由得渐渐平静下来。再加之越冥的一番话，瞬间点燃了大家的斗志。为魔界，为正义而战，又有何惧?

"誓死守护魔界，誓死追随魔王!"士兵们一同喊道，他们有力的呼声一直穿破天际，穿透了眼前无尽的黑暗。

越冥再未多言，但他微微泛红的眼角让一切都不言自明。

安冷耀与越冥已誓不两立，但见此情此景，却也微微动容。

君诺尘有些惊讶，他实在不能明白，明明现在是他的人将这些人团团围住，明明是他占了上风，这群人死到临头，却还这样气势不减。他沉浮于世多年，自以为对所谓的人性了如指掌，无论神魔还是人，说到底都是有贪欲的。求生，是每个人的本能，可他们却这样毫无畏惧。不过，没有关系，即使他们再英勇不惧死亡，一切也都在他的掌握之中。

今天，他就让这群人通通葬身于此。

他不再多想，将右手举到空中，重重一挥。顿时，所有围在四周的弓箭手都开始放魔箭。无数支泛着蓝光的利箭从四面八方向越冥等人射去，一时间它们的光芒将整个世界都映照得一片光亮，这冰冷的蓝光，令人生畏。

转眼间，在大量魔箭的攻击下，已有不少魔兵被射杀，但余下的人依旧斗志昂扬，他们穿梭在箭雨里，朝着潜在树丛里的敌方进攻。那些敌人也未曾讨到便宜，也有不少被魔兵刺伤。

越冥用手中的剑打下了一支又一支利箭，他抬眼看去，只见君诺尘唇染笑意，仿佛认定了自己才是真正的赢家。但是，不到最后，又有谁会真正知晓结果呢？

越冥在箭雨中穿行，来到君诺尘面前，"你认定我会输吗？不到最后一刻，我决不会放弃。"

"这么自信吗？"君诺尘摇了摇手中的羽扇，"好，让我看看你到底有多大的能力。"

说着，二人交起了手。君诺尘出手又快又准，越冥早就已在之前的比试中见识过，但现在，这人竟又比之前迅速许多。越冥心里暗暗一惊，眼前的人究竟有多么深厚的修为？

安冷耀并未参战，只是在一旁看着，他重伤未愈，不会是越冥的对手，更何况君诺尘功力精湛，胜券在握，他自己又何必去费力？

高手间的过招，首先比武功，其次就是耐力。君诺尘功力深不可测，越冥从小苦练法术，一开始还可抵挡住进攻，但渐渐地，时间一久，他有些力不从心，可对方的出手速度依然只快不慢。

君诺尘自然也看出了这一点，他借着越冥出剑的间隙，一掌打在他的胸口。

越冥到底没有挡住这一击，但他不慌不忙，借着君诺尘手打到他胸口时，也用自己的手按住了君诺尘的手臂。他飞快地在手间凝聚真气，企图以此封住君诺尘臂处的穴道。

"你以为制住我很容易吗？"君诺尘反问道。

与此同时，越冥感觉到君诺尘的手臂处也有着一股力量在与自己对抗。他皱了皱眉，努力汇聚起体内的力量向君诺尘发去。他俊秀的脸颊不断有汗珠滑过，但他却仿若不知。

"还不放弃吗？"君诺尘一边发力一边问越冥。

越冥没有回答，只是他的动作代表了一切。耳边还回荡着兵器碰撞的声响，周围不断有人死去。这些人，有的是敌人，有的是魔兵。为了这些人的付出，他无论如何也要支持下去。

越冥倔强地仰起苍白的脸颊，坚定地说："守护魔界是我一生的执念，今生今世，永不言弃！"他现在明明已是狼狈不堪，可当他说着这番话时，眉眼间的王者之风依旧如故。

君诺尘一怔，他发觉越冥如今的模样竟与自己当年如出一辙。他心中一动，过往的画面渐渐浮现在眼前：

"起死回生是六界的禁术，是逆天之举。它要付出的代价，是任何人都难以承受的。生死之事，本就属天地间的自然规律，又何须如此执着？"

"我要救她，不计代价，不计后果，这是我一生唯一的执念。"幼时的君诺尘坚定地说。

"你现在不过是一个小孩，既无能力，也无权位，如何救得了她？更何况，那样大的代价，任谁都承受不住，不如放弃。"

"今生今世，永不言弃。我会再回来，那个时候，我会用自己的力量带她走。"君诺尘承诺说。他会强大起来，会不惜一切代价让她复活。那一天，终究会来的，所以，他不会放弃……

越冥发觉君诺尘有些失神，这正是击败他的好机会！

想到这里，越冥撑着最后的几分力气，掌间的真气终于冲破了对方的束缚，成功封住了君诺尘臂处的穴道。君诺尘只觉得胳膊一麻，想做防备却为时已晚，自己的右臂瞬间失去了知觉。

君诺尘又飞快地挡下越冥随之而来的另一击，他向后退了几步，暗暗责怪自己刚刚的失神。右臂一时间难以恢复，等于折损了三分之一的战斗力。他原以为自己经历了这么多年的历练，早已心如止水，纵然有难以舍弃的东西，也能从容对待，不会失了分寸，但此刻想起那个记忆里至亲的人，仍然会触动他的心。

他终究不是个冷若冰霜的无情之人。

君诺尘突然哈哈一笑，对越冥说："我本已胜券在握，但刚刚却被你抢占了先机。魔王果然有几分手段啊！你眼下封住了我的右臂，我的法力也损失了许多。不过仅凭余下的功力，对付你并不成问题。先机毕竟不是胜算。"

虽然出了点意外，但这并不妨碍他对整盘棋的掌控。越冥早已是落网之鱼，内力已在刚刚的争斗中失了大半，怎么会是自己的对手？

越冥看着面前的君诺尘，又看了看四周，映入眼帘的尽是尸体。他从来没有想过，自己也会走到今天这一步，四面楚歌，几乎已到绝境。这么多人，这么多条命，仿佛顷刻间随风而散。

"虽然已是穷途末路，但仍然为手下的这些士兵的倾尽全力、英勇赴死的决心而骄傲！"越冥闭上双眼，仰起头，仿佛已下了什么决心。这么多的人，这么多的英勇正义之人都已把他们的命奉献给了这片土地，那他，还有什么理由不把自己的性命作为最后的赌注？

越冥渐渐张开双臂，仿佛要沉溺在夜的无限黑暗中。

这时，他的整个身子都逐渐发出幽蓝的光芒。

君诺尘眼睛一紧，越冥竟想以死来换取最后的力量——法禁术。但凡在魔界拥有一定修为的人，均可以以自身的性命引出体内最大限度的力量，这股力量一出，威力难以估量。

安冷耀在一旁看着越冥，看着那个昔日骄傲的少年如今竟选择以死换取最后的希望，心情十分复杂。他努力克制住自己想要冲上去制止他的冲动，拼命在心里一遍遍告诉自己那人是杀父仇人之子，不能心软，才勉强压制住冲动。

越冥感觉得到，他体内的力量在迅速消失，意识在逐渐变得模糊，但他并不畏惧死亡，反而是从未有过的轻松。母亲，我或许马上可以见到你了。他相信魔影与叶谦会在他之后尽力去守住魔界，君诺尘不会得胜，邪恶从来没有办法战胜正义。

君诺尘虽然法力深厚，但他却从未真正遇到过法禁术，这样不惧死亡而愿用此法的人，他还是第一次遇到。古籍中对于法禁术的解释，他早已铭记于心。此法的力量难以估量，的确，若有人连死都不怕，那么他所有的力量无人能敌。

不行，他决不能让越冥使用此法。

君诺尘腾空而起，单手飞快结成一个法印，向越冥射去，越冥瞬间被笼在一片光辉之中。

如今越冥的身上已布满汇聚起的能量，君诺尘右臂穴道被封，仅凭单手，抵挡起来不觉有些吃力。原本的胜败之分，已转变了方向。

千算万算，到底漏掉了越冥的无畏之心，难道，他要败了吗？

正当君诺尘觉得要支持不住之时，一支魔箭飞快向越冥飞来，越冥一个侧身试图躲过，却还是稍晚了片刻，利箭擦着他的头而过，他的头顶出现了一条深深的伤口，鲜血直流。

"咚"的一声，越冥倒在地上，晕厥过去。他身上本来已蓄力而发的法禁之术也因这突如其来的伤口而消退下去。

"大哥，"夏墨轩从纷乱的争斗中穿过来，他的手里拿着一把弓，"您怎么样？"

君诺尘摇了摇头，回答："多亏了你刚才这一箭，否则，纵是我也难以抵挡他的法禁术。"

"大哥没事便好，眼下越冥落败，这场战斗胜负已分。"夏墨轩说着，看了看周围残余的魔兵还在拼力抵抗，但他们早已落了下风。

君诺尘冷冷勾起唇角，他羽扇轻挥，无数金光四散而开，向士兵们飞去。几乎只是一瞬间，无数人被夺了性命，倒在地上。

夏墨轩见四周尸体密布，不禁眉头微皱，刚刚大哥的一击，虽然除掉了所有魔兵，却也杀掉了许多自己人。

"大哥，何必如此？我们只需除掉越冥的人，为什么连我们的人也……"夏墨轩微微一顿，没有再说下去。

君诺尘轻轻一笑，"若按你所言，便不能速战速决，反倒夜长梦多。"他从来不在乎他人的性命，只要能达成他的目的，多杀些人又有何妨。

他慢慢走近越冥，那个在战场上英勇无畏的男孩，转眼间已气息奄奄地倒在地上。

只要杀了越冥，他就除掉了一个天大的祸患。

君诺尘抬起右臂，手心间隐隐有白光闪现。

"等等！"安冷耀知道君诺尘想要除掉越冥，急忙开口叫道。

君诺尘嘴角泛起一丝不易察觉的笑容，他慢慢放下手臂。从刚刚战斗到现在，他都在想着安冷耀究竟能做到何种地步，他真能眼睁睁看着越冥失了性命吗？在君诺尘打算把安冷耀归于旗下之前，他必须确认这个人是否真的甘于听命于自己，否则，不能帮到自己的人就无须留存在世上。

"见到昔日好友要葬身在你面前，终于还是不忍吗？"君诺尘问。

安冷耀握紧手中的剑，试图平复心中的情绪，"我并非为了他，我是在为殿下做打算。"

"哦？"君诺尘看向他，"那我倒想要听听你的理由是否合理。"

"越冥眼下已是手无缚鸡之力，对我们再构不成太大的威胁，可如果杀了他，在魔界势必会引起一场风波。"安冷耀分析道，"他毕竟是魔王，虽然已败在您手下，但您若此时上位，不免会被人扣上叛逆夺位的罪名，反倒对我们不利。因此不如我们先留下他，让他听命于我们，这样何愁不能大权在握。"

君诺尘听后，悠悠一笑，轻声说："难为小耀这么为我着想。不过，现在放眼魔界，我还畏惧什么呢？那些不愿听命于我、议论我的人，我大可把他们杀了，何须为此而放弃唾手可得的权位？而且越冥的性子如何，你与他相处多年还不了解？只怕未来他非但不能为我所用，反倒想把我拖下水，这买卖可太不划算了。"

"但是……"安冷耀还想再说些什么。

"我知道你是怎么想的，"君诺尘打断他，"你是聪明人，大概也能看到我的心思。既然明白，又何须再多言？"

安冷耀动了动唇，却再未说出一句话。他既然做出了选择，即便眼前这人是在利用他，对他下魔咒，一心陷害他，他也必须听命于人。只因君诺尘的确是唯一能够帮到他的人，为此，他必须把一切不忍都放在心里。他与越冥，注定成仇。

君诺尘见安冷耀不再多言，浅浅一笑，安冷耀大概还未想到，他又救了自己一命。先前君诺尘与越冥约在木屋外见面，故意将自己所做的一切不加掩饰地说出来，为的就是让屋内的安冷耀听到。他想，伪装终究不是长久之计，他虽现在借着温暖兄长的形象迷惑安冷耀一时，但这个少年也终究有一天会明白一切，与其那时二人兵戎相见，不如现在就让这个少年看清一切，做出选择，到底与自己为敌还是为友。为了试探安冷耀，他故意在越冥最初与自己战斗时不避开攻击，就是想要看看安冷耀是否会帮他。如果此人帮他，便达成目的。否则，但凡安冷耀有一丝怀疑，他便会马上痛下杀手。那时安冷耀帮了他，已是救了自己一命。再加上现在安冷耀可以狠下心放下与越冥的友情，又是保住了一命。

"大哥，我觉得安冷耀说得不无道理。"夏墨轩忽然开口。

"你们两人看来是一条心。"君诺尘轻声说，他看了看夏墨轩，"说说你的想法。"

"我们虽已制服越冥，但叶谦那边，也是一大障碍。如果贸然杀了他，只怕叶谦不会善罢甘休。他在魔界德高望重，声名不低于君主，并非好应付之人。若能够控制越冥，他说不定愿意为此听命于我们。这样，也能免于战斗。"夏墨轩解释道。他知道是叶谦一手把君诺尘带大。只怕在大哥心里，也不愿与自己的恩师大动干戈吧？

君诺尘思索片刻，点点头说："好，我暂且留越冥一命。他就先交给你，切记不可大意。"

"是。"夏墨轩回答。

安冷耀握剑的手松了松，他忽然有了一种如释重负的感觉，但他不愿追究这种感觉从何而来。越冥，这就当是我还了你一个人情吧。从此以后，我们两清。

漫长的黑夜终于随着天边的第一道曙光降临而消散，整个天空在渐渐泛起橙红的暖光。

天际，初白……

叶谦一整夜都没有睡。直至天边霞光闪现，他才意识到，原来新的一天已经开始了。日子一天天仿佛都是同样的面孔，虽然时间已然流过。

他没有同越冥一同去找君诺尘，他明白越冥心里的打算。若是到了退无可退之际，魔界总要有最后一道防线。而自己，便是魔界最后的盾牌。

这一夜，他觉得很漫长，也知道已有无数生命消失了，他担心越冥，不知那里的情况如何。他也第一次责怪自己的大意。叶谦一生骄傲，年少时便已是战功显赫。随着岁月的流逝，他虽然再不复昔日的年少轻狂，可是岁月却带给他沉稳与冷静。凭着这份从容与波澜不惊，他成为魔界德高望重的长老。

他一直以为除去自己的功绩不说，他这一生最为得意的是栽培出两个法术卓越的少年。

安冷耀命运坎坷，本是叛徒之子，曾受尽冷眼，却依然倔强不肯认输，苦练法术。他与越冥肝胆相照，但奈何恩怨纠葛，过往的一切终让他们二人相背而行。叶谦以为，他有能力化解前生的恩怨，将安冷耀引上正路，但他高估了自己的能力。

君诺尘也是命运多舛，年幼之时，亲眼见到自己的姐姐被杀却无能为力。叶谦记得第一次见到他，就是在君诺尘的姐姐君诺依的尸首旁。他亲眼见到君诺尘痛苦绝望的神情，那种悲伤无法言喻。叶谦见他可怜，便把他带到身边，教他法术，像待自己的孩子一般培育他。

当然，君诺尘也从未让他失望。少时的痛苦经历并未令他从此活在悲伤里，反倒成为他前行的动力，随着他渐渐长大，性情也越发沉稳温和，处事淡然从容。

直至此刻，叶谦都无法相信，那样一个温润如玉的人，会如此诡计多端。

说到底，这两个自己费尽心力栽培的孩子，他从来都未真正了解，那种认知只是自以为是。

想到这里，叶谦不禁发出一声轻叹。

"叶长老！"忽然间有一个人影跑来。

"魔影！"叶谦在看清来人长相后，急忙迎上前去，"情况如何？"

魔影由于一路跑来，有些气喘，再加之经过一夜战斗，他也带几分憔悴，原本清秀的面容，变得苍白无力。

"魔王他……"魔影的声音有些颤抖，"他……"

叶谦见他吞吞吐吐，不由得心中一惊，莫非越冥……不会，他不会有事！

"我一直在远处窥视战况，看见魔王身负重伤，最后万不得已想以法禁术作为取胜的机会……但他在混乱中被利箭射伤，倒在地上，被君诺尘带走了。我，我现在也不清楚他的情况究竟如何。我想，魔王不会有事的，一定会平安无事的。"

叶谦后退了一步，闭上双眼，若是越冥落入君诺尘手中，一定是凶多吉少。魔影虽然用几句话便把情况向他说清，但他明白，昨晚的战斗一定很激烈，否则越冥不会用法禁术，这分明是抱着必死的决心！

"叶长老，我担心君诺尘马上便要大举进攻我们这里，现在该怎么办？还有魔王，他……"

叶谦睁开双眼，深吸一口气，让自己心情平缓了不少，他不能自乱阵脚。如今越冥生死未卜，魔界的未来就交付在他一人身上。

"我们先不要惊慌，我想经过昨夜的一番战斗，君诺尘应该也是大伤元气，不会马上进攻到这里。幸好我们还有兵力，这几天，你把这些魔兵集结在一起，以备不时之需。"叶谦冷静地说道。

"好，我明白了。"魔影毕竟也是从小跟在越冥身边的人，自然有临危不惧的能力，此刻，他已恢复了平日里沉着的样子。

叶谦望向窗外，明明已是天际初明，但他却仍感觉自己深陷在无尽的黑暗中。魔界要变天了……

越冥受伤之后，一连昏迷几日。夏墨轩的一箭射伤了头部，导致他几次差点因头部的伤口恶化而失去性命，幸亏君诺尘手下的魔医医术精湛才将他救回。

其实，这些年，君诺尘在魔界暗地里积攒了不少实力。他甚至以自身修为建下一个结界，在结界里建立了属于自己的王朝。他为人谨慎，做事滴水不漏，再加之八面玲珑的手段，收服了许多人，但凡有利用价值的，他都会善待。

此时，君诺尘正坐在房间内，他现在所住的房子，相较于魔界那个简朴的木屋，不知奢华了多少。在这里，他才是至高无上的王者，享受最为尊贵的待遇。

"墨轩，这几日，我便要去鬼界。这里的事先交与你。"君诺尘对身旁的少年说。

夏墨轩点点头，说："大哥的心愿总算要达成了，相信诺依小姐见到这一切也会为您开心的。"

"但愿吧。"君诺尘轻叹一声回答。记忆里的姐姐，永远是那样温和善良。他原本也应该如此，可现在，他在黑暗里越陷越深，他真的不知这样的自己是否会被姐姐接受。

"大哥……"夏墨轩轻声唤道，数十年来，没有人比他更明白君诺尘的执着与为此所付出的努力。

"墨轩，不瞒你说，这几日我时常梦到她。在梦里，我看到她满脸笑意地站在我面前，可当我一点点走向她时，她却惊恐地摇着头，说我不是她的弟弟。她说，她的弟弟是那个纯真可爱的男孩，而不是眼前这个不择手段的君诺尘……"君诺尘说到此处，原本温朗的声音里满是痛苦。

在数不清的日夜里，他唯一的心愿就是让自己的姐姐复活，直至此刻，这个念头也依然强烈。只是，他现在却开始害怕，害怕自己的至亲会因他如今的模样而不认他。

在很久很久之前，他其实也是一个不谙世事的孩童。那个时候，他与所有的同龄人一样，有着外向的性格，会依偎在姐姐怀里撒娇。在君诺依死去的那个夜晚，见到她冰冷的尸体那一刻，他原本明亮绚丽的世界瞬间变得黯淡无光。那个时候，他开始厌恶自己的无能，没有办法保护自己的亲人。也正是在那一刻，他在心里跟自己立下约定，总有一天，他要变成强者，让人们敬畏他，让那些曾经伤害过他的人永远不得超生。

然而，要成为真正的强者就必然要付出许多代价，就必须学会无情。情谊，实在是这世上最大的牵绊，有多少人为了感情而放弃一切。因此，他开始学着冷漠，学着伪装自己。在外人眼中，他是温暖如风的少年，但只有他明白，每当戴着那副温文尔雅的面具之时，他心里都在冷笑。

夏墨轩动了动唇，却也不知还能说些什么。他从小就在君诺尘身边，他比任何人都清楚，在外人眼中风度翩翩的男子都不过是虚伪的表面。他的大哥有手段，有城府，深藏不露，这样的一个人仿佛不会惧怕世间的一切。然而，只有那个人除外……

君诺尘一向懂得收敛自己的情绪，人生在世，难免有情难自制的时候，可他决不会因自己的一时感伤而误了大事。

"近日安冷耀那里如何？"君诺尘缓声问。

"他很安分，整日在自己的住处。"夏墨轩回答。

"是吗？"君诺尘一笑，走到窗边，"但他似乎安静过头了。我想重用的人怎么能如此默默无闻？墨轩，这几天你传我的命令告诉大家，他从此便是我君诺尘的左护使。"

"是，我会马上对外宣布。"

"你今日倒是回答得爽快，之前对于他，你明明是百般顾忌。"君诺尘抿唇轻笑，"可现在，他算是和你这个右护使平起平坐，墨轩倒是没有半分芥蒂呢！"

夏墨轩弯了弯唇，说："大哥已对他多番试探，我怎么还会心存顾忌？如果他对大哥有利，那么即使他在我位子之上，我也绝无不满。"他这一番话说得诚心，没有半分虚假之意。

君诺尘怎会不了解夏墨轩的性格，他刚才所言，无非是想与这个少年开个玩笑，但这个人却如此真诚地道出自己的心声。

这么多年以来，他为救姐姐，为了让自己变得强大，成为一个真正的强者，不知舍弃了多少东西，付出了多少。然而，在这条没有尽头的道路上，始终有一个人跟在他身后，从无二心。

"眨眼间已经这么多年过去了。"君诺尘低声说，接着他将目光转向夏墨轩，"你可还记得我们是如何相识的？"

夏墨轩一怔，随即轻声回答："怎么能忘记？"

他想，今生今世，他都不会忘记，如果不是君诺尘在那个雪夜救下他，他早已不会存活在这世上。救命之恩他怎么会忘记？

一时间，思绪翻飞，过往岁月中的记忆凝结成一个个画面，缓缓展开……

那年，君诺尘正值年少，虽然仍有些青涩，可他的神情之中已具几分沉稳，再加之他天赋异禀，小小年纪已在魔界中有了不小的威名，人人见到他都要尊称"殿下"。那叶谦更是看重这个孩子，将他视为自己最为得意的门徒培养。每个人见到他，都要夸奖他的功力和超出同龄人沉静温和的性子。只有他自己知道，这些，都不过是外在的伪装，他的内心早已是一片灰暗。除了自己的姐姐君诺依，无人再能触及他的内心。

那是一个雪夜，寒风呼啸，雪花纷飞，地面上早已布满厚厚的雪花。魔界很少会下这么大的雪，路上没有一个人，一片静寂。

君诺尘刚刚从练功房里出来，便看到外面雪花连绵，寒风呼呼作响。这里离他的住处尚有一段距离，他不得不顶风冒雪走回去。不过，但凡内功深厚的人，即使身处寒冷之境，因着内力的保护，也不会觉得有多么寒冷，纵使行走在雪夜里，也不会受分毫影响。那个时候，他在内功方面早已有了一定水平，风雪之寒于他仿若无物。

他其实很喜欢现在的环境，四周风雪，只有他一个人。他喜欢这种独自一人的感觉，平日里的众星拱月，早已令他心生厌烦。

忽然间，不远处传来几个人的怒骂与一个孩子的哭喊声，在这样的狂风暴雪间，声音时断时续。

君诺尘见到离他十几米的地方有几个人正围在一对母子身旁，那个母亲死死护着怀中的孩童，对他们哀求着什么。

"现在你说什么都没有用，你是他的妻子，他死了，之前所欠下的债，自然该你还。"为首的男子说。

"麻烦你们再通融几天好不好，我家境贫寒，一时之间真的拿不出这么多钱。"被围困在中间的女人哀求着。怪就怪她的命不好，有一个赌博成瘾的丈夫。

为首的男子想了想，忽然打量起躲在女人怀中的孩童，他冷冷一笑，"今天你无论如何都要给我一个交代，夏海欠我那么多的债，我不可能再等下去。如果你今天交不出钱，那么……就用你的孩子来偿还。最近魔界事情很多，我倒正缺一个苦力呢。"说着，他眼神微微示意，手下的人便要向那个孩童走去。

"妈妈……"孩童紧抓住母亲的衣角，恐惧得叫出了声。

"不行！"女人用力抱紧了自己的儿子，"我谭静一生时运不济，只有这个孩子，他是我的命，我用尽全力也要保护他！"她说着，泪如雨下。

男子冷冷地撇了撇嘴，说："那么，便怪不得我们不义了。"

接着，他手一挥，手下的人一拥而上，想要强夺这个孩童。谭静用自己的身躯死死保护着年幼的儿子，用尽了力气。

这几个人并非良善之辈，他们见谭静不肯屈服，竟开始动起武。

"妈妈，妈妈……"孩童见到母亲为了保护自己，被这些人打了好多下，甚至嘴角都流出了鲜血，不禁哭了起来。

"你们不要打我的妈妈，我跟你们走，跟你们走！"他哭着说。

"不，墨轩，妈妈虽然没有能力让你锦衣玉食，但也要护你周全，我怎么忍心看到你被人呼来喝去？"谭静对他说。此时，她早已虚弱不堪，在无尽的风雪之中，她忽然感到深深的绝望。如果她今天死在这些人手下，那么谁来保护她的儿子呢？

"可妈妈，我不能看到你这样……"夏墨轩的眼里不断有湿热的液体流出，但在这寒夜里，他的泪水转眼便被吹散在风中。

君诺尘目睹了这一切，说实话，他这些年来性子越发淡漠，身处魔界，他见惯了这样的事情，本不想插手，但……

他看着那个年幼的孩童，那样绝望，看着自己的亲人被伤害，却没有能力保护……这样的景象，竟与幼时的自己如出一辙。他不禁忆起也是在这样一个深夜里，他看见姐姐的尸体孤零零地躺在雪地上，当时那种无法言喻的悲伤绝望，他终生也不会忘记。

他终究还是心下一软，指尖微微发力，一束金光发出，挡下了那几人对谭静的攻击。

那几个人微微一愣，他们没有想到会有人突然出现阻碍他们。

"几个男人欺负一对母子，这不合规矩吧?"一个清朗温和的声音传来。

几人定睛一看，见一个少年缓缓走来，他的脚步不紧不慢，唇边甚至带着几丝笑意。

几个人见来人只是一个少年，根本没有放在心上。为首的男子更是对他不屑一顾，冷哼一声："小兄弟，这事你最好不要插手。天这么冷，别在外面闲逛，快回家去吧!"

君诺尘对男子的话仿若未闻，他只是一步步走向那对母子。

"你要干什么?"一个男人见状拦下他。

"我要带他们走。"君诺尘淡声说，"我不想与你们交手，让开。"他的声音淡淡的，却在这个雪夜里异常清晰。

"敬酒不吃吃罚酒，好心要你不要走过来，你却自投罗网，那么就别怪我们不客气。"那些人说着便一拥而上，围住君诺尘。

君诺尘不屑地一弯唇角，人最怕的便是狂妄自大，以为自己能够胜过任何人。只凭这么几个人，他还真不放在眼里。这种人，他平日里在魔界见得太多了，不过是外强中干而已。

那个为首的男子微微一仰头，手下的人都亮出了各自的武器，一齐向君诺尘攻击。

君诺尘垂手而立，样子依旧淡然沉静，就像没有看到这些闪着寒光的兵器。然而，就在那些兵刃要刺到他身前的那一刻，他飞快地伸出右手，一道幽蓝色的光芒从他指尖射出。

刹那间，所有人的兵器都仿佛不受控制，被这股光芒吸在一起，随即落入君诺尘手中。

"这是怎么回事?"那些人没有料到一个十几岁的少年会有这么强劲的

力量。

君诺尘只凭一指就将这些兵器夹在一起，他眼睛一紧，刹那之间，那些兵器朝着这群人飞去，每一把武器都深深插入了他们面前的雪地里。

"还有谁想要再与我打斗一番吗？"君诺尘问，他的目光扫过每一个人。

自始至终一直发号施令的男子忽然满脸惊恐，他颤抖地指着君诺尘，断断续续地说："你……你就是……"他吞吞吐吐半天，到底没能说出一句完整的话。

君诺尘温然一笑，仿佛只是一个天真无邪的少年，"既然认出了我的身份，便该明白我的能力，要整治你们几个人易如反掌。无论如何，单凭你们欺凌魔界子民，传到魔王越轩耳朵里，他也不会放过你们。"

"殿，殿下，我……我们只是一时情急，才……下次不敢了。"男子急忙认错，希望有脱身的机会。

"今日之事，暂且放过你们。至于接下来该怎么做，想必不用我多说了，你们走吧。"君诺尘沉声说。那时的他到底是一个少年，即使心中再有想追求的东西，也依旧不愿草菅人命，心里终究有一份童真与善良。

那几个人见状急忙收回各自的武器向远处跑去，不敢再多言，生怕他会反悔一般。

待他们走后，君诺尘急忙赶过去看那对母子的情况。谭静早已气息奄奄，她的儿子在一旁哭喊着叫自己的母亲，却都无济于事。

"大哥哥，我求求你救救我妈妈好不好？"夏墨轩跪在雪地里紧紧拉着君诺尘的衣角，他稚嫩的脸庞上满是泪水滑过的痕迹，黑眸里满是乞求。

"小弟弟，你不要着急，我先看看她的情况。"君诺尘轻轻拍了拍墨轩的肩。

他仔细观察谭静的情况，心中一震，他没有想过那些人竟如此歹毒，对一个柔弱的女人竟然毫不留情，他们的每一击都至少用了七八成的力气。若是习武之人有真气护体，便无性命之忧，然而……

此时，谭静神情恢复了几分，她勉强睁眼看着君诺尘，"是……是你救了我们，是吗？"

君诺尘点点头，随即说："阿姨，您先不要说话，保存体力，我带您去找魔医……"

谭静虚弱地摇摇头，说："没用的，我的身体，我自己知道，我懂得什么是回天乏术。"在风雪之中，她的脸庞早已一片苍白，没有一丝血色。

君诺尘不禁沉默。的确如此，他习武多年，自然清楚她现在的情况。

"不，妈妈!"夏墨轩跌倒在雪地里，紧抱着自己的母亲。

"墨轩，不要难过，你记得我曾告诉过你，人死了，只不过是肉体的陨灭。只要你还想着妈妈，那么妈妈就会一直在你的身边。"谭静笑着说，即使已经到达了死亡的边缘，她依旧没有一丝痛苦与畏惧。

"可我不想让你死。"夏墨轩泪如雨下，不禁哽咽。

"小轩，你要坚强，记得你答应过我什么吗?"谭静缓缓抬起手，努力拭去夏墨轩脸上的泪珠。

"嗯。"夏墨轩点点头，"我答应过妈妈要像一个男子汉顶天立地。"他说着，努力让自己不再悲伤，他要守住对母亲的承诺。

"这就对了，我的小轩最乖了。"谭静轻声说。

君诺尘在一边看着这一切，也不禁微微动容。自从姐姐死后，他把自己的心都封闭了。这么多年过去了，他只知道要让自己变强大，为此，他开始变得冷漠，几乎忘了感动是什么，但如今，在这个雪夜，他竟在这对弱小的母子身上，看到亲情的温暖。

谭静只觉得自己身体的热量在一点点流失，她明白这意味着什么。直至此刻，她无所畏惧，但她死之后，她的儿子又该何去何从?

"我……我想请求你……"她看向君诺尘，"我走之后，麻烦你照顾墨轩，好吗?"她知道这个男孩绝非常人，如果他能答应，那么也许墨轩便不至于无家可归。

君诺尘一愣，他面色一转，看着那个幼小的孩童。夏墨轩双眼红红的，眼里闪着泪光，稚嫩的脸庞上是满满的惊慌和悲伤。瞬间，君诺尘仿佛看到了当年的自己。

"好。"在这个风雪纷飞的夜晚，君诺尘回答。

他不是个心善的人，然而，他也并非无情之人。

"谢谢你。"谭静低声说着，嘴角流露出一丝笑意，如释重负。她的目光越发暗淡，在心愿达成后，她终于可以安心离开了。

雪，不停地从空中飘下，它们伴着风翩翩起舞，最后落在地上，掩埋了一切曾有过的痕迹。

夏墨轩凝视着谭静的脸，没有再发出任何悲伤的声音，只是泪水终于又覆盖了他的脸庞……

回忆到此为止，夏墨轩忆起前尘，终究有些忧伤，然而，经过这么多年的历练，他已能控制住自己的情绪。

"我还记得初见你时的样子，那时，你不过是一个弱小的孩子。今非昔比。"君诺尘不觉有些感慨。一个人，无论已走过多远，多么强大，但每每回顾过往，都终究免不了感慨岁月的流逝。

"那时，多亏大哥相救，否则，我不会活到今天，拥有今天的一切。"夏墨轩的话语里，流露出几分感激。君诺尘是他的兄长，更是他要用一切偿还的恩人。

"是吗？"君诺尘忍笑轻声反问，"你跟着我，真的是一件好事吗？"他说着，不由得苦笑。

"大哥……"夏墨轩一时间没有明白君诺尘的意思。

君诺尘深吸一口气，向前走了几步，"墨轩，我说过，你是最了解我的人，或者说，从我们相识不久，你便已明白我是什么样的人。"

他话语一顿，继续说："你母亲把你交与我照顾，那时，我说要视你为我的弟弟，但刚开始时，你并不愿意，甚至畏惧我，远离我……你曾经说，你不愿活成我的样子。如今，你跟在我身边，早已脱离不出你曾经厌恶的世界了。如此说来，反倒是我害了你。"

夏墨轩一怔，他想起过往之事，忆起当年的自己。良久，他回答："当时的我并不能透过事物表面发觉最本真的东西。大哥不必介怀我幼时之言。如今，我早已决定要追随您，决不言悔。"

"墨轩，我没有责怪你的意思。"君诺尘缓声说，"只是有些时候想来，我到底还是有些运气的。我这一生里，负过太多的人，为了达成目的，做了不少卑劣的事。这世间六界中所有生灵死后按照功过分为四种情况：心意至诚的人死后灵魂可永享极乐，不用轮回；功过相抵之人，可重新进入轮回，再世为人；恶念流生的人，入轮回之时，要沦为牲畜，任人奴役；而罪大恶极之人，死后将魂无归处，直至灰飞烟灭。我想，我大抵便是那最引人痛恨的人。饶是如此，我身边依旧有一个可以推心置腹的人，实属幸事。"或许是因忆起往昔，他也在不觉间有了许多感想，不由得对夏墨轩道出心声。

"大哥绝不会是所言的第四种人。您对诺依姐的执着不懈，天地可鉴。大哥如此重视亲人，怎会为六界所不容，最后魂无归处呢？"夏墨轩坚定地说。

君诺尘淡淡一笑，没有多言。

其实，每一个恶事做尽的人，心里都会明白自己最终的结局会是怎样的，因为善恶有报。不过，他并不畏惧。与其做一个平淡无奇的普通人，他更愿选择为自己的追求而执着，哪怕为此逆天而行！

或许，在这一刻，这个看似温文尔雅的男子就已预料到了自己的结局，不久之后的结局……

安冷耀有时候想，人和人的命运从来不是平等的。有的人生来就注定了无人可比的至尊之位，如越冥。还有的人，纵使身世坎坷，但有贵人相助，同样居高位，如君诺尘。然而，还有一种人，既无显赫的家世，也无人愿意助他。这样的人，即便再努力，也依旧壮志难酬。

自己恰巧就是这样的人，虽然从小刻苦练武，但到头来仍被人玩弄在股掌间。

不久前，君诺尘对外宣布封他为左护使，这个称号在这里相当于君诺尘的心腹，地位一人之下万人之上，但那又如何？他比任何人都明白，那个人只是在利用他！自己身上的魔咒始终未解，日日都要忍受剧烈的疼痛，那种感觉生不如死。然而为了报杀父之仇，他又不得不归顺他。想想看，真是讽刺啊！

安冷耀一时心里烦闷，欲出门散心。他来到一处樱花树林旁，此时正值樱花绽放的季节，淡粉色的花瓣随着微风轻拂，静静地散发着香气，令人心旷神怡。

君诺尘的确是有几分过人之处的，他竟然凭着一己之力，在结界里暗中建立这么大的一个王国，里面风景怡人，屋舍俨然，倒也是不错的地方。

安冷耀缓缓来到一棵樱花树前，一片樱花瓣恰巧从空中缓缓落下，他伸出手，那片花瓣悄悄落入他的手心。他忽然觉得，自己在目前为止的人生里，扮演的角色就像这枚小小的花瓣，任人信手拈来。

"难道我的一生注定要依附他人而活？我心中所想达到的东西，必须依靠他人才可成事？"他轻声问道。这是第一次，他有了这样的感觉。

然而，正在此时，他忽然感知到空气里飘荡着一种不同寻常的气息，这股气息绝非魔界的味道，反而像是神界，而且似曾相识……

安冷耀目光微转，瞥向不远处的一棵大树，他指尖微微发力，手里的那枚花瓣"嗖"的一下飞了出去，在那棵大树上留下了一个深深的印记。

"啊！"一个女孩像受了惊吓，从树后走出。

"是你……"安冷耀有些惊讶，他想不到会在这里碰到之前那个神界女孩。

这个女孩正是幻冰。其实，她一直藏匿在魔界的边缘地带。前几日，魔界动荡不安，她不便在这里贸然行动，便一直按兵不动，等这几天平静下来才敢出来。

"咦？"幻冰发现是几次碰到的少年，不禁一笑，"我们又见面了。"

"你既是神界的人，几次三番潜入魔界不怕有来无回吗？"安冷耀并未理睬幻冰的话语，而是冷声问。

幻冰微微一愣，过了一会儿，她开口道："我不怕。"为了自己的哥哥，她早已无所畏惧。自从她选择踏入魔界的那一刻起，她便再不是那个曾经胆小的幻冰了。

"你竟能找到这个结界，看来有些能力。"安冷耀说，"你究竟有什么不可告人的目的？"

"我……"幻冰一时之间不知怎么回答。她眼下身处陌生的环境，而且魔界的人并不可信，她不能就这样随便说出真相。

"你不说？那证明你的确有什么不可告人的目的了。"安冷耀一步步走向幻冰。

"不是的，我并没有恶意。"幻冰慌忙解释，她从没有想过要害任何人。

"你究竟说不说实话？"安冷耀手间白光闪现，一把长剑出现在他的手中。他心里本就不快，如今更没有闲心与对方多费唇舌。

"我……"幻冰支支吾吾，一步步向后退，终于被逼到一个角落里，再无路可退。

安冷耀的剑还未接近她，她却已感受到一股强大的剑气。她先前虽见过这个人，却从未观察过这人的武功如何。如今看来，她不是他的对手。

"你相信我，我真的没有恶意，我从未打算害任何人。"幻冰努力为自己辩解。

安冷耀早已不愿听她多言，近几日以来，他在君诺尘那里所受到的一切胁迫，这一刻，都化成了对眼前之人浓烈的杀意。他早已不是曾经的安冷耀，仇恨带走了他所有的不忍。他虽然现在抵抗不了君诺尘，可是，他会连一个女孩也打不过吗？

幻冰看到那把长剑一点点向她的胸口刺来，她心知自己难逃一死，可她不怕，也没有后悔来到这里。哥哥，既然我害你失明，又无法为你寻得解药，倒不如用我的性命弥补我的过错。

她在想通一切后，终于闭上了双眼，心渐渐沉静下来，等待心口处的疼痛。

然而，就在安冷耀手中的剑要刺入她体内的那一刻，只听"哐啷"一声，宝剑从他的手里滑落，掉在地上。

安冷耀只觉得身体一阵剧痛，他不禁跌倒在地，用手扶着一边的树干，勉力支撑起身体。

怎么偏偏在这个时候魔咒发作？

幻冰听到声响，睁开眼，见到这样的情景，心里明白这是一个最佳逃跑的时机。她虽不知安冷耀为何会这个样子，但她清楚，如若这个时候逃走，他不可能追上自己。

她再顾不得什么，推开安冷耀，向前方跑去。她跑出没有几步，就听到身后又发出一声闷响，不由得回头一看，原来那个少年竟晕倒在地，脸上满是汗水。

幻冰见安冷耀如此虚弱的样子，心里一软，对他的畏惧消散了不少，反倒想要救他。

明明那个人刚刚还要杀她，她若救下他，岂不是自投罗网，他醒后，难保不会第二次杀她。

幻冰在犹豫了半晌后，终究还是一点点向安冷耀走去。她到底心存善念，不愿让人白失了性命而见死不救。她走过去扶起安冷耀，让他倚靠在树干上，见他还有呼吸，才放下心来。她虽然不通医术，但学习法术这么多年，还是多少了解一些救人的方法。

幻冰见他脉象不稳，身上的能量忽强忽弱，想必是受了什么法术的禁锢才会如此。

她思索片刻，决定将自己身上的灵力传输一部分给他，这样少年或许可以暂时压制住身上的咒法禁锢。神魔两界的力量虽然表面相冲，但若使用得当，神界人身上的灵力反而可以与魔界之力整合，增强力量。

幻冰不再迟疑，她的指尖有一股冰蓝色的光束缓缓流出，注入安冷耀体内。

渐渐地，安冷耀原本煞白的脸一点点恢复了血色，脉象也平稳下来。幻冰松了口气，收了指尖的法力。如今，只等他醒来便可无事。

于是，幻冰坐在一旁，她不敢走远，以便随时观察安冷耀的状况。

魔咒虽然发作起来，令人生不如死，但到底不是致命的法术，只要熬过每日的发作期，很快就可恢复神志。安冷耀常年练武，有法术护体，又有幻冰的相助，没过多久就醒了过来。

当他睁开眼时，只听到一个好听的声音传来："你醒了？先别乱动，你的身体还很虚弱。"

安冷耀目光一转，发现是刚才那个女孩。

"你……"安冷耀有些吃惊与不解，他明明要杀她，见自己晕倒，她本应快跑才是，怎么又会反过来救他？

幻冰一笑，她披在肩上的蓝发散射出柔和的光。她想了想，说："我看你那么痛苦就什么都忘了，只想帮帮你。怎么样，现在好些了吗？"她说着，靠近他想要看看情况。

安冷耀把脸转向一旁，推开她，用力站起身，冷冷地说："我不需要你的同情与关心。今天你救了我，一报还一报，我不杀你，你快走吧。"他不会平白无故接受别人的好意，更不想欠别人的情。

他说着，想要向前走，但是身子还很虚弱，他没走几步就险些跌倒。

"唉，你还没有好呢！"幻冰急忙跑过去扶他。

"放开我！"安冷耀想要挣脱她的手臂。

"你现在体力还没有恢复，先在这里休息一下吧！"幻冰不顾他的反抗，把他扶到一块石头上，让他坐了下来。

“我听别人说，魔界的人阴险狡诈，最擅于乘人之危，你现在出了树林万一碰到什么不轨的人怎么办？所以不如等恢复了元气再走也不迟。”幻冰劝道。

安冷耀想了想，觉得她的话倒也有几分道理，于是也不再坚持要离开。

幻冰见他不再反抗，微微一笑，随即像是想到了什么，问：“你刚刚好像很痛苦的样子，是身体出了什么问题吗？或许我可以帮你。”

“与你无关。”安冷耀淡声说，他不愿再相信任何人。

幻冰见他如此，心知他不想说出真相。的确，她一个神界的人，有什么资格让这里的人信她呢？

忽然间，她看到身边的一株草叶，她眼睛一亮，摘下一枚叶子，放在嘴边，轻轻吹起来，一段优美的旋律从她唇边溢出。那声音轻柔空灵，仿佛能洗去世间的一切痛苦。

安冷耀从未听过如此美妙的声音，他觉得自己的心平静了许多。

林间一片寂静，偶尔一阵微风拂过，引得树梢微微晃动，除此之外，这世上好像只剩下这段空灵的乐曲。

一曲终了，幻冰放下叶子，轻声说：“有人告诉我，一支安静的乐曲，可以洗去人心中的一切苦恼。我从来没有尝试过，也不知道这样做是否有用。”

安冷耀看着她，良久才说：“谢谢！”他从来没有见过这样的人，明明他要杀她，到头来，反倒是她在自己危急之时伸出了援手。

“谢什么？人生在世，如果能够帮助别人，本身就是好事一件。”幻冰笑了笑，她蓝色的长发发出柔和美丽的光晕。

安冷耀一愣，在经历了这么多以后，他早已不相信这世上还会有人不计报酬地为别人付出。人与人之间，不过是钩心斗角，恩怨不断，从来不会有没理由的善意，只是今天，他看着这个女孩，心里一动，不禁被她的话所感动。

“这首曲子很好听，是你自己谱的？”安冷耀想了想，问。

“不，是文雅姐姐教我的，”幻冰说，“她吹笛子很好听，不像我，只会用叶子。这是她思念朋友时所谱的。”幻冰想起在神界时，文雅时常会吹起这支曲子。文雅说，每当她想起那个离她而去的朋友，都会吹这首乐曲。

"文雅？欣文雅？"

"是的，你认识她？"幻冰问。

安冷耀冷冷一笑，"堂堂神祭，在神界大有作为，我怎会不知？不过……这么看来，你倒不简单，竟认识这样的人，是我小看你了。"

"我……"幻冰不禁语塞，她在心里暗暗责怪自己的大意，一时语快，竟把什么都说出来了。

安冷耀见她苦恼的样子，目光一转，说："你不必担心，你既然救了我，一报还一报，我也不会为难你。"他说着，站起身子，指法微微发力，一股淡紫色的光芒缓缓流出，凝结成了一块紫色的石头。

"这是魔石，可以隐去你神界的气息，让你在这里不被发现，就当是我还你的人情。"安冷耀将石头递给幻冰。

幻冰接过这块石头，心里不禁满是激动。太好了，这样她便可以在这里来去自如。

"谢谢你。"她感激地说。

"你现在道谢尚早，我帮你只是不希望欠你的人情。如果你借机做出什么危害魔界的事情，那么我不会手下留情。"安冷耀冷声说，"还有，在这里，每个人都不简单。你身份特殊，好自为之。"

说完，他不再看幻冰，转身离开树林。

"正古漠，谢谢你。你放心，我绝无恶意。"幻冰对他的背影喊道。

安冷耀没有再回头，仿佛没有听到她的话一样。林间依旧一片静寂，无人知晓，今日的种种，都已为日后的结局种下了更大的祸患……

佛曾把世间万物分为十界：佛、菩萨、缘觉、声闻、天、人、阿修罗、饿鬼、畜生、地狱。人人皆言地狱是最为痛苦绝望之境。传闻女娲造人之后，天下开世为六个均份，即六界。女娲爱惜人类，把阳光、水、土壤……所有代表生存与希望的源泉都给予人界，而那最为罪恶愚昧的地狱，则属于鬼界一族。

俗世凡尘间，悠悠岁月，有无数鬼界的传说，而这些流传，大多述说鬼界的恐怖阴暗，凡人从未知晓，与他们想象中截然相反，鬼界非但没有被黑暗环绕，反而山清水秀，鸟语花香。它是在这六界中最为接近死亡的地方。这六界中，无论是谁，在死之后，灵魂都终究要归到鬼界。

这是君诺尘第二次来到这里，他望了望四周，这片土地依旧安宁美丽，让人难以相信这里竟是无数亡灵会聚的地方。

他站在一座宫殿面前，殿堂四周都被灵力环绕，散发着幽蓝色的光芒。它的周身均用白色的玉石砌成，隐约可见玉石上雕满繁复的花纹，远远看去，美轮美奂。

大殿门口有两个门卫，其中一个紫衣男子见到君诺尘，上前问："你并非鬼界之人，来此所为何事？"

君诺尘微微一笑，显得温文尔雅、风度翩翩，他回答："我要见慕容风。"

紫衣人眉头一皱，喝道："你怎可直呼鬼王的名字？你是什么人，有什么资格见我们的王？"

"有无资格，想来也不是你说了算。"君诺尘说着，从怀里拿出一个令牌，"我想这是什么，你不会不清楚。现在，我有没有资格见他呢？"他把令牌拿到士兵眼前。眼下他还有要事在身，实在不想与他人多费唇舌。

士兵见到令牌后，微微一怔，随即惊讶地看着君诺尘，目光里多了几分敬畏。他不会不知，那块令牌是魔界王者的象征。

"刚刚是我眼拙，没有认出魔王的身份。我这就带你去见鬼王。"紫衣人说着，急忙为君诺尘引路。

君诺尘淡淡一笑，跟在那人身后。他对这里并不算陌生，儿时的那段经历令他现在也无法忘却，他还记得当年的自己是怎样的悲伤绝望。沿着前方的路一直走，他看着四周似曾相识的景象，一瞬间，仿佛回到了当年。思绪翻飞，穿过厚重的过往光阴，那些画面终究一点点展现在他的面前：

那是君诺依死后的第七日，君诺尘带着她的魂精来到鬼界。他曾听闻鬼界有起死回生之术，若是如此，他的姐姐或许尚且有救。

当时，鬼界当权的并非慕容风，他不过只是个孩童，而他的父亲慕容银还在位。

那个时候，君诺尘既无权位也无法术，只是一个为救亲人而不惜一切的男孩。他刚到鬼界便被门卫拦下，说什么也不让他见鬼王。

"我求求你们了，让我见一见你们的鬼王好不好？我的姐姐已死，听说只有鬼王慕容银有能令人起死回生的办法！"君诺尘对门口的士兵苦苦哀求。

"你不过一个无名小辈，还想面见我们的王？鬼王处理政事还忙不完，哪有时间见你这个不知从哪冒出的小孩？快走！"门卫不耐烦地挥了挥手。

"就是。再说，这人的生死与我们何干？鬼界只负责维持天地间生死的秩序，可不是什么救世主，还负责救活已死之人。"另一个门卫冷哼一声说。

这时的君诺尘感觉到自己的无能，因为他没有地位、没有能力，所以他没有资格去见慕容银，也就救不了他的姐姐。难道他就要这么放弃吗？想起记忆里君诺依温暖的笑容、柔和的话语，她分明是把所有的爱都给予了这个弟弟。一直以来，他都躲在她的身后避风躲雨，现在，他难道不能为了姐姐努力一次吗？

想到此处，君诺尘抿紧嘴唇，两手紧紧握成拳，眼里满是坚定。他看着门口的士兵，大声说："我不走！今天见不到鬼王，我不会走！"

"哼，你若有这个决心，就在这里白白等好了。"门卫不屑地看了他一眼，不再去理睬他。

正午的太阳正是一天中最为炽热的。鬼界更是特殊，这里上通天下通地，阳光自是无比炽热。君诺尘自幼贫寒，身体本就比同龄人瘦弱不少，加之不通法术，没有真气护体，时间一久便抵不住这炽热的阳光。他只觉得眼前一片昏暗，仿佛整个世界都是雾蒙蒙的，他的四周是炎热的光芒，令自己无处可逃。

豆大的汗珠从他清秀的脸上滴落，他的气息早已紊乱，不停地喘着粗气，想要缓解周身的炽热。

"受不了就回去吧，何必在这里受罪？"一边的门卫见君诺尘脸色惨白，心里有些不忍。

"我，我要见……见鬼王。"君诺尘喃喃自语。

"说你还不听，各界有各界的规矩。鬼王早已有言在先，不是随便什么人都能见的，"门卫忍不住劝他，"所以，你还是回去吧。"

"我，我要见他……"君诺尘轻声说，话音未落，他只觉得自己眼前一黑，便失去了意识。

再次睁开眼睛的时候，他发现自己正躺在柔软的床上。他生来与姐姐省吃俭用，住的地方从来都是破烂不堪，从未睡过如此舒适的地方。现在他只想再休息一会儿，可是想起姐姐，他心中一颤，再顾不得什么，急忙从床上坐起，要去找慕容银。

由于刚刚消耗了太多体力，他的头还有些晕，脚刚一沾地便险些跌倒。

"鬼界的阳光是这六界中最为炽热的，若非这里的人，一般人在阳光下待久了都会消耗真气。你刚刚醒，不如再休息一下。"一双有力的手把他扶回床上。

"你是……"君诺尘抬头望向扶他的人，只见那人已过而立之年，脸上棱角分明，眉眼间隐含着几分英气，给人一种不怒自威的感觉。尤其是一头银发，更是平添了几分张扬狂傲。

男子见君诺尘满脸迷惑不解，他不禁一笑，说："你来这里，不就是来见我的吗？"

君诺尘愣了愣，他再次注视着对方，眼里忽然有了希望。他急忙下床，站到那人面前，道："您就是鬼王慕容银对不对？"

"正是。"慕容银点点头。他之前刚一到鬼界门口，便见到一个小男孩晕厥在地，问过才知原来这个孩童已在这里等候自己多时，不论如何，都固执地不肯离去，听说只为救他姐姐。

慕容银的冷漠狡诈，在六界是出了名的。他一向做事只求利益，决不会白白帮助别人。他从来不是个心善之人，但奇怪的是，当他看见那个满是汗水、倒在烈日下的孩童，心里竟是一颤，那颗原本冰冷的心，像是突然有了温暖。

他想了想，终究还是选择救下君诺尘，再过一会儿，只怕这个孩子性命不保。

"你可不可以救我的姐姐？我听说鬼界掌控着六道轮回生死，一定有办法救人的是不是？"君诺尘用充满希望哀求的目光看着慕容银。

慕容银笑了笑，说："确是如此，鬼界掌管幽冥之界，这世间无论是谁都终要魂归此处，至于救人……"

他微微一顿，继续说："鬼界掌管生死却并不代表还可以救人。"

"可我真的很想救她……"君诺尘听到慕容银的话，依旧不愿放弃，"她是我唯一的亲人，我不能让她死去！求求您了，帮帮我！"他说着，眼里闪着泪光。

慕容银见他如此哀求，又想起他刚刚在烈日下险些丢了性命，只为见自己一面救其亲人。这样一个年幼的孩童，为了在乎之人，竟能做到如此地步，这是他在充斥着钩心斗角的生活里未曾见过的。

慕容银思索片刻，回答："好，我可以破例帮你一次。"

"谢谢您，谢谢您！"君诺尘好像在暗夜里寻到了一盏明灯，不禁欣喜若狂。

"在鬼界有一种特制的灵药，名为'回生之水'。无论此人受了多重的伤，只要有一口气在，就能救治。我把它送你去救你的姐姐，怎么样？"慕容银问。

君诺尘目光暗淡了几分，他摇摇头，"没用的，因为姐姐已死了七日，我如今唯有她的魂精。"他说着拿出一枚发着淡粉色光芒的珠子。人死后肉身会陨灭，而魂魄则会凝聚成一股力量，是为魂精。凭借这股能量可以入轮回之路。

慕容银接过男孩手中的珠子，叹了口气，"若是如此，我也再无他法。阳气已尽，就代表此人寿命已满，再无可能复生。"

君诺尘一震，他不敢置信地后退几步，大声说："不，我不信！一定还会有别的办法！这世间，难道没有起死回生之术？既然魂魄尚存，便一定有其他的方法！"

"起死回生是逆天之举。天地间的生老病死，是六界亘古不变的规律，岂容你说改就改？鬼界虽掌管生死，但这天地间的规律也无法改变。"慕容银低声说道。

君诺尘听后，心中一股绝望之感油然而生，难道自己注定救不了她？

"你如今把她的魂魄寄存在神界之中，但时日已久，若不尽快令她进入轮回之道，她的灵魂就会消散在天地间，连转世投生都没有机会，这是你想看到的？"慕容银继续问。

"我……"君诺尘满是痛苦，不知该如何选择。

慕容银不再多言，他左手微微发力，那颗珠子便浮在他的手心之上。君诺尘忽然扑过来，想要制止对方的动作，他明白，慕容银想要放出君诺依的魂魄。可魂魄一旦放出，就真的再无救治她的办法了。

"你还在执着什么？难道你要看着她魂飞魄散？"慕容银冷声问，他暂时停止法力，收回了珠子。

"可我，真的不想她去轮回，转世之后的她不会再记得我，纵使有一样的灵魂，早已是另一个人。我也无法看着她消散在天地间……"君诺尘用红红的眼睛注视着慕容银，"鬼王，当真没有任何办法吗？我愿意付出一切来救活她，不惧一切。"就在这一瞬间，他话语里的坚定再不像一个稚嫩的孩子所能够拥有的决心。

慕容银闭上眼睛，一声轻叹。他一生周旋于形形色色的人之间，权位相争，尔虞我诈……这些，让他忘却了情谊所在。可今天，他却从一个小男孩身上看到了这世间的真情，这份亲情竟然如此浓烈。

"有一个办法。"

"什么？"君诺尘睁大了眼睛，"我姐姐有救了，是吗？"

慕容银把他扶到床边，自己也坐了下来，说："我说生死规律难以更改，是因为一具肉身的陨灭会带动它自身体内的魂魄也散尽能量。它若想重获力量，便必须经历轮回之路，才能重新取得力量，进行转换。否则，一个失去力量的魂魄只有消散于天地间，存活不久的。然而，历经轮回之路，必须途经忘川彼岸，那里的忘川之水，人人都必须饮，忘记前尘，才可渡河。因此，所谓的前世今生，其实是两段没有关系的经历，转世的人，也自然不是前世的他。你不想你的姐姐忘了你，就不能让她转世，可她如若无法获得力量，也没有办法活下去。因此，要有人以自身的灵魂之力传输给她力量。"

"我来！"君诺尘沉声说。

"自然是你，也只有你，因为只有至亲之人的灵魂才是相通的，才可以为彼此传送力量。"慕容银说，"但是，你要知道，此举是逆天而行，生死之事本不可更改，你强行救回已死之人，会付出极大的代价……"

"我不怕！"君诺尘没有一丝畏惧。

"那么，即使你的魂魄在这一世寿数散尽后，无法再入轮回，只能灰飞烟灭，也不惧吗？"慕容银问，"还有，一个已经死过一次的人，她的命数本已尽，你就算成功地救回你的姐姐，也会令她身体虚弱不堪。而且，你为她续补魂魄之力，你们便算一体。她靠着你的力量，便不能离你身边太久，否则会有生命之忧。若再失一次性命，我真的别无他法。"

君诺尘紧紧握住双手，他心里明白这样的方法要付出的代价究竟有多大。他想也许自己是疯了，这样大费周折，不如让君诺依重入轮回，但他不愿这样。未来的路还有那么长，他不想日后孤身一人行走在纷乱的尘世间，无一人相伴。

"我不会放弃。"君诺尘坚定地对慕容银说。

慕容银一怔，他实在想不到这么一个小小的孩子，怎么会有这么大的勇气与决心，要与天道抗衡。

"好，还有最后一个条件，那便是魔牌。我知道你是魔界的人，救你的姐姐，输送灵力，需在至阴之地进行，那便是幽冥之地。那里是最接近地狱的地方，并非什么人都能入内，除非是各界的至尊凭借王者象征的牌子才有权入内，这是自古以来的规矩。我已对你放宽了许多，告诉你了很多事情，但唯独这件事，我帮不了你。"慕容银说，"你只有靠自己，只有等你真正强大起来，有了魔界王者象征的令牌后，我才能让你进入幽冥之地。"

君诺尘垂下目光，他回想自己从生下来至今一直无所作为，只懂得躲在姐姐的身后，受她的庇护，什么能力也没有，所以才只能眼睁睁看着姐姐死去，所以才会在见慕容银时被人百般阻拦，所以才会这么久以来只能过着漂泊流浪的日子……归根到底，都是因为他的无能啊！因为他没有权位，没有法力，所以只能任命运摆布，任人宰割！若有一天，他强大起来……

"我明白了。"君诺尘直视着慕容银，"我会凭借自己的能力进入幽冥之地。但是，这可能会要很久，我担心姐姐的魂魄等不了那么久。"

"我会帮你把她的魂魄放到幽冥之界，不令她入轮回之道。在你功成之前，我保证她的灵魂会一直安好，不会消散。"慕容银承诺。

"谢谢您。欠您的恩情，我会铭记在心。"君诺尘真诚地对慕容银说。

慕容银笑着摆了摆手，说："谢就不用了。我这一生，算计人心，不知做过多少不堪之事。这一次帮你比起我曾做过的事情，简直难以弥补一二。"

他凝视着君诺尘，忽然变得庄重了几分，"起死回生是六界的禁术，是逆天之举。它要付出的代价，是任何人都难以承受的。生死之事，本就属于天地间的自然规律，又何须如此执着？"他还是忍不住再一次，也是最后一次劝道。

"我要救她，不计代价，不计后果，这是我一生唯一的执念。"

"你现在不过是一个小孩，既无能力，也无权位，如何救得了她？更何况，那样大的代价任谁都承受不住，不如放弃。"

"今生今世，永不言弃。我会再回来，那个时候，我会用自己的力量带走她。"君诺尘许下了无比坚定的承诺。

那一刻，他就已经知晓，为了这个约定，他终其一生也不会放弃。哪怕为此，他要不择手段，做尽恶事，只要能变得强大，他就什么也不在乎。于是，从那一天起，他开始收敛自己的性情，变得内敛，变得沉静，在外人眼中变得温润如玉，却也变得越发狠绝冷酷……

"魔王，到了。"

士兵的话打断了君诺尘的思绪，将他唤回到现实。他看到殿堂之上坐着的一头银发的少年，眉眼间与当年的慕容银有几分相似。少年面容清俊，棱角分明的脸上隐约透着些许邪魅。

慕容风见到君诺尘，并没有一丝惊异，他只是对引路的士兵以眼神示意，士兵当即会意，悄然离去。如此一来，殿堂上便只剩下他们二人。

"早闻鬼王意气风发，气质不凡，今日一见，果然如此。"君诺尘对殿上的人说道。

慕容风抿嘴一笑，说："听说魔界有一个人年仅十几岁便被封尊号，人人见他都要尊称'殿下'，更何况此人师从叶谦长老，论武艺更鲜有敌手。"

君诺尘轻轻地摇了摇头，轻声说："虚名而已，何足挂齿。"他在说这番话时，脸上没有一丝表情，仿佛这些与他无关。

"哦，是吗？"慕容风从椅子上起身，一点点走近君诺尘，"不过，早在更久之前，我便从先父嘴里得知你的名字。"他想起父亲在世时，每与自己说起这个人时，言语间的赞许。他的父亲一生自命不凡，很少对谁另眼相待，唯独此人例外。

"既是如此，我想鬼王也自然明白我此次前来的目的。"君诺尘轻声说。

"这是自然。说实话，若是易地而处，我大概会选择与你截然相反的一条路。但是，君诺尘，我佩服你的勇气与决心，我也明白当年我父亲承诺过你的事。"慕容风说着，话锋忽然一转，"只是，此一时彼一时。他答应你是他的事，他现在既已过世，你又凭什么认为我会替他履行未完的约定，带你去幽冥之界呢？"

君诺尘眼眸里有寒光闪过，但他面上依旧一副平易近人的模样，他抬起头，看着慕容风，"我相信鬼界一族信守承诺，既然有过约定，那么无论如何也会履行。更何况，六界已有多年未发生争端，这样平静的日子，想必谁也不愿打破吧？若是打破，那么鬼王您又有几分把握能胜我呢？"为了心中的执念，他不会畏惧任何东西。如今，数十载光阴已过，他再也不是当年那个手无寸铁的小孩子了，他可以为达成目标扫除一切障碍。

慕容风并未答话，只是面色冷漠了几分，他仔细注视着对面温文尔雅的男子，想看清那人的内心是否也如话语中所透露的一样无所畏惧。

此时，殿堂一片静寂。

良久，慕容风哈哈一笑，"好，君诺尘，你果然与我想象中的一样不肯服输。不过，想来也是，你能从魔界越轩之子越冥手中取得令牌，怎么会是简单的人物。你说得对，我既没有十足的把握赢过你，何不卖个人情，帮你一把。"自慕容银在战场上战死之后，慕容风便开始接手鬼界，到底是这么多年历练过来，他当然明白利弊之分，什么有利，什么不利，什么人可以利用，什么人要去相交，他还是懂的。

"那么，我就先在这里谢过鬼王肯帮我的忙。"君诺尘微微颔首，声音一如从前那样温和清朗。

他等这一天，实在太久太久了……

"夏左使，这是我们新的兵力部署，不知您可否满意？"一个魔兵正拿着一张图，恭敬地呈送到夏墨轩手上。其实早在数十年前，君诺尘便凭着一己之力设下结界，建造了一个属于自己的国家。他旗下的人大多来自四面八方，没有名门世家的身份，却个个身怀绝技。君诺尘会看人，更会用人，他懂得如何用手段让大家臣服于他。所以，当他离开这里数十年岁月，这个地方也依然无人敢乘虚而入，取代他的位置。

君诺尘虽为人温和，可但凡追随他的人都深知这个温润男子外表下所隐藏着的是一颗怎样冷漠无情的心。曾经有人企图谋反，暗布迷局，自以为部署周全，趁一个月黑风高的夜晚潜入君诺尘的房间，本想趁着他睡着时杀了他，然后取而代之，谁知道还未近君诺尘的身，便已被抓住。抓他的人，竟是夏墨轩。那人当场大惊失色，他本已清理了这房间周围的所有人，这个夏墨轩怎么会突然出现？而且，自己甚至没能与夏墨轩交手便已被制住。

再一看，君诺尘哪里还在睡觉，早已不知何时坐在床边，笑看着自己。那笑容温和至极，却也危险至极。

"杀。"君诺尘只说了这么一个字，那人还来不及呼救，夏墨轩早已飞快夺下那人手中的匕首，一刀割断了对方的咽喉。速度之快，令人不敢置信。

从那以后，再无人敢生二心。君诺尘早已是一界强者，更何况强者身边还跟着一个来无影去无踪、身手快捷灵敏的夏墨轩。夏墨轩作为君诺尘的亲信，加之他又被封为左护使，少不了有人借机奉承他，想得些好处，但这个少年却从未利欲熏心。这么多年，他都默默跟在君诺尘身边，帮忙打点一切。

现在，经历了前些日子与越冥交战，实力大损，他要重新部署兵力。"这里，可以再多派些人手，还有这里……"夏墨轩指着图上的位置，给一边的士兵看，"还有，结界要地一定要比平常的地方多增一倍人看守，那里是结界安全的关键之处。"

"是。"魔兵连忙回答，不敢怠慢。

"嗯，就先这样，你先下去吧。"夏墨轩收起图纸，交到魔兵手上。魔兵点了点头，随即退下。

魔兵走后，夏墨轩独自一人来到一片树林中，此时太阳已偏西。天边的光芒一点点黯淡下去，取而代之的是淡淡的橙色，仿佛一团微小的火焰，一点点燃烧着整片天空。

只有在这种时候，他才能得到短暂的放松。只是不知，现在大哥的情况又如何……

忽然间，一阵几不可闻的声音响起，夏墨轩眉头微皱，本能地在手中凝聚起力量，冷冷地问："谁？"

"是我，本是不想惊扰夏大人的。"一个略带谄媚的声音传来。

夏墨轩见一个人正从不远处向他走来，原来是林楚莫。

"哎呀，墨轩真是好雅兴，这么安静清幽的树林很少见呢。"林楚莫来到夏墨轩身边笑着说。

"但林少主来了，想必这里便不再清幽了。"夏墨轩冷笑说，"还有，我与少主并不熟识，请你叫我的全名就好。"

像林楚莫这样的人，他见得真是太多了，他平生里最厌恶这种趋炎附势的小人。

"这……"林楚莫没有料到自己的热情被浇了这么一大盆冷水，笑容一僵，但他想到自己此行的目的，还是强打起笑脸，说："我知道上次我们二人初次相识就发生了一些不愉快的事，是我的错，我先在这里向墨轩道个歉，希望我们可以冰释前嫌，从此就是朋友了。"

"少主何必如此？您是何等身份，这样做，反倒是我承受不住了。上回的事，我早已不放在心上，您也不用挂怀。"夏墨轩说。虽然心里厌恶此人，但夏墨轩明白，林楚莫对大哥还有用处，现在不能动他。

"我就知道，诺尘殿下身边的人也一定是性情宽厚之人，怎么会与我计较。"林楚莫假意笑着说。

夏墨轩微微一笑，问："不知少主今日寻我来有什么事，不会只是专程与我道歉的吧？"

"我……我是初来乍到，对这里的环境有些不熟，想着今后要跟在诺尘殿下身边做事，总要先了解一下这里的环境才好啊！"林楚莫急忙为自己找一个借口来掩饰目的，"不过真是想不到殿下竟能创造出这么一个好地方，胜过原本的魔界百倍啊！"

"少主喜欢这里便好，如若遇到什么难处，尽可以来找我。"夏墨轩轻声说。

"听你这么说，我真是太开心了。殿下身边有一个你这么细心的人真是一种福气啊……"林楚莫似乎想到了什么，眼睛一亮，"如果我身边也有这么一个人……墨轩，你愿不愿意跟着我？"

夏墨轩在心底冷冷地一笑，这才是林楚莫此次前来的目的吧？

"少主的意思……恕我不明白。"夏墨轩假装有些震惊和不解。

林楚莫轻弯唇角，又离对面的人近了些，低声说："什么意思……墨轩还不明白吗？我只是看你整日忙于公务，都没有时间好好休息，既然这么累，何不另行一条路呢？"收买夏墨轩，正是他此行的目的。初遇时，他看着那人冷静的样子，本是对这个人的不敬有些怨恨。近日以来，他观夏墨轩办事周全，为人谨慎，这里的所有事，他竟都可办得滴水不漏。如此看来，君诺尘肯让这么一个人跟在身边，也不无道理。

林楚莫不由得想起自己身边那些急功近利、一事无成的人，倒也希望有一个可以真正帮到他的人。眼下，他已知君诺尘绝不会帮自己，而他又受控于这个人。唯一的办法就是打败君诺尘，夏墨轩既有能力，又追随于君诺尘身边，自然该是最了解此人。如此想来，若能收服这个少年，那便是最好。

夏墨轩听到林楚莫的话后，面色一冷，厉声说："少主，请注意您的言语。我伴随殿下多年，何来另辟新径一说？"

"哎，不要生气嘛，我也只是随口一说，切莫放在心上。"林楚莫见夏墨轩动怒，不禁慌忙轻声安抚，"我这也是关心墨轩会累坏身体，想要你多放松一下。"他生平最善与人虚与委蛇，神色间，仿佛真的有几分关切之色。

夏墨轩脸色缓和了一些，说："少主好意，我心领了，只是，刚刚的话不要再说了。"

"好，你不愿听，我就不再多言。只是……"林楚莫顿了顿，"我真的是觉得凭借墨轩的能力，完全可以独占一方，有自己的权益，何必终日跟在他人身后，不辞辛苦呢？"

"我……"夏墨轩身体一颤，"这是我的选择，与少主无关。"

夏墨轩话中的犹豫自是逃不过林楚莫的耳朵，他心知有望，急忙继续说："夏墨轩，你若跟着我，我绝不会亏待你。我会予你无数的金钱，要你有自己的权位，再不用终日为他人作嫁衣，这有什么不好呢？"

夏墨轩怔了怔，似乎一时间拿不定主意。

过了一会儿，他轻声说："林少主的好意，我不敢消受，只是铭记在心。"

林楚莫见他如此，也并未失望，反而友好地拍了拍他的肩，说："好吧，人各有志。不过，若是有一天墨轩改变主意了，可以来找我。我的大门，永远向你敞开。记住我刚刚跟你说的话，我可以给你的，远比君诺尘能给你的，多得多！"他知道这件事不能着急，要慢慢来。虽然夏墨轩并未答应他的要求，可从那人刚才的神情来看，他与君诺尘的关系，并非自己想象中那么无懈可击。那么，这件事就好办多了。

"林少主的话，我明白了。"夏墨轩回答。

正当他还想再说些什么的时候，一个士兵忽然匆匆跑来，在夏墨轩耳边低语了几句。

"什么，他醒了？"夏墨轩低声问身边的士兵，士兵点了点头。

夏墨轩眉头微皱，目光转向林楚莫，说："我还有事要处理，便先行一步，少主自己保重。"

"好，那我也不便多做打扰。总之，墨轩，我等着你的好消息。只希望，你不要让我等太久。"林楚莫微微一笑，随即向远处走去。

夏墨轩看着他远去的背影，嘴角泛起一丝不易察觉的冷笑……

他来不及再多想什么，快步向林外走去。刚刚士兵告诉他，越冥已醒。如今君诺尘不在，为保证安全，以防万一，他要先去越冥住处查看一眼。

令他没有想到的是，当他见到越冥的时候，那个人头上缠着纱布，坐在床边，脸色苍白却依然不失风度，只是原本锋锐坚强的目光里满是迷茫与恐惧，不复当初在战场上宁愿以性命相抵、沉着冷静的神情。

"我是谁？"这是越冥见到夏墨轩所问的第一句话。

"你……不记得自己是谁了吗？"夏墨轩问，语气里有惊讶，更多的是探究。

越冥摇了摇头，看了看四周，眼里的迷茫不减反增。

夏墨轩垂下眼睑，仿佛在想些什么，随后，他又走向比他早到的安冷耀身边，问："他刚一醒来便是这个样子吗？医生怎么说？"

"医生说他头部受伤严重，再加之险些失了性命，动用法禁术，失去了太多真元，可能导致记忆上的缺失。"安冷耀低声说，脸上没有一丝表情。

夏墨轩点了点头，心里已有了打算。他走到越冥床前，轻声说："你之前受了伤，所以损失了记忆。你本叫越冥，是我们这里的人。这里不久前与外界发生了一场大战，你是在战斗中受伤的。"

"哦，原来如此！"越冥点了点头。

"你不用担心，我们会全力救治你的，你且在这里安心养伤，等殿下回来再做打算。"夏墨轩轻声对他说着，微微一笑。

"嗯，那我先谢谢你肯帮我！"越冥说着，露出一个真诚的笑脸。

夏墨轩看着他，目光一沉。他并不能确定越冥是否真的失去了记忆。法禁术的确是众多法术里最消耗元气的一种，越冥若因此而失去记忆，倒也并不奇怪，只是……

一旁始终未曾多言的安冷耀注视着越冥，眼里多了几分莫名的情绪……

慕容风将君诺尘带到一扇大门前，那扇门像是已有了很多年头，上面雕刻着古老的图腾，周身尽是阴暗的灰却隐隐发着白光。

"这是打开九幽之地的大门。"慕容风说，"即使鬼界的人，也不得随意入内。自古以来，唯有各界的至尊凭着王者身份象征的令牌才能入内。"

君诺尘轻轻地点了下头，拿出怀中的令牌，此时令牌似与那扇古老的大门相互呼应，也发出白光。"吱"的一声，大门在他面前缓缓打开。他想，正因为这扇门，硬生生地将他与姐姐阻隔了数十载。而今，他终于可以如愿以偿，见到他日夜念着的人。

慕容风见大门已开，回头对君诺尘说："幽冥之地，是这世间最为阴暗的地界。便是我，也不敢大意。一会儿我会为殿下引路，要小心。"

随即，他率先进入门内，君诺尘紧随其后。跨进门槛的那一刻，君诺尘觉得眼前白光一片，异常刺眼，他不禁闭上双眼。待光芒散去后，他又睁开眼。

这时，眼前早已是截然不同的世界。这里的天空是深沉的蓝，地面有无数涌动的岩浆，它们散发出滚烫的热气，那些热气涌上天空之时，化为一团团火焰在空中炸开，复又落下。岩浆之上，悬挂着纵横交错的吊桥，桥上时不时有人经过。那些人，有的是负责看守这里的冥将，而更多的却是已死的亡灵。

果然是地狱之界，四周一片荒芜与寂静，没有一个人开口说话，他们麻木地行走着，或者轮回转世或者不知归途。

君诺尘自来到这里之后，胸口便有不适之感，一种沉闷的感觉向他袭来。按理来说，他修行多年，应有真气护体，不会有这等不适之感，但当他试着牵引自身的真气时却感觉力量无比微弱。

慕容风似乎看出了他的不适，解释说："此处为阴间，你我寿数未尽，阳气未泄，来此自然与阴气相冲，因而身体会变得虚弱，功力也会相应减弱。"

"原来如此。"君诺尘点了点头。

慕容风看着眼前不断涌动的岩浆，手指在身前飞快结成一个法印，顿时，那地面上的岩浆向两旁涌动，中间空出了一条通道。

"那些吊桥上的道路是为死人与看管这里的人准备的，而若要去亡灵会聚的地方，唯有此路。"慕容风说着，引领君诺尘来到这条路上。

刚开始时，四面皆被岩浆包围，热气冲天，而后慢慢地，周围的气象变了，四面变成了层层雾气，雾里时不时有幻境闪现。君诺尘曾遍观六界群书，他知道这些幻境皆是这条道路上经过的亡灵的前世之景。

幻境之中，有貌美如花的善良女子，一生为妹妹操劳付出，而那个一直被呵护的小妹却妒忌自己的姐姐，与外人联手害得姐姐孤苦无依，临死之时依旧无人问津；有生来耳聋目盲的男孩，受尽他人冷嘲热讽，心中有志却终究掩埋在岁月之中，最后落得个死不瞑目的下场……

"我待她那样好，可是她却反过来害我，我定要她血债血偿……"

"这就是我养育多年的儿子，从未将我这个母亲放在心上，我临死之时，他竟还在计划着如何夺走我手头的财产……"

"为什么，上苍待我如此不公，让我壮志难酬，妻离子散？"

一个个画面，一句句飘荡在烟雾之中的话语，都是一个个含恨而终的亡灵。所谓人间的冷暖，世事的无常，命运的不公……都在这九幽之地，一一呈现出来。

然而，君诺尘看着这一切，听着这些声音，心里波澜不惊，没有一丝情绪。漫长的岁月，无数的历练，早已让他可以淡然面对尘世间的一切。贫穷或是富贵，受人敬仰或是万人唾弃……这不过都是人生不同的境遇。想要成为人上人，必须经过千锤百炼，否则，落得凄惨下场，怨不得旁人，只怪自己无能。

一路之上，也有亡灵从迷雾中冲出，想要拖住尚且存活的人，一起沉入九幽之地，永世不得解脱。然而，慕容风身为鬼王，身上与生俱来的气息令所有亡灵畏惧。君诺尘功力减了大半，但凭着余下的力量，也不敢有亡灵近他的身，因而这一路走得倒是格外顺利。

终于，这条路走到了尽头，四面的雾气散去，眼前是一块空旷的平地，这地上被密密的荧光布满，空中也不时浮着几缕光芒。不远处便是忘川之水，忘川只存在于世间古老的典籍之中，无人知晓它的模样，世人不知忘川的水并非无色而是淡紫色的，如同水晶那样透明纯净。

"这里是离忘川最近的地方，也是亡灵会聚之地。这里的每一处紫光，均是一个已故之人。他们因为前世的种种原因停滞于此，无法自行饮水，去下一世。你的姐姐自然也在其中。"慕容风对君诺尘解释，"我只能把你送至此处，至于剩下的一切，我无权插手。过往种种，起源于你的执念，因果循环，也只能由你完成。"

"鬼王一路送我至此，我已是万分感激，余下一切，无须再借助旁人。"君诺尘温声说，"今日欠你的恩情，我君诺尘铭记在心，日后一定报答。"

慕容风微微一笑，说："那我便记下今日殿下的话。容我再说一回，此地亡灵无数，若要找出你的姐姐，难上加难。自古以来，起死回生之法鲜有人成功，就是因为即使他们费尽心力来此，但若认不出属于他们要救治那个人的魂魄也是枉然。鬼界的古卷上说，想要认出亡灵，便要触动他们尚存的记忆。"他明明只是负责为君诺尘引路，却不知不觉告诉了那人那么多信息。或许，他只是不想承认，在心底也被这个人为了至亲不惜付出一切的决心打动了吧。

"我明白了，多谢！"君诺尘轻声说，他倒不曾想过慕容风会帮自己这么多。

慕容风最后把一颗纯白色的珠子交到君诺尘手上，告知他回往阳间，只需把它捏碎即可。随后，鬼王便转了个身，消失在原地。

君诺尘独自一人，望着眼前无数淡紫色光点环绕的土地，心里的感觉难以言诉。他忘了自己为了这一天，等待了多久，这么久以来，他只清楚地记着心中的执念，为此他不知付出多少，忘记了时间的流逝，忘记了他曾经天真的模样……只为了这一天。他知道姐姐就在这片土地上，可他又害怕不能认出她。

他回想着慕容风刚才的话，究竟怎样才能唤醒她的记忆？

蓦地，他忽然记起年幼之时，每逢辞旧迎新之时，他时常依偎在姐姐怀里，看满天烟火在空中不断绽放，然后一点点消失在天际。那时，由于他们四处漂泊度日，身上更无分文，只好看着别人家的小孩与父母相聚在一起，点燃爆竹。

"尘儿，我好希望有一天，我能够看一场只属于我一个人的烟火，而不是偷偷地望着别人家的幸福。"那个时候，君诺依低头看着年幼的弟弟，天空中的烟花将她美丽的脸庞映照得忽明忽暗。

年幼的孩童想了想，坚定地说："姐姐，我答应你，总有一天，我会为你放一场最美丽的烟火。"

…………

原来，已经过了这么久。他答应过君诺依的事情一直没有兑现。而今，在这九幽之地，无数灵魂会聚的地方，他要兑现儿时的承诺。或许这样，姐姐的记忆就可能被触动。

他想着，瞬间张开双手，无数白光从体内发出，环绕在他的身旁。而后，他暗暗发力，无数光芒涌上天空，变成一个又一个美丽的烟花在阴暗的空中绽放。

刹那间，这个原本毫无生机的地方，被笼罩了一层艳丽的光辉。

这些烟花不同于平日所见的模样，它们飞上空中绽放之后，不会马上坠落，而是随着绽开又分成几朵小小的花火，再度盛开，五光十色，煞是好看。烟花所落之处，是一片片亮晶晶的光芒，久久不会散去。很多亡灵都会聚在烟花坠落的地方，不愿离去。

其实，这些花火都是由君诺尘自身的法力融合而成，才能不同于一般的烟火。它们坠落之后，法力不会马上消散，故此坠落之处吸引不少亡灵来吸取灵力。

他答应过，要给君诺依一场最美丽的烟火，他不会食言。

然而，时间一分一秒地流逝，天空被映照得五彩斑斓，只是君诺尘也在一点点虚弱下去。幽冥之地不比阳间，在这里用每一分力量都会带来巨大的体力消耗。君诺尘纵是法力精湛，也终究逃不过力量的削弱、元气的流失。他本来因到这里，功力便退去大半，而今又在以自身灵力汇成烟火，更需要极大的消耗。若是常人，恐怕早已因元气过度消耗而性命不保。

"姐姐，你到底还是不肯来见我吗？"君诺尘轻声问着，此时他的脸早已因功力大消而变得苍白，但他依然不愿放弃。

他已履行了承诺，将这样一场盛大的烟火送与她，但她的记忆为什么仍无法被触动？

君诺尘身边的白光颜色越来越黯淡，空中的光芒也变得越来越零散，他就快要支持不住了。莫非，他今天便是元气耗尽死在这里，他的姐姐也不会被唤醒吗？

姐姐，我究竟怎样才能认出你，怎样才能救你？你知道为了到这至阴之地，为了夺得令牌，我花了多少精力吗？

自从君诺依死的那一天，因缘巧合结识叶谦，他心里就早有打算。他在叶谦面前以一副温和沉静的样子博得喜爱，苦练那个人授予的法术，不分昼夜，只为积攒力量。后来，他想从越轩身上夺得令牌，假意结交安天阔。他知道安天阔的狼子野心，本想借着这个人的手除了越轩，达成目标，但失败了，他小看了越轩。当时，他不敢在魔界多留，安天阔一事牵连数人，他虽自信没有留下痕迹，却也怕败露。于是，他借着与安天阔的朋友之谊，因为故友之死而离开魔界掩人耳目。

再然后，他耐心等待时机，终于再回魔界。他假意接近安冷耀，透露安天阔的事情给他，令其与越冥反目成仇，他收买林楚莫，杀了音千落，就要夺取王位……

他不择手段做了这么多肮脏不堪的事情，都是为了姐姐，他希望自己在乎的人重返世间，难道不可以吗？他费了这么多精力，算计人心，步步为营才走到这里，可他竟依旧无法救出她！

罢了，君诺尘觉察出自己再难以发出力量，他收手跌坐在地上。

他努力了这么久都没有效果。或者……是姐姐不想再见到他了。

是啊，他早不再是数年前那个天真的孩童，而今，他就像从地狱里爬出来的亡灵，蒙着一副皮囊，只会算计人心，利用他人。这样的他，的确不再是君诺依的弟弟。

如果现在有魔界的人在场，他们一定会惊异，平日里受人敬仰的温润君子，怎么会如此绝望，如此无力。然而，无论是谁，无论他的外表有多么强大或者冷酷无情，说到底，只要是六界众生，皆会有旁人没有触及的一面。

佛曰，人生有八苦：生、老、病、死、爱别离、怨憎会、求不得、放不下。在体验痛苦的过程中，只有参透生命的真谛，才能凤凰涅槃，得到永生。

要得永生，真的太难了。万物皆有情，只要有情，苦难便不会停止。

君诺尘想，他到底是失败了。多年来煞费苦心的布置，都已毫无意义。

法力无边如何，权倾天下又如何？她若不在，一切都是虚无。

终于，一滴眼泪顺着他俊秀的脸庞滑落，滴在地上。从姐姐离去的那个夜晚，他早已立誓，今生今世不再掉一滴泪，那是弱者才会有的东西。

可现在，他已成为一个弱者。

然而，正在此时，那滴原本掉落在地上的泪珠竟然浮在空中，散发出耀眼的黄色光芒，甚至超过了刚才那一场盛焰。

一个淡紫色的光点缓缓飞到君诺尘面前。在金光的照耀下，那光点竟慢慢化成一个少女。那女孩大概十八九岁的样子，眉清目秀，黑发披肩，透着一种恬静柔和的气息。

君诺尘不敢相信眼前的一切，他生怕是一场梦。这么久以来，他所磨炼出的不动声色、沉稳冷静早已不复存在。他张了张嘴，却觉得有什么东西堵在喉咙里，什么都讲不出。

少女一点点走近他，每走一步，她嘴角的笑意便多一分。

"你长大了。"她轻声说着，笑容明媚如春。

"姐姐！"君诺尘终于忍不住拥住了君诺依。

他们之间，明明已经间隔了那么多的岁月，可无数时光的流逝到底抵挡不住血缘上的温情，就仿佛他们从未分离……

君诺尘带君诺依返回魔界时，夏墨轩正在和安冷耀一起讨论有关魔界的事务。夏墨轩远远看见君诺尘走来，身旁还有一位气质不凡的少女相随，他心中一喜，知道事已成。

"大哥。"夏墨轩迎上前去迎接君诺尘。

君诺尘温温一笑，对身旁的女子说："姐姐，这便是我先前与你提过的人。"这一路上，他告诉了君诺依这些年来的许多经历，当然，该告诉她什么，他心里自有分寸。

君诺依上前一步，弯了弯唇，柔声对夏墨轩说："你就是墨轩？尘儿告诉我与我分离的这些年，你帮了他不少忙，我该谢谢你！"

"殿下于我有救命之恩，我自当报答，您这么说，我实在愧不敢当。"夏墨轩急忙说。

君诺依见眼前的少年谈吐文雅，再加之他又跟着自己的弟弟多年，一时间也有了亲近之意。她摇了摇手，说："你既然把尘儿当成自己的哥哥，那与我也不用如此见外，你若不介意，以后叫我诺依姐就好。"

君诺尘见姐姐与夏墨轩一见如故，心里自然有几分欢喜。他微微转身，见到还站在一旁沉默着的安冷耀，目光一转，嘴角泛起一个浅浅的弧度。

"姐姐，你先不要只和墨轩寒暄，我还有一个人要向你介绍。"君诺尘说着，拉着君诺依来到安冷耀面前，"这是安冷耀，是我的右护使。在这里边帮了我不少忙，算我的心腹呢。"他眼角含着笑，看着安冷耀，仿若真的是在看一个相交多年的朋友。

君诺依初见安冷耀，只觉得面前的人浑身散发出一种冷漠的气息。听见君诺尘介绍他，他也并不多言，只是抬起头，对君诺依微微点了个头示意。那种冷漠，又好像被某些东西压抑着，不得释放才会形成的。她倒未曾多想什么，只当这是因为个人的性格造成的。

然而，她注意到安冷耀有些苍白的脸颊，不禁关切地问："你……是不是身体有什么异样？"她虽不懂法术，但只因自幼带着弟弟四处流浪，生病发热从无人照顾，只得靠自己，久而久之，便渐渐懂了一些医术，加之他们也曾去过不少地方，通过所见所闻也学到了不少。

安冷耀一愣，眼前这个看起来法力低微的女子，竟然在初见之时觉察出他异于常人。由于他中了魔咒的缘故，所以即使不曾受伤也会比常人看起来虚弱几分，但若不发作之时应该难以察觉。

"我……"安冷耀微微张口。

君诺尘眼睛一紧，但表面仍是一如往日那样温和，他轻声打断安冷耀的话，对君诺依解释："姐姐的医术倒是这么多年未曾放下。小耀只是因为前些日子与人交手受了点伤，已经在调理了，姐姐不必担心。"有些事，无论如何也不能让她知道，至少在她面前，他要自己还是多年前那个未涉世事的干净纯粹的男孩——她的弟弟。

"原来如此，那你要注意多休息。我略懂医术，如果身体不舒服，你可以来找我。"君诺依柔声对安冷耀说。都说医者仁心，的确如此，纵使与人初见，也可以如相交多年的朋友一样关心对方。

君诺尘在一旁笑着对夏墨轩说："墨轩，姐姐刚刚得以重见天日，身体还很虚弱，不宜太过劳累，你先带她去住处休息吧！"

然后，他又温声对君诺依说："姐姐，你初到此处，如果有什么需要的可以直接告诉墨轩或者我。"

"好，我知道了。你也累了一天，尤其在鬼界为救我，已经消耗了不少体力，也要注意休息。"君诺依叮嘱他。虽然君诺尘一遍遍告诉她没有关系，但她明白，从阴间救回一个已死之人，怎会是一件易事？

"我会的，你不用为我担心。"君诺尘温和说道，想要让她放心。君诺依见他答应，这才随着夏墨轩离去。

直至两人淡出他的视线，他才转头望向安冷耀，眼里寒光一闪，开口说："安冷耀，我姐未涉六界纷争，何况她久别尘间，身体尚在虚弱之中，有些事有些话，无须让她知道。我想，这些我不告诉你，你也该明白。"他一向温润清朗的声音此刻也透着些许冷冽。

安冷耀抬眼看着他，笑了笑，答道："是，殿下的命令我怎么敢违背？"

君诺尘听出安冷耀话里的嘲讽之意，但他也并不想多计较，便说："你知道就好。"

安冷耀浅浅一笑，"我当然知道，殿下不让我多言，是不想您的姐姐知晓眼下您所做的这些肮脏不堪的事情吧？君小姐看起来倒不似诺尘哥这般心思缜密、算计人心，当有一颗良善之心。如果，她知道你这些年所作所为，又会如何？"

"安冷耀！"君诺尘厉声打断他，眼里的冷冽令人不敢直视。

"怎么了，莫非我说错了？"安冷耀并不畏惧对方的怒气，"我怎不知殿下将我视为心腹？怎不知道我体内的魔咒是因在战斗中受伤所致？"

话音刚落，一道白光闪现。光芒之后，安冷耀跌倒在地，嘴角涌出几缕血丝。君诺尘收了指间的法力，负手站在他面前，居高临下地看着他。

"你……"安冷耀气息有些紊乱，他抬手抹去嘴角的鲜血，忽然放声大笑，"原来，喜怒不形于色的君诺尘也会有如此愤怒的样子。君诺尘，你平日里那副温文尔雅的模样究竟是给谁看？你凭着这副皮囊，便可以掩盖你那颗冷酷无情的心了吗？"

君诺尘静静听着安冷耀的话，不怒反笑，"小耀既然已识破我，就更不该激怒我，不是吗？你知我无情，就更该用尽心力效忠我，为我所用，免得引火烧身不是吗？"

"君诺尘，你不要把我视作你身边那些阿谀奉承的小人，我本不想与你为伍。你曾几次陷害我，对我施下魔咒，你认为我还会心甘情愿听命于你？"安冷耀反问。他有自己的尊严与底线，即使到今天，他受制于这个人，可他依旧不会随波逐流，听命于他。

君诺尘想了想，点了点头，"嗯，如此说来，小耀的话有几分道理。但是，难道是我记忆有误，在与越冥交手那晚，可是你出手为我挡了一击，并且选择站在我这边。"他的语气又变得温和。

安冷耀身子一僵，再难出口反驳。的确，他早已做出选择，为了父亲，为了复仇，他只好选择依附这个人。

"你知道的，你心中的愿望，唯有依靠我才可以实现。因此，是你在求我，如今你心怀傲气，不肯屈服的样子，又是做给谁看呢？"君诺尘说，"安冷耀，你以为自己是谁，有资格在我面前猖狂？我告诉你，你不过是那个败将安天阔的一个养子，是魔界里最为卑微的存在。现在，我肯帮你，你就应当对我万死不辞、感激涕零！"

安冷耀听着这些刺耳的话语，双手在不觉间握成拳，由于握得太过用力，指甲刺破了皮肤，深陷在皮肤里，钻心地疼。他睁大眼睛怒视着那个俯视着自己的清俊男子，心里从未有过一刻感到这样屈辱。

他什么也做不了。君诺尘有一句话是说对了，他的确是魔界最为卑微的人，无权无势，只得依附于旁人才有能力对抗王权。他跟君诺尘的实力，差得太远了！

想到这里，他不禁痛苦地闭上双眼。再度睁开时，眼里是浓重的悲伤与无奈。悲于他的身世，无奈于他的委曲求全、忍气吞声。

君诺尘见安冷耀如此模样，温和地一笑，把他扶起来，还细心地掸了掸对方身上的尘土，说："小耀，你也别怪我刚才所言，人总要认清自己在什么位置，我这可是为你好呢。"他温声细语的样子像极了兄长对弟弟的耐心教导。然而，这一切在安冷耀看来虚伪至极，他冷冷盯着君诺尘，不再开口。

此时，午后的阳光正柔和地把自己细腻温暖的光芒洒向大地。几缕金黄的光束斜斜地映照在儒雅俊美的男子身上，他仿佛是世间最为淡然出尘，也最为耀眼的存在。

阳光下，男子贴近一个少年的耳旁，轻笑一声，低声说："小耀，我也有我的底线。你若是日后对我姐姐不利，休要怪我今天没有提醒过你。如果真到了那一天，无须伪装，我自会让你看清我真正的模样。"

少年身子几乎不可见地颤动了一下，但他依然倔强地不肯低头。

君诺尘没有再看安冷耀一眼，转身离去，直至消失在明亮的阳光之中。

安冷耀一个人站在原地，脸上没有一丝表情，但隐约可见他的双手因为握拳用力过度泛起了白色。从小到大，他听过的冷嘲热讽数不胜数，他每次都可以默默忍受，但今天，他第一次深深体会到了什么是侮辱，什么是软弱。他到底太过软弱，一无所成，才会落得如此下场。

他抬头仰望着头顶的太阳，它是那么的明亮，甚至所发出的光刺痛了他的双眼，但是他已感知不到什么是光明，因为自己的内心早已是漫无边际的灰暗。

"啊……"安冷耀忍不住喊出了声。他真的需要好好释放一下这些日子以来的苦。他的声音里包含着无数的悲戚与苦闷，惊得林子里的鸟拍翅飞向天空。

与此同时，安冷耀纵身一跃，飞向天际。他速度很快，看上去像一道白光在穿梭。周围冰冷的空气从他脸庞滑过，但他仿若无感。如果可以，他真的只想把自己投入这无尽的天际，在浩瀚之中，忘了一切。

不知飞了多久，他的身体早已在不觉间被冷气弄得一片冰凉，失去知觉。安冷耀这才停了下来，落到一片小树林里。这片树林清幽怡静，隐约间还透着几分灵气，这是神界独有的气息，原来他竟已到了神界。

正在这时，有一男一女两个人往这边走。安冷耀由于刚刚与君诺尘对峙，情绪还未稳定下来，一时之间竟未注意到生人的气息，当他回过神时，为时已晚，那二人已发现了他。

"你是谁？"二人之中的女子问。她看上去三十多岁，但皮肤依旧光滑白皙，面容姣好却带着凌厉，令人望而生畏。

安冷耀深知神魔两界自古以来不共戴天，虽自越轩与神界灵王一战之后，两界决定和平共处，但这也仅仅是按兵不动而已，事实上神魔两界依旧对立。他不愿与神界的人再生事端，打算离去。

然而，他刚一转身，女子就好像发现了什么，随即拦住他。

"你是魔界的人？"女子冷声问。

"是又怎样？"安冷耀反问，"我并无恶意。"

女子冷哼一声，说："谁会信你所言？若我们没有发现你，你就不会是现在所说的'并无恶意'了吧？魔界的心思我还不清楚？只怕你们是想到此夺取我们的灵玉来为你们所用吧？"

一边的男子轻轻拉了拉她的衣袖，低声说："苏瑶，你总是太心急了，我们总要先弄清楚真相，不要每次对人都凭自己感觉，横冲直撞的，反倒容易引起误会。"他不同于女子的急躁，低声劝着。

"洛寒，对魔界的人有什么可留情面的？"苏瑶说着抬眼看着安冷耀，"我告诉你，今天想带走灵玉，先要过我这一关。"她说着，拔出腰间的匕首，那把匕首做工精细，十分锋利。

安冷耀现在倒是明白了他们二人的身份。灵玉是神界的宝物，汇集了世间最为纯粹的灵气而成，与六灵之珠威力齐名，但灵玉的力量是要找到可以操纵它的人才能真正发挥能量。在神界，有专门的家族负责世代看守灵玉，他们被称为灵玉的守护者，要看护灵玉，并且不断寻找它的主人。依据那个名为苏瑶的女子所言，她应该是守护者。

"我无意间来此，不承想引起了不必要的误会。我对灵玉并无兴趣。"安冷耀轻声解释，他实在不想再生事端，更不愿与神界的人纠缠。

"我夫妇二人见到的每一个不轨之人，总会像你一样先为自己辩解一番。你以为，我会上当？"苏瑶说着，举起刀刃向安冷耀刺去，"看刀！"

安冷耀敏捷一闪，匕首贴着他的身体擦了过去。

"小小年纪，身手倒是不错，但那又如何？你以为这样就可以得逞？"苏瑶一个转身，再度向他刺去。

安冷耀本不想与这里的人交手，但看着这个女人出手招招狠厉，欲取他的性命，便也再顾不得什么了，开始反击。他的退让并非出于害怕，但这人不领情，就怪不得他了。

苏瑶发觉安冷耀武功不凡，她将手中的匕首掷向空中，刹那间，紫光闪过，匕首竟然成了成百上千把，密密地浮在她面前，她用手虚推了一下，这些匕首一齐向安冷耀飞去。

安冷耀腾空而起，指尖相对，只见他的四周也浮现起无数冰针。这些冰针与匕首相击在一起，匕首瞬间化为乌有。最后，只剩一把匕首"哐啷"一声落在地上。

苏瑶由于法力消耗过快，脚步有些虚浮，险些跌倒在地，但是那些冰针正以飞快的速度向她飞来，她却已无力抵挡。

"苏瑶！"洛寒见她落了下风，便加入战斗，飞快地结成一个结界，挡住冰针。冰针在碰到水蓝色的光罩后，便消失了。

"你怎么样？"洛寒关切问道。

"没事。"苏瑶说，"我们神界的人岂会向魔界的人认输？"说着，她再次对安冷耀发动攻击。

安冷耀最初不愿动手的念头，被眼前女子越来越凌厉的攻击扫得一干二净。他想起多年以来，他的隐忍不发、逆来顺受、息事宁人……每一次倒给了他人伤害自己的机会。罢了，这一回，他也不想再对一个一再欲杀他的女人退让。他不要再做回那个受人欺凌的少年！

于是，安冷耀伸出右手，长剑便出现在他的手中，他握住剑身，暗暗发力，一股强大的剑气泻出，令苏瑶、洛寒二人当当当地后退了几步。

洛寒心知眼前的少年绝非常人，他的身手纵是他们夫妇二人联手也难以抵挡。

"苏瑶，他武功不低，我们要小心。"洛寒叮嘱。苏瑶早已再次发起进攻，洛寒也不得不在她身边护着，以免她受伤。

安冷耀这些年来的苦心修炼确实没有白费，他本是魔咒在身，法力被削弱四成，他这些日子潜心调养，功力恢复了几分，可仍有一部分被压制着。他借着被削弱的法力与这二人斗，竟丝毫不落下风。

"洛寒，我们二人合力！"苏瑶转过头说。

洛寒点点头，他们腾空而起，共同发力融入匕首之中，那把匕首瞬间发出耀眼的光芒，浮在空中。

"击！"苏瑶大喝一声，那把匕首以飞快的速度向安冷耀击去。

安冷耀纵身一跃，躲过了匕首，但匕首却像长了眼睛一样在空中转了一个弯再度向他飞来。安冷耀冷冷一笑，这点法术还难不倒他。

他的右手执剑，剑尖指着向他进攻的匕首。一把剑，一把匕首，它们的尖端对尖端，僵持不下。

时间一分一秒地流逝，最初苏瑶和洛寒合力还可挡住安冷耀的力量，但时间一久，那把匕首正在微微向后退。眼前的少年内力深厚，恐怕他们不是对手。

"苏瑶，我快要支持不住了，你先离开，我拖住他！"洛寒对妻子说。

苏瑶的脸上不断渗出细密的汗珠，但她仍不甘放弃，"洛寒，我怎么会留下你一个人？你先走，我来对付他。"她怎么会不明白洛寒的意思，再不离开，他们恐怕会死在那人的手下。洛寒要她活下去，但她怎会用心爱之人的死来换取自己的生？

"你们不用谦让了，"安冷耀冷冷一笑，"因为你们二人谁也走不了。"

话音未落，他长剑一挑，那把匕首转了弯，竟然向苏瑶飞了过去。那样快的速度，仿佛一道光芒闪过，几乎是同一时刻，洛寒挡在了苏瑶身前。

"洛寒！"苏瑶一声惊叫。

那把匕首重重地穿过洛寒的身体，然后又穿透苏瑶的身体。

两个人倒在地上，再无生息。

直到倒在地上的那一刻，二人的身体仍然紧紧地贴在一起，仿佛已融为一体。那把匕首落在离他们十米外的地上，发出一声苦闷的声响。

安冷耀看着他们，眼里一片冰冷。生死皆是这二人自己的选择，这是他们与他作对的下场。这一刻，他整个人发出一种前所未有的冷冽的气息，那种对他人的生命毫无留恋的模样，让人不寒而栗。

"正古漠……"一个声音轻轻在他身边响起。

安冷耀转身看着身后的蓝发女孩，那个女孩面色润红，像是因为急着追赶什么人而一路飞驰留下的痕迹。她看了看他，忽然见到倒在地上的两具尸体后，脸色大变。

"你……杀了他们？"幻冰不敢相信地问道。她原本在魔界就看见了安冷耀一个人站着，好像很难过的样子，她想上前安慰几句，却见他纵身飞向空中，她便也一路跟着他，但奈何他速度太快，她费了好大力才赶到这里，没想到却看到这样一幕。

"是我。"他毫无感情的声音响起。

"为什么？"她问。她生来最不愿见杀戮，这世间的每一个生灵都有自己独一无二的生命，没有人有权销毁他们。

"这是他们自食其果。"安冷耀冷声回答，"你若不想与他们一样，就不要再跟着我。"说完，他转身化为一道蓝光直冲天际。

幻冰看着地上的尸体，用力咬着唇，又转而望向天空，随即化为一道紫光也跟了上去。

在她走后不久，这片被死亡笼罩着的树林走进来一个女孩。女孩五官精致，隐约透出几分冷艳。她才走了几步，发现地上有一把匕首。她弯腰捡起，感觉有些熟悉。

"这不是弈然母亲的武器吗？"她喃喃自语。

这时，她忽然看到匕首尖已被鲜血染红，脸色一变，望了望四周，果然见到有两个人倒在地上。她急忙跑了过去，看清倒在地上的人后，不由得一惊。

怎么会这样？弈然的父母怎么会倒在这里？究竟发生了什么？

女孩眉头紧锁，如果让弈然知道她的双亲已赴黄泉，她该有多么难过！

此时，另一个面容清秀、气质不凡的少女正一步步走向她。每走一步，脸上的恨意就多一分。直至，她终于站到对方的面前。

"苏诺微……"少女轻轻开口。

那个名为苏诺微的女孩这才回过神，看着少女，一时间不知如何应答。

"弈然，你的父母，他们……"

"够了，苏诺微，我一直把你当成好朋友。可是，为什么你要杀了我的父母？"

什么？苏诺微一愣，随即反应过来现在的景象：她拿着一把匕首，站在两具尸体旁，更何况这个林子本来人烟稀少，的确像杀人的好地方。

"不，弈然，你相信我，我没有杀你的父母。"苏诺微向弈然解释。

然而，一切都已是枉然。弈然没有再听苏诺微的解释，她的眼里只有突然离去的双亲，还有苏诺微手中那把带血的匕首……

什么友情，什么朋友，这一刻，在她眼中燃烧着对苏诺微深深的恨意。

她再顾不得什么，凝聚起指尖的灵力，狠狠地向苏诺微发出一击。

那一击，苏诺微没有躲开，而是用身体硬生生地承住了。

这一瞬间，泪水从她脸上悄然滑落，不知是因为疼痛还是朋友对她的不信任。总之，在这一刻，曾经的所有美好都被仇恨碾为粉末，飘散在空中。

安冷耀大概永远也不会想到，他今日一举，在日后造成了这两个女孩长达四年的怨恨，为之后埋下一个深深的祸根……

满天的晚霞将整个世界染成一片通红，隐约之中透着些许橙紫色的暖光。天边不时掠过几只归鸟，发出清脆的鸣叫，像是归家的喜悦之声。微风拂过树梢，拂过花草，带来凉爽的气息，令人不由得沉溺在天地间，忘记一切。

君诺尘坐在庭院里，身后是一座古朴典雅的房屋。屋子并不大，却显得十分别致，淡雅安宁。

他就坐在一张石桌旁，石桌上放着一套精致的茶具，其中一个茶杯正冒着白色的水雾，散出清香。

他就那么安静地坐着，时不时端起茶杯，轻抿一口。余晖轻柔地洒在他的身上，晚风拂过他的发丝，远远看去，当真是一个翩翩公子。

不大一会儿，一个黑发少年走过来，站在他的身边，说："诺依姐已经睡下了，她一路奔波，很疲惫。我特地为她把了脉，她的脉象很平稳，不会有大碍。"

"我为她输了不少力量，想来是不会出什么问题的。"君诺尘轻声说，"这么多年来，我的心愿总算完成了大半。接下来，我要做的便是护她一生安宁。"想当初，姐姐为他实在付出了太多。如今，他已长成，终于可以凭借自己的力量保护她了。

"大哥为她倾尽一切，若有一天她知道了……"少年微微一顿，止住了声音。

"所以坚决不能让她知道。"君诺尘轻声说，"墨轩，我和她生死相隔数十载，如今有幸再相聚，实不愿她再受困扰。我已经踏入万劫不复，不愿她再卷进来。"

"大哥的意思我怎么会不明白。只是……"夏墨轩想起君诺尘为此所付出的代价，终难心安。他是唯一一个知道整件事前因后果的人。

"为了她，我不在乎。我在尘世间行走了这么多年，早已对很多事情都看淡了。你又何必为我而忧心？"君诺尘说着，轻叹一声。他的确看淡了很多东西，但也有的令他无法割舍。

夕阳西下，晚霞的光芒在不觉间黯淡了很多，但依然美丽柔和，尽管它终将被黑夜取代。

良久，君诺尘问："我听说越冥已经醒了？"

"是。"夏墨轩回答，"只是，他似乎不再记得以往的事。"

"哦？"君诺尘勾起唇角，"那依你看，他的失忆是否在情理之中？"

夏墨轩想了想，说："越冥险些入魔，元气大损，精元耗去不少，再加之他的头部被我所伤，确实很有可能失掉记忆之魂。这几天，我探过他，他言语间确实如同一个记忆丧失之人，但是我们确实不可尽信于他。"

君诺尘轻笑一声，"事情变得越来越有趣了。"

"还有一件事，"夏墨轩忽然想起了什么，"林楚莫来找过我。"

"是吗？"君诺尘漫不经心地端起茶杯，"他终于忍不住了。他都同你说了什么？"

"他认为我可以为他所用，想要我听命于他，为他效力。"

"这倒是很正常。他手底下都是些无名之辈，确实难成大事。不过，他的胆子也够大，敢挖我身边的人。那么，你对此事怎么看？"君诺尘笑了笑，问。

"林楚莫这人以利为先，志大才疏，倒可以利用。"夏墨轩分析说，"他之所以在魔界贵为少主，只不过沾了他父亲的光。林云叶曾是魔界大将，他手下的兵力甚多。他死后，兵权交到了林楚莫手里，他仗着家里延续下来的兵权，让音千落也不得不善待他。可他要是失了这份权力，那么一切另当别论。"

君诺尘目光一转，看向夏墨轩，眼里带着几分欣赏之意。

"所以，我要你接近他，取得他的信任。林楚莫的为人处世，实难入我的眼，但他的其他东西，确实可以为我们所用。该怎么做，我想你知道。"君诺尘轻声说。

"是。"夏墨轩低低回答。

与此同时，天边的最后一丝霞光终于被久违的黑夜吞噬得一干二净。

安冷耀不知自己走了多久，他终于在一个洞穴前停下了脚步。

"你要跟我到什么时候？"他转身看向身后的蓝发女孩，"你难道忘了我曾对你说的话！如果你不想像林子里的那两具尸体一样，就离我远些。"

夜色之中，周围的一切景象都模糊不清，唯有少女冰蓝色的头发散发出浅蓝的光芒。她看着面前冰冷的少年，眼里没有一丝畏惧。

"那好，你杀了我。反正你法力高强，若要取我性命，我也是无能为力。"幻冰说着，又上前几步。

安冷耀凝视着她，指尖渐渐有微光闪现，他的确可以杀了她。

此时，一片寂静，夜色中的宁静并非安宁而是令人畏惧，带着浓重的杀气。

他看着她，微微皱了皱眉，手中的光芒一点点黯淡下去，最终淹没在黑暗里。他累了，不想再做血腥之事。更何况，她曾救过他，他不是恩将仇报的人。

安冷耀后退一步，手指向地上一指，一团火焰瞬间燃起。他坐在火堆旁，火光驱散了黑暗并带来暖意，平添了几分安宁。

夜空之上，是璀璨的繁星，它们发出的光芒本是微不足道，但当汇聚在一起时，也可照亮漆黑的夜空，令人迷失在浩瀚的星光之中。

其实，夜晚也可以是明亮宁静的。

幻冰笑了笑，坐到安冷耀身旁，看着面前的火堆，说：“我刚刚与自己打了一个赌，赌你是不是一个好人。”

安冷耀一怔，过了一会儿，才轻声开口道：“那么你赌赢了吗？”

“是的，我赢了，我赌你是一个好人。”幻冰说，“你没有与我动手，证明你本不想取人性命。既然如此，为什么要杀掉那两个人？”

“我没有其他选择，若不这样，死的就是我。”安冷耀说，他的话语里退去了冷漠，多了几丝无奈与忧伤。

“怎么会……”

“冰荧，很多事，我没有选择，因为我有自己要走的路，我有坚守的信念。为此，我只能这么做。”安冷耀打断幻冰的话。

幻冰看着安冷耀，垂下双目，长长的睫毛在她白皙的皮肤上留下淡淡的阴影。曾几何时，她也曾在灵夜身上看到过这样的神情，那是一种无奈、身不由己。那时，灵夜告诉她，每个人都有注定的命运，难以更改，为了走到终点，不得不做出违心的选择。

真的吗？世上真的有这么多无可奈何的事情、无可奈何的选择？

“正古漠，难道你不会后悔自己所走的路？这世间明明有那么多条路可以选择，或许你有更好的路可以走，为什么非要让自己痛苦？”幻冰问。她想起每一次见到他，他总是那样冷漠，但仔细看去，冰冷之下是化不开的忧愁。

“有的路，即使痛苦也必须走下去，否则就有愧于自己的心。”

“但是，如果让自己的痛苦牵连到他人，那也终究不是正确的。每一个人来到尘世中，都有自己生活的权利，我们不能因自己的心中所愿而波及他们，众生都是平等的，不是吗？"幻冰问。

"平等？"安冷耀冷冷一笑，转头看着她，"你知道什么是平等吗？有人生来衣食无忧，有人生来低如草芥；有人可以傲视一切，有人只能任人摆布……这是平等吗？天地间何来平等一说！所谓强者生存，弱肉强食，不就是这个道理？如果有能力实现心中的信念，利用他人，牺牲他人，又怎么样？"

想起自己十多年来的委曲求全，忍辱负重，因为念着友情，几度咽下血海深仇，一再退让。因此，他成了一个弱者，让人踩在脚下，让越冥对他拔剑相向，被君诺尘玩弄于掌间。可现在，他再不要做这样的人！他终于想明白了，君诺尘固然强大，自己与他相差甚远，但不能因此就要听命于他。自己为什么就不能像他一样强大，为什么不能有自己的一方土地，养精蓄锐来报杀父之仇呢？

幻冰一愣，不知如何回答。或许吧，他说的是对的。也许是自己涉世未深，对许多东西都不光带着希望，还带着最大的善意来面对，可这世上，有的东西难以掌控。

"即使你说的是对的，我发誓，今生今世我肯定不会因为自己的信念而损害到他人，这是我坚守的底线。"幻冰忽然坚定地说。

安冷耀注视着她，温暖的火光映照着少女的脸庞，她是如此坚定地许下承诺。他想起从他们在崖间第一次相遇，到现在，她的确都用善良来对待一切，而自己见惯了魔界的彼此算计，图谋不轨，都要忘记了善良是什么。

"冰荧，我可以相信你吗？"他轻声问道。经历了这么多，一路走来，他在阴谋的夹缝中死里求生，在伪善的面孔间周旋，他也会累，他希望有一个可以真正信任的人。

"当然，我们是朋友，不是吗？朋友间为什么不能相互信任？"幻冰笑着反问。

"朋友？"安冷耀低声重复，这真的是一个离他很遥远的词语。曾经，他也有过朋友，一起相伴走过那么多的岁月。如今，所有的情谊都沉入恩怨纠葛之中，他还有可能再次拥有友情吗？想到这里，安冷耀脸色黯淡了几分。

幻冰并未注意到他的黯然失色，她拍了拍胸脯，大声说："从今天起，我们就正式成为朋友了。有事尽管告诉我，我上刀山、下火海，也会帮你完成的。"她说着，脸上不禁露出一丝笑容，明如星火。

良久，安冷耀抬起头，看着她说："好，我们以后就是朋友了。"

在后来的日子里，安冷耀时常会记起这一晚，即使那时，他与这个少女已是针锋相对，而后她又与世长辞，但他依旧忘不了此时的温暖。

再后来，他遇到一个叫"许梦心"的女孩，当她也拍着胸膛说要为朋友付出一切时，他想到的竟又是这个美丽的夜晚，火光之中那么坚定的脸庞……

叶谦终是没有告诉任何一个人，包括魔影，他想最后努力一次。他毕竟是魔界德高望重的长老，面对君诺尘布下的结界虽费了些精力，但也顺利进入了。他有许多事情都没有完全弄清楚，更重要的，他不相信在他身边很久的温和沉静的年轻男子会是一个心狠手辣的人，他想去找君诺尘把一切问清。

当他来到君诺尘面前时，夜已深，风静静地吹着，丛林里不时传出不知名虫子的叫声。

君诺尘没有睡，或者说，他就是在等什么人。他坐在庭院里，桌边放着一个香炉，散出阵阵清香，他笑着望向一步步向他走来的长者。

"长老，我知道您会来找我，所以一直在等您。"君诺尘温润的声音在夜里静静流淌。

"诺尘，我终究不愿相信你是一个心怀不轨的人。你从小跟在我身边，究竟何时变成了这般我不认识的样子？"叶谦的话语里包含着满满的沉痛。

"长老，我一直都是如此，与其说我变了，不如说您或许不曾了解过我。"君诺尘说，身后的屋子里发出温暖的橘黄色的光亮，洒在他的身上。

"或许吧。"叶谦痛苦地闭上双眼，"无论是你还是小耀，我从来都没有真正了解你们。"

他说着，复又睁开眼睛，注视着面前的人，"可是，为什么？安冷耀难舍弃心中的仇恨，那么你呢？你明明已是功成名就，又为什么还不满足？"

君诺尘抿嘴一笑，"您真的猜不到我为什么这么做吗？长老可还记得您与我初遇的那个雪夜，我姐姐惨死，我却无力保护她，甚至只能任人宰割。那些岁月，我真的不想再有第二次。当时，我就在心里发誓，今生我要做人上人，再不让他人踩在我的头上。"

叶谦一愣，他确实想不到，原来从那时起，这个人就已经走上一条不归路。

"但我要谢谢您，您传我法术，教我武功，才能让我一步步走到今天。"君诺尘柔声说着，轻抚了一下身边的香炉，一时之间香气更加浓郁。

叶谦身体一颤，仿佛在极力克制着自己的情绪。良久，他开口说："我还有几个问题要问你，今天我想把全部事情弄清楚，希望你可以如实回答。"

"当然，长老的问题，我怎敢不答？"君诺尘微微点了点头。

"琪悠是你的人？安冷耀曾险些入魔也是你做的？"

"是。"

"音千落的中毒到她的死也是你安排的？"

"是。"

"还有，当初越轩的祭祀大典上，那把火和念初的死，是不是也与你有关系？"

"是。"

"你……"叶谦气得发抖，怒视着那个淡然沉静的男子，"究竟还有多少是我不知道的？"

"长老，您也不要这么生气，我可以解释关于祭祀的事情。念初是我杀的，但您也清楚，此事由林楚莫而起，我就顺手帮了他一把而已。"君诺尘轻笑一声，"那个林少主，胆小如鼠，难成大事。他本是让人在地上只洒一点油，让安冷耀出个丑便好。我想，这怎么行呢？于是，我又帮他多添了点料，这才有了这么一出好戏。"

叶谦以为即便君诺尘再如何改变，但到底是自己从小看到大的少年，可这一刻，叶谦再认不出他的模样，或许相处的这些年，只是一场梦，都是假的。

桌上的香炉不断散发着香气，飘出薄薄的雾气，模糊了一切。

蓦地，叶谦仿佛想到了什么，紧紧盯着对面的人，"这盘棋你准备了多久？当年的安天阔，该不会也在你的算计之中？"

"长老果然聪明，什么都瞒不住你。"君诺尘抿嘴一笑，"他的确不是普通人，有手腕，有野心。长老想必也明白，在魔界大家更为看重的是家世背景，否则纵是怀有绝技也不能有机会施展。因此，我在背地里帮着安天阔打点了不少人和事，才能让他一步步走向高处。"

他看着叶谦愤怒的样子，继续说："我本想着让他与越轩两相争斗，我可以隔岸观火，顺便坐收渔翁之利。可惜，越轩确实有一手。安天阔也难负重任，他当初收养安冷耀，本是想培养一个得力的助手，没想到反而对这个孩子动了父子之情，将他视同己出，捧在手里护着……也难怪他会败给越轩，这么一个感情丰富的人的确不配做大事。"

"你……"叶谦气得一拍桌子，指着这个他养育了多年的男子，"我当年救你，本想着把你教导成一个心怀天下、惩恶扬善之人，可没想到……"

"长老，不要生气啊，小心伤身。"君诺尘温声劝道，将一杯茶递到叶谦面前。

"收起你那副假仁假义的面孔。"叶谦一甩手，茶杯掉到地上，发出一阵刺耳的碎裂声，在夜幕下尤为清晰。想他一生骄傲，却被自己收在身边耐心教导的孩子欺骗了半辈子！

君诺尘见此，倒也并不恼怒，依旧挂着笑容。

"我问你，越冥呢?"叶谦冷声问。

"长老可是想见他?"君诺尘一笑，"放心，我留着他的命呢。而且，马上，你就可以见到他了。"君诺尘说着，脸上的笑意不断放大，在香炉的白雾中，显得邪魅妖娆。

叶谦有些疑惑，难道君诺尘会有这么好心让他与越冥相见? 这一定又是一个阴谋。他正想询问清楚，身子忽然一软，跌坐在地上。他想试着凝聚内力，却发现自己任何力量都用不出，功力尽失。

"你……"叶谦看着君诺尘的笑容，又看了一眼桌上的香炉，瞬间明白了一切。他真是太大意了！

"长老，您这是怎么了?"君诺尘从椅子上起身，俯视着叶谦，"我刚刚还在想着长老究竟何时才会发现自己中了毒，没想到这么快。不过，也算是很久了，因为毒魔散毕竟不同于一般毒药，毒性强，而且无色无味，便是略加在香炉里，也不会令人发觉。幸好我提前用真气护体，否则也危险了呢。"他说着伸手熄灭了香炉，雾气渐渐散开，空气里只余淡淡的清香。

"君诺尘，没想到你竟暗箭伤人!"叶谦用气得发红的双眼看着他。

"长老，这也不能怪我，我也是情势所迫。"君诺尘半蹲下身子，与叶谦平视，"我刚刚从九幽之地救回姐姐，消耗不少法力，怎么还敢与长老抗衡，唯有出此下策了。"

"你……"叶谦怒视着他，身子因情绪激动而微微颤动，奈何他现在法力尽失，只能任人宰割。

这时，君诺尘见不远处有两个人正向这里走来，他浅浅地一笑，时机正好。

"长老，您想见的人来了。"君诺尘拍了拍叶谦的肩，站起身子。

叶谦一怔，随即看见那个一步步走来的黑发少年，不禁开口："越冥……"

越冥听见有人叫他，止住步伐，用迷茫的双眼看着离他不远的长者，似乎并不知道眼前的人是谁。一边的夏墨轩见到此情此景，微微一笑，心知事情已成。

"大哥，你要带的人已带到。"夏墨轩走到君诺尘身旁说道。

"你……是谁?"越冥问叶谦。

叶谦一愣，说："越冥，我是叶长老，你……不认得我?"他想到千百种越冥落在君诺尘手里可能的下场，却没想到这个少年会不认得他。

"我……"越冥也很茫然，"我不记得你，我们以前见过吗?"

"我们……"

"叶谦，你祸到临头，还想再蛊惑人心?"君诺尘打断叶谦，他转而对越冥轻声说："越冥，这几天墨轩不是告诉了你一些关于这里的事吗? 你就是因为被他所伤才会失去记忆，才会如此。如今，我抓来了他，就是想要为你报仇。"

"君诺尘，你究竟对越冥做了什么，才会让他如此?"叶谦大声质问。

越冥凝视着地上的老人，眼里的迷惑不减反增，他问："是吗? 我怎么什么都记不得了?"

"没关系，我会想办法让你记起，我视你为弟弟，不会令你一直这样下去。"君诺尘轻轻拍了拍对方的肩，"你忘了吗? 曾经我们总是在一起聊天谈心，我说过，我既视你为兄弟，就不会让你受人欺凌。现在，我把叶谦抓来，就是要为你报仇的。"

他说着，变出一把锋利的匕首，放在越冥手中，"他是你的仇人，你亲手了结了他，岂不是更好？"

"可是……"越冥盯着手里的刀，"我，我……"他的样子有些胆怯，有些犹豫与害怕。

"不必担心，他中了毒魔散，若没有魔界魔王的功力来救治，本也活不了多久。"君诺尘紧盯着越冥的面容，眼里一丝寒光闪过，"所以，他现在身体虚弱至极，不会伤害到你。"

"但……"越冥看了看手中的尖刀，又看了一眼叶谦，仍是下不了决心。

君诺尘弯了弯唇，柔声问："怎么了？难道你想起了什么，难道这个叶谦曾是你的朋友，所以你纵是被他伤了，也下不去手？还是你认为是我在利用你做什么？越冥，你这几日不是都在这里养伤？我们不都是尽心照料你？这足以证明我们才是朋友，不是吗？"

越冥被君诺尘的一番话说动了，他咬了咬牙，仿佛下定了决心，一步步走向叶谦。

叶谦看着提着尖刀，向他走来的少年，一遍遍叫他的名字，想唤醒越冥，但终究没有用处。难道，他今日就要死在越冥的手下？他不畏惧死亡，只是……越冥，也是他从小看到大的男孩，这样的结局，终究令他痛苦悲伤。

越冥终于来到他的面前，高高举起手中的匕首……

这一刻，叶谦对着越冥怒睁的双眼，忽地一笑，"这便是我叶谦的结局吗？也罢，为魔界而死，我此生无怨！"

话音刚落，越冥手中的刀刃狠狠刺入叶谦的心脏。刹那间，血如泉涌，仿佛整个世界都是鲜红的颜色。

叶谦倒在地上，他的呼吸已经很微弱了，他知道自己马上就要离开尘世，这就是他的一生，他原本以为骄傲却一败涂地的一生。

他只记得那些曾环绕在他身边，听他细心教导的孩童，越冥、安泠耀……如今，安泠耀早已与他背道而驰，再不是曾经那个沉默坚强、心怀朋友的男孩。越冥，不复年幼时的调皮活泼，离开了音千落的庇护，他也不得不成长起来。即使最后，这个少年以一把尖刀结束了自己的生命，他依旧不怪他。

还有一个人……君诺尘。

叶谦努力望着那个不远处满含笑意的温润少年，轻声说："诺尘，我始终记得你跟随在我身边的情景，那时，你温和、沉稳、平易近人……但究竟是什么时候，你变了？你说，这么多年来，曾经的一切都是假的，是你装出来的。但我相信，记忆里那个一身白衣，性情温和的少年，才是你最初的样子……"

他说着，眼里的光芒渐渐黯淡，合上了双眼。

其实，人到了生死的最后一刻，什么恩恩怨怨都早已不复存在。所记所想，都不过是那些曾为之尽心付出、记挂于心的人。

听到叶谦的话，君诺尘的身子狠狠一颤。他想起年幼时，在无数个思念姐姐、从梦中哭醒的夜晚，是谁点起一盏灯，轻轻安慰着他，陪他彻夜不眠……是叶谦。

他到底平静了下来，轻声开口，冰冷的话语响起："把尸体拖下去，打入魔力窟，永生不得转世。"

夏墨轩正要执行，越冥却已将一口真气凝聚于右掌，于是他的右手中忽然有紫光闪现。紧接着，叶谦的尸体瞬间化为粉末，消散在空中，继而又落在不远处的松林中。

"越冥……"夏墨轩不曾想到越冥会有此举。

黑夜里，越冥带着一丝冷笑，转过身对夏墨轩说："他不是我的仇人吗？我杀死他怎还会给他留全尸，让他尸身无处可归，散于天地间，岂不更好？"

说着，他深吸一口气，"已经很晚了，我去睡了。"接着，他的身影消失在无尽的夜色中。

夏墨轩见越冥离去，又看了一眼君诺尘，动了动唇，却没有说一句话。现在，再多言语也弥补不了什么，一切已成定局。

君诺尘同样为越冥的狠辣震惊，之后便是一身轻松。从此以后，世间又少了一个修为高深的强劲对手，好事。

他静静站在夜色中，铺天盖地的黑色，似要将一切吞没。

晚风拂动着他的衣襟，送来丝丝凉意，细细感之，风中还带着些水汽，如同露珠，又像是谁的眼泪。纵然是四季如春的魔界也终有四季之分，白露时节已然来临。

过了今夜，就是寒冷的开端。

露从今夜白……

334

卷五　殊途

君诺依醒来的时候，周围的每个人都在窃窃私语。她虽初来乍到，但凭着君诺尘姐姐的身份，无人敢怠慢她。给她送饭的人是这里的士兵布其诺克，是个性格内向、安静内敛的人，正因为如此，君诺尘才放心地让他负责姐姐的饮食起居。

"你能告诉我魔界发生了什么事吗？好像大家都在私下议论不绝。"君诺依疑惑地问进来送早餐的布其诺克。

布其诺克正在摆放餐具的手一僵，他想起君诺尘曾告诫他不可对君诺依提及政事，他咬了咬唇，回答："我，我也不是很清楚。"

君诺依见他样子有些慌乱，笑了笑说："不必紧张，你若不说，我不会勉强你。"

"不，不是。只是……殿下的命令我不敢违背。"布其诺克低声回答。

"你是说尘儿？"君诺依温柔地弯弯唇角，"没关系，你尽管说，到时我会向他解释明白，你并非是违背他的命令。"她的弟弟一直是世间最温和良善的人，怎会责罚自己的手下。

布其诺克犹豫半晌，开口道："昨晚魔界叶谦长老死在了这里，听说好像是同殿下发生争执，然后不知怎的便身亡了。"

"什么？"君诺依一愣，险些把桌旁的茶杯打碎。难道是尘儿杀了……不，怎么会，尘儿明明告诉过她叶谦是他的恩师，她的弟弟从不是恩将仇报之人。叶谦的名号多年前便在这里流传，她也早闻魔族长老德高望重，正义凛然，是个可敬之人，怎么这样的人也会被谋杀？

她看着布其诺克，问："是尘儿不让你将这里的事情告诉我的？"

布其诺克点点头。她看着眼前的少年，心里隐隐觉察出有些不对劲。尘儿为何不让她了解这些事情？对于他救回自己的经历，他为什么不肯对她翔实道出？还有这么多年以来，他究竟如何自己建起一个国家？这一切的一切，他只用几句含糊的话语一带而过，更多的只是让她放心休养。

想至此处，她猛地起身推开房门向大殿走去，因为速度过快，与迎面而来的夏墨轩撞了个满怀。

"诺依姐，你这么急做什么？"夏墨轩问。

"我要找尘儿。"她说着，头也不回地继续走。

夏墨轩看了看她，又看了一眼匆匆追出来的布其诺克，心里大概明白发生了什么。他用眼神示意布其诺克止步，自己去处理这件事。他急忙拦住君诺依，说大哥正在同底下的人商议要事，他一向不愿被他人打扰。

"诺依姐，大哥的事你可以问我，我也可以帮你解答。"夏墨轩快走几步拉住她。

"不用，有些事，我只有要他亲口告诉我才可安心。"她急着挣脱了夏墨轩的手。夏墨轩不敢用太大的力气抓着她，生怕她受伤，她这么用力一挣脱竟真的成功脱了身。

她不顾夏墨轩的阻拦，快步走到一扇沉重的大门前，用力一推。门内，正在同君诺尘商量如何彻底攻占魔界的人一愣，纷纷看着门口那个气喘吁吁的女子，以及紧随身后的夏墨轩。

"大哥，抱歉，我拦不住诺依姐。"夏墨轩小声说。

君诺尘见君诺依面色通红，额头处有薄薄的汗水，心中已明白她此行的目的。看来，有的事，终究不可长久隐瞒。

君诺尘以眼神示意夏墨轩，夏墨轩当即明白了对方的意思，他连忙招呼在场的人员有序离开，屋内最终只余他们三人。

"尘儿，你告诉我，叶长老的死是不是同你有关？"君诺依急着问。

君诺尘微微一笑，柔声说："姐姐，你匆忙赶来，只为问这件事吗？这只是个意外，你实在无须为此担忧，姐姐的身子需要静养……"

"尘儿，你我之间，应该坦诚相待是不是？"君诺依打断弟弟的话，凝视着他。她只要一个答案，只想听他的一句真话。

君诺尘收敛起笑容，反问："你不信我？认为我会亲手杀了自己的恩师？"

"不是，尘儿，我……"君诺依急忙解释，却又不知该说什么。是啊，她确实对他生了疑，她确实怕他因着手里越来越大的权力，忘了本心。这次同弟弟重逢，本应心怀感激与欢喜，但她发觉自己离去多年，世间早已是沧海桑田，她发觉记忆里那个纯真无邪的小男孩好像已经被时间吞没。

君诺尘笑了笑，说："姐姐，你可知这么多年来，我为了寻回你，付出了多少努力？我原以为只要你回来，我们姐弟重逢，终可以弥补这些年流失的温情。可我忘了，一切都会变的，你终究不再信我了。"

"尘儿，不是这样的!"君诺依用手指轻抚君诺尘棱角分明的脸庞，"我一直都知道你为我做的一切，你一直在期待着我们的重逢。转眼间，你都这么大了，再不是当年那个依偎在我身旁的男孩。我知道，我们之间横着时间的变迁，可是姐姐对你的关爱，始终不变。尘儿，我关心你，正因如此，我才担心你会迷失方向。"

君诺尘握住君诺依的手，心中一动，不觉一股暖流滑过心田。他已经好多年没有过被人关心的感觉了。见惯了人心的复杂与冷漠，他以为自己已经失去感受爱的能力，但他却一直记着。他倾尽所有，为的，不就是这么一天吗？

"姐姐，你放心，我的方向从未迷失。这里的很多事，你不必知晓，你只要相信我，让我去处理便好，但我要告诉你，长老非我所杀。"君诺尘对她认真地说。

君诺依一直紧绷的神经终于放松下来，她对他一笑，"只要是你说的，我都愿意相信。尘儿，你不会让我失望的，是不是？"

君诺尘望着君诺依纯净的笑容，竟然心中有些慌乱。他知道，他是在骗她，他装出一副天使的面孔假意伤心换取姐姐的疼惜、信任，只有他心里明白，他不对她说出真相，不单单是怕她忧心，更重要的是，他怕她会厌恶他。

尽管如此，他面上依然平静如水，对她说："是的，姐姐，我不会让你失望。"

解释完一切后，君诺尘担心君诺依的身子，想令夏墨轩送她回房休息，但君诺依并不愿劳烦他人，坚持一人离开。这里距房间并不远，而且大家也都知道她的身份，不敢轻视，君诺尘便也同意她独自离开。

君诺依离去后，君诺尘的面容中再不复之前的柔和，他转头看向一直站在他身后的夏墨轩："叶谦一事是谁告诉她的？"

"应该是布其诺克。"

"走漏风声的人留不得，你知道该怎么办。"君诺尘冷冷地说，"还有，我再三叮嘱你要安排布置好君诺依身边的人，这种差错不可再有第二次。"

"是。"夏墨轩微微低下头，他知道君诺尘生气了。

君诺尘见夏墨轩的样子，微微叹了一口气，稍稍放缓声音："墨轩，你知道我的难处。现如今，叶谦已死，越冥已为我所用，魔界群龙无首，正是夺占的时机。越到此时，越要万分小心。我姐姐知道得越少越安全。而且，你明白，在敌人眼中，她是我的软肋。我担心会有人从她身上下手，所以你务必时刻看着她，毕竟，你是我唯一信任的人。"他上前一步，拍拍对方的肩膀。

夏墨轩抬起头看着他，眼里有泪光闪过。

叶谦死亡的消息一传出，魔界的人惊慌不已，不少人选择远离这片土地。人，永远是最现实的动物，在灾难来临之时，大多只想到自己。安冷耀知道，君诺尘离实现他一统魔界的心愿不远了。

叶谦的死震动了安冷耀那颗尘封已久的心。他到底还是无法将前尘种种一并忘却，他终归忘不了叶谦力排众议，执意将自己带在身边，全力传授法术。

安冷耀行走在君诺尘设下结界的边缘地带，但凡再跨出一步，便是眼下犹如一盘散沙的魔界。周围种着成片的樱花树，无数朵花灼灼盛开，淡淡的粉色犹如一片花海，一股清香始终萦绕在鼻腔内。这样的景象，是如此安宁平静。

安冷耀深深吸了一口气，将心中的杂念一一消除。他眼下要做的，是想办法除去君诺尘，并取而代之，而非在这里怀古伤今。

他向前走了几步，忽然见到不远处有一个人也在漫步。他顿了顿脚步，凝神一看，竟是越冥。失去了记忆的越冥看起来似乎比以往少了几分凌厉，多了几分淡然。他似乎是由于初来乍到，对周围的美景惊叹不已。

安冷耀想了想，终于还是向那个昔日并肩作战的好友走去。

"越冥。"

越冥听见有人叫自己，回头一看，随即笑了笑，"原来是你，我记得当日我重伤醒来之时曾见过你，不知你叫什么？"

安冷耀不禁一怔，他和越冥之间横着那么多恩怨，他曾以为他们二人再无可能在一处相聚说话。如今，越冥尽失记忆，那些恩怨似乎也在越冥心中一并消去了，但安冷耀明白，自己不会忘却。今日与越冥一遇，他也不过是想确认越冥是否真的失忆，是否有可能为他所用。

"我叫安冷耀，我们以前常常在一起说笑比试法力。"安冷耀很快收敛起最初的情绪，变成一副平易近人的模样。

越冥有些懊恼地拍了拍自己的头，"对不起，我之前伤了头部，现在伤口已是好得差不多了，可那些过往却是再也记不起，连我们之前的情谊也都一并忘却了。"

"无妨。"安冷耀笑了笑，拍了拍越冥的肩膀，"我听说你昨夜除去叶谦，这是大功一件，想必诺尘殿下日后还会重用你。"

安冷耀见越冥神色平静，又道："现在的魔界早已不堪一击，先前的魔王已死去，而后叶谦又被杀，眼下离成功只差一步了……越冥，你觉得对于魔界，应怎样打完这最后的一战？"

越冥抿唇一笑，"你知道的，前尘往事我都已记不清了。对于魔界，我已是一无所知，如何能够给你意见？可我想殿下雄才大略，自有攻下魔界、一举为王的本领。我既然是他的手下，只需听令便好，何须在此自作打算？"

安冷耀想了想，点头说："你说得有理，我记下了。"这的确不是曾经的越冥可以说出的话，若是一如当初的他，即便灰飞烟灭，也断然不会听命于他人。昨日越冥竟亲手杀了叶谦，更不是他失忆前会做出的事，但仅凭这两次的试探，安冷耀依然不敢肯定越冥真的失去了记忆，那人为人精明，谁又知他是否是在做戏？想必君诺尘也并不完全信任他，这一点，自己和君诺尘倒可结为一派。

安冷耀知晓，凡事都不可操之过急，他今日若说得太多，也难免令越冥起疑心，于是他借故先行离开了樱花林，然而在路过斩魔台的时候，他看见有两个魔兵正要把一个面色苍白、身体瘦弱的少年推上去。

斩魔台是一个专门诛杀犯罪之人的地方，台上是专门设置的阵法，但凡走入一步，法力便会尽失，并且要忍受被魔刀一刀刀割着皮肉直至死亡的痛苦。

安冷耀本不想顾及这等私事，他早已不是当初那个宁愿自己受难也不愿波及他人的男孩，但他在见到那少年绝望无助的眼神时，不禁想起当年那个孤苦无依、受人欺凌的自己。当时的他，守着为父亲报仇的信念，在弱肉强食的魔界中苦苦煎熬，他多么希望有人可以帮上自己一把……

那少年被锁链缚住双手，早已没有反抗之力，只得任由两个魔兵扶着他一步步踏入阵法之中，他的泪水不断从眼眶中流出。他后悔自己一时糊涂竟酿下如此大祸。

就在他即将被阵法包围的那一刹那，一道清冷的声音传来："住手。"

两个魔兵一愣，在看到眼前的人后连忙恭敬地叫了声："魔圣。"

安冷耀看了看眼前瘦弱的少年，又望了望离他不远的斩魔台，问："他犯了什么罪需要如此受刑？"

一个魔兵摇摇头，"我们只是奉命行事，并不知晓详情。"

"奉谁的命令？"安冷耀问。

"这……"魔兵有些迟疑，不知是否该说出真相。

安冷耀冷冷一笑，"我既已经被你们殿下封为右护使，难道连斩杀一个小兵的缘由都无权知晓吗？"

"不是不是……"魔兵急忙回答，他不过是一个士卒，怎敢得罪这些位高权重之人，"是夏左使的命令。"

"夏墨轩？"安冷耀低语，不禁有些疑惑，自己与夏墨轩相处也有些时日，从未见过他与下人动怒，更别提斩杀他人。自己虽与君诺尘有隙，但对他身旁的这个少年倒无反感。而今，夏墨轩下令斩杀他人，这十有八九是君诺尘的意思，君诺尘应是不想将此事传入旁人耳朵，才由夏墨轩下令……

安冷耀看着眼前的少年，开口道："我向你们要了他的命。"

"这……"两个魔兵不知如何是好。那个要被斩杀的少年更是震惊不已，他抬起头看着安冷耀，想不到自己竟可以得到魔圣的宽恕。

"他不过是一个与你们同等身份的小人物而已，命本就不值钱。我今日保他一命，也不会有多大的损失。你们只需告诉夏墨轩已完了刑罚，其他一概不要多言。"

"但若事情败露，私放罪人，我们只怕难逃一死。"魔兵惊恐地回答。

"到时出了事，自有我替你们说情。你们的夏左使一向待人宽厚，今日一事料想也是他一时气急，事后他想明白便也过去了。"

安冷耀见他们二人仍有犹豫之色，声音不由得冷冽几分："今日若要听我这言语，我便是承了你们的情，可若是一意孤行，那我也可让你们现在消失。"

两个魔兵见安冷耀双眸中暗含杀意，再不敢多说什么，将那少年交到安冷耀手上。他们二人不过是无权无势、任人差使的小兵，终归是谁也得罪不起，能多活一日便是一日。

安冷耀将那少年带离了斩魔台，解下他的锁链，问："你犯了什么罪竟落得被诛杀？"

"我本是照看君小姐的侍从布其诺克，只因今日我向君小姐道明叶长老的死讯，违背了殿下的命令才会如此。"布其诺克看着安冷耀，神色中充满感激之情。

安冷耀听了对方的话，更加明白君诺尘对这个姐姐的重视与内心的担忧。他早该想到，君诺依是君诺尘最大的弱点。既然如此，何不好好利用一下这个弱点呢？

"魔圣，今日既然您救下我，从今以后您便是我的救命恩人，我愿终其一生侍奉您左右，只追随您一人！"布其诺克诚心说道。

安冷耀看着他，问："你是认真的吗？"

"是。"布其诺克坚定地回答。

"好！"安冷耀一笑，"从今以后，你便是我的手下。你要记住自己的话，这一生只可听命于我一人。"

布其诺克用力点了点头。

安冷耀抬起头望向头顶那片广阔的天空，他知道自己有一天终会徜徉在自由中，攀上高峰，他不会再被任何人束缚，那些羞辱他的人都会付出代价！

君诺尘明白，自己已离那魔界之王的位置越来越近，但他仍旧不紧不慢地策划着接下来的事情。走过那么多的岁月，经过时光的洗涤、历练，他早已变得沉稳、淡然。眼下，关于越冥的去留问题，他内心倒有几分犹豫。前几日，他借着叶谦试探越冥，但私下仍旧无法安心。他从未小看过这个少年，越冥自小为王，不知见过多少风浪，相比于同龄者不知要心思缜密多少倍，这次的失忆，谁知会不会是他的计谋？

按理说，自己该杀了越冥，永除后患，但是离真正攻下魔界还有很长一段路要走，此刻正是用人之际，越冥法力深厚，若能够为自己所用，自然可以增加不少力量。

"安冷耀，你的想法呢？"君诺尘问。

"我想越冥此人若加以利用，必会助殿下早日成事。眼下，唯一怀疑的便是他是否真正失去记忆，不如我们再试他一试。"安冷耀回答。

君诺尘微微一笑，"你同他朋友多年，自然了解他。只怕是一般的试探都测他不出，如若他都可狠心杀了叶谦，倒真难找出揭破他伪装的事。"

安冷耀不禁沉默，君诺尘的话说得不错，若无好机会，试了也得不出结论。

这时夏墨轩步履匆匆来到君诺尘身旁，低声说："大哥，刚收到我们在魔界安插的线人的消息，说明晚午时魔影会集中兵力攻打这里。想必上次叶谦来寻您之时沿途留下线索，让他们找到了来结界的路，他们找的那条路的确隐蔽，不易发现。"

君诺尘听了，沉思片刻，问："这件事现在是否只有我们这里三人知晓？"

"是。"夏墨轩答道。

"好，这正是我等的机会。"君诺尘轻敲自己面前的桌面，"你找个机会把这件事透露给越冥，但要装作无意而为之，切不可让他觉察出是故意让他知晓的，明白吗？"

"大哥，眼下我们未明辨越冥是否真心归顺我们，若告诉他，恐怕他会转而告诉魔影，让他们防备，这对我们并不利！"夏墨轩急忙说。

"这正是我想查明的结果。若不让他得到点真东西，我们损失些利益，倒真怕他露不出马脚。"君诺尘淡声说，"我心里自有分寸，魔影那群人已是死到临头，还能有什么作为？没了叶谦，他们以为自己便可打败我吗？"

"大哥的意思我明白了。"夏墨轩说。

安冷耀在一旁听着君诺尘的话，心里不得不承认这人确实不可小觑。自己从小生在魔界，又常与越冥在一处，也自负见过不少有手段的人，但像君诺尘如此深藏不露、行事周密的人倒是头一次见。若自己同他硬碰硬，大概不是他的对手。现在局势越来越严峻，君诺尘离那个高高在上的位置仅一步之遥，若不能马上想出办法打败他，怕是日后再难有机会。

想至此处，安冷耀的双眸又深沉几分。

"越冥，你身子刚好，不宜四处走动，还是多静养些时日比较好。"夏墨轩同越冥坐在一个亭子中，此时正值午后，周围是成片的绿树，前方还有一个池塘，上面的荷花正吐露着芬芳。

"墨轩哥，多谢你这段时间以来的照顾。"越冥浅浅一笑，满是真诚。

夏墨轩看着他不带防备的笑容，竟是一愣，心里生出一种微妙的愧疚。因为他选择跟着君诺尘，便注定要同一些人拉开距离，甚至要同他们拔剑相对，可在内心深处，他却欣赏他们。早在越冥同君诺尘的那一场大战中，他见那个少年甘愿以死保全魔界，便在心里对越冥生出一种敬佩，可自己却要亲手射伤他。他明白，即使他再如何心存不忍，也绝不会违了大哥的意。君诺尘永远是他最重要的人，犹如亲人一般。

"我们都是朋友，这么客气做什么？"夏墨轩替越冥倒了一杯茶水，那茶水微微冒着热气，一股沁人心脾的茶香随之而来。

越冥喝了一口，茶水中的清香立即布满他的鼻腔，他不禁称赞："入口微苦，回味却又甘甜，香味许久不散，果然是好茶。墨轩哥，我没了记忆，也帮不上你们，但你和殿下仍待我不薄，这份恩情我记下了。"

"这有什么，你不知道的，大哥为人本就温文尔雅，爱与人相交，我也只是帮了你一些小忙而已。"夏墨轩笑着说。

越冥想了想，问："墨轩哥，你和殿下关系很好，是不是？感觉你仿佛是这里最了解他的人。"

夏墨轩点点头，望着池面上竞相绽放的荷花，回答："是，在我心中把他当作兄长，比真正的亲人还要亲。但凡是他的意思，我都不会违背。"幼时的救命之恩，成长时期的相伴教诲，他知道自己一辈子也不会忘记。

"无论殿下想要做什么，你都会替他去做吗？"越冥问，他注视着对方的眼睛，仿佛想急于得到一个确切的答案。

"是，无论是什么事，无论什么危险，多么艰难，哪怕付出我的生命，我也在所不惜。"夏墨轩承诺着。自从他决心追随君诺尘那一刻起，就再也没考虑过自己的退路。

越冥不禁一怔，待他正想再说些什么的时候，一个魔兵急忙跑来，在夏墨轩耳边低声说："明日午时……结界西边……魔影……攻打……"由于对方音量过低，越冥只隐约听到这几个字，似乎是有人要来攻占此处。

夏墨轩面色凝重，听完后，小声叮咛："此事不要声张，以免引起动乱，我告诉殿下，你先回去吧。"

魔兵听后点了点头便离去了。

"越冥，我还有事先走了。这里的景色不错，你可以多待一会儿，但要注意身体。"夏墨轩对他说。

"好，墨轩哥，你先去忙，不必担心我。"越冥摆了摆手回答。

夏墨轩离去后，只余越冥一人在寂静中饮茶。阳光洒在水面上，泛起层层金光，一切依然是那样美丽。越冥端着一杯茶望向四周的翠绿之景，深深吸了一口气，手中的那杯茶久久未饮……

魔影望着茫茫夜空，铺天盖地的夜色似乎要吞没世间的一切。他知道，叶谦已死，越冥生死未卜，他是魔界的最后一道防线。他更加明白，今夜一战，凶多吉少，但他仍不会有丝毫的退缩。为了守护这片土地，他甘愿流尽自己最后一滴鲜血。

"大家都已准备完毕，只等您最后的命令。"领头的士兵对魔影说。

魔影转过身，注视着身后的队伍，这里的每一个人都是他精心培养训练的高手，都是忠良死节之士。有他们在，便有胜的希望。

此刻，他们已沿着叶谦来时留下的暗号来到君诺尘所搭的结界处，面对即将到来的战争，每个人都庄重严肃，无畏缩之意。都是曾共同征战过的勇士，彼此间的默契令他们早已无须多言。魔影站在队伍的最前端，轻轻一挥手，每个人都握紧手中的兵器，蓄势待发。"真是一群不怕死的勇士啊。"一个清朗的声音传来，在寂静的夜里显得格外清晰。

这时，原本泛着淡淡白光的结界露出一道细痕，而后那道细痕越变越大，映出结界中的白衣男子同他身后数百人马。

"君诺尘！"魔影在看清那名白衣男子后咬牙切齿地喊出他的名字。

"你以为你带的这些人便可打败我吗？魔界群龙无首，昔日的征战将士如今还余下多少？我劝你们不要再做无谓之争。"君诺尘抿嘴一笑，露出些许温和之色，"魔影，我很看好你的为人。若你肯听命于我，我必会以厚禄待你。"

魔影举起手中的刀，指向君诺尘，"你简直痴心妄想！你杀了叶长老，带走魔王，你以为我会听从你这种凶狠毒辣之人的命令吗？今日生死之事我早已不放在心上，拼尽全力也要同你一战！"

"既然如此，我便成全你。"君诺尘说着，唤出他身后的少年，"魔影，让我给你看看我的手下，你们的叶长老便是他杀的，他可是我得力的助手呢。"

魔影一愣，他身后的士兵更是大惊失色。他们没有想过，越冥竟成了君诺尘的人。

"魔王，你……你怎会归顺君诺尘？"魔影急切地向越冥询问，渴望得到一个答案。

"我不认识你，更不是你口中的魔王。殿下待我不薄，我只为他效力。"越冥淡声说道，脸上没有一丝表情，他看向魔影等人的目光是那样冰冷，犹如素未谋面的陌生人。

魔影不敢相信地向后退了几步，看着越冥，企图在他的脸上发现些什么，但除了冰冷淡漠，别无他物。这不是他认识的那个人。他低下头，努力让自己平静下来，随后又将目光投向君诺尘，"君诺尘，你究竟对魔王做了什么？定是你蛊惑了他的心！"

"这话应该是我说才对吧？"君诺尘笑了笑，亲昵地拍了拍越冥的肩膀，"他一直都是我信任的朋友，你今日这番话倒像是在扰乱他的心。他哪里是你们的魔王，明明是你们几次三番同我们争斗，才致使他在战斗中伤了头部。"

"你……"魔影握住手中的刀，一时气结，竟不知该如何回答。他便不再多言，一刀向君诺尘劈去。魔影的速度飞快，让人看不清他的影子。与此同时，他身后的一众人马也一齐发起进攻。双方人马顿时陷入混战。

君诺尘看着他飞身而来，嘴角泛起一些冷笑，他并未挪动一下，以更快的速度反手一挡，一个紫色的光环抵住了对方的进攻。魔影的刀砍在光环上，像是抵在钢铁上，再多一分力怕是要锩了刀刃。他一惊，第一次感到对方的功力深不可测。君诺尘一挥手，魔影感到一股巨大的气流向他袭来，他不禁后退几步。

"我累了，不愿与你交手。"君诺尘双手环绕在胸前，微微仰了仰头，"墨轩，你且陪他战几局，你的武功进步了多少，也让我看看。"

此时，夏墨轩从君诺尘身后走出，他手拿一张赤红色的弓，弓身泛着层层红光，在深夜中看起来明如星火。

魔影此时早已杀红了双眼，他再度集中力量向夏墨轩袭去。夏墨轩看着他，用手中的长弓接下了他的刀，二人力量不相上下，一时间僵持不下。魔影暗念口诀，刹那间，天空幻化出了数十个他，他们一齐向夏墨轩砍去，夏墨轩不慌不忙，右手继续抵挡着对方的刀刃，左手甩出一缕蓝光，那抹蓝光在空中形成一个蓝色的洞穴，那是迷幻之洞，可吸入用幻术变成的人或物。

几乎在一瞬间，那些幻化而来的魔影被吸入其中。夏墨轩再一动左手，那洞穴便重新化为蓝光向魔影袭去。魔影飞身一避，蓝光贴着他的发梢而过。

夏墨轩的功夫皆由君诺尘一手相传，自然少有人能及。魔影也是魔界中的高手，但与对方相战也并未得到多少便宜。时间一久，他也有些招架不住，渐渐落了下风。魔界的将士也是死的死，伤的伤，其余的人仍在做最后的抵抗。魔影知道，他们输了。

夏墨轩的一支光箭射入了魔影的右腿，魔影低叫一声，跌倒在地。他看着夏墨轩横在自己脖颈前的弓，低笑一声，"没想到这便是我魔影的最终下场。从小到大，保卫魔界是我唯一的信念。你们今日虽可杀了我甚至夺得一时之利，但我告诉你们，在日后仍会有千千万万个勇士冲过来守护这片土地，你们永远也不会是这里的主人！"

即使临死之时，即使他的身上已被鲜血浸染，但他眼中的光芒仍未黯淡。那种骨子里的倔强英勇，即使落败也不减分毫。

夏墨轩看着他，拿着弓的手一颤，竟感到无力下手。

"你的确有一身好武功，只可惜你追随错了人……不过，罢了，我技不如人，你要杀便快动手！"魔影闭上眼，依旧不畏生死，面色平静。

夏墨轩看看魔影，想起他追随君诺尘的这些年，也曾为其杀过不少人。那些人，哪个不是贪婪自私之人，恶事做尽，纵是杀了也并无不忍。如魔影这般大义凛然的勇士，他还是头一次见。

"夏墨轩，你还在犹豫什么？为何还不动手？"君诺尘冷声说。

夏墨轩回过神来，他不禁责问自己究竟在干什么，竟对自己的敌人心有怜惜。留着这样的人，对大哥便是一个祸患。他咬了咬牙，努力抛弃一切杂念，举起手中的长弓便要向魔影斩去。

就在这时，一个慌乱的声音传来："尘儿，你在哪儿？"

君诺尘和夏墨轩同时一怔，这是君诺依的声音，她怎么会出现在这里？

此刻，君诺依在战火之中也见到了君诺尘，她不顾危险，急忙向君诺尘赶来。

"姐姐！""诺依姐！"君诺尘和夏墨轩见她在周围的刀剑中穿梭，不禁担忧万分。

君诺尘腾空而起，不过片刻间，一把羽扇便在他的手中，他朝君诺依四周一挥，她身边的战士立即化为灰烬。他急忙赶到她身旁，将她护在身后。

魔影本以为自己再无生还可能，但他借着夏墨轩将注意力放至那个突然出现的少女身上时，提起手中的刀狠狠砍在夏墨轩的右手腕上。夏墨轩的右手腕顿时血如泉涌，弓掉在地上。夏墨轩捂住手腕后退几步，几乎是同一时刻，魔影再度起身持刀向夏墨轩攻来。

右腕负伤便损失了不少功力，夏墨轩看着那凌空而来的刀，心知自己大概挡不住这一下攻击。然而，一把长剑忽然从天而降挡住了对方的攻击。紧接着一道人影落在夏墨轩身前，那人拿着长剑，集中力量一刺，剑便刺入魔影右胸口。

"魔王……"魔影不敢置信地看着身上的伤，一大口鲜血从嘴里涌出。

越冥见魔影颓然倒地，指间凝成一缕蓝光向他射去，魔影顿时气绝。那个一辈子忠心于魔王的人，最后竟是被自己追随了一世的人而杀。

越冥站在夜色中，面色带着几分冷笑，犹如地狱而来的修罗。他再一凝神，周身散发出数道金光，那些金光直击从魔界而来的士兵身上。

瞬间，大片的人倒下，血流成河。

君诺依在君诺尘身后止不住地颤抖，她医术不凡，本为救治他人而生，今时见过这等杀戮的局面，君诺尘自然知晓她受到了惊吓，眼下胜负早已分晓，他也无心恋战，残余的小兵小卒不值得他动手。他吩咐身边的几个人清场，随后便带着君诺依回住处去了。

君诺依脸色惨白，一时间脑海里仍是那些血腥的画面。君诺尘给她端来姜汤去寒压惊，她喝了一杯后，才稍稍平静下来。

"姐姐，对不起，是我没有保护好你，你若哪里不舒服，一定要告诉我。"君诺尘坐在床边轻声说。

"尘儿，你放心，我并没有受伤，只是生平第一次见这样残酷的场景。"君诺依又急忙拉起君诺尘的手仔细察看，"你可有受伤？"

"姐姐你放心，现在已经没有什么人可以伤到我了。"君诺尘笑着安抚她，"倒是你今天忽然出现在战场上才真叫我担心。"刀剑无眼，若她再有什么闪失，他不知自己会做出什么疯狂的举动，他再不能失去她。

君诺依注视着他，不觉间红了眼圈，忽地拉住自己的弟弟，将头抵在他的肩膀。

君诺尘一时有些惊讶，不知君诺依为何会如此，他轻轻拍拍她的肩，轻声问："姐姐，是发生了什么吗？"

"尘儿，你不知道，今晚你不在的时候，我听见房外有人说你在结界西处遇到了危险，我这才忙去寻你。我真的好怕你会发生危险。今天我第一次脚踏在战场上，才感觉到生与死之间并无差距。生命，在面对杀戮时实在太脆弱了。"她说着，泪水再止不住地流下，霎时，君诺尘感到肩膀之处一片湿热。

"姐姐，你放心，这些年来，我也经历过不少战役，知道该如何保护自己。"君诺尘轻轻扶起她，柔声说。

君诺依凝视着弟弟俊朗清秀的容颜，轻声说："还记得当年，你那样幼小，整日依偎在我身边，随我四处漂泊。那时，日子虽苦，可我从不担心失去你。现在，你大了，撑起自己的一片天，我本应为你开心，可我却担心我们姐弟终有一天会因这些纷争而无法相守。"

君诺尘浅浅一笑，握住君诺依的手，"姐，我向你保证，你担心的事永远不会发生。这些年，我所做的一切，付出的所有努力都是为了你我能够永不分离。幼时，我无法保护你，只能眼睁睁看你惨遭他人毒手，可现在，尘儿长大了，再不会令你受他人欺压。姐姐，你相信我吗？"只有在君诺依面前，他才是一个卸去所有伪装的自己，少了冷漠，多了温情，因此，他也会害怕，担心在乎的人受到伤害，自己苦苦隐藏的秘密会被揭露。他终究也是一个普通的人，即使拥有深厚的法力，也终归有着一样的七情六欲。

其实魔与人，本就一般无二。

君诺依反握住他的手，用力点头，"我信你，这世上，你是我最信赖的亲人。我的尘儿自幼便聪明懂事，心有善念，你不会让我失望。"纵使他们二人分别多年，可她相信，弟弟骨子里的真情永远不会改变。

君诺尘身形一僵，他抬起头迎向少女明媚如春的笑脸，心里竟有些慌乱。他该如何告诉她，她心中善良纯真的小弟早死在她遇害的雪夜中，再不会回来了。

窗边已透出微微的光亮，漫长的黑夜终归会消散，但有的东西注定无法退去。

"姐姐，天亮了，你一夜都没合眼，快些睡下吧。"君诺尘让她躺了下来，替她盖上被子。

"好，你也赶快去休息吧。"君诺依见弟弟带有几分疲倦的面容，不由得有些心疼。

君诺尘点点头，起身走出房间，轻合房门，他的脸色瞬间冷漠起来，眼中除了寒意再无一丝温和。刚刚从君诺依的话中，他便已知晓她出现在战场上绝非偶然，是有人告诉了她消息，故意让她前去。那个人是谁？

昨夜一战，除了他手下得力的将领再无人知晓。越冥在战场上大杀四方，救下夏墨轩并杀了魔影和一干将士，想必他确实已忘却一切，自然不会是他，夏墨轩更不可能……那么……只有安冷耀！他并未让安冷耀出战，而是让其留在殿内看守，那人确实可以趁机安排些什么。君诺尘本以为几番纷争下来，他已经让那个少年看清了他们之间的差距，即使那人再有不甘，也不得不依附自己。可如今看来……

君诺尘来到屋外，此时天际初白，周围仍是一片朦胧，空气中仍透着些许冰冷，四周一片寂静。

君诺尘负手而立，双手却在不觉间紧握成拳。

"大哥。"一个声音低低响起，紧接着，一个身形修长的少年出现在他身后。

夏墨轩话音刚落，一股强大的力量便向他胸口袭去。"噗——"一口鲜血从他嘴中涌出，他不由得后退几步，跌坐在地上。

"我知道，是我让大哥动怒了。"夏墨轩捂住胸口，强忍痛感。

君诺尘缓缓转过身，居高临下地看着面色苍白的少年："墨轩，你以为我不敢惩罚你吗？"

"我，我明白，我让您失望了。"夏墨轩说。君诺依的住宿安全本由他一手安排，昨夜却让她从住处中出来陷入危险之中。大哥本最信任他，才将此事交与他负责，可自己却两次出了差错。

君诺尘望见夏墨轩手腕尚未包扎的伤口，冷冷开口："昨夜在战场上，为何忽然不肯动手？"他自然知晓魔影绝非夏墨轩的对手，若不是夏墨轩犹豫不决，这道伤本可避免。

夏墨轩一怔，咬了咬嘴唇，陷入沉默之中。

"可还记得我教你武功之时，对你说过什么？"

"对敌人心软乃是大忌，如若不能把握时机，便不配同您共进退。"夏墨轩抬起头，低声说道。这些年来，他早已把追随君诺尘视为自己的目标，对方的一字一句，他也都记了千万遍。最终，他还是没能做到。他愧对自己的大哥。

"大哥，是我辜负了您，我不配得到您的宠信。"夏墨轩眼眶微红。

君诺尘看着身负重伤的少年，轻叹一声，"罢了，你儿时便跟在我身边，我自然知晓你的性子。"他到底还是狠不下心惩戒这个伴在他左右如同弟弟般的人。

他扶起夏墨轩，看着他身负重伤却仍不哼一声的模样，不由得想起多年以前，自己带他回来，那个半大的孩童即使在失去亲人，无家可归却仍强忍悲痛，不落一滴泪水，这份倔强坚韧，纵是过去这么多年也依然没有改变。

君诺尘不是不知道夏墨轩不肯动手的原因，他虽然恼怒，却也不得不承认，当初，他早已身陷黑暗，在日复一日的争斗中忘了自己最初的模样，只会算计人心，可当年幼的夏墨轩走入他的眼帘时，他便忽地下定决心将这个孩童带在身边，吸引他的，不就是这个少年的赤诚之心吗？一个人在暗处待久了，人性已经变得有些扭曲，反倒会不自觉地渴望纯粹。如若不是别无他法，谁会愿意陷入暗夜之中，与妖魔为伍？

"墨轩，让我同你说些心里话，我知你本性纯良，尤其敬重那些不畏生死的人。这么多年，你跟在我身边，见过那些肮脏不堪的事情，却依旧不改本心，这固然不错，但是人生在世，许多事都由不得自己做主。如若不能一手遮天，位高权重，便无法保护自己想要的东西。而今，我知道自己走到今天这一步，脚下布满了尸体，可我再不能回头，因为怨恨我的人太多了，如果我回头，手中的权力便会消散，那时，不知会有多少人举着怨恨的刀冲我挥来，如若真是那样，我甘愿以死谢罪，但我所珍视的姐姐，她必然也难逃一劫。"君诺尘轻声说着，一向平静的容颜上浮现出几分痛苦之色。

夏墨轩注视着君诺尘，动了动唇，却没有说出一句话。这么久以来，他伴在君诺尘身边，原以为这个人的痛苦自己都明白，但今日听了这些话后，他才真正懂得君诺尘心底的情绪是怎样的。

世间安得双全法，不负如来不负卿。

这实在太难了。

"大哥，我明白了。"夏墨轩低声说，"您放心，我不会再让您为难。"在本心与大哥间，他终归只得守住一件。

"我已命魔医在你房间等候，你先回去休息吧。"君诺尘对夏墨轩说道。

夏墨轩点点头，再不多言，转身离去。

此时，一轮暖阳初升，世间万物在一瞬间披上一层金色的纱衣。阳光所到之处，无不是一片光明。

然而，唯有君诺尘所在之地，并无一丝光亮。

自从踏上这条路开始，他便注定要终生沉浸在黑夜中，可他仍旧无怨无悔，只为了那个人，他甘愿背负一世的债。

越冥一夜未眠，他躺在床上，望见窗子颜色由黯淡变至明亮，他知道一夜已过。

他缓缓起身点亮屋内的大灯，橙黄色的光芒立即驱散所有阴暗。他走到桌旁，坐在椅子上，倒了一杯茶，却只是握紧茶杯，修长的手指泛起微微的白色。

吱呀一声，房门被推开，逆光之中，一个人走了进来，坐到他身边。

"一夜未睡？"那人问。

越冥未答，只是放下手中的茶杯。

"你既丢失了所有的记忆，那昨晚一战也是你第一次征战，我听回来的人都直夸耀你英勇不凡，下手凌厉，这本是值得你开心啊，怎么瞧你的样子竟是如此……"那人顿了顿，又道，"莫非是担心魔界之人卷土重来？那你便真是杞人忧天，我刚刚已去战场察看过一番……"

话音刚落，越冥猛地将目光放在对面的人身上。那人却是轻轻一笑，"越冥，你伪装得很好，可仍瞒不过我。"

他想了想，又说："君诺尘固然才智过人，可他却忘了，我才是那个伴你最久的人，对于你，我实在是太了解了。毕竟，你我曾经知己相待。"

"安冷耀，你这番话本不必说与我听。你若想要我死，大可把你在战场上发现的一切告诉君诺尘。你来找我，有什么目的？"越冥沉声问。

他从一开始就未曾失去记忆，本想借此机会更加了解君诺尘，找出击败此人的方法。没想到那人精明狡猾，借着叶谦一事来试探他，越冥明白，若想取得君诺尘的信任，潜伏在他身边，就要杀了叶谦。为此，自己只好手刃自己一直敬重的长辈。昨日，他也明白夏墨轩故意将战争消息透露与他，他若向魔界传递消息，必然会暴露自己，为此，他不得不亲眼看到忠心耿耿的将领惨死。他的出手，表面上是为夺得君诺尘的信任，其实也是为了保全魔影等人性命。他封住了众人的要穴，暂时呈现出假死的状态。待瞒过君诺尘后，他们便有机会重返魔界。因此，若有心人去清点尸首，定会发现尸体数目有异。

"越冥，你很聪明，也可以狠下心。若不是以我对你性子的了解，知道你不会甘愿屈服他人，恐也会被你欺骗。战场那边，我已经打点好了。今天我来，只想同你做一笔交易。"安冷耀随手拿起茶壶，也倒了一杯茶。

"事已至此，你我之间还有什么可以多谈的？"越冥问，眼里带着几分顾虑。

"越冥，我明白你在担心什么，可你要知道，若我想加害于你，你现在早就被君诺尘处置了，我又何必帮你打扫战场，瞒天过海呢？"安冷耀反问。

越冥注视着他，心下顿时明了，安冷耀了解自己，自己又何尝不是看透了他呢？安冷耀，也从不是一个可以任由他人掌控的角色。眼下，他们二人确实有了共同的敌人。

"君诺尘对我下魔咒，令我日夜忍受痛苦，修为失了大半，又要我对他俯首称臣。这个仇，我定要报。"安冷耀狠狠用拳砸了下桌子，他又抬眼看向越冥，"魔界他在一日，便会有一日动荡。如今，他想登上王者之位，取代你，我知你必然不甘于将家族世代延续的千秋大业拱手让他。这样看来，我们难道不该站在同一战线上吗？"

越冥沉思片刻，心知若想扳倒君诺尘，仅凭他一人之力实在太过微弱。魔影等人虽可助他，却同君诺尘实力相差悬殊，而且也并不了解敌手。若同安冷耀联手，他自是知晓安冷耀的实力，论计谋法术，都确实是合作的最佳人选。现有局势越来越危急，他知道眼下已没有更多的路可以选择了。

他看着对方，这个伴自己一同长大的少年。他们曾一起找寻灵芝，幻境中，是这个人不惜耗费精元也要救他，他们曾一道走过那么长的路，可如今，自己竟也要揣摩起他的心思，将自小学习的察言观色用在他的身上……

眼下危急关头，只好再信他一次。

"你接下来有什么打算？"越冥抬眼问。

安冷耀勾起唇角，心知越冥已然默许他们二人达成的交易。

"君诺尘从小受叶长老的指引，再加之他平日也不曾懈怠，法力与日俱增。如果同他交手，我们胜算并不高。"安冷耀分析道。

"确实，我之前同他争斗，便可感觉出他的内力深厚，出手迅速狠厉，几乎毫无破绽。"越冥道。他曾想，这样一个人若走上正道，不知会迷倒世间多少人，然而却偏要选择掀起腥风血雨。

安冷耀抿了一口茶，开口说："但只要是人便会有弱点，你可知他最在乎的人是谁？"

越冥一愣，随即明白了："你是说……他的姐姐？"

安冷耀笑而不语。

越冥来此地也有了一段时日，自然也见过君诺依几面，虽然只是打过几回照面，二人间并无言语沟通，但他可以感觉出那个少女性情率真，本性纯良。听说医术不凡，倒真是一个可以扶危济困的仁义之士。他也看得出君诺尘对这个姐姐的看重，但凡她在场的地方，总少不了有高手环绕。

"君诺尘为了这个姐姐，当真费了不少心力，把她从九幽之地救出来之时也必然耗损许多法力。若趁他法力未完全恢复之时找个机会利用下君诺依，或许可以打败他。"安冷耀道。

越冥微微皱了皱眉，君诺依为人真诚善良，此事真不该将她卷入。如果要利用她击败君诺尘，只怕会在纷争中让她不可避免地受伤，他们三人间的恩怨纠葛，本与她无关。可眼下魔界即将纳入君诺尘囊中，他还有什么办法可寻？

"越冥，你还在犹豫什么？"安冷耀问道。其实，他自然清楚越冥内心的不忍，但他更加清楚魔界对于越冥的分量远远超出一切。

安冷耀举起手中的茶杯，同越冥面前的杯子轻碰一下，"希望我们合作愉快。"

就这样，本有着无数恩怨误解的他们，本是昔日同甘共苦的朋友，在这一刻，又重新站在一处，去迎接前方不可预知的艰难险阻。

"既是如此，我便也不多做打扰。你重伤初愈，注意休息。"安冷耀起身向越冥告别。

"安冷耀，我只希望你答应我一件事。"越冥叫住要离去的人，他看着对方站住的身影，一字一句说道，"不要伤害无辜的人。"眼下要对付君诺尘，的确需要在某些时候借用君诺依，但她本是无辜，不可以在其中受到伤害。

"好，我答应你。"安冷耀低声说，走出了越冥的屋子。

屋内，越冥独自一人坐在桌边，看向桌上那两杯冒着热气的清茶，不知心里在想些什么……

对于安冷耀来讲，他已完成了心中的不少计划，引诱君诺依上战场，同越冥结成同盟，他想自己距脱离君诺尘的掌控已经不远了；却不知为何，他心中并未有多大的快意，反倒有些烦闷。

天色尚早，旭日初升，周围依旧一片静谧。安冷耀深吸了一口气，走入一片茂密的树林，这里的叶子都是浓浓的翠绿色，树梢间不时有几只飞鸟划过，空气中带着泥土的芳香与潮湿的水汽。

安冷耀闭上双眼，体会着这种自然的静寂，他觉得自己似乎很久都未体会到这种宁静的感觉了，他有些累了。回忆当初，他本是沉默内敛、不喜与人争斗，渴望高高在上，让那些轻视他的王族俯首称臣。而今，他却周旋在君诺尘、越冥身边，原来，在不觉间，他竟已变了这么多吗？

远方隐隐传来若有若无的曲调，那声音清脆悠扬，略带忧愁，令听者不禁动容。安冷耀睁开眼，望向声音传来的地方，他记得这个声音，这是当日他曾听那个名为冰荧的少女以叶子吹出的旋律。

他犹豫片刻，终究还是向声源走去。

然而正当他在不远处看她时，却见一个陌生的少年匆忙向她奔去。他想了想，躲在一株大树后面，看着那二人。

"凌光，你怎么来了？"幻冰见到突然出现的少年，放下手中的叶子。

"幻冰，你来魔界已有这么多日，你不知你哥和灵夜有多么担心你。今天我来，是一定要把你带回去的。"凌光上前拉住幻冰的胳膊想将她带走。

"我不走！"幻冰用力甩开凌光的手，"我哥的药还未寻到，我怎能离开？"魔界守卫森严，而且最近动乱不断，她根本没有机会取到想要的东西，幸而凭借正古漠给她的魔石才掩盖住神界的气息，逃过士兵的巡视，安稳度日。

"幻冰，现在魔界动乱不安，魔王越冥更是被人拉下了马，不知现在情况如何，你在此多待一日便多一分危险，也寻不到想要的东西，何必多费周折。"凌光沉声说，"今日无论你说什么，我都要带你走！"

"谁说我没有办法？"幻冰忽然想到了什么，故作神秘，"我告诉你，我在此结识了一个朋友，他也许可以帮助我呢。"

"朋友？"凌光眉头一皱，"你知道的，神魔两界一直水火不容，即使现在两界勉强算相安无事，但我们也绝不可同魔界人交好。幻影的眼睛是怎么伤的，神祭的好友神灵言亚心是怎么死的，难道你都不记得了吗？你多日未归，若灵夜和你哥知道你在此同魔界的人交好，他们会怎么想？"

幻冰一怔，她从小同灵夜、文雅在一处，自然知晓他们对魔界的厌恶，她明白他们绝不会同意自己同魔界之人相交。只怕到时，她若如实道出正古漠，恐还会引起他们对他的猜疑，反倒对他不利。

想至此处，幻冰转了转眼球，说："谁说我同魔界的人交好了？我和他做朋友也不过是想利用他替我找到越冥，取了他的血来治我哥哥的眼睛。"

"真的？"凌光怀疑地问。

"当然。"幻冰用力地点头，"你我都是神界之人，我怎会自贬身份同他们魔界的人称友？凌光哥哥，你且再等我一些时间，我定然回去治好我哥的眼睛。眼下，还要麻烦你继续帮我瞒住灵夜哥哥他们，省得他们为我担心。"

凌光看着幻冰乞求的样子实在不忍拒绝，他思索片刻，说："好吧。那我最多再给你半个月的时间。只要时间一到，你无论成功与否都不可再在此地多留，马上与我回到神界。"

"没问题。凌光哥哥，你真是个好人！"幻冰欢声说，美丽的脸庞荡漾出纯净的笑容，一头冰蓝色的长发在她身后轻轻摇摆。

凌光无奈地叹了口气，叮咛道："你要小心，我先走了，不再多留。"说完他纵身一跃，化作一道白光消失在天际。

幻冰见送走了他，终于忍不住松了口气，"终于把他打发走了。"

然而，正当她向后转身望见不远处树下那个少年之时，所有的笑容都僵在了唇畔。她猛然想起刚刚的那番说辞，不知被面前的这个人听去了多少。

"正古漠……"幻冰轻声唤着他的名字。

"冰荧、幻冰……"安泠耀重复着这两个名字，哑然失笑，"是我眼拙了，竟认不出你是那个灵王灵夜身旁的挚友，身份自然非同寻常，不屑同我们魔界的人相交。"他不知自己究竟还要被人骗多少次，先是越冥，而后是君诺尘，现在是她……他曾那样真心地信任过他们，但每一次换来的都只有刻骨的背叛。

"正古漠，你听我解释，我刚刚那样说是因……"幻冰焦急地想要对他说明真相。她幻冰待人从来都是以诚相交，友情一直是她看重的东西，不容许染上一丝灰尘。

"你刚刚已经说得很清楚了，又何必再多做解释？"安冷耀打断她，"你接近我，不过是想要我帮你得到你要的东西，你只是在利用我，难道不是如此吗？"

"不是的，我只是想保护你，我担心道出实情会对你不利！"幻冰说着，眼眶微红。

"够了，幻冰，收起你那副伪善的面孔。你这种人，我已在这里见得太多太多了。不过，你的计谋到底还是不如我所见识过的那群人，这么早便露出了破绽。"安冷耀冷声说。他想，这是自己最后一次如此愚笨地被人欺骗。从今以后，他再不会相信友情。友情，不过是他人眼中可以用来达成目的的工具而已。

安冷耀注视着幻冰，但他只是在想，他为何在经历那些仇恨恩怨后，仍旧那样轻而易举地信了她的纯真，相信了她是同别人不一样的。

"魔圣……"正在此时，一个人匆匆向此处赶来，那人正是布其诺克。安冷耀皱了皱眉，心知必有事情发生。

幻冰却是一愣，她不禁轻启唇瓣："魔圣？你便是安冷耀吗？"神魔两界虽彼此间沟通甚少，可双方想知道的、该知道的事情却是一件不落。有时候，敌人之间才是最为了解彼此的。幻冰生在神界，也听过安冷耀的大名，听说他本是一个孤儿却同越冥私交甚好，而且为人法术高强，被封为魔圣。

安冷耀并未答话，只是冷冷看着她。

幻冰不禁苦涩地一笑，原来他们二人从未坦诚相交过，连彼此称呼的名字、身份都是假的。

布其诺克来到安冷耀身旁，正想开口，但在看见幻冰后只是默默地站在安冷耀身后。

"幻冰，你走吧，这里没有你要的东西。这是最后一次让我在此地见到你，倘若再有下一次，我不会手软。"安冷耀漠然转身离去，布其诺克紧跟其后。

他感觉到背后有一道目光在一直凝视着自己，但他并未回头，脸上早已是淡然之色，仿佛从未认识过幻冰。他快步向树林外走去，询问布其诺克为何来寻他。

"刚刚殿下令您去大殿，他有话要同您说。"布其诺克回答。尽管他刚刚看见那个陌生的少女，觉察出她并非魔界之人，但他仍未多问一句话。他明白什么才是自己该去关心的。

安冷耀冷哼一声，"恐怕他可不是找我去谈话这么简单。"他转身对布其诺克说："接下来该怎么做，不用我再多说了吧?"这一局面他早已料到，为的也是等到这一刻。君诺尘，你担心害怕的事，我偏要让它们成为现实!

布其诺克点点头便转身离去。安冷耀没走几步，便已来到大殿门口，他见那个人依旧是一身白衣，温文尔雅地坐在里面，如同翩翩君子。如若不是见过他凌厉的手段，只怕当真要被他的外表所迷惑。

夏墨轩站在君诺尘身后，右手腕处被厚厚的纱布包裹着。

"小耀大概也知道我寻你来所为何事。"君诺尘温润一笑，注视着离他不远的人。

"自然。"安冷耀说道，他的语调轻松，似乎并不在意接下来会如何。

"我料想你敢这么做，也自是不怕我的质问的。只是，你知道的，惹怒我并无好处，我的底线在哪里，你应该很清楚。"君诺尘话至此处，脸色一变，"说，为什么要这么做?"

"为什么? 我是怕诺尘哥在战场上被害，会连自己姐姐的最后一面都见不上，我这才特意让诺依姐去找您啊!"安冷耀漫不经心地说着，仿佛并未看到对方面容上的怒意。

君诺尘身形一动，速度快得令人看不清，片刻之后，他便已来到安冷耀面前，手中那把不知何时出现的羽扇正对着安冷耀的胸口，"安冷耀，你胆子越发大了。你应该明白，你不是我的对手，我杀你轻而易举!"

安冷耀忽然哈哈大笑起来，"君诺尘，你以为事到如今，我会怕你吗? 我告诉你，自从我认清你的嘴脸后，我日夜都想杀了你，即使不能如愿，我也不想受你所控。我做这件事，只是想要你明白，我同你手下那群对你唯命是从的人不一样，我并不畏惧触碰你的底线!"这是他早就想说的话。纵是要为父亲报仇，他也不需要成为他人手下的奴隶，他可以靠自己。

君诺尘微微一摇羽扇，安冷耀刹那间便飞出三米之远，撞在一旁的柱子上，嘴角处鲜血流下。他却仍面不改色，只是擦拭了一下血迹。他身中魔咒，法术本就散了大半，君诺尘这一击不过是只用了功力的十分之一二，但自己却已受不住。不过，他本也没想着同君诺尘交手。

"我君诺尘这一生不知见过多少大风大浪，多少形形色色的人，却没想到被你算计了去。果然是养虎为患。不过，我发现得倒也不晚，今天我便斩草除根。"君诺尘冷冷地说着，手中已经凝聚起不少能量。

就在他要出手的一刹那，一个少女跌跌撞撞地跑了过来，她脸上满是汗水，看得出是匆匆赶来。她挡在安冷耀身前，"尘儿，住手，我不许你害人性命！"

"姐姐！"君诺尘收了法力，心中一惊，竟不知她为何会突然出现，一旁的夏墨轩也是一怔，随即有种不祥的预感。

"君小姐，你可一定要劝劝殿下饶过魔圣。"正在此时，又一个男孩冲了出来，惊魂未定。

"布其诺克！"夏墨轩惊讶地唤道，他明明已让人处置了此人！

"你怎么会出现在这里？"君诺尘看着那个本应已不在世上的少年，冷冷地询问。

"殿下，我自知罪过深重，那日失口将叶谦一事讲与君小姐听，我不敢多为自己辩解。但魔圣于我有救命之恩，是他救下我性命，所以我即便今日冒着被您处死的危险也要救他！"布其诺克恳求道，尽管君诺尘已看穿他的伪装。

君诺依又是一惊，怪不得先前一直照料她的人不见了踪影，原来竟是险些送了性命。

"尘儿，你为什么要这么做？"她难以置信地望着这个弟弟，连声音都变得颤抖了几分。她眼中的君诺尘，本应是那个温润如玉的青年，何时变得如此狠毒？

君诺尘直到此刻才明白安冷耀的目的，这个人不过是想用此机会让君诺依明白所有的真相，给自己重重一击。他当真小看了安冷耀，竟如此算计自己。

"墨轩，带我姐回去，让我先把手头的事情理清。"君诺尘眼中隐隐划过几道寒光。

"是。"夏墨轩来到君诺依身边，想要带她离开，"诺依姐，大哥行事自有他的用意，现在您在这里只会扰乱他的心神，不如我们先回去，之后大哥一定会向您讲清所有事情的。"

"不，我不走。若我现在离去，怕是又要没了两条人命。"君诺依大声说，"我只想知道，为何我一直疼惜的弟弟会成为如此模样！"她看着君诺尘，眼里满是失望。

"君小姐，你，你不要动怒，殿下也只是想要保护您……"安冷耀仰视着她，气息因伤痛而有些不稳，"是，是我的错，同他无关。"他知晓此刻自己越是一副受害者的模样，便越会得到君诺依的帮助。

"安冷耀，你住口！你少在我眼前玩弄诡计，你不是不怕死吗？那我现在便成全你！"君诺尘说着一挥羽扇，在他的周身出现数十把锋利的小刀浮在空中，然后它们一齐向安冷耀飞去。

"尘儿！"君诺依连忙挡在安冷耀面前，她不能亲眼看着他杀人。

君诺尘见那些刀刃马上就要没入君诺依的体内，他猛然散去法力，那些刀贴着她的身体划过，消失在空气中。由于他撤去攻击突然，体内的气息瞬间紊乱起来，再加之他之前为救君诺依失了不少法力，并未完全复原，此刻竟是一阵空虚无力，不由得向后退了几步，脸色苍白。

"大哥！"夏墨轩急忙来到君诺尘身边扶住他。

然而君诺依并未发现君诺尘身体的异样之处，心中早被他的杀戮之举填得满满的。她一步一步走到他的面前，轻声开口："或许我重回这尘世中，本就是一场错误。数十载时光一闪而过，世间早已是沧海桑田，连最亲近的人都变成了我不认识的样子，那我当真是对这世间再无半点留恋了。"她在那九幽之地等待了他那么久，她不能也不愿转世，只为同他重逢，可到头来，这不过是一场悲剧，黯然落幕。

"姐姐，我……"君诺尘看着她，一时语塞。平日里，他明明最善言辞，可面对着她，他终是一句话都说不出。他想告诉她并不是这样的，他只是想保护她，这么多年以来他待她的真情从未改变。他之所以做出这一切，都只为了保护她。

但是，即使说了这些又能如何？这些终会成为她眼中另一番杀业。

君诺依冷漠地转了目光，不再看君诺尘，而是扶起安冷耀，说："你不要担心，你且同我回去，我给你治伤。"

安冷耀面色惨白，只是虚弱地点点头，跟着她向外走去，一边的布其诺克紧跟其后。

君诺尘没有再开口，只是看着他们三人渐渐走出大殿。他知道自己现在杀不了安冷耀，安冷耀的命本不值钱，但君诺依眼下正在气头上，他犯不着因为这一个安冷耀而同她失了姐弟之情。

见她的身影已消失在视线之外，他才忍不住弯下腰低哼了几声，唇边有淡淡的血丝溢出。夏墨轩见后大惊失色，忙将君诺尘扶到椅子上，为他把脉。

"大哥，你的身体……"夏墨轩没有想到君诺尘的身体会如此虚弱。不过想想也会如此，那鬼界的阴气本就对人损伤极大，再加之为君诺依输出不少功力，饶是修为再深厚也撑不住。

"墨轩，你不必担心，我的身子我自己清楚。"君诺尘安抚道，不过折损了大半的功力，他早已不在乎这些。

夏墨轩并未多言，而是一手抵住君诺尘的后背为他输送真气。

半晌，君诺尘的脸色略有缓和，气息也平稳了不少，夏墨轩这才停止手中的动作，松了口气。

"现在好多了，多亏有你。"君诺尘一笑，唇边沾染上几分温和之意。在最亲近的人都离他而去的时候，他身边仍有这个少年。他想起多年前，同夏墨轩在雪夜中的初见，只因着心中残留的温情便救下了他。墨轩当时那种对自己的畏惧，那份小心翼翼，他现在都记得。那人待谁都以朋友之谊相交，唯独对自己始终不肯放下戒备。君诺尘明白，夏墨轩是唯一一个早在初逢之时便看穿了他隐藏在心底的薄凉冷漠，所以才会如此畏惧甚至厌恶接触他。而他，本是早已沉沦在无边夜色中的人，竟也在不觉间真的将墨轩视为家人。

当年同阴邪之人单厉的那一战，他为墨轩挡下一击，终于换得那人的一声"大哥"，从此之后，这个少年便无怨无悔地追随着他，再不离去……

"大哥。"夏墨轩见君诺尘有些失神，轻唤了他一声。

"无妨。"君诺尘轻叹一声，"我只是一时之间想起了你和我年少之时的相遇……转眼间，这么多年都过去了。"他明明拥有一身的修为，容颜可以阻止时光的洗礼，但在很多时候，他依然觉得自己已然老去。的确，谁在走过那么多不堪的怨恨别离后，还能不老？

心，已老。

"你手上有伤，刚刚又耗费了些许真气，也去休息吧。"君诺尘叮咛。

夏墨轩点点头，看着君诺尘欲言又止。

"怎么了？"君诺尘见对方一脸犹豫之色。

"大哥，我不明白，为何刚刚诺依姐那样说你，顺带救下安冷耀之时，您也不道明整件事的前因后果。安冷耀是想要利用诺依姐来对付您，而且您为她不惜损耗自身修为，并非只是她所认为的大开杀戒，我觉得您应该将一切与她说明。"夏墨轩有点激动地说，他是最了解君诺尘心情的人，怎会不知他的悲伤？他不该如此遭到诺依姐的怨恨。

"同她说明之后，让她痛苦自责我为救她付出那样多吗？修为费去大半，甚至终会魂飞魄散，她会无所谓吗？"君诺尘轻声说着，闭上眼睛，长长的睫毛轻颤，"你知道的，我不愿她难过，尤其为我而伤神，那太不值得了。"他一生恶事做尽，对这个姐姐却是倾其所有。

夏墨轩看着眼前这个清秀俊雅的男子，他以为他的大哥永远是那样强大，可这一刻，他才深深体会到，原来这六界中，无论多么强大的人也终归都有难以言诉的忧愁无奈。

然而，那种忧伤似乎只在君诺尘的脸上停留了一刹那，再度睁眼之时，他又是那个温文尔雅却又深藏不露的男子。

"你也无须担心，既然安冷耀有心利用我姐，却也暂时不会做出什么危害她的事。我有足够的时间对付他！"君诺尘冷冷地说。他纵使短时间内无法恢复所有法力，但余下的法术也足以对付他。

"只是有一件事，你要答应我。"君诺尘低声说道，"永远，永远不要把真相告诉我姐。"他情愿他的姐姐怨恨他，也不想让她痛苦。

夏墨轩一怔，但还是低声答道："是。"

在君诺依苦苦追问下，安冷耀把君诺尘对自己下魔咒的事情道出，令她更为惊诧。

"安冷耀，对不起，我代君诺尘向你道歉。你放心，我一定会让他给你解开魔咒。"君诺依轻声说，话语中暗含悲愤，毕竟谁愿让自己的亲人成为一个恶魔呢？

"诺依姐，你也不要责怪殿下，我想我可以理解他，他一步一步才走到今天，自然会担心功亏一篑，荣华尽失。"安冷耀假意相劝，但他的脸上浮动着极为真诚的神色。

"你真是一个善解人意的孩子，尘儿能有你这样的人相助也是他的福气，只可惜他不知珍惜反而几度加害于你。"君诺依摇头说道，心中对安冷耀不禁多了几分好感，她决心要从这一刻起制止弟弟的行为，将他拉回正途。

自从同安冷耀谈过后，她接连几天想同君诺尘恳谈一番，却都被夏墨轩代其回绝了，她连弟弟的影子都未见到。她心中不由得有些愠怒于他的避而不见，不过，她也明白既然自己同他住在一处，自然有机会相见，纵使他躲也躲不过。

再次见到君诺尘已是十日之后了，她刚刚吃完早饭，便见那个白衣男子推门而入。

"你终于肯来了，我以为你要躲我一辈子呢。"君诺依坐在桌旁，话语里带着些许嘲讽。

君诺尘不禁苦笑，想必她是误会他了，以为自己是在躲她。自那日在大殿上因失了真气，连同之前施法过多的体虚之症一同发作出来，这几日他一直在调息，未曾见人，将事务都交与了夏墨轩料理。不过，她误会也好，他并不希望她担心。

君诺依本来正想同他说理，但见他面色有些苍白，精通医术的她到底还是不能视而不见，不禁开口问："你最近身体可有异？"

"无妨，只是最近有些疲惫，多休息几日便会好。"君诺尘柔声说，他知道她即使气他恼他，也终究是记挂着他。姐弟之情，血脉相连，哪有那么容易消散呢？

君诺尘坐到她身旁，说："姐姐，我知道你找我来的目的是什么。"他为他们二人各倒了一杯茶，轻抿一口自己杯中的茶水，"你想要我放下手中的一切权力，是不是？如果我猜得不错，安冷耀大概也同你说了许多，你也想让我替他解开魔咒。"

"是，我不希望你在这条权力的路上越走越远，陷入绝境。"君诺依放柔了声音，"尘儿，放下这一切，我们二人就此告别这些恩怨，远离尘世纷争，这样不是很好吗？"她想要的从不是什么大富大贵，但凡死过一次的人都会明白，平平淡淡才是幸福。

"可你知道吗？我已经……无法回头了。"君诺尘放下杯子，深深注视着她，"已经走到了这一步，该有的怨恨早已埋下了种子，我知道，想置我于死地的人有很多，但凡有一天我失了权势，他们便会一齐扑来。我不怕死，可是，我却不能令他们伤到你。"

君诺依听了这番话，不禁心有所动，但想起被魔咒缠身的安冷耀，到底忍不住开口道："可你就要把我们二人的安逸建立在他们的痛苦之上吗？"

"痛苦？"君诺尘重复一遍，复又低低一笑，"不，只要他们愿追随于我，对我忠心不二，我自不会让他们受苦，反会予他们无尽的荣华富贵。只是有的人，心怀不轨，我自然也不会放过，我不允许背叛！"他说着，话语中透着阴狠。

"你说的心怀不轨是暗指安冷耀那个孩子吗？他不过是一个少年，那日我为他治病他还对我苦苦相劝，这样的孩子也是你口中的恶人吗？我看，分明是你担心自己失权，想要控制他人！"君诺依本想等他心平气和时交谈，但到底压抑不住内心的悲愤。

"姐姐，你这是在说我居心叵测吗？你才同他相处几日，便为了他不惜同我动怒？"君诺尘反问道。

"那好，你便说说你为什么要给他下魔咒？难道不就为了夺得权力，多一个人对你俯首称臣吗？"君诺依冷冷地问道。

君诺尘冷笑一声，"如此看来，安冷耀早把前因后果同姐姐讲述得很明白了，那你还要劝我做什么？你听了这些，不是该明白，你的弟弟早已不再是当年那个天真的小男孩了，那个小男孩只会任人欺凌，整天过着漂泊流浪的日子，他早就死了，再也不会回来了！"

"是，他的确已经死了，现在站在我面前的人，不过是一个披着我小弟外衣的恶魔，杀人如麻，城府颇深，却偏偏唱得一手好戏，将我蒙在鼓里许久。君诺尘，你说什么为了我才做这一切，只怕我不过是你的一个托词，你从头到尾都只为了自己而已！"君诺依大声说道，泪水从她脸庞滑落。

君诺尘一怔，站起身，向后退了几步，他看着她，仿佛整个心都失了温度。他走上这条权力之路是为了什么？难道不就是为了最终可以以王者之名进入鬼界寻得她的魂魄吗？这些年来，他虽在阴谋之中周旋，却从未为自己考虑。他始终都只为了她而已！

可如今，她却怨恨他，认为他是为了一己私欲。但，他又能说些什么呢？他什么都不能说。

"姐姐，原来在你心里，我就是这样一个人。"君诺尘只觉得自己眼前一层白雾迷漫，他长吸了一口气，"好，我了解了。"

君诺依看到了他脸庞的痛苦，心里也不禁有所不忍，但她呵斥自己再不能对他心软。

一阵沉默后，君诺依再度开口："也罢，我既劝不了你，也不愿再在这个尔虞我诈的地方停留。从此之后，你我二人再无一丝瓜葛。你让我离开这里吧。"

君诺尘宁愿自己的耳朵失去倾听声音的能力，也不愿亲耳听到她如此狠绝的话语。

"姐姐，你不认我这个弟弟了吗？"他的声音中夹杂着几丝颤抖。

君诺依闭上双眼，任由泪水滑过。

仿佛过了一个世纪那样久，她终于睁开眼睛，轻声说："对。"这一个简单的"对"字犹如一个巨大的石块狠狠砸在君诺尘的心上。他没有想过，她会如此绝情。她这样轻易地便割舍掉了他们二人所有的亲情，那么他这多年以来的努力付出都是为了什么？为什么经过一番生死离别的情谊仍旧可以狠心割断？

"不，我不同意！"君诺尘上前一步抓住君诺依的双肩，"姐姐，你不能不认我！求求你听我的解释……"什么处变不惊，什么沉稳内敛，在这一刻都化为虚无。这个原本令人心生敬畏的男子，在这一瞬间只是一个害怕失去家人的孩子。任凭他在外界有多少呼风唤雨的本领，但在她面前，他只是一个敏感脆弱，也许还有些自卑的弟弟。

他知道，他要把一切真相都告诉她，唯有如此才可以留下她。

"我不要再听你的花言巧语！"君诺依挣开他的双手，从位子上起身，"你知道我生平最厌恶的便是那些为达目的不择手段的人！自从你我重逢开始，你便对我百般欺瞒，只怕你眼中也早没我这个姐姐了。说不准我的重返世间也是你计划中的一环！"她一时气急攻心，竟口不择言了。

君诺尘身体顿时一僵，他不敢相信，姐姐竟会如此想他。既是如此，只怕再多的解释都会苍白无力。但他知道，他不可能让她走，她与他的生命早已关联，她本就靠他的修为才可度日，若离他时日久了，怕是性命不保。更何况，他怎么舍得放她走。

"姐姐，我不可能让你走。你说得对，我既是令你作为我计划中的一环，怎么会轻易让你离去？"君诺尘轻声说。罢了，反正在她心中他已是个十恶不赦之人，那他再扮一次恶人又何妨？

他说完便向门外走去，他的身后是渐渐搭起的结界，他听到她在说着"恨他"，可那又如何？恨他的人那么多，如今不过只是又加了一个而已。

自那日姐弟二人争吵过后，君诺依便被禁了足，她的房间四周被层层把守，只有夏墨轩才可以进入结界为其送一日三餐。

君诺依已是三日未用餐了，她气愤于君诺尘善恶不分，囚住了她的自由。很多时候，她宁愿自己只是做了一场梦，梦醒之后，她依然可以看到弟弟那张纯真的脸。

"诺依姐，你这样下去身体也会承受不住的。"夏墨轩进来取餐盘的时候见盘中依旧是满满的食物忍不住劝道。君诺尘自那日之后再没来过君诺依的房中，他知道她不愿再见他，于是他只敢在深夜她熟睡之时，隔着门窗远远望上一眼。当时的争吵是怎样的情况，夏墨轩并不了解，但见这几日他的大哥神色间暗含的忧郁，他也能猜出几分。

"撤去结界，让我离开这里，我便不会再这样下去。"君诺依坐在床边冷冷地说。

"诺依姐，您知道的，大哥其实是很关心你的。这几日见你不食三餐，他心里不知有多着急。"夏墨轩说道，"不如先用饭，然后我们再议。"

"你本是他的人，自然向着你这个好哥哥说话。再议？事到如今，再议还有用吗？"君诺依因着夏墨轩时常伴在君诺尘左右，对他也不禁疾言厉色起来。

夏墨轩心知自己劝不了她，只好收起餐盘走出房间。一路上，他想着近日以来大哥的身体状况不禁忧心不已。君诺尘为保全君诺依的性命在她房内设置结界，那结界同他自身灵力相连，无疑又是耗费不少精元，身子又虚弱了几分，而君诺依偏又对他心怀怨言，这样下去，只怕不是办法。

"哟，这不是夏左使吗？多日不见啊！"

在夏墨轩穿过长廊的时候，一个身影大摇大摆地向他走来，是林楚莫。林楚莫近段日子倒是安分了不少，再加之最近发生不少事情，君诺尘也来不及再顾着这样一个小角色，倒是同这人多日未相见了。

"林少主，多日不见，别来无恙。"夏墨轩淡淡说道，算是打了个招呼。他眼下心中有事，不愿同此人多做周旋，端着手中的盘子便要离去。

"唉，墨轩你这么着急做什么？我只是想问问殿下最近如何，还有他的姐姐来这里过得可好。"林楚莫见对方要走，用身子拦住夏墨轩。

夏墨轩见林楚莫执意拦截，心下明了几分，大抵这人是有事想找他说。最近这里发生了不少事，大哥如今只差一步便可完全攻下魔界，此时最是紧要关头，若能多些力量也未尝不是好事一件。更何况，现在不就有一个可利用的工具吗？

夏墨轩这样想着，面上却是不动声色。他微微侧身，将手中的托盘放置在一边的石桌上，问："少主可是找我有事？"

"也没什么，只是见你近日以来事务繁多，想是殿下又派给你不少任务，可真是辛苦得很啊！"林楚莫叹了口气，"墨轩，你何苦要如此辛苦呢？凭你的能力，完全可以有更高的位置啊！"

"林少主肯对我高看是我的荣幸，可请少主以后万不要再这样说。若令殿下听见，只怕认为我有二心。"夏墨轩面上一副诚惶诚恐的模样。

"哪会？况且我说的是实话。可还记得我上次同你在树林里说的？我是诚心需要你这样的人才。你若跟着我，我保你再不用终日辛苦劳累。"林楚莫说道。他虽身份显赫，又是将领后裔，但身边终是缺一个聪明伶俐的人，否则，他只怕早就打败君诺尘了，何须对那个人小心翼翼？

夏墨轩不禁沉默，似乎有迟疑之色。

林楚莫见对方如此，连忙趁热打铁，"墨轩，你可知良禽也要择木而栖。恕我直言，君诺尘为人城府颇深，你跟着他恐怕也是如履薄冰。还不如跟我闯天下，我待你绝对比他好上一百倍！"

"林少主的好意我心领了，但只怕……"夏墨轩心知自己并不能如此快便应了他的要求，那样反会觉得逢场作戏。

"你也不要这么快拒绝我。"林楚莫见对方已有了动摇之意，"你再想想清楚，我并不急。你只要明白，我开出的酬劳可还会比诺尘殿下高出许多倍。"他的脸上是一副自得骄傲的模样，仿佛算准了夏墨轩最终会选择自己。

"那我倒是想听听楚莫的酬劳究竟可以比我高上多少呢？"一个温润清朗的声音传来。

林楚莫一惊，发现君诺尘不知何时竟站在离他几米远的地方。他心下顿时慌乱不已，急忙赔着笑脸说："殿下，我这……我这只是在同夏左使开个玩笑而已。我，我并无恶意。"

君诺尘一步步走来，抿嘴轻笑，"是吗？我也并无责怪林少主之意，只是想你的胆子越发大了，连我身边人的主意也敢打？"他的语调温和，却令林楚莫冷汗直流。

"殿下，少主他的确只与我说笑而已，我并未放在心上。"夏墨轩对君诺尘说。

君诺尘看着夏墨轩，二人目光瞬间交汇，他的脸色忽地冷了几分，"墨轩，你可真是清闲，我交与你的事莫非你均已办妥？"

"殿下，我……"夏墨轩自觉有错，不禁沉默。

林楚莫自然心知君诺尘已动了怒，他也不肯多留，生怕罪过落在他的头上。于是连忙告辞："既然你们还有事要忙，我也不便多打扰了。"他说完几乎是飞奔离去，由于速度太快险些跌倒。

夏墨轩见林楚莫远去的身影，冷哼一声，"真是个贪生怕死的人。"

君诺尘浅浅地一笑，"不过，也正是这样的人，可让我们利用。他既向你抛出橄榄枝，你接下便是。"若不是他有心利用林家的兵权，林楚莫这等小人早已不会存活在这个世上。

"大哥放心，我明白该怎么做。"夏墨轩说道。

君诺尘欣慰地一笑，他的目光在扫过桌上的盘子时，黯淡了几分，但他随即便恢复了往常的模样，对夏墨轩说："跟我来，我有些话想同你说。"

夏墨轩点点头，随即唤来一个侍从处理冷饭残余，而后紧随君诺尘来到大殿之中。

在关上房门之后，夏墨轩目光变得严肃起来，他心知大哥定是有要事吩咐。

"墨轩，这些日子以来，我的修为急退不长，我需要闭关休养一段时日。"君诺尘低声说。自从他学成以来，几乎未碰到过如此情况，但因着连续失去法力，他也不得不选择闭关。

"眼下魔界并未完全到手，我不能安心，我只怕再推迟下去会夜长梦多。"君诺尘无奈地叹了口气，这时闭关并不是时候，再加之安冷耀现下越发无拘无束，虽然被魔咒缠身，可自己仍不可小看了那个少年。

"但大哥的身体才是最重要的。等完全恢复了，再行动也不迟。魔界如今只剩下一群不值一提的角色，已不足为患。至于安冷耀，他既有魔咒在身，也终归是心有余而力不足。至于越冥……"夏墨轩一顿，不知该如何决定。

"你认为越冥现在可以为我们所用吗？"君诺尘问。

夏墨轩想了想，开口说："他接连杀了叶谦、魔影，那日在战场上，他也算立下不少军功。何况那日，魔影准时出现，证明越冥并未透漏消息给他们。我想，他应当是记不得前尘往事了。"

"若真是如此固然好，但我只怕这是他设下的计谋，恐他这几次的行动都不过是为了骗取你我的信任。"君诺尘说。按理来讲，越冥确实应已归顺他，但他一向思密周全，不肯遗漏任何一种可能。若有遗漏之处，恐会让敌人占尽便宜。

"大哥说得有理，我不会对他松了戒备。"夏墨轩说道。能年少为王的越冥，的确不能轻易相信。魔界里的每个人都不简单，这里注定是一个钩心斗角的地方，一刻也不能够放松。

"现在，我暂时顾不上越冥、安冷耀，一切都等我功力恢复再做打算。我预计要闭关一个月之久，你要密切注意这二人的动向。"君诺尘叮咛道，他想了想，又加了一句，"还有我姐，也劳烦你照料。"

"大哥何须如此见外，我自会打点好一切，静待您归来。"夏墨轩沉声说。

然而，谁都未曾在意，门缝外，有一人窥探已久，所有的话语都一字不落地进入他的耳中。

是夜，繁星满天，闪耀着平静柔和的光芒。曾经的战火、杀戮都曾在这片土地上发生过，但此刻，在星空之下，伴着树丛中虫鸣的声响，一切都如此安详。

越冥站在满天繁星之下，仰头观望头顶上方深蓝色的夜空，只感觉自己是如此渺小。这片天空，不知见证了多少恩怨纠葛，见证了多少悲欢离合。他忽然只想迷失在这灿烂的星空中，忘却一切，再不顾及身上王者的责任与恩恩怨怨。

隐约间，他感觉有一个人正站在他的身后。他没有回头，因为他知道那是谁。他们曾相伴走过那么多岁月，对于彼此的一切都已悉数了解，记于心间。

"你还记得吗，我们小时候常常在星空之下聊天说笑？那时的星空，也如现在这般美丽。或许，还要更加美上几分。"越冥轻声说。

那个人与他并肩而立，说："我记得。当时，我们可以聊一整夜，兴致高的时候，便在夜幕中比试法力。"他仿佛想到了什么，低头一笑，"那时，一到比试内力之时，你总是败给我。"

"是吗？可我好像也记得某人的轻功也时常不及我快呢。"越冥转过头调笑道。

星光之下，二人对视，然后不约而同地笑了起来。宁静的夜中夹杂着清脆悦耳的欢笑，仿佛是世间最美的旋律。他们二人，在经历猜疑、误解、仇恨后，终于还是并肩站在一起。那笑声，距离他们，好像已隔了一个世纪之久，他们从未想过还可以重拾那份往日的欢乐。

良久，越冥低低叹了口气，"耀，你还记得那些我们走过的日子，是不是？"

"是。"安冷耀回答，"我想忘记，但它们确确实实地发生在我的生命之中，如同我身体的一部分，令我如何丢弃？"即使他已不是昔日那个温良的少年，渐渐变得冷漠无情，可他仍旧会因过往的自己而触动心弦。毕竟，又有谁不会怀念那肆意大笑、与友相伴的简单纯真的日子呢？

"神界有一种药水，名为'忘忧'，喝了它，便能忘记那些过往，从今以后，再无忧愁。如果这世间的仇恨，被忘却了，那么那些恩怨也都会随风而散吧。"越冥说道，言语间已有了几分温柔之感。他们尚且年少，却早已是历尽风雨。

"可有些恨，我宁愿铭记于心，纵使它们让我痛苦，也不愿放下。"安冷耀说道，注视着越冥，"冥，你知道的，我选择的路，无论如何都会坚持走下去。"

"我知道，我一直都明白。"越冥轻声回答。他明白，他们二人终不可能再回到曾经，他们，终是殊途不同归。击溃君诺尘后，他们依然要重拾昔日的纠葛。

"越冥，在击败君诺尘后，你我二人终究要面对那些前尘往事。"安冷耀深深吸了一口气，"到时，无非只有两个结果，你杀了我或是我杀了你。"他的一字一句在这个宁静的夜中显得格外清晰。

越冥再未说一句话，他同安冷耀其实从未真正因那些旧日恩怨而掀起战火，先前几次交手，大多还有其他缘由。他不知那一刻真正来临时，他是否可以狠下心对这个昔日同生共死的好友拔剑相向。

"魔圣！"此时布其诺克忽然远远跑来。

安冷耀向前走了几步，皱了皱眉，问："有什么事这样匆忙？"

"魔圣，实不相瞒，我下午在路过大殿之时，无意间听到诺尘殿下和夏左使的谈话，急忙来禀报您。"布其诺克低声说。

越冥同安冷耀俱是一惊，二人一同看向布其诺克。

"殿下近日似乎功力急剧减退，他说要闭关一个月。而且，殿下直到现在仍然顾忌你同魔王，要夏左使暗中注意你们的一举一动。"布其诺克说道。

"我知道了，你做得很好。"安冷耀勾起唇角，"你先下去休息吧，此事切勿声张。"

布其诺克点点头，心知安冷耀同越冥定会商量此事，他不好多做打扰，便离去了。

"这倒是一个好机会，你说呢？"安冷耀用手摸着下巴，像在思考什么。

越冥想了想，说："此事应该不会有假。听说若要复活已死之人乃是逆天之举，自古以来，违背天地间生死规律之人会付出极大代价。君诺尘不知用了什么方法将君诺依成功救出，想来应是付出不少代价。再加之这几日你布下不少局，确实令他消耗不少法力。若要击败他，闭关之时确实是一个好时机，但我想我们还是要小心行事。"

"对，我们没得选择，只能趁此机会。否则，待他出关之时，势必会夺下魔界，君临天下。到时，你我恐怕难以对付他。"安冷耀低声道。

越冥沉思片刻，开口说："但我们如今兵力恐怕不如他的多。而且，这里结界非同一般，可以起到防御作用，难以破解，并不利于我们作战。"

"现在我们已经没有退路，只能孤注一掷。上次你保住不少人的性命，那些人也算身经百战，可抵挡一番。至于结界，君诺尘同它与自身功力相连，这是最高深的阵法，虽然他现在功力散去大半，依然不好对付，我们还是寻找他最虚弱的时刻下手。"

"月圆之夜！"二人异口同声道出。对于闭关之人来说，每个月圆之夜都是气血流通最弱的时刻，也因而功力会不及平常的一半。君诺尘闭关一个月，在他第二十天，也就是下个月的十五是他法力最弱的时候，那时一定有机会破解结界。

"好，我近几日会暗中联系魔影，做好一切打算。"越冥神色在不觉间凝重起来，这大概是他可以击败君诺尘最好的、也是唯一的机会。

"只可惜我身中魔咒，法力也散了不少，只怕在战场上也会削弱我们的战斗力。"安冷耀想起君诺尘对自己下魔咒之事，至今无比痛恨。

越冥知晓那咒术的狠毒，发作之时生不如死，但除了下咒之人的血液，无药可解。

安冷耀看出越冥对自己的担忧，豪爽地一笑，"你不必担心，我早已习惯了身体现在的状态。我虽战斗力受损，但还有你。况且，若我们能降服他，解了这魔咒，也并非难事。"

"我们一定会降伏他！这一战，只胜不败！"越冥坚定地说。他从未有一刻如此坚定地相信胜利，他必须胜利，他不会把魔界让给任何人，否则便对不起死去的叶长老和母亲。

"对，我们一定会胜！"安冷耀说。

"啪"的一声，二人手掌重重地击在一起，那是他们二人不变的承诺以及无畏的决心和勇气！

夏墨轩在君诺尘闭关这一个月内，对外只是宣称他需要花一些时间来令修为再升一级，故此大家也并没有想要借机作乱之心。只是林楚莫，借着君诺尘不在，几乎每天都要来找夏墨轩寒暄几句。夏墨轩为了利用他，也自然笑脸相迎，凭借他为人处世的技巧，林楚莫早已认为对方接纳了自己。

"墨轩，最近我手下的那些人倒有些不安分了。"林楚莫早已对夏墨轩不再有戒备之心，凡事都听取他的意见。

夏墨轩在心里冷冷一笑，这是他早就料到的事。就是再忠诚的人，跟着一个一事无成的少主，时日久了，也会有不满之心，"良禽择木而栖"这句话确实有理。

"少主不必担忧，林家兵力庞大，世代如此。您的父亲在世时更是壮大了他们的声势，他们对您自然不敢有什么反叛之心。"夏墨轩假意安抚道。

林楚莫苦恼地摇了摇头，道："你不知，我手底下的人实在太多了。魔界不少兵力都属于林家，他们人多势众，我独自一人也难打理。"

夏墨轩想了想，回答："我倒有一个办法可以一试，只是不知林少主是否愿意。"

"你说！"林楚莫急忙回道。

"少主如今兵权过盛确实有物极必反之危，但若可以合理分散兵权给下级，也未尝不可。"夏墨轩说，"林云叶将军曾带领过几个少将，他们几个人一同经历过生死，若论情谊自然比与那些小将领深得多，若少主分散兵权到那几个人手中，让他们分别看管，想必会安稳不少。"

林楚莫眼睛一亮，觉得这确实是一个好主意，可解眼下之忧，但是只怕会突生意外，反倒折损了林家的力量……

夏墨轩自然看出了林楚莫的担忧，"我知道少主仍有忌惮，我也只是出一个主意而已。至于采用与否，还要看您本身。这些日子以来，我确实觉得若跟在少主身旁可有更多利益，为此我是真心实意想要帮助您。而且，为了表达我的诚意，我还想告诉你一件众人都不知晓的事情。"

夏墨轩望了望四周，确认无人后低低开口："君诺尘并非闭关提升法力，而是他重伤在身，不得不闭关一个月。"

林楚莫一惊，问："此事当真？"

"绝无欺瞒。"夏墨轩低声说，"我想这是您取得王位的好时机。眼下尽快平复军中的动荡，然后找个时机一举攻下魔界！"

林楚莫心中早已被说动，他一开始同君诺尘合作，本就是想走得更高，谁知那人后来处处要压他一头。

"好，我便用你刚刚所说的方法。只是，我们应该在何时动手？"

"下个月圆之夜，那是他功力最弱的时候，我们定可以击败他。"夏墨轩眼里似乎闪着必胜的光芒。

373

林楚莫的眼底也存有掩不住的笑意，他知道自己终于可以一呼百应，不受任何人的欺压。恍惚之间，他仿佛已然望见自己君临天下的盛况。而谁又知晓，这是否只是幻象，如同镜中花水中月呢？

只是，无论如何，这最后一战终于来临了……

在越冥的记忆里，那夜的月亮格外圆润，如同一个纯白色的玉盘，散发着宁静祥和的光芒。圆月的周边，有几颗星星，它们璀璨、美丽，点缀在月亮身旁。那个夜晚明明那样美好，但所有的血腥、杀戮，那些不堪的怨恨，在这夜，全部降临。

"越冥，我现在去另一边勘察情况。"安冷耀说。

"好，你要小心，我去破解出口处的结界，我们在那里会合。"越冥说道。

说罢，二人各自行事。越冥早已暗中联系了魔影，让魔影带着士兵在出口处同自己会合。越冥到达结界处时，离他同魔影约定的时间提早了一个小时，越冥料想对方并未到，他现在最重要的事便是破解结界。

越冥凝神，双手在身前飞快结成一个法印，那个法印的图案是一柄宝剑，宝剑手柄处围着一个王冠，这便是王者身份的象征，这个法印威力非同一般，只有历代魔王才可使用。越冥低念咒语，那法印的图案渐渐被放大成原先的数十倍，浮在空中。越冥周身浮动着淡蓝色的光芒，这些光芒不断汇入法印之中，他暗暗一用力，他面前的结界犹如玻璃一样破碎而开。

越冥知晓，破除结界无疑是削弱了一部分君诺尘的防御能力，也不禁暗自喜悦。不过，他明白，一切都不可得意忘形。

他踏出君诺尘的地界，再向外，便是魔界了，到底那里才是他熟悉的地方。然而，正当他正式来到魔界的土地时，他看到离自己不远处站着一个黑发少年，他的身后是一排士卒。

"灵夜！"越冥叫道，他万万没有想到会在这里遇到他。

灵夜见到越冥，眼眸中闪过一丝戒备之色，但他还是走了过去，"越冥，幻冰呢？"前几日，他收到凌光的消息，说是幻冰身临魔界，被越冥控制，他知道眼下自己已不能再坐视不管。

"灵夜，你在说什么？我并不认识幻冰。"越冥一时间并未明白灵夜的用意。

"越冥，我明白幻冰来此地本不应该，但若不是你们的人伤了她的哥哥，她也不会出此下策，希望我们可以各退一步，息事宁人。"灵夜冷声说。

越冥大概了解了对方来找寻自己的缘由，他想起上一次去神界取解药时，灵夜曾有事相求，想来或许与此事有关，然而在那以后，魔界接二连三发生了太多的事情，他一直再未同灵夜见面。

"我想这其中可能有什么误会。"越冥说。他现在实在无暇顾及神界，还有更大的敌人在他眼前。

灵夜还未答话，一边的凌光却已是愤怒上前，"越冥，谁会相信你们魔界的花言巧语？幻冰若有什么三长两短，就算你是魔王，我一样会让你付出代价！"

"你们神界的人又有什么资格对我们的魔王大呼小叫？"另一个声音传来。

越冥回身观望，见是魔影带着几队魔兵赶来。魔影也并未想到会在此处遇见神界的人，他先令魔兵在原地待命，而后自己来到越冥身旁。

越冥示意魔影不必担忧，魔影这才收起了些许怒气与杀意。

"凌光，你退下。"灵夜低声命令。凌光听后，不情愿地退到灵夜身后。

越冥摇摇头叹了口气，"怎么说呢，灵夜，我同你说实话，我现在也已是自身难保，我实在没有必要骗你。这些日子以来，魔界动荡不安，想必你也是有所耳闻。我实在犯不上在这个时候为了一个幻冰得罪你们神界，你说对不对？"

灵夜沉思片刻，觉得越冥说的不无道理，而且也尽是实情。魔界近日以来内部发生不少事情，在外边早有传闻，说是越冥地位不保。如此说来，或许幻冰一事是个误会？回想起这些年，神魔两界一直相安无事，再加之他同越冥几次相逢，对方倒同以往自己对于魔界的认知并不相同，越冥，或许是同那些贪婪狡诈的魔界之人是不一样的。

"我闭关这几日是否错过了什么好戏？神魔两界王者都聚齐了，想必这里是个好地方。"一个温润的声音穿过明朗的夜空。

灵夜、越冥一同向声源之处看去，只见一个白衣男子负手而立，他身后是成千上万个士兵屹立在那里。

"君诺尘!"越冥大惊失色,这个人明明不是一个月之后才会出关吗?

"越冥,何须如此惊讶?"君诺尘一声轻笑,"你们这些小辈,仗着有些手段,便以为可以算计到我头上吗?闭关一个月,不过是一个托词而已,如若不然,我怎能确认你和安冷耀是否真心听命于我?你们终究还是辜负了我的期望。不过,这样也好,现在除去你们总好过将来你二人阻我去路。"他的话中已有杀意。

越冥早知君诺尘城府颇深,不好对付,没想到他到底还是中了他的计。他也未曾想到,君诺尘的兵力竟又多了这么多。如今,他们两方实力悬殊,恐怕难以制胜。

"林家的兵力你竟也都划为麾下了?"越冥认出其中的许多魔兵来自林家。

"是啊,这还多亏楚莫肯把他手中的兵权分散到我们的人手中。"君诺尘说着,看了一眼脸色惨白,站在他身后的林楚莫,"那些将领同林云叶同生共死过又能如何?人心本就是善变难测,我不过施与他们权力与利益,他们不也一样对我唯命是从?"

"那又如何?君诺尘,总有你掌控不了的人!"越冥厉声说。他不知今日一战是败是胜,但他确定的是,他不会屈服于对方,哪怕流尽最后一滴血,他也要守卫魔界!

君诺尘哈哈一笑,眉眼间温和尽敛,如同一个恶鬼那样流露出可怖血腥的气息,他道:"那便杀尽违命于我的人!越冥,事到如今,你以为你同安冷耀二人还有多大的力量可以抵抗我?"

"还有我的一份力量!"灵夜忽然开口道。

越冥讶然,他看着灵夜,不敢相信灵夜会在此时选择帮助他。他知道,他同灵夜,不仅是身份上神魔的对立,还有在危难面前人人都想明哲保身的本能。灵夜既是一界王者更不用来蹚这浑水,但没想到竟还是选择帮助他。

灵夜也看了越冥一眼,二人之间并不多言,却都从对方的眼眸之中看到对方的坚定。

君诺尘似乎也未想过灵夜会选择站在越冥一侧,他不禁开口说:"灵夜,我曾听过你的名字,我本欣赏你的性格与能力,但可惜,今天这盘棋你却是走错了。不过，这样也好，你给了我杀你的理由。我本不想同神界大动干戈，现在看来，却怪不得我狠心了。"

"那你便来试试！"灵夜说着，手中闪现出一把长剑。

越冥的手中白光划过，长剑也已紧握在手。

几乎是同一时刻，灵夜、越冥二人腾空而起一齐向君诺尘刺去，他们的动作敏捷一致，默契十足。这一刻，几方的人马也陷入争战，战斗之声已然响起。

君诺尘羽扇即出，他凭着一人之力用扇子抵下对方二人的力量，却并未显得吃力。越冥只觉得君诺尘的功力似乎又上升了一个境界，而灵夜平素并未见到过如此强大的敌手，但他们二人依旧奋力进攻。

"看清楚了吗？这就是我们之间的差距！"君诺尘微微一笑，他再一发力，灵夜、越冥二人同时被一股巨大的气流包围，而后从空中跌落。

君诺尘再度一挥羽扇，无数锐利的冰刺浮在他的四周，他暗暗用力，那些冰刺便尽数向越冥、灵夜刺去。灵夜见状急忙用手结成一个结界抵住进攻，保护他们二人，但仍有冰刺刺向一旁的士兵，其中不乏也有君诺尘的手下。那些冰刺上淬着毒，沾血必死。

"你好狠毒，竟连自己的人都杀！"灵夜冷声说。

"只要能胜，他们为我做出牺牲又有何妨？"君诺尘云淡风轻地说道，他的眼里满是淡漠，仿佛并未见到那些因他而逝的鲜活生命。

越冥在结界中观察着那些冰刺攻击的路线，觉察出它们攻击的盲点，他看准时机冲出结界一剑刺去，瞬间所有的冰刺化为乌有。

"越冥，真可惜你自寻死路。否则，跟着我，你会大有作为。"君诺尘假意哀叹，"毕竟，能破我攻击的人并不多。"

"君诺尘，我所坚守的信念，你再清楚不过。因此，我不会听你的！"越冥手提着剑，依旧英勇无惧。他的剑尖处出现一个水蓝色的光球，他一挥剑，那光球便向君诺尘飞去。

君诺尘的羽扇处刹那间光芒大作，发出白色的光辉，亮如白昼，竟吞没了那水蓝色的光球。越冥被白光刺得睁不开双眼，君诺尘看准时机，手提扇柄向越冥击去。

"越冥，小心！"灵夜由于一时被士兵缠身，只得急忙喊道，他趁着空隙，随手甩出一个光影飞刀，那飞刀抵去了君诺尘一部分力量，才令越冥有机会反抗，他急忙用剑抵住那把扇子，此时扇子只离他脖颈几厘米。

"我倒要看看你还能挣扎到几时！"君诺尘冷声说。

越冥咬着牙，用剑抵住对方的法力，豆大的汗珠滚落而下。

清冷的月光洒在他的剑刃上，发出冷冽的光芒。他想，他终究还是败了，想不到败得这样彻底。君诺尘到底还是料到了他们的计谋，提前做好了打算。也罢，叶长老与母亲均已离去，他若离开，大概也可在另一个世界同他们重逢吧。

"君诺尘，你若敢杀越冥，那你的姐姐也活不成了。"突然，安冷耀的声音传来。

君诺尘一惊，顺着声音看去，只见原本混乱的战场渐渐安静下来，安冷耀一只手抵住君诺依的肩，另一只手握着剑抵在她的脖颈处。

安冷耀同君诺依穿越层层战火，来到君诺尘面前。

君诺尘想不到会变成这个样子，他本已布下结界，凭着安冷耀等人的功力应是破不开才对。若不是刚刚他有心让越冥破开结界，越冥根本不会成功。

"你不要忘了，你刚刚同越冥争斗，功力大多放在战斗上，那护住君诺依的结界自然也会弱很多。"安冷耀看出了君诺尘的疑惑。

"你想如何？"君诺尘问。

"我只想要你放了越冥，并让我们全身而退。"安冷耀低声说。

此时夏墨轩也急忙突出重围来到君诺尘身边，他想不到安冷耀竟会用君诺依来要挟君诺尘，他心中焦急万分，却也毫无办法。

"好，我答应你，只要你不伤我姐的性命。"君诺尘低声回答并且收了羽扇，令越冥恢复了自由。

"让你的人撤走，我自会放她！"安冷耀说。

"安冷耀，我们如何能相信你的话？"夏墨轩质问。他只担心对方并不会放君诺依。

安冷耀无畏地一笑，"你们当然也可以不信，那我现在便杀了她。我身中魔咒，修为虽散了许多，但杀一个人的本事还是有的。"

君诺尘的双手紧紧握成拳，指甲狠狠刺入掌心，他知道若是听了安冷耀的话，今日又是功亏一篑。他本来可以不费吹灰之力便解决了他们几个，但如今……可那又如何，他做这么多，都只是为了保住姐姐，若失去了她，他才是真的输了！

"你们都退下！"君诺尘对那些士兵命令道。

众人本见局势大好，谁料君诺尘却令他们此时撤退，大家一时间有不解、有不甘，竟僵持在原地。

"大哥，我们……"夏墨轩想开口劝些什么。

"退下！"君诺尘再度开口，语气不容置疑。

士兵们不敢违抗命令只好退去，刹那间原本上万人马被雾气包围，雾散之后，空无一人。君诺尘身边只余几个人，大好的局势瞬间被打破。

林楚莫非属军队中的一员，他仍留在原地，并未退下。此时情况危急，也没有人注意到他。他见君诺尘甘愿放弃大好机会只为保全君诺依，心里倒是一惊。毕竟，见惯了这个男子的狠厉手段，倒真的没想过他竟还有情。但是早知如此，自己也早该用好君诺依这步棋，现在倒是便宜了安冷耀。

"我现在已答应了你的要求，还不快放了我姐姐！"君诺尘厉声说。

安冷耀微微一笑，"想不到向来狠绝的君诺尘，也会有向我低头的一天，这种感觉我实在喜欢。"他说着，手中却并未放松对君诺依的控制，君诺依面色有些痛苦，想必是被他压制了太久的缘故。安冷耀又说："君诺尘，我现在改变主意了，你若想要救她，我还需加码。"

他顿了顿，脸上露出几分残酷的笑容，他一字一句地说道："我要你此刻散去全身修为。否则，她必死无疑。"

"你……"君诺尘狠狠盯着他，愤怒不言而喻。

"安冷耀，你怎可出尔反尔，真是卑鄙至极！"夏墨轩怒声说。

君诺依看见自己的弟弟痛苦的模样，再也忍不住喊道："尘儿，不要管我！"她怎么可能让他放弃这些年来所修得的法力，她明白他的骄傲。

"姐姐！"君诺尘觉得自己从未陷入这样一个境地之中。他原以为自己有了足够的能力去保护她，但他还是让她陷入危机之中。可他怎么会不管她？她是他最亲近的人啊！

"尘儿，听我的话，不要管我！"君诺依说着，泪如雨下。

"不！"君诺尘嘶吼着，他即使放弃一切，也要护她周全。

"君诺尘，我劝你快些决定！"安冷耀握着剑的手动了动，"你们现在觉得我卑鄙了，是吗？可君诺尘，你知道吗？我对你所做的一切还不及你对我的十分之一！我曾经是那样信任你，但你却引我一步步陷入万劫不复的境地，你联合林楚莫几度陷害我，更让我与越冥生出嫌隙，让我们二人自相残杀，你坐收渔利！我现在所做的这一切，不过要你也体会这种不得不屈服于他人，无法反抗的痛苦！"他的每一句话都流露出无尽的恨意。

君诺尘闭上双眼，睫毛轻颤，"我知道，你们每个人都怨恨我。包括，我的姐姐。"他睁开眼，望向那个少女。她也在看着他，眼底是无尽的愁绪。

安冷耀冷冷一笑，说："是啊，你的姐姐可不像你这般，否则怎可为我所用。今天当着她的面，不如让我好好说说你的恶行，让她认清你究竟是个怎样的人！"

君诺依的眼角不断涌出泪水，她知道今日这一战，皆因自己的弟弟对他人所做下的杀业。她不忍见他因着自己而如此委曲求全，可她也终不愿见到他成为众人口中的恶人。她的弟弟，明明同她走过那么多寒冷的夜晚，给她那么多的温暖，但他为什么会变成这个样子？

君诺尘注视着她，她的每一滴泪水，仿佛都流入了他的心底。他知道，她还在怨他。

夏墨轩眼见这一切，终究再难隐瞒，他对君诺依大声说："诺依姐，你误会大哥了，你只见到他的决绝，却从未想过，他做的这一切都只为了你！"

"墨轩！"君诺尘想要制住他，既然都瞒了她这么久，那眼下便更不该告诉她，只会徒增悲伤！

"大哥！"夏墨轩回头看着他，"今天这最后一战，就把一切都理清吧。你为诺依姐做了这么多，她有权知晓这一切。"

而后，他再度对君诺依说："大哥他为了寻回你，甘愿以自身的魂魄之力令你重获新生，即使这样的结果会令他魂飞魄散，他也从未放在心上。他为你耗尽修为才不得已闭关，对你所下结界也只是因你同他已性命相连，为了你的安全他才不得已出此下策。任何人怪他都可以，但诺依姐，唯独你不可以！我跟在大哥身边这么多年，眼见他日夜难眠，谋划一切，都不过是为夺得王者的身份然后借此才可去九幽之地寻你归来。他所做的一切，只为了你！"

听了这番话，在场的人皆是一愣，他们从未想过，真相会是如此。

"什么？"君诺依低语，心中震动不已。她再度看向他的时候，眼里只有感动与愧疚，她想起那日她在争吵时所说的一切都如一把把尖刀深深伤着他，可他这么多年来，一直在为她费尽心力。

"尘儿，对不起，我没想过原来真相是这个样子，我……"她看着他，竟不知该说些什么。她亏欠他的实在太多了。在他成长的这些岁月中，她始终未参与，而后他们相逢重聚，她却又一再误解他。

"姐姐，我从未责怪你。若要怪，就怪我把自己变成了你不喜欢的样子。"君诺尘柔声说着，眼中闪着泪光。即使他在外人眼中是狠辣的模样，但在她面前，他永远是那个温润的少年。

夏墨轩站在一旁，不觉也深深动容。这一次的战斗，尽管难测后果，但使他们二人再度重归于好，到底也是好的。

"我没空看你们姐弟情深的戏码！"安冷耀冷冷地说，"君诺尘，你要不要救她！"

君诺尘深深吸了一口气，面色恢复平静，他看着安诺依，说："好，我答应你的要求。这一回，你不可反悔。"修为尽失又如何？他本就不在乎。

他说着，周身散发出淡淡的白光，这是法力消散出体的前兆。

"不！"君诺依大喊。她不会再让他受伤。她知道安冷耀控制自己的目的是为了牵制君诺尘，但若是自己此刻便死了呢？

想到这里，她用力向安冷耀抵在她颈间的剑抹去，锋利的剑刃瞬间割开了她柔软的皮肤，鲜血染红了冰冷的剑身。

安冷耀一惊，竟想不到她会选择自尽。

她慢慢地倒地，月光静静地洒在她的身上。

"姐姐！"君诺尘停下运功，匆忙跑到她的身边，夏墨轩紧随其后。

君诺尘飞快点了她周身几处要穴，想要止住鲜血，但脖颈处的那道伤口依然不断地流出红色的液体。

"尘儿，不要忙了。我精通医术，难道还不知自己的状况如何吗？"君诺依低声说。她的脸色煞白，嘴唇也不再红润，但她依旧笑着，依旧那样温婉动人。

"姐姐，告诉我怎样才能救你！"君诺尘的声音夹杂着颤抖，他在害怕。这么多年以来，他在魔界难有敌手，众人从来都是敬畏他，他也以为再不会有难掌控的事，他早已可以主宰一切。这一刻，他却害怕救不了她，恐惧将他整个人都吞没在其中。

"尘儿，让我同你说一会儿话好吗？"君诺依虚弱地说。

君诺尘点点头，泪水从他俊秀的脸庞滚落。他已经好多年未流过眼泪了，但今日，他似乎要将自己一生的泪都流尽。

他半抱起她，让她的头靠在他的胸膛，让她可以舒服些。

"记得幼时，你也常常靠在我的身上。那时，你不过是个孩子。现在，你已经这么大了。"她颤抖地伸出双手，轻抚他被泪水布满的脸，"尘儿，你是个好孩子，只是因为我，你才经历了这本不该属于你的人生，我知道在你的心里，也一定不愿过这样的日子。从今以后，我不在了，再没人能够威胁到你，你也不必再如此活着。去找回曾经的自己吧，我知道，当年那个善良的君诺尘一直隐藏在你的心底，否则你也不会救下墨轩，去把他找回来，好吗？"

"姐姐，你要和我一起找回那个我，好吗？你要活着，看我做回你记忆里的那个君诺尘，那个弟弟！"君诺尘说。此时，他不想要魔王之位了，不要权势，他什么都不要了，只想和亲人过着简单平凡的日子。

"我也想啊！"君诺依笑着，但那笑容却越发黯淡，"对不起，尘儿，我又要离开你了，留你一个人。你要相信，只要你还在心底念着我，我便始终在你的身边守护你。"

她的身体浸泡在越来越多的鲜血里，血就要流干了，但她还是仰起头，任由月光洒在她沾满血迹的脸庞上。她低声说："今夜的月亮好美，这是我一生所看到过的最美的圆月……"

说完，她眼中最后的光芒终于熄灭。她搭在君诺尘脸边的手也重重掉落在地上，发出沉闷的声响。

君诺尘抱着她，感觉到她身上的血液一点点透过衣服渗入他的肌肤。良久，他才终于不可抑制地发出痛苦绝望的哭喊声，那声音直穿天际，仿佛是世间最悲伤的音调。

众人虽然与他势不两立，但见此情此景，也不禁动容。

"姐姐，你才是世间最狠的人。你又一次离开了我……任你怎样怨我、恨我、恼我都没有关系，只要你回来，我一切都可以接受。我们远离这尘世的纷扰，找一个山青水绿的地方了此残生……这不是你说过的吗？只要你回来，我什么都答应你。"君诺尘怀抱着已然离去的少女，低低细语。

然而，再无人应答。

忽然间，君诺侬的身体散发出幽蓝色的光芒，随之脱离了君诺尘的怀抱半浮在空中。

"不！"君诺尘知晓这意味着什么，魂飞魄散，灰飞烟灭，连尸首也无法存留于世。

他终究只能看着她的身体化为无数幽蓝色的碎片，散落在茫茫夜空中。从今以后，这个世上，再无一丝她曾存在过的印记。

君诺尘慢慢起身，望着众人，大声吼道："满意了吗？这便是你们要的结果。现在，是不是只差令我也魂无归处了？"他的眼眸渐渐变成红色，眼角有魔纹浮现，在夜色中显得妖魅万分。

"他入魔了？"灵夜低声问。

越冥凝神仔细观察了一会儿，回答："不，他内力深厚，有很多能力抵挡魔性侵入。现在他只是令周身魔力大增，但仍在他可控的范围内。"魔界的人最忌惮入魔，一旦入魔便难以控制自己，激发出魔界之人嗜杀的本性，而最终会灰飞烟灭。

"君诺尘，这一切皆因你逆天而行种下的恶果。眼下，若你放下怨恨，我可以饶你一命。"越冥冷冷地说。

君诺尘哈哈一笑，"自从我走上这条路开始，我便再没想过回头。你们害死了我的姐姐，我不会放过你们！"他执念已深，早就忘了回头的路。

"我姐死了，我要这六界为她陪葬！"他仰天长啸，周身能量四溢，有一部分士兵已抵挡不住。

他腾空而起，率先向安冷耀攻去，安冷耀急忙以剑相抵，但由于失了大半的法力，难敌君诺尘高深的法术。灵夜、越冥见状，急忙赶过去相助，转眼间，又陷入战乱。

然而，君诺尘本就法力高强，再加之魔性被激发出来，更加难有敌手，他们三人联手勉强只算同他打个平手，时间一久只怕也难抵挡。

君诺尘羽扇一挥，数万缕金丝向三人缠去。三人只好用剑砍断不断涌来的金丝，不让它们近身。

"君诺尘，你激发魔性，难道不曾想过后果？一旦你失败，那你便经脉俱断，法力尽失，如同废人。"越冥在用力斩断金丝的同时，仍希望可以说服对方。

"我怎会失败？不如你们还是先为自己多做考虑吧！"君诺尘冷声说，话中尽是傲视一切的语气。

"不要一味想要斩断它们，看清它们彼此间的空隙，找机会从中脱身！"安冷耀忽然发现了什么，大声说。

几人按照安冷耀的话，在数万缕金丝中找寻缝隙，终于抓住时机从中脱离。三人共同发出能量球向那大团的金丝袭去，金丝瞬间便被破解。

"不错，有一手，但这只是一个热身而已。"君诺尘笑着说，杀意大增。

几个人毫无畏惧，彼此相视一眼，再度向君诺尘冲去。夏墨轩在一边从层层魔兵包围中脱出身后，见此情景，飞身而出，接下了越冥的剑。

越冥没有料到夏墨轩会选择同他一战，说："墨轩哥，我本不想与你为敌。"他看得出夏墨轩身上的正气，而且从头到尾，夏墨轩也不曾陷害他们。

"我也不想。可是，你们要伤害我的大哥！"夏墨轩厉声说。

"你很清楚君诺尘从头到尾都做了什么，你仔细想想，究竟是谁想伤害谁？"越冥问。

夏墨轩一怔，他握着弓的手轻轻一颤，但他不想去思索越冥的话了，此时此刻，他没有选择。君诺尘待他不薄，自己即使付出生命也定要助他！

他不再多言，凭空化了一支光箭向越冥射去。越冥敏捷一闪，箭飞快顺着他的身侧划过。越冥心知多说无益，也开始了主动进攻，他握紧宝剑向夏墨轩刺去。夏墨轩挥起长弓，重重抵在他的剑上。二人实力相当，一时间僵持不下。

随着他们二人彼此聚集的能量越来越多，那股力量终于爆发，化为一股巨大的气流，瓦解了他们原本的僵持局面，双方均被气流逼得后退几步。

待一切恢复之后，二人不约而同向对方攻去。

几乎是同一时刻，越冥的剑抵上了夏墨轩的胸口，夏墨轩的长弓抵上越冥的脖颈，但他们二人都没有再动手直接取对方的性命。

"墨轩哥，你是否记得那日我们喝茶时我问过你的问题？"越冥问。

夏墨轩一愣，想起了当日之景：

"无论殿下想要什么，你都会替他去做吗？"

"是，无论是什么事，无论多么危险，多么艰难，哪怕付出我的生命，我也在所不惜。"

"那日你坚定地说会为他做任何事。我知道，你将君诺尘视为兄长，比亲兄弟还要亲。这份情谊，很可贵。"越冥注视着他，"但你难道没有想过，若你为他不惜正邪不分，那便只是白白让这份情谊沾染上污秽，是在帮他造下杀业。这样，也是无妨吗？"

夏墨轩深深一震，这个问题曾在心里令他纠结万分，今日在冲突之中，越冥却一针见血，点出了他内心的苦痛。

"在追随大哥和道义间，我早已做出了选择。现在你再多说什么，也是枉然。"夏墨轩缓声说。

"不，这正是我要告诉你的，你弄错了一件事，这世间不是什么都有选择的余地。有的东西，应是无论如何都要坚守的，因为那是立足于世的底线。比如善恶之分，它无关外物，从来都只在你的心中。你若真的为君诺尘考虑，便该劝他重返正道！"越冥低声说。

越冥的话犹如一根根细小的银针，深深刺入墨轩的心田。夏墨轩注视着他，久久无语。

越冥轻轻收回自己的剑，再未多言，但他相信夏墨轩一定会做出正确的抉择。终于，夏墨轩手一动，也收回了横在越冥脖颈处的长弓。

越冥深深看了他一眼，转身朝着君诺尘所在之地跑去，纵身一跃，再度陷入另一场战斗之中。

同君诺尘一战尤为艰辛，灵夜、安冷耀都挂了彩，但君诺尘仍毫发无损。越冥再度加入，三人越战越勇，他们早不把自己的生死放在心间，英勇无畏。

"我们分开攻击，分散他的注意力！"越冥喊道。

灵夜和安冷耀点点头，三人瞬间各占一角向他袭去。君诺尘功力再强毕竟只是孤身一人，这样分散攻击后，他竟也有些顾此失彼。

灵夜凝神聚集起一个光球向君诺尘射去，与此同时，安冷耀也一剑向他刺去。若要同时接下这两击实属难事，灵夜和安冷耀大概也料到他必然难逃其中一击。

令他们没想到的是，君诺尘并未想接下攻击，他不慌不忙地用羽扇一挡，灵夜的光球便附着在扇面上，发出刺眼的亮光，而后，他将这攻击迅速反送给正向他攻来的安冷耀。

"耀！"越冥焦急唤道。

安冷耀一惊，眼见那光球离自己越来越近，但由于他这一击早已发出，再难收回，只得眼睁睁看着自己同那能量球越来越近。他想，或许自己今天便要死在这里了。也好，从今以后，什么恩恩怨怨再同自己无关。

然而，就在这千钧一发之际，一个蓝色的身影忽然飞快奔来，挡在安冷耀身前。那个光球，重重击在她的胸前。

"幻冰！"灵夜认出来人后，大惊失色。他来不及多想，君诺尘已再度向他和越冥袭来，他不得不同对方交战。

安冷耀不敢相信地看着已经倒地的少女，她的口中涌出大量鲜血，染红了周围的土地。

"你怎么会在这里？"安冷耀手忙脚乱地想要帮她止血，却眼见她的呼吸已越来越微弱。这一刻，他早把对她的厌恶、怒火忘得一干二净，他只想要救她。

"这场战斗这么大的声势，我怎会不知。我闻声而来，正巧看见你身陷危难，便随手帮了你一把。"幻冰笑了笑，脸色如同白纸，她一面低语一面更多的鲜血从她口中涌出。

"你真傻，为什么要帮我挡那一击，难道你不知道你会死吗？"安冷耀问道，他的眼眶中已被泪水布满。

"你忘了，我不是说过，我们是朋友吗？朋友有难，我怎会不管呢？"幻冰说，"虽然现在，你已不再承认我们的友情……"她咳了几声，嘴角被更多的鲜血沾染。

"上次树林里的谈话你误会了，真的……我不是为了利用你才同你做朋友的……"她努力解释。

"我知道，我知道，我相信你。"安冷耀急忙说，"上次是我被怨恨迷了心才误解了你。"事到如今，他怎么还会怀疑她的诚心？

"你不怪我了，是不是？"幻冰低低一笑，"这样我便安心了。似乎总是我救你呢。你记不记得,我们初遇之时,也是我救你的。"想起过往,她似乎很开心。

安冷耀同她一起笑了起来,但泪水却顺脸而下。他怎会不记得那时她以为他要跳崖时,傻乎乎地跑来救他,自己反而险些坠入崖底。

原来,她从初次相遇的时候起,便已经那么傻了。在不知他的身份下,就傻傻相信了他,给他取名,和他交友。在他险些杀了她时,她却还为他疗伤……昔日的一幕幕场景从他眼前划过,他这才发觉,其实他从没有好好珍惜过这份友情,甚至还曾伤害这个朋友。现在,他想要弥补这份感情,可一切都来不及了。

"幻冰……"他喊着她的名字,泪如雨下。

"古漠,保重……"她轻轻唤着她予他的名字,终于陷入了永久的沉睡。

安冷耀却始终凝望着她,想要把她的容颜深深地刻在记忆里,再也不忘却。他永远会记得,在他身陷仇恨之时,是一个女孩予他温暖,让他相信世间还有真情可言,但她也离开了。

他一遍遍地在脑海中重温他们的过往,那些记忆如同海浪向他涌来,可这一切也终作为回忆散落在时光的深处。他想起林楚莫曾经说过他是不祥的,或许这是对的,否则为什么他的父亲,他的知己都一一离他而去。他觉得自己所有的情谊都在被剥离。

但是,他还不能被打倒,他还有重要的事要办,若不是君诺尘,所有的苦难都不会降临,他要杀了君诺尘,为自己也为幻冰报仇!

在经历这么多后,他不能被轻易打倒,他要强大,主宰一切!

这么想着,安冷耀终于重新恢复了战斗力,他提起剑,奋力向君诺尘刺去。

正在同灵夜、越冥周旋的君诺尘并未料到安冷耀突然出击,而且这一剑似乎凝聚了安冷耀无数的怨念,威力非凡,君诺尘本能地一闪身,但仍是被刺中右肩。顿时,鲜血流出,在白衣上显得尤为突出。

三人乘胜追击,君诺尘负伤攻击慢了下来,但他仍招招狠辣。

灵夜和越冥各牵制住君诺尘左右手的攻击,而安冷耀则奋力进攻他的周身,三人配合得天衣无缝,进退有度,渐渐呈反败为胜之势。但君诺尘哪里是那么容易被打败的，他暗暗发力，体内魔力大增，三人勉强抵抗着力量，与他僵持不下。

时间一久，三人也觉得体力不支，尤其是安冷耀，本就功力不及平时一半，撑了这么久，此刻已是筋疲力尽，正当他们三人将要被君诺尘的能量反噬之时，突然一支冷箭飞来，插进他的胸口处，君诺尘大叫一声，一口血喷了出来。

他看着面前那个手握长弓的少年，喃喃地问："为什么？"

越冥、灵夜、安冷耀也是一愣，想不到夏墨轩会来帮助他们。只有越冥马上平静下来，看来，他没有看错人。

君诺尘跌倒在地，顿时法力尽失，他知道，他败了。在最后的关头，在他将要得胜之时，他败了，败给了这三个人，败在他一手带大的弟弟手里。

他原本散发的能量忽然被阻断，由于内力冲不出去生生将体内的经脉冲断，而那之前发出的力量化为一团火焰落在地上，地面顿时燃起熊熊烈火。

"大哥，对不起。"夏墨轩收起长弓，跑到君诺尘身边，"我不能看着你一错再错。"

君诺尘看着那个清秀的少年，笑了起来，他只觉得自己的一生如同一个笑话。想要保全的人离他而去，宠信的人到了最后一刻反倒成了阻碍他的敌人。

君诺尘注视着夏墨轩，说："那日我因你对魔影心存不忍而责备你，那时，你对我说不会再让我为难……我信了你，可今时今日……"他用手捂住胸口，感觉到那支箭正在他的体内，可他，也感觉不到疼痛了。

"大哥，对不起。"夏墨轩一遍遍同他道歉，眼里满是痛苦。

安冷耀只是冷笑一声，手握长剑便要向君诺尘刺去。

"不要，不要杀他！"夏墨轩挡在君诺尘身前，"他已经法力尽失，对你们再造不成威胁，饶他一命吧！"

安冷耀并不理会，想要再度进攻，却被越冥拦下。

"冥！"安冷耀不满越冥的举动，这样的人怎还配活在世上？

然而，越冥却只是轻声说："好，我可以留他一命。从今以后，他不再属于魔界子民，他被流放在外，终生都不可再踏入这里一步。"说到底，君诺尘也不过是个执念成魔的可怜人。罢了，他便心软一回。

夏墨轩感激地看向越冥，今后，他会一直伴在君诺尘身边照顾他。

君诺尘此时早已虚弱至极，但他仍站起身子。他用眼神扫过在场的每一个人，那些人大多是用同情或厌恶的目光看着他，可他仍旧那样骄傲，不肯低头。

最后，他看向越冥，"越冥，我不需要你的赦免。"即便死去，他也不要从此麻木地活着，他经脉俱断，法力尽失，纵使活着，也不过是苟延残喘，这不是他想要的。

他看着近在咫尺的熊熊烈火，再仰头望着已是晨光满布的天空，忽地一笑，深夜已经逝去，一切都已结束。火光，即使在晨光之中仍旧无比闪耀。

他一步一步走了过去，每走一步，心仿佛便轻松一分。这么多年以来，他实在背负了太多，既要算计着他人，又要防着被旁人算计。这样的日子，他也过够了。权倾天下如何，一世无名又如何，最后终归是要告别这尘世。只是，他再渡不了那忘川河，入不了轮回之道。这样也好，像他这样罪大恶极的人便是轮回千世万世，身上背负着的血债怕也难以偿清。到头来，不如在这天地间消失，反倒落个干净。

他一步步走了过去，直到赤热的火焰散发的热气似要将他整个烤化之时，他仍未停下脚步。他听到身后传来夏墨轩的哭喊，现在，也只有这个人还在记挂他。

"墨轩，我不怪你。"他轻声说。

而后，他的眼前是无尽的橙黄色的光芒，看似要将他吞没。

他白衣翩翩，恍惚间依旧是那个温润如玉的男子，他犹如一只白色的飞蛾，一生都在追寻哪怕会将他置于深渊的火焰，这一刻，他终于任由它燃尽自己的生命。

此时，所有人都沉默着一动不动。唯有那熊熊烈火，在晨光之中燃得愈加旺盛，仿佛要燃尽尘世间的一切爱恨……

卷终　浮生梦，前尘散

灵夜回到神界的时候，天已大亮。幻影苦等一夜，因着双眼失明的缘故，他无法前往魔界，只得守在此处。听见灵夜归来的消息，他急忙赶去见他，渴望能同妹妹重逢。

然而，他迫切的询问，换来的只是灵夜长久的沉默。

他的手一沉，感觉灵夜将一个瓶子交到他的手中，那是越冥予灵夜治疗幻影眼疾的解药。幻影心中早已从灵夜的沉默中感到了什么，他并未急着服下解药，而是问："幻冰呢？灵夜，你说话！"

"幻影，我很抱歉。她，已经不在了。"灵夜带着愧疚的话语传来。

幻影只觉得脑袋里仿佛有什么东西轰然炸开，刹那间，他感知不到世间的一切。他向后退了几步，撞到身后的桌子上，桌子与地面摩擦发出刺耳的声响。

灵夜见状，急忙上去扶住幻影，他从小同幻影一起长大，自然明白这兄妹二人的感情。

"都是我的错，若不是她为我寻药，怎会如此？"幻影喃喃道，内心充满悔恨，他用力将手中的小瓶子握紧，"事到如今，我还要这解药有什么用？"

"幻影，你不能这么想。若你就此放弃双眼，那幻冰这一番牺牲又有什么意义？她比任何人都希望你健康！若你从此消沉，才真是辜负了她！"灵夜沉声说。

幻影一怔，良久，他哑声问："她，怎么死的？"

"喝了药，那是越冥汇了他的血液制成的，定可医你的眼。待你好了，我把一切告诉你。"灵夜说。

幻影终究还是饮下了药水，他的双眼一点点恢复了往日的明亮，他的世界正一点点被光明布满，那长久以来几度令他痛苦绝望的黑暗终于离去，但他无丝毫欣喜。

他重新看见了好友的脸庞，只是灵夜的面容中也透着无尽悲伤。

灵夜告诉了幻影战场上的所有事情，但他只当幻冰为帮他们打败君诺尘才为安冷耀挡下那一击，至于其他，他也并未全部知晓。那个女孩同魔圣的一段友情或许再无人知晓，那些过往已随着她的离去一并消散。

说到最后，灵夜低声道："若不是我倾尽全力的那一击，她或许也不会死。我终归是有责任的。"

幻影并未多言，他只是一动不动地坐在椅子上，好像并未听到什么，但那眼角处分明有泪光闪现。他的妹妹，那是他在这世上最亲的人，就因为魔界的一场大战，失去了生命！这让他怎能不恨魔界，还有……灵夜。

他明白幻冰的死其实本不该怨灵夜，灵夜的那一击本是为了击败敌人，可这一击也间接害了她！

"幻影……"灵夜担忧地唤着他的名字，他担心幻影会因幻冰离去而悲痛欲绝。

"夜，让我一个人静一静。"幻影轻声道。

灵夜不再多言，轻轻离开了，但在他关上房门的刹那，他听见门内传来低低的啜泣声。天人永隔，是这世间最痛苦的悲伤。

三天之后，幻冰的尸体下葬。出殡的那一天，天空飘着毛毛细雨，每一颗雨滴都如同流不尽的眼泪，暗色的云朵阴沉沉地压在每个人的心头。

葬礼上，来了许多人，包括像文雅这等在神界地位不凡的人。幻冰生前灵动可爱，讨得不少人的喜欢，朋友众多，她的离去令所有人悲伤不已。

文雅在失去曾经并肩作战的好友后，已经好久未如此难过忧伤了。她一直把幻冰当作她的妹妹，教她武功，陪她玩闹，她们曾一起度过许多欢乐的日子，而今……她想着，泪水不断滚落。

幻影反倒显得最为平静。或者说，人若悲伤到极致，反倒是平静的。他一言不发，看着她被埋入土中，看着她的墓地。在人群一点点离去后，他仍旧站在墓地，细雨中，他的整个人都被淋湿了，仿佛浸泡在雨水中。

良久，他感到有一个人撑伞站在他的身边，也是沉默着，他知道那是谁。

"灵夜，我想离开这里，出去走走。"幻影低声说。

灵夜只说了一个"好"字。他知道，幻影是在怨自己，怨他没有保护好幻冰，怨他那一击。那个人，始终未曾对他动怒，因为自己救过他，本对他有恩，更何况，他们又相交了这么多年，早就如同知己。

而今，到底是谁欠了谁，这恩恩怨怨，怕是早已分不清了。

蒙蒙细雨中，灵夜看着那个清俊的少年一点点离他远去，他恐惧地生出一种错觉，好像从今以后，他们便再难同归，彼此要背道而行。在之后的岁月里，他们，也的确走上了截然不同、注定对立的道路。

君诺尘死后，一切动乱都得到平复。越冥复位的第一件事，便是把昔日里追随君诺尘的余党一举歼灭，斩草不除根，后患无穷。其中，林楚莫也被收押入狱，定了死刑。先前，他仗着林家的权势背景，在魔界自傲多年，连音千落也要宠着他。如今，他兵权尽失，只是一个任人宰割的羔羊而已。可怜他曾妄想君临天下，如今却落得如此下场。

他临刑的那一天，在牢中见到了安冷耀。此时的安冷耀早已因为君诺尘死去而被解除魔咒，他整个人比之前精神不少，反观现今枷锁缠身的林楚莫，当真是天差地别。

"真是想不到林少主也有今天。"安冷耀嘲讽道。

林楚莫自然知晓安冷耀是来看他笑话的，愤愤不平地说："安冷耀，你少在这里得意忘形，你今后的下场一定比我惨百倍！"

"我的下场如何我并不清楚，我只清楚那个曾经对我不屑一顾的堂堂少主，此刻正是一副阶下囚的样子站在我面前。"安冷耀笑着说。他还记得林楚莫对他的羞辱、陷害……那一桩桩、一件件，他毕生也不会忘记。可笑自己曾经想息事宁人，一再退让。

林楚莫冷哼一声，"我再是何种模样，论出身也不知比你高贵多少！你不过是一个叛徒之子，别以为眼下的风光可以维持多久。越冥他现在竟还未动你，真是大出我的意料，但就凭着你们那些恩怨，我还真不信他能久留你!"

"你住口!"安冷耀愤怒地说,"我告诉你,我的人生轮不到你这个将死之人评判!林楚莫,你看清楚了,现在是我这个身份低下的人要亲眼见你被处以极刑,你有什么资格在我面前猖狂?"

"我若没资格评判你,你又何必因我的话语而恼怒?安冷耀,你承认吧,我戳中了你不愿面对的现实!"林楚莫大声说。

安冷耀愤怒之下一挥衣袖,几道银光击中林楚莫的胸口,林楚莫顿时疼痛难忍,跌倒在地。他用愤恨的目光注视着安冷耀,但安冷耀只是冷冷看了他一眼,便转身离去了。同一个将死之人计较太多,又有何意义?

在走出牢房前的一刹,安冷耀脚步顿了顿,说:"对了,忘了告诉你,你的那些手下都已归顺我。尤其是有一个叫雨天的,对我大献殷勤,这便是跟随了你多年的人。"

他再未回头看一眼,继续向外走去,身后隐隐传来怒吼,可他并未再理会。昔年林楚莫对他的伤害、侮辱,而今一一奉还。

他出了牢房,心中本觉得林楚莫一死,他也该开心几分,但仍感沉闷。在经历了这么多事情后,他的心好像已坚硬了几分,难被触动。

他四处走着,不觉间便来到了那日征战的战场。他不会忘记,当时有一个蓝色的身影奋不顾身为他挡下一击,他才安然无恙。他们之间的友情,如同一个秘密,被他存在心底,他不愿让任何人知晓,只有想起她时,他才会心头一颤。

忽然间,他望见一个少年的身影,那人面容清俊,正站在不远处,凝视着远方,眼里似有悲痛之色。安冷耀察觉到,那人身上分明有神界的气息。

他想了想,走了过去,"神界的人如今胆子越发大了,敢擅自闯入魔界。"

"我妹妹死在此地,我不过想来看看而已。"那少年淡声说。

安冷耀明白了什么,随即问:"你是幻冰的哥哥——幻影?"

幻影一怔,问:"你知道我?"

"我是安冷耀,幻冰她……是为了救我才死的。"安冷耀轻声回答,"我很抱歉。"

"那是她自己的选择，怨不得你，"幻影淡然说道，"要怪，便只怪那场战争。"

"你没有想过要为你妹妹报仇吗？"安冷耀问。

"报仇？怎么报？若要报，当真该让你们魔界的所有人都付出代价！"幻影声音冷了几分。

"不，你错了，真正要付出代价的，该是挑起战斗的那个人。"安冷耀冷声道，"是那个人一手制造了这场杀戮，他害了一条鲜活的生命！"

"那人是谁？"幻影问，内心的恨意骤然大增。

"确切地说，应有两个人，一个是君诺尘，他现在已死。还有一个——"安冷耀顿了顿，"越冥！他为了保全王位才同君诺尘起了争执，我们不得已助他才有了此事。"

"越冥！"幻影咬牙切齿地唤着这个名字，他还用了那人的解药，如今看来当初即便永失光明也不该要那人的任何东西。可是，纵使他想报仇，越冥是一界之主，他又怎么可能同他对抗？

安冷耀好像看出了他的疑虑，道："我可以帮你。"

"为什么帮我？"幻影冷声问。魔界的人实在不值得他信任。

"实不相瞒，我同他，也有一些个人恩怨。你不必担心，我害了你对我也无好处，你我只是各取所需而已，何乐而不为呢？"安冷耀缓缓说。

"你我身份不同，何况神魔两界本就水火难容，我们怎可合作？"幻影皱眉道。

安冷耀笑了笑，"既目的相同，为何不彼此联手？何必在意那些不成文的规矩？况且，我只告诉你，在神界，你并不是第一个同我合作的。"

原来，早在那日大战结束不久后，他便找到了凌光。其实，他早该明白，幻冰在魔界隐藏多日却依然不被发现，这本就是难事，君诺尘守卫众多，戒备森严，难道还发现不了一个女孩？唯一的可能，便是他早知晓一切。当日战斗之时，灵夜误信幻冰被捕，想来也是君诺尘一手所为，他本想让灵夜与越冥自相争斗一番，坐收渔利，谁料二人却结成盟友，反倒害了他自己。这从头到尾，都是凌光在暗中相助君诺尘，将幻冰被捕的假消息透给灵夜。

而且，在很早之前，音千落服了神界的"百灵散"，想必也是凌光予君诺尘的。君诺尘倒是步步为营，竟在神界都有他的人。

当安冷耀把这一切分析给凌光听时，凌光顿时惊慌不已，但安冷耀却并未为难他，只是让他从此作为在神界的探子，向他报告神界的消息。将来事成之后，他会予他无上荣耀。

这世间，最打动人心的，可以瓦解人与人间信任与感情的，唯有名利。凌光听后，终是应了他。

幻影听了安冷耀的话，心知在神界定还有对方的人。若他应了安冷耀，到底算不算背叛了神界，还有灵夜呢？但……他只是为了给妹妹报仇……这样，应该无妨吧？

"好，我答应同你联手！"幻影回答。

安冷耀听了他的话，嘴角泛起一丝不易察觉的冷笑。

而这时的幻影并不知道，从此刻起，他便被推向了那条他本厌恶的路。

夏墨轩决定离开魔界，他一生都在追随君诺尘的脚步，同他的大哥周旋于形形色色的人之间，感受着人与人之间薄如纸张的感情。而今，那个人死了，他也累了，也想抛开那些阴暗的东西，为自己活一回。

越冥将夏墨轩送到一片大草原上，这里是魔界的边缘。草原的前方是茫茫的蓝天，阳光下，这片土地闪着碧绿的光辉，令人心旷神怡。

"墨轩哥，你其实可以留下，凭你的能力，我不会委屈了你。"越冥对他说。

夏墨轩淡淡一笑，他的面容之中多了几分沧桑之感，"越冥，谢谢你的好意。你知道的，我跟着大哥的这些年，到底沾染上几分血腥之气，你的人不会接纳我。况且，我也想远离这纷纷扰扰的红尘，寻一个静谧的地方，度过余生。"君诺尘和君诺依未实现的梦想不如他代他们完成，更何况，他也真的不想再插手一切恩怨。

越冥望向远方，轻叹一声，"平淡清幽的生活，也未尝不是一种幸福，一种……奢望。"这世上无可奈何的事情实在太多了，根本身不由己。想想君诺尘，或许他也不想走到这一步，只是到了最后，已根本由不得他选择。还有君诺依，那个善良的女子，到底还是卷入了这场恩怨……

夏墨轩浅浅一笑，看向越冥，"越冥，你会是个好君主。魔界在你的领

卷终　浮生梦，前尘散

导下，必会安宁和平。每个人都有自己的幸福，你既无法从那些恩怨中脱身，上天必会给你另一种幸福。越冥，愿你今后一切平安。"他衷心祝愿着这个本该同他对立的少年。

"墨轩哥，谢谢你！"越冥也诚心说道。谢谢他终究未忘心中的正义，谢谢他对自己的诚心。

在一望无垠的草原之上，他们二人挥手告别。从此之后，一个君临天下，一个与世无争。

越冥想，他们此生大抵再不会相见了，可是这却并不妨碍自己牢牢记住，有一个人因为将恩情铭记于心所以义无反顾地追随一个满身血气的人多年，他也曾深陷黑暗，却始终未忘记心底的善念。最后的最后，他也并未有负于心。

忽然，他想起叶谦，不禁心中一颤。为了最后的胜利，为了骗取君诺尘的信任，他杀了那位长者。那位不怒而威的老者分明曾是他最尊敬的人，但为了魔界，自己取了他的性命。如今一切已经平复下来，魔界依然如故，相信长老的在天之灵也得到了安慰。他知道叶谦一身傲骨，所以定受不得他人折辱，他唯一能为叶谦做的，也不过只是令其从魔狱中脱身。与其灵魂永生困在暗无天日的阴域中，不得超生，不如散于天地，如此，他才在那日灭去了叶谦的身形。

越冥深深吸了一口气，那些曾经掀起腥风血雨的人都已一个个消失在他的生命中，他的母亲，他尊敬的长老，令他棘手的敌人……所有的前尘过往，好像已经散去。

但，还有一个人，他们之间的过往与仇恨仍清晰地摆在他的眼前。

魔界的夜空许久未如此干净透明了，深深的蓝色，犹如一块清澈的水晶，消除了往日的血腥之气。越冥望着夜空，不禁忆起，多年以前，他还不过是一个稚嫩的孩童时，头顶上的天空也是如此纯洁干净。

"耀，你魔咒刚解，身体尚未恢复完全，怎么不去好好休息？"越冥看向一旁同他并肩而立在阳台上的少年，夜晚微凉的风拂过他的脸庞，吹起他的发丝。

安冷耀一笑，望着天边的夜空，说："此时此刻，你居然还会关心我的身体。你知道的，君诺尘死后你要面对的便是横在我们之间的仇恨。我身体尚未复原，自然不是你的对手，你不该趁此时先行下手对付我吗？难道，你还要等我康复吗？"

越冥听了之后，双手搭在阳台栏杆上的手指紧了紧，泛起微微的白色。他的脸庞在夜色之中如同被一片阴影覆盖。

良久，他轻声开口道："耀，对你，我下不去手。"

他终于还是如此清晰地道明了心声。即使他知道安冷耀不会再原谅他，即使他知道安冷耀日后还会同他算清这笔账，但他，还是不想动那个人分毫。那个人，明明是他最好的朋友啊！

安冷耀转过头说："越冥，我本以为你是最理智的人。想不到，而今，你也变得如此感情用事。事到如今，你以为我们之间还会有友情存在吗？"他知道自己的话有多么残忍，活生生地斩断了他们近十年的友谊，可他并不想让越冥因着旧日的情谊而一再退让。

越冥看着对方，苦笑一声，"安冷耀，我到底还是不如你心狠。只一句话，便真的可以将昔日友谊弃之不顾！"

他顿了顿，从贴身的口袋里拿出一枚他小心收藏了多年的金币。即使已有了些年头，但那枚金币仍旧闪闪发光，不曾因岁月而敛去光芒。

"还记得这个吗？"越冥轻声问，"这是我六岁生辰之时，你送我的礼物。"

安冷耀一怔，不禁忆起那段岁月，当时的他们那样年幼，不懂得尘世间的黑暗，只因固执地相信彼此之间那本以为可不变的情谊。转眼间，已过了这么多年。

"你……还留着它？"他问道，心中感慨万千。

越冥点点头，又道："你还记得当日生辰，你我许下的诺言吗？"

安冷耀心中一动，那尘封已久的前尘过往，终于如潮水般涌来！

"从今以后，我们便是兄弟了。耀，我知道你从小无依无靠，自从你父亲去世后，你一直都是一个人。可是，从现在起，你不再是一个人了，如果你愿意，就让我们彼此间成为家人，成为手足。"

"谁说你没有生日？我们既然情同手足，那么从今以后，我的生日便是你的生日。"

"我安冷耀今日发誓，今生今世，我对你越冥绝对以知己手足相待……"

"好，从今以后，我们悲欢与共，彼此之间真诚相待。这满天的烟火与世间的一切都是我们的见证者。"

…………

他还记得他们二人的誓言，当日那满天的烟火。他记得自己曾对那个人承诺，要与其同甘共苦。可是，世事变迁，他们都不再是当年纯真的孩童，那些承诺，早已作不得数了。

"越冥……"安冷耀想要告诉对方，那些盲目的诺言不过是一个笑话，他早已忘至九霄云外，可他看着越冥认真的脸庞，终究一句话也说不出。他对这个人，到底还是狠不下心。

越冥淡淡一笑，继续道："在去寻灵芝的路上，我身陷幻境，也是你凭着这枚小小的金币，不惜牺牲自身的元气将我从中救出。那时，你曾问我，我在那幻境之中究竟看到了什么，我一直未告诉你……"

他凝视着安冷耀，缓缓道："我亲眼看见的景象，正是此时此刻，你我彼此情谊不复，唯余仇恨的交谈。"

安冷耀一惊，向后退了几步，他不敢相信，原来越冥早就在多年以前便预知了今天的局面。

"为什么，你始终不愿对我道明你所看见的一切？"安冷耀问，声音轻颤。

越冥惨淡地一笑，"因为，我甘愿装作什么都不知晓来守着这段友情，我不愿守着那些前尘中的爱恨，只愿抓住你我之间的情谊。"可到头来，他们还是逃不过昔日的恩怨。

安冷耀不敢相信，这么多年以来，越冥是如何独自守着这个秘密。那个人明知未来自己会恨他怨他，可越冥仍固执得忽视一切去坚守这份看似坚定不变的友谊。原来，越冥才是最傻的那个人。

如此看来，到底还是自己欠他的多些。

罢了，给越冥一次选择的机会，让自己面对这个人心软一次，但这是最后一次。事到如今，他们再无可能回到那没有怨恨介入的无忧岁月。

"越冥，你做一回主。"安冷耀深深吸了一口气，"要么现在便杀了我永绝后患，我不会反抗；要么，放过我，可杀父之仇，我日后定会再报。你知道的，我们，再回不去了。我不再是那个逆来顺受的安冷耀，你也不再是那个对过往一无所知的越冥了。"他们二人早已在不同的路上，走出太远太远，那些恩怨也早挥之不去了，他们没人可以不去介怀那些过往。

越冥右手轻颤，手中隐约有白光闪现，可光芒过后，他的长剑到底没有显现。

夜色之中，二人彼此相视，一切都是那样平静，包括头顶上的那片天如数年前那样美丽，风景依稀似旧年，只是人事已非。他们二人，再不可能回到从前。

越冥忽然笑了起来，那样不可抑止地笑出了声，笑着笑着，眼前便被一团水雾遮盖。他想起同安冷耀从战场上相识到魔界重逢的相知再至并肩而行，在携手对敌的岁月中，他们彼此一直是那样真心相待，可现在却因着那些怨恨而任由往日的情谊一起消散。

直到这一刻，他才发觉，他同安冷耀的那段前尘，早已如梦而逝。

梦就是梦，脆弱、易碎，终归要醒来面对现实。那些前尘曾是他们最美的梦境，而现在却在晨光刺眼之际化为泡影，消失得一干二净，什么也没剩下……

前尘已散，但新的故事，贯穿着往日的爱恨才刚刚开始……

卷终 浮生梦，前尘散

后　记

　　写下这部小说最后一个字时，仍有些不真实的感觉，不敢相信这个故事终于被我写完了。因为这部书相较于之前的作品，实在令我写得不大轻松。历时三年，三次推翻重写，才终于找到我想要的感觉，尤其中途因为备战高考而停笔近一年，故事中的人一度散落在离我很远的地方，但他们终于没有被我遗忘。

　　这个故事和以往的故事有些不同，我曾经所描绘的那些悲欢离合，大多可以以"友情"二字作为主题，但对于这本书的主题，我想"恩怨"二字才更为贴切。的确，正是因为越轩和安天阔、越冥和安冷耀、安冷耀和君诺尘、灵夜和幻影……他们之间的恩怨才造就了这整个故事的悲欢离合。它虽然叫《落樱之前尘如梦》，但它同《落樱》截然不同，有独属于自己的格调。

　　然而，"恩怨"这二字又该如何解释，直到写完这本书，我仍是迷茫的。或许，正是因为我的迷茫，才有了这本书。随着渐渐成长，我才恍然发觉，原来这尘世间的恩怨纠葛无止无休，曾相伴成长的好姐妹也会一夕之间同你情谊尽散，化为一个你不曾熟识，令你心寒的人。在恩与怨之间，人们大多只记得"怨"，而铭记恩情的人大多又会受尽他人的欺凌。这恩恩怨怨归根到底还是因为人心的难测。人心，实在是这世上最复杂的东西。

　　三年前，我十五岁，而今我已十八岁，再不是那个因为同朋友拌嘴而难过许久的青涩孩童了。这三年，我从一个不拘小节的江湖儿女化为一个渐渐收敛起性格的少女，我终于还是成长了，也如愿收获了平淡却安宁的友情，在与同学自建的"三流"小剧组里交到一群志趣相投的朋友。同时，也认清了一些人，和一些人在人生的旅途中渐行渐远，尽管曾经同行却终是殊途。

我笔下的人物也终归同我一起成长，退去了几分青涩，多了几分成熟，那些曾嬉笑打闹的欢乐渐渐化为彼此间的相顾无言、恩怨难分的苦痛。本是奇幻的梦境，到底还是被现实磨平了些许棱角。然而，我始终记着琼瑶阿姨曾说过的一句话："尽管在生命里，无数坎坷，也受过许多挫折，我依然相信'爱'，相信'善'，述说人类的'真情'，一直是我写作的主题。"我相信，这也将是我笔下永恒的主题。

其实，这部书中本就没有真正的恶人。即便是君诺尘，所做的一切也终归是为了他的姐姐。人之初，性本善，没有人一开始就走上那条不归路。至于君诺尘，他本只是书中的一个配角，在最开始构思整个故事的时候，甚至本没有这个人，可写着写着，他的温润、他的沉稳便触动了我的心结，我还在疑惑他为何会跑到我的笔下之时，却已在不觉间给了他那么多的安排。

君诺尘确实是一个悲剧，他本应称得上那句诗"陌上人如玉，公子世无双"，却因为那本不该有的执念将自己陷入深渊，一面厌恶自己的满手血腥，恐惧姐姐会讨厌他，一面却又不得不在暗夜中越走越远……在我写到他投入火海的那一刻时，我为他松了口气，他终于从那背负了一生的执念中解脱出来，从今以后尘世间的一切再同他无关，于他而言，又有何不幸。

可我，终究是心疼那个本该是温润如玉却因执念而变得面目全非的男子……

故事的最后，定格在越冥和安冷耀彼此相视的画面，之后的种种在《落樱》中被一一道尽，他们的对立在《落樱》中便注定了，但我仍想补全他们之前的人生，还原那些被时光掩去的前尘往事。

从十一岁提起笔到而今的十八岁，写作占据了我七年的光阴，伴我走过迷茫的成长岁月，在未来，我坚信那支笔也会始终旋转在我的指尖，伴我写出不同的传奇故事。一路走来，写作的心境在变，情感在变，唯有初心始终铭记，不曾被辜负。

无论十八岁还是八十岁，但愿我永远是怀着对写作的赤诚，描绘着世间无尽传说的女孩……

2017年8月11日 凌晨

401

《落樱外传 此去经年》
即将出版

可儿 著

故事梗概：

　　张爱琪无意间邂逅了淡漠如冰、身怀神秘力量的少女离茉雪，冥冥之中，尘世背后隐藏的秘密与阴谋由此一一浮现。降临在人间的血雨腥风；上古凶兽穷奇现世……种种缘由，牵引爱琪一次次卷入令人瞠目结舌的旋涡。从波澜暗涌的人间，到风云变幻的仙界，她几番游走于生死的边缘。她与离茉雪从初遇时的针锋相对，到而后的携手同行，渐渐窥见那个看尽人世冷暖的少女，冰冷的外表下藏着一颗渴望真情的心。

　　在她的故事里，还有心系天下、无心红尘爱恨的男子莫临；有亦正亦邪、命运多舛的少年钟离宇煌；有愿得一人心，却最终长伴青灯的女子鹤兰芷……他们辗转于悠悠岁月中，或哭或笑，演绎着自己的传奇。

　　此去经年，物是人非，落樱满地，容颜凋零，不能忘却的，唯有那份不曾因岁月流逝而消损的情谊。

《落樱外传 流年散尽 孤独成殇》
已创作完毕

可儿 著

故事梗概：

　　当所有的时光都随着流年而散尽，那些孤独，终究还是在过往的岁月中，幻化成心上一道抹不去的殇。

　　她本是世间强大的神祇离茉雪，却阴差阳错流落人间，拥有强大的法力而不自知，在漫长的岁月中看尽人世冷暖，用淡漠掩盖内心的孤独。直至她遇见张爱琪——一个简单纯真的人类女孩，在跌跌撞撞的前行中，爱琪经历过生死，经历过人心的险恶，纷纷扰扰的红尘之中一颗心始终纯净如初。她用友情，照亮了离茉雪原本灰暗的世界。

　　两个女孩从初遇时的针锋相对，到而后的不离不弃，冥冥之中，尘世背后隐藏的阴谋与秘密将二人牵引在一起。尽管横亘在她们之间的是漫长的光阴、身份的差距，可在彼此分离的那些岁月里，她们始终不曾相忘……